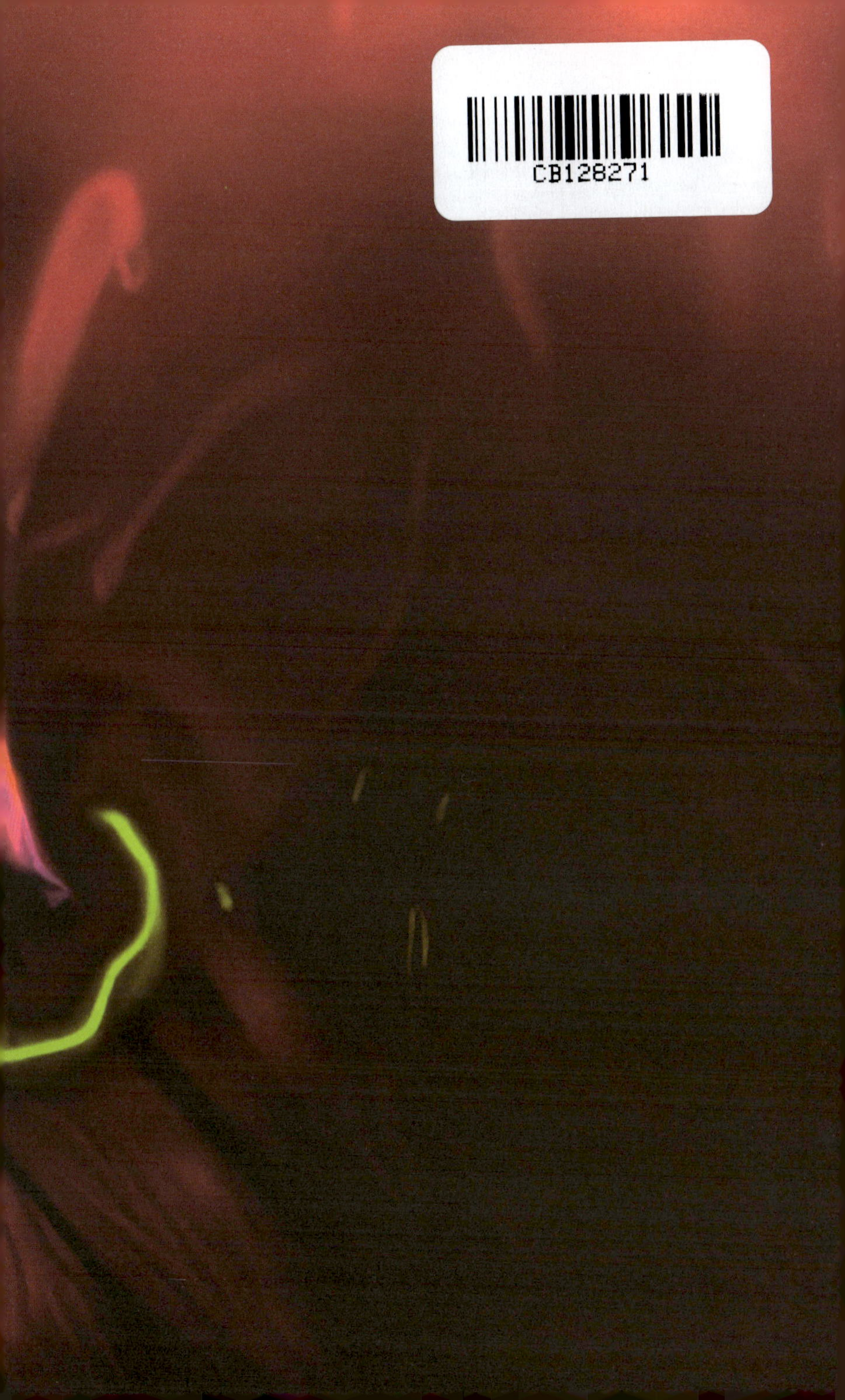

N. BELIKOV

ENDIABRADO

2ª EDIÇÃO
EDITORA EUPHORIA, 2025

EDITORA EUPHORIA

N. BELIKOV

ENDIABRADO

CAPA:
Kethlen Felix
Gabrielly Bernardes
Maldição Art & Design
ILUSTRAÇÕES:
Kethlen Felix
Gabrielly Bernardes
Gabriela Paraizo
DIAGRAMAÇÃO:
EDITORA EUPHORIA
EDIÇÃO DE TEXTO:
Andrea Santos
Bianca Albuquerque de Araújo
Beatriz Nascimento
Clarissa Rachid
Maria Victoria de Oliveira Lima
Nilma Guimarães
Número: Pedro Oliveira, Hellen Heveny
PRODUÇÃO EDITORIAL:
Nathalia Brandão

DADOS INTERNACIONAIS
PARA CATALOGAÇÃO NA PUBLICAÇÃO (CIP)
(CÂMARA BRASILEIRA DO LIVRO)

Belikov, N.
Endiabrado / N. Belikov ; ilustração Gabriela Paraizo, Gabrielly Bernardes, Kethlen Felix. -- 2. ed. -- Rio de Janeiro : Editora Euphoria, 2025. -- (Assombrado ; 2)
ISBN 978-65-84923-31-7
1. Ficção brasileira 2. LGBTQIAP+ - Siglas I. Paraizo, Gabriela. II. Bernardes, Gabrielly. III. Felix, Kethlen. IV. Título. V. Série.
25-250659 CDD-B869.3

Índices para catálogo sistemático:
1. Ficção : Literatura brasileira B869.3
Eliane de Freitas Leite - Bibliotecária - CRB 8/8415

ASSOMBRADO, VOL.II: ENDIABRADO, 2ª EDIÇÃO,
EDITORA EUPHORIA, 2025
CNPJ: 39.317.627/0001-06
Contato: sac@editoraeuphoria.com.br
Site: editoraeuphoria.com.br
Rio de Janeiro — RJ

ATENÇÃO!

Esta obra possui cenas de sexo explícito consensual, violência física e psicológica, relacionamento abusivo, assassinato, uso de drogas lícitas e ilícitas, discussões religiosas e espirituais, o que pode gerar gatilhos em leitores mais sensíveis, bem como discordâncias acerca de temas religiosos, que foram aqui descritos como elementos sobrenaturais de fantasia. Não é uma obra recomendada para menores de 18 anos.

Índice:

"Ao verme que primeiro roeu as frias carnes do meu cadáver, dedico, como saudosa lembrança, estas memórias póstumas."

Machado de Assis,
Memórias Póstumas de Brás Cubas

01
CHARLATÃO

Como posso começar a explicar minha situação? Eu acordo, choro no banho, vou à aula, mal respondo às pessoas à minha volta, vou ao trabalho, seguro a vontade louca de tirar todas as dúvidas do mundo com meu intragável chefe, Abraham, volto para casa chorando no carro, tomo banho, me deito para dormir e choro outra vez. Sou como um morto-vivo.

Simplesmente não consigo mais ficar na velha mansão que herdei e onde vinha morando há alguns meses com Jonas e, anteriormente, com os *animus* de Dante e Dona Laura, mas também não consigo apenas me desfazer dela; afinal, e se Dante milagrosamente voltasse e eu não estivesse mais lá?

Minha família anda bastante preocupada comigo. Jonas ficou horrorizado com os restos mortais de Dante encontrados dentro da parede do quarto e, no dia seguinte, fez suas malas em tempo recorde para voltar à casa de nossos pais temporariamente. Já eu, ainda que não aguentasse mais ficar ali, recusava-me a sair, embora a lembrança de toda aquela cena estivesse me enbrulhando o maldito estômago toda porcaria de noite.

Muitas perguntas foram feitas, não só pelos investigadores, mas pela minha família, uma vez que meu irmão Jonas e seu melhor amigo, Nathaniel, haviam presenciado o encontro dos cadáver – na verdade, restos mortais, já que a decomposição do falecido Dante Donadelli já havia terminado há muito e apenas sobraram seus ossos.

Todo mundo havia questionado como diabos eu sabia do corpo escondido na parede. E o que eu poderia dizer? Não me contive e passei a repetir o básico: eu tinha contatos com o sobrenatural. O que apenas serviu para que Jonas e nossos pais voltassem a me tratar como um louco e insistissem para que voltasse a ver um psiquiatra.

Veja bem, sendo uma pessoa maior de idade há muito tempo, morando sozinho e sendo sustentado por mim mesmo, não era como se meus pais tivessem algum poder sobre mim, certo?

Errado.

Tendo dois pais juízes que poderiam me interditar legalmente, tirando minha capacidade de decidir sobre os próprios atos civis, dar um grande foda-se ao que eles pensavam seria perigoso. Meus pais *precisavam* pensar que eu estava são. Eu não deveria ter aberto minha boca. Eles nunca acreditaram em nenhum dos meus vinte e dois anos de vida que eu via vultos e assombrações. Eles não podiam pensar que eu tinha a mesma inexistente doença de Dona Laura; se isso acontecesse, colocariam-me num hospital psiquiátrico, medicado e enclausurado. Por isso, por hora, via-me obrigado a visitar um psiquiatra, como era o desejo da família inteira. Eu precisava cooperar, era o castigo por ter a língua grande demais.

Tamborilei os dedos em meu joelho, sentado no consultório, impaciente para sair dali e ver as notícias nos jornais. Aparentemente, os legistas ainda não descobriram a *causa mortis*, mas estavam prestes a confirmar a identidade do ex-dono dos ossos. Para mim, era claro que os ossos pertenciam a Dante; isso seria novidade apenas para o resto do mundo e para os demais familiares dele, o que me deixava apreensivo por seu irmão. Todavia, a *causa mortis*, para mim também era um mistério, e eu estava quase enforcando o psiquiatra com as próprias mãos para sair logo dali, enquanto ele insistia em me fazer perguntas cansativas:

— Senhor Kister, você claramente tem um quadro forte de Transtorno de Déficit de Atenção, parece se desligar do mundo e permanecer fora do ar por severos minutos, como uma televisão sem conexão, entende? — o homem de cabelos castanhos explicou.

Insisti para que, desta vez, eu fosse a um médico mais jovem, não ao Doutor Careca. Talvez um psiquiatra mais novo fosse me achar menos problemático. Não custava nada tentar.

— Contudo — ele continuou —, isso não explica suas alucinações sobre fantasmas, vultos e coisas do além. Suspeito de certo nível de esquizofrenia, mas preciso que se abra comigo pra que eu analise melhor...

Eu não estava realmente conseguindo assimilar nada do que ele dizia, exceto a parte em que ele supôs que eu tivesse não *um*, mas *dois negócios* na cabeça. Somado a isso, meu celular vibrando incansavelmente no bolso da calça me deixava completamente ansioso. Eu mordia os lábios e batia o pé no chão, repetidamente.

— Talvez também um pouco de Transtorno de Ansiedade... — o psiquiatra murmurou, observando-me ao que apontou discretamente para meus lábios escorrendo um filete de sangue, por eu ter puxado, sem querer, um pedacinho de pele, e acabar com uma careta dolorida por conta disso.

Não podia simplesmente ficar parado ali enquanto o cara inventava dez tipos de transtornos diferentes para mim, quando, na realidade, eu não tinha nada daquilo. Então, acabei explodindo de raiva e me levantei com tanta força que derrubei a cadeira.

— Olha só, meu filho, não tenho nada disso aí que você falou, eu tô ótimo! Só estou impaciente porque quero sair daqui *agora*! — eu me exaltei.

Ele parecia bem acostumado a esse tipo de explosão, já que sequer piscou, pelo contrário. Ele meramente ajustou seus oclinhos meia-lua no rosto e começou a escrever no teclado do *notebook*.

Bufando, apanhei minha mochila e disparei em direção à porta do consultório, mas fui impedido por sua voz séria assim que pus a mão na maçaneta:

— Senhor Kister, se eu acreditar que você é um risco para si mesmo e para os outros ao seu redor, terei de interná-lo. Você sabe que basta apenas uma ordem minha, para que os enfermeiros te dopem e você não saia daqui por um longo tempo, se eu achar necessário. Seus pais não irão se opor, sabe disso também. Então, se eu fosse você, colaboraria. Só estou tentando te ajudar, é o meu trabalho. Meu desejo é vê-lo saudável e com a mente estável, percebendo a realidade correta — finalizou.

E é claro, tive que me dar por vencido. Ou me sentava e fingia concordar em ser totalmente batata das ideias ou realmente ficaria preso ali por um período de tempo bem longo. Sem alternativas, suspirei e sentei-me novamente na cadeira, totalmente cabisbaixo e em silêncio.

— Você tem dificuldade em memorizar, acompanhar ou entender assuntos? — continuou.

— Não.

— Costuma perder interesse nas coisas com facilidade?

— Também não.

— Costuma ter alterações de humor bruscas sem motivo aparente?

— Não — suspirei. Eu era um puto mentiroso.

— Bom... Se você estiver mesmo sendo sincero, Alex, então é difícil diagnosticar o que há, porque você possui alucinações auditivas e visuais, delírios de realidade e dificuldade de concentração óbvia, diagnosticados desde que você era mais jovem. Contudo, outras características principais, como as alterações de humor, a perda de interesse e a lentidão para entender e memorizar as coisas em geral, você nega. Às vezes, alucinações podem ser causadas por um tumor. Então, se seu caso não é psiquiátrico, talvez seja neurológico. Vou te encaminhar para um neurologista, mas ainda não poderei te liberar de nossas consultas, pois, até termos certeza do que te causa as alucinações com os... Hm... Fantasmas, não poderei medicá-lo — finalizou. — Nós nos veremos semana que vem, Alex. — O médico se levantou e caminhou até a porta, abrindo-a para minha tão sonhada liberdade.

Sentindo um alívio que não sentia igual há tempos, corri até a saída em dois segundos, porque vai que ele mudava de ideia, né?

Assim que pisei na recepção, meus pais se levantaram e o psiquiatra iniciou uma conversa com os dois, certamente explicando sua avaliação e as próximas medidas a serem tomadas. Contudo, o que passava na TV atrás da recepcionista foi o que me chamou atenção. Parecia coisa do destino, o *timing* estava sempre ali, impassível:

— *Foi confirmada a identidade dos ossos encontrados na antiga mansão dos donos da Construtora Donadelli, a maior no ramo de construções de imóveis no país, entre as décadas de 1970 e 80* — anunciou a repórter, parada em frente a uma delegacia. — *A necropsia aponta que os ossos encontrados pelo atual proprietário da residência pertencem a Dante Donadelli, o ex-herdeiro da construtora, como suspeitava a polícia. Dante Donadelli desapareceu em três de outubro de 1983, algumas semanas após a morte de seu pai, Pietro Donadelli, sendo o único herdeiro legítimo da empresa e de toda a fortuna do empresário. Pietro Donadelli faleceu de leucemia. A investigação, na época, apontou que Dante poderia ter fugido ou sido sequestrado para obtenção de resgate.*

Algumas fotos antigas da família Donadelli apareceram na reportagem. Tanto fotos caseiras, quanto de revistas, já que aparentemente os Donadelli faziam parte da alta sociedade e tinham suas fotos corriqueiramente estampadas nas colunas sociais. Uma delas eu já conhecia, era a mesma usada por Anthony Fernández no último memorial anual que havia organizado para o irmão morto. Outras eram completamente novas e, em uma delas, até mesmo a mãe e a madrasta de Dante apareciam. Era fácil diferenciá-las, já que a mãe de Dante era uma ítalo-japonesa pálida, de pálpebras unas, olhos caídos e cabelos escorridos, enquanto a madrasta era uma latina de pele quente, volumosos cabelos cacheados e sobrancelhas grossas.

Admito que eu nem mesmo respirava de tanta tensão. Estava vidrado na tela e sequer conseguia me atentar ao que acontecia ao meu redor, mas tinha bastante certeza de que meus olhos estavam arregalados e minha boca, aberta em choque. Aquelas informações não eram novas para mim, mas ver aquilo sendo anunciado no jornal tornava tudo mais real.

— Três anos após o desaparecimento de Dante Donadelli, na época, com vinte e cinco anos de idade, a segunda esposa de Pietro Donadelli, Soraya Fernández, e seu filho, Anthony Fernández Donadelli, pediram judicialmente que Dante fosse declarado morto e, com isso, a fortuna de Pietro pudesse ser entregue a Anthony, seu filho ilegítimo. A polícia tem fortes indícios para acreditar que Dante foi assassinado por causa da herança, uma vez que seu corpo foi escondido atrás das paredes da casa, onde os Fernández moravam com os Donadelli, e permaneceram por cerca de cinco anos após a morte de Dante, quando a companhia faliu e todos os bens da família Donadelli foram leiloados. Soraya Fernández faleceu no início dos anos 90, mas Anthony Fernández continua vivo, hoje com sessenta e três anos de idade. Ele foi levado pela polícia para prestar depoimento esta tarde e agora se encontra preso provisoriamente pela ocultação do cadáver do irmão.

— Os legistas continuam em busca da causa da morte de Dante Donadelli, mas, apenas por ossos, a análise torna-se mais difícil, pois, segundo os médicos, não existem indícios que denunciem agressão anterior, levando-os

a especular que a causa mortis possa ter algo a ver com overdose de medicamentos ou um acidente envolvendo outras substâncias, que só poderiam ser descobertas por meio de análises de restos corporais além dos ossos.

A tela cortou para um dos legistas encarregados do caso, que disse seriamente:

— A identidade de Dante Donadelli só foi revelada graças à sua arcada dentária, além dos anéis, que foram encontrados junto a ele, com suas digitais. Nós juntaremos mais informações sobre o caso depois que a polícia interrogar pessoas que eram próximas à família, Donadelli-Fernández...

Outra vez apareceu a repórter:

— A polícia investiga antigos amigos ainda vivos de Dante Donadelli, além de seu meio-irmão, já dito como suspeito no caso. Em breve, mais notícias sobre esta descoberta macabra, no Jornal da Noite. É com você, Sarah.

Outra notícia completamente diferente começou, finalizando meu interesse.

Engoli em seco.

Precisava me livrar de meus pais e ir visitar Anthony Fernández na cadeia, para tentar arrancar informações dele, mas obviamente me impediriam. Entretanto, o que mais me incomodava, além de, é claro, o desaparecimento de Dante, era que havia mais de dois motivos pelos quais ele poderia ter desaparecido.

O primeiro foi nossa relação ser sexualmente consumada. Existiam lendas sobre espíritos e humanos, se envolvendo de modo nefasto e as consequências disso. Bem, *animus* não conseguem tocar em vivos, somente em *animus videntium*, então só poderia acontecer comigo mesmo. O segundo motivo poderia ser sobre desenterrar sua ossada, ele disse que seria enviado para o Além, caso isso acontecesse. Mas eu só revelei seus ossos quando ele já havia sumido, então a linha temporal indicava que a grande probabilidade fosse a primeira opção.

Agora, era simplesmente impossível descobrir o que o fez ser levado deste mundo. E sem saber o motivo, como diabos eu poderia reverter? Por onde começar?

E sim, lembro-me que prometi a Dante, naquela noite, que quando ele partisse, eu seguiria minha vida, sem tentar reencontrá-lo ou dar um jeito de trazê-lo de volta...

Mas você sabe que eu minto.

Já fazia seis semanas e nada de Dante. Eu navegava nos mais profundos *sites* da internet, tendo apelado até mesmo para a *Deep Web*. Não encontrei absolutamente nada plausível, mas recentemente me deparei com o contato de uma mulher que se autodeclarava paranormal.

Basicamente, as chances de ela ser uma charlatã eram de noventa e nove por cento, o que não me impediu de ir até ela, tamanho o desespero. Se Dante tivesse partido para o seu *lugar melhor*, eu não poderia fazer nada quanto a isso, infelizmente. Mas precisava, ao menos, saber se ele estava bem. Eu permanecia com essa sensação estranha de que algo de muito errado tinha acontecido com ele. Era exatamente como tentar dormir bêbado: parecia que tudo estava em movimento quando, na verdade, eu estava bem ali, paradinho. Uma mistura de bolo na garganta, com enjoo e uma angústia horripilante. Eu definitivamente precisava fazer alguma coisa, qualquer coisa e, para isso, com certeza não pouparia esforços.

Desci do carro, batendo meus coturnos na areia da ladeira onde ficava o local da tal paranormal. "*Eu não acredito que vou fazer isso... A que ponto cheguei?*", foi o que pensei pela nona vez desde que havia decidido visitar a tal *Madame Akira*.

Observei as portas de vidro da lojinha, cujo enorme letreiro *neon,* escrito *Espírito Mágico,* pairava acima de mim. Revirei os olhos. Era óbvio que essa sujeita receberia meu suado dinheirinho para dizer meia dúzia de coisas enigmáticas que não fariam sentido a ninguém e depois me ofereceria uma leitura de tarô por uma suave quantia em dinheiro. Mas já disse que, para encontrar Dante, não pouparia esforços, ainda que isso significasse entregar o pouco dinheiro que tinha nas mãos de vigaristas. Porque esse era o tamanho do meu desespero.

Adentrei a pequena loja colorida, observando a decoração toda esotérica. Incensos estavam espalhados pelo local, assim como cortinas de miçangas e prateleiras abarrotadas de livros, enfeites e pedras de diferentes cores. O sininho da porta soou assim que entrei, mas ninguém pareceu se importar a ponto de aparecer para me cumprimentar. Então, fui caminhando curiosamente pelo ambiente, observando e fuçando tudo que podia.

Em uma das prateleiras, pude ver os títulos dos livros. Coisas como "*Evocando Espíritos*"; "*Como se livrar de fantasmas malignos*"; "*Desfazendo pactos macabros*" e "*Como recuperar um súcubo*". O último, em particular, chamou-me a atenção, mas, no momento em que meus dedos foram em direção ao livro, uma voz fina e de tom debochado se fez ouvir:

— Você sabe, demônios não estão no seu campo de atuação. Você deveria se envolver apenas com o que lhe foi confiado.

Assustado, virei rapidamente nos calcanhares para encarar o dono da voz. Era um rapaz. Usava camiseta e calças jeans com um suspensório. O cabelo era pretíssimo e bem comprido, mas apenas do lado direito; o esquerdo era raspado; o corte assimétrico e as diversas tatuagens espalhadas pelo corpo davam-lhe um visual conceitual, como o dos modelos de grifes famosas.

— Você é Alex Kister, não é? — perguntou ele.

— S-sim — respondi meio tenso. — Estou procurando pela Madame Akira. Marquei um horário com ela.

— Eu sei. Sou eu.

Arregalei os olhos em total descrença.

— Mas Madame Akira é uma mulher...

Ele deu uma risadinha debochada, antes de me olhar de cima a baixo e responder:

— Você se encontraria com um homem paranormal? Não acharia estranho? Com cara de golpe? Fala sério, o gênero masculino simplesmente *grita* trapaça, sabe disso.

Pensando por um segundo, entendi o que ele quis dizer. Um paranormal homem não teria credibilidade. Ninguém levaria a sério.

— Eu acho que entendi. Mas já tinha cara de golpe, de qualquer forma.

— Espero que você não seja do tipo cético, *animus videntium*.

Meus olhos dobraram de tamanho novamente.

— C-como? O que...? — balbuciei.

O cara riu rapidamente, apoiando a mão na testa. Ele tinha um rosto muito fino e bonito. O visual andrógino parecia cair-lhe perfeitamente bem.

— Já vi que você é do tipo cético mesmo, a maioria da *sua espécie* é. Pensou que encontraria uma velha charlatã de cabelos grisalhos, usando um vestido *hippie*?

Não fui capaz de responder, apenas continuei encarando-o, totalmente embasbacado. Ele revirou os olhos e então estendeu a mão.

— Sou Mitsui Kenzo.

Apertei sua mão em cumprimento e abri a boca para responder, mas ele fez um menear de cabeça, impedindo-me:

— E eu já sei seu nome, bobinho.

Kenzo foi até a porta e a fechou com o trinco, virando a plaquinha, escrito *fechado,* para o lado de fora. Fez um pequeno sinal para que o seguisse para os fundos, o que ansiosamente fiz, passando por alguns corredores separados por cortinas de miçangas, como as lá de fora. Quando finalmente parou de caminhar, Kenzo sentou-se num pufe vermelho, fazendo sinal para que me sentasse no outro, à sua frente.

Eu estava muito ansioso agora. Quero dizer, tinha ido até ali só para desencargo de consciência, pois estava certo de que encontraria mesmo uma velhinha charlatã. Agora, era como se tivesse uma fagulha de esperança.

— O seu povo só costuma vir atrás de nós, *sensitivos*, quando perdem algum fantasma de vista. Acertei?

— Hum... Não conheço muita gente como eu, pra saber, mas, sim, estou aqui pra que você me ajude a encontrar um fantasma que sumiu...

— Qual era a relação de vocês?

Fiquei estático, sem saber muito bem como responder.

— Eu... Nós... éramos *amigos*. Isso. Muito amigos.

Com um risinho irônico, Kenzo amarrou o cabelo.

— Então, você é um desses garotos solitários que só anda com gente morta? — Sua sobrancelha estava arqueada.

— Eu não! — Fiquei atordoado. — Sou um cara bem popular, tá legal? Tenho muitos amigos.

Não era bem uma mentira. Eu realmente não era do tipo excluído.

— Se você diz... — Deu de ombros. — Mas e então? O que aconteceu com o seu fantasma?

— Não sei com certeza — suspirei. — Ele simplesmente sumiu. Até mesmo tentei evocá-lo, usando um tabuleiro OUIJA e aquela coisa do copo, mas é como se ele não estivesse mais aqui. — Meu tom era afetado.

— Você não conseguiria evocá-lo mesmo que ele continuasse neste plano. Nenhum *videntium* pode evocar *animus*, independente do plano onde ele esteja. Isso é coisa de filme e engano religioso perpetuado ao longo dos séculos. Às vezes, humanos sem dons conseguem evocar alguma coisa, mas geralmente é quando o *animus* ou algum outro ser sobrenatural já está por perto e resolve atender ao pedido. Ou seja, só conseguimos contato com aqueles que ainda não partiram. Aqueles que já atravessaram o véu, ficam incomunicáveis. Há quanto tempo seu fantasma estava desencarnado?

— Trinta e seis anos — disse, de pronto. Fiquei curioso sobre que tipos de *seres sobrenaturais* que haviam por aí, mas preferi manter o foco e ignorar minha curiosidade, por hora.

— Hm... Fantasmas antigos têm muita força. Ele estava irritado com você?

Parei para pensar por um minuto. Dante estava irritado comigo? Argh, mas é claro que não! Nós tínhamos acabado de fazer amor! É, isso aí, A-M-O-R. Sei que dizer isso me faz parecer um adolescente virgem e emocionado, mas o que nós fizemos foi uma foda gostosa e apaixonada, pois advinhe só? Estamos apaixonados mesmo.

— Na verdade... Nós nunca estivemos tão bem.

— Entendo. Você estava ajudando esse fantasma a ir para o *Éter*?

— É assim que se chama? O *Éter*? Esse é o nome oficial?

Ele deu de ombros outra vez.

— Alguns livros chamam assim. Nunca estive lá pra saber. Também chamam de Terra dos Espíritos, O Além, Multiverso, Tribunal... Basicamente, é como a sala de espera do pós-morte. Depois que vão embora daqui, os *animus* esperam no *Éter*, pra que sejam julgados e catalogados. Se precisarem reencarnar, reencarnam. Se tiverem que ir para o Limbo, expiar seus pecados, vão. De lá, podem ir para o Céu ou Inferno. — Deu de ombros.

— Bem, eu não o estava ajudando a atravessar para o Outro Lado ou como quer que chamem. Dante já estava por aqui há trinta e seis anos e ele se recusava a me contar o motivo de estar preso no plano dos vivos, mas, pouco tempo antes de desaparecer, acabei descobrindo: seu corpo estava escondido na parede do meu quarto. Alguém o assassinou e ele não queria que descobrissem o corpo, por medo de que isso o fizesse partir. — Eu subitamente franzi o cenho, percebendo o que havia dito. — Pensando bem, acho que isso não faz sentido... O fantasma dele se prendeu a este plano, porque não queria que o corpo fosse encontrado, mas aí ele não queria que o corpo fosse encontrado pra que sua alma não fosse para o Outro Lado? É como o eterno questionamento do ovo e da galinha, não tem início nem fim, é sem sentido e sem solução!

Foi aí que tive certeza de que Dante vinha escondendo muito mais coisas do que eu esperava. Todavia, se a polícia tinha seu irmão, Anthony, como suspeito de tê-lo matado, bem... O motivo que prendia Dante aqui podia ser justamente esse. Ele poderia querer proteger o irmão. Batia perfeitamente com a preocupação de ter seus restos mortais descobertos. Mas isso não faria muito sentido se o cara realmente o tivesse matado. Por que ele protegeria o próprio assassino? Só por ser irmão dele? Seria uma completa loucura!

— Se o corpo dele foi escondido, claramente não foi uma morte natural — Kenzo supôs. — E se ele ficou preso aqui pra garantir que o próprio corpo não fosse encontrado, talvez estivesse protegendo quem o escondeu... Ou talvez ele não quisesse que descobrissem a causa da morte, o que faz mais sentido, já que ninguém quer proteger o próprio assassino, né?

Aí, estava. Era algo tão óbvio que o tal Kenzo havia chegado à mesma conclusão que eu e ao mesmo tempo.

— Esse fantasma... Como ele morreu, ele contou?

— Não, Dante não queria me contar nada, fui descobrindo tudo aos poucos, mas como ele morreu ainda não sei. Ele não parecia muito disposto a abrir o bico.

— Você é um *animus videntium* novato, certo?

— Sim.

Esse cara conseguia adivinhar tudo só de olhar na minha cara ou o quê? *Sensitivo* queria dizer que ele era tipo um vidente ou alguém que lia mentes?

— Então, você talvez não saiba, mas os problemas não resolvidos de um *animus* não são o único motivo pelo qual ele se prende ao plano terreno — declarou. — Às vezes, ele fica preso a pessoas, acontecimentos, casas, objetos e por aí vai... O espírito é o único que pode saber o que o prende. E pode existir mais de um motivo. Então, se esse tal Dante te escondeu isso, é porque o que o prendia aqui era muito sério. O que exatamente você sabe sobre a vida e morte dele?

Pisquei algumas vezes, absorvendo a coisa toda, antes de organizar os pensamentos.

— Eu sei que ele era festeiro, arruaceiro, revoltado com o pai e que havia uma intriga pela herança dentro da família dele. Foi um caso muito famoso nos anos 80, inclusive. O Dante nunca foi descoberto morto, até recentemente. Ele desapareceu e, após alguns anos, foi declarado morto por conta disso.

— Macabro. Então, provavelmente ele estava ligado ao corpo e, assim que isso veio à tona, pôde partir.

— Não acho que seja isso, ou pelo menos não só isso. Eu descobri sobre o corpo dele, sim, mas não contei a ninguém, pois não queria que ele partisse. Só tive coragem de desenterrá-lo da parede quando Dante já tinha sumido! Pensei que, se ele estivesse apenas me ignorando, tirar seu corpo dali o faria aparecer rapidinho.

— Espere um minuto… — Kenzo apertou os olhos e seu rosto se aproximou do meu. — Por que você não queria que ele partisse? Não é sua missão, como *animus videntium*, fazer os fantasmas partirem pro *Éter*? — Ele se deu conta.

— Nós éramos amigos, já falei — menti, coçando a nuca. — Melhores amigos.

Kenzo, então, num movimento brusco, aproximou-se, tomando minha mão esquerda entre suas mãos num aperto, e entrelaçou nossos dedos. O susto me deixou estático, encarando-o de cenho franzido e olhos fechados, concentrado. Inesperadamente, as veias em seu rosto começaram a ficar mais aparentes, porém com a coloração preta, e isso foi se espalhando por todo o seu corpo. Fui acompanhando, pasmo, o caminho das veias, até entender que era algo saindo de mim. Meu braço também tinha aquelas veias, era como se ele estivesse conectando sua energia à minha, de uma maneira bizarra.

Subitamente, ele soltou minha mão, afastou-se rapidamente, de olhos arregalados.

— Você! — grunhiu, apontando um dedo acusador em minha direção, deixando-me ainda mais confuso e assustado. — Como pôde fazer algo assim? É culpa sua!

Continuei atônito, olhando para ele, sentindo um arrepio interno crescer.

— Eu não fiz nada! — exclamei. — Jamais faria algo para prejudicar o Dante!

— Como não? Você não sabia que fazer sexo com um fantasma é algo nefasto? — Ele estava inegavelmente horrorizado.

Resisti ao impulso de perguntar como diabos ele sabia sobre eu ter transado com Dante, mas não era a primeira vez que ele adivinhava algo que eu não havia revelado, e era mais que óbvio que Kenzo tinha captado essa informação, sabe-se lá como, após segurar minha mão e aquela coisa esquisita das veias acontecer. Além do mais, assim que ele me soltou, sua pele voltou ao normal e a minha também.

— A gente se amava, eu não me importava que transar com ele fosse roubar minha energia vital ou algo assim... — Tentei me defender.

Kenzo balançou a cabeça energicamente, arrumou a postura, sentou-se em minha frente outra vez e aproximou nossos rostos, olhando fundo em meus olhos, daquele jeito que as pessoas fazem quando precisam que alguém preste muita atenção nelas.

— Alex... Demônios *súcubos* ou *íncubos* são os únicos que transam com seres vivos. Eles não o fazem neste plano, fisicamente. Eles o fazem em sonhos. E os sonhos nada mais são que uma dimensão entre a nossa e a dos mortos, pois está entre as camadas. É apenas uma, de milhares de camadas.

— Mas Dante não era um demônio! Ele era um fantasma normal, eu saberia se ele fosse um, certo? Quero dizer, teria alguma diferença, sim?

— Sim, sim. Seria óbvio. Mas, esse fantasma podia te tocar como se estivesse vivo. Pra você, que é um *animus videntium*, ele estava vibrando na mesma frequência. Eu nunca vi nada assim, sobre um *animus* transando com um *videntium*. Até porque não vejo os fantasmas com clareza, meu dom tem a ver com os sentidos e não com a visão. Sou um *sensitivo*, não um *videntium*, como você. Sabe a diferença?

Sacudi a cabeça em negação, um pouco envergonhado. Ele não pareceu ligar.

— As ações de mediunidade envolvem sentidos. Há tipos de *animus videntium*, que se dividem em dois subgrupos: os de casta alta, que podem ver, sentir, ouvir e tocar os espíritos neste plano, como você; e os de casta baixa, que podem fazer tudo, exceto tocar. Meu primo, por exemplo, é um de casta baixa. Os como eu, são intitulados *sensitivos* ou *psicômetros*; não somos *videntium*, pois não vemos nada, somente temos o dom da psicometria, que é a capacidade de sentir a energia psíquica que um fantasma deixa num ambiente, numa pessoa, e a energia da própria alma em si. Ou seja, estamos abaixo de *animus videntium*. Há também os *necromantes*, que são uma espécie rara, derivam de uma árvore genealógica que tem como ancestrais mais de um tipo de médium, tanto *videntium*, quanto sensitivos e/ou caçadores de demônios e, por isso, acabam tendo seu poder triplicado. Já li alguns escritos antigos que indicam que os necromantes são descendentes do Rei Salomão, filho de Davi, mas essa é uma vertente menos popular nas lendas; não só a mediunidade como a magia nesse tipo é muito forte. Eu, particularmente, nunca conheci um, mas todos os textos que estudei dizem que a necromancia somente é revelada em um momento de necessidade. Você pode ser um, e eu não saber. — Deu de ombros. — Os necromantes são os mais poderosos, mas um *animus videntium* de casta alta está logo abaixo dele, sendo o segundo mais poderoso. — Ele me deu um olhar que foi como quando o tio do Homem-Aranha diz a ele que "*com grandes poderes, vem grandes responsabilidades*".

— Porra... Dante achava que eu perderia minha energia vital, que ela seria sugada pra ele se a gente ficasse junto. Isso aconteceria se ele fosse um demônio íncubo, mas não um fantasma, certo?

— Exato. A alma dele provavelmente se infectou com a sua, depois de transar com você, ela pode ter sido enviada para qualquer camada depois do véu do Além. Esse negócio da energia vital ser sugada só acontece quando se transa com um íncubo ou uma súcubo. Esse tipo de demônio precisa se alimentar da sua energia por meio de sexo, pra continuar vivo. O que você sentiu quando acordou no dia seguinte? Acordou se sentindo indisposto?

Balancei a cabeça de forma frenética, em negativa.

— Não, não... Pelo contrário, acordei sentindo uma energia absurda, como se tivesse tomado muito energético e café. Eu poderia correr uma maratona!

— Então, essa é a prova de que definitivamente o tal Dante não era um demônio... Mas a relação de vocês corrompeu a alma dele, garoto. E para tirá-lo de onde ele está, bem... — Kenzo se levantou e balançou a cabeça, de forma pesarosa. — Não posso te ajudar mais do que isso. Procure um necromante. Eles podem se comunicar com *animus* que já passaram pro Além. Então, são os únicos que podem tentar dar uma espiada no *Éter* e dizer se seu namoradinho está por lá, é o único jeito. Se o cara não está mais aqui, não tenho como ajudar. Ouvi dizer que recentemente abriram uma escola secreta pra isso. Quase como uma Hogwarts[1] pra médiuns. Eu mesmo estou planejando visitá-la. — Ele se levantou. — Você me deve trezentos. — Terminou, estendendo a mão.

— Ei! Isso tudo? Não vou pagar por isso! — retruquei revoltado, levantando-me do pufe, de modo desengonçado.

Kenzo deu outro daqueles sorrisinhos sarcásticos.

— Você pretendia pagar a uma velhota farsante, mas a mim, que te dei informações totalmente verídicas, quer dar calote?

— Você mesmo disse que nunca viu um necromante! Como diabos espera que eu encontre um? Isso não foi de grande ajuda — tentei argumentar, mas o cara estava certo. Não era culpa dele a minha frustração. Ele, de fato, havia dado informações úteis para alguma coisa. Tipo, fazer-me sentir burro e irresponsável, por exemplo.

Com um bico que pesava três toneladas, meti a mão no bolso da calça, tirei três notas de cem e entreguei a ele. Não esperei que Kenzo me levasse até a porta, eu mesmo saí sozinho. Com muito esforço, não a bati, de tanta raiva. Mas não estava com raiva dele, estava com raiva de mim. E se aquilo fosse mesmo culpa minha? E se transar com Dante tivesse realmente corrompido sua alma? Será que agora, além de fazê-lo sumir, Dante também estava impedido de ir para um *lugar melhor*, Céu ou *felicidade eterna*, para sempre, por causa de mim?

— Alex... — uma voz me chamou ao longe. — Alex... — Agora cada vez mais perto... Perigosamente perto. Uma risada suave. A risada dele. Algo nela soava totalmente... maligno. Estremeci. — Alexaaaandeeeer... — cantarolou.

Tentei olhar para todos os lados, mas era tudo tão escuro. Parecia que eu estava no jardim do Torneio Tribruxo do Harry Potter. Que lugar era esse? Por que tanta névoa?

— Kiiiister...

Agora não só a voz soava em minha nuca, como uma presença forte também. Tentei me mexer, mas era simplesmente impossível. E aquela presença atrás de mim era tão intensa que queimava. Um bolo subiu em minha garganta. Quis gritar, mas minha garganta não emitia som.

---

1 Escola de Magia e Bruxaria de Hogwarts, da saga Harry Potter (1997).

Demônios vivem no Inferno. Aqui, embora assustador, não parece a porra do Inferno. O Inferno tem chamas, lava de vulcão e essas coisas, não é? Quer dizer, eu nunca fui lá, mas tenho certeza de que não se parece com um labirinto de folhas verdes, um céu azul crepuscular e muita névoa.

— Estou chegando, Kister... Nós seremos um só... Eu me alimentarei de você...

Então, a voz deu outra risadinha, completamente tenebrosa, fazendo-me arrepiar a espinha de medo.

Ziiii... ziiiii... ziiiii...

Sugando todo o meu ar, dei um pulo da cama. Meu coração estava acelerado, a garganta queimava e um sentimento apavorador me entorpecia. O maldito celular tocava em cima da mesa de cabeceira, fazendo aquele som horroroso. Desliguei e passei a mão pelo rosto, cansado. Esses pesadelos vinham acontecendo há dias, desde que visitei o paranormal da lojinha esotérica. E sabendo da possibilidade de Dante ter... Bem... Eu não sei exatamente o que aconteceu, só que, por ter transado com uma pessoa viva, a alma dele aparentemente se corrompeu. Essa era a teoria.

Mas o que diabos significa uma alma corrompida? E que porra acontece com uma? Que ligação isso tem com a coisa de demônios *íncubos*? Dante não era um demônio, era só um fantasma meio nervosinho. Era impossível, eu sentiria a maldade nele, não teria como não sentir. Não que eu tenha conhecido muitos demônios, mas penso que a presença de um te dá essa sensação horripilante, com a qual venho tendo pesadelos.

Eu sentia tanto a falta de Dante. Se eu pudesse ao menos voltar no tempo... Sabendo tudo que sei agora, não me importaria passar o resto da vida namorando um fantasma, com quem eu não poderia nunca transar. Quer dizer, não há nada de errado em passar uns quarenta ou cinquenta anos vivendo só de beijos, oral e punheta, não é? Se a gente se amasse de verdade, não teria problema. Mas sou um macho burro. Sempre me disseram que homem só pensa com a cabeça do pau e, por isso, faz merda.

Levantei-me e fui ao banheiro, sentindo-me tonto e fraco. Era a mesma sensação de quando você acorda na manhã seguinte a uma noite de bebedeira. E, bem, eu de fato tinha bebido um pouco além da conta.

Se estava em algum tipo de festa? De modo algum, bebi uma garrafa inteira de whisky que roubei da despensa da casa dos meus pais e trouxe para cá. Não era como se pudesse ficar gastando dinheiro com bebidas caras, como aquela.

E isso é estranho. Eu ter tido um sonho, quero dizer, porque pessoas bêbadas não sonham. Por que eu havia sonhado? E por que um pesadelo?

Depois de me aliviar, escovei preguiçosamente os dentes enquanto encarava a pia de cerâmica recém-consertada, inevitavelmente me lembrando de quando eu e Dante a quebramos, em nosso último dia juntos. Suspirei, abatido. A minha cara devia estar exatamente como a de alguém atropelado.

E foi no momento que meus olhos encontraram meu reflexo no espelho à frente, que vi um segundo reflexo na superfície: Dante Donadelli.

Meu coração simplesmente parou. Minha boca ficou tão aberta que a espuma da pasta de dente escorreu, fazendo-me parecer um cão com raiva. Meus olhos ficaram tão arregalados que lacrimejaram. Meu lábio inferior tremeu e minhas pernas vacilaram.

Não vou dizer que me virei para trás imediatamente. Eu estava com medo, medo que não fosse real e, como nos filmes, ele desaparecesse dali, como a boa alma penada que era. Então, inconscientemente, travei para que pudesse aproveitar e olhar para ele por mais tempo. Aquela poderia ser a última vez que veria o cara que amava, e estava ciente dessa probabilidade.

Dante tinha, no rosto, a mesma expressão que fazia quando estava zombando com a minha cara. A imagem conflitante no espelho sorria para mim com deboche. E isso não parecia nada, nada bom.

Depois de um tempo realmente considerável para ter alguma reação, foi que me virei rapidamente para trás, mas, como eu temia, Dante não estava lá.

Olhei para o espelho novamente e seu reflexo não estava mais ali também. Como água, ele escapuliu por entre meus dedos, após seis longas semanas de espera.

Foi a que decidi que não o deixaria fugir outra vez. Iria encontrá-lo, não importava como. Custasse o que custasse.

ESPÍRITO
MÁGICO
FECHADO

02.
AMIGO IMAGINÁRIO

Faz cerca de três horas que cheguei do trabalho e não me mexi. É sério, joguei-me na cama e fiquei encarando o teto. Estava morrendo de cansaço e só ficava acordado à base de café. Eu não queria dormir. E isso tinha dois motivos.

O primeiro era que, pelo menos, uma vez na semana, eu tinha pesadelos em que a voz de Dante me chamava, com aquele tom estranho que me dava calafrios, naquele jardim secreto de merda. O segundo era que eu passava toda a madrugada na internet, pesquisando sobre os tais *íncubos*, fantasmas, demônios, mediunidade e coisas do gênero. Nada funcionava como explicação do paradeiro de Dante.

O que sei agora é que demônios *íncubos* não têm corpo físico, são seres astrais, parecidos com fantasmas. Logo, eles podem tocar um humano em sonhos, porque a frequência espiritual é a mesma frequência dos sonhos, e isso possibilita o contato entre demônio íncubo ou súcubo e uma pessoa viva dormindo.

O que eu também sei – ou tenho quase certeza – é que Dante nunca foi a porra de um demônio. Li todo o tipo de coisa sobre eles, e Dante não era um. Pelo menos, não antes... Depois que começou a aparecer para mim nos espelhos, a coisa toda ficou muito mais confusa. Já faz algum tempo desde a primeira aparição.

Após o episódio do fantasma no espelho, toda vez que eu acordava de um pesadelo com Dante, corria até lá, na esperança de vê-lo. Algumas vezes, ele aparecia. Foram poucas e exatamente iguais à primeira. Ele sorria com um arzinho debochado e, quando eu me virava, ele sumia.

Então, comecei a pesquisar sobre a ligação entre fantasmas, demônios e espelhos. Quer dizer, fantasmas não deveriam ter reflexo, já que eles não têm matéria...

Pelo menos, não uma visível neste plano. Mas eles sempre aparecem.

Dizem as lendas, desde o Egito antigo, onde os primeiros espelhos surgiram, que a imagem refletida nele era a da alma. E eu já sabia disso, porque, quando o *animus* de Jessica invadiu o banheiro do cinema para falar comigo, o reflexo dela estava bem ali, assim como no retrovisor do carro.

Com toda a minha experiência em filmes de terror, sei que fantasmas e demônios são entidades bastante diferentes entre si. Talvez tenham o mesmo tipo de... matéria? Não sei dizer, mas o negócio é que, pesquisando a relação demônios *versus* espelhos, acabei me lembrando de algo: no filme *Constantine*[1], os espelhos eram uma espécie de portal para o Inferno. Na película estrelada por Keanu Reeves, o Inferno é como o nosso mundo, só que invertido. Aqui vale aquela mesma teoria do *Upside Down,* da série *Stranger Things*, da Netflix. Para você que não é muito antenado nesses elementos de cultura *pop*, eu posso explicar: são teorias de universos paralelos. Eles podem se referir a planos espirituais, Céu, Inferno, Limbo, como em *Constantine*; assim como podem se referir a alienígenas e outros universos dentro das camadas diferentes de tempo e espaço, como em *Stranger Things*. É bem louco.

Dante, logo no início da nossa amizade, contou que os espelhos eram um método de fantasmas transitarem entre diferentes dimensões, mas que, no entanto, era extremamente perigoso, porque o *animus* poderia ir parar em alguma dimensão desconhecida. Isso me deu a impressão de que espelhos eram, também, como labirintos, que você sabe por onde entrar, mas nunca sabe por onde vai sair.

Mas é aí que existe um grande porém: o que era aquele labirinto? Ele existia mesmo, ou era só coisa da minha cabeça? Sobre Dante, a dúvida era a mesma: eu estaria o imaginando ou ele era mesmo ele tentando se comunicar? O que me garantia que aquilo não era alguma espécie de obsessor?

A lógica é a seguinte: fantasmas normais não invadem os sonhos das pessoas. Apenas *íncubos* fazem

---

1 Filme de 2005, adaptado da história de Constantine, protagonista da revista Hellblazer, da DC Comics. O filme é estrelado pelo ator Keanu Reeves.

isso, supostamente. O próprio Kenzo havia confirmado, assim como minhas pesquisas recentes.

A medida que diferentes fontes apontavam uma relação entre sexo, sonhos e demônios, após um bocado de informações e teorias com muito ou pouco sentido, uma nova surgiu: se uma alma cheia de pureza adentra os portões do Céu, então... uma alma corrompida é recebida de bom grado no Inferno. E se a alma de Dante fora corrompida depois de transar com um vivo, então sua alma foi provavelmente enviada para lá também.

E, bem... Até onde se sabe, aqueles que vivem no Inferno são demônios, não são?

Dante não tentou fazer sexo comigo nos pesadelos, sequer cheguei a ver seu rosto em alguns deles. Só sinto que é ele, do mesmo jeito que sinto quando há um fantasma ao meu redor. Mas a energia que esse Dante das apareições emana é realmente assustadora.

Desse modo, só havia uma única teoria que fazia mais sentido que todas as outras: eu havia o transformado em um ser maligno.

Não me leve a mal, posso ser apaixonado pelo cara, mas não posso simplesmente ignorar a sensação de que há algo errado com ele nessas aparições. Da última vez que ignorei meus pressentimentos, fiz o que fiz: transei com um fantasma, mesmo com a insistente sensação de estávamos fazendo algo errado, e foi assim que, provavelmente, o enviei para o Inferno, como um maldito exorcista, e o condenei à servidão eterna como um capeta.

Contudo, era impossível negar que eu *queria* evocá-lo. Era culpa minha, o que quer que tivesse acontecido com ele. Se Dante realmente foi enviado para o castigo eterno, era minha a obrigação encontrar um jeito de salvá-lo, e eu não mediria esforços para isso. Uma coisa era Dante ir para o Outro Lado. Mesmo querendo, eu não seria egoísta de tentar trazê-lo de volta, mas, se ele estiver em um lugar ruim, eu não poderia descansar enquanto não conseguissede salvá-lo. E não é só devido à culpa e, sim, porque o amo demais para viver sabendo que ele está sofrendo em algum lugar do Universo.

Infelizmente, momentos desesperados pedem medidas desesperadas. Então, é claro, acabei contando sobre isso ao Abraham. Precisei deixar meu orgulho de lado e ir até ele, que não pareceu muito espantado com o fato de eu ter transado com um fantasma, e sim com o fato de eu ser gay, o que só me faz pensar mais ainda sobre o quanto ele é um baita cuzão. Primeiro porque reagiu mal à notícia sobre minha sexualidade, ficou me olhando com cara de nojo. Segundo, porque ele não ter se espantado sobre o sexo com fantasmas, indicava que ele já havia feito isso também.

"*Ah, já mediei o fantasma da minha cantora favorita, quando eu era adolescente*", ele contou com um sorrisinho orgulhoso. "*Quem resistiria, não é?*"

Não precisa ser muito inteligente, para saber o que ele quis dizer com isso. E aí quando contei que foi um fantasma *homem* com quem eu tinha me relacionado, foi que ele se revelou um babaca preconceituoso do caralho.

Abraham disse que não sabia nada sobre a situação de fantasmas se tornarem demônios. Ele acha que mediou a tal cantora com quem transou, até hoje. De repente, ele pensa que o próprio pau é santo, vai saber. Então, notei que precisava contatar Kenzo de novo, para que ele me ajudasse a encontrar alguns outros *animus videntiuns*. Porque, veja bem, não conheço outro além de Abraham e também não saberia ajudar, nem se quisesse. Eu não estava sendo orgulhoso aqui, afinal. Dante era mais importante que isso.

Então, pela quarta ou quinta vez naquela semana, disquei o telefone da Espírito Mágico. Ninguém atendia há alguns dias. Kenzo me atendeu uma vez, não havia um porquê de estar me ignorando agora. Bufando, desliguei o aparelho, totalmente frustrado. Olhei para o relógio na mesinha de cabeceira. Já passava da meia-noite. Eu não podia simplesmente surgir na porta da Espírito Mágico naquele horário, para confrontar Kenzo e o motivo de ele não atender às minhas ligações. Além do mais, a loja fechava por volta das 9h da noite. Certamente estaria fechada agora. Por isso me retirei do quarto e resolvi jantar na sala, já que minha barriga roncava muito àquela altura. Dormir mal, esquecer-se de comer e ainda associar isso a litros de café fazia muito mal.

A moldura na parede, onde repousava o lindo desenho que Dante fez de nós dois e me deu de presente de aniversário, estava imponente à minha frente. Era realmente doloroso ver, mas não tinha coragem de tirá-la dali. Era meu único lembrete de que Dante esteve comigo e me amou. De que o que nós dois tivemos foi real e não mero fruto da minha imaginação. E, por mais que doesse, eu precisava disso.

Desci as escadas em completa frustração, mas acho que venho repetindo essa palavra demais, então vou usar alguns sinônimos a partir de agora: passo vinte e quatro horas do dia decepcionado, desapontado, desiludido, abatido, deprimido, desalentado, desanimado, esmorecido e estressado.

Pronto. Foi isso que achei no dicionário.

Nessas horas, os trezentos e sessenta e cinco pacotes de miojo que Thomas me deu tinham muita importância. Mas como minha dieta vinha sendo fraca, acabei comendo com alguns ovos e um pouco de queijo, para reforçar com proteínas e eu não cair desmaiado por aí.

Atualmente, eu não conseguia dormir se ao fundo não estivesse passando algum filme de guerra, com barulhos de tiro e bomba, porque, quando Dante estava aqui, ele e Laura assistiam a essa merda o tempo todo. Eu dormia com o Donadelli abraçado ao meu corpo enquanto ele ficava acordado assistindo aos seus filmes barulhentos durante a madrugada. Por isso, acabei me acostumando com o som. Significava que meu amor estava ali, comigo. Eu me sentia protegido, nada de ruim podia acontecer se estivéssemos juntos, certo?

Era o que eu pensava, mas estava errado.

Talvez ficarmos juntos fosse a causa da pior coisa que poderia acontecer a ele. Ser enviado ao Inferno, por desobedecer às leis espirituais e se unir carnalmente a um humano vivo, não parecia sequer medianamente suportável.

Triste pra caralho, deixei que as lágrimas rolassem pelo meu rosto enquanto mastigava o miojo, sem apetite nenhum. Era lastimável. Quem chorava comendo enquanto assistia a filmes de guerra? Porra, só eu, um fodido.

Honestamente, se pudesse voltar no tempo e nunca ter transado com Dante, voltaria e me impedia. Se pudesse voltar no tempo e não me apaixonar por um fantasma... Bem, eu me apaixonaria, sim, outra vez. Porque de forma alguma me arrependia de ter me apaixonado por alguém tão maravilhoso – e irritante – quanto Dante Donadelli.

Não sei em que momento adormeci no sofá, mas acordei com o barulho da campainha. Você já deve ter percebido que sou acordado assim muitas vezes nesta casa. É por isso que digo que visitas são irritantes. Incomodar o meu sono era muita indelicadeza, especialmente considerando minha dificuldade em dormir.

Levantei-me mal-humorado – como sempre naquelas situações – e senti que tinha alguma coisa colada na minha blusa, mas não dei muita atenção e abri a porta bocejando, apertando os olhos para a luz do Sol.

— Cara... — Jonas fez uma careta. — Tem miojo na sua bochecha. Que nojo! — reclamou.

Mas isso não o impediu de tirar a comida colada em mim e na minha roupa, com as pontas dos dedos.

Abri espaço para que ele e meus pais entrassem na casa enquanto eu coçava o rosto, preguiçosamente.

Quanto tempo dormi? Não tenho a sensação de que fiquei apagado por horas, embora minha coluna esteja dolorida, pelo modo torto que adormeci no sofá.

— Você sabe que horas são, Alex? — Yoona tinha o tom preocupado.

Não respondi, apenas me virei para ela e esperei que desse continuidade.

— São 3h da tarde, ser humano. O pessoal do trabalho ligou pro seu irmão, querendo saber de você. Desde quando você é irresponsável a ponto de faltar ao próprio emprego e nem se preocupar em avisar?

Eu arregalei os olhos. Ao conferir o relógio na parede, vi que tinha dormido por cerca de quatorze horas. Inacreditável. Realmente, venho me esforçando além da conta, é claro que culminaria em algo assim.

Passei a mão no rosto, totalmente... frustrado. Já falei que me sinto assim vinte e quatro horas por dia?

— Xander, o que está acontecendo com você? — O tom do meu pai, por sua vez, era brando, mas eu via a preocupação em seu rosto. — Desde que encontrou aquele... falecido na sua parede, tem estado completamente desligado do mundo. Seus olhos sempre têm olheiras, você não nos visita, não responde às mensagens direito, parece sempre cansado e desleixado.

— E ainda insiste em ficar nessa casa — Jonas completou. — Esse lugar me dá arrepios, depois daquela coisa.

— Eu nunca te vi com bigode aparecendo, desde que você tinha 12 anos e achava que deixar aquela penugem no rosto te tornava mais másculo — minha mãe comentou.

Automaticamente, levei a mão ao buço. É, o bigode ralo estava ali. Devia estar ridículo, porque isso não combinava com minha carinha de bebê.

— Ok, hm... Por que vocês vieram aqui mesmo? — perguntei confuso, enquanto liderava o caminho para cozinha, já que toda vez que meus pais vinham aqui traziam comida de restaurante caro.

— Como, por quê? — Yoona franziu o cenho. — A gente ficou preocupado, oras. Já planejávamos vir aqui no final de semana, para conversarmos uma coisa importante. Apenas adiantamos a visita, depois que seu chefe ligou pro seu contato de emergência.

— Sobre o que vocês queriam falar? — Fiquei curioso.

— A gente conversa enquanto come, sim? Você parece muito magrinho agora... — Minha mãe descaradamente fugiu do assunto.

— Cadê o Thomas? Por que ele não veio com vocês?

— Ele foi levar o Tomtom pra castrar — respondeu Jonas.

Depois dali, todo mundo se sentou à ilha da cozinha, abrindo as embalagens de comida e servindo porções uns aos outros. Eu só fiquei ali, comendo, resignado, esperando que desembuchassem logo aquela coisa.

— E então...? — Puxei o assunto. — Vocês podem parar com o mistério e abrir o jogo ou...?

Minha mãe endireitou a postura no banco, sendo imitada pelos outros dois. Um clima tenso começou a pairar no ar e me senti realmente assustado. Será que eles tinham vindo fazer uma intervenção? Será que finalmente decidiram me internar num hospital psiquiátrico? Caralho, se fosse isso, eu estaria fodido. Qual é?! Eu estava frequentando todas as consultas com o Doutor-Chato-Para-Um-Caralho. Da última vez, acabei inventando para ele que via fantasmas porque tinha alucinado fumando maconha. Ele acreditou em tudo. Mas obviamente o sigilo médico-paciente o impedia de dizer isso aos meus pais ou a qualquer pessoa. Entretanto... E se ele resolvesse me pôr na reabilitação, como um viciado? Era sempre bom lembrar que o fundo do poço não é o limite. Depois dele, ainda tem dez metros de adubo, e aí tem eu.

Largando meus talheres na mesa, suspirei e passei a mão na testa para secar o suor que começava a brotar. Minha mãe pareceu se preparar para dizer alguma coisa. Acho que era ela quem daria a notícia. Após um minuto, que mais pareceu uma hora inteira de tensão, ela pigarreou e começou:

— Alex... Como você sabia que os ossos escondidos aqui pertenciam ao garoto da família Donadelli? — Foi direta, olhando-me estranho.

Tossi desconfortável. Não sabia como responder àquilo, mais uma vez, sem que eles me internassem. Então, fiquei parado ali, de cabeça baixa, observando as embalagens vazias sobre o balcão enquanto coçava a nuca, desesperado para ter uma resposta. Eu não podia dizer de novo que era a coisa do fantasma. Não se quisesse continuar livre.

— Por que isso agora? — foi o que rebati. — Vocês acham que tenho algo a ver com os ossos?

Meus pais se entreolharam com uma careta confusa.

— Como você teria algo a ver com isso? — meu pai quem perguntou. — Você nem era nascido quando mataram o garoto.

— Então, por que estão questionando isso agora? Já faz pelo menos dois meses.

— Bem, é que... — Yoona começou. — Você andou nos perguntando sobre a família Donadelli, antes de achar aqueles ossos...

— E você também quebrou aquela parede no lugar exato, como se soubesse o que estava escondido ali — Jonas adicionou, olhando-me cuidadoso.

Todos pareciam bem cautelosos falando comigo, tipo como quando você tenta chegar perto de um cão raivoso.

— Eu não quero responder a esse tipo de coisa — falei em tom decidido. — Vocês sabem que ando me consultando certinho com o *Dr. Coisa*.

— Alex... — Meu pai me encarou complacente. — Só estamos querendo entender isso aqui. Quando essa casa foi vendida pra sua avó, estava totalmente vazia, certo, Yoona? — direcionou-se à esposa, que assentiu freneticamente com a cabeça. — Sua mãe falou que nem mesmo no porão havia coisas dos moradores antigos, ou seja, da família Donadelli. Então, isso impossibilitaria que você pudesse ter encontrado qualquer tipo de coisa que eles tivessem deixado para trás e que fosse funcionar como dicas sobre Dante Donadelli e aquele esqueleto.

— Ainda não tô entendendo bem aonde vocês querem chegar...

Os três se entreolharam novamente, daquele jeito tenso, o que me fez bufar impaciente. Para que toda aquela porra de mistério?

— Você se lembra de que teve um amigo imaginário quando era pequeno? — Jonas indagou delicadamente.

Franzi o cenho, totalmente intrigado. Eu tive um amigo imaginário? Não estava lembrado. Então, sacudi a cabeça, negando.

— Bom, você não se lembra, mas teve um. Até os 5 anos de idade, você vivia me assustando com isso de amigo imaginário. Eu ficava zombando e implicando, porque, você sabe, é o que irmãos mais velhos fazem. Mas aí você dizia que seu amigo ia me pegar. Eu ria porque pensava que era coisa de criança, que você era piradinho mesmo, mas, em algumas ocasiões em que você se irritava, algumas coisas estranhas aconteciam. Tipo aquela vez que a gente ficou brigando pelo controle da TV, e aí eu o soltei e ele bateu direto no seu rosto. Você começou a chorar muito, e aí percebi que o baque tinha cortado sua testa. Entrei em pânico, porque, se a babá escutasse seus gritos, ia contar pros nossos pais e eu tomaria uma surra.

— É, muito obrigado por isso, aliás — comentei irônico. — A cicatriz me deixa charmoso até hoje, sabe? — Apontei para a marca suave acima da minha sobrancelha, que mal podia ser vista.

— Alex, não é aonde quero chegar. O negócio é que, pra te fazer parar de chorar, tapei sua boca com a mão, te mandei ficar quieto, e foi aí que você gritou mais agoniado, se sacudindo e tudo. E... é estranho acreditar que isso realmente tenha acontecido, mas as luzes começaram a piscar e as portas começaram a bater. Fiquei morrendo de medo. Achei que você estivesse pregando alguma peça em mim. Mas como poderia? Você tinha 5 anos. Na minha cabecinha de criança, cheguei a pensar que você era um mutante, igual aos dos X-Men.

Engoli em seco. Provavelmente era algum fantasma me defendendo do meu próprio irmão. Eu não podia vê-los ainda, naquela época, mas era a única explicação. Não que me lembrasse disso exatamente, só sabia a origem da cicatriz, porque Jonas contava sempre da briga pelo controle da TV, de modo bem mais resumido e editado que isso.

— Tá, mas e daí? — ralhei impaciente.

— E daí que essa não foi a primeira vez. — Ele deu um suspiro. — Outras vezes antes disso... Toda vez que eu te dava um tapa, um beliscão ou tomava algum brinquedo seu e essas coisas, algo caía no chão, do nada; as portas batiam, as luzes piscavam, era sempre a mesma coisa. E aí, quando eu brigava com você e te mandava parar com aquilo, você dizia: "*Não fui eu, foi o D*". Mas não tinha ninguém, além de mim, ali.

Minha mãe se curvou para pegar a bolsa e tirou de dentro dela uma pasta com elástico. Então me encarou suavemente, com um sorriso tristonho.

— Sabe, ser humano... Sei que nós não temos a melhor relação do mundo, mas sou sua mãe e te amo mais que qualquer outra pessoa. Guardei todos os desenhos que você fez quando criança, nesta pasta, sabia? — Sorriu, mas logo voltou à expressão anterior. — Crianças costumam ser sinceras. Uma vez, engordei alguns quilos...

— Quinze — meu irmão murmurou.

— Calado! — Ela lhe deu um tapa na nuca. — Teve uma época que passei da conta na comida e aí perguntei pro seu pai se ele me achava gorda... Ele disse que eu estava ótima. Então, fui, com um vestido florido ridículo, te levar ao parquinho da esquina. E, no fim do dia, você me deu um desenho meu e seu no balanço. Só que você me desenhou como um botijão com capinha colorida!

— Yoona, foco, pelo amor de Deus... — meu pai grunhiu.

— Olha, não consigo fazer isso, faz você! — Ela ficou irritada e jogou a pasta no colo dele. Depois, capturou e acendeu um cigarro, afastando-se um pouco para fumar de pé enquanto caminhava em círculos pela cozinha.

Eu estava perdidinho ali, sem fazer ideia do que tudo aquilo queria dizer, mas permaneci escutando, porque nunca tinha ouvido falar de amigo imaginário nenhum.

— A questão é que você, assim como toda criança, desenhava o que via — prosseguiu meu pai. — Você vivia reclamando de vultos e coisas estranhas que via quando estava sozinho, mas a gente não dava bola. Às vezes, você falava sobre esse seu... amigo imaginário. Uma vez você disse que ele *te defendia do pessoal do mal*, como você mesmo chamava.

— Mamãe estava arrumando o sótão esses dias, Alex. E aí encontramos a pasta de desenhos. E quando a gente foi olhar... Hum, bem, veja por si mesmo — Jonas puxou a pasta do meu pai para jogá-la na minha frente.

Curioso demais para fazer aquilo devagar, eu tirei os desenhos de dentro, afoito. No primeiro, desenhei o Super-Homem, com o rosto do meu pai – ou algo parecido com ele. E isso me fez sorrir. Eu realmente vi meu pai como um super-herói a vida toda. O próximo desenho era um da minha mãe, com orelhas de gatinho e olhos bem delineados. Isso talvez fosse porque eu a achava uma gata. Com isso, sorri de novo. O terceiro era aquele do parque, que ela havia comentado antes.

E, então, o próximo quase me fez ir ao chão.

Na folha velha, o desenho, com giz de cera colorido, mostrava meu irmão chorando com um bocão banguelo aberto e uma seta escrito *JONAS MAU,* com uma letra garranchuda. Eu não sabia escrever perfeitamente aos 5 anos, mas meus pais diziam que eu conseguia copiar algumas palavras que eles ensinavam. E ali, no desenhao, tinha uma pessoa com o pé na cabeça do Jonas. A dita cuja tinha olhos verdes, um bocão grande e bochechas rosadas, além de uma roupinha branca no torso, calças pretas e uma mancha laranja nos cabelos escuros.

Puta. Merda.

Lentamente, deslizei os olhos pela seta que saía do menino de mechas laranja no desenho. Ela dizia *MEU DANTE.*

Eu parei de respirar. Por um momento, só ouvi zumbidos. Uma vertigem se apossou de mim e cambaleei sentado, só não escorreguei do banco porque Jonas me amparou. Eu estava em completo choque.

Dante. Meu Dante. Ele realmente sempre esteve lá por mim. Não sei por que o via tão perfeitamente assim quando era criança, pois só me lembrava de enxergar vultos e não disso. Além do mais, eu também não me lembrava de nada daquilo, mas na época eu era realmente novo demais, lembrava-me de pouquíssimas coisas anteriores aos meus 5 anos.

— Depois de um tempo, você nunca mais falou dele, filho... — meu pai disse manso. — Nunca mais comentou sobre seu amigo imaginário, nem disse que o tal Dante tinha te defendido dos vultos. Você só chorava e dizia que estava com medo das coisas estranhas que apareciam pra você quando estava sozinho.

— Alex. — Minha mãe apagou a guimba de cigarro numa embalagem de comida vazia. — Nós queremos saber a verdade. Não podemos mais encarar isso apenas como uma brincadeira de criança — declarou, com os olhos marejados.

— Nós não estávamos preparados antes, mas agora estamos, querido — disse meu pai. — Confie em nós uma última vez. Seu amigo imaginário era Dante Donadelli, não era? Você realmente vê fantasmas desde criança. E foi assim que você soube onde o corpo dele estava, não foi?

Eu os encarei abismado e... desconfiado. Eles nunca acreditaram em mim e sempre me taxaram de louco. E se eu abrisse o jogo de novo e eles me internassem?

— Como chegaram a essa conclusão? — indaguei, com os olhos apertados.

Minha mãe suspirou, sentando-se em seu banco outra vez.

— As fotos, Alex — ela respondeu. — Na época do caso dos Donadelli, as fotos dele estavam espalhadas por todos os cantos, mas é claro que, décadas depois, a gente não se lembrava disso direito. Mas, depois que você encontrou aquele esqueleto, o caso voltou a ser assunto na mídia e, com isso, as fotos de Dante Donadelli voltaram a circular. Ele se parece muito com esse desenho. Os olhos verdes, os lábios grandes, o cabelo preto e as mechas cor de laranja que, a princípio, não compreendi no desenho, mas, outra noite, assistindo ao jornal e vendo uma foto do garoto Donadelli, isso fez meu cérebro entrar em alerta...

— Por favor, nos desculpe — meu pai falou, com a voz trêmula. — Nós não acreditamos em você, mesmo quando você repetiu isso tantas vezes e por tanto tempo.

— Por favor, perdoa a sua mãe, Alex...

— Tá tudo bem, eu acho — respondi incerto. — Quero dizer, vocês realmente acreditam em mim agora, não é? Não vão me mandar pra um sanatório nem algo do gênero? — Eu temi.

Minha mãe soltou uma risada e deu a volta na bancada para me pegar num abraço apertado e caloroso.

Por semanas, aquela sensação ruim me destruiu. Agora, ali, com minha família finalmente acreditando em mim, e minha mãe me passando tanto carinho por meio daquele abraço, senti uma felicidade e tranquilidade que não sentia desde que Dante desapareceu.

— Alex, sua avó era como você, não era? — meu pai perguntou, fazendo minha mãe soltar o abraço e me encarar ansiosa.

— Ok, ok — Jonas interrompeu. — Vamos lá pra sala, e Alex nos conta tudo sobre esses poderes paranormais dele! — Ele bateu palmas para que todos dispersassem. — Mas vai indo na frente, gente. Preciso de um minuto a sós para falar algo em particular com meu irmão.

Meus pais concordaram e foram se retirando, mas não sem antes meu pai fazer um carinho em minha cabeça e deixar um beijo nela.

— E aí? Qual o novo mistério, Scooby? — Virei-me para Jonas, de braços cruzados.

— Você vê mesmo fantasmas ou é um dos X-Men? Fala a verdade!

Revirei os olhos e me levantei do banco. Por que ele insistia em ser tão criançāo até quando não era o momento? Dei as costas e já estava saindo da cozinha, mas sua voz me fez parar e voltar para ele:

— Alex, espera aí... Eu tô só brincando. Na verdade, quero te perguntar algo sério.

— Pergunta logo, cara, que coisa...

— Você estava namorando esse fantasma? — Sua expressão era uma que usava apenas no trabalho.

Comecei a tossir, me engasgando em saliva.

— Alex, é sério, olha... Não pode ser coincidência você namorar um cara com o mesmo nome do falecido e que ninguém nunca viu sequer uma foto. Além do mais, aquele desenho que tem pendurado na parede do seu quarto... Ele tem a sua cara e a de Dante Donadelli. A assinatura também é dele, é um D! E a data é deste ano! Não vou dizer que isso não é assustador, porque é, e muito. Nem entendo como um fantasma pode fazer um desenho ou algo assim, mas não é como se eu ou qualquer um pudesse te impedir de continuar com isso, sabe? A gente nem consegue ver o cara! O que quero saber é se isso é ok. Quero dizer, me parece uma coisa meio tenebrosa, que alguém namore um fantasma. Você sequer pode tocá-lo? Como isso funciona? — Metralhou-me com perguntas.

Mas eu não me sentia confortável em respondê-las, então apenas suspirei e olhei em seus olhos, preparando-me para dizer uma meia-verdade. Ou meia-mentira, como você preferir:

— Ele se foi, Jonas — falei.

Vi-o piscar atordoado, sem entender o que eu queria dizer, então expliquei:

— Os fantasmas não ficam por aqui, normalmente. Eles têm que ir para o Outro Lado. Só que, como na crença popular, eles ficam presos no plano dos vivos, caso tenham algum assunto não resolvido. É pra isso que servem os médiuns. Nós auxiliamos as almas, aqui no plano físico, para que elas possam partir numa boa. E, bem... Dante partiu para a terra dos espíritos, entende?

Óbvio que eu não podia soltar o verbo e contar: *"Ah, é, ele provavelmente foi parar no Inferno, porque corrompi a alma dele com sexo"*.

Ele assentiu, arregalando os olhos.

— É por isso que você anda todo fodido, não é? Você estava bem apaixonado e o cara desapareceu...

Sacudi a cabeça em concordância, mas não disse mais nada. Então, ele continuou, dessa vez com a voz bem mais delicada e baixa que a habitual:

— Olha, Alex... Se é assim, então você sabia que isso aconteceria em algum momento, certo? Quero dizer, você sabia que ele, sendo um fantasma, teria que partir uma hora ou outra. Não era uma relação com futuro, de qualquer modo. E eu entendo que seu coração esteja partido porque não vai mais estar com a pessoa de quem gosta, mas pense pelo lado bom: ele foi para um lugar melhor, depois de quase quarenta anos vagando como espírito por aí. Sabe, deve ter sido ruim, pra ele, ficar perdido entre os vivos, assistindo às pessoas que conhecia envelhecerem enquanto ele estava morto. Veja isso como algo positivo. Você o amava e ele te amava de volta?

— Sim... A gente se amava muito. Muito mesmo, Jonas.

Meu irmão sorriu doce, de um jeitinho raro nele.

— Então, tudo valeu a pena. Agora, vamos pra sala — chamou, indo à frente.

Antes de sair da cozinha, dei uma última olhada em mais um desenho, dos vários ali. Meus olhos encheram-se de lágrimas, ao ver que nesse, eu estava de pé e Dante agachado, equilibrando-se nas panturrilhas enquanto rodeava os próprios joelhos com os braços, todo pitico, embora, é claro, o desenho fosse mais uma confusão de rabiscos, que tive muita dificuldade de entender, mas no fim, assimilei.

— Onde você está, Dante? — suspirei, encarando as paredes. — Que não seja mesmo você nessas aparições... Por favor, meu amor, esteja bem — foi o meu pedido.

— Cadê você, baby? — a voz assustadora sussurrou ao longe. — Pare de se esconder de mim, diabinho...

Ouvi o som de uma risada totalmente debochada.

Continuei correndo. Aquela era a primeira vez que eu realmente corria naquele pesadelo repetitivo e assustador. Assim como no filme do Harry Potter, o labirinto de folhas parecia se mover, alterando sua forma e, consequentemente, as bifurcações e saídas.

— Amorzinho... — A voz horripilante de Dante continuou a provocar, em um tom que soava completamente divertido, de um jeito meio maldoso. Não era muito diferente de seu tom usual, na verdade, mas havia algo naquele timbre e no modo como as palavras saíam que me assustava muito, porque parecia maldoso. Era como um sádico se divertindo ao assistir à sua vítima aterrorizada. — Por que continua fugindo de mim, baby? Foi tão ruim assim pra você? — Agora, a maldita voz soava mais perto. — Você sabe que foi bom... E vai ser ainda melhor quando pudermos terminar o que começamos...

Para meu desespero, a próxima declaração soou mais perto que nunca, bem na minha nuca:

— Eu quero te sentir dentro de mim... Quero engolir você...

Arrepiado, acordei com o coração batendo tão freneticamente que doía.

Que história era essa de me engolir?

Ele queria, tipo, *devorar a minha alma*?

Finalmente percebi que não existia a possibilidade de ser apenas uma fantasia do meu subconsciente.

Era Dante...

Era realmente ele.

03.
O INFERNO ESTÁ CHEIO DE BOAS INTENÇÕES

Algumas semanas atrás, recebi uma ligação do advogado contratado por meus pais, sobre o andamento do processo contra o ex-namorado assassino de Liza. O tribunal entraria em recesso, por conta das festas de fim de ano, mas o tempo limite da prisão preventiva de Dennis terminaria antes do Natal e, por isso, a audiência de julgamento foi antecipada. Graças às forças cósmicas, Dennis foi considerado culpado e agora estava preso em definitivo. A família de Jessica conseguiu as gravações do circuito interno de segurança do prédio que ela morava, nas quais, na madrugada de seu desaparecimento, Dennis aparecia. Eles dois conversavam na porta por um longo tempo, antes de Jessica finalmente assentir e sorrir para ele, como num agradecimento, antes de saírem do prédio, juntos. Duas horas depois, ele voltou ao apartamento sozinho e levou as malas dela – que acabou confessando ter enterrado em um terreno baldio, na saída da cidade, para se livrar das pistas.

De qualquer modo, eu já vinha tendo muita coisa na cabeça, por conta do desaparecimento de Dante, e ter que enfrentar uma audiência criminal, em que a vida de pessoas estava em jogo, foi particularmente difícil. Principalmente por ter que encarar o próprio Dennis, que me fitava com todo o ódio presente em seu coração. Então, você deve imaginar o quão difícil foi, emocionalmente falando. Eu estava exausto. Liza chorou durante toda a audiência e quase não conseguiu dar seu testemunho, tive que segurar sua mão, para encorajá-la.

Mas o pior realmente foi algo sobre o qual estava tenso desde o início: o áudio que gravei com a confissão de Dennis. É... Aquele mesmo em que eu gritava que era gay, a plenos pulmões. Pensei que o sigilo da coisa toda, na delegacia, quando registrei a queixa contra Dennis, impediria que meus pais ouvissem a fita. Só que demorei muito a me dar conta de que ela precisaria ser escutada no tribunal, frente a todos os presentes e, entre eles, meus pais.

Não foi bom. Não foi nada bom. Meus pais me olharam exatamente do jeito que eu temia, e um clima tenso surgiu entre nós, sumindo com todo aquele clima amoroso que havíamos iniciado depois de esclarecermos as coisas sobre minha paranormalidade.

Como Jonas sabia sobre minha sexualidade e a aceitava sem problemas, tentou agir normalmente quando saímos do tribunal. Ele comentou alegremente onde poderíamos comer, para comemorar a prisão do cara que quase me matou, mas eu sabia que era um esforço desesperado para que aquela informação não se tornasse um problema em nossa família. Quer dizer, eles tinham acabado de descobrir que eu via fantasmas. Acabaram de aceitar e lidar com o fato de que me comunico com os mortos, de que falei a verdade durante minha vida toda e que não sou louco. Mas ser gay era um pouco demais para eles, aparentemente. Ver fantasmas, ok. Ser gay? Nem pensar! E eu sempre soube que seria assim. Não era como se estivesse realmente decepcionado, uma vez que sempre esperei essa reação, desde que era pré-adolescente e tive certeza sobre minha orientação. Mas, por mais preparado que estivesse, o olhar triste e distante dos meus pais era realmente doloroso.

Para minha sorte, Liza sabia muito bem como era isso. Ela veio até mim, enquanto eu estava parado em frente ao carro com minha família, e me convidou para almoçar com ela, livrando-me de um embate que seria mais incômodo do que o esperado, tendo em vista toda a carga ruim de coisas que vinham acontecendo ultimamente e tirando a alegria da minha vida.

Ao menos Thomas não estava ali para presenciar aquele momento ruim. Thomas é bissexual e órfão, então essa família é a única que ele tem agora. Saber que seus novos pais não o aceitariam também, seria doloroso. E como Thomas passou por maus bocados durante o julgamento da irmã, tendo que ele mesmo ser ouvido nessa ocasião, ele me pediu desculpas por não comparecer, mas disse que ficaria ansioso esperando que a audiência acabasse, para encontrar-se conosco.

Meus pais não fizeram objeções, é claro. Hans Kister disse, com um pigarro muito sem jeito, que estava tranquilo por eu agora estar a salvo de um assassino maluco, e que me cuidasse ao voltar para casa. Foi só isso. Minha mãe se manteve calada.

Durante o caminho para a cafeteria com Liza, tudo que conseguia pensar era em como a vida tinha uma dinâmica escrota. Quer dizer, uma das primeiras coisas que notamos ao começarmos a crescer é que tudo que fica ruim tende a piorar.

Já na cafeteria, Liza foi ao banheiro primeiro enquanto eu escolhia o lugar para nos sentarmos. Olhei em volta, levemente nostálgico. Foi no mesmo restaurante em que conheci ela e Jessica. E ainda bem que naquela rápida conferida, confirmei que não havia nenhum fantasma por ali, porque se um *animus* me pedisse ajuda naquele momento, eu certamente recusaria, apenas para me sentir culpado depois.

Fiquei pensando sobre o quanto Jessica era realmente legal e não merecia ter tido sua vida tirada de si tão cedo e de forma tão brusca. Assim como Dante.

Diferentemente de Jessica, eu ainda não sabia como Dante havia morrido, tampouco consegui autorização para visitar Anthony Fernández na cadeia e tentar arrancar alguma informação dele. Senhor Fernández estava em prisão temporária, assim como Dennis ficou antes de seu julgamento. Talvez, apenas quando Anthony fosse julgado, é que toda a verdade pudesse vir à tona.

— Demorei? — Liza indagou ao sentar-se à mesa. — Já pediu alguma coisa?

— Não. O que você quer comer? — Abri o cardápio.

— Não estou realmente com fome. — Ela estava perceptivelmente desanimada.

— Eu também não — devolvi com igual ânimo. — Queria beber, tem sido um mês e tanto.

— Beber álcool de estômago vazio é ruim... Que tal se a gente pedir só alguns petiscos pra acompanhar? Acho que nessa cafeteria tem de tudo, até jantar!

Dei de ombros e concordei, acenando para um garçom velhinho de cabelos grisalhos, que chegou até nossa mesa rapidamente. Ele foi simpático e nos ofereceu um sorriso. Assim que ele se afastou, observei Liza com atenção, estudando-a. Ela cruzou os braços sobre a mesa e seu pulso ficou aparente através da manga da camisa de manga, fazendo-me notar o quão magra ela estava. Muito mais magra do que eu já tinha reparado. Muito mais do que o saudável. Franzi o cenho e Liza percebeu, ao que imediatamente colocou os braços para debaixo da mesa, sem jeito.

— Você anda comendo? — disparei.

Primeiro, ela me encarou e abriu a boca para responder alguma mentira, mas, sabendo que seria inútil, apenas suspirou, vencida.

— Vem sendo muito difícil, Alex — admitiu. — Estou sem Jessica há mais de um ano, mas apenas recentemente descobri que ela estava morta, todo esse tempo. Com o julgamento do Dennis, somado à minha situação com a Rosalia e toda a culpa que carrego pelo que aconteceu à Jess... É realmente complicado. Não consigo comer, dormir ou sentir vontade alguma de viver...

Desde o fim das aulas, não tinha visto Rosalia e podia jurar que elas duas estavam tentando algum tipo de relação. Mas também não era como se Rosalia fosse do tipo que se abre e conta muita coisa, era bastante discreta.

— E o que aconteceu entre você e a Rosa? Além do que vi na minha festa? — Arqueei uma sobrancelha.

Liza apoiou os cotovelos na mesa, e a bochecha, na palma, numa expressão bastante chateada.

— Não consigo manter uma relação agora, Alex. Nem com ela e nem com ninguém. Minha namorada morreu por minha causa! Se não tivesse se envolvido comigo, Jessica jamais teria morrido. Ela estaria aqui, viva e saudável.

Suspirei pesaroso. Não era como se não entendesse seus sentimentos de culpa. Eu entendia bem, porque também me sentia assim com relação a Dante. Quer dizer, supondo que eu esteja certo em minhas suspeitas, se ele tiver se tornado um demônio, a culpa é toda minha, que insisti constantemente para que a gente transasse quando Dante temia que esse tipo de envolvimento entre nós nos metesse numa cilada. Se eu não fosse um fogoso do caralho, meu Gasparzinho ainda estaria por aqui, como esteve pelos últimos trinta e seis anos.

Entretanto, o caso dela era diferente do meu.

— Liza, não é assim que funciona. O único culpado por tudo é, única e exclusivamente, Dennis. Você e

Jessica jamais poderiam desconfiar que ele fosse chegar a esse ponto, Dennis realmente parecia inofensivo, com aquela cara de idiota e tudo mais. Infelizmente, essa foi uma fatalidade e coisas assim acontecem o tempo todo ao redor do mundo. Onde quer que Jessica esteja agora, ela está bem e contente por saber que você está em segurança e livre do perigo que Dennis representa.

— Então, por que sinto como se estivesse a traindo quando estou com a Rosalia? — Ela deu um pequeno suspiro cansado.

— Porque você ainda a ama. E sempre vai amar. Jessica não foi uma pessoa que você namorou e então se separou, para que pudesse assimilar o fim da relação e superá-la aos poucos. Você continuou a amando, por todo esse tempo. E, agora que sabe que ela não está mais entre nós, seu coração jamais deixará de amá-la, porque vocês nunca romperam de verdade. Mas isso não quer dizer que você nunca mais vá conseguir amar outra pessoa. Por exemplo, o que você sente pela Rosalia?

Liza suspirou mais uma vez, só que agora um pequeno sorriso brotou teimosamente no canto de seus lábios, e seus olhos pareceram ganhar um brilho diferente.

— Eu gosto mesmo dela. Não posso dizer que a amo, porque minha cabeça ainda está muito confusa. Foram muitas emoções para lidar em tão pouco tempo. Mas, você sabe, nunca amei ou gostei realmente do Dennis, apenas da Jessica, e a mágoa pelo seu falso abandono permanecereu em meu coração, durante todo esse tempo. Mas Rosalia é tão boa pra mim! Ela é compreensiva, doce, inteligente, bonita... E, cá entre nós, galã, ela transa inacreditavelmente bem. Acho que... é o melhor sexo da minha vida. — Liza se abanou de um jeito brincalhão, antes de murchar. — Rosalia não merece alguém que só possa lhe dar sentimentos rasos agora — declarou com pesar.

— Não se preocupe com isso. Como eu disse, você não teve seu tempo de luto pela morte da pessoa que amava. Pra você, é como se Jessica tivesse acabado de partir. Então, quando terminar de passar por isso, vai se sentir pronta pra amar intensa e livremente outra vez. Pode apostar. — Terminei com uma piscadinha cúmplice enquanto o garçom colocava nosso pedido sobre a mesa.

— Você parece um bobão, mas é realmente sábio. — Ela brincou em tom de elogio, dando o primeiro gole em sua bebida. — Mas e você? Estava saindo com alguém e parecia feliz, não é? Os meninos sempre falavam sobre um tal namorado misterioso seu...

Imediatamente me senti incomodado. Não queria falar daquilo. Quer dizer, a situação de Liza era tão ruim quanto a minha, e ajudá-la com seus próprios problemas era um modo de fugir do meu próprio inferno pessoal.

— Preciso ir ao banheiro. — Levantei-me, todo desengonçado.

Estava óbvio, pela minha cara de idiota, que só tinha inventado aquilo pra fugir do assunto, mas Liza não pareceu que insistiria.

Assim que cheguei ao banheiro, tirei meu telefone do bolso, buscando pelo número de Rosalia em meus contatos. No segundo toque, ela atendeu, sem nem ao menos me deixar falar:

— *Graças a Deus, Alex! Está tudo bem com vocês? Liza está com você? Como foi a audiência? Mandei mensagem pro Thomas, mas ele disse que também não foi ao tribunal* — foi despejando tudo como uma metralhadora, toda preocupada.

— Por que você não foi ao tribunal? Liza precisava de apoio moral, sabe?

Ela fez um audível som contrariado.

— *Achei melhor não. Quero dizer, a gente terminou. Não queria parecer invasiva ou uma stalker, como o ex assassino dela. Prefiro respeitar o tempo que ela pediu.*

— Você sabe que, pra ela, é como se Jessica tivesse falecido agora, né? Liza ainda está de luto. Então, é claro que ela vai demorar um tempo pra se recuperar totalmente disso.

— *É aí que fica o problema. E se ela nunca superar? E se ela nunca for capaz de me amar? E se eu sempre tiver que ficar à sombra da Jessica? Não posso competir com uma garota morta!*

— Ela nunca vai deixar de amar a Jessica, você precisa ficar ciente disso. Mas não quer dizer que ela nunca vá amar você ou qualquer outra pessoa. O sentimento dela pela Jessica poderá perfeitamente coexistir com o que quer que ela venha a sentir por você, depois que passar pelo luto. Você deve permanecer ao lado dela, como uma amiga, ao menos. Liza precisa disso.

— *Você acha?* — Rosalia estava insegura. — *Acha que ela realmente vai gostar que eu fique por perto?*

— Você não vai saber se não tentar, Rosa. Por que não aproveita e vem pra cá beber um pouco com a gente? Estamos naquele café-restaurante em frente à galeria de arte.

— *Hm... Tudo bem! Chego aí em vinte minutos.*

Encerrei a ligação e me virei para o mictório. Já que estava ali, aproveitaria para realmente usar o banheiro.

O ar subitamente começou a esquentar, como se eu estivesse dentro de uma sauna. O que era estranho demais, já que estávamos no meio do inverno.

Foi aí que, quando fechei as calças e me virei para lavar as mãos na pia, o vi. Bem ali, no espelho. Como já havia se tornado um costume. Sorrindo daquele jeitinho zombeteiro, com as mãos enfiadas nos bolsos.

Assustado, me virei para trás, mas, como sempre, Dante desapareceu. Mais frustrado do que nunca, lavei as mãos no mais puro ódio e depois peguei o telefone outra vez, discando o número já conhecido da Espírito Mágico. E, como esperado, não fui atendido. De novo. Então, saí do banheiro, decidido a ir até a loja, atrás do maldito Kenzo. Se ele não queria falar comigo, então ao menos eu poderia comprar alguns livros em que poderia absorver informações sobre o paradeiro de Dante, coisa que não conseguia na internet, não importava o quanto pesquisasse. Porque, é claro, esse tipo de coisa não tinha *online*, contudo, em livros antigos sobre o oculto, provavelmente encontraria o que precisava. Para isso, precisava esperar que Rosalia chegasse ao restaurante, para não deixar Liza sozinha. Então, tentei não demonstrar minha agitação quando voltei a me sentar à mesa, engolindo vários goles de bebida de uma vez só.

— Ei, calma aí, garoto... Come um pouco, pra não passar mal. — Liza mal falou e já enfiando um pedaço de carne enrolada em alface na minha boca.

Mastiguei de um jeito nervoso, enquanto tentava controlar a ansiedade.

— E aí, como foi com sua família? Vi que tava rolando um climão entre vocês lá na porta do tribunal, por isso te chamei pra almoçar. Foi por causa da gravação, né? Sobre o que você confessou nela?

Eu já tinha até me esquecido desse detalhe, de modo que ser dragado para essa realidade me fez sentir um peso ainda maior nos ombros.

— Sim, era sobre isso. Sempre soube que meus pais não aceitariam bem, por isso nunca contei.

— Sinto muito por isso, Alex. — Ela me encarou com pesar. — Você é mais uma pessoa que teve problemas causados por Dennis, graças à proximidade comigo...

— Não! Isso não foi culpa sua. Jamais diga isso! — Agitei as mãos em frente ao rosto. Independentemente de minha proximidade com ela, eu teria acabado no caminho de Dennis. Afinal, comecei aquilo para ajudar Jessica. Ela era uma *animus* e eu um *videntium*. Era minha obrigação, afinal de contas. — Não vamos voltar ao começo. Aconteceu o que tinha que acontecer e ponto final. Mas e quanto à sua família? Seus pais andam mais cabeça aberta ou...?

— Ah, sim. — Ela piscou lentamente. — Eles odiaram no começo, mas, depois disso tudo, andaram se desculpando. Tenho a impressão de que nem era muito por eu gostar de garotas em si, mas porque eles queriam me ver com Dennis, especificamente. Eles planejavam que nós nos casássemos desde que a gente era criança e brincava junto na rua. Mas depois que você conseguiu a confissão e ele foi preso, a imagem de bom moço caiu por terra. Então, meus pais ficaram bem mais receptivos à minha sexualidade. Não é como se eu não gostasse de garotos também, sabe? Eu gosto. Sinto atração. Só nunca me apaixonei por um. — Deu de ombros. — Com exceção do Bammy! — Ela colocou o dedo indicador para cima. — Tive uma paixonite pelo Bammy, mas a gente tinha 9 anos, acho que não conta...

Subitamente seus olhos se arregalaram, encarando algo atrás de mim. E eu já imaginava o que poderia ser.

— O que ela tá fazendo aqui? Ah, meu Deus, ah, meu Deus, ah, meu Deus! — grunhiu. — Ela tá entrando aqui! — Seu corpo ansioso murchou subitamente, ao se dar conta. — Foi você, né? — Apontou-me um dedo acusador.

Soltei um sorriso ladino, admitindo a culpa, e dei mais um gole na garrafa de bebida.

— Olha, vocês deveriam tentar ser amigas, pelo menos. Vocês se gostam, certo? — Fui dissimulado enquanto enfiava outro pedaço de carne e alface na boca. — Ficarem se evitando só piora tudo. Desfrutem da companhia uma da outra, sabe? Vai ser até melhor, caso futuramente vocês se acertem como namoradas. Namoros que dão certo são aqueles que nascem de amizades verdadeiras — falei de boca cheia. Então, olhei para Rosalia por cima do ombro, no momento que ela nos viu e começou a se aproximar. — Além do mais, quem não se apaixonaria pela Rosalia, uh? Olhe pra ela. Pernas longas, cintura fina, rosto de bebê e cabelos brilhosos. Ela parece uma integrante de grupo de K-pop, toda bonitona.

Liza gargalhou, jogando a cabeça para trás enquanto eu a encarava com um pedação de comida tão grande na boca que deixava minha bochecha direita inchada.

— O que foi? Só falei a verdade. — Me defendi.

— É que você é bem gay, até na hora de elogiar uma mulher.

Eu a encarei indignado. Mas não era mentira, então nem discuti.

É claro, eu não podia sair dali correndo, porque deixaria a situação desconfortável entre as duas. Então, terminei de beber, o que não foi o suficiente para me deixar alto. E, depois de meia hora com elas, me despedi e disse que tinha um compromisso.

Eu não deveria dirigir sob o efeito de nem uma gota de álcool, de jeito nenhum, mas estava tão ansioso que acabei burlando a lei. Coloquei a rota da Espírito Mágico no GPS e dirigi até lá, segurando-me pra não afundar o pé no maldito acelerador. O que eu queria mesmo era me teletransportar para lá, se você quer saber. A cada sinal de trânsito que era obrigado a parar, tamborilava impacientemente os dedos no volante.

Depois de quarenta minutos de viagem, finalmente pude vislumbrar os contornos da Espírito Mágico. Estacionando em frente à entrada, estranhei ao encontrá-la fechada e ter um carro de polícia parado com dois policiais encostados. Desci do meu carro, batendo os sapatos sociais no chão de cascalhos enquanto me aproximava da porta de vidro, na intenção de espiar lá dentro e ver se encontrava Kenzo ou qualquer outro funcionário. Mas, antes que pudesse chegar muito perto da porta, um dos policiais me chamou:

— Senhor! Posso ajudá-lo?

— Ah... Sim. Sabem por que a loja está fechada? — perguntei.

— O dono está preso. Nós fechamos o estabelecimento, senhor... Hm, qual seu nome?

— Alexander Kister — respondi de olhos arregalados. — Por que ele foi preso? O que aconteceu?

— Você era cliente dele, Senhor Kister? — indagou o segundo policial. Esse era mais baixinho e gordinho que o primeiro.

— Sim. Quero dizer, mais ou menos. Ele me ajudou uma vez com algo sobre... um amigo que partiu.

— Compreendo — o que era mais alto murmurou. — Bem, Senhor Kister, sinto informar, mas Mitsui Kenzo, mais conhecido como Madame Akira, era um farsante. E dos profissionais! Ele está sendo acusado de tirar dinheiro de muita gente que, em período de luto, o procurava para se comunicar com entes queridos.

— É, esse cara é realmente um sem-caráter, isso não se faz. Tirar proveito de pessoas em luto, pelo amor de Deus... — O policial gordinho sacudia a cabeça de um jeito reprovador, mas cômico. Algo me dizia que ele se referia a ele mesmo, como uma das supostas vítimas de Kenzo.

Então, era por isso que o sensitivo não me atendia mais.

Vencido, suspirei pesado, voltando-me para a loja. Era possível ver as pedras coloridas, estantes e livros de ocultismo na vitrine. E aquilo era agoniante, porque estava tudo tão perto, mas fora do meu alcance. E a solução para meus problemas poderia realmente estar ali. Endireitei a postura e me voltei aos policiais:

— Err... E por que os senhores estão de tocaia aqui? A loja foi cena de algum crime? Além dos esquemas de enganação da Madame Akira, quero dizer...

Eles me encararam meio desconfiados pela pergunta, mas, aproveitando-me da aparência austera que o terno que eu vestia fornecia, ajustei o botão do paletó na cintura e arrumei os cabelos, tentando passar uma imagem de alguém realmente sério.

— É que é estranho que dois policiais estejam guarnecendo uma loja esotérica, não é? Faz parecer algo muito importante, e preciso saber se o tal charlatão do Mitsui Kenzo é perigoso.

— Ah, não se preocupe, Senhor Kister — o mais baixo respondeu. — Só estamos aqui como cortesia, para avisar aos clientes desinformados sobre aquele safado, da farsa que ele era. Se o senhor quiser, poderá prestar sua queixa contra ele na delegacia também.

— Entendo... Bom, tenho muito trabalho a fazer, então não irei me incomodar com isso. Não perdi uma quantia em dinheiro tão importante assim. — Me fiz de soberbo. — Bom trabalho, senhores — finalizei, antes de voltar ao carro, tentando esconder meus tremeliques.

Honestamente, queria bater a testa no volante. Era frustração atrás de frustração, e eu já não estava aguentando mais. Minha sexualidade foi exposta para minha família preconceituosa, o cara que eu amo foi, literalmente, para o Inferno, por culpa minha, ao que tudo indica, o sujeito que podia me ajudar foi preso e fico tendo pesadelos com um Dante diabólico e assustador. Além do mais, eu não gozava desde a noite de nossa primeira e única vez. É sério, nem uma punhetinha para aliviar.

Detesto admitir, mas situações desesperadas pedem medidas desesperadas. E, se tem uma coisa que eu tô, é desesperado. Minha única alternativa era arrombar a loja. Eu definitivamente arrombaria aquela maldita loja, para descobrir o que quer que pudesse. Como não fazia ideia de quanto tempo aqueles policiais planejavam ficar de tocaia na porta, só precisava decidir o dia e ter sorte. De qualquer forma, a loja pertencia a Kenzo, e não era como se ele fosse me denunciar por isso. Se eu desse uma boa grana a ele, tenho certeza de que pouco se foderia.

Subi as escadas do mausoléu, retirando a gravata apertada em meu pescoço. Aquele foi um longo dia e, embora o Sol ainda não tivesse desaparecido, muita coisa aconteceu em poucas horas. Estava exausto. Por isso, tirei toda a roupa que vestia, abandonando-a em cima da cadeira da escrivaninha, e me joguei na cama.

Por algum motivo, meus olhos giraram até o desenho de Dante emoldurado na parede. Tirei-o de lá e o carreguei até a cama comigo, fitando-o de modo choroso. Sei que costumo fazer piada de tudo, vinte e quatro horas por dia, sete dias na semana, mas estava sendo dureza ficar sem Dante. Quanto mais dias passavam, parecia que meu amor por ele aumentava. E, se não conseguisse trazê-lo de volta ou, no mínimo, fazê-lo ir para seu lugar melhor, não conseguiria viver numa boa. Eu estava prestes a enlouquecer, e nem estava exagerando.

Então, fiquei ali, observando aquele lindo desenho, em que nós dois parecíamos mais inocentes do que realmente éramos. Que saudade!

Segurando a vontadezinha irritante e diária de chorar como uma criança que não ganhou presente na noite de Natal, repousei a moldura no espaço vazio ao meu lado na cama e rapidamente me deixei envolver pelo sono profundo.

E, em um piscar de olhos, eu estava lá, naquele maldito labirinto de folhas novamente.

Senti a presença dele, ainda mais forte agora. Pela primeira vez, era como se Dante realmente estivesse ao meu lado. Sentia seu cheiro de sândalo e, contrastando com a aparência invernal do lugar, uma temperatura quente, como a do banheiro do restaurante, me atingiu. Girei os olhos para observar meu próprio corpo, notando que eu não só suava, como estava sem roupas. O único tecido em meu corpo era a cueca boxer vermelha, com a qual havia me deitado para dormir.

Dessa vez, o labirinto não se movia para me confundir, pelo contrário. Cada vez mais, a luz clara da saída ia ficando visível. Comecei a acelerar o passo, ansioso. Até que finalmente pude pôr os pés para fora do maldito labirinto. Aquele era definitivamente o lugar mais estranho que já tinha visto: o céu tinha aquele tom azul-cinzento, indicando crepúsculo. Era como um campo aberto, onde o chão de grama sumia no horizonte. Além disso, não havia sequer uma estrela. Uma árvore que parecia ter por volta de cinco séculos de idade brotava do chão, como naquelas de filmes de terror, cheia de galhos grossos e raízes profundas fincadas na terra marrom, além de um buraco bem no centro dela, como se fosse a entrada de alguma coisa. Não parecia haver mais nada ao meu redor, de modo que me virei para observar novamente o labirinto atrás de mim, mas o que encontrei foi Dante Donadelli. O labirinto tinha desaparecido e, atrás dele, havia apenas o mesmo horizonte infinito.

Eu o encarei, mirando fundo em seus olhos, sem coragem de dar sequer um passo. Estava em completo choque. Aquela era a primeira vez que o via realmente de frente, sem ser pelo reflexo do maldito espelho.

Ele sorriu daquele jeito debochado, que andava me incomodando tanto nos últimos tempos, e seus cabelos eram completamente pretos, sem as mechas laranjas costumeiras.

Aquele sorrisinho presunçoso definitivamente não era o que eu queria ver. Sua presença não me parecia maligna agora, não estava com medo, como nos pesadelos anteriores. Mas ele tinha aquela aura estranha e eu sentia como se não conhecesse a pessoa na minha frente, mas, ao mesmo tempo, tinha total certeza que era ele.

— Finalmente... — Ele deixou a palavra escapulir lentamente por seus lábios cheios, que brilhavam úmidos na semipenumbra. Com um sorrisinho sacana, ele começou a dar passos curtos em minha direção, com uma das mãos enfiadas no bolso da calça, de forma despreocupada.

Como se finalmente meus sentidos estivessem despertando do torpor causado pelo choque de estar frente a frente com ele novamente, notei que, pela primeira vez, o estava vendo sem seu costumeiro uniforme fantasmagórico, composto por calça de couro, jaqueta jeans e camisa branca do Led Zeppelin. Ele estava todo de preto, com uma calça fodidamente apertada, botas de couro, uma camiseta lisa e um blazer de corte elegante, jogado por cima do tronco casualmente, emoldurando sua cintura bonita. O cara estava uma perdição maior do que nunca. Seu aspecto ainda não parecia exatamente humano. Ele estava pálido, muito pálido. Seus lábios não tinham cor. Eu estava esperando que a qualquer momento o Sol fosse aparecer, e Dante começasse a brilhar como o maldito Edward Cullen[1].

Quando chegou perto o suficiente, ele parou a centímetros de distância. Minha respiração desregulada bateu de encontro ao rosto dele, o que o fez sorrir e me encarar de cima a baixo, com um sorriso malicioso.

— Veio me buscar assim? Só de cuequinha? Desse jeito é impossível resistir e não te foder aqui mesmo... — Sua voz era provocadora e totalmente lasciva.

Os olhos dele deslizaram por meu torso nu, e agora eu estava bem consciente de minha nudez, num ambiente totalmente inapropriado, o que me fez perguntar:

— Onde estamos? O que aconteceu com você? Isso aqui é real ou eu tô só imaginando?

1 Protagonista da saga Crepúsculo, de Stephenie Meyer (2005).

Dante suspirou, como se estivesse levemente cansado, mas sem dar muita importância.

— Eu avisei, Alex. Estamos no Inferno. Foi pra cá que você me enviou, baby — seu tom era tranquilo. Tranquilo demais.

Baby? Desde quando Dante me chamava de outra coisa que não fosse pirralho, criança, pivete e Coelhinho? E, se ele era mesmo um demônio agora – o que era muito provável já que estávamos, bem, no Inferno –, baby seria o último apelido na lista que um ser das trevas chamaria alguém, acredito.

— O que você é? — indaguei desconfiado.

Minhas conclusões sobre ele, de fato, ter ido para o Inferno e se tornado um demônio, especialmente um do tipo íncubo, poderiam mesmo ser verdadeiras?

Ele franziu o cenho, como se não entendesse meu questionamento.

— Um demônio. — Encarou-me de modo acusador. — Você sabia que isso podia acontecer e mesmo assim insistiu pra que eu me deitasse com você. Sabe disso.

Engoli em seco.

— Nunca me disse que aconteceria algo com você — rebati. — Você disse que a minha energia vital seria sugada. Eu assumi o risco por mim! Jamais te mandaria pro Inferno! Se soubesse que algo ruim aconteceria a você, jamais teria insistido em... — As palavras morreram em minha garganta.

— Não teria insistido em foder comigo? — Seu semblante tinha um ar pateticamente zombeteiro. — Não se preocupe, baby, teremos todo o tempo pra isso agora.

— Por que você fica me fazendo ter esses sonhos?

Eu não sabia o que fazer. Também não sabia o que seu estado demoníaco implicava de fato. Algo me dizia que não seria nenhum pão de mel.

— Preciso que me tire daqui, baby... — falou com um suspiro. — Apenas um videntium da sua classe pode tirar um demônio do Inferno.

— Classe? — Não era a primeira vez que alguém falava algo parecido para mim. O sensitivo Kenzo havia me resumido alguns tipos de médiuns e até me dito para buscar ajuda de um necromante.

— Os videntium possuem diversas subdivisões. Alguns podem ver espíritos, outros podem tocá-los, alguns podem visitar o Outro Lado... Alguns podem

até ressuscitar os mortos se for feito da forma certa. Já ouviu falar sobre necromancia?

— Sim, mas não sei muito. Parecia coisa de filme de terror. E eu não sou um necromante.

Ele deu de ombros e fez pouco caso.

— Seu tipo é um dos mais poderosos. Seu sangue é tão valioso quanto. — Ele se calou subitamente e ficou me analisando. Acredito que por causa da careta que eu estava fazendo.

— Se você acha que eu tenho esse tal dom de ressuscitar os mortos, pode ir parando por aí. Não sou essa coisa de necromante. Sou animus videntium, e isso é só. Tenho certeza. — E não, eu não tinha certeza de nada. O próprio Kenzo disse que se eu fosse um necromante, nem ele mesmo saberia, a despeito de ser um sensitivo.

Dante deu um sorrisinho de lado, maldoso, mas não retrucou.

— Há outros tipos de... dons, na sua árvore genealógica. Dons sombrios. Mas saber disso não é necessário. Eu te atraí até aqui, através do plano astral de sonhos. Não posso sair daqui sem que você me tire. Eu poderia simplesmente ficar com você aqui, todas as noites, sugando toda a energia vital da sua alma, apenas com sexo. É isso que um demônio íncubo, como sou agora, faz.

Senti meu coração apertar. Agora tudo fazia sentido. Ele era mesmo um demônio íncubo, com todas as letras, assumido e exposto. E fazia sentido que tivesse se tornado um demônio sexual, quando sua alma fora maculada com sexo. Ele falava de maneira suave, como se aquilo não fosse realmente um problema. Mas, bem, eu também não sabia o que aquilo queria dizer com certeza. Estava mais que disposto a doar parte de minha energia, para que pudesse ficar com ele, de qualquer modo. Foi isso que pensei que aconteceria, da primeira vez, não foi?

— E por que não fez isso nesse tempo todo? Quer dizer, você tem me deixado bastante cansado durante esses sonhos, mas... A gente não transou. A gente nem se viu. Se é isso que é agora, imagino que tenha passado esses dois meses se... alimentando da energia de outras pessoas. — Percebi, com amargor.

Ele estalou a língua no céu da boca, parecendo levemente irritado.

— Se eu fizesse, tenho certeza que você nunca mais olharia na minha cara outra vez. Não quero trepar com você em sonhos. Quero fazer na vida real, no plano dos vivos, como fizemos antes. Só que, agora, sem medo algum. Ser um íncubo não é exatamente ruim como você está pensando. É quase a mesma coisa. — Ele levantou a mão para alisar meu rosto. O toque foi suave, o que me fez estremecer imediatamente e fechar os olhos para sentir melhor. — Por que não me abraça, baby? Não sentiu minha falta? — murmurou com os lábios rentes à minha pele.

Foi aí que a ficha caiu. Dante Donadelli estava bem ali, na minha frente. Eu poderia tê-lo de novo. Depois de mais de dois meses, sentindo desesperadamente sua falta, agora poderia tê-lo para sempre.

Não sabia exatamente o que ser um demônio implicava, mas não me parecia muito diferente de ser um fantasma. Eu só não entendia como faríamos qualquer coisa na dimensão dos vivos, porque como diabos eu o tiraria do Inferno? Ele parecia ter um plano, mas ainda não tinha o compartilhado comigo, afinal.

Abrindo os olhos, vi que ele já tinha os mirantes semicerrados e o rosto virado para cima, na direção de meus lábios. E aí tomei o impulso para diminuir os míseros centímetros que nos separavam, colando sua boca carnuda na minha.

Sua mão, que alisava minha bochecha, espalmou-se em minha pele, levando os outros quatro dedos para minha mandíbula para segurar meu rosto de modo firme. Seu toque parecia ainda mais dominante do que eu me lembrava, quando senti sua mão esquerda me puxar pela cintura e colar nossos corpos, fazendo-os se chocar com um baque curto. Minhas duas mãos já apertavam cada lado de sua cintura, com força, com medo de que ele fosse fugir ou desaparecer dali.

Nosso beijo era quente – como se aquele lugar já não estivesse com a temperatura alta o suficiente – e eu podia sentir uma euforia bizarra se alastrando por minhas veias. Era quase como o efeito de uma droga: eletrizante. A língua macia e molhada deslizava na minha, causando arrepios em cada partezinha do meu corpo.

Que saudade eu estava desse beijo!

Ele puxou meus cabelos da nuca e ondulou o quadril contra o meu. Excitado, deixei escapulir um gemido e abri os olhos para me certificar de que Dante realmente estava ali, afastando nossos rostos um tantinho. Ele sorriu para mim, o que deveria ser um sorriso doce...

Deveria.

Mas não era; era algo puramente malicioso e sexual. Do tipo mais quente que o Inferno. Então, deixei que ele levasse seus beijos para meu pescoço, totalmente arrebatado. O que mais eu podia fazer? Embora cabreiro, ainda estava feliz. Era o cara que eu amava ali, afinal. Depois de todo aquele tempo, pensando que sequer voltaria a vê-lo algum dia. Então, apalpei suas nádegas, apertando-as com força e puxando seu corpo para mim enquanto ele acabava comigo.

Senti sua mão pequena deslizar por meu peitoral, contornar até minhas costas e então arrastar as unhas em minha pele nua, causando uma leve ardência que, naquele contexto, tinha sido até gostosa.

— Dante... — chamei manhoso, afastando-me muito levemente, mas ele não me deixou sequer terminar o raciocínio, tomando meus lábios outra vez, num beijo afoito e intenso.

O negócio era que aquele beijo não era o tipo de beijo sem malícia, nem algo apenas saudoso e sem segundas intenções. Não. Era aquele tipo de beijo pré-sexo, que tem como objetivo te acender que nem uma tocha olímpica. O que ele queria, afinal? Foder ali, no meio daquele... Como se chamava? Jardim infernal?

— Dante... — tentei murmurar contra seus lábios, mas isso só o instigou a intensificar mais o beijo, buscando me calar.

Então, subitamente foi como se sua língua queimasse a minha. O ar faltou em meus pulmões e uma tontura forte se infiltrou em minha cabeça. Nauseado, tentei empurrá-lo gentilmente, mas Dante parecia, literalmente, sugar o ar de dentro de mim.

Foi aí que arregalei os olhos, assustado e prestes a desmaiar. Ele ainda tinha os olhos fechados, aproveitando aquilo que parecia ser o beijo da morte. Então, dei tapinhas desesperados em seus ombros, até que ele finalmente percebeu o que acontecia e se afastou rápido.

O ar voltou para mim e o inalei como alguém que tenta respirar após um quase afogamento. Com os olhos arregalados, a respiração descompassada e a boca aberta, levei a mão ao peito, tentando me recompor.

Dante continuava me observando em silêncio, com as bochechas coradas e os lábios vermelhos. Seu rosto agora parecia cheio de vida.

Quando finalmente voltei ao normal, ele suspirou, aparentemente resignado, para, então, fitar aquele céu estranho, sem estrelas, e aí se voltar para mim, parecendo levemente chateado – não preocupado, como deveria estar, após quase me matar sem ar. Se é que ele estava ciente da minha condição.

— Meu tempo acabou, baby. Preciso voltar.

— Voltar? Voltar pra onde? — questionei alarmado.

Ele pareceu conter uma revirada de olhos e apontou para a árvore que tinha um enorme buraco no casco.

— Você precisa voltar pra... Árvore? — Eu fiz cara de idiota.

— Pro Inferno, Alex — ele suspirou meio impaciente. — Como já expliquei, preciso que me tire daqui. Em breve, entrarei em contato pra te explicar o que terá de fazer. — Dante foi se afastando em direção à árvore.

— É só isso? Você quer que eu te tire daqui e nem parece preocupado com sei lá o que fez quando me beijou? — eu disse, indignado. Até me dar conta... — Caralho! — Vi-me rindo sem humor. — Você sugou a porra da minha energia. Você sabia que me tocar aqui, neste plano, sugaria minha energia e, mesmo assim, me beijou! — acusei.

Ele se virou para mim, fitando-me como se olhasse para uma criança.

— Pensei que tinha entendido. Aqui é a entrada do Inferno. Você veio até aqui, através do plano dos sonhos. Dormir com você me transformou em um demônio. Tentar me comunicar contigo, todo esse tempo, demandou muita energia. Eu só estava me alimentando um pouco.

— Se... alimentando? — sussurrei.

Não gostei nada daquilo.

— Sim. Me alimentando de você. Enquanto estivermos aqui, qualquer toque entre nós sugará sua

energia. E é por isso que precisa me tirar daqui o mais rápido possível.

— Essa parte eu já entendi. E, pra mim, é ok te dar um pouco de energia. É só que... Você não pareceu se importar se isso me faria mal... — Eu estava tão confuso e assustado que nem sabia como terminar aquela sentença.

Contudo, não foi necessário.

O demônio bufou irritadiço e, olhando-me outra vez, declarou:

— Já disse que não tenho mais tempo, Alex. Da próxima vez, tente não resistir quando eu te chamar.

E, então, ele simplesmente entrou naquela incisão enorme no tronco da árvore.

No segundo seguinte, eu acordei.

04.
LUA CHEIA

Na semana do Natal, a depressão natalina me pegou de guarda baixa. Eu pensava em Dante e no quanto o queria comigo, especialmente naquele dia, mas ele ainda não tinha entrado em contato outra vez e eu precisava esperá-lo dar as coordenadas do que quer que fôssemos fazer para trazer seu espírito demoníaco de volta.

E se você estiver pensando: *"Ei, você vai mesmo trazer um demônio para a Terra?"*. Eu te respondo que sim, sem pestanejar. Não é como se alguém fosse vê-lo. Ele vai ficar por aqui exatamente como seu *animus* costumava ficar, sem ser visto ou ouvido. A única diferença é que, para ficar comigo, ele não vai precisar sugar minha energia vital no plano dos sonhos. Vamos poder ficar juntinhos bem aqui, no plano dos vivos, sem que eu vá definhando até desfalecer. Não é como se eu fosse trazer o anticristo para a Terra. É o Dante! Aquele Dante, fofinho e nervosinho de sempre. Talvez ele possa estar um pouco mais... maldoso? Eu não sei, aquela aura anda muito estranha, não é nada familiar e ainda me arrepia a espinha, mas, é o Dante, você sabe. Ele pode estar um pouco diferente, mas ele ainda é ele. Eu seria bobo de pensar que se transformar em um demônio não muda as coisas pelo menos um pouco, então, é claro, estou certo de que essa aura pesada é só uma consequência de seu novo status, e não uma mudança completa de personalidade. Afinal, ele sempre foi e sempre seria o Dante Donadelli. Ele é alguém que conheço quase como a palma da minha mão, por isso, não estou com medo. Vou fazer o que tiver que fazer.

Apesar dos pesares, o Natal foi um pouco divertido. Thomas e minha mãe beberam tanto que dormiram no chão da cozinha. Meu pai acabou comendo demais e passou a noite sentado no vaso da suíte, liberando todo aquele espaço no estômago. Já eu e Jonas ficamos sentados na varanda, comendo restos de sobremesas enquanto fazíamos carinho em Tomtom e observávamos as estrelas. É claro, eu devia estar com mais cara de coitado que o próprio cachorrinho descabelado de pelos marrom, que balançava como um bebê em meus braços, porque a primeira coisa que Jonas disse, após minutos em um silêncio calmo, foi:

— Você sente muita falta dele, não é?

Eu não precisava perguntar sobre quem meu irmão estava falando. Era sobre Dante. Sempre ele.

Pisquei os olhos lentamente antes de sacudir e responder meio aéreo que sim, e mudei de assunto logo após. Realmente não queria passar pelo típico Natal deprimente de pessoas solteiras ou que tomaram um pé na bunda. Até porque não me enquadrava, de fato, nessas opções. Eu não estava bem solteiro, nem tinha tomado um pé na bunda; no entanto, em que infernos eu me enquadrava? Estava dando um tempo no meu namoro, porque meu fogo incandescente no rabo havia transformado Dante em um demônio do sexo, que se alimenta de libido?

Que grande merda me meti. Tantos caras por aí e fui me apaixonar perdidamente por uma alma penada.

Nesse meio tempo, andei pesquisando mais sobre a coisa dos *íncubos* e *súcubos* e... cara, as coisas não parecem nada boas. Tipo, tem gente que morre após um longo período de ataques *íncubos* em sonhos durante a noite. A energia vital é sugada aos poucos, e a pessoa simplesmente desfalece. Claro que, para isso acontecer, pode demorar alguns anos, mas ainda assim é assustador saber que existe a possibilidade de uma pessoa morrer pelas mãos de uma criatura sobrenatural enquanto está dormindo. Nós não estamos seguros. E a maior parte das pessoas sequer se dá conta disso.

Andei lendo que paralisias do sono eram nada mais, nada menos que outras espécies de demônios tentando sugar sua energia psíquica, assim como os *íncubos*, mas sem ser com sexo propriamente. É macabro ou não é?!

Foi assim que mais algumas semanas se passaram: a formatura de Thomas no ensino médio, o aniversário dele logo depois do Natal e seus tão sonhados dezoito anos, pelo qual ele tanto ansiava para que pudesse ter carta-branca para dar em cima de Doyun... Não que eu ache que vá funcionar, porque Doyun vem correndo dele como uma barata foge de chinelo. E aí veio o aniversário de minha mãe, no fim de janeiro, como uma boa aquariana doida. Depois, o julgamento de Anthony Fernández, irmão de Dante, no mês seguinte. E, enquanto isso, eu esperei, mas nada, nada de Dante, mesmo depois de ele ter dito em alto e bom som que eu precisava fazer alguma tramoia infernal para trazê-lo de volta a este plano. Olha, não sei qual é a dele, mas a vontade é de encher aquele narizinho bonito de socos. Como ele me dá uma esperança dessas e me diz para ficar atento aos chamados, mas meses se passam e ele simplesmente some?

Isso mesmo que eu disse: meses.

Estávamos em meados de março. O tempo estava seco e moderadamente agradável. Algumas flores começaram a desabrochar outra vez, e andar pelas ruas era como visitar belos jardins coloridos. E, nos malditos corredores de flores que enfeitam a cidade de Astaroth, tudo que se via eram casais apaixonados, caminhando de mãos dadas enquanto os rapazes seguram as bolsas de suas companheiras, como cavalheiros.

Você já deve saber que essas visões me dão ânsia de vômito, certo? Elas dão.

Se estou mal-amado? Pra caralho.

Isso tudo é ódio e frustração por Dante não estar mais entrando em contato comigo para que eu possa trazê-lo de volta de uma vez.

Não faço ideia de como andam as coisas lá na parte baixa das dimensões espirituais, mas, de repente mandar um e-mail, um telegrama ou até um sinal de fumaça, explicando, seria uma boa, né, Donadelli?

Fantasma-demônio-vacilão-fodido-do-caralho.

Olhei para as pontas das minhas unhas curtas, tamborilando quase silenciosamente na superfície da carteira branca. Já estava me sentindo impaciente e sufocado com o relógio que mudava o ponteiro numa vagareza odiosa. Aquele período na faculdade só tinha matéria densa. Parecia que cada frase que saía dos lábios do professor gordinho, minha cabeça traduzia em: "*uma soneca seria tão deliciosa agora...*"

E aí eu dormi. Foi mais forte que eu, não deu para segurar. Num minuto, a voz do professor soava dentro da minha cabeça e, no minuto seguinte uma voz diferente:

— Vem, baby...

Estava no labirinto de novo, mas não conseguia enxergar muita coisa. Na verdade, não estava enxergando caralho nenhum, mas sabia que estava noe labirinto, podia sentir. O ar ali, era muito específico, diferente de qualquer coisa que eu conhecesse, mas lembrava muito o ar quente saindo de uma panela: denso e sufocante.

— Por que fica me bloqueando tanto, Alex? Que saco!

Pude ouvi-lo estalar a língua no céu da boca.

— É como se não quisesse seu namorado de volta...

Certo, ele estava fazendo manha, na maior cara de pau. E não parecia aquele cara escroto do meu último sonho infernal...

— Assim você me força a ser mau com você, baby.

Retiro o que eu disse. Parecia o mesmo Dante daquele jardim macabro. Acho que ele estava levando a sério a coisa de ser um demônio. Tenho ciência de que se tornar um capeta deve mudar muita coisa em uma pessoa, mas, honestamente falando, essa personalidade nova dele vinha me causando arrepios, pois eu não sabia o que esperar – a despeito de não ter pestanejado em enfiar minha língua na garganta dele, porque uma coisa não tinha nada a ver com a outra.

— Alex...

Sua voz soou firme e rouca, bem perto da minha orelha enquanto suas mãos pressionaram os dois lados de minha cintura, seu corpo astral colando em minhas costas. Com certo esforço, virei-me para trás e o encontrei ali. Em carne e osso. Bom, não exatamente carne e osso, mas você entendeu.

Fitei aqueles olhinhos pequenos e maliciosos que podiam ser fofos como os de um cachorrinho caído do caminhão de mudança, quando queria. Foi por isso que não consegui conter meu suspiro fraco. Mesmo em sonho. Foi por isso também que não consegui me segurar e simplesmente o puxei pelos ombros, findando imediatamente a distância entre nossos lábios. Eles não mereciam estar tão longe um do outro assim. O lugar daquela boquinha grossa era na minha.

Sei que você deve estar pensando: "Não, Alex, não faça isso! Ele vai sugar sua energia como da outra vez, etcetera e tal". Mas olha... Não fui eu mesmo quem decidiu que seria ok abrir mão de parte da minha energia para poder ficar com ele? Eu fiz isso quando a gente transou. Eu disse que aceitava essa parte do acordo quando finalmente fizemos aquele amorzinho fogoso. E, embora o jeitinho meio mudado dele venha me incomodando nos sonhos, minha decisão continua a mesma: doar parte da minha energia vital para ele não me parece tão absurdo assim. Contanto que eu não doe o suficiente para morrer, sabe?

E, caramba, vamos considerar o fato de que estou surtando de saudades. Já faz cinco meses que meu fantasma partiu! Cinco meses! Sabe quanto tempo é isso? Cento e cinquenta dias! Cento e cinquenta dias bastante sofridos.

Dante imediatamente correspondeu à minha pegada, deslizando a palma pelo meu peitoral – que dessa vez não estava descoberto, mas, sim, com a mesma camiseta que eu vestia no mundo real, naquele momento – até chegar à minha nuca para, então, enlaçar meu pescoço. Sua outra mão agarrou meu quadril e aproximou meu corpo mais ainda do dele.

Desci minhas mãos para suas nádegas durinhas. Tinha ânsia de tocá-lo e de ter cada partezinha do seu corpo unido ao meu, sem deixar nem um pedaço de fora. E, assim que apertei aqueles glúteos verdadeiramente volumosos, o ex-fantasma-e-agora-demônio-íncubo-do-inferno fez o favor de soltar um gemido tão, mas tão manhoso em minha boca que quase me fez derreter bem ali. Mas, ao contrário de derreter como meu corpo queria, acabei intensificando nosso beijo.

Não vou mentir, começou a parecer um desentupidor de pia, quando o triturador quebra depois de lavar a louça. E eu sei que isso não é excitante de se dizer, mas, caramba, preciso explicar a sensação!

Subitamente, meu corpo pareceu tomado pelo espírito ragatanga quando um tesão do caralho explodiu dentro de mim. Donadelli foi andando para trás, puxando-me junto, e nem mesmo fiz questão de abrir os olhos para ver a direção em que estávamos indo. Senti quando ele se deteve, encostando-se a uma superfície folhosa. E aí o safado subiu aquela perninha musculosa dele pela lateral da minha, dobrando o joelho, como num pedido silencioso para que eu enchesse minha mão nela. E foi isso que fiz: deslizei a palma aberta em sua coxa durinha, alisando-a cheio de vontade enquanto Dante mantinha-se equilibrado apenas com uma das pernas, segurando-se em mim. Parecia tão, tão real! Não que eu pensasse que aquilo fosse mentira, mas quero dizer que a sensação era exatamente a mesma que eu sentia no mundo real.

— Droga... Eu tô com tanta, tanta, tanta saudade, Dante... — murmurei com a voz pesada e necessitada, sentindo aquele calor se alastrar cada vez mais sobre mim. Era como se eu estivesse no cio ou algo assim, minha nossa!

Ele sorriu contra a minha boca, mordiscando-a, antes de deslizar para minha orelha e responder, com a voz rouquinha:

— É por isso que você precisa me evocar logo, baby... — ditou enquanto, nem tão sorrateiramente assim, ondulava seu pau duro coberto no meu. — Tô louco de vontade de terminar o que começamos. De te foder inteiro outra vez e te deixar me comer bem forte e fundo. Ainda não consegui te mostrar sequer um terço do que posso fazer pra te dar prazer...

Eu solucei exatamente daquele jeitinho que a gente faz depois de passar um tempo chorando. Palavra!

Atiçado, meti a língua na pele de seu pescoço, sugando-a com afinco, outra vez, como se eu fosse um cosplay de desentupidor.

Uma coisa que você já deve saber sobre Dante Donadelli é que ele não colabora. Não colabora mesmo. Porque a coisa seguinte que ele fez foi agarrar os cabelos da minha nuca entre os dedos e ondular mais ainda o quadril contra o meu, gemendo manhosinho, de um jeito que me deixava totalmente sem defesas. E, infelizmente, afastando os lábios do meu pescoço, ele sussurrou:

— Vá até a Espírito Mágico. Não tenho mais tempo. Faça na primeira lua cheia do mês!

E foi aí que, infeliz e subitamente, acordei com Rosalia me encarando de cenho franzido enquanto segurava um lápis, cutucando meu pescoço.

— Você tá bem? — Ela me encarava com estranheza.

Com um leve sobressalto, olhei à minha volta, apenas para me dar conta de que metade da classe já tinha ido embora enquanto a outra metade guardava os materiais na mochila e saía às pressas.

— Você tá com um pouquinho de baba aqui. — Doyun fez carinha de nojo e apontou para o cantinho da minha boca. E eu sabia que, internamente, ele estava rindo um bocado da minha cara de banana amassada.

A coisa seguinte que percebi, foi o prédio de dezessete andares totalmente elevado bem no meio das minhas pernas. E, nem se eu quisesse, conseguiria esconder aquele volume vergonhoso, porque acabei de ter um sonho erótico com meu namorado ex-fantasma-e-agora-demônio-íncubo-infernal enquanto tirava um cochilo durante a aula de Crítica Cinematográfica.

Não consigo me lembrar se respondi às gozações de Doyun à altura ou se apenas coloquei a mochila bem na frente da calça e corri para o estacionamento do campus. Estava tão afobado que não tive tempo de captar o mal-estar em meu corpo. E, enquanto dirigia de volta para casa, as coisas foram ficando cada vez piores.

Ok, talvez eu esteja exagerando. Não era como se eu estivesse morrendo nem nada, mas estava tendo uma sensação de fraqueza incômoda. Isso somado aos vários carros buzinando nervosos atrás de mim para que eu pisasse no acelerador, não estavam ajudando. Então, desviei da pista e estacionei no acostamento. Pensei em ligar para Jonas, já que ainda estava relativamente perto do campus e a essa hora ele estaria lá, se preparando para as próximas aulas que ministrava, mas preferi não incomodá-lo, porque tinha outra pessoa a quem recorrer: alguém que havia se formado no ensino médio há três meses e não tinha a menor intenção de trabalhar num futuro próximo, portanto estava em casa fazendo absolutamente nada, já que sua conta bancária de herdeiro era montada na grana, é claro.

Quando o carro de aplicativo parou na frente do meu, me ajeitei no banco. Vi Thomas sair do veículo e pagar ao condutor, antes de vir até mim e abrir a porta do motorista, com uma expressão mista entre tédio e preocupação.

— Chega pra lá — ele mandou.

— Chega pra lá o quê? — Franzi o cenho. — Você não vai pedir outro carro pra me levar em casa?

— Alex, anda logo! Vou dirigir até lá. Não é seguro abandonar seu carro no meio de uma estrada movimentada. Se acontecer algum acidente e outros carros colidirem com o seu, vai ser um prejuízo danado. Anda, anda! — Fez movimento de "xô" com as mãos.

— Mas você ainda não tem carteira! — Me vi indignado e ainda dolorosamente relutante.

— Mas já sou maior de idade. Então, você não responde por isso. E, também, você está passando mal. Seu pai falou que isso exclui a ilicitude e justifica a infração, falei com ele antes de vir.

Vencido, revirei os olhos – o que foi uma péssima ideia, porque até isso doeu – e então pulei para o banco do passageiro, dando espaço para que Thomas tomasse meu lugar ao volante.

— Como foi a viagem? Não tive tempo de te encontrar depois que você voltou... — puxei assunto, remexendo-me desconfortável no banco pelo mal-estar e me referindo à viagem que Thomas havia feito à sua cidade natal, Paimon, onde permaneceu por algumas semanas.

— Estranha. — Ele deu um suspiro cabisbaixo enquanto dirigia. — Visitei meus amigos e todos eles falavam comigo como se pisassem em ovos, sabe? Foi incômodo. Quer dizer, já faz quase um ano da morte dos meus pais. — Thomas tinha o tom magoado.

— Não leve tão a mal assim, Thomas... — Eu o fitei de lado, como podia. — É claro que as pessoas vão te tratar de modo cuidadoso ao extremo. O que aconteceu na sua família não é corriqueiro. Foi bem... pesado.

— Visitei minha irmã — disse de súbito.

Precisei me sentar direito no banco, para encará-lo.

— E como foi?

Certamente, visitar sua irmã assassina dos próprios pais, na prisão, não era bem como uma ceia de Natal.

— A Chaelin está completamente louca — foi direto. — Ela jura que nosso pai era uma espécie de caça-fantasmas que possuía um dom pra ajudar as almas a partirem pro além, umas coisas bem sem sentido assim. — Sacudiu a cabeça, reprovador. — O advogado dela deveria ter alegado insanidade, quando podia. Talvez a pena fosse menor ou algo assim.

Arregalei os olhos um bocado. Ninguém tinha contado sobre mim para Thomas? Ah, minha nossa. Eu tossi, desconcertado. Ele ainda não sabia, então. E era melhor deixar assim, embora ele desconfiasse e eu soubesse disso.

Mas, um momento depois, me dei conta do que ele estava fazendo. Ele queria ver se eu admitia alguma coisa. Espiava-me em expectativa, disfarçadamente, pela visão periférica.

— É. Que loucura né, rapaz? — Fiz-me de sonso.

— Minha irmã perdeu toda a herança, sabia? Quando um filho mata o próprio pai, mãe, avós e... Enfim, qualquer familiar nesse sentido, perde o direito à herança.

— Eu meio que já sabia disso. Pais juízes, sabe como é. Mas e aí? Não sabe o que fazer com toda essa grana?

Thomas suspirou enquanto subíamos a ladeira do meu mausoléu.

— Se ela tivesse filhos, eu certamente garantiria o bem-estar deles, mas éramos só nós dois, então... Estou entre doar boa parte pra ONGs dedicadas a crianças órfãs ou gastar tudo em ações da Chanel — declarou como se fosse algo passível de ser ponderado. Mas vendo minha cara desacreditada, ele sorriu humorado. — Tô brincando, cara. Na verdade... Estava pensando em doar pra algumas ONGs, sim, mas... E se eu pagasse pelo seu apartamento novo?

O encarei mais confuso que cachorro em tiroteio.

— Por que você me daria um apartamento?

— Os Kister são a única família que tenho. E eu realmente os amo. Também gosto demais do Jonas, ele é implicante e ciumento, odeia quando a Yoona dá mais atenção a mim que a ele, mas... Ele é um bom irmão de consideração, sabe? Assim como você.

Acabei sorrindo, meio bobo com todo aquele carinho. Quer dizer, eu andava sensível, graças à falta de Dante e tudo o mais.

— Isso ainda não explica por que você me daria um apartamento — insisti com a voz levemente brincalhona, sentindo, aos poucos, meu mal-estar ser substituído por uma sonolência do caramba.

— Ah, é... Jonas contou que você finalmente está pensando em fechar o negócio com a imobiliária, pra vender o casarão da sua avó e buscar por um apartamento no centro de Ponta Negra. Juro que não sou fofoqueiro, mas olha... Ele está planejando alugar o apê ao lado do seu.

Arregalei tanto meus olhos que os senti prestes a caírem da cavidade ocular.

— Ah, não! Ahhhh, nãaao! — Eu deslizei no banco.

Thomas soltou uma gargalhada enquanto estacionava em frente à casa velha.

— O negócio é o seguinte: se ele pagar pelo apartamento do lado, sozinho, vai ficar apertado pro orçamento de professor. Então, pensei em dividir o aluguel com ele. Tem dois quartos.

— Por que vocês dois são tão grudentos? — Meu tom era de reclamação, mas deixava o divertimento pouco camuflado.

— Você também tem a opção de me deixar te dar o apartamento da cobertura, que tem três suítes. E aí nós três poderíamos morar juntos, estilo felizes para sempre. Mas o apartamento seria seu. A gente meio que... só moraria de graça.

Eu bufei, mas não estava realmente irritado.

— Então, amanhã a gente vai à imobiliária de novo, e você me ajuda a escolher o apê.

Desci do carro enquanto bocejava. Vi que as plantas da entrada da velha mansão cresceram sem rumo, tomando boa parte da fachada. Eu não queria sair dali inicialmente, é verdade. Contudo, mesmo estando rodeado de mortes e almas penadas, por conta de meu dom sobrenatural irrecusável, ainda assim, aquela casa era bastante incômoda. Minha avó morreu lá. Dante também; seu corpo foi escondido naquele lugar, como em um filme macabro. Então, quando Dante ficou meses sem aparecer para mim em sonhos, optei por acabar com todas as minhas esperanças de um retorno seu, pois aquela espera me fazia mal. Havia decidido que precisava esquecê-lo, superá-lo. Precisava viver como o cara vivo e solteiro que pensava ter me tornado.

Por isso, coloquei a velha mansão à venda e tratei de buscar por pequenos apartamentos no centro, mas, então, ele apareceu de novo essa manhã. E eu já não podia mais me ater à decisão anterior de seguir em frente. Vender o mausoléu, sim, já que a alma de Dante não era ligada à casa da vovó, mas esquecê-lo? Impossível. Agora, ele bombardeava minha mente mais do que nunca.

Não consegui conversar muito mais tempo com Thomas, porque, enquanto ele preparava uma sopa para gente doente na cozinha, acabei cochilando no sofá. Dante não apareceu, mas sonhei com sua voz repetindo aquela mesma coisa: *"Estou ficando sem tempo, baby... Você vai encontrar tudo na Espírito Mágico. Vá, depressa!"* Outra vez, naquele mesmo dia, dei um salto no sofá, despertando de supetão, porque comecei a me perguntar: como diabos Dante sabia sobre a Espírito Mágico? Ele não estava mais aqui quando descobri a lojinha... Ele estava observando tudo do Inferno ou o quê?

Thomas havia colocado um travesseiro e um edredom para mim enquanto ele mesmo dormia no outro sofá, todo encolhido. Na TV, rolava um dorama japonês antigo. Coçando os olhos, pesquei meu celular no bolso da bermuda. Eram 12h57 da noite.

Fui até a porta, para verificar se estava fechada com todas as trancas. Meu corpo parecia rejuvenescido, embora ainda meio pesado. Quando ia dar as costas à porta, o vislumbre da Lua brilhando forte no céu lá fora, pelo vidro da janela, me fez estancar. A Lua estava muito redonda e clara, reluzente como uma lâmpada. Olhando bem, ela parecia meio dourada.

E aí eu...

— Puta que pariu, a lua cheia é hoje!

Por isso, Dante apareceu. Por isso, aquela frase ficou ecoando na minha cabeça. Porra!

Sem conseguir pensar em absolutamente mais nada, peguei a chave do carro, pendurada na parede ao lado da porta, e saí silenciosamente da casa. Thomas que me desculpasse, mas aquilo era urgente. Esperava que ele não acordasse naquele meio tempo.

Peguei todo o tipo de ferramenta que seria necessário para um arrombamento, na garagem, e enfiei em uma mochila velha. Eu ia invadir um estabelecimento comercial, uma propriedade privada. Esperava que minha próxima noite de sono fosse em minha cama, e não numa cela.

Dei partida no carro, em direção à loja esotérica. Eu definitivamente daria um jeito de trazer meu Dante de volta, custasse o que custasse.

E se não funcionasse... Aí, sim, eu me forçaria a esquecê-lo. *Para sempre.*

05.
EVOCAÇÃO

Para ser sincero, eu não estava exatamente ansioso para fazer o que quer que precisasse fazer. Veja bem, a única coisa que Dante declarou foi: *Vá até a Espírito Mágico, faça na Lua Cheia, ritual, blá, blá, blá,* mas em momento algum ele disse como fazer coisa alguma. Eu estava bastante perdido, se você quer saber.

Assim que estacionei o carro na frente da loja, desci batendo meus coturnos no chão de cascalhos. Não podia ser um chão de terra batida, para fazer menos barulho? Não! Tinha que ser aqueles montes de pedrinhas irritantes, que anunciavam o carro pesado passando por cima delas e agora ainda denunciavam todos os meus menores passos.

A despeito disso, esperava que essa coisa desse certo, mesmo sem saber que coisa era essa que eu deveria fazer. Isso porque meu plano não era sequer um plano, não tinha planejado nada, *neca de pitibiriba.*

Segurando a mochila com todas as ferramentas necessárias para o arrombamento, dei a volta no perímetro para confirmar que não havia algum carro de polícia por ali, como da outra vez. Procurei o local mais fácil por onde entrar, que imaginava ser pelos fundos, mas, surpreendentemente, era pela porta da frente. Exatamente como nos filmes, a única coisa que precisei fazer foi quebrar um pedacinho de vidro da porta, bem ao lado da maçaneta, enfiar a mão cuidadosamente pelo buraco e girar o trinco.

Abre-te sésamo, alakazam, arrombei essa merda e espero não ir para cadeia!

Ok, isso ficou uma merda, sinto que estou perdendo meus poderes de piada, é preocupante, mas estou nervoso, peguem leve com o bebê – no caso eu.

Graças às *fadinhas intergalácticas protetoras das gays*, nenhum tipo de alarme soou ou coisa parecida. Foi melzinho, suave, tranquilo, *show*. Então, peguei a lanterna na mochila, quando poderia muito bem usar a lanterna do celular, mas a lanterna de verdade fazia parecer que eu estava num seriado policial dos anos 90, muito rústico, coisa e tal.

— Ok, vamos lá. Já vi um livro sobre *súcubos* em algum lugar por aqui quando vim pela primeira vez, então deve ter alguma sessão especial de demônios... — Fui vasculhando a lojinha, passando os olhos atentamente por entre as estantes. — *Pactos e Rituais... Bruxaria... Magia Wicca... Adoração Hekatiana... Espiritismo... Angeologia... Vampiros... Seres Sem Luz...*

Eu ia lendo as plaquinhas, até que... *Bingo*! *Demonologia*. Corri afobado até a estante, iluminando a lombada dos livros para tentar encontrar algum que, talvez, se enquadrasse no que eu precisava.

— *Demônios Albinos... O Leviatã... Os Sete Príncipes Infernais... O Demônio Paimon...*

Espere, *Paimon*, além de ser o nome da cidade do Thomas, também é nome de capeta? Não me surpreende, então, que por lá aconteçam tantos crimes sinistros. O da família de Thomas parece bobo quando comparado a outros que acontecem por lá e sempre aparecem na TV. Sinistro.

— *Hierarquias Demoníacas... Demônios Impuros...*

Esse último me chamou atenção, pois fazia algum sentido. Então o tirei da prateleira, apoiando-me meio torto ao que segurava a lanterna com os dentes, para que pudesse mover as páginas livremente.

O livro não tinha índice. Então, precisei folhear página por página, mas sinceramente? Estava tão nervoso que ainda que uma página inteira fosse escrita com a palavra *íncubo* repetidamente, eu não notaria.

Bufando, o enfiei de volta na prateleira e fechei os olhos enquanto massageava as têmporas, tentando buscar paciência divina.

— Sabe, uma ligação antes seria mais educado... — a voz repreensiva já conhecida inesperadamente soou atrás de mim.

Girei nos calcanhares, os olhos tão arregalados que sentia as artérias queimando. E aí me deparei com *não uma*, mas *duas* pessoas — uma delas emburrada e a outra parecendo querer sair dali correndo.

— Kenzo e... *Tyler Ross*? — Fiz uma careta de confusão.

— Sério, garoto, era só ligar, não precisava arrombar minha loja — Kenzo insistiu, bufando fraco. — Você vai pagar por aquele vidro quebrado. — Apontou para a porta.

— Achei que estivesse preso, o que eu podia fazer? Venho tentando falar com você há meses! — retruquei.

— Ele tem um ponto — Tyler interveio, ainda com cara de quem preferia morrer a estar bem ali.

Com isso, voltei-me para ele:

— Qual é a sua? Você também é sensitivo?

— Tyler é meu primo — Kenzo quem respondeu. — Ele vê fantasmas, mas não pode tocar neles, nem nada. É tipo uma versão sua, só que menos poderosa. Ele é um *animus videntium* de casta baixa, acho que comentei sobre ele com você, mas, na época, não sabia que se conheciam. Você deveria estudar sobre as classes de mediunidade, já te aconselhei a isso da outra vez...

Tyler o encarou ultrajado por ser chamado de *menos poderoso*, assim, na cara dura.

Me dei conta, imediatamente, que se ele podia ver fantasmas e já esteve na minha casa em um punhado de ocasiões... Ah, merda. Ele já viu o Dante! Aquele dia, na cozinha, quando foi me buscar para entrevista de estágio, meses atrás... Ele sabia que eu namorava um fantasma. Foi por isso que perguntou, na ocasião, se meu namorado era como o Edward Cullen[1], que tinha dezessete anos há um século.

Que mordida no traseiro!

A gente ficou se encarando um bocado de tempo, todos com expressões interrogativas no rosto. Ninguém sabia muito bem o que dizer ou como começar a se explicar. Até que Kenzo resolveu se adiantar:

— E aí, o que veio fazer aqui? Qual a cagada fez dessa vez, *videntium*? Transou com outro fantasma? — debochou.

Senti meu rosto queimar de vergonha, e Tyler me fuzilar com os olhos, antes de declarar:

— Ai, Alex... Aquele morto é bem gato e tudo, mas fala sério... — Ele sacudiu a cabeça em reprovação.

Confirmei, aí, que Tyler definitivamente tinha visto Dante naquele dia. Era isso, Tyler Ross já estava ligado na minha há muito tempo, e eu aqui me achando espertão.

— Eu... Hm... Preciso evocar um demônio — confessei, sem jeito.

— Evocar pra, tipo... possuir você? Pra um pacto? Pra ser seu escravo? Precisamos saber de qual tipo de evocação estamos falando aqui. — Tyler me encarou.

1 Protagonista vampiro imortal, da saga Crepúsculo, de Stephenie Meyer (2008).

— Evocar seres astrais exige muito poder — completou Kenzo. — É por isso que não podemos evocar *animus* a bel-prazer, como já te expliquei daquela vez. Não temos poder suficiente pra fazer o livre-arbítrio de uma alma sucumbir e vir forçosamente até nós. Evocar demônios já é possível, porque esses aí têm o espírito fraco e corrompido, por isso o livre-arbítrio deles sucumbe mais fácil, então podemos tentar trazer o seu demônio de estimação a este plano. Mas não é qualquer um que domina um demônio, assim, sem treinamento ou conhecimentos básicos como você. Um necromante faria isso facilmente, mas você não vai conseguir sozinho, mesmo sendo um *animus videntium* de casta alta. Se for um necromante, talvez. — Deu de ombros. — Necromantes são, naturalmente, manipuladores de demônios. Já ouviu falar dos demônios da Goétia?

— Acho que sim... — Tentei forçar a memória. — Não são esses que o Rei Salomão aprisionou?

— Sim, são. — Ele deslizou os dedos de unhas curtas esmaltadas de preto pelas prateleiras perto de nós e puxou um pela lombada, que era muito velho e muito gasto. — Sugiro que leia esse daqui, quando tiver tempo, mas esse tempo precisa ser rápido, preciso dele de volta. Você deve me pagar 50 mangos por mês pelo empréstimo.

— Ei, eu nem pedi nada! — falei, indignado.

— Estou te fazendo um favor. Normalmente, cobro 100.

— Alex Kister é o cara sobre quem me contou, noutro dia? — Tyler perguntou a Kenzo. — O que transou com um *animus* e corrompeu a alma dele?

Kenzo sacudiu a cabeça, em afirmativo, balançando aquela metade de seu cabelo não raspado. Tyler, então, parou para pensar por um momento, antes de fazer uma careta surpresa.

— O demônio que quer evocar é o seu namoradinho fantasma, que assombrava a sua casa? Ele é um demônio, agora? Ah, é claro, você corrompeu toda a alma dele com a profanidade que é o sexo entre um *animus* e um *videntium*. — Ele sacudiu a cabeça, negando. — É claro que isso ia acontecer. Deveria ter dito a ele, Kenzo.

— Não queria fazê-lo se sentir culpado, pois já estava feito, de que adiantaria? Eu nem me ofereci pra ajudar da primeira vez, porque sabe que não sou fã de lidar com demônios. Eles enchem a porra do saco e esse bobão aí nem sabia o suficiente pra ajudar com uma evocação desse nível!

Não respondi, só me encolhi e pus as mãos nos bolsos do moletom, limitando-me a fitar a luz do poste pela janela.

— Por que esses *videntium* só sabem me dar trabalho? — Kenzo empurrou o livro gasto contra o meu peito e partiu para os fundos da loja, arrastando-se em direção ao outro corredor de prateleiras.

Aparentemente eu não era o único a trazer algumas demandas problemáticas para que ele resolvesse, supus.

Meus olhos desceram para o livro em minhas mãos, e pude ler o título: A Chave Menor de Salomão.

— Está tão apaixonado assim por esse *animus*? Quero dizer, demônio.

Tyler dispersou minha atenção e me fitou de canto, na semipenumbra, com um olhar levemente chateado.

Mordi o interior das bochechas, pensando por um segundo antes de responder firme:

— Eu o amo. Sei que deveria me envolver com alguém vivo, da minha idade, de carne e osso... Talvez até alguém da minha espécie, como você.

O vi aprumar a postura, atento.

— Mas me apaixonei por ele — completei. — Não tem jeito. Não dá pra mandar no coração.

Tyler abriu e fechou a boca um trio de vezes, tentando conceber uma resposta que nunca veio, já que eu, claramente, o havia deixado perplexo.

— Dante me visita em sonhos. Agora, não só posso vê-lo, como ele me toca. E ele me pediu pra... Bem, pra trazê-lo de volta pra cá, pra este plano. Disse que tinha algo a ver com a minha espécie de mediunidade, mas pelo que Kenzo acabou de dizer, qualquer médium, desde que seja treinado e estudado o suficiente, consegue evocar um demônio, não é?

— Sim, é relativamente fácil forçar o livre-arbítrio de um demônio, para quem tem estudo. O problema é conseguir controlá-lo. Só um necromante tem tanto poder assim, são capazes de se comunicar com quem já atravessou este plano, além de manipular demônios. Então, se trouxermos esse cara de volta, será por sua conta e risco, Alex. Se ele passar da linha, eu mesmo vou fazer um ritual de banimento e devolver essa alma corrompida pro quinto dos infernos, pode apostar. — Pareceu decidido.

— Você só precisa me ajudar, cara. Com o Dante, eu me viro. Palavra! Ele não vai fazer nenhuma capetice por aí, garanto.

— Eu e o Kenzo podemos usar você como um catalisador para a evocação. Você não tem o conhecimento necessário, mas é naturalmente mais poderoso que nós dois juntos, eu suponho. — Fez uma expressão descontente, porque claramente não gostava de se sentir inferior.

— Como assim, catalisar?

— Você lembra de alguma coisa das aulas de química do ensino médio?

— Um pouco. O Catalisador é uma substância que aumenta a velocidade de uma reação química, não é isso?

— Sim, e todo médium é como um catalisador de energias, se você parar pra pensar. É parecido com uma torre de telefonia, por isso estamos em constante conexão com seres de outros tipos de matérias, que não as de carne e osso e que vivem em outras dimensões, em outros planos. Mas um médium com pouco conhecimento é incapaz de canalizar energia o suficiente, para qualquer coisa, porque isso precisa ser feito de modo extremamente intencional. Não dá pra canalizar uma energia sem querer, sabe? Só querendo muito, querendo com toda a sua força!

— Por isso, então, Dante me disse que só um *animus videntium* da minha espécie poderia evocá-lo? Por eu ser mais poderoso? Ou melhor, o segundo mais poderoso, que perde apenas para um necromante? E essa coisa de ser um necromante e de esse status só se revelar em um momento de necessidade? O que significa?

— Ele provavelmente pensa que você não só é poderoso o suficiente, como é sábio o suficiente também, o que, pelo visto, não é bem verdade. — Ele empinou o nariz. — O momento de necessidade é um momento onde a força do *querer* de um médium pode ser tão forte, que a magia da necromancia explode dentro dele, ela se revela. Quando você ler esse livro — apontou com o queixo para *A Chave Menor de Salomão* em minhas mãos —, vai entender um pouco mais. Algumas pessoas passam a vida inteira sem nem mesmo ter esse tipo de poder revelado. Hm... Como posso explicar melhor? — Tyler coçou o queixo, pensativo. — Um necromante é um mago. Ele tem uma forte diferença em comparação a nós, *videntiuns*, porque não somos magos; temos poderes, sim, mas não podemos manipular nenhum tipo de magia. Só temos uma espécie de frequência astral que fica na borda entre o mundo dos vivos e o dos mortos. Já os necromantes, podem, e podem fazer muitas coisas, até mesmo ressuscitar os mortos, supostamente. Eles só precisam de um catalisador.

— E se Dante pensa que sou um necromante? — Franzi o cenho. — Eu posso ser um?

— Já disse, qualquer *videntium* pode ser um, mas o poder precisa se revelar primeiro. É sério, leia o maldito livro, Alex.

— Se eu e Dante ficarmos juntos só no plano dos sonhos, qualquer toque entre nós vai sugar minha energia vital, mas, se fizermos isso aqui, neste plano, nada ruim vai acontecer, certo? Quer dizer, ele vai continuar não interagindo com as pessoas comuns, só com os médiuns, não é?

Ele pigarreou e fez um biquinho inconsciente.

— Não sei bem se nada de ruim vai acontecer, mas é uma escolha sua. Eu e o Kenzo podemos canalizar nosso poder, intenção e conhecimentos através de você, usando nossa força combinada com a sua. Como você é o catalisador, o demônio vai ficar atrelado a você. Você vai funcionar como uma espécie de âncora para ele neste plano. Mas, lembre-se: como um *animus videntium*, e não um necromante, você não vai ter controle nenhum sobre esse demônio. Então, se ele ficar com a rédea solta, poderá te subjugar, já que não sabemos se você pode vir a ser um necromante ou não. Bom, se você for, uma tentativa desse demônio em subjugar você será o momento de necessidade perfeito para a sua necromancia vir à tona...

Eu me estiquei para espiar Kenzo na outra prateleira, lá nos fundos.

— Não acho que eu seja um, nem conheço um deles tampouco. Se... por acaso... o Dante ou qualquer outro demônio tentar me subjugar... O que acontece?

Tyler me deu um olhar sombrio.

— Só quero saber por via das dúvidas, pô! — Cocei a nuca e lhe ofereci um sorriso amarelo.

Kenzo apareceu por entre as prateleiras, com outro livro nas mãos.

— É bom que você conheça um necromante ou que saiba fazer um ritual de banimento, ou o demônio vai levar a sua alma com ele de volta para o Inferno — Kenzo respondeu, ao invés de Tyler.

Senti um arrepio na espinha.

— Ainda quer fazer isso? — Kenzo arqueou uma sobrancelha, como se me desafiasse. — Mesmo sabendo que as coisas podem dar muito errado e você ir parar lá embaixo?

Titubeei, mas foi apenas por um segundo, pois no seguinte, disse firme:

— Sim, tenho. Dante não vai me fazer nada de mal. Tenho certeza.

Tyler me encarou com o semblante decepcionado, e Kenzo apertou os olhos antes de apontar um dedo de unha bem-esmaltada em meu rosto:

— Vamos deixar uma coisa clara — começou. — Esse demônio será sua completa responsabilidade. Como é um íncubo, vai querer se alimentar com certa frequência, porque a estadia dele neste plano vai demandar muita energia, e a âncora dele, como Tyler explicou, será você. Por estarem neste plano, isso não irá te matar, acredito, mas ainda assim haverá transferência constante de sua energia vital para ele. E existe uma porção de caçadores por aí. Se eles pegarem seu demônio de estimação, não me peça ajuda. Não me meto com caçadores.

Franzi o cenho. Do que ele estava falando?

— Os caçadores de demônios são seres com poderes sobrenaturais, como nós três — Tyler explicou ao ver minha expressão perdida. — Eles sentem, enxergam e tocam em demônios, assim como os médiuns interagem com fantasmas. Eles identificam ações demoníacas em qualquer lugar, seja de *íncubos*, possessões regulares, ou qualquer outra. E eles não querem saber se o demônio é muito ruim ou pouco ruim. Um demônio sempre será mentiroso e antiético. Eles fazem de tudo pra conseguir o que querem, estão pouco se fodendo pros humanos. Então, caçadores os mandam de volta para o Inferno. E... Alex, talvez você não tenha percebido, já que não estuda sobre nada, mas Astaroth fica no epicentro de um dos maiores portais infernais da Terra.

Meu rosto se contorceu em dez expressões de pavor e confusão diferentes, antes de Kenzo dar uma breve gargalhada e me encarar com seriedade.

— Abra o grimório que te dei. — Ele apontou com o queixo para o livro ainda em minhas mãos.

Cabreiro, folheei a página de rosto e as primeiras em branco. O livro não tinha índice e as páginas estavam duras e amareladas. O primeiro capítulo trazia uma lista de nomes: Albigor, Agares, Alloces, Astaroth... Estava em ordem alfabética e foi com horror, que percebi que todos os nomes listados eram conhecidos: eram nomes de cidades em Naberius.

— Essa é a lista de nomes dos 72 demônios da Goétia... — Kenzo começou.

— Nós temos 71 cidades, divididas entre 15 estados... — Tyler continuou.

— E o nome de todas elas está aqui, incluindo o nome do nosso país — completei, assimilando, com extrema perplexidade. — O país e todas as cidades são nomes de demônios da Goétia? — Minha cabeça já estava doendo. — E isso tem a ver com Astaroth abrigar um portal infernal? — Olhei para eles, em choque.

— A atividade demoníaca e espiritual em Astaroth é a maior do continente, pois é aqui que fica o portal, mas ninguém tem certeza de onde, embora alguns livros façam suposições — Kenzo explicou de modo paciente. — Existe um portal em cada continente, e no território onde eles ficam, a atividade sobrenatural é mais forte. Estamos, em outras palavras, na "boca do inferno".

Minha garganta estava tão seca e minha cabeça tão embaralhada, que devo ter ficado por mais que cinco minutos encarando o nada, até que Tyler pigarreou e Kenzo sorriu do seu típico jeitinho zombeteiro.

— Tem certeza que ainda quer fazer isso, *animus videntium*? É a última vez que vou perguntar. Depois daqui, não tem mais volta. Seu demônio de estimação vai ser muito mais forte em Naberius do que em qualquer outro território da Ásia. Ele pode ser impossível de controlar, pra alguém tão pouco sábio como você — Kenzo insistiu.

— Eu cuidarei dele. — Estava determinado. — Vamos trazer o Dante de volta.

Tyler revirou os olhos e bufou, dando-se por vencido.

— O que você vai evocar não é exatamente o seu Dante — avisou. — Pode esquecer tudo o que ele era, Alex. Quando uma alma é corrompida a ponto de se transformar num demônio... Qualquer traço de bondade nela é apagado. Só coisa ruim fica. Quer mesmo se sacrificar por algo sem coração que sequer vai corresponder ao seu amor?

Senti como se tivesse tomado um soco na cara. Nós ficamos todos num silêncio esquisito, dividindo a tensão, até Kenzo nos salvar outra vez, o falastrão:

— Não liga pra ele. Tyler já teve problemas com uma demônia quando era adolescente. — Lançou um risinho debochado ao primo. — Se apaixonou como um idiota.

O encarei surpreso.

— Não temos todo o tempo do mundo. Vamos fazer isso ou não? — Tyler cruzou os braços e fingiu estar interessado nas prateleiras.

— Vamos. Vai pegando tudo que a gente precisa. — Kenzo tomou a frente. — E aí, qual é o cemitério? — perguntou-me.

O encarei, de cenho franzido. Aparentemente minhas expressões com eles dois se resumiam em unir as sobrancelhas e fazer uma cara confusa, porque obviamente eu não estava entendendo tanta coisa.

— Onde o corpo do seu fantasma foi enterrado, garoto? — Kenzo esclareceu, impaciente.

— Corpo? Que corpo? Ele não tem corpo — devolvi afobado. — Quer dizer, ele tinha um, mas morreu há mais de três décadas, então o corpo se decompôs, só sobrou o esqueleto!

— Então, onde enterraram os ossos? — Tyler já começava a afinar a voz, como se falar comigo o estivesse deixando impaciente.

O que eu poderia fazer? Era um dom que tinha, além da mediunidade: irritar as pessoas.

— Não estão enterrados. Estão no necrotério. A polícia estava investigando o assassinato dele.

— Isso inviabiliza as coisas. Sem restos mortais, sem evocação fácil. Até mesmo necromantes precisam de restos mortais de um demônio para isso — devolveu Kenzo.

Puxa, murchei como um balão.

— Alex, já faz meses desde que descobriram o corpo... — Tyler interferiu. — Quero dizer, que você descobriu o corpo. Foi ele, não foi? O corpo que descobriu escondido na parede de casa? Que saiu no jornal e tudo?

Eu assenti com um fraco menear de cabeça.

— O tal irmão de Dante, que está sendo acusado, já foi julgado, certo? Com certeza, já enterraram os restos mortais. A autópsia já foi feita, eles não precisam ficar guardando os ossos agora.

— Faz sentido... Mas continuo sem fazer a menor ideia de qual cemitério os ossos possam estar. Tem uns quatro ou seis na cidade.

Tyler deu de ombros.

— A gente pode ir ao mais perto daqui. Lá a gente procura.

— O quê? Você quer que a gente procure em milhares de lápides, em um cemitério por vez? — Minha voz saiu esganiçada enquanto meus olhos se arregalavam. De novo. Porque, só em pensar nisso, eu já ficava todo cagado.

— Não, gênio — Tyler grunhiu. — Na portaria, eles têm uma lista de todo mundo que já foi enterrado ali, é só buscar no computador. Tecnologia, meu filho!

— Ah...

— Tudo pronto. Vamos!

— Alex, sai logo desse carro — Kenzo ralhou, falando comigo como se falasse com uma criança.

Mas eu definitivamente não conseguia sair dali.

O que eu esperava? Entrar em um cemitério, numa boa, e caminhar entre as lápides, no maior estilo caçador de vampiros? Porra, nem fodendo! Eu estava tendo uma crise de pânico ali.

— Alex, a escolha é sua — Tyler interveio. — Não sou a favor de trazer um demônio pra cá, já fiz isso uma vez e não foi meu melhor ato, mas, se gosta dele tanto assim, vou ajudar. Só que a gente precisa que você levante a bunda daí, senão nada de Dante pra você.

Aquilo me pegou em cheio. Então, suspirando resignado, deslizei para fora do carro, caminhando como um zumbi. O que era irônico, já que estávamos andando dentro de um cemitério. Um que, a propósito, era horripilante e cheio de estátuas de anjos, que pareciam extremamente macabras.

Tyler passou um tempo cochichando com o porteiro, até que permitisse nossa entrada. Não muito surpreso, vi o garoto entregar algumas notas ao cara, que logo depois buscou pelo nome de Dante no computador, informando exatamente em qual área ele estava. E, antes de nos deixar seguir caminho, avisou em tom assustador:

— Qualquer coisa que virem, façam o favor de não gritarem que nem criancinhas. E, seja qual for a bizarrice que forem fazer aí, lembrem que necrofilia é crime e furto de cadáver também. Não vou me responsabilizar por isso. E também não furtem os vasos de planta dispostos nas lápides.

— Quem roubaria vasos de planta num cemitério? — Kenzo expressou pura descrença.

— Nenhum homem é confiável — respondeu o velho.

Depois, lá estávamos nós, caminhando em silêncio, buscando pela ala leste do cemitério. De acordo com as coordenadas que o porteiro indicou, a família Donadelli estava toda enterrada numa mesma área.

A caminhada era sinistra. Isso sem contar com a terra preta e um bocado de grama grudando nos meus coturnos de camurça. Era um lembrete terrível de sabe-se lá que merda estávamos prestes a fazer.

— Aqui! — Kenzo chamou mais à frente. — Pietro Donadelli... Maria Donadelli...

— Espere, ela tinha 2 nomes? — falei, ao observar que havia mais um nome na mesma lápide: Sakamoto Sakura.

— Sakura era, provavelmente, seu nome de batismo, tornou-se Maria Donadelli quando veio para Naberius. É um costume que japoneses adquiriram quando começaram a emigrar para outros países e perceberam que as pessoas tinham dificuldade de entender e pronunciar nossos nomes — Kenzo explicou. — Quando fiz intercâmbio no Canadá, usava o nome David Roberts.

— Dante nunca falou sobre a mãe. Ele nunca falava sobre nada da vida dele, na verdade. Só sei que sua mãe era ítalo-japonesa, ou que seu pai se chamava Pietro, porque a vida dele foi toda exposta no jornal.

— Soraya Fernández, Dante Donadelli! — Tyler apontou para uma lápide aparentemente mais nova, onde a terra estava visivelmente recém-colocada.

Engoli em seco ao, lentamente, espiar o mármore:

DANTE DONADELLI
✯ 02.10.1958
† 03.10.1983

Eu estava ciente de que Dante era um homem morto, desde o primeiro momento em que pus meus olhos nele. Encontrei seus restos mortais e os tirei de trás da parede com minhas próprias mãos, pelo amor de Deus! Mas ver sua lápide de mármore, com os caracteres formando seu nome, informando a data de nascimento e de morte, era demais pra mim. Meu coração apertou um bocado. Doía. Uma sensação incômoda se instalava em minha garganta. Ainda mais vendo a foto bonita, em miniatura, de seu rosto, anexada à pedra, em uma moldura de camafeu.

Dante não merecia aquilo. Ele não merecia morrer sem que tivesse sequer podido viver antes. Então, minha vontade de trazê-lo de volta atingiu o seu ápic, deixando-me decidido como nunca. Todo o medo que estava sentindo há vinte minutos, simplesmente evaporou como água fervente.

— Não colocaram nem uma frase na lápide... Isso é meio frio. — Tyler fez uma careta.

— Hein?

— Ah, você sabe... Todo túmulo costuma ter uma frase, resumindo um pouco a essência do que o falecido era. Tipo "amado marido" e "filho carinhoso" ou "filha e amiga querida".

— É verdade. — Kenzo observou a lápide também enquanto pegava alguns materiais, necessários à evocação, em sua mochila.

— Dante morreu muito novo — expliquei. — Não há tantos familiares vivos hoje que foram próximos a ele em vida. Ele tem alguns amigos vivos, até, mas os familiares são muito distantes. O mais próximo era Anthony, eu acho. E obviamente a justiça não entregaria ao assassino a escolha do seu local de enterro ou a frase da lápide. — Dei de ombros. — Quem fez, não devia conhecer bem o Dante para escolher alguma coisa.

— Conhece todos os nomes nas lápides? — Tyler me fitou curioso.

— Deixe-me ver... Soraya Fernández era a madrasta, Pietro, o pai. Maria era a mãe dele, foi a primeira a falecer. Caramba, que desrespeitoso! Enterraram a pobre coitada lado a lado do marido e da segunda esposa que, antes disso, era a amante.

— Tudo na história da família Donadelli soa como uma novela. — Tyler espalhava as velas ao redor do túmulo agora. — Eu vi, contaram várias coisas na TV. Eles eram, tipo, subcelebridades da época.

Enquanto conversávamos, vimos um ou dois *animus* perambulando à nossa volta, mas nos forçamos a fingir que não os notamos, afinal, caso percebessem que éramos capazes de vê-los, viriam pedir ajuda e, naquele momento, nosso foco era ajudar Dante e apenas ele. Eu me senti mal por isso, mas não foi uma escolha.

— Tudo pronto — Kenzo avisou. — Alex, você vai ter que entoar o texto de evocação. — Ele me estendeu o livro aberto e apontou para uma página em específico.

Eu não fazia ideia do que estava escrito ali, mas ele explicou mais ou menos o que queria dizer, além de esclarecer a pronúncia correta.

— No final, você fecha o livro e corta sua palma com a adaga. — Apontou para uma coisinha prateada miúda que colocou em cima da lápide.

Meu rosto era assustado, mas o que recebi em resposta foi sua cara de tédio e um breve revirar de olhos.

— Nós estamos evocando um demônio aqui. O que você espera? Uma receita de bolo, com cobertura e granulados coloridos? Magia de sangue é inevitável.

Bem, ele tinha um ponto.

— Por que sou eu quem tem que fazer? Não dá pra usar, tipo... sangue de uma galinha?

— Gatinho, não é assim que funciona — Tyler avisou. — Não estamos fazendo oferendas, estamos usando o poder ancestral do seu sangue para conduzir a magia.

Engoli em seco. Minha avó aparentemente não sabia muita coisa, mas tudo deu muito certo para ela. Contudo, se formos levar em conta o tanto que sou azarado, talvez realmente fosse melhor não ficar tão esperançoso assim.

— Precisa ser você a evocá-lo, porque foi você quem maculou a alma dele. — Kenzo jogou a parte não raspada de seu cabelo assimétrico para o lado. — Além do mais, vocês têm uma ligação, então é como uma chave pra que ele desbloqueie as camadas infernais e chegue aqui mais facilmente. Se você for um necromante, vamos descobrir agora.

Nós, então, começamos tudo. Repeti o texto em latim algumas vezes e cortei minha palma, pingando o sangue em cima da terra escura do túmulo. Parecia bem simples nos filmes, mas na real doeu que nem um caralho. Precisaria ir ao pronto-socorro costurar a pele depois de tudo, foi fundo pra cacete.

A pequena poça do líquido rubro macabramente tomou forma no chão, deslizando pela terra até formar um círculo à nossa volta – o que observei com a expressão assustada e chocada enquanto os outros dois aparentavam estar apreensivos.

Parecia que alguma coisa ia acontecer, porque tudo estava em câmera lenta, mas, quando eu menos esperava, um trovão assustador ressoou no céu, espantando até mesmo os dois, que se sobressaltaram e levaram às mãos ao peito, assim como eu.

Pingos de chuva grossos deixaram-nos imediatamente ensopados e apagaram as velas no chão, além de desfazer o círculo de sangue.

— E agora? O que a gente faz? — Vi-me assustado enquanto novos clarões e trovoadas rasgavam o céu.

— Agora, a gente cata tudo nosso e vai embora. — Kenzo ficou nervoso e bateu os dentes de frio.

— O quê? Como assim ir embora? E o Dante?

Inevitavelmente morri de medo. Muito medo. Um cagaço do caralho.

— Não deu certo, Alex, a chuva foi um aviso! — Tyler afirmou com convicção enquanto recolhia as pequenas velas apagadas espalhadas pelo chão.

— Mas... Mas...

— Mas nada, Kister! Nós fizemos o que dava, ok? Sinto muito, mas estamos sendo alertados — Kenzo insistiu. — Essa tempestade não é nada natural, é um aviso das forças sobrenaturais pra que a gente não insista nisso. Conheço um cara que tentou evocar a filha que faleceu num acidente de carro, e sabe o que aconteceu? A garota voltou como um cadáver apodrecido, com o pescoço degolado e tudo, do mesmo jeito que o corpo dela tinha sido encontrado no local do acidente!

— Mas isso não vai acontecer aqui, é impossível! — Tentei convencê-los. — Dante era um fantasma! Ele vai voltar como uma alma penada! Uma alma penada de Lúcifer, mas uma alma!

Estávamos perto demais para desistir, e eu infelizmente não possuía conhecimento suficiente para continuar aquilo sem eles.

— Se for ficar aí, o problema é seu — ele revidou. — A gente tá vazando! — Kenzo colocou a mochila nas costas, puxando os longos cabelos molhados para cima, antes de sair rapidamente por entre os túmulos, seguido por Tyler, às pressas.

Ainda fiquei um par de segundos parado ali, olhando o céu, a terra agora lamacenta, minha mão suja de sangue, a ferida pulsando dolorida e até mesmo o *animus* tristonho sentado em cima de uma lápide mais ao fundo, que me observava curiosamente. Então sacudi a cabeça e dei o fora de lá, frustrado.

Alcancei os garotos já dentro do carro, com o outro *animus videntium* no volante. A chuva diminuiu imediatamente quando meus pés tocaram o lado de fora do cemitério, confirmando a teoria de Kenzo.

Voltamos em silêncio por todo o caminho, e quando o carro parou em frente à Espírito Mágico, desci dele um tanto... apagado. Essa era minha última esperança. Eu não tinha ideia de como fazer aquilo, e Dante tampouco havia explicado. Tudo indicava que essa evocação não deveria acontecer, embora eu acreditasse firmemente que não seria nada tão terrível assim, também. Mas... era isso. Estava tudo acabado, num piscar de olhos, porque sequer deu tempo de alguma coisa acontecer, foi tudo muito rápido depois que começamos, como um raio.

Sinceramente, que bem faria insistir naquilo? Fazia cinco meses. Cinco meses em que eu vivia ansioso, sempre à espera de algo, à espera de Dante. Isso não vinha me fazendo bem. Sentia como se fosse simplesmente explodir de nervoso a qualquer momento, porque aquela merda era demais para aguentar. Num dia eu era só um jovem adulto cagão, que via um ou outro vulto por aí e morria de medo de ficar em casa sozinho. No outro, era um *animus videntium* de casta alta, capaz de ver e tocar em fantasmas, tendo a função irrecusável de ajudá-los a partir para o Outro Lado, o Éter ou o que fosse, e cumprir seu destino.

Isso era muito para assimilar, e sequer tive tempo, fui pego de surpresa. Mas a coisa de me encontrar apaixonado pelo fantasma que era o homem dos meus sonhos — agora literalmente até demais — acabou me confundindo. Eu não consegui medir a proporção daquilo. Da minha missão. De como seria minha vida a partir dali.

Então, era com muito pesar e uma dor profunda em meu coração que eu tomava aquela decisão quando já dirigia meu próprio carro, depois de passar um bom par de horas no pronto-socorro, costurando minha palma. Ainda fui obrigado a tomar uma vacina antitetânica e, agora, na volta para casa, minha bunda também estava dolorida.

Tudo isso era um terrível lembrete de que eu precisava superar Dante Donadelli. Não era mais uma escolha, e sim uma necessidade. Faria o que pessoas normais fazem por alguém morto: rezaria por sua alma. Rezaria com tanto fervor que, em algum momento, ele iria para o Céu ou pra qualquer lugar bom. Mas inevitavelmente eu teria de viver o resto da minha vida carregando a culpa por seu destino cruel. Porque era tudo culpa minha. E era minha obrigação me foder inteiro para consertar a merda que havia causado ao seu espírito.

Mas como conseguiria fazer qualquer coisa se aquilo me angustiava tanto a ponto de me impedir de viver? Além do mais, eu tinha uma missão na Terra: precisava ajudar outros espíritos. Não poderia dedicar minha vida a consertar o que havia feito de mau a um, quando havia tantas outras almas carentes de ajuda.

Eu não estava sendo egoísta, veja bem. Egoísta seria se continuasse com aquela merda de salvar o *animus* do cara que amava, em detrimento de todas as outras almas que desencarnavam e só tinham a mim como ajudante próximo. Então, estava decidido. Não havia mais nada que eu pudesse fazer por Dante Donadelli. Seguiria minha vida infeliz sem ele. E sem ninguém... Como uma forma de autocastigo pelo que fiz ao seu espírito.

Tive que parar o carro duas ou três vezes no acostamento para descansar minha testa no volante e chorar. Chorar como nunca antes. Chorar por sua morte. Porque desistir de Dante, para mim, era o mesmo que o aceitar como alguém definitivamente morto e não mais alguém ao meu alcance. Se ele ao menos tivesse partido para o mesmo lugar de Laura ou Jessica, um lugar possivelmente bom... seria menos doloroso. Pelo menos, eu não sentiria essa culpa flamejante em meu peito por tê-lo sentenciado a uma eternidade no Inferno, como um pecador. Dante não merecia nada daquilo. Eu estava uma bagunça, como havia estado ao longo daqueles cinco meses.

Desci do carro, em frente à minha casa, sentindo o frio do fim da madrugada castigar com ainda mais força quando andei até a porta da frente, tentando pegar o molho de chaves com minha mão que não estava costurada e enfaixada. Ao entrar, tirei os sapatos sujos de grama e lama preta, abandonando-os de qualquer jeito na porta.

Thomas não estava deitado no sofá, mas sabia que ele não teria ido embora de madrugada. Por isso, abri a porta do quarto do primeiro andar, e o encontrei dormindo agarrado a um travesseiro na cama, como se fosse uma pessoa. Sorri tristonho e voltei a fechar a porta, depois fui para a área de serviço, onde tirei minhas roupas e as enfiei dentro da máquina de lavar.

Inesperadamente, batidas fracas soaram à porta da frente.

Franzi o cenho e caminhei até a sala, onde encarei a porta a distância, sem saber muito bem o que fazer.

Bateram outra vez e, por causa da luz acesa na varanda, pude ver uma sombra mover-se pela fresta embaixo dela.

Meu corpo gelou.

Só faltava mesmo um bandido pra piorar tudo.

Engolindo em seco, caminhei para mais perto e, reunindo minhas últimas forças, espiei pelo olho mágico, mas não havia ninguém lá fora. Então, abri a porta num rompante, deparando-me com nada além do vento frio – o que foi uma péssima ideia, já que eu continuava molhado pela chuva no cemitério e só usava uma cueca encharcada.

Bufando, fechei a porta, irritado.

Tomei banho no banheiro do primeiro andar, preguiçoso demais para subir as escadas até o do meu quarto. Passei o que pareceram ser horas embaixo da água quente, mas nem toda a água do mundo conseguiria tirar de dentro de mim a dor da perda. Só depois de uma hora inteira, saí de lá, vestido num roupão felpudo.

Eu não sabia o que fazer agora. Comer não parecia atrativo, ver TV não soava interessante. Dormir também não era uma opção, já que minha cabeça estava tão acesa que seria impossível realmente cair no sono. Tudo estava apenas... vazio.

O tempo que demorei no chuveiro foi o suficiente para que começasse a surgir a luz do dia. Fui até as janelas e resolvi abrir as cortinas para que a luz do crepúsculo clareasse lá dentro, fazendo tudo com uma das mãos, já que minha mão esquerda recém-costurada estava um tanto dolorida, especialmente depois de tê-la forçado enquanto dirigia.

Então, imagine só minha surpresa quando voltei ao espaço claro e pude, pela primeira vez, enxergar as marcas de pegadas no chão da sala, da porta até a cozinha. Eram pegadas de terra escura, com pedaços de grama também... Como as do cemitério.

Fiquei totalmente arrepiado. Minhas botas sujas continuavam na porta. Eu as havia tirado assim que entrei em casa, não havia? Não cheguei a caminhar com elas aqui dentro. E a única pessoa na casa, além de mim, era o Thomas.

Correndo até o quarto, de novo, abri a porta num rompante, encontrando Thomas do mesmo jeito que havia deixado: dormindo na cama, agarrado aos travesseiros.

Senti um frio percorrer minha espinha quando um barulho veio diretamente da cozinha.

Minha nossa, eu estava todo cagado!

Como num filme de terror, disparei lentamente naquela direção, ouvindo barulhos mais que estranhos vindos de lá. Definitivamente, havia alguém ou alguma coisa na minha cozinha.

Assim que cheguei ao cômodo, vi a porta da geladeira aberta. Alguma coisa estava agachada atrás dela, remexendo em tudo lá dentro, soltando gemidos de mastigação, e tudo ficava mais alto no silêncio.

Com o coração acelerado, puxei cuidadosamente uma frigideira pendurada na parede. Eu parecia preso num *looping*, um *déjà vu* de mau gosto.

Empunhando o objeto na altura do rosto, tomei coragem e disse com a voz contida, mas suficientemente alta:

— Quem é você e o que está fazendo na minha cozinha?

A pessoa – *ou coisa* – ali atrás, parou de mastigar audivelmente.

— Eu tenho uma arma! — Pressionei.

E aí, devagar, a coisa foi se levantando.

Primeiro, surgiu a cabeça de fios pretos por cima da porta, depois a testa e então... os olhos.

Aqueles olhos.

Imediatamente, soltei a panela que caiu com um estrondo no chão, pouco me importando se Thomas acordaria com o barulho.

Depois disso, o invasor disparou:

— *Por que você sempre me ameaça com uma frigideira, baby?*

06.
BEM-VINDO DE VOLTA

A conhecida voz doce e levemente debochada soou em meus ouvidos como música.

Eu estava estático, de boca aberta e olhos arregalados. Não podia acreditar no que via. Precisei piscar algumas vezes para ter certeza de que aquilo era real. De que era *ele* ali. Sujo de terra e – pasmem – completamente nu.

Assim que a primeira lágrima quente escorreu de meus olhos, corri e me joguei em seus braços, fazendo nossos peitos estalarem um contra o outro, ao mesmo tempo que rodeei seu pescoço, tremendo.

— V-você está... Você está mesmo aqui, porra — murmurei com a voz trêmula, desacreditado, meus olhos ardendo ao se encherem mais de água.

— Alex, o que houve? O que foi esse barulho? — A voz grossa e sonolenta de Thomas indagou.

Em pânico, soltei-me de Dante, rapidamente, virando-me, então, para a porta da cozinha, encontrando-o ali, com os olhinhos inchados, cabelos cor de caramelo desgrenhados e uma careta confusa.

Não sabia o que dizer. Como iria explicar que estava abraçando o ar?

— Ah, desculpe! — Thomas transmutou numa expressão surpresa, olhando para um ponto atrás de mim. — Não sabia que estava acompanhado. Foi mal. — Coçou a nuca, sem jeito.

O quê? Ele estava vendo Dante? Como?

Virei-me, então, para o ex-fantasma-e-agora-demônio-íncubo-recém-evocado, vendo-o sorrir para Thomas e estender sua mão inacreditavelmente suja de terra.

— Eu sou o Dante.

Thomas encarou as mãos dele e o analisou de cima a baixo, com um sorriso nos lábios:

— Hm... Não quero ser mal-educado, é um prazer conhecê-lo, Dante. Mas é que você tá meio pelado. E sujo de terra. — Riu sem jeito. — Vocês estavam transando lá fora? — Fez uma caretinha cômica maliciosa.

Dante tinha grama grudada em todo o corpo, nos cabelos, na cara, em tudo. Além do mais, eu não conseguia ver suas mechinhas de cabelo laranja. Era somente um cabelo em tom de castanho muito escuro. O provável mesmo tom de cabelo que ele deveria ter naturalmente quando vivo, antes de tingi-lo com aquelas mechas de cor vibrante. Estava todo sujo de lama, mas tanta lama que parecia ter saído de um chiqueiro. Ou de um túmulo...

— Santa Maria, mãe de Deus! — exclamei, assim que assimilei a situação.

— Vou deixá-los em paz. — Thomas me encarou com estranheza contida. — Só tentem não fazer muito barulho, por favorzinho? Tô com soninho, são 5h da manhã. — Depois, ele saiu dali, todo manhoso e se arrastando.

Ainda atordoado, voltei-me para Dante, encarando-o de cima a baixo enquanto ele voltava a mastigar a maçã que estava em suas mãos e eu sequer havia notado – até porque tinha mais terra e lama nela do que no próprio Dante e o meu chão sujo.

— Você... Você saiu do... — Eu nem conseguia concluir o raciocínio.

— Sim, eu saí do túmulo. Literalmente. — Dante estava de boca cheia e deu de ombros casualmente, como se sair de dentro do próprio caixão e escavar a terra com as próprias mãos para sair da cova fosse algo muito comum e aceitável.

— Como...? O quê? Como pode...? Como...? — continuei a gaguejar. Estava horrorizado.

— Por que acha que o ritual precisava ser feito com meus restos mortais, *baby*? — Ele largou o resto da maçã em cima do balcão e abriu uma garrafa de água que grosseiramente bebeu pelo gargalo, engolindo sedento o líquido gelado.

— Você nunca me disse que eu te traria dos mortos! — Minha voz aumentou uma oitava, correndo o risco de Thomas ouvir aquela conversa bizarra.

— Descriminar ou discriminar. Infligir ou infringir. Tudo dá no mesmo. — Deu de ombros enquanto secava o queixo molhado com as costas das mãos, fazendo uma lambança ainda maior no próprio rosto.

— Não dá não! — grunhi com as mãos na cintura.Mal podia acreditar que o cara mal havia voltado e já ia me fazer brigar com ele. — Infringir é violar alguma coisa; infligir é causar algo a alguém. Discriminar é diferenciar alguma coisa, enquanto descriminar é absolver um crime. Não dá nada na mesma coisa!

— Ai, que nerdzinho chato. — Ele virou de volta à geladeira e quase se enfiou dentro dela. — Diz que está com saudades, mas eu mal cheguei e você já quer ficar brigando. Tá igual à sua mãe.

Ouch!

— Você... Você... GRWWW!

Ele estava certo, afinal. Às vezes, eu realmente agia como Yoona. Mas, de qualquer modo, agora que Dante estava ali, eu não sabia o que fazer. Então, fiquei esperando alguma ação sua. Todavia, tudo que ele fazia era comer. Parecia um bebê faminto ou uma dessas pessoas que tragicamente caem num buraco e passam dias presas lá dentro. Sério. Ele ia acabar com a minha geladeira. Por isso, após algum tempo, quando o vi devorar o último biscoito de um pacote antes fechado, resolvi que precisava puxar as rédeas das coisas.

— Como foi? — Eu estava extremamente ansioso.

— Como foi o quê? — Ele cuspiu farelo em cima do balcão, obrigando-me a fazer careta.

Fala sério, tinha um cara nu e sujo de terra destruindo minha despensa de comida na cozinha! Um cara que esteve morto por trinta e seis anos! O que ele era agora? Alguma espécie de zumbi?

— Como foi... sair do túmulo? Como foi vir do Inferno? Quer dizer, como aconteceu? Como funciona?

— Ah, isso! — Pareceu despreocupado. — Quando você completou o ritual, eu estava numa boa tomando conhaque e fumando um charuto cubano com Fidel Castro, na boate infernal mais bacana da quarta camada do Inferno...

— Espera. Quê?

— Fidel. O ex-ditador, você sabe. — Fez um movimento simplório com as mãos. — Então, eu estava prestes a colocar 100 dólares na calcinha de uma Diabrete e...

Apertei meus olhos para ele, um tanto alarmado, como se estivesse ouvindo-o dizer que estava com o Papai Noel.

— Você estava num *clube de strip*, no Inferno? — Minha voz saiu como um grito esganiçado, que forçou Dante a tapar as orelhas com as mãos sujas de terra e me lançar uma careta incomodada.

— Não seja escandaloso, Thomas está dormindo — ele disse de forma pacífica, só que o tonzinho debochado era evidente, o que só foi me deixando mais puto.

— Uma ova! Eu achei que você estava sofrendo, Dante! Pensei que estivesse no Inferno queimando em lava incandescente de vulcões e... labaredas de fogo na sua fuça enquanto o próprio Tinhoso espetava seu rabo com um tridente!

Ele quase se engasgou de tanto rir. Riu bem assim, abertamente, na minha cara.

— Eu nunca disse isso — respondeu, ainda gargalhando. — Não estava no Inferno como um pecador, Alex. Estava lá como um demônio. Você se confundiu porque tem raciocínio lento e te falta lógica.

— Uh, é mesmo? — Meu rosto já estava queimando de raiva. — E sabe o que falta a você? Noção! Porque tu não tem nenhuma, seu cuzão mentiroso do caralho!

Fulo da vida, saí dali e subi as escadas para o segundo andar, mas não sem antes gritar:

— E limpe essa sujeira que fez na minha casa!

Algo que não era nenhum segredo era que, quando eu ficava bravo, fazia tudo bravo; eu caminhava bravo. Lavava roupas bravo. Até daria banho num cachorro, de modo bem bravo, se tivesse um. O cachorro não me morderia, eu quem o morderia. Então, até o modo que terminei de secar meu cabelo com a toalha e a forma como vesti minha cueca e o pijama eram bravas. Quase caí no processo, com uma perna para dentro da cueca, e a outra travando no meio do caminho, fazendo-me pular com uma perna só. Se não fosse por Dante surgir e me equilibrar, teria me estatelado no chão. Mas, orgulhoso, o empurrei de perto de mim, assim que consegui ficar devidamente vestido.

— Aí, você fica tão gostoso quando tá bravinho assim... — ele comentou, seguindo-me até o banheiro da suíte.

Parado em frente à pia, o fitei com uma expressão raivosa, mas aparentemente ele não estava levando muito a sério, pois continuava com aquele risinho brincalhão no rosto.

— Isso, faz mais. Meu pau tá ficando duro, olha! — Apontou para baixo me mostrando um pênis cheio de terra, começando a inflar.

— Enfia no seu cu — respondi, passando desodorante nas axilas.

— Ah, *baby*, não se faça de difícil... — A voz dele saiu manhosinha enquanto vinha com as mãos estendidas para enlaçar minha cintura.

Dei um passo para o lado e apontei o frasco de desodorante no rosto dele, como uma arma, o mais ameaçador que você conseguir imaginar.

— Me encoste um dedo e enfio esse desodorante no seu rabo, até você peidar com cheiro de flores — grunhi.

Imediatamente, ele fechou a cara e cruzou os braços. Agora, sim, era o Dante nervosinho que eu conhecia. Plenitude enquanto eu arrancava os cabelos não combinava nada com ele.

— Então, tá, seu ingrato! Não posso fazer nada que você não queira. Nem mesmo os *íncubos* têm permissão de tocar alguém que nos rejeita. A gente só fica saciado se o humano nos permitir a alimentação.

— Hein? — Não entendi verdadeiramente nada.

Dante revirou os olhos e bufou.

— Quer dizer que, por mais que um íncubo seja um demônio, ele não pode abusar e nem forçar ninguém. Só funciona se o humano estiver de comum acordo.

— Ah... — Tinha isso ainda. Menos mal, eu acho.

— Eu tô com fome, *baby*... — Ele ronronou como um gatinho.

Eu quase cedi. Quase. Mas aí vi que Dante continuava sujo de terra e grama, saído diretamente das passarelas do submundo. Por isso, achei melhor não.

— Você já comeu tudo que tinha na cozinha.

— Mas tô com fome de outra coisa... *Tô com fome de você.*

— É, que pena. Mas não vai rolar. — Passei por ele para sair do banheiro. — É sério, Dante. Banho! — Apontei para o chuveiro, antes de fechar a porta e deixá-lo lá dentro.

Fechei as cortinas e deixei o quarto num breu, antes de me jogar na cama e me enfiar embaixo do edredom pesado e quentinho.

Cerca de quinze minutos depois, a porta do banheiro se abriu, clareando novamente o cômodo. Como estava virado de costas, não vi Dante saindo de lá, mas pude ouvi-lo ir até o quarto da frente, vestir uma de minhas roupas e então voltar, fechar a porta e se jogar no espaço do colchão atrás de mim.

O cheirinho de sabonete, sua pele quente tocando a minha e o peitoral duro em minhas costas me causaram uma sensação inebriante. Uma mistura de alívio com familiaridade.

Era como se ele nunca tivesse ido embora dali.

— *Baby*... — sussurrou contra minha nuca enquanto apertava minha cintura e se esfregava contra meu corpo, deixando-me totalmente derretido. — Vem matar a saudade do seu Dante, vem...

Juro que meu corpo inteiro se arrepiou tanto que precisei fechar os olhos bem apertados e respirar fundo para tentar me controlar, porque a verdade era que eu queria foder com ele agora mesmo. Ainda mais sabendo que seria uma transa saudosa, e transas saudosas eram maravilhosamente quentes.

— Não quero — resmunguei a contragosto. — Você me traiu com aquelas diabretes, seja lá que porra é essa.

Imediatamente, o corpo dele se afastou como se tivesse tomado um choque. Eu abri os olhos e me virei para fitá-lo, acendendo o abajur para enxergar melhor. Dante estava deitado, olhando para o teto, de cenho franzido e uma careta de dor.

— Que cara é essa?

— Eu disse pra você que não posso forçar, Alex. Se você rejeita um íncubo, ele sente dor física, até se afastar.

Ué, mas eu estava fazendo charminho, poxa! Bom, não exatamente charminho. Estava puto com essa coisa de boate de *strip* e diabretes. O meu Dante não me trairia, tenho certeza! Mas essa nova *persona* dele, não sei, não...

Contudo, tinha acabado de perceber uma coisa fazer sentido sobre isso de não poder forçar: se eu estava fazendo charme ou não, o íncubo não tinha como saber. Então, se eu quisesse, mas dissesse que não, a mente dele entenderia como uma rejeição e não me tocaria. O que era bem chocante para um demônio. Quer dizer, eles não deveriam ser muito moralistas, acredito.

— Me disseram que demônios não têm escrúpulos ou caráter. Não faz sentido que um demônio respeite a vontade de alguém...

Ele se virou para mim, encarando-me nos olhos.

— Nós podemos ser assim, mas isso não tira o livre-arbítrio de um humano vivo, paranormal ou não. E nenhuma entidade sobrenatural pode obrigar um humano a nada. Além do mais, um íncubo se alimenta de libido. Se a gente forçar alguém a alguma coisa, essa pessoa estará sendo abusada e, consequentemente, não terá libido, por isso não haverá do que se alimentar. É claro, não quer dizer que o demônio não vá trapacear para conseguir o que deseja. *Íncubos* visitam humanos através de sonhos e fingem ser um ex-amor falecido ou até mesmo seu ídolo, para ganhar seu consentimento e desejo. E, dessa forma, o humano acaba se entregando, sem saber quem realmente está ali com ele.

Ah, é claro. Parecia bom demais para ser verdade.

— E você? Já andou trapaceando alguém? — Fiz um bico.

Dante se deitou de lado na cama.

— Quer saber se andei transando com alguém pra me alimentar, durante esse tempo? — Ofereceu-me um risinho convencido.

Limitei-me a revirar os olhos e bufar.

— Digamos que isso funcione como gostar muito de *sushi*, mas só ter arroz para comer. Fica sem graça sem o peixe junto.

Que analogia idiota.

— Acho que ainda não entendi.

— Quero dizer que gosto de foder *com você*. E que fazer *com você* é como me deliciar no meu prato favorito. Fazer com outras pessoas não me saciaria, provavelmente me deixaria mais faminto. Além do mais, cheguei ao Inferno assim que você dormiu depois da nossa primeira vez. Então, ainda podia sentir seus toques em mim, o gosto da sua boca, o cheiro da sua pele... — Ele levantou a mão para tocar meu rosto, mas parou no caminho e me encarou, como se estivesse à espera da minha autorização.

Cobri sua mão com a minha, pousando-a sobre minha bochecha, e pude, pela primeira vez, sentir seu calor. Seu verdadeiro calor, não aquela coisa que eu achava que sentia quando estávamos juntos e ele era um fantasma, porque agora ele estava ali. Em carne e osso, efetivamente. E eu ainda mal podia acreditar.

— Então, traduzindo... Isso quer dizer que a lembrança de mim ficou presa na sua mente e com isso você não quis ficar com mais ninguém? — Estava incerto. — Nem com as... *diabretes*? Aliás, que coisas são essas?

Ele sorriu, fechando os olhos cor de tempestade, de que eu tanto sentia falta.

— Diabretes são gárgulas. Elas compõem grande parte da população infernal. São criaturas que existem meramente para entretenimento no submundo. Elas se transformam em qualquer coisa, desde uma aparência humanoide até algo monstruoso com asas de morcego e patas de dragão. Só que elas nunca conseguem mudar a cor da pele. São sempre cinzas. É assim que as identificamos.

Fiquei olhando para ele com cara de tacho.

— Então, o Inferno é basicamente como o filme dos *Monstros S.A.* ou aquele desenho *Gargoyles,* dos anos 90?

Ele riu, soltando uma gargalhada barulhenta e se jogou para todos os lados, sacudindo a cama.

— Pra quem não está pagando pelos próprios pecados e nem tendo o *traseiro sendo espetado por um tridente* é bem tranquilinho. — Deu um sorriso.

— Eu achava que todo mundo que ia pro Inferno estava sendo condenado ao sofrimento eterno... Estava me sentindo *tão* culpado por ter condenado sua alma...

— Não é bem assim.

Ele não entrou em maiores explicações.

Depois, ficamos em silêncio, fitando o rosto um do outro, como fazíamos normalmente. Mal podia acreditar que ele estava ali outra vez. Justo quando pensei que jamais voltaria a tê-lo e estava certo de que passaria o resto de minha miserável vida me lamentando por esse erro. Mas ele estava ali agora. *Nós estávamos ali.* Dante não era mais um fantasma. Não havia mais riscos de, subitamente, ele partir e me deixar neste mundo, vivo e com um coração partido.

De alguma forma, minha mente gritava que era realmente melhor ter um Dante Donadelli de carne e osso, ainda que demoníaco, do que uma alma penada. Ainda que este Dante atual pareça mais pau no cu que o anterior, ainda que seus escrúpulos possam ser claramente questionáveis – e eu sentia que isso ainda viria me morder bem no traseiro.

Era como se finalmente aquele vazio em meu peito acabasse de ser substituído por algo leve e suave, como brisa fresca de verão. Como sentar-se na varanda ao pôr de Sol e observar a noite surgir, sem nenhuma preocupação. Era como acordar num dia de chuva, sabendo que poderia passar o resto dos dias debaixo das cobertas, assistindo a um bom filme de romance clichê ou a um terror *trash*. Parecia bom demais para ser verdade e, como tudo na vida, eu sabia que em algum momento as coisas entrariam em pane outra vez. Fosse daqui a três dias ou daqui a três anos. Por isso, aproveitaria cada segundo ao seu lado, como se fosse o último, ainda que este Dante Donadelli não fosse exatamente a melhor pessoa do mundo e eu tivesse sérias desconfianças sobre a forma que ele poderia vir a agir futuramente. Mas, não, eu não tinha como saber, não era um vidente. Era esperar para ver.

Pensando nisso, rompi a distância entre nós, com todo o cuidado do mundo e encostei meus lábios nos seus. Sua pele era quente, verdadeiramente quente. Como eu nunca havia sentido antes, porque agora seu corpo possuía sangue pulsando dentro das veias e um coração batendo ali dentro do peito.

Derretido, soltei o primeiro suspiro, entregando-me a ele. Imediatamente, Dante me empurrou de costas e subiu em meu colo, encaixando-se perfeitamente em mim, que o beijei saudoso, intenso e lento.

E se antes eu pensava que todo o fogo da paixão que nos obrigava a nos agarrar como se nossa vida dependesse daquilo era a forma mais apaixonada que poderíamos fazer... Bom, foi engano meu. Nada se comparava à forma que nossas línguas se moviam agora, dançando de maneira sincronizada, vagarosa e ardente. Sentia todos os meus pelos do corpo se arrepiarem, a pele esquentar e meu coração começar a bater num ritmo frenético.

Ele começou a mover o quadril sobre o meu bem devagar, quase como numa provocação, deslizando em cima de mim. Minha mão boa foi de encontro à sua cintura, por baixo da camisa que usava, e apertei sua pele entre meus dígitos enquanto a mão machucada descansava sobre o colchão.

Agora, como uma pessoa viva – ainda que não fosse bem uma *pessoa* –, Dante precisava respirar. Então, ele interrompeu nosso beijo para tomar ar, sem afastar muito o rosto do meu, encarando-me de perto e com um olhar afiado.

— Então, agora, sou eu quem te deixa sem fôlego, uh? — Flertei, dando-lhe um sorrisinho de lado enquanto acariciava sua pele por debaixo da camisa.

Ele sorriu cafajeste e veio com a boca em direção à minha outra vez, mas, quando estava prestes a receber seu beijo, o maldito a desviou e partiu para meu pescoço, soltando um verdadeiro hálito quente contra minha pele, antes de atacá-la com a língua aveludada e molhada, causando-me novos e mais intensos arrepios pelo corpo todo. Ele a deslizou com tanta lentidão que foi como torturar meu corpo necessitado e saudoso de toques. Quaisquer toques. Porque fazia cinco meses que eu não tocava em ninguém, pois, para mim, só existia ele: Dante Donadelli. Estive fiel a um fantasma que, podia jurar, havia partido para os confins do mundo espiritual. E foi bom que minha esperança não tivesse morrido por todo esse tempo, afinal. Eu odiaria se o tivesse traído, pensando que nunca mais voltaria a vê-lo.

Enquanto sugava e mordiscava minha pele naquele ritmo torturante, Dante intensificou as reboladas sobre meu membro já inflado, tornando impossível, para mim, não soltar gemidos contidos e suspiros de deleite. Sentia como se estivesse na porra das nuvens. Era como morrer e acordar no céu. Podia sentir perfeitamente aquela bunda durinha deslizar sobre meu pênis necessitado e, assim como na primeira vez que nós realmente ultrapassamos os limites dos beijos, bem ali naquele quarto, só podia imaginar que, se eu estava sentindo tudo aquilo ainda com roupas, seria ainda mais incrível quando estivéssemos sem elas.

— Você é tão gostoso, Alex... — Ele tinha a voz manhosa em meu ouvido.

Toda maldita vez que Dante usava aquele tom, eu me derretia. Meu pau duro dentro da calça do pijama roçava com ainda mais força em sua traseira coberta apenas pela cueca, e meu estômago dava voltas ao sentir aquela pressão tão bem assim. A maldita bailarina bêbada em meu estômago voltava a dar suas piruetas, como de costume, mais especificamente no meu pé da barriga.

— Me deixe fazer uma coisa... — Tentei soar firme, mas estava tão manhoso quanto ele.

Por isso, Dante deu mais uma rebolada em cima de mim e girou na cama, deitou-se de costas no colchão, para me observar com expectativa. Imediatamente subi em seu colo, fazendo questão de encaixar minha bunda sobre seu caralho teso preso pela cueca, rebolando, como ele estava fazendo comigo momentos antes. Levantei sua camisa até a altura do peito e deslizei minhas mãos por seu abdômen de barra de chocolate, sentindo os gominhos sob meus dígitos, mesmo com a mão machucada, porém com mais cuidado. Depois, me abaixei para capturar seus lábios novamente, num beijo cheio de alvoroço.

As firmes mãos do Donadelli apertaram minhas nádegas com vontade. Rapidamente, ele se sentou, as mãos deslizando pelas minhas costas, alternando os carinhos entre minhas coxas e bunda. Era como se ele quisesse me alisar em todo o lugar. Ele pausou o beijo e levou seus lábios macios para meu pescoço outra vez, sugando e lambendo de forma lenta e deliciosa, me deixando totalmente entregue.

Joguei a cabeça para trás, de modo a dar-lhe mais espaço para fazer o que quisesse comigo. Meus lábios partiram-se e permaneceram assim por um longo tempo enquanto sentia sua língua abusada em minha pele e as mãos bobas me tocando ansiosas. Eu não conseguia parar de rebolar. Não que quisesse parar, mas já estava automático. Quanto mais tesão ele me dava, mais eu movia o quadril em círculos, querendo sentir mais da extensão coberta me cutucando. Era gostoso pra cacete!

Dante sequer aguentava ficar parado, por isso começou a estocar para cima, provocando meu corpo a quicar em cima do seu, e eu a descansar o rosto em seu pescoço e aproveitar aquela sensação maravilhosa. Eu já estava ficando sem fôlego.

Ele se moveu e me jogou no colchão, de costas, pondo-se entre minhas pernas, e voltou a me beijar, forçando o quadril contra o meu, o que quase me levou à loucura.

— Dante... — Pausei o beijo, ofegante. — Me deixa ficar por cima.

— Não. — Ele riu enquanto mordiscava minha orelha e alisava minha cintura.

— É minha vez de ficar aí, Donadelli. — Fui manhoso demais outra vez.

— Tá bem... — Ele me deu um olhar malicioso.

E assim eu soube que ele aprontaria alguma coisa.

Sem desgrudar o olhar do meu, desceu o rosto lentamente pelo meu corpo e quando chegou à altura de meus mamilos já eriçados, deu uma mordidinha por cima da blusa ao que me encarou todo lascivo. Reprimi um gemido, mas o safado foi rápido em girar a língua quente pela aréola coberta, antes de sugar o bico com os lábios, o que me fez gemer, segurando seus fios de cabelo entre meus dedos, com força, para descontar a merda de tesão absurdo que ele me causava. Pude sentir todos os pelos em meu corpo se arrepiarem com força. Qualquer coisa que eu tivesse sentido com o Dante fantasma sequer se comparava ao que o Dante de carne e osso fazia. Era mais quente, mais apaixonado, mais provocante, mais... *vivo*.

— Tem certeza de que quer ficar por cima, hm? — perguntou com aquela voz fininha e sensual. — Tem certeza de que não quer ficar bem aí onde está?

Sujeitinho sem-vergonha!

— Tô b-bem aqui. — Eu me deixei ser vencido.

Ele sorriu, deixando os olhos cinza-tempestade ficarem ainda menores, daquele jeitinho adorável de sempre. Depois subiu o tronco, voltando a atacar meus lábios, num beijo intenso e rápido, que eu sequer era capaz de acompanhar.

Suas mãos deslizavam sedentas pelo meu corpo. Estavam em todo o lugar ao mesmo tempo. Eu arfava a cada toque. E, em momento algum, Dante deixava de forçar seu quadril contra o meu, de forma ritmada e completamente enlouquecedora.

Eu estava entrando em um abismo de prazer sem fim. Ele sabia que aquele jeitinho de me controlar, enquanto eu tentava controlá-lo de volta, era o que me deixava louco. A briga por poder era instigante. E por mais que eu estivesse doido de vontade de tê-lo entrando em mim outra vez, como não acontecia há cinco malditos meses, meu pau não parava de pulsar, imaginando como seria *estar dentro dele*. Eu queria *muito* foder aquela bunda deliciosa! Então, reunindo todas as forças e sanidade em meu ser, o afastei, ofegante, e vi que ele estava em igual estado. Olhando fundo em seus olhos cinzentos, que na semipenumbra pareciam pretos, murmurei:

— Dante... Eu quero... — Abaixei os olhos, ficando inesperadamente sem jeito sob seu olhar afiado. Não que eu fosse inibido, mas Dante Donadelli definitivamente me deixava meio frouxo.

— Você quer...? — provocou.

Espiei-o de forma curiosa, tentando ler sua expressão, mas, então, ele soltou um sorriso lindo, mais brilhante que o Sol, e quase senti meus olhos arderem por isso.

— Eu sei o que você quer — declarou. — Mas só vou te dar se você pedir.

Filho da puta!

Suguei o ar, tomando coragem, e finalmente falei:

— Eu quero ser o ativo dessa vez. Quero te foder. Quero sentir você inteiro por dentro e te dar tanto prazer quanto você já me deu — soltei tudo de uma vez.

Ele me observou por um momento, sem deixar o sorriso sacana morrer, e então se levantou rapidamente da cama, estacionando no meio do quarto, sem parar de me fitar. E daí fez um movimento sensual pra caralho, de jogar a maldita franja escura para trás e deixar que os fios deslizassem de volta ao mesmo lugar. Senti falta das mechas laranja-flamejantes, mas ele continuava sexy do mesmo jeito.

Dante levou as mãos para a barra da camisa de tecido fino, subindo-a lentamente, e revelou aquele abdômen trincado que me deixava babando toda a maldita vez. Após se despir, atirou o pano no chão e deslizou as mãos pelo peitoral, com vagareza, encarando-me, até que seus dedos alcançassem a barra da cueca.

Oh, minha nossa! Ele estava mesmo fazendo um *strip* para mim. Eu estava definitivamente com pena do meu pau. Esse cara ia me engolir. Literalmente falando.

Era visível o volume de seu caralho teso dentro da cueca vermelha, ainda que a luz do abajur fosse suave. Aquilo pareceu como a porra de uma tortura. Sua glande molhadinha escapulia do tecido, presa entre o elástico e seu pé da barriga. Ele apertou o falo rígido, soltando um gemidinho, e eu automaticamente fechei os olhos e suspirei, sentindo meu membro fisgar junto.

Mordi o lábio, tenso e ansioso, para depois ajustar os travesseiros na cabeceira da cama e me ajeitar ali, posicionando-me melhor para vê-lo dar o seu *show*. Massageei meu pau por cima da roupa também, aproveitando-me da gloriosa visão que era Dante Donadelli nu na minha frente. Os olhos dele foram diretamente para onde eu apertava, e o vi sugar o ar, buscando algum controle, alterado ao me ver tão sedento por ele quanto eu ficava ao vê-lo sedento por mim. Porque era claro que eu também mexia com ele na mesma intensidade e isso era maravilhoso. Tudo entre nós era ridiculamente recíproco.

Então, Dante finalmente abaixou a cueca boxer vermelha, ficando totalmente nu com aquele pau duro bonito, pingando pré-gozo; a cabecinha melada brilhava com a luz fraca. Passei a língua entre os lábios, umedecendo-os, e apertei mais ainda meu próprio volume enquanto assistia Dante se masturbar. Com a mão livre, chamou-me com um movimento do indicador.

— Vem aqui, vem... Me chupa gostoso, *baby*.

Lá vinha ele de novo com aquela coisa de *baby*. Eu sentia falta dele me chamar de *Coelhinho*, mas foda-se, eu estava com tesão. Como um cachorrinho obediente e sedento, fui no mesmo instante. Desci da cama e me ajoelhei à sua frente, apoiando as mãos em suas coxas definidas. Aproximei o rosto, sentindo o cheiro gostoso de sua excitação. Deixei leves selares em sua barriga, ao redor do pau, mordendo fraco o baixo abdômen, sentindo-o tremer com as carícias.

Dante segurou o próprio pênis pela base e, com a outra mão, puxou os fios de minha nuca, posicionando a glande inchada bem em frente aos meus lábios. Eu imediatamente pus a língua para fora, doido para sentir pulsar sua dureza sobre ela. Dante sorriu safado e deslizou provocativamente a fenda molhada no músculo aveludado, deixando-me sentir seu gosto levemente amargo. Abusado, fechei um pouco a boca, dando um chupão na cabecinha, e ouvi um gemidinho manhoso e necessitado dele que, em resposta, jogou a cabeça para trás, de olhos fechados, deleitando-se. Então, abocanhei o resto da extensão devagar, movendo minha língua por todo o seu caralho, sentindo as veias engrossando por baixo da pele fina.

Chupar o pau desse cara me deixava louco de tesão. Era com muito autocontrole que eu não enfiava uma mão dentro das calças e me masturbava enquanto o sugava, mas, se o fizesse, sabia que gozaria em meio segundo e aí não poderia comer ninguém naquela foda. Só que a visão ali era gloriosa demais para que eu me aguentasse. Então, a única forma de descontar um pingo daquele tesão era gemer; meus gemidos vibraram no cacete dele, que apertava meus fios com ainda mais força, levando-me ao delírio.

Eu achava que iria explodir a qualquer minuto. Suas lamúrias eram tão gostosas que me faziam suspirar, ainda que isso quase me levasse a engasgar com seu sexo inteiro em minha boca. Então, deslizei a mão de suas coxas para seu traseiro, sentindo aquela carne farta rechear minha mão boa enquanto a machucada descansava em sua coxa.

Dante era como uma obra de arte. Era como uma daquelas estátuas gregas da Antiguidade, só que com o pau maior e mais grosso.

Comecei a puxar sua pélvis pra mim, levando-o a se afundar ainda mais na minha garganta. Sabendo que ele estava bem próximo de vir, massageei com mais vontade sua bunda, sugando o falo teso mais veloz, deslizando minha língua mais rapidamente por cima de suas veias saltadas. Não teve jeito: Dante gozou quente na minha boca. E continuei a chupá-lo com fervor, engolindo todo o líquido amargo, a língua deslizando pela fenda expelindo porra.

Suspirei outra vez, porque ele me deixou a ponto de bala e parecia que eu ia morrer com isso.

Quando o aperto em meus fios de cabelo afrouxou, finalmente tirei seu pau da boca. Fiquei de pé e segurei sua cintura, empurrando-o lentamente até a parede para beijar seu pescoço com carinho, aproveitando que ele ainda estava atordoado demais depois de um orgasmo, para que pudesse comandar alguma coisa.

Eu o virei de costas e ele se deixou levar, não me impedindo. Grudei meu peito em suas costas, esfregando meu pau duro entre suas carnes, sentindo-o empurrar o quadril para trás, buscando mais contato.

— Vou pegar o lubrificante — falei baixinho, distribuindo selares em seu ombro enquanto Dante tinha a testa apoiada na parede, entregue como nunca antes.

Ele apenas sacudiu a cabeça, assentindo, então fui rápido até a mesinha de cabeceira e peguei o frasco, aproveitando para tirar minha roupa todinha no caminho.Voltei para ele e despejei boa parte do gel em meus dedos, joguei a bisnaga no chão, e então deslizei o dígito melado em sua entrada, assistindo a todas as suas reações com fervor.

Dante suspirou e rebolou, o que me deixou mais sedento ainda para me enterrar nele logo.

Deslizando o nariz em sua nuca, enfiei o primeiro dedo, sentindo-o me apertar. Eu não podia ver o rosto dele, mas sabia que estava de cenho franzido, tentando controlar o incômodo da invasão. Movi o dedo lentamente, entrando e saindo do buraquinho enrugado, até que enfiei o segundo. Dante ficou mais tenso, mas, ainda assim, não reclamou. E era claro que doía. Sexo anal requer todo um cuidado e preparação para obter prazer. Então, enfiei o terceiro e último dígito, separando-os dentro de seu canal, para alargá-lo, ao mesmo tempo que os deslizava para dentro e para fora, girava, mas sem afobação, tudo muito delicado e cuidadoso, certeiro. Eu tinha um objetivo ali.

Ele se controlava para não resmungar, eu sabia. Comecei a deslizar minha língua em seu pescoço, chupando a pele de um jeito molhado, para que meu homem relaxasse enquanto movia os dedos dentro daquele lugar doloroso. E vi que funcionou quando Dante descolou a testa da parede e jogou a cabeça para trás, apoiando-a em meu ombro, e suspirou, enquanto rebolava o quadril em meus dedos. Por isso, o penetrei mais fundo, movendo meu corpo junto, de maneira ritmada. E no momento que senti uma parte mais áspera dentro dele com a ponta do indicador, Dante gemeu arrastado.

Eu sorri contra sua pele. Tinha achado o lugar certo.

Estoquei mais algumas vezes, recebendo mais gemidos seus, para aí tirar meus dedos de lá e masturbar um pouco meu pau, aproveitando minha mão melada com lubrificante, para umedecê-lo também. Rapidamente, posicionei a glande em sua entrada, e Dante me olhou por cima do ombro.

— Vamos... Me mostre o que você é capaz de fazer — provocou.

Eu sorri e me enfiei dentro dele, deslizando com cuidado naquele lugarzinho sedento. Suas paredes piscaram, tentando expulsar-me, mas aquilo só tornava tudo mais gostoso. Meus lábios abriram em busca de ar, mas tudo que senti foi a falta dele.

Entrar em Dante era enlouquecedor, e imediatamente senti meu corpo vibrar de prazer.

Segurei as laterais de seu quadril com ambas as mãos, uma o segurando no lugar, e a mão enfaixada apenas apoiada nele; passei a me mover para dentro e para fora, de modo ritmado. Deslizar ali dentro era ainda mais maravilhoso do que eu já tinha imaginado.

— Porra... Tão apertadinho, meu amor... — Soltei o ar em seu pescoço, o que apenas o atiçou e fez com que começasse a jogar novamente o quadril para trás, dando início aos sons de estalo, do choque forte de nossas peles uma contra a outra.

Dante jogou o braço para trás e pousou uma das mãos em minha nuca enquanto, com a outra, se apoiava na parede.

O típico fervor ia subindo por meu corpo, da ponta dos pés até o baixo abdômen, fazendo toda a minha pele formigar, o que me fez morder o pescoço dele com força.

Mal havíamos começado e eu já me sentia insano!

A cada estocada dentro da entradinha apertada, sentia meu pau sendo esmagado de um jeito tão gostoso como nunca havia sentido antes. Fodê-lo não se comparava a foder ninguém mais neste mundo; era único.

— Geme mais pra mim. Me deixa saber o quão gostoso estou te fodendo — atrevi-me a dizer. Estava me sentindo completamente fora de mim. Era surreal.

— Hm... Muito delicioso, *baby* — ele murmurou entre gemidos manhosos. — Você tem sido tão bonzinho...

E ali estava um pouco do antigo Dante, fazendo eu me sentir um grande bebezão ao lado dele. E sabe o melhor? Eu adorava. Sempre retruquei todas as vezes que me chamaram de *bebê*, mas intimamente amava vê-lo com aquele seu ar superior e que se achava mais sábio que eu, ainda que me irritasse na maior parte das vezes.

Deslizei as mãos por seu peitoral firme, alisando-o de todas as maneiras possíveis, sentindo a textura de sua pele em minhas digitais, curtindo a forma de seus músculos sob minhas palmas, agora que ele era de carne e osso.

Com meu rosto encaixado em seu pescoço, eu não parava de dizer todos os tipos de obscenidades possíveis, junto a declarações de cunho romântico. O importante era excitá-lo e extravasar as perversidades em minha mente. Acho que tudo que tinha sentido, na nossa primeira e única vez, sequer chegava aos pés do que eu estava sentindo naquele momento. A saudade era um dos ingredientes mais apimentados para uma foda.

Grunhi rouco em seu ouvido enquanto estocava fundo, recebendo o choque do seu corpo contra o meu, de bom grado.

— Tava com tanta saudade de você... Não parava de pensar em quando poderia te tocar outra vez, meu amor... — praticamente ronronei. — Eu enlouquecia quando me imaginava sentando em você e depois te fodendo bem gostosinho, como estamos fazendo agora... Você me deixa completamente louco.

Pude, literalmente, sentir seu corpo firme estremecer em minhas mãos, ao passo que gemidos mais finos e descontrolados saíram de sua garganta. Eu o tinha exatamente como queria: arrebatado.

— Porra, garoto... — disse entre os dentes, a respiração tornando-se acelerada e falha; ele mordeu o lábio e me encarou de soslaio, ainda com o braço virado para trás e envolto em meu pescoço, puxando meus fios de cabelo. — Sabe o que vou fazer agora? — Sua voz era autoritária.

Deixei uma boa chupada em sua orelha, antes de responder:

— Não sei... Fala pra mim... Diz o que vai fazer com o seu namorado... — provoquei de volta, apertando seu quadril com mais força e estocando mais fundo.

— *Eu vou sentar em você pra caralho.*

Ele mal terminou de dizer e já me deu um empurrão, fazendo-me sair de dentro dele e me afastar. Ele se virou de frente e foi me empurrando enquanto me beijava com alvoroço. Minha mente sequer raciocinava direito, só seguia o que ele ditava e deixava as coisas fluírem, sem nenhuma preocupação, sem pensar em porra nenhuma além da sensação de seu corpo junto do meu. Eu o queria tanto, tanto, tanto!

Quando senti a lateral do colchão encostar-se à parte detrás de meus joelhos, acabei sentando ao mesmo tempo que Dante empurrou-me pelo peito. Arrastei-me mais para cima na cama, embora estivesse completamente torto e minha cabeça quase chegasse ao limite da borda. Ele pôs um dos joelhos no colchão, e depois, o outro, engatinhando sobre mim, de forma lenta e planejada, como um leão encurralando sua presa. Tive a impressão de ver um brilho vermelho reluzir fracamente no fundo de seus olhos, e até pisquei um bocado de vezes, para tentar enxergar melhor na luz fraca do quarto, mas, logo depois, os mirantes se acinzentaram outra vez.

Nesse momento, preferi ignorar minhas suspeitas sobre aquilo, porque já podia perfeitamente imaginar do que se tratava. Afinal, Dante Donadelli era um demônio agora, mais especificamente um demônio do sexo, e eu não fingiria que ele era a mesma coisa de antes. Só que isso não mudava o fato de que ele era ele, e continuaria sendo ele, de natureza diferente ou não. E era ele quem eu amava e amaria sempre, não importava como. Mesmo que agora fosse algo um tanto... maligno.

Diferentemente do que eu pensava, Dante não se sentou em meu colo de frente, mas sim, de costas, com o rosto em direção aos meus pés e a bunda virada para mim, o quadril pairando acima da minha pélvis. Foi aí que ele capturou meu pau duro e o enfiou dentro dele, dando-me a oportunidade privilegiada de ver meu próprio membro ser engolido.

Posso afirmar que vi estrelas. Sem exagero. Precisei fechar meus olhos quando ele terminou de se empalar em mim, e sua bunda gostosa tocou meu baixo abdômen. Eu estava praticamente estático, sem conseguir acreditar no tanto que aquilo era gostoso. Estava no meu limite. Tentei encontrar uma posição mais confortável enquanto ele se ajustava em cima de mim, mas o que aconteceu foi minha cabeça escorregar para fora da cama enquanto ele começava a quicar no meu pau, de costas, como um *cowboy* montando seu touro manso.

Eu só conseguia gemer que nem um cacete. Às vezes, levantava o rosto para ser agraciado com a visão daquela bunda malhada e volumosa, quicando pra caralho no meu colo enquanto suas mãos apoiavam-se em minhas coxas com firmeza. Ele até mesmo deslizava as unhas nelas, causando-me mais sensações mistas, levando-me completamente à loucura.

— Caralho, caralho, caralho...

Eu xingaria mais coisas se minha cabeça pudesse raciocinar direito naquela hora.

Minha respiração acelerou e, por um momento, tudo ficou silencioso ao meu redor, como se tivesse congelado no tempo. Era como se o sangue em minhas veias queimasse e meus pulmões esvaziassem. Tudo vibrou dentro de mim, tudo pulsou e sacudiu. No meu quadril, no rosto, na virilha, nas coxas, até no meu estômago. Pude sentir meu prazer atingir cada músculo do corpo, cada poro em minha pele e cada fibra do meu ser. Nunca havia sentido nada tão intenso e descomunal assim.

Eu gozei, de cabeça para baixo, vendo todos os móveis do quarto de ponta-cabeça; o sangue em meu corpo se concentrou todo no crânio enquanto aquele aperto delicioso de Dante fazia minha porra sair forte, quente e intensa dentro dele.

Permaneci daquele mesmo jeito, totalmente acabado e destruído, mas Dante não parou de deslizar sobre mim. Pude ouvir o barulho da fricção de sua mão contra o próprio pau, se masturbando até gozar. E quando gozou, seu tom pareceu tão grosso e satisfeito que, mais uma vez, senti meus pelos arrepiarem pelo corpo todo.

Quando ele terminou, saiu de cima de mim e se jogou no colchão, com um baque, olhando para o teto. Aproveitei o pouco de força que ainda me restava após aquele orgasmo intenso e me arrastei para baixo, trazendo minha cabeça de volta ao colchão, sentindo uma leve dor na nuca por conta da posição anterior.

Virei o rosto para ele, vendo-o com o peito subindo e descendo rápido como o meu, destruído em igual proporção. Ele portava uma expressão deleitosa, exatamente como a daqueles caras viciados em heroína, ao injetar a droga nas veias. Dante lambeu os lábios grossos, antes de abrir um sorriso gigantesco e escancarado, suspirando ao final, como se estivesse completamente satisfeito, e então murmurou:

— Delicioso...

Engoli em seco, ao lembrar que provavelmente ele estava se referindo àquilo como alguém se refere a um x-burguer, já que, para um íncubo, sexo é como comida. E eu sabia que teria de alimentá-lo. O lado positivo era que, segundo ele havia me dito em sonhos, quando transássemos aqui neste plano, depois que o evocasse, não teria minha energia sugada. Esperava que ele não estivesse mentindo para conseguir o que queria. De qualquer forma, sabia que ele estaria se alimentando de alguma coisa dentro de mim, que não minha força vital: minha libido, aparentemente.

A despeito de minhas aceitações quanto às condições de nossa relação física agora, vê-lo com aquela expressão maravilhada, igual a uma criança de barriga cheia, me causou certo incômodo.

— Isso é estranho — murmurei mais para mim mesmo do que pra ele.

— Uh? Estranho por quê? — Ele me encarou ainda abobado, com um olharzinho meio aéreo.

— A sua cara. Parece que você tá chapado. Ou que encheu o bucho de comida e não consegue se mexer.

Ele soltou uma gargalhada fraca, com a expressão ainda parecendo a de um imbecil ou de alguém que tomou calmantes e está prestes a apagar.

— O que posso fazer? Estou me alimentando, é assim que é. Você já sabe disso — rebateu, fazendo uma caretinha de deboche.

— Não estou reclamando, só disse que é meio... esquisito.

Ele piscou um par de vezes e, novamente, seus olhos reluziram aquele brilho carmesim, mas que rapidamente voltou ao verde acinzentado original. Então, ele deu um salto da cama, dando-me um susto do caralho com a rapidez, e disparou para o chuveiro, sem nem me chamar para ir junto.

Bom, isso não era nada demais, mas fiquei pensando que essa era mais uma coisa diferente na personalidade dele agora. O Dante anterior teria me limpado primeiro ou teria me levado ao banheiro com ele, teria cuidado de mim. Esse Dante estava mais para *"consegui o que eu queria, agora se vira aí, otário. Cada um com seus problemas"* – o que me deixou um tanto emburrado.

Eu me policiaria, no entanto, para não ser um mal-agradecido do caralho agora. Não posso ser o tipo de pessoa que reclama de algo e, quando o consegue, reclama de algo novo. Afinal, até umas horas atrás, estava batendo minha cabeça no volante de tanto chorar, sentindo sua falta, pensando que nunca mais nos veríamos de novo. Eu apenas queria tê-lo de volta, fosse como fosse. E agora que o tinha, era minha obrigação ficar satisfeito. Ou ser um cuzão do caralho e a vida me meter uma rasteira de novo.

Por isso, resolvi apenas me sentir agradecido.

Fui atrás dele e me enfiei no chuveiro também, abraçando-o, mesmo um tanto chateado com minhas percepções, mas elas poderiam ser só paranoias minhas. Dante não recusou meus carinhos, até mesmo os retribuiu, exatamente como antes – o que dava mais crédito à minha teoria de estar sendo meramente paranoico.

Depois que nos secamos, deitamos peladinhos debaixo do edredom, prontos para passar o dia dormindo – ele disse que demônio também dorme, já que agora possui um corpo de carne e osso.

— Se incomoda se eu ficar assistindo aos filmes até pegar no sono? — perguntou.

Ele sempre teve aquele costume, então isso me deixava mais aliviado, de certa forma.

— Tudo bem — respondi sonolento. — Dante?

— Hm? — Ele preguiçosamente se esticou para me olhar.

— Bem-vindo de volta!

Ele sorriu genuinamente feliz, antes de responder um "obrigado" um tanto fofo, como o antigo Dante. Depois, ligou o projetor e se deitou com a cabeça em meu peito, um braço circulando minha cintura e uma coxa jogada por cima de mim.

Eu sorri e o abracei de volta, sorrindo mais ainda ao ouvir o barulho dos tiros altos saindo da caixa de som. Aparentemente, essa parte dele não havia mudado nada. Dante continuava viciado em filmes de guerra e continuava também com a audição de um velho.

Enquanto as pessoas lá fora acordavam sob a luz do dia, prontas para seus afazeres, eu ia dormir e me entregar à inconsciência após a noite mais absurdamente insana de toda a minha vida.

E pela primeiríssima vez em cinco meses, pude dormir completamente tranquilo, a ponto de pegar no sono com um sorriso no rosto, de orelha a orelha.

07.
SÓ TRÊS PALAVRINHAS

Eu tinha certeza de que estava parecendo um idiota. Era por volta de 7h30 da manhã de um domingo. A cortina entreaberta clareava fracamente o quarto. Estava deitado de bruços na cama, apoiado em meus cotovelos enquanto encarava o sujeito dormindo ao meu lado serenamente. Ele tinha o rosto relaxado, com as pálpebras suavemente cerradas, fazendo-me notar só agora seus cílios ralos – cheguei a pensar que não os tinha, mas o cara não era um peixe para não ter cílios.

Pelo narizinho bonito o ar entrava e saía lentamente, fazendo seu tronco desnudo e de músculos levemente aparentes subir e descer. As bochechas estavam gordinhas, por estar deitado, e a boquinha estava um tiquinho aberta, já que ele estava em sono profundo.

Suspirei como um idiota apaixonado.

Eu estava falando de Dante, é claro.

O meu Dante.

Mas agora ele respirava de verdade, tocava-me de verdade e estava ali comigo de verdade. Nem em meus sonhos mais utópicos eu seria capaz de imaginar algo assim acontecendo. Ter meu fantasma de volta já parecia estar de bom tamanho. Mas tê-lo em carne e osso, vivo e com sangue de verdade correndo nas veias? Era inacreditável.

Hipnotizado pelo movimento fraquinho que seu corpo quase estático fazia ao respirar, aproximei meu rosto do dele, só para poder sentir sua respiração chicotear meu rosto – ainda que seu bafinho matinal não fosse muito agradável.

Minha nossa, Dante, agora, tem bafo! Que incrível!

Eu sei, é meio nojento.

Desde que trouxe Dante Donadelli de volta das trevas há um punhado de dias, ele fala pelos cotovelos, embora boa parte do seu repertório oitentista pareça ter diminuído.

Então, eu estava ali, observando meu namorado ex-fantasma-recém-ressuscitado-dos-mortos-e-agora-demônio-na-terra dormir, enquanto suspirava e sorria como um fumante de *marijuana* da boa. Acho que senti o colchão vibrar, mas continuei fazendo o que estava fazendo: observando meu namorado dormir, como, eu sei lá, um psicopata. Ou o Edward vigiando a Bella[1].

Foi aí que, subitamente, seus olhos se abriram. Não aquele abrir preguiçoso de quando a gente acaba de acordar e tem que piscar os olhos para se acostumar com as coisas ao redor. Não, não. Ele abriu os olhos rápido e de uma vez só, fazendo-me engolir o ar com o susto. E, como se não bastasse, seus olhos tinham um brilho vermelho bisonho e totalmente assustador.

E o que você acha que aconteceu?

Eu dei um grito, é claro.

E depois disso me joguei para trás, rolei no pouco espaço do colchão e me estatelei no chão, como uma banana podre. *Pleft!*

Gemendo dolorido, mas ainda cagado, dei uma levantadinha e espiei a cama. Dante estava de cenho franzido, nada contente e com o cabelo preto, sem mechas, totalmente desgrenhado, parecia o pica-pau. E eu ainda não sabia o porquê de seu cabelo colorido ter sumido. Não me lembrei de perguntar, ocupado demais em me manter agarrado a ele como um coala, e fodendo loucamente durante *quase* todos aqueles dias, para compensar os cinco meses na seca.

Ele tateou o colchão, embaixo de seu travesseiro, quando puxou alguma coisa brilhante dali e a encarou, confuso. Só então percebi que era meu telefone. Provavelmente, foi isso que vibrou segundos atrás e não dei atenção, por estar ocupado demais encarando esse homem escultural e deus grego dos meus sonhos dormir.

— É o seu irmão — ele resmungou e me estendeu o aparelho, que peguei meio vacilante e encarei seu rosto, um tanto amedrontado.

Suas íris continuavam vermelhas. E não era um vermelho comum. Não era como o vermelho dos vampiros

---

1 Referência à cena de Crepúsculo (2008).

de *Crepúsculo*. Era um vermelho meio florescente, um negócio meio brilhante, parecia uma luminária.

Atendi ao telefone que vibrava no silencioso, sem nem dar uma olhada na tela, porque eu continuava fitando Dante, internamente apavorado, como quando um cachorro *pitbull* te encurrala no beco e você não tem para onde correr, apenas encara a morte e espera que ela seja rápida e indolor.

Dante virou de costas e voltou a dormir, agora de bruços e pouco se fodendo para mim ou a ligação.

— Hmmm... Oi — atendi com a voz rouca e falhada, pela falta de uso nas últimas horas.

— *Aí... Você lembra que as visitas começam hoje às 8h30, né?* — Era Thomas.

— Hein?

Ele suspirou na linha, soando meio decepcionado.

— *O encontro com a corretora de imóveis, cara. O apartamento que vamos comprar pra morar.*

— Ahhh! — Arregalei os olhos. — Desculpe, Thomas, é que eu estava... — *O que eu estava fazendo mesmo?*

— *Dormindo depois de uma maratona de sexo?* — Sua voz era brincalhona.

Isso me fez arregalar os olhos e começar a gaguejar.

— Q-que iss-sso, menino-o? É-é que e-eu...

Ele me cortou com uma gargalhada quase ensurdecedora, que só me deixou mais constrangido.

— Ah, não vou responder a isso — dei-me por vencido. — Vou acordar o Dante e a gente já vai. Poxa, acho que não vai rolar nem um café da manhã... — lamentei enquanto encarava o relógio digital na parede e notava que tínhamos apenas uma hora para sairmos de casa.

— *Não se preocupa, eu passo em um café e levo coisas gostosas pra gente comer, eu também não comi ainda* — tranquilizou-me. — *Mas olha... Acho melhor não levar seu namorado...* — ele foi abaixando a voz um bocado, como se estivesse me contando um segredo.

— Por que não?

— *É que... Yoona disse que vai com a gente.* — Ele suspirou e acabei suspirando junto. — *Ela simplesmente se convidou pra ir e não posso recusar. Até porque o Jonas adorou a ideia e tá superanimado. Mas, olha, você pode dizer que Dante é um amigo que dormiu na sua casa e acabou indo à visita com você. Sei lá, diz que ele faz Arquitetura e você quis a opinião dele sobre o apê ou algo assim...*

É claro que eu não poderia levar meu namorado *homem* até minha mãe. Ela não engoliu bem a coisa do filho mais novo ser muito, mas muuuito viado.

Só que a questão não era exatamente essa – embora para Thomas fosse exatamente isso. O problema maior era que Yoona definitivamente reconheceria Dante. E Jonas também. Quer dizer, eles associaram que o cara morto na TV era o mesmo que eu desenhava que nem um caranguejo bisonho nas folhas A3 quando criança; quem diria quando vissem a fuça do Donadelli ao vivo e a cores. Ver uns fantasmas, tudo bem, mas trazer um morto de volta à vida? Isso já era demais.

Dei um tapa em minha própria testa, perguntando-me desde quando minha vida tinha ficado tão complicada. Talvez tenha sido no dia em que minha avó morreu e passei a ver fantasmas com clareza, mas acho que as coisas complicaram realmente quando me deixei apaixonar perdidamente por um cara morto.

— Encontro vocês lá. Põe açúcar no meu café — pedi, e então encerrei a chamada.

Levantei-me do chão e achei melhor avisar ao Dante que precisava sair, mas ainda estava meio surtado com aquela coisa dos olhos. Que coisa assustadora da porra! Como o cagão que sempre fui, comecei a cutucá-lo e a me afastar, dando pulinhos para trás após cada toque, até que ele bufou e atirou o travesseiro para o lado, virando-se para mim bastante irritado.

— Garoto, o que é, hein? Meu Satanás sagrado!

Arqueei uma sobrancelha e imediatamente fiz um bico contrariado.

— *Não chama essas coisas pra dentro de casa, otário!*

Ele bufou e revirou os olhos.

— Olha — continuei —, hoje é a visita à casa nova. A gente vai ver umas quatro hoje.

Ele coçou os olhos – agora verdes – e olhou para o relógio na parede, para aí suspirar cansado.

— Vou tomar banho, então... — Estava rabugento.

— Não, não precisa... — O empurrei novamente para a cama, recebendo seu olhar confuso de volta. — É que... minha mãe decidiu ir junto.

— Yoona quer ver as casas?

Assenti com a cabeça; ele me encarou confuso.

— E o que tem? Não preciso dizer que sou seu namorado...

— Não é isso. É que ela e Jonas vão reconhecer você — esclareci, com um suspiro.

Ele franziu o cenho e me encarou como se eu fosse louco – o que não era uma total inverdade. Eu era meio doidinho mesmo, ele me conhecia bem.

— Como diabos eles vão me reconhecer se nunca me viram na vida, Alex?

Caminhei até a escrivaninha e trouxe de volta a pasta de desenhos que minha mãe havia deixado comigo um tempo atrás quando ela, meu pai e meu irmão me confrontaram sobre a mediunidade. Tirei os desenhos em que Dante estava representado nos rabiscos e entreguei a ele, que acendeu o abajur para enxergar melhor, já que as cortinas entreabertas mantinham o quarto numa claridade fraca. Ele abriu um sorriso e quase apertei suas bochechas, indagando de modo retórico: "*por que eu te amo tanto, demônio?*". Mas preferi guardar para mim.

— Sabe, você aprendeu a escrever *Meu Dante* com certa facilidade — comentou, com um risinho. — Nessa época, eu pensava que você seria um gênio, mas aí você cresceu e virou essa ameba — zombou.

— Vai à merda — rosnei, tomando de volta os desenhos. — Você tem as mãos inchadas! — Tentei atingi-lo.

Ele caiu na gargalhada, segurando a barriga. Aquela mesma barriga trincada, deliciosa do caralho, onde eu adorava deslizar a língua e encher de dentadas. *Ai, que saco.*

— Dante, olha só — aumentei a voz para chamar sua atenção. — Yoona e o Jonas reconheceram você nos desenhos. Eles sabem tudo sobre eu ser um *animus videntium* agora. Aliás, já tô sabendo que costumava te ver quando criança.

Ele parou de gargalhar, mas continuou com um sorrisinho zombeteiro persistente no rosto. Já disse o quanto ele fica sexy com essa cara de deboche? Porque ele fica muito sexy, esse filho de uma chocadeira.

— Nunca imaginei que fosse se lembrar disso, você é meio tapado.

— Dante, vai se foder! — grunhi irritado.

Ele mudou a expressão para uma totalmente maliciosa e se levantou, vindo pra mim como uma cobra prestes a dar o bote.

— Então, vem me foder, *baby*... — sussurrou enquanto me enlaçou pela cintura, mas, quando chegou com a boca perto da minha, o futum estava bem ali.

— Sai pra lá, vai escovar esses dentes! — Fiz uma careta e o empurrei pelos ombros.

Ele arregalou os olhos e pôs as mãos em frente aos lábios, testando o próprio hálito. Então, reproduziu uma careta igual à minha e pareceu meio horrorizado.

— Minha nossa, essa coisa de ter um corpo físico de novo não é muito boa... — Ele foi direto ao banheiro.

— A lição um você já aprendeu... — Preparei-me para debochar dele enquanto o seguia. — Não pode mais comer até encher o bucho porque, você sabe... Vai ter diarreia por dois dias, igual teve na semana passada — lembrei-lhe de seus momentos trágicos.

Ele comeu como um desesperado, por dias, como se quisesse matar uma fome de trinta e seis anos como fantasma. O estômago não aguentou. Passou mal pra caramba, mas eu morri de rir. Pena que isso significou ficar um par de dias sem transar, mas compensamos depois. Entretanto, fui o passivo, claro, porque vai que... Você sabe. Eca.

— Você de boca fechada é um poeta. — Dante enfiou a escova cheia de pasta na boca.

Foi só aí que me dei conta de uma coisa: ele estava usando a minha escova de dentes!

— Você tá doido? — Minha voz foi afinando seis oitavas, ao mesmo tempo que arrancava o objeto de suas mãos, deixando-o com a boca aberta, babando espuma.

— Uso ela desde que voltei e você nunca reclamou — disse depois de cuspir a pasta na pia.

Arregalei os olhos, apavorado.

— Não te vi escovar os dentes antes pra saber que você vinha usando minha escova esse tempo todo! — bradei horrorizado. — Minha nossa, que horror!

— Garoto, você põe a boca em partes piores do meu corpo. — Pareceu entediado, de braços cruzados.

Olhei dele para a escova, e da escova para ele, abismado. Dante tinha um ponto, afinal.

— Não importa — devolvi teimoso. — Não se usa a escova de outra pessoa, isso pode passar cárie e tártaro e...

— Eu não tenho cáries. Meu corpo é novinho em folha, como o de um bebê.

Ah, então era por isso que suas mechas laranja tinham sumido. Fazia total sentido, já que elas não eram naturalmente dele e sim tingidas.

— Mas o meu não! Você quer ter cáries? Extrair um dente dói muito...

Ele bufou e sacudiu a cabeça para, então, mexer no armário ao lado da pia consertada alguns meses atrás e pegar uma escova fechada na embalagem.

— Mas e aí, o que tem a ver a coisa de Yoona não poder me ver, os desenhos, e sua família pensar que você tinha um amigo imaginário?

Ah, agora ele abria o bico, né? Podia ter contado antes. Palhaço!

— Pois é. Suas fotos e seu nome ficaram estampados nos noticiários por meses — contei.

— Por quê?

Ele me encarou com estranheza. E aí me toquei que ele não sabia.

— É que... Você viu que a parede foi reformada, né? — Dei um sorriso amarelo enquanto ele me encarava com uma expressão vazia.

— Uhum, assim como a pia. Você tirou meu cadáver dali de dentro, é claro... — falou como se não fosse nada.

Pisquei um pouco atordoado.

— Você não tá puto? Quer dizer, você inventou que tinha absurdos ali, só pra eu não quebrar a parede.

Dante deu de ombros e enxaguou a boca.

— Não sou mais um fantasma, Alex. O que me prendia aqui não tem mais influência alguma sobre mim.

— E o que te prendia era... o corpo. Você não queria que ele fosse encontrado. Tá de boa com isso agora?

— Uhum.

Ele secou a boca com a toalha e saiu do banheiro, mas continuei seguindo-o.

— Você já pode me contar o que aconteceu, sabe. Por que seu irmão te matou? Foi por causa da herança?

Dante, então, estagnou no lugar e quase esbarrei nele, tão brusca foi sua parada. Ele se virou para mim, com uma sobrancelha arqueada.

— Ninguém me matou.

— Como assim? Você... Você *se* matou, então? — Arregalei os olhos.

— Também não.

— Bom, você não pode ter se enfiado dentro da parede, depois de morto. Alguém fez isso. E quem fez isso foi o seu irmão.

Ele não disse nada, só ficou me encarando com os olhos cinza-tempestade.

— Você morreu de causas naturais? — insisti. — Olha, não faz sentido. Você só tinha vinte e cinco anos. E, mesmo assim, pra que alguém iria querer esconder seu corpo se não tivesse te matado?

— Não vou explicar, Alex. Fantasma ou demônio, continuo não gostando desse assunto.

— Mas...

— *Mas* nada. Não vou contar. Fim.

— Mas Anthony está preso! Ele foi condenado pelo seu assassinato!

Ele arregalou os olhos.

— Anthony confessou?

— Não sei, mas acho que nem precisava confessar, né? Foi ele.

Dante suspirou, penteou os cabelos e cruzou os braços para deixar claro, mais uma vez, que não ia abrir o bico, sabe-se lá o porquê.

— Tá legal, você não quer contar? Direito seu. Mas tem que me explicar essa coisa esquisita que seus olhos fazem. — Só de lembrar, senti meus pelinhos arrepiarem. — Olha aqui. — Apontei para o meu braço. — É assustador!

— Que coisa dos olhos?

— A coisa desse brilho vermelho do capiroto. Que porra é essa?

— *Criança*, qual a parte do *demônio* você ainda não entendeu?

Ao invés de rebater, fiquei pensando no que ele me chamou. *Criança*. O Dante fantasma me chamava de criança, não esse aqui. Para esse aqui, tudo era *baby*. Então, não pude segurar o sorriso bobo que despontou em meu rosto.

— Você... Você é o mesmo Dante...

Ele piscou um par de vezes, antes de responder bastante indignado:

— E você achava que eu não fosse?

— Não sei, você poderia ser um clone diabólico do mal, e o meu Dante estar preso em algum buraco do fogo eterno.

— Então, você ia trazer um demônio usurpador pra Terra, que poderia causar, eu sei lá, o pandemônio, só porque queria transar? — Seus olhos arregalados em pura indignação. — Você é um idiota! — E aí ele me deu um empurrão nada amigável.

— Ei! — Surpreso, espantei seu braço com minha mão que não estava costurada. — É claro que não! Eu só me arrisquei porque te amo e não aguentava mais ficar sem você!

Sua expressão suavizou e, com isso, a minha também, sendo substituída por um bico chateado.

— Não aguentava mais ficar sem você, Dante. Estava até depressivo, sabia? Chorava até dormir e, quando acordava, tinha miojo colado no meu cabelo.

Ele tentou segurar o riso, mas acabou escapulindo enquanto sacudia a cabeça em negação.

— Estou aqui agora. Não vai se livrar de mim nunca.

Daí, ele deu as costas e saiu do quarto.

Tomei banho e me aprontei, com um sorriso rasgando a cara. Tudo bem que Dante não devolveu o meu *eu te amo* com todas as letras, desde que voltou do Inferno. Mas não vou ser um meloso de merda. Ele foi o primeiro a dizer *eu te amo* nessa relação, afinal. Talvez precise de um pouco mais de tempo para voltar a dizer ou algo assim.

Quando desci extremamente atrasado, o ex-fantasma estava sentado no chão da sala, com a mesinha de centro absolutamente lotada de comida enquanto assistia ao *Jaspion*[2] na TV. Olha, nesse ritmo, ele ia me falir, sinceramente.

— Tá assistindo sem legendas? É só apertar o botão laranja — avisei.

— Não preciso disso.

— Desde quando você fala japonês?

— Desde os nove anos. — Ele estava mastigando um pedação do bolo que tinha feito ontem e que já estava no finalzinho, mesmo que só ele tivesse comido.

— Por que nunca me contou isso?

— Você nunca perguntou. — Deu de ombros.

— Você nunca disse sequer alguma sobre a sua família, e olha que eu perguntei pra caramba! Tipo o fato da sua mãe ser japonesa e ter dois nomes! Foi ela quem te ensinou a falar japonês?

---

2 Série de TV japonesa (1996).

Senti-me inesperadamente chateado. Poxa, eu não sabia de coisas básicas sobre ele. Não é como se em um relacionamento a gente pudesse conhecer alguém cem por cento, mas mesmo assim...

— Sim, foi ela. E talvez, eu estivesse ocupado demais em te salvar de certas enrascadas, pra ficar gastando nosso tempo falando dos meus parentes mortos. Como quando você tinha 12 anos e seus amigos da escola te obrigaram a brincar de *Sete Minutos no Céu,* com aquela menininha piolhenta e trancaram vocês dois no *closet.*

Arregalei os olhos me lembrando daquele acontecimento vergonhoso de uma década atrás.

— Foi você! — gritei, apontando um dedo acusador. — Dante, a garota quase se mijou nas calças com as coisas caindo das prateleiras!

— Uhum — confirmou rindo, os olhinhos se fechando adoráveis. — E você também — acrescentou.

— Por que fez aquilo? Estava com ciúmes?

— Como eu teria ciúmes de um pivete de 12 anos que largava meia suja de punheta no quarto? Dá um tempo!

Envergonhado, senti minhas bochechas pegarem fogo. Por que todo mundo continuava se lembrando disso? Que saco!

— É... Mas... você já podia estar apaixonado por mim!

Ah, eu reconheço isso. É aquela vozinha na minha cabeça, desesperada para que eu arranque um *Eu te amo* dele.

— A sua bunda tem inveja das merdas que saem da sua boca? — Dante virou o corpo para mim, com a expressão pronta para me dar um sermão. — Olha só, quando você tinha 12 anos, eu já tinha mais de cinquenta, somando anos de vida e de morte. Você era um pirralho cabeçudo, narigudo e com um par de olhões arregalados e cara de idiota.

— Tá, mas... Você pelo menos gostava de mim.

Minha nossa, era só ladeira abaixo.

— Gostava, sim. Como sobrinho ou irmão mais novo, no máximo um filho. Não seja maluco. Você ainda deixava franguinhos na cueca.

— Argh, você é um pau no cu deselegante! — bradei.

E aí saí batendo os pés no piso, e bati a porta da sala, e a do carro, e a da garagem, e quase bati minha testa no volante também.

Ok, era óbvio que Dante não tinha se apaixonado por mim até minha aparência ser adulta o suficiente para ele, já tinha deixado claro. Mas o que lhe custava dizer um *Eu te amo*? Três palavrinhas não iriam machucar nem nada.

Otário!

Ao longo do resto daquele dia, eu e minha família visitamos quatro apartamentos. Escolhemos o último. Parecia perfeito. Era grande o suficiente para que eu e Dante não precisássemos esbarrar com meus irmãos com muita frequência.

Não fazia ideia de como diabos eu faria para que Jonas não reconhecesse o Donadelli, então da minha cabeça estava quase saindo fumaça. Eu até queria dar para trás e dizer que preferia morar sozinho, mas provavelmente ficaria com Dante a vida toda, não adiantaria nada ficar adiando o encontro deles. Quer dizer, não trouxe o cara do Inferno para passar uns três anos com ele e depois dizer adeus. Ele vai namorar comigo e pronto, senão o exorcizo de volta para o Inferno, para continuar fumando charutos com o Fidel e pondo dinheiro nas calcinhas das diabretes. Eu hein.

Voltei para casa, contando as novidades para o pequeno demônio. E aí pensei em dar um gelo nele, para ver se ele se mancava, mas a carne é fraca, rapaz. A gente passou a madrugada fazendo amorzinho bem gostoso.

Dante podia até não dizer que me amava, mas estava escrito na cara dele, na forma como me tocava, como me fitava durante o sexo, quando deslizava o nariz em minha pele... Não tinha como ele não ser apaixonado por mim.

Ele me ama. E isso basta... *Por enquanto.*

08.
CARANGO

DANTE

Acordei com certa falta de ar.

Eu não estava acostumado a isso. A respirar. Passei mais anos como um fantasma do que como um ser humano que precisava dos pulmões para respirar. Então, abri os olhos, tentando adaptá-los à penumbra, para só aí me dar conta de que tinha algo *muito* pesado sobre meu peito: o corpo de Alex. Com muito cuidado o afastei para o lado, podendo finalmente puxar o ar para dentro. Ele soltou algum resmungo incoerente e virou de costas, deitando-se todo encolhidinho no colchão, só faltou chupar o dedo.

Poderia parecer um bebê se Alex não fosse um cara de um metro e oitenta de altura, músculos aparentes, cintura fininha, pernas longas, coxas grossas e uma bundinha pequena bem gostosa, que cabia perfeitamente nas palmas das minhas mãos. É. Era difícil não pensar em sexo vinte e quatro horas por dia, vivendo com esse pirralho, ainda mais agora que sou um demônio íncubo.

Estalei um beijinho suave em seu ombro – não sei exatamente o porquê, meu beicinho só se sentiu muito impelido a se colar naquela pele macia e cheirosa dele –, antes de me levantar cuidadosamente da cama e sair do quarto, tendo que pular por cima do monte de caixas espalhadas pela casa.

Alex finalmente havia parado de titubear e fechado o contrato da venda da mansão. Então, estávamos todos encaixotando as coisas – e com todos, quero dizer, eu, Alex e Thomas. Jonas até tentou vir aqui outro dia, mas isso fez com que eu tivesse que passar cerca de três horas esfomeado, escondido no quarto, para que ele não me visse. Pelo que Alex andou me contando, todo mundo pode facilmente reconhecer minha cara nesses dias, já que tenho um rostinho lindo e muito inesquecível. A única pessoa que parecia totalmente alheia a quem eu poderia ser ou deixar de ser era Thomas Kim. Thomas, às vezes, parece mais perdido na própria mente do que vivendo aqui na Terra. E ele também não é fã de telejornais, o que provavelmente o impediu de ver meu rosto espalhado pelos noticiários nos últimos meses.

Eu pensava que talvez tivesse que arrumar um emprego, já que Alex não ganhava tão bem assim para que pudesse bancar o tanto de comida que eu vinha consumindo, mas, com a venda da casa, o sortudo iria guardar todo o dinheirinho para ele enquanto o apartamento novo seria dividido entre nós dois, Thomas e Jonas – com tudo pago por Thomas Kim e sua herança farta.

Mas, bem, como iríamos fazer para que Jonas não me reconhecesse? O pirralho deu a ideia de que eu fizesse uma cirurgia plástica, o que neguei veementemente – esse garoto tinha uma cabeça de vento. Então, sua segunda ideia foi a de que eu fizesse alguma transformação radical no cabelo – além de passar longe do meu antigo estilo de roupas *grunges*, embora eu sequer tenha *vivido* os anos 90. Sobre isso, ainda estou pensando cuidadosamente, mas provavelmente terei que fazer algo assim, se não quiser que o mala sem alça e sem rodinhas do Jonas saia por aí dizendo aos quatro ventos que Dante Donadelli ressuscitou dos mortos. Isso não seria nada bom, manja?

E por falar em comida, como sempre, eu estava absolutamente faminto. Não sabia o porquê, mas havia retornado do Inferno assim. Acho que sustentar um corpo renascido das trevas – literalmente – exigia um pouco mais de *combustível.*

Liguei a TV da sala e coloquei no último volume, para que pudesse ouvir bem da cozinha. Alex costuma dizer que tenho a audição de um velho e que isso talvez seja consequência da minha verdadeira idade, mas isso nem fazia sentido. Ele é quem conseguia ouvir com clareza até mesmo quando as pessoas cochichavam, talvez por ser um fofoqueiro, e todo fofoqueiro ter boa audição, como um tipo de pré-requisito. Já tinha pegado Alex bisbilhotando atrás das portas várias vezes quando era criança, aquela pestezinha. E Laura costumava concordar comigo quanto ao volume das coisas, então aposto que o problema é o Alex e não eu.

Depois de uns dez minutos, meu café quentinho já estava pronto; adocei apenas o suficiente para não ficar com gosto de enxofre – já estava bom de enxofre, com todo aquele tempo que passei no castelo do Tinhoso. Até que, quando estava calmamente mastigando minhas torradas com geleia, um nome pronunciado na TV me fez engasgar e tossir como um tuberculoso, curvando-me enquanto tinha farelo saindo até pelo meu nariz. A laringe está ligada internamente à faringe pelo mesmo canal e isso é perigoso, caramba! Eu poderia morrer sufocado!

— *O mistério sobre a morte do herdeiro da falida Construtora Donadelli continua...* — a jornalista anunciou sentada atrás da bancada, em seu terninho cinza. — *Dante Donadelli desapareceu em três de outubro de 1983 e, até o final do ano passado, não se sabia sobre seu paradeiro, tendo sido declarado morto por ausência, ainda na década de 80.*

— Por Lúcifer! — exclamei, sem forças após a convulsão, podendo finalmente dar atenção à notícia.

Uma foto minha bem antiga apareceu na tela, fazendo-me arquear uma sobrancelha, estranhando toda aquela exposição nos dias de hoje. Eu estava acostumado a aparecer em manchetes, como o *socialite* que fui em meus tempos de vida, mas agora era totalmente diferente. Se meu rosto estava estampado por aí tão levianamente, muita gente podia me reconhecer, e isso seria um problema dos grandes. Alex não estava exagerando, afinal.

— *Inesperadamente, o esqueleto de Dante Donadelli foi encontrado, escondido atrás do forro da parede de sua antiga casa, pelo atual proprietário, informado pelas autoridades apenas como Senhor Kister, cerca de cinco meses atrás, durante uma reforma para retirada de mofo no imóvel.*

Reforma? Sério? Bem, ao menos eles não estavam espalhando que Alex ouvia vozes ou coisa parecida.

— *O principal suspeito do caso, Anthony Fernández, meio-irmão de Dante Donadelli, foi condenado pela sua morte, mas, hoje, o Tribunal Penal recebeu um pedido de recurso, por parte do advogado de Fernández, alegando que a recusa do réu em confessar o crime, juntamente aos argumentos apresentados pela promotoria, não ensejam prova de sua autoria.*

Uma foto minha, com Anthony, aparecia agora, uma das últimas que nós tiramos, antes de eu morrer. Meus cabelos estavam sujos e oleosos, com alguns fios jogados na testa, junto às mechas laranja nas laterais. Eu tinha as mangas do casaco levantadas enquanto estava jogado no sofá ao lado de meu irmão, que segurava um cigarro em uma das mãos e uma garrafa de cerveja na outra, com tanta cara de idiota quanto eu. Lembrava bem daquele dia e sabia o porquê das nossas expressões parecerem tão abobadas, assim como sabia o porquê da minha camisa ter as mangas enroladas na altura dos cotovelos...

— *Com isso, seu pedido se baseia também na incapacidade dos legistas em definir a causa mortis exata, já que os ossos encontrados não demonstram indícios de violência que possam ter levado ao seu falecimento. Caso o recurso seja aceito pelo Tribunal, Anthony Fernández poderá responder em liberdade ou ser inocentado e solto. Agora, vamos à previsão do tempo!*

Mesmo tendo adoçado o café, pude sentir um gosto amargo na boca. Um *flashback* do dia da foto invadiu minha mente como um trem descarrilhado:

— Me devolve! — gritei enquanto meu corpo cambaleava, incapaz de me manter de pé propriamente. Provavelmente, meus olhos estavam revirados de prazer, mas eu ainda precisava de mais.

— Dante, porra, se controla. — Anthony estava fulo da vida.

Eu estava muito doidão, mas ainda era capaz de perceber as nuances de preocupação em seu rosto bonito que, modéstia à parte, era meio parecido com o meu.

— Não fode, porra! Me entrega logo essa merda! — Forcei-me até ficar bem de frente para ele, nossos rostos bem perto. — Ou quer que eu deixe toda a família saber que você, além de um bastardo, é também um traficantezinho de merd... — Foi aí que senti a força do seu soco em meu maxilar, fazendo-me cair como um saco de bosta no sofá macio atrás de mim.

A expressão de Anthony se transformou em uma de nojo e ódio. E eu merecia.

— Você não vai mais me chantagear com isso, Dante. — Seu tom era quase sem emoção. — Ele está

morto. Sabe o que tenho a perder? Nada! Você tá muito chapado pra perceber isso agora, mas quando estiver limpo, vai sacar que o único prejudicado com as minhas ocupações serão você e a empresa. — Aproximando-se de minha orelha, sussurrou: — E se você sujar o nome da Construtora Donadelli com um escândalo de tráfico de drogas, quem vai falir é você, não eu. Então, como vai se sustentar? Você é só um mimadinho de merda que não sabe fazer nada além de se drogar e foder com gente que nem conhece.

Irado, reuni o mínimo de forças que ainda tinha para empurrá-lo, mas o máximo que consegui fazer foi afastá-lo de leve.

Anthony me lançou um sorriso desdenhoso e vingativo, antes de recolher tudo o que tinha em cima da mesinha de centro – incluindo a agulha e a seringa – e enfiar tudo dentro de um saco plástico.

Por que ele insistia em se livrar dos meus itens também? Não bastava sumir com a droga? A parte mais fácil era entrar numa farmácia e comprar aquilo. A droga era mais complicada. Eu o achava um belo idiota hipócrita, querendo pagar de moralista ao me impedir de me chapar quando ele mesmo vendia heroína à cidade inteira.

Sacudi a cabeça, espantando a lembrança. Era insuportável ter que me lembrar daquelas coisas, todos os dias de minha... morte. Todo o meu tempo como fantasma era ocupado entre cuidar de Alex Kister, lamentar-me pelo meu irmão e evitar que alguém descobrisse meu maldito cadáver escondido atrás da parede. Como um mártir de merda.

Mas, agora, finalmente estava livre de toda aquela culpa. De todos aqueles sentimentos conflitantes e tortuosos. Ser um demônio eliminava tudo aquilo, eu não era mais capaz de sentir nem uma mísera preocupação que não tivesse a ver comigo mesmo. Primeiro, eu; segundo, eu; terceiro, eu. Esse era o novo lema.

Fui afastado de minhas memórias quando senti o corpo de Alex se colar ao meu, abraçando-me por trás num aperto caloroso. Era incrível como seu toque me arrepiava, ao mesmo tempo que fazia meu novo coração bater acelerado, parecendo o bumbo de uma bateria.

Que foi? Sou um demônio egoísta, sim, mas isso não quer dizer que eu não possa... sentir certas coisas. Sei o que dizem por aí: *demônios não amam*. Então, não sei qual é a dessa parada do meu coração dar umas batidas erradas quando o pirralho está por perto. Ou quando ele sorri para mim. Ou quando a gente dá um *fight*. Acho que esse corpo veio com defeito. Quero dizer, Alex deve ter feito algo errado naquele ritual, essa é a única explicação cabível. Eu não deveria me sentir todo *coisado* assim pela mera presença dele.

Depois de ser amaldiçoado e voltar do Inferno, minhas necessidades vêm primeiro que as dele e as de Anthony. Ou, pelo menos, é disso que estou tentando me convencer, todas as vezes que penso seriamente em tentar visitar meu irmão na prisão ou quando sinto meus pelinhos do corpo eriçarem quando Alex sorri para mim. Já disse que acho que esse meu corpo tá com defeito? Acho que já.

— Bom dia, velhinho!

Levei a mão direita sorrateiramente para trás e dei um beliscão no saco dele, certeiro.

— Ai, filho da puta! — Ele se afastou num pulo, enquanto eu ria, bebericando meu café.

— Bom dia, garotinho! — respondi como se ele não estivesse se contorcendo numa careta dolorida enquanto se sentava no banco, segurando as próprias partes.

Alex me encarou atentamente, estudando-me. Seus olhinhos curiosos me fitavam daquele jeito inocente, que me dava uma vontade infernal de fodê-lo ali mesmo, em cima do balcão. Mas também tinha uma vontadezinha, ali no fundo da minha mente, que dizia: *"E se eu botasse a boca na barriguinha dele e fizesse barulho de pum? Não vai ser estranho, faça!"*. O que, cá entre nós, todo mundo sabe que seria mega, hiper, superesquisito. Acho que o defeito neste corpo é o cérebro. Há algo errado com ele, eu sinto.

— Gosto quando usa os apelidos antigos... — Alex comentou com um risinho abobado.

— Ainda sou a mesma pessoa — dei-lhe um suave revirar de olhos. — Só não exatamente igual.

— É... Eu sei. — Ele voltou sua atenção aos alimentos na mesa, enchendo a própria caneca de café. — Você não fez meus ovos mexidos... De novo — resmungou; não era para que eu ouvisse, parecia mais estar dizendo a si mesmo.

— Você tem mão e não sou seu empregado, *baby*... — cantarolei, alisando o lado esquerdo do meu peito, que dava uns solavancos esquisitos.

Sabia que aquilo o chateava, porque o antigo Dante parecia *viver* por Alex Kister: preparava sua comida, podava as plantas do jardim e, às vezes, até limpava a casa, porque sabia que ele estava sempre cansado. Mas agora não me sentia tão impelido a fazer alguma coisa de boa vontade por qualquer pessoa que fosse. Nem mesmo por ele. Minha preguiça falava mais alto. E não é como se eu devesse me sentir mal por alguém. Fala sério! Sou um demônio de respeito. Lamúrias não combinam com minha espécie.

Ok. Que coisa era essa no meu peito? Por que meu coração parecia sufocado, como quando eu acordava com o peso de setenta quilos de puro músculo do pivete em cima de mim?

Vi Alex abaixar o olhar, como se estivesse envergonhado, e aí morder o lábio antes de assentir.

— Eu sei. Foi só uma constatação — sua voz era tão baixinha e desanimada que me acertou em cheio.

Merda...

Irritantemente, meu coração deu uma fisgada mais forte, como se muito no fundo eu estivesse incomodado de vê-lo chateado comigo. Então, bufei e, trincando os dentes, fiz algo que não era bem a minha vontade, mas meu cérebro pareceu trabalhar mais rápido que eu.

— Fica aí. Eu faço. — Empurrei-o delicadamente de volta ao banco enquanto passava por ele para ir em direção ao fogão.

— Obrigado — respondeu com suavidade, mas sua expressão estava meio surpresa.

Virei imediatamente para fitá-lo, encontrando aquele seu sorriso infantil que puxava os cantinhos dos olhos. Outra vez, meu coração deu uma solavanco, mas esse era diferente. E isso me irritava. Mordi o interior da bochecha e preferi ignorar aquilo. Peguei três ovos na cesta e os quebrei na frigideira quente em cima do fogão.

— E a sua mão? Precisa tirar os pontos essa semana, certo? — Puxei assunto, de costas para ele.

— Acho que já tá boa. A data pra retirar os pontos é hoje. Acho que vou ao hospital agora de manhã, assim que terminar de comer — falou de boca cheia.

— Ótimo. Eu dirijo o *carango*.

— Não vai dirigir o meu carro, Dante. Você nem tem habilitação.

Eu me virei para ele num par de segundos, encontrando-o com o semblante fechado enquanto eu estava indignado.

— Olha aqui, pivete, você tá pensando que nasci ontem ou o quê? Tirei minha carteira em novembro de 77, tá legal? E passei de primeira!

— Hum... Sua carteira passou do prazo, então. — Fez uma falsa expressão pensativa. — Você não pode rodar por aí com uma carteira que não é renovada desde 1983.

— Você adora um deboche, né? — rebati invocado.

Ele, outra vez, deu aquele sorrisinho, causando-me uma estranha sensação de fofura. Que porra era essa? Era assim que eu costumava me sentir por ele quando era um fantasma. Agora, sou um demônio. Não é assim que funciona. Por que estava sentindo uma vontade louca, muito louca, de ir até ele e apertar aquelas bochechonas gordas? *Maldita Lilith da desgraça, rogai por nós, pecadores...*

— Eu? Imagina... — Ele deu de ombros, agora, com um sorriso matreiro enfeitando o rosto atraente.

— Eu tinha três *carangos* quando estava vivo, Alex. Três! Então, vou dirigir e fim. Você querendo, ou não. Nem que tenha que arrancar as chaves da sua mão, o que vai ser bem fácil, já que uma delas está costurada. — Eu sorri vitorioso.

— Tá legal... — Alex deixou o sorriso morrer. — Mas só se parar de chamar de *carango*. Isso saiu de moda há quatro décadas. As pessoas agora podem te ouvir, então faz o favor de não passar vergonha do meu lado, ok? Ainda tenho uma reputação a zelar.

Reputação... Veja só esse moleque.

— Olha aqui: eu sou muito descolado, tá ok? Me respeita. Vou aprender as gírias do seu tempo e você vai ver só... Todos os seus amigos vão querer andar comigo.

E eu estava bem confiante nisso, já que era bem acostumado a ser o mais popular da turma. Claro, na minha época, eu tinha dinheiro, então isso ajudou um bocado no quesito popularidade. Mas, mesmo que a situação fosse diferente agora, ainda tinha meu carisma.

— Uhum, tá legal. — Alex não pareceu acreditar muito.

Ah, ele veria só.

— Jesus, Maria e José, desacelera isso! — o pivetinho rosnou, sentado ao meu lado no banco do carona, segurando-se naquele puxador lateral do teto, igual a uma velha cardíaca.

— Por quê? — debochei, adorando sentir o vento forte e gelado me esbofeteando. — Tem medo de morrer, garotinho?

— Olha só, vai à merda! — Alex bradou todo nervosinho, afinando a voz.

Eu o fitei de rabo de olho e, com um sorriso diabólico, afundei o pé no acelerador, fazendo o carro quase voar.

— Donadelli, eu vou matar você tão morto que nem sua alma vai sobrar! — A ameaça veio acompanhada de um gritinho sério e estridente.

Isso me fez gargalhar, sentindo a adrenalina correr em minhas veias, junto à sensação de euforia causada pelo perigo. *Eu podia morrer, porque agora estava vivo.* Mas eu ligava? Não. Se morresse, Alex me traria de volta outra vez. Claro que, se ele morresse junto, ia *babar*. Mas sinceramente falando? Se morrêssemos os dois, ainda ficaríamos juntos, os dois mortinhos, assombrando cemitérios e adolescentes góticos que aproveitam para transar escondidos em cima de lápides. Ah, sim, muitos fazem isso. Pensam que tem algo a ver com *viver perigosamente*.

Eu não entendo por que só a presença dele me deixa feliz. Quer dizer, eu poderia ter ficado lá no Inferno numa boa, só curtindo. Não precisava vir a este plano para me alimentar. Podia apenas visitar os sonhos de humanos vivos e conseguir o que precisava.

O problema era que eu só queria o Alex.

Demônio ou não, eu ansiava por seus lábios, seus beijos, seu toque. Queria sentir seu peito ressoando uma risada gostosa depois de dizer algo para me deixar enfezado, como sempre. Eu era viciado nele, do mesmo modo que fui viciado em heroína, durante minha vida humana. Não fazia questão alguma de vir para o plano dos vivos, num corpo de carne e osso, mas ficar com Alex em sonhos o mataria. Faria-o definhar e morrer, então eu não o veria mais, porque é impossível saber para onde esse garoto seria enviado, mas tenho certeza de que ele detestaria o Inferno, a não ser que virasse um demônio...

Ele seria um dos melhores, é claro, porque se tirarmos a bondade de Alex, o que sobra é algo extremamente obscuro. Lúcifer o adoraria *ainda mais* sem a essência moralista. Mas o fato de ele ser o queridinho do capeta é história para outra hora.

Claro, enquanto fantasma, havia me entregado ao Alex, pensando em fazer o melhor por nós dois. Sabia que existia um risco enorme de ser enviado ao Além ou de sugar seriamente a energia de Alex já neste plano, mas de um jeito ou de outro, transar com ele nos separaria. Especialmente porque ele já tinha descoberto sobre meu corpo na parede e eu temia que, a qualquer momento, a luz branca fosse aparecer pra mim, pois não demoraria muito para Alex juntasse dois mais e dois e descobrisse toda a verdade sobre quem escondeu meu cadáver naquela parede. Só não sabia que seria enviado direto para o Inferno e chegaria lá como um demônio, e não uma alma pecadora. Eu não sabia o que tinha após atravessar o véu entre os planos, afinal.

Não era egoísta o suficiente para que pudesse conviver com o fato de a pessoa que eu amava ter de abrir mão de viver uma vida normal para poder ficar comigo. Dante Donadelli não era mais ninguém, era uma pessoa morta. Estar comigo era quase como estar sozinho. E, por isso, quis me sacrificar pelo Alex, mesmo que ele não fosse gostar nada daquilo.

Mas, no momento em que minha alma se corrompeu, fui sugado para o Inferno e, nesse momento, o egoísmo súbito me tomou. Eu só queria saber de mim. Primeiro, eu; segundo, eu; terceiro, eu. Empatia foi um sentimento que simplesmente deixou de existir num estalo de dedos. E se, mesmo no Inferno, meu corpo e minha mente continuavam clamando por Alexander Kister, então decidi que não descansaria até tê-lo novamente.

Mas por que continuo sentindo culpa toda vez que o vejo tristonho? Isso não deveria estar acontecendo! Enquanto estava no Inferno, não vinha me importando com ele tanto assim. Não havia mais empatia dentro de mim. A capacidade de me pôr no lugar do outro não existe mais, não me importo o suficiente, sou um demônio, afinal. Só que agora, aqui na Terra, minha mente insiste em me fazer quase cair de joelhos ao fitar aqueles olhinhos redondos brilhantes. Não consigo entender o sentimento, por mais que tente. É como uma peça de *tetris* tentando se encaixar fora do lugar.

Quando o sinal fechou, aproveitei para trocar a música que tocava no rádio do *calhambeque*. Alex vinha me ensinando a baixar músicas e a mexer no celular, para que eu também pudesse ter um, como uma pessoa normal de vinte e cinco anos de idade, que vivia no século XXI. E querendo combinar a trilha sonora conosco, dei *play* em *Highway to Hell,* do AC/DC, lançando um sorrisinho para ele, que me devolveu um olhar enviesado, antes de bufar e fingir se concentrar na paisagem ao lado de fora da janela. Alex gostava de AC/DC, então provavelmente só estava irritado com o teor da letra, que eu fazia questão de cantar num inglês cheio de sotaque enquanto voltava a acelerar o *possante*, bem na hora em que o Bon Scott cantava com sua voz rasgada:

I'm on a highway to hell...
Estou na estrada para o Inferno...
On the highway to hell...
Na estrada para o Inferno...

Eu cantava o mais alto possível, batucando no volante e sacudindo a cabeça. Isso antes de Alex me fitar com os olhos apertados e mudar a música para *Stairway to Heaven*, do Led Zeppelin. *Stairway to Heaven* significa o oposto de *estrada para o inferno*. Quer dizer *escadaria para o céu*. Combinava com a gente: eu, um demônio cuja alma se corrompeu após um ato pecaminoso de luxúria; ele, um abençoado com a missão de ajudar almas desencarnadas sem rumo. Soava até poético, eu diria.

— Argh... — Eu o encarei descontente.

Alex bloqueou a tela do telefone e me lançou um olhar superior, antes de voltar a fitar as ruas pela janela. Como resposta, acelerei o carro um bocado. Virei bruscamente uma esquina, fazendo nossos corpos sacolejarem. Ele bufava ao meu lado, doido para me meter um sopapo, mas sabia que não faria nada do tipo. Quero dizer, ele não era tão doido. O pobrezinho tinha amor à vida, *manja*?

— É aqui! — disse ele em desespero. — É aqui, Dante, porra, inferno, cacete, é aqui o hospital, seu caralhento de merda! — gritou.

Afundei o pé no freio, estacionando bem na frente do hospital, fazendo nossos troncos irem à frente e voltarem, por causa da parada brusca. Se não fossem os cintos de segurança, teríamos rasgado as testas no para-brisa. Com o rosto transtornado em puro ódio, Alex desconectou o cinto e, com o corpo voltado para mim e a mão enfaixada na trava, gritou:

— Você é um cuzão! — E saiu batendo a porta.

— O que foi? — Coloquei a cabeça para fora do carro, por pura provocação. — Tá tão nervosinho hoje, meu bem... Tá estressado?

Todos os transeuntes nos encararam, sentindo, provavelmente, vergonha alheia. Quase me senti envergonhado também, mas irritar Alex era mais interessante, então valia a pena.

Que foi? Eu disse que não tinha estômago para vê-lo triste. Nunca falei que não era delicioso vê-lo irritado. Sou um demônio, afinal. É sempre bom lembrar. E, se você estiver tendo dificuldades de assimilação quanto a isso, sugiro que procure um dicionário ou assista a alguns filmes e séries de terror. *Sou o vilão desta temporada.*

O jogo virou e isso me diverte. Alex costumava me provocar até o limite da paciência – não que eu tivesse muita. Mas agora sou eu quem o inferniza, quase literalmente falando, e adoro isso: aquele biquinho irritado, sobrancelhas unidas e rostinho vermelho, com uma veia pulsando na testa bonita. Também é muito divertido vê-lo fazer birra, como se tivesse 9 anos de idade.

Ele deu um grunhido e apertou os punhos para, depois, bater o pé no chão, como um birrentinho, e entrar no edifício empurrando a porta, com fúria.

Eu me escangalhei de tanto rir. É sério, ele fica tão gostosinho quando irritado. Que tesão!

Quando finalmente pude recobrar o ar, estacionei o carro mais à frente e desci, tirei um pirulito rosa do bolso e fui ao encontro de Alex no hospital. Na recepção, indicaram-me o andar da ala de suturas, onde rapidamente encontrei o pirralho sentado de braços cruzados e um bico fodido na cara. Sabe como se conserta cara feia? Com uma boa foda. *Podiscrê, bicho.*

Sentei ao seu lado, girando o canudo do pirulito com os dedos, despreocupado, mas imediatamente Alex se afastou dando um salto da cadeira. De provocação, fiz como ele e saltei para o banco em que ele estava antes, ficando ao seu lado outra vez. Ele bufou irritado, com um bico maior ainda, e repetiu o ato, mudando de cadeira de novo. Então, fiz o mesmo que antes: levantei-me e sentei ao seu lado.

Se você acha que um cara adulto de 22 anos cessaria a birra após a segunda tentativa, você achou errado. Alex era um criançâo. Então, ao invés de se render, ele se levantou do banco e foi se sentar na fileira de bancos à frente. E o que eu, no auge dos meus 61 anos, fiz? Isso mesmo, levantei-me e me sentei ao seu lado. De novo. Alex sacudiu as mãos no ar, e pude jurar que estava prestes a puxar os cabelos.

— Qual o seu problema? — indagou entre os dentes.

— O meu? — Eu me fiz de sonso. — Nenhum, só quero ficar perto de você, *baby*... — E aí dei meu melhor sorriso angelical. Mas Lúcifer também era um anjo, sabe?

— Dante Donadelli, eu te odeio. — Seu tom era sério enquanto me encarava com a expressão fechada.

Por fora, dei um sorriso de deboche. Por dentro, senti um frio na barriga.

— Você me ama — teimei, convencido. Ou, pelo menos, tentando.

— Não, não. Olha pra mim! — Ele fez um movimento para que o encarasse no fundo dos olhos. — *Eu. Te. Odeio* — disse pausadamente.

Um calafrio percorreu minha espinha. Não estava gostando nada dele dizendo aquilo, mesmo que eu soubesse que era só de raivinha. Por que continuo me sentindo assim? Demônios não sentem essas coisas!

— Você. Me. Ama — desafiei, no mesmo tom.

— *Alex Kister?* — Uma enfermeira alta apareceu na portinha nos encarando.

Ele levantou, batendo os pés e, com um olhar superior, ditou:

— Espere aqui.

Mas rapidamente me levantei, ignorando sua ordem.

— Eu disse pra ficar! — ele rosnou.

Ele tá pensando o quê? Que sou um cachorro, para obedecer alguma coisa? Comédia! Tirando o pirulito da boca com um barulho de *ploc*, respondi suavemente:

— Você não manda em mim.

Oh-oh. Agora, ele parecia ultrajado.

— Enfermeira, não quero que ele entre! — Ele me lançou uma última olhada triunfal, desaparecendo para dentro da salinha.

Ignorando-o, dei passos para frente, tentando entrar na sala também, mas parei ao ver a mão pequena da enfermeira estendida na minha frente, impedindo-me de ir adiante.

— Me desculpe, senhor. Mas o paciente expressamente proibiu sua entrada. Por favor, aguarde aqui fora.

Então, ela entrou, trancando a porta atrás.

Ora, agora quem estava ultrajado era eu! Alex não sabia brincar.

Sem ter o que fazer, decidi dar uma volta por aí. Não era como se Kister fosse embora sozinho. As chaves do carro estavam comigo. Ele não iria de táxi, iria? Ah, ele não era doido. Bom, não tanto. Eu acho.

O hospital parecia vazio. Não havia um montão de crianças com braços quebrados e joelhos ralados, choramingando nos banquinhos de espera. No máximo, tinha uma galera sentada com cara de quem estava prestes a vomitar, e outras pessoas com os rostos metidos no celular. Afinal, o que tanto havia para se mexer num telefone? Sei que as pessoas conversam através dele, veem filmes e escutam música, mas por que fazem isso até na rua? Sei lá, esse tipo de coisa não costumava ser feita em casa? Conversar a gente conversa com quem tá na nossa frente.

Continuei passeando pelo hospital, observando bem as pessoas e as máquinas. Todo mundo parecia muito imerso nos próprios problemas ou no noticiário que anunciava as tragédias na TV. Ninguém prestava atenção em mim, o que era bom. Não podia ser reconhecido. Não tinha inventado uma desculpa ainda, mas, para prevenir, levantei o capuz do moletom, para esconder meu cabelo.

Fui ao hospital raríssimas vezes, depois de morto. Quando meus conhecidos morriam, eu evitava ir atrás deles. Claro que queria aproveitar o momento em que suas almas deixavam o corpo, para que, então, me vissem, mas Laura me alertou que, talvez, me ver poderia fazer com que essas pessoas tivessem uma motivação para se prender a este plano, então nunca aproveitei para reencontrar ninguém.

Vi-me entediado. Andar de um lado para outro, observando as pessoas fazerem suas coisas, não era algo que eu apreciasse. Passei trinta e seis anos da minha morte apenas fazendo isso. Não queria mais ser um mero expectador. Mas o que poderia fazer além de esperar Alex terminar de tirar os pontos, para voltarmos para casa?

A resposta apareceu vermelha e brilhante em minha frente quando vi a máquina de *snacks* e a de refrigerante, paradas no fundo de um dos corredores, lado a lado. Feliz da vida, fui até lá, sem dar muita atenção às duas pivetinhas que discutiam em frente a uma das máquinas:

— Mas eu quero o confete de amendoim! — a maiorzinha, de franja, resmungou estridente.

— Mas a mais velha sou eu, então se digo que comeremos o de chocolate, comeremos o de chocolate — respondeu a outra, que tinha os cabelos partidos ao meio e era menor.

Então, aparentemente a menor era mais velha e a maior era mais nova. Que engraçado, era como eu e o Alex.

— Lambisgoia!

— Você que é!

— Por que cada uma não compra um? — Eu me meti, encarando-as enquanto colocava o dinheiro na máquina de refrigerantes.

Elas, então, pararam de discutir para me dar atenção, a mais velha e miúda me encarando desconfiada, como se me estudasse.

— Mamãe não deu dinheiro suficiente para comprar dois lanches e duas bebidas, então precisamos dividir, uma compra o confete e a outra compra a coquinha.

— Mas eu não quero confetes de chocolate! — A de franjinha esperneou. — Quero de amendoim!

— E eu não quero Coca-Cola, mas compramos uma, só porque você quer. Não seja mimada, JangMi!

A tal JangMi fez um bico e passou a mãozinha pequenina na franja, antes de cruzar os braços e fitar a parede, totalmente contrariada. Isso me fez sorrir. Ela fez a mesma cara de Alex quando ficava irritadinho. Fofos. Eu disse *fofos*? Ah, perdão, quis dizer *bobos*. Demônios não curtem coisas fofas. Curtimos trevas, lascívia, balbúrdia e rebeldia. É.

— Acho que te conheço de algum lugar... — A que era mais velha, embora fosse menor, fitou-me com os olhinhos apertados.

— Ele estava na TV, lambisgoia — JangMi disse, ainda de braços cruzados.

Oh-oh. Desde quando crianças assistem ao jornal? O mundo não é mais como antigamente mesmo.

— Acho que sou só muito parecido com o cara... — desconversei. E não sei o que me deu, realmente não sei e não gosto nada, mas antes que pudesse me refrear, falei: — Olhem como sou legal... — Coloquei dinheiro na máquina e fiz cair dois pacotes de confetes de amendoim. — Aqui está. Um para mim e um para você, JangMi. Agora, sua irmã vai comprar o refrigerante que quiser e comer o confete de chocolate. Cada uma com o seu, uh?

— Obrigada, moço. Você é muito gentil — a mais velha, que eu ainda não sabia o nome, respondeu sem jeito, mas com um sorriso doce. — Tá vendo só, JangMi? Você conseguiu o que queria, agora desfaça essa cara se não mamãe vai brigar comigo.

JangMi agradeceu, fazendo uma curta reverência, antes de abraçar seu doce e a bebida no braço e puxar a irmã pela mãozinha. Acho que elas eram coreanas. Depois, elas me deram as costas, mas pude ouvir claramente quando a pirracenta olhou para trás e cochichou no ouvido da outra:

— Sunhee, você viu a aura dele? Ela é vermelha com manchas roxas!

— Fala baixo! — Sunhee olhou para mim por cima do ombro, como se para se certificar de que eu não tinha ouvido nada.

E aí as duas desapareceram no corredor, indo atrás da mãe, provavelmente.

Nem reparei que estava agachado no chão. Então, peguei minhas guloseimas e voltei para a salinha de espera na ala de suturas, mastigando o cabinho vazio do pirulito. Alex já tinha terminado e estava sentado ali, emburrado.

Aparentemente, não era só ele que me causava aquelas sensações esquisitas e ataques de... fofura. Olha, eu não me rendia sequer aos charmes dos Gatinhos Diabólicos que sorriam como o próprio Satã. Você sabe de onde Lewis Carroll tirou a ideia para criar o famoso Gato Que Ri? O cara esteve no Inferno. Acredite. E não o culpo, Gatinhos Diabólicos são uma graça. Mas um fato sobre bichanos infernais é que uma vez que eles te conquistam... Você vira escravo deles. Quase como um zumbi. Você literalmente se torna capacho de um bicho peludo, com pupilas em formato de fendas e dentes afiados como os de um tubarão. Não se deixar conquistar por eles é o grande desafio de almas condenadas e demônios no Inferno, para não serem escravizados.

— Pensei que tinha me abandonado para voltar a pé... — Alex resmungou, com a carinha triste e um bico igual ao da JangMi.

— Estava comprando um lanche — esclareci quando me sentei ao seu lado.

Alex encarou as coisas em minhas mãos e abriu um sorriso, mas não era um sorriso meiguinho. Não mesmo. Aquele era o sorriso de quem iria aprontar. Lembrava muito o sorriso daqueles Gatos Diabólicos de que eu estava falando agorinha.

— Muito obrigado por pensar em mim, D.

E daí, ele simplesmente tomou o pacote de confetes e minha Coca geladinha pra ele.

— Que foi? — Ele tinha arzinho de deboche enquanto abria o pacotinho amarelo e despejava metade para dentro da boca, numa tacada só.

— Ah... Nada não — murmurei, vendo-o abrir a latinha e engolir o líquido, sedento, fazendo seu pomo de adão subir e descer de um jeito que mexia comigo. Garotinho gostoso, meu Satanás!

Daí, só fiquei ali salivando com toda aquela comilança. Poxa, era meu lanche! Por que diabos não puxei das mãos dele e comi tudinho? Ah, é... É porque ele ia me lançar aquele olharzinho triste e então meu coração ia dar umas palpitadas esquisitas como as de um ataque cardíaco.

Acho que estou sendo descorrompido. Lúcifer não gostaria de nada disso.

Alex se levantou num pulo e terminou de beber, até sorver a última gota, amassando a lata, e atirou as embalagens vazias na lixeira, antes de me encarar fixamente e soltar um arroto monstruoso – que me deixou horrorizado –, dar uma gargalhada sapeca e ir andando na frente. Eu o segui alguns passos atrás, com uma careta, mas não pude prestar muita atenção nessa coisa, já que aquela bunda durinha dele ficava marcando no jeans apertado, e aí minha boca começou a salivar por outro motivo.

Quando entramos no carro, vi que Alex permanecia com um risinho de canto, o que me fez começar a entrar em alerta e ir somando todas as equações na minha cabeça, até concluir que...

— Você comeu meu lanche de propósito, não foi? — questionei, de olhos apertados, mas não era bem uma pergunta se eu já sabia da resposta.

Ele deu uma gargalhada com vontade, batendo nas próprias coxas e jogando a cabeça para trás no banco, parecendo se divertir muito, o pivete.

— Sim! — Enquanto ele estava risonho, eu fechava a cara e apertava mais os olhos. — Mas veja por esse lado: pelo menos, agora, não tô mais irritado contigo, já que me vinguei. — Foi simplório.

Queria rebater e fazê-lo ir lá dentro comprar outro lanche para mim, mas, bem, era justo. Então, só bufei e dei partida no carro.

— Sabe, cara... Estou de muito bom humor agora — ele murmurou, chegando perto ao inclinar-se no assento.

Endureci o corpo ao vê-lo pôr a mão esquerda em minha coxa e chegar aquela boquinha gostosa à minha orelha, em que deu uma mordiscada no lóbulo, antes de sussurrar:

— O quão rápido você consegue nos levar pra casa, *velhinho*?

Mordi o lábio, sabendo exatamente o motivo de sua pergunta, mas preferi entrar na brincadeirinha, afinal, era isso que deixava tudo mais excitante.

— Depende... O quão rápido precisa?

— Ah... Isso quem decide é você. — Ele abriu o zíper da minha calça e imediatamente alisou meu pau semiteso.

Antes que eu pudesse calcular uma resposta, ele já estava me engolindo todinho.

Bem, digamos que não chegamos em casa rápido o suficiente.

Bendito pirralho.

CONECTANDO EM
ALEX_PHONE...

09.
BATENDO A NAVE

ALEX

— Xander, vaaaamos, por favor! — Dante pediu com um biquinho fofo e expressão de coitado. Mas era só a expressão mesmo, porque esse cara é um demônio, na forma mais literal da palavra.

— Mas *show* é um negócio muito barulhento e chato e as luzes piscam tanto que me dão dor de cabeça... — resmunguei, rolando no chão da sala.

— Garoto, você só tem 22 anos — ele soou indignado.

— E você tem 61.

— Por isso mesmo! Como eu, um velho, estou mais a fim de ir pra uma festinha do que você, que não tem nem um quarto de século de idade?

Fiquei olhando para ele, com cara de tacho.

— Nada a ver isso aí que você tá dizendo...

Desde que Thomas nos convidou para uma balada, ou festa, ou *show* que ele e a nossa galera iriam no fim de semana, Dante vem me infernizando – mais literalmente do que eu gostaria – para que a gente vá nesse evento. Mas, ah, eu fico *tão* cansado depois de ir à faculdade e trabalhar a semana toda...

— Xander, por favooor...

Aí, era golpe baixo. Ele estava usando todos os meus apelidos para tentar me convencer de um jeito fofo.

— A última vez que curti uma *night* foi há trinta e seis anos!

E ali estava ele, com aquele bico de novo, usando argumentos um bocado convincentes. Quero dizer, coitadinho, ele passou trinta e seis anos morto, poxa...

E sabe o que eu sou? Um frouxo.

— Tá legal... — Desisti. — Mas com uma condição: você precisa mudar o cabelo.

Ele começou a resmungar, mas o cortei antes de sequer chegar ao meio daquele *mimimi*. Já vínhamos discutindo sobre isso há semanas. As pessoas à nossa volta certamente reconheceriam o garoto de olhos cor de tempestade e cabelo preto seboso, mesmo sem as mechas. Não podíamos entrar nesse tipo de saia justa.

— Dante, entenda que as pessoas vão te reconhecer, mas que saco! Em três dias, vamos nos mudar, e meu irmão não é idiota.

Ele arqueou uma sobrancelha e eu suspirei.

— Bem, talvez ele seja um pouco idiota, sim, mas Jonas não é cego e nem burro! O trato é esse: sem mudança nesse visual, incluindo nas vestimentas, nada de festinha, showzinho, barzinho ou *night*.

— Tá legal, então. Eu mudo. — Deu-se por vencido.

— Então, nada mais de jaquetas de couro pra você. — Mal falei e já fui tirando minha jaqueta emprestada de seu corpo, pois havíamos ido à padaria e ele ficou com frio no caminho. — Pensei num estilo que você talvez goste... Quer dizer, você tem 61 anos, afinal.

Ele me encarou, apertando os olhos cinza-tempestade, sabendo que eu adorava implicar com sua idade de propósito, porque, na real, aquele tempo morto não contava de verdade: para todos os efeitos, ele tinha 25, pelo menos de aparência; de maturidade, acho que tinha uns 18, e eu, 15, pois admito ser ainda mais imaturo que ele, que já não é muito.

Dante continuou me encarando de olhos apertados a tarde toda enquanto perambulávamos pelo shopping e comprávamos um bocado de camisas de botões, sapatos sociais, ternos e calças para ele. Tudo bem elegante, mas que o desse um ar mais despojado – apostamos nas calças curtas, que deixavam seus tornozelos à mostra. Estávamos usando o cartão de crédito de Thomas, mas juro que vou pagar tudinho quando receber o dinheiro da venda do casarão velho.

No fim das contas, esse demônio conseguiu ficar mais bonito do que já era. Se antes ele parecia um adolescente revoltado que não via um sabonete com muita frequência, agora podia facilmente se passar por um CEO de livros eróticos.

Se gostei disso? Muito! Ele ficou tão maravilhoso que me deixou todo suspirante.

— Eu vou ficar feio... — Dante resmungou e cruzou os braços, na porta da barbearia.

— Não vai! Só vai mudar a cor e o corte. Talvez você fique até mais fofo.

— Eu não sou fofo! — Ele arregalou os olhos de um modo ridiculamente cômico.

Não pude me impedir de gargalhar.

— Viu só? Fofinho!

Passei a mão em sua cabeça, fazendo carinho, e pude jurar que das duas, uma: ou ele ia estapear meu braço, ou ia utilizar a técnica do flerte para me deixar desconcertado, puxando-me pela cintura e falando safadeza com aquela voz rouquinha ao pé do meu ouvido. Mas diferentemente de qualquer das opções esperadas, ele pareceu meio perdido. Seus olhos caídos simplesmente se fixaram nos meus, nos prendendo numa bolha. E aquele cinza-tempestade me pegou de jeito. As coisas pareciam ter parado ao nosso redor. Era como se só nós dois estivéssemos ali. Sozinhos.

Impelido pelo clima súbito, deslizei a mão para sua bochecha e a toquei suavemente, fazendo carinho com o dedão. Ele fechou os olhos e suspirou. Meu coração disparou. Desde que havia voltado, Dante não parecia mais tão afetado por mim como antigamente – o que me deixava bastante temeroso quanto aos seus atuais sentimentos. Principalmente quando ele fugia de dizer *eu te amo*, como o Diabo fugia da cruz. Sei que, da última vez, eu parecia muito certo de que ele me amava, mesmo que não abrisse o bico, mas aí, francamente! Num dia, eu penso: "*Ele me ama. Com certeza ele me ama*". E no outro, fico todo "*Ah, minha nossa, ele não tá nem aí para mim...*".

Sua mão subiu e cobriu minha palma, sem muito jeito, enquanto seus olhos permaneceram fechados, apreciando o toque. Mordi o lábio e prendi a respiração. Ele estava tão dengosinho. Eu só queria beijar aquela boquinha gorda... E, quando estava prestes a unir nossos lábios, lembrei-me de que estávamos no meio do shopping, e a maioria das pessoas em Asrtaroth ainda não eram muito cabeça aberta para apreciar dois rapazinhos bonitinhos se amassando. Por isso, afastei-me rapidamente, olhando para todos os lados, de modo a conferir se tinha alguém nos encarando estranho. Imediatamente, Donadelli abriu as pálpebras e também encarou as coisas ao seu redor, claramente atordoado. Quando seu olhar cruzou com o meu, novamente, ele parecia confuso, como se tivesse acabado de acordar ou algo assim, mas não durou nem três segundos. Ele se empertigou e sua face tomou novamente aquela expressão debochada e superior.

— Bom, eu fico bonito de qualquer jeito... — disse convencido. — Acho que eu ficaria ainda mais bonito loiro, talvez.

Tentei visualizá-lo daquele jeito, mas não consegui, então dei de ombros.

— Só vamos saber se você testar...

E aí passamos o resto da tarde no salão, onde Dante descoloriu os cabelos em tom de loiro acinzentado, combinando com seus olhos, mas não permitiu que mudassem o corte, no máximo deixou cortar as pontinhas, pois queria ter o mesmo cabelo do Brad Pitt no fim dos anos noventa. Após um punhado de horas, seus fios emitiam uma luz bonita, e quando ele sorria, parecia o Sol: quente e caloroso, podia queimar quem chegasse perto demais, o que é uma metáfora para o que ele causa no meu pobre coração apaixonado.

A gente sempre ficou meio borocoxô com a coisa de ninguém ser capaz de enxergá-lo, mas hoje foi a primeira vez que pensei que talvez fosse melhor que ninguém o visse mesmo, porque, veja bem, eu não estava achando nada divertido aquele grupinho de garotas andando atrás da gente, jurando que estava tão bem disfarçado quanto o Sherlock Holmes.

— Será que se eu botar a mão na sua bunda, elas se tocam? — falei com certa pena, olhando-as de canto.

— Provavelmente, não. — Dante estava despreocupado enquanto lambia seu sorvete. — Tá com ciuminho, é?

Fechei a cara e me fiz de superior.

— Argh, será que elas não tão vendo que...? — E, então, pausei-me.

É claro que elas não tinham como saber. Não era como se tivesse escrito *viado, muito viado,* no centro da minha testa. Nem na testa do Dante. Ele parou de dar atenção ao sorvete e se virou para o grupinho de garotas, com o queixo levantado e cheio de pose. Ele passou a mão no cabelo – agora loiro e brilhante –, jogando a franja para trás, daquele jeito absurdamente sexy de sempre, e até eu me peguei meio hipnotizado. Ele deu um sorriso galante e piscou o olho esquerdo para as garotas, sentadas a algumas mesas de distância da nossa, flertando. Elas soltaram gritinhos animados enquanto batiam os pés no chão e cochichavam nos ouvidos umas das outras, jurando que estavam disfarçando alguma coisa.

— Por que você foi dar corda, Donadelli?

Ainda sorrindo, ele se virou para mim e voltou a lamber seu sorvete.

— Porque é divertido. — Deu de ombros. — Aliás, você deveria dar atenção às suas *fãs* também. — Ele apontou com queixo para alguma coisa atrás de mim, enquanto sentávamos na praça de alimentação.

Sutilmente, dei uma olhadinha na mesa de trás, vendo de relance duas mulheres cochichando uma com a outra, enquanto me encaravam. Elas se empertigaram e tentaram fingir que nada acontecia quando me virei, mas, assim que me voltei para frente, senti seus olhares queimando em minhas costas outra vez.

— Com licença — uma vozinha doce feminina soou ao nosso lado. A garota nos cumprimentou com um sorriso brilhante. — Escuta, minha amiga ali — deu um rápido aceno de cabeça — gostou muito de você — disse ao Dante. — Ela acha que você parece o Brad Pitt. — Deu um risinho nervoso. — Então... Quer dar seu telefone pra ela, pra vocês se conhecerem melhor? — Estendeu a ele o telefone, sem sequer levar em consideração a possibilidade de recusa.

Olhando em direção à tal amiga, ela não parecia o tipo que alguém recusaria. Estava perfeitamente dentro dos padrões sociais: magra, cabelos lisos, compridos e expressão gentil. Quem via assim não imaginava que ela andava por aí pedindo o telefone de caras mais velhos no shopping, veja só.

— Claro! — Dante lhe lançou um sorriso galante, que a deixou claramente desconcertada. — Mas, olha, sua amiga não é um pouco nova demais? — Seu tom ainda era de flerte.

— Ah... não! — Ela arregalou os olhos. — Mira tem 19 anos! Fez aniversário semana passada, juro.

Dante me deu uma rápida olhadela, com um sorriso ladino e muita cara de quem estava prestes a aprontar. E conhecendo Dante Donadelli como conheço, espero que Deus tenha piedade delas, porque esse demônio não vai ter.

— Tudo bem, então, estou ansioso pra conhecê-la. — Ele pegou o aparelho das mãos dela, passou um minutinho mexendo, até devolvê-lo. — Diga pra sua amiga não demorar. — Ainda finalizou com uma nova piscadinha.

Filho da puta! Tava com tique nervoso, por acaso?

A menina ficou com o rosto vermelho e sorriu sem jeito, antes de sair tropeçando de volta até seu grupinho.

Embasbacado era como eu assistia a tudo aquilo.

— Você deu mesmo seu número pra ela? Dante, elas parecem ter 16 anos! — Fiquei escandalizado. — E você tem namorado! — Fiz questão de pontuar, caso ele estivesse se esquecendo.

O demônio-muito-demônio-capetoso botou a mão em frente à boca, rindo como um... Bom, como um encapetado.

— Eu sei! — Gargalhou, e me deu uma encarada cúmplice. — Editei o contato do pai dela e troquei pelo meu nome. — Explodiu em risadas, ficando com o rosto vermelho.

Caramba! Diabólico.

— Dante! — Eu estava perplexo e ao mesmo tempo segurando o riso porque, cá entre nós, isso foi totalmente errado, mas tenho um humor muito distorcido, sabe. — E se ela mandar algum flerte pro próprio pai, achando que é você? — De repente, vi-me preocupado.

Ele deu de ombros, fazendo pouco caso.

— Aí, esse é um problema particular dela. *Pitchulinhas* devem se preocupar em estudar, não ficar *azarando* homens no shopping. E se eu fosse um maníaco? Um aproveitador? Um assassino? *Um demônio?* — O sorriso dele se abriu de um jeito nocivo. — Elas acham que só porque sou bonito, não ofereço riscos? Hum... É assim que tragédias acontecem — declarou, parecendo um velho. O que ele era mesmo, na verdade. — Sou um dêmonio agora, não fique tão surpreso quando eu fizer alguma maldade, tá?

— Pensando por esse lado... Quer dizer, você é mesmo uma coisa do mal. E o que diabos é *pitchulinha*?

— *Pitchulinha* é gíria pra garotas novinhas, brotinhos adolescentes. Agora, chega de *xaveco.* — Ele se levantou. — Vamos? Quero tirar um cochilo antes de dar a hora da gente se arrumar pra *night.*

Eu me levantei e recolhi nossas bandejas de comida, caminhando até a lixeira para dispensar o lixo. Quando percorri todo o caminho de volta até o Donadelli, vi que ele travava uma guerra de olhares com as duas mulheres – aquelas interessadas em mim – sentadas na outra mesa.

— Dante... — Eu o cutuquei, chamando sua atenção. — Vamos?

Ele não disse nada, só levantou, segurou na minha cintura e foi se afastando comigo, ainda quieto. De repente, naquele silêncio barulhento de conversas, um grito agudo e desesperado soou, não muito longe. De olhos arregalados, virei-me imediatamente para trás, dando de cara com uma cena absurda: as duas mulheres estavam completamente sujas de macarronada e refrigerante, da cabeça aos pés, enquanto dois rapazes, segurando as bandejas viradas em cima delas, encaravam-nas com desespero.

— Desculpe, ai, merda, me desculpe... — um deles disse aflito, tentando recolher os fios de macarrão do cabelo da garota.

Estupefato me virei para Dante, encontrando-o com um sorriso que parecia bastante... satisfeito. E aí me dei conta.

— Foi você, não foi? — acusei, apertando os olhos.

Ele se sacudiu e fez uma falsa expressão alarmada.

— Não sei do que você está falando. Sou um anjo. — Deu de ombros e voltou a caminhar.

— Lúcifer também era!

Ele me olhou por cima do ombro, dando uma piscadinha, antes de dizer:

— Mas foi isso mesmo que eu quis dizer, garotinho.

Assim pude confirmar que, sim, ele foi o culpado por fazer os moleques derrubarem a comida de suas bandejas nas cabeças das meninas.

— Mas eu nem gosto de mulher, pra você ter ficado com ciúme delas a ponto de se vingar assim!

— E quem disse que eu tô com ciúmes? Elas falaram mal do meu cabelo! — Daí, ele se empertigou todo e saiu andando na frente, cheio de marra.

Dante Donadelli é um capiroto na Terra. Em todos os sentidos da palavra. E eu sou o sujeito que teve o maldito azar de se *encalacrar* com ele.

Eu estava entediado. Entediado como nunca estive na minha vida. Ao menos, quando me entediava em casa, podia ligar o *videogame* e me entreter, mas aqui era meio complicado. Impossível quando se tem um coreano magrelo tentando cantar em japonês, com um sotaque tão esquisito que até eu, que não falo o idioma, comecei a sentir vergonha alheia. Fora que o visual *J-Rock* já tá tão ultrapassado que, nossa... É tão 2008. E esse barulho que eles tocam? Parece abertura de *anime*.

— Parece abertura de *anime*! — Dante gritou, como se seus pensamentos estivessem conectados com os meus.

Ele deu um sorriso animado, que fez seu rosto ficar extremamente zoado, e então voltou a atenção ao palco, pulando junto com a música, como se tivesse tendo um ataque. Juro para vocês, que dança estranha! Sem ter mais nada para fazer, apenas silenciosamente rezando para todos os santos, pedindo que o *show* acabasse logo – o que não ia rolar, já que descobri que se tratava de um fodido festival de bandas *underground* –, olhei para a garrafa de cerveja vazia em minha mão. Cutuquei o Donadelli na cintura e avisei que ia comprar mais bebida lá fora, mas era só uma desculpa para fugir do barulho e respirar um ar fresco na parte aberta da casa de *show*. Ele deu de ombros e continuou a pular animadamente com Liza e Anya enquanto fui atrás da cerveja.

Fiquei um bocado na fila, até conseguir uma *long neck* nova e aproveitei para dar uma espiada por ali e procurar por Doyun, Thomas e Rosalia, que tinham saído para fumar cigarros, já fazia intermináveis minutos. Até que finalmente os avistei perto de uma árvore meio torta, Rosalia escorada nela com uma das mãos e a outra na cintura, bem despreocupada enquanto Thomas passava um cigarro para Doyun, e os três riam envoltos em uma fumaça meio densa.

Se eles estavam dividindo um único cigarro, por que estavam demorando tanto? Já estavam ali há tempo suficiente para dividirem um maço inteiro!

Com as engrenagens imaginárias a todo vapor em minha cabecinha, fui me aproximando, cabreiro, e quando cheguei a menos de dois metros de distância, cruzei os braços e pigarreei de modo teatral. Na mesma hora, os três arregalaram os olhos e se viraram para mim, de boca aberta.

Doyun se engasgou com a fumaça e precisou ser acudido por Thomas, que rolava os olhos de mim para ele, e dele para mim, com uma cara que dizia que ele estava doido para sair correndo dali igual ao Papa-léguas. Porque o negócio é que eles não estavam fumando cigarros coisa nenhuma.

Os três estavam dividindo um baseado.

É.

Maconha, ganja, bagulho, verdinha, boldo, erva, *marijuana*, cachimbo da paz.

Alô, polícia?

— Bonito, né? — Fingi uma repreensão. — E você, Thomas Kim... Tsc, tsc, tsc... — Sacudi a cabeça.

— Nem parece que já fumou, com essa boquinha aí mesmo — Doyun debochou e apontou para mim. Aí, ele olhou para o próprio dedo indicador magricelo, olhou para Thomas, que olhou para Rosalia, e então os três começaram a rir.

Não eram risadas comuns. Era aquele tipo de risada que a pessoa se joga para todos os lados e derrama lágrimas pelos cantinhos dos olhos – e os três pares de bilhas já estavam bem caídos e vermelhos. Eu não vi graça no dedo dele, mas quem tá chapado não sou eu.

— Puxa, tô com tanta sede. — Rosalia salivou com o olhar perdido na minha garrafa. Daí, ela só roubou de mim e começou a beber no gargalo, sedenta.

Doyun estava com mais cara de idiota do que quando acordava, e foi com essa cara que me perguntou:

— Vai ficar criticando ou vai *dar um tapa*?

Eu conhecia essa gíria. Era dialeto de maconheiro. *Dar um tapa* significa *puxar fumo, dar uma tragada, engolir fumaça*. Não sou nem um *expert*, mas sou entendido do assunto.

— Isso nem dá onda — resmunguei. — Vou ficar só com a cerveja. — Continuei com cara de paisagem e rolei os olhos. — Quero ir pra casa. Essas bandas são muito ruins. E nem tô conseguindo ficar bêbado! — Eu entrei na rodinha e me escorei na parede.

— Ah, eu adoro! — Logo depois de dizer isso, Rosalia riu e abraçou a porra da árvore.

Ok! Muito legal essa *vibe* de *salve as plantas*, *show* de bola.

— É, o Dante também tá curtindo, então não vou cortar o barato dele. — Dei de ombros.

Tomei minha garrafa de volta, bebericando aquela cerveja ruim que, infelizmente, era a única marca vendida ali.

— Seu namorado é bonitão, Alex — Doyun comentou, enquanto acendia um cigarro (um de nicotina dessa vez). — Mas ele tem umas gírias de velho, que pareceu até que eu estava conversando com o meu pai.

— É, ele faz muito isso — disse Thomas, já familiarizado com Dante. — E você tem que ver, ele sabe o ano de lançamento dos álbuns de várias bandas antigas, tipo o Metallica, Guns n' Roses, Depeche Mode, A-ha, The Police... O Donadelli é tipo uma Wikipédia! É como se tivesse vivido naquela época!

Ah, o benefício da ignorância.

— Uhum, ele é um porre com isso. Se eu digo que curto uma banda, mas não conheço o nome de todos os álbuns, ele me olha horrorizado e me chama de *poser*. Eu preciso pacientemente explicar pra ele que a única banda que sou obrigado a saber o nome de todos os álbuns é a minha banda favorita que, por acaso, é o Linkin Park, e ela nem é do tempo dele!

Todo mundo franziu o cenho e passou um tempo com cara de idiota. Podia ver as engrenagens da cabeça deles se movendo lentamente, dando-se conta da bosta que eu tinha acabado de falar enquanto fazia uma careta igual à de jogador de futebol quando erra pênalti na copa do mundo.

— Como assim não é do tempo dele? — Foi Thomas quem falou primeiro. — Linkin Park é dos anos 2000. Todo mundo aqui era nascido nos anos 2000. De que ano ele é?

Porra, Alex, pensa rápido, vamos lá, você é bom nisso!

— Err... — Vejamos: 2019 menos 25 anos... — 1994! — gritei com o dedo indicador para cima. — O ano em que o Kurt Cobain se matou.

— E o ano em que o Justin Bieber nasceu. — Rosalia simulou vômito com o dedo na boca.

— Ei, não fale mal do Justin — resmunguei. — Ele é um grande artista.

— E um riquinho desprezível — ela rebateu, rolando os olhos para cima.

— Ah, eles estão aqui. — Anya apareceu, magicamente, bem na nossa frente, com Liza e Dante logo atrás.

— Vocês estão fumando... — Liza comentou desanimada. — Eu não gosto, fico com tanto sono.

— Eu morro de fome, atrapalha a dieta — Anya completou com um beicinho.

— E você, Donadelli, quer *dar um dois*? — Rosalia ofereceu.

Dante deu de ombros e pegou a *parada*, fumando com tranquilidade, sem dar nem uma tossidinha, pondo-se ao meu lado na rodinha, cada um se encaixando num lugar. Ele parecia habituado aquele tipo de coisa. Não era novidade que Dante curtia usar uns narcóticos quando era vivo, mas ele nunca me disse exatamente quais usava. Podiam ser dois, como podiam ser todos.

— Pensei que não gostasse dessas coisas... — Dante comentou comigo enquanto o pessoal conversava paralelamente. — Seus pais são serventes da lei e tudo o mais.

— Não tô fumando, só tô junto.

— Hum, faz mais sentido. Você nunca foi muito certinho, mas também nunca se mostrou alguém desesperado pra fugir da realidade.

— Eu sempre fujo da realidade, Dante. Ou você acha que tô fazendo o quê quando fico estático encarando o nada? — Fiz cara de óbvio. — Você usava pra isso? Pra fugir das coisas ao seu redor e se perder na própria mente? — Vi-me curioso.

Ele deu um trago antes de responder, com a fumaça ainda presa nos pulmões:

— Descobrir que minha madrasta era amante do meu pai há mais tempo do que eu tinha de vida e que Anthony era meu irmão bastardo foi motivo suficiente pra que eu preferisse me perder na minha própria mente. — Deu de ombros, como se aquele assunto sequer o afetasse.

Esse novo Dante era bugado pra caralho, mais bugado que a porra do *Wattpad*, que sumia com os livros da minha biblioteca virtual.

— Sinceramente, acho que a realidade é superestimada. Quer dizer, é só olhar para a nossa volta. O mundo não é um lugar muito agradável, ele é cruel, mais para uns do que para outros — devaneei, fitando o céu cheio de estrelas, ao mesmo tempo que me perguntava se ainda iria demorar muito para que os ETs viessem me buscar aqui na Terra. — E se perder-se na própria mente for mais divertido, o que tem?

— Tudo bem, filho de Aristóteles[1].

— Aristóteles defendia isso? O campo mental em detrimento da realidade?

— *Bicho*, não faço ideia — respondeu com um risinho, sacudindo os ombros. — Mas por que você não fuma também?

— Ah, é que, sabe... Causa perda de memória. E eu tinha medo das visões e também não deu nada quando experimentei da primeira vez... — contei.

— Eu lembro... — Dante comentou como quem não quer nada.

Apertei os olhos para ele, indagativo.

— Que foi? Eu estava lá! Eu sempre estava. — Fez um bico, desviando o olhar.

— Hoje em dia, a gente chama isso de *stalkear*, sabe? É crime ficar perseguindo os outros.

Ele me olhou de cima a baixo, para depois me ignorar e levantar o queixo, cheio de marra, como de costume.

— Tá meio frio, né? — Mudou de assunto na maior cara de pau, alisando os próprios braços desnudos. Ele usava só uma camiseta preta, então tirei minha jaqueta de couro e dei a ele, aquela mesma de mais cedo, já que eu vestia uma camisa de mangas longas por baixo. Estendi a peça e ele se virou de costas, para poder enfiar os braços nas mangas. Enquanto a ajeitava no corpo, o abracei por trás, dando uma cheiradinha na nuca macia.

— Você tá cheiroso... — quase ronronei ao pé de seu ouvido. Eu ainda estava acostumado com o cheirinho de sândalo que ele tinha quando era um fantasma.

— Eu sei. É um dos vidros de perfumes minúsculos que você coleciona e não usa.

— Ah, é que já tenho dois favoritos. Nem me lembrava desse. Vou comprar um de sândalo pra você, é o seu cheirinho.

Dante se virou de frente para mim, com os braços rodeando meu pescoço, fitou-me com um risinho, antes de me dar um selinho.

---

1 Filósofo grego (384 A.C – 322 A.C).

Quando todo mundo parecia estar *batendo a nave*, resolvemos voltar para casa.

Anya foi embora de moto, com seu novo namorado que veio buscá-la. Liza e Rosalia foram embora de táxi, enquanto eu e os meninos fomos no meu carro.

Ninguém deveria dirigir assim. Todo mundo estava bastante fora de órbita, mas Dante pegou o volante, sob a alegação de que estava mais do que acostumado a dirigir alterado, e que ele nem tinha ficado tão chapado assim. E justamente por saber que o ex-fantasma-e-agora-demônio-do-inferno não era nem um pouco cuidadoso no volante, fui o caminho inteiro resmungando que a gente ia morrer. Mas, como os três conversavam animados, ninguém me deu atenção.

Peguei-me pensando se Dante poderia, talvez, ter morrido num acidente de carro ou alguma coisa assim. Ele estava contando aos garotos que costumava apostar corrida de carro nas pistas de Ponta Negra durante a madrugada. Para jovens riquinhos dos anos 1980, isso era esporte, aparentemente.

Não sei se era efeito da bebida, mas subitamente comecei a pensar com mais clareza. Quer dizer, era óbvio que Dante não poderia ter morrido num acidente de carro ou qualquer coisa fora de casa, certo? Porque o corpo dele foi escondido dentro da casa. Atrás da parede.

O que nos leva ao segundo ponto: quem esconderia um corpo se não um assassino? Mas Dante disse que ninguém o tinha matado. Ele vivia escondendo os detalhes e se recusava a falar sobre o assunto, mas nada fazia sentido. Entretanto, qual o intuito de esconder o corpo morto de alguém que você não matou?

Bem, sabemos que Anthony, o irmão dele, foi condenado pela sua morte. Mas, de acordo com as últimas notícias, ele tinha apelado da decisão e continuava a se declarar inocente.

Cara, nada fazia sentido. Nadinha. Principalmente, se você parar para pensar que Anthony faz um memorial para o irmão todos os anos, nos jardins da mesma casa onde seu corpo morto estava escondido. E também que Anthony parecia bastante preocupado com a casa, quando foi lá, e eu o conheci. Todo bisbilhoteiro e cheio de perguntas.

E aí tem outro ponto bem importante: Dante não queria que eu atendesse a porta naquela ocasião. Ele não queria que eu conhecesse nem interagisse com seu irmão. Isso me leva a pensar que... E se alguém matou Dante e o irmão dele só escondeu o corpo?

Claro, o assassino teria que ser alguém muito importante para Anthony, para que ele escondesse um cadáver por essa pessoa. E isso nos leva diretamente a um único suspeito: a senhora Fernández, madrasta de Dante e mãe de Anthony.

Contudo, continuamos com a problemática *assassinato*. Dante fala que não foi assassinado e também não se matou. Teria sido um acidente? Ele também poderia estar mentindo, certo? Dante diria qualquer coisa para despistar, tenho certeza.

Tive meus devaneios interrompidos quando o carro parou em frente à minha casa. Por incrível que pareça, chegamos em segurança. Faríamos a mudança no dia seguinte, então havia caixas e mais caixas espalhadas por todo o lugar, principalmente na sala. Não havia sequer uma panela disponível para uso, tudo já estava encaixotado. Eu e Dante havíamos separado o básico numa mochila, para usar no último dia, como produtos de higiene e uma muda de roupas para cada.

A gente pediu uma *pizza*, tamanho superfamília, pelo telefone – o que foi uma missão um bocado difícil, já que a atendente precisou repetir três vezes a lista de sabores, e Dante não entendeu nenhuma delas, por estar doidão demais, até ela se irritar e desligar, possessa, achando que se tratava de um trote. Então, eu tive que tomar a frente para pedir.

Como tudo já estava desmontado para mudança, arrastamos dois colchões para a sala e dormimos os quatro lá: eu, Dante, Doyun e Thomas. E a gente jurou que rolava assistir a um filme, mas a onda da maconha fez todo mundo dormir antes dos primeiros quinze minutos de história.

De madrugada, pude ouvir estalos molhados de beijos, e com uma olhadela sonolenta para o colchão ao lado do meu, vi Doyun e Thomas se atracando. Atirei uma almofada neles e mandei irem fazer aquela nojeira em outro lugar da casa. Não dei muita atenção ao ocorrido porque Thomas já tinha idade legalmente para decidir em quem enfiava a língua na garganta ou não.

De manhã, senti os raios de Sol esquentando meu rosto. Estendi a mão em frente aos olhos e bocejei preguiçoso. Vi Thomas e Doyun dormindo, estirados no colchão de solteiro, outra vez, em direções opostas, com os pés na cara um do outro. Provavelmente depois de se atracarem tanto de madrugada, acabaram brigando. E eu podia apostar que era por culpa da discussão sobre idade de novo.

A televisão ainda estava ligada, rodando alguma coisa que não observei o suficiente para saber o que era. Ouvi Dante ressonando baixinho ao meu lado, deitado de costas para mim, encolhido igual a um pitiquinho. A gente tinha dormido de conchinha, e essa noite fui a concha de fora. Deslizei o nariz levemente por sua pele beijada pelo sol, os fios recentemente descoloridos brilhando dourados por conta da luz. Parecia até um anjo. Muito mais do que quando era um fantasma. Só que agora ele é... Ah, você sabe.

Deixei um beijo suave em seu ombro desnudo, antes de me espreguiçar e virar para me levantar do colchão.

Foi aí que eu o vi.

Meu queixo caiu, e meus olhos arregalaram em pânico.

Jonas estava bem ali, de cenho franzido, observando um ponto fixo. Parecia que tinha fumaça saindo de sua cabeça.

E o ponto fixo para o qual ele olhava era... Bem, para Dante Donadelli.

10.
KEANU REEVES É UM VAMPIRO

— É melhor colocar essas caixas primeiro.

Ouvi Dante dizer a Doyun, o primeiro carregando duas caixas pesadas com livros, e o segundo arrastando duas prateleiras de madeira embaixo dos braços.

A casa já começava a ficar vazia; era um entra e sai de gente carregando coisas para todos os lados. Como ainda havia muitos pertences da minha avó no mausoléu, como móveis velhos que Thomas se negou terminantemente de ter na casa nova, também havia um punhado de pessoas que viram meus anúncios de doação num site de usados e vieram buscá-los.

Jonas não parava um segundo sequer, evitando ficar ao meu lado e, principalmente, ao lado de Dante, mas eu o pegava encarando meu namorado, ex-fantasma-e-agora-demônio-do-inferno, de rabo de olho, com bastante frequência.

E por quê?

Também me sentia louco para perguntar. Quer dizer, Dante ficou muito diferente com os cabelos loiros; de fato, não dava para reconhecer que ele era o mesmo cara das manchetes do corpo escondido na parede por mais de trinta anos. Não mesmo. Por isso, perceber meu irmão o evitando tanto estava me deixando ansioso, afinal, não era pressuposto que reconhecesse Dante Donadelli em pessoa. Esse era o ponto da mudança radical no visual, afinal. Como eu explicaria a incrível semelhança do jovem de aparência saudável, sorriso simpático e cabelos platinados, de 25 anos, com o cara morto cujo cadáver foi escondido atrás da parede do meu quarto, supostamente pelo próprio irmão, quase quatro décadas atrás?

Dante e eu combinamos que ele precisaria de um nome diferente para ser apresentado ao meu círculo social também, já que Dante Donadelli era o nome do famoso garoto rico assassinado que estava nas manchetes. Juntamente, chegamos ao consenso de que o chamar de um nome diferente de Dante seria estranho demais e certamente me faria cometer o deslize de chamá-lo pelo nome verdadeiro sem querer, levantando suspeitas. Então, combinamos que ele usaria apenas um sobrenome diferente. E, a partir daí, eram dedos cruzados para que ninguém se desse conta.

Mas, ah, aquela cabecinha recentemente descolorida era boa para inventar histórias! Ele criou toda uma trama de vida para o seu novo eu. Valendo-se do fato de falar dois idiomas e ter uma mãe ítalo-japonesa, Dante originou uma história onde sua mãe também era japonesa, e por isso ele tinha o sobrenome *Ishida* – o que explicava também sua aparência suavemente miscigenada.

Todo mundo comprou muito bem aquele teatro. Principalmente, a parte em que seus pais faleceram quando ele era muito novinho e que não tinha contato com os familiares restantes, vivia sozinho, tendo contato apenas com um ou outro primo.

Enquanto Ishida Dante conquistava o coração de Yoona e Hans Kister, conversando sobre uma infinidade de programas de TV das décadas passadas – e todo mundo se encantava pelo seu gosto por coisas antigas, como um jovem que nasceu no tempo errado –, Thomas resmungava cuidados que meus pais deveriam ter com seu cachorrinho Tomtom, que ficaria na casa deles, sendo acompanhado por um Doyun babão demais da conta pelo filhote também.

Mas, enquanto todos estavam perfeitamente entrosados, Jonas permanecia distante.

Depois de enfiarmos tudo que era possível dentro do caminhão de mudanças, rumamos ao apartamento novo. Doyun e meus pais continuaram conosco, para ajudar com a arrumação. Jonas foi no carro dos meus pais, rejeitando ir no meu, com os garotos. Todavia, sabia que ele estava apenas tentando escapulir de Dante – o qual continuava a olhar esquisito.

Sabe o cu? Sabe a mão? Eu estava com o cu na mão!

Em certa altura, já desempacotando as coisas no apartamento novo, minha mãe olhou bem para o rosto de Dante e disse que ele lembrava alguém. Fiquei estático, com os olhos arregalados e uma gota de suor brotou em minha testa. Mas o safado foi rápido em sorrir simpático e dizer o nome de uns três caras famosos – entre cantores e atores – com quem ele poderia parecer, e então minha mãe simplesmente deixou para lá, porque até ela acabou confusa com tantas opções. Afinal, mesmo que ela se tocasse que *Ishida Dante* ou *Dante Ishida* era, na verdade, Dante Donadelli, o rapaz misteriosamente morto e enterrado atrás do estuque da parede da casa onde ela cresceu, ela mesma não encontraria uma explicação plausível para isso. Primeiro, porque ele estava morto. Segundo, porque ainda que estivesse vivo, Dante Donadelli seria bem mais velho que ela. A carinha de bebê e o corpinho sarado com zero artrite reumatoide dele gritavam que esse Dante não chegava sequer perto dos trinta, e isso ainda forçando muito.

Internamente, eu jurava que a mudança no visual não funcionaria para minha família. Quer dizer, eles assimilaram o Dante Donadelli dos noticiários ao Dante que eu desenhava que nem um filhote de cruz credo em minhas artes infantis. Não que tenha sido a única dica, a coisa do nome e do amigo imaginário foi essencial para que associassem tudo. Por isso, esperei pelo fracasso. Já vinha me preparando mentalmente para uma mentira diferente. Planejava dizer que o falecido Dante Donadelli havia engravidado uma namoradinha pouco antes de morrer e que o fruto disso era Ishida Dante – um camarada de completos 35 anos, que recebeu o mesmo nome do pai pela mãe devastada com o desaparecimento do namorado, em outubro de 1983, fazendo dele alguém nascido em meados de 1984. Isso poderia colar muito mais, não fosse pela falta de qualquer linha de expressão no rosto de pele lisa, que, como eu disse, mal se podia assumir que chegara aos trinta, quem diria estar a uma década e meia dos quarenta.

Ao menos, as roupas sociais que o demônio se acostumou a usar depois de voltar à vida ajudavam na construção de uma aparência mais séria e madura, eu supunha. Mas o negócio é que o plano deu certo, ao menos com meus pais. Já não tinha certeza alguma sobre Jonas.

A casa nova foi mobiliada com um bocado de móveis de madeira, comprados na semana anterior por Thomas. Parecia uma espécie de museu, já que as misturas de estilos na decoração eram evidentes. Tradicional e moderno, ocidental e oriental, colorido e monocromático. Tudo bem a cara de Thomas Kim, que fez questão de se encarregar dessa parte. Era exótico e visualmente satisfatório, eu diria.

Dante, em sua tão bem elaborada história, contou aos meus pais que era primo de um colega de classe meu, que nos apresentou. Claro, como eu havia pedido para que permanecêssemos escondendo a parte totalmente romântica e homossexual da nossa relação, ele inventou que era só meu colega de quarto e que me pagaria aluguel e tudo.

Tudo estava ótimo e perfeito, todo mundo caindo na ladainha, mas o comportamento de Jonas ainda me preocupava. Quer dizer, ele estava quieto, e na hora em que todos nós nos sentamos à mesa de centro da sala para nos fartarmos no almoço que meus pais pediram pelo telefone, ele quase não falou nada, durante a refeição inteira. E olha que esse cara costuma falar pra caramba! De minuto em minuto o pegava encarando Dante, de cenho franzido, parecendo bastante intrigado. Às vezes, ele sacudia a cabeça, como para espantar algum pensamento louco, e eu já estava certo de que havia fatalmente o reconhecido. Então, quando a noite caiu e meus pais resolveram que já estava bom de nos ajudar e foram para casa, encurralei Jonas na cozinha enquanto ele arrumava algumas louças no armário acima da pia.

— Desembucha — falei em voz baixa e inevitavelmente temeroso. Não queria que Thomas, Doyun e nem mesmo Dante, que estavam esparramados no recém-colocado tapete da sala, assistindo a um *dorama*, ouvissem a conversa.

Meu irmão piscou, desconcertado, e voltou a organizar os pratos no armário, ignorando-me propositalmente.

— Não sei do que você tá falando.

— Qual é a dessa cara o dia todo? Por que fica olhando estranho pro Dante?

Irra, sonsei todo.

— Eu... — Jonas se virou para mim e mordeu o lábio. Parecia que sua cabeça estava fritando, eu quase podia ouvi-la, apitando como uma chaleira no fogo. — Você nunca disse que um amigo seu ia morar com a gente, né? — finalmente declarou, parecendo sem jeito enquanto coçava a sobrancelha esquerda e piscava mais que o normal.

— Ah... — Cruzei os braços, tenso. — Isso é um problema? Ele vai dividir o quarto comigo, então não se preocupe com espaço nem nada disso.

— Eu não ligo pra isso, Alex. Não é o que me incomoda, é que... Ele é seu namorado?

Engoli em seco.

Recuar, bater em retirada!

Mas fugir para onde, né? Porra, precisava ter planejado isso direito, minha nossa.

— Você sabe que é. — Totalmente sem graça, alisei a nuca. — Te incomoda? Quer dizer, eu e ele não vamos nos agarrar na sua frente, nem nada, não quero forçar a barra.

Ele deu uma teatral revirada de olhos e bufou, sacudindo a cabeça.

— Xander, não me preocupo com isso, já falei. Sou cabeça aberta, cara, você sabe que te aceito como é.

Puxa, quase me emocionei. Se meu cu não tivesse na mão, teria derramado uma lágrima.

— E então?

— É que... Quero dizer, primeiro eu achei meio estranho ele se chamar Dante também. Igual ao... Bem... — Jonas olhou pela porta da cozinha para verificar que ninguém estava ouvindo nada lá da sala. — Igual ao nome do falecido. *O Dante Donadelli* — cochichou com uma das mãos na lateral da boca, como se contasse um segredo.

— Ah, é... Coincidência, né, rapaz? — Tentei disfarçar, mas só cocei mais ainda a nuca, trocando o peso da perna várias vezes, sem saber muito bem o que fazer nem o que dizer.

— Coincidência *demais*, Alex. E você não reparou na aparência dele?

Imediatamente, fiquei em alerta, me desencostando do balcão, e pus a coluna ereta, igual um cachorro quando vê fantasmas e fica de orelhas em pé. Novamente me senti assim: sabe o cu? Sabe a mão?

— O-o que... Q-que t-em a aparência dele? — Ri nervoso, arrancando a pele do lábio.

— Fala sério! Ele se chama Dante e parece o Dante! — bufou exasperado, mas manteve o tom de voz sussurrado, encoberto pelo barulho alto da TV.

— Ah, qual é? Não tem tanta semelhança assim! Só um pouquinho. — Eu me fiz de sonso. O que já era quase um costume.

— Eles são idênticos! — Jonas grunhiu de volta. — Olha, tudo bem, eles podem ser só dois caras muito parecidos. Tipo o Keanu Reeves que se parece com uma penca de sujeitos pintados em quadros da Idade Média e, por isso, existem teorias de que ele seja um vampiro ou algo assim.

— Realmente não sei aonde você quer chegar. Quero dizer, sim, é uma puta coincidência que ele tenha o nome de Dante e seja um pouquinho parecido com o falecido, mas, sei lá... Coincidências acontecem, né? — Terminei com um penoso sorrisinho mais amarelo que a caneta marca-texto da Stabilo.

Ele não parecia desconfiado, parecia absolutamente intrigado e um bocado temeroso, por não saber com o que estava lidando.

— Tá legal, mas você não acha isso muito... desconcertante? Mórbido? Tipo, cara... Você meio que... namorava o fantasma do garoto assassinado, né? Seja lá, como vocês faziam isso?

— Bem... é. Na verdade, foi exatamente isso que me chamou a atenção nele. — Eu me empertiguei mais confiante, uma boa desculpa surgindo na mente. — Você sabe o quanto eu estava arrasado depois que o fantasma dele partiu. E, então, encontrei esse Dante. E puxa, eles se parecem um pouco, quer dizer, ele é bem lindo e gostoso pra caralho... — Espiei rapidamente pela porta da cozinha, apenas para ver que o agora loiríssimo Dante estava estirado de pernas abertas, gargalhando de alguma cena idiota na TV.

— Olha, vou ser sincero... — Havia uma seriedade que nunca vi naquele rostinho bonito. — Sabe que nunca fui de ver coisas sobrenaturais que nem você...

Fui ficando apreensivo e mal piscava.

— Mas esse cara... Esse Dante tem uma *aura vermelha* ao redor dele.

— Como assim? — Arregalei tanto os olhos que eles quase saltaram da cavidade. — Você pode ver essas coisas? O que vê na minha? — indaguei afoito.

— Não é assim, seu punheteiro de leite estragado. — Revirou os olhos e deu um beliscão na minha barriga. — Eu não vejo nem nunca vi nada, mas tô vendo essa coisa estranha ao redor dele. Parece uma corrente elétrica, uma fumaça, um campo magnético ao redor do corpo, eu sei lá... Uma espécie de aura. Uma aura diabólica.

Sinceramente, o que mais me chocava naquela declaração não era a tal aura em si, mas, sim, o fato de Jonas a estar vendo. Isso porque, se Dante era um demônio, um ser das trevas, então essa aura fazia certo sentido, assim como brilho vermelho que, vez ou outra, eu via em seus olhos. Não vou dizer que alguma vez já questionei o porquê de eu ter recebido o dom de me comunicar com os mortos, e meu irmão não, mas me dou conta disso agora. Se a coisa toda era hereditária, por que só eu tinha isso? Por acaso, o dom dele estaria florescendo agora?

Pude ouvir minhas engrenagens mentais a todo vapor. Eu podia inventar a desculpa perfeita para isso. Uma mistura entre a mentira que eu e Dante inventamos, e a outra que era o meu plano B, caso minha família o reconhecesse.

— Você quer a verdade? — perguntei.

Ele sacudiu a cabeça fortemente.

— Ishida Dante é, na verdade, *filho de Dante Donadelli*.

Isso explicava o caralho da semelhança e o caralho do mesmo nome, afinal não é nada incomum filhos serem batizados com o nome do pai, como forma de homenagem, territorialismo ou qualquer merda que um ser humano parasita invente para justificar esse egocentrismo e lambeção de saco, que é um filho ter o mesmo nome do pai.

Após meio minuto em silêncio, ele apontou um dedo acusador e exclamou:

— Impossível! Dante Donadelli morreu há trinta e seis anos, então ele precisaria ter engravidado alguém antes disso! Logo, um filho dele teria, no mínimo, 35 anos, e aquele projeto de Polly Pocket lá na sala não é mais velho que eu, negativo, hum-hum... — Sacudiu a cabeça, completamente contrário.

— Mas essa é a verdade! O fantasma do Dante sempre me falava desse filho, que nem tinha nascido quando ele foi assassinado. O Donadelli me pediu várias vezes para que eu entregasse uma mensagem pra ele, mas nunca tive coragem de contatar o cara assim. Só que, quando Dante passou para o outro lado, bem...

Acabei ficando curioso sobre seu filho. Imagine só minha surpresa quando me deparei com aquele Dante ali — apontei para sala — e vi que a aparência dele era idêntica à do pai biológico, além do nome.

Ok, para os meus amigos, Dante tinha 25; para o meu irmão, ele tinha 35, quase 36. Se isso ia voltar e me morder no traseiro em algum momento? Provavelmente. Mas segue o baile. Eu invento outra coisa depois.

— Isso não explica ele parecer ter dez anos a menos do que deveria. E nem essa aura vermelha. E se ele for um vampiro? — Arregalou os olhos.

Eu ri como aquele cara de *As Branquelas*.

— Vampiro? Fala sério... — Revirei os olhos, de modo convincente.

— Você não deveria ser tão cético, Alex. Se fantasmas existem, é bem possível que existam outros seres sobrenaturais e...

Claro, eu sei disso. Sou da religião *cagonista*, estou sempre me cagando de medo de pensar no monte de seres sobrenaturais que provavelmente existem por aí.

— Jonas — o interrompi, apertando seu ombro. — Como uma pessoa que possui o dom de contatar seres sobrenaturais, posso te garantir que não existem vampiros. Nem lobisomens. Só fantasmas. Fica suave.

Eu não tinha certeza de porra nenhuma, mas ele precisava acreditar na merda que eu estava dizendo.

Jonas bufou e cruzou os braços, ainda cabreiro.

— Olha, tenho certeza de que essa coisa da aura deve ser porque ele nasceu sem sorte — inventei mais mentiras. — Quer dizer, a vida do Dante Ishida "Júnior" é rodeada de tragédias. O pai foi assassinado antes de ele nascer, a mãe morreu em um acidente e deixou o garoto sem família alguma quando ainda era muito jovem. Isso me parece muito azar. Talvez essa aura, que você vê, seja coisa exclusiva de pessoas que vieram a este mundo pra se foder.

Caralho, eu definitivamente deveria ser ator. Puxa, sou tão convincente.

— Isso faz sentido. Muito sentido. — Sua expressão suavizou-se. Parecendo bem mais tranquilo e bem menos cagado, meu irmão checou as horas em seu relógio de pulso e suspirou.

— Vou tomar um banho quente e um relaxante muscular pra dormir, porque carregar tanto peso me deixou com a coluna ferrada — ele disse.

— Esse é o preço da idade...

Maduro como era, Jonas simulou um golpe na lateral do meu pescoço, fazendo uma trilha sonora esquisita com a boca, que acabou por respingar saliva no meu rosto, para depois sair da cozinha.

— Você deveria escrever um livro — ouvi a voz de Dante em minha nuca. — Sua criatividade é do caralho... — Ele deu uma sonora mordida em uma maçã, que pegou na fruteira.

— Controla essa tua fome, ainda tenho que pagar minha parte e a sua do mercado, sua traça devoradora — resmunguei. — E também um hidratante pra esse teu cabelo, tá só o bagaço.

— Deixa isso pra depois. Agora, vamos transar, me alimente! — grunhiu com a boca cheia.

— Hoje, não, campeão. Vou tomar banho e dormir agorinha.

— Caroço! — Ele veio me seguindo pelo corredor, batendo os pés. — Então, só um boquetinho?

Ai, Dante, Dante... Aonde fui me meter quando inventei de me apaixonar por você?

11
BONNIE & CLYDE

Estava dirigindo meu carro, às 9h da manhã, em direção ao centro. O vento gelado do dia nublado chicoteava meu rosto, que era a única parte do meu corpo – além das mãos ao volante – descoberto. Estacionei na calçada e olhei para o Donadelli, sentado no banco do carona.

Agora que todo mundo sabia da existência dele, precisávamos manter o disfarce de Dante era uma pessoa normal e não um cara morto que ressuscitou por meio de um ritual de magia bem macabro – que eu, até agora, não consegui entender como fui capaz de realizar. Quer dizer, se qualquer um no mundo fosse capaz de ressuscitar os mortos, acho que mais gente saberia, certo? Isso era uma coisa grande. Então, eu tinha minhas teorias sobre isso ter algo a ver com meus dons como *animus videntium* ou sobre a possibilidade de ser um *necromante*, ainda sem muitos talentos. Ou isso, ou Dante tinha se transformado num demônio poderoso pra caralho. Por isso, eu andava tentando encontrar um tempo para ir até a Espírito Mágico e estudar todos os livros de Kenzo, mas meus horários no trabalho e as aulas na faculdade continuavam me consumindo.

— Tem certeza de que quer fazer isso? A gente pode arrumar outro jeito — eu disse ao demoniozinho ao meu lado.

— Sim — Dante respondeu com um suspiro, que indicava não estar tão seguro daquilo quanto parecia. — Tô preparado. Anthony conhece gente que trabalha com essas tramoias de documentação, ele vai nos dar um contato.

— Podemos encontrar um desses caras na *internet*.

— Não vai ser confiável — retrucou resoluto.

— Mas e se ele gritar? E se seu irmão pensar que você é uma alma penada que voltou por vingança e acabar fazendo os policiais prenderem a gente ou eu sei lá? Quer dizer, você meio que realmente é um negócio das trevas.

— Ele não vai. Conheço Anthony. Provavelmente, vai chorar. E ele me deve uma, de qualquer modo.

— Ah, não sei não, viu? É muito arriscado — insisti.

— Você conseguiu falsificar a carteirinha de advogado do seu pai, com a minha foto?

— Uhum. Tá aqui. — Tirei-a do bolso interno do paletó. — Mas e se nos pegarem? Não sou nem um mestre da falsificação. Se fosse, falsificava uma certidão de nascimento e uma identidade civil pra você, não precisaríamos dessa missão toda.

— É diferente. Preciso de documentos de verdade pra fazer qualquer coisa, pelo resto da minha nova vida. E sei que Anthony conhece corruptos nesses cartórios do governo, pra criar documentos de verdade, livre de suspeitas, pra sempre.

— Mas se nos pegarem agora, a gente tá fodido!

— Baby, relaxa. Eu tenho lábia. Vai ver como consigo nos colocar na sala de visitas da prisão, em menos de cinco minutos. — Finalizou com uma maldita piscadinha.

Vencido, saí do carro junto a ele e seguimos para dentro do instituto prisional na esquina, rezando para não gaguejar nem demonstrar pânico na frente dos guardas.

— Boa tarde, senhores! — Dante cumprimentou em tom falso e cordial os dois policiais sentados atrás do balcão, ao que abotoou seu paletó escuro. Ele não mentia bem normalmente, mas essa coisa de virar demônio o havia mudado profundamente, era perceptível. Havia uma *vibe* muito mais confiante emanando dele, muito diferente da insegurança e melancolia que seu eu fantasma passava.

— Em que posso ajudá-lo? — perguntou o policial que estava mais próximo enquanto o outro digitava no computador, sem nos dar muita atenção.

— Sou um dos advogados do detento Anthony Fernández, e esse é meu estagiário. — Apontou para mim. — Precisamos ver meu cliente, com urgência. Há algo novo sobre o caso dele.

— Tudo bem. Me deem as identificações, doutores — o guarda pediu meio entediado, de forma mecânica.

Senti minhas mãos tremerem enquanto enfiava uma delas na carteira para pegar minha identidade de civil – já que estagiários não tinham obrigatoriedade de ter uma identificação de advogado atuante. Entreguei primeiro a minha e vi Dante entregar a sua, falsificada, em que eu havia colado sua foto em cima da do meu pai e feito uma cópia na impressora 3D ultra sinistra de Thomas. Meu suor começou a brotar nas têmporas e escorrer na linha da minha coluna, porque, sabe o cu? Sabe a mão? Você sabe.

Enquanto o policial se afastava com as duas identificações nas mãos e ia até um dos computadores no canto, arregalei os olhos e senti minhas pernas ficarem moles como gelatina, ao me dar conta de que, para validar a visita de qualquer pessoa a um detento, o policial precisava anotar o número de registro das identidades no sistema eletrônico. E isso faria com que eu e Dante fôssemos pegos no flagra.

— Dante! — sussurrei pelo canto da boca. — Quando ele digitar o número de registro no computador, vai aparecer a foto do meu pai! Vamos ser presos por falsidade ideológica! — Minha voz era baixa e desesperada. Tudo que passava pela minha cabeça era que nós dois iríamos sair nas manchetes como um casal de criminosos, tipo *Bonnie & Clyde*[1] versão *yaoi*[2]. E isso não era nem um pouco romântico para mim, se você quer saber.

Vi Dante ficar mais pálido do que já era e arregalar os pequenos olhos verdes, fazendo-os dobrarem de tamanho, de forma cômica. Mas não era como se desse para rir de alguma coisa naquela hora porque, você já sabe do cu, da mão, etc.

O guarda bufou e virou para o colega sentado em frente à outra máquina.

— Acho que o sistema caiu, não consigo acessar. O seu tá funcionando?

— Não. — O outro sacudiu a cabeça, negando. — Caiu também.

— Como faço pra registrar a visita dos advogados, então?

— Faz manualmente. Anota no livro de registros que tem ali na gaveta. — Ele apontou com o queixo. — Quando o sistema voltar, você passa pra lá.

1 Famoso casal de criminosos dos anos 1930.

2 Gênero de mangás e animes de relações amorosas entre homens.

Então, o policial que nos atendia trouxe um livro pesado até o balcão, anotou os números das nossas identificações e nos mandou assinar. Dei um sorriso amarelo enquanto o agente entregava os crachás de visitantes para nós. Só pude respirar aliviado quando ele abriu a sala de visitas, depois de passarmos por diversos corredores, e então dizer que um carcereiro traria Anthony Fernández até nós.

— Caralho, Dante! Caralho! — falei como um gemido, secando a testa com a mão.

— Fi. Ca. Cal. Mo! — disse entre rosnados. — O pior passou. Já estamos dentro. — Bufou. — Não pensei nessa coisa de sistema, na minha época, não existiam essas tecnologias.

— Também não pensei sobre isso, sou um burro!

Fomos interrompidos pela maçaneta da porta se mexendo. Imediatamente, Dante tensionou o corpo e se virou de costas para a entrada, cruzando os braços, como se tivesse algo muito interessante nas rachaduras da parede.

Na porta, surgiu Anthony, com um monte de cabelos grisalhos mesclados ao castanho-escuro – talvez nem tão natural, assim –, vestido em um macacão cinza e com os pulsos presos por algemas. Ele parecia menos cafona sem aquele cordão de ouro, relógio falsificado e camisa tosca de estampa floral. O cinza não lhe caía bem, mas não era de todo questionável.

O carcereiro fechou a porta e sumiu, deixando-nos a sós. Visivelmente confuso, Anthony sentou-se na cadeira à frente, fitando-me ansioso.

— Vocês são meus advogados novos? Meu defensor público se retirou do caso? — Seu tom era tristonho, alternando o olhar entre mim e Dante, ainda de costas, com o rosto fora de nossas vistas. Mas antes que eu pudesse responder, os olhos de Anthony apertaram. — Ei... Conheço você. É o dono da minha antiga casa. Quem encontrou o corpo do meu irmão. Você é o menino Alex...

Eu ia começar a gaguejar desculpas para tentar fazê-lo ficar quieto, mas, então, Dante fez sua virada triunfal, sentando-se na cadeira ao meu lado, o que fez o velho calar a boca imediatamente.

Vi o rosto de Anthony se perder por um par de segundos no rosto do irmão. Sua face ficou pálida, depois vermelha, roxa, azul e de todas as cores que você puder imaginar, como uma paleta de cores maior que a da bandeira *queer*. Estava claramente apavorado. Ironicamente, era como se visse um fantasma. Se meu irmão o havia reconhecido, era evidente que o irmão dele o reconheceria também.

— Oi, *maninho* — Dante tinha a voz venenosa.

— Você... Você... E-eu... — Já Anthony tinha os olhos arregalados, as lágrimas brotando.

— Acalme-se. Vou explicar tudo. Não sou uma assombração, mas já fui uma. — Dante esticou a palma para interrompê-lo. — Estou vivo de novo, Anthony.

— Eu vi... Eu vi o corpo! Eu o escondi com as próprias mãos! — Ele estava trêmulo e com o olho esquerdo tremelicando num tique, claramente abismado... Ou assombrado, como quiser chamar.

Meus olhos abriram um bocado e meus lábios separaram. Então, ele tinha mesmo escondido o corpo de Dante? Ele o havia matado?

— Está vendo esse garotinho ao meu lado? — Dante pôs a mão em meu ombro enquanto Anthony me encarava apavorado. — Esse cara é um médium. Uma pessoa que tem o dom de ver os mortos. Almas penadas. É o trabalho dele ajudar os espíritos a cruzarem para o Outro Lado. — Pausou por um momento, para que o irmão absorvesse as informações.

Anthony parecia cada vez mais abismado. Seu rosto já não tinha cor, era como papel. Dante prosseguiu:

— Acontece que, quando uma alma desencarna sem ter resolvido todos os seus assuntos, aquilo que popularmente chamamos de pendências, fica presa a este plano. E foi o que aconteceu comigo. Você sabe o porquê.

— Não estou entendendo... — Anthony sussurrou, desacreditado. — Você é um... fantasma? Alguém mais te vê?

— Não, eu já falei. — Dante revirou os olhos. — O que aconteceu foi que em certo momento minha alma foi enviada ao Inferno.

Anthony arregalou os olhos mais do que nunca.

— E o médium aqui — Dante apontou pra mim —, me trouxe de volta. Por meio de um ritual satânico, para ser mais preciso. E, então, meu corpo foi restaurado. Novinho em folha.

— Então... Você está vivo? É uma pessoa de carne e osso? Como um zumbi?

— Sim, mas não como um zumbi. — Ele bufou novamente. — Só uma pessoa viva normal.

— Impossível!

Eu assistia a tudo como se visse uma partida de pingue-pongue. Dante se levantou da cadeira e ajoelhou ao lado do irmão, os rostos na mesma altura. E aí, para minha total surpresa – e a de Anthony também –, o demônio meteu um socão bem dado na mandíbula dele.

— Dante! — Nervoso, olhei para todos os lados, esperando que a qualquer momento o carcereiro fosse surgir e prender a gente por agressão.

— Isso é carne e osso o suficiente pra você? — indagou, cheio de sarcasmo, sob o olhar chocado do irmão.

Dante deu a volta na mesa e sentou-se ao meu lado outra vez, vendo Anthony massagear o local do soco, com os punhos presos às algemas, desengonçadamente.

— Agora que estamos entendidos... — Dante começou a dizer, mas logo foi interrompido.

— Dante, você precisa me tirar daqui! Sabe que não tenho culpa disso, sou inocente! Eu fiz o que tinha que fazer, você sabe! — grunhiu, nitidamente agoniado.

— E como acha que eu poderia fazer isso?

— Ora, é só você depor! Se for quem diz ser, então vai me ajudar!

Ora, ora, temos um manipuladorzinho do caralho por aqui.

— E o que vou dizer, hm? "*Hey, eu sou Dante Donadelli. O verdadeiro Dante Donadelli. Ao vivo e a cores. Esses ossos encontrados atrás da parede do meu antigo quarto eram meus, sim. Mas, veja só, eu ressuscitei! Como Jesus! Sou seu novo Messias! Apenas demorei mais que três dias!*"

A cada palavra sua, eu podia ver uma gota de veneno imaginário escorrendo pelos cantinhos da boca. O sarcasmo era fortíssimo, impregnava o ar. Anthony pareceu se dar conta e daí encolheu os ombros, murchando como um balão.

— Claro, claro... — Encarou as próprias mãos. — Mas... parece tão fantasioso como um filme de suspense ruim. Só que ao mesmo tempo é você. Eu sei que é você. Te reconheceria dentre um milhão de rostos na multidão — disse, encarando o irmão, o rosto pasmo.

— Esse tipo de coisa as pessoas só descobrem no pós-vida ou quando nascem com dons sobrenaturais, como Alex. — Apontou para mim. — Mas é por isso que estamos aqui. Uma vez que minha identidade verdadeira é de uma pessoa morta, preciso de documentos novos. Documentos de verdade. Agora que estou de volta a este mundo, como um vivo, terei de viver como uma pessoa normal. Preciso trabalhar, viajar e todo o tipo de coisas corriqueiras que alguém faz na vida. E sei que você conhece funcionários de cartório corruptos, que podem me proporcionar isso... — Ele deixou no ar, colocando uma caneta e um pedaço de papel em cima da mesa, na frente do irmão, após tirá-los do bolso do paletó.

— Sim. Sim, é claro. — Anthony imediatamente pegou a caneta e encostou a ponta esferográfica no papel, mas travou e fitou Dante nos olhos. — Tenho uma condição: depois que eu te der o contato desse cara, prometa vir me visitar. Por favor... Temos tanto que conversar, mal posso acreditar nisso. Você realmente está aqui! — Seus olhos pareciam angustiados, cheios de culpa e... *amor*. Anthony parecia amá-lo, o que não fazia o menor sentido se tinha sido ele a esconder o corpo atrás da parede... E ele não parecia nada mentiroso ao bradar ser inocente.

Então, se o Fernández não tinha matado Dante, apenas escondido o corpo, eles dois estavam protegendo o assassino. Por que o protegeriam? A menos que o assassino fosse mesmo a madrasta. Essa teoria vivia martelando minha cabeça. Tudo apontava para ela. E, antes que eu pudesse me refrear, me vi cuspindo as palavras:

— Quem o matou, afinal? O que vocês dois tanto tentam esconder? Foi Soraya, sua mãe? Ela matou Dante, e você escondeu o corpo pra que ela não fosse presa? — Despejei todas as dúvidas, como numa enxurrada. Odiava ser deixado no escuro, fazia-me sentir como uma criança, da qual os adultos escondiam a verdade crua, para proteger sua cabecinha inocente da crueldade do mundo.

— Abra essa boca e não vai me ver nunca mais até morrer! — Dante rosnou em aviso para ele, num tom tão firme, que precisei encará-lo duas vezes para ter certeza de que aquela voz havia saído dele mesmo.

— Dante, eu preciso saber! — grunhi estarrecido.

— Você não precisa saber de nada, Alex. Você me trouxe de volta. Por que o modo como morri ou o responsável por isso são importantes? Não vai fazer diferença. E não é da sua conta! Por que é tão difícil respeitar o fato de que não quero contar?

Eu não tinha uma resposta para isso. Antes, quando Dante Donadelli era um fantasma, era óbvia e clara a necessidade que eu, como um *animus videntium* responsável por ele, tinha de saber o modo e o motivo pelo qual ele havia morrido, para que pudesse juntar as peças e descobrir o porquê de sua alma imortal continuar presa aqui. Agora, tendo um Dante muito vivo entre nós, sem necessidade alguma dos meus serviços sobrenaturais mediúnicos, a coisa mudava de figura. Não havia necessidade realmente de saber como ele morreu.

Mas eu *queria* saber.

Quer dizer, eu era seu namorado, caramba! Eu o trouxe de volta da porra dos mortos! Nós provavelmente passaremos o resto da vida juntos. Isso não me dá o direito de saber a verdade sobre algo assim?

— Foi seu irmão quem escondeu seu corpo, e teve um bom motivo, mas não acho que ele tenha te matado. Não pode, ao menos, me dar um voto de confiança e reconhecer tudo que fiz por você, me contando o porquê de permanecer preso aqui por tantos anos?

Dante bufou e sacudiu a cabeça, cansado e irritado. Até que me fitou e finalmente declarou:

— Fiquei por aqui para protegê-lo. Se as pessoas descobrissem minha morte e a causa dela, seria um escândalo, Anthony perderia tudo com isso... — Ele desviou os olhos para o irmão que o encarava cheio de culpa. — Não queria ferrar a vida dele por imprudência minha. *Foi minha culpa ter morrido, e eu ia morrer de qualquer forma*. Não que isso me importe agora. — Deu de ombros.

Anthony soltou um sorriso sem humor e eu me vi um pouco confuso, sem entender o que exatamente Dante queria dizer com *morrer de qualquer forma*.

— A culpa jamais seria sua — Anthony disse a ele. — Eu fazia o que fazia porque era um idiota amargurado.

— E o que você fazia? — perguntei tão desesperado por uma resposta que meu coração martelava no peito.

Anthony olhou para Dante e depois para mim.

— Eu vendia drogas. Heroína, majoritariamente. — Ele se voltou para Dante, de olhos marejados. — Dante, me perdoa. Não tive escolha, você sabe!

— O que isso tinha a ver com as drogas? A morte do Dante teve algo a ver com sua mãe as drogas? Ela drogou ele e por isso ele morreu?

— Chega! — Dante lançou um olhar ameaçador a Anthony, para que permanecesse calado, e outro para mim, para que parasse de insistir.

— Você mesmo acabou de dizer que estava protegendo seu irmão, Dante! Como diabos você poderia protegê-lo de ser preso? Isso não era uma coisa ao alcance do seu controle.

— Porque se encontrassem a porra do corpo, ele seria preso e acusado de ter me matado, exatamente como agora, quando, na verdade, minha morte foi única e exclusivamente culpa minha! — Ele bateu, irado, com o punho fechado na mesa.

Então, era isso. E, bem, preciso dizer que estraguei tudo? Simplesmente, tirei os restos mortais de Dante do local onde foram escondidos. Se eu não tivesse feito isso, Anthony ainda estaria livre e os trinta e seis anos que a alma de Dante Donadelli permaneceu vagando na Terra não teriam sido em vão. Porque agora, o cara não foi preso por tráfico, mas foi preso por assassinato e ocultação de cadáver. Esse foi o real motivo pelo qual Dante tinha me proibido de contar a qualquer pessoa sobre o corpo atrás da parede. Se Dante ainda fosse um fantasma na Terra quando quebrei a parede atrás do armário, sua alma teria partido de qualquer forma, eu supunha. E talvez fosse pior, já que ele partiria para sempre. Ao menos, com toda a coisa de ter corrompido sua alma, ele foi enviado ao Inferno e, por isso, pôde voltar para mim. É como dizem, há males que vêm para o bem. Eu acho.

Se Dante não julgava o irmão por ter escondido seu corpo, eu também não o poderia fazer. O próprio Dante estava se encarregando de impedir que o esqueleto fosse encontrado. E eu, como sempre, tinha fodido as coisas.

Parabéns, Alex Kister. Você é brilhante.

Se a gente não tivesse transado naquele fatídico três de outubro do ano passado, Dante não teria se tornado um demônio, eu não teria quebrado a parede e descoberto o esqueleto e, consequentemente, Anthony não ficaria preso pelo resto da vida.

— Eu estraguei tudo. Absolutamente tudo... — Anthony revelou, encarando as próprias mãos enquanto deixava lágrimas silenciosas descerem por seu rosto. A angústia estampada nele era visível.

— Não foi sua culpa... — Dante tinha a expressão de desconforto, como se não soubesse muito bem como fazer aquela coisa de confortar alguém. Ele andava muito frio com relação a sentimentos, desengonçado, desde que havia voltado do Inferno. Bem diferente do fantasma carinhoso, que foi o primeiro a dizer *eu te amo* na nossa relação. — Se eu não tivesse sido idiota o suficiente, não teria morrido. Não daquele jeito. E, então, você nunca teria precisado esconder o corpo.

— Então, o motivo misterioso pelo qual você morreu foi o que obrigou Anthony a ter que esconder o corpo — concluí o óbvio.

Dante bufou e virou o rosto para o teto, parecendo buscar por paciência dentro de si, porque eu era tão insistente que estava tirando toda a que lhe restava.

Porra, que caralho de morte foi essa? Beleza, entendo o modo como Dante morreu e também o motivo pelo qual Anthony escondeu o corpo. Mas de que ele morreu? Qual foi a causa da morte? O fantasma ficou vagando neste plano, por trinta e seis anos, só para que o irmão não fosse preso pela ocultação do cadáver. E o motivo que levou Anthony a esconder o corpo foram as drogas que ele provavelmente armazenava dentro de casa e que seriam descobertas. E, bom, eu só conheço quatro modos de morrer:

1 - Assassinato, quando alguém te mata.

2 - Suicídio, quando você se mata.

3 - Morte natural, quando seu corpo falha em algo vital, espontaneamente.

4 - Acidente ou tragédia, uma coisa inesperada, tipo uma batida de carro ou um afogamento, que te leva à morte.

Mas Dante já disse que ninguém o matou, ele alega não ter sido assassinado. E nem ter se suicidado. Uma morte natural não seria investigada. A autópsia determinaria a *causa mortis* natural, logo não existiriam suspeitos. A polícia não investigaria Anthony, nem a casa deles. Mas talvez um acidente dentro de casa tenha causado a morte do Donadelli. E se a causa do acidente fosse por causa de Anthony ou sua mãe? Bem, isso justificaria ele acreditar que precisava esconder o corpo. E também explicaria bem a coisa de Dante dizer que ninguém o matou. Podia ter sido um homicídio culposo, em que não há intenção de matar, e não um homicídio doloso, em que o assassinato é cometido conscientemente.

Esse era um quebra-cabeça complicado demais.

— Não, meu irmão. — Senhor Fernández sacudiu a cabeça. — Foi tudo minha culpa. Você morreu por minha causa.

Bingo! Tudo apontava para tal acidente.

— Talvez — disse Dante, meio indiferente. — Mas eu poderia ter morrido em qualquer outro momento. Só que agora não importa.

Bingo, outra vez!

— Você vai me ajudar ou não? — voltou a dizer. — Eu penso que seja sua obrigação me ajudar agora, nesta nova vida, caso se sinta tão culpado assim... — Dante usou um tom claramente manipulador.

Anthony não pareceu se importar com isso. Depois, ele passou meio minuto rabiscando as informações sobre o contato que poderia arrumar os documentos que precisávamos para que Dante se passasse por um cidadão de 25 anos em Astaroth.

Nós nos levantamos da cadeira, prontos para ir embora. Eu ainda estava zonzo com aquela informação e a negativa inabalável de Dante em me contar o motivo de sua morte. Ela continuaria incerta por mais tempo, pelo visto.

— Pensei que nunca mais iria vê-lo, Dante — Anthony disse de pé, com lágrimas nos olhos. Eu me afastei para dar-lhes um momento a sós. — Isso é tão surreal que só posso estar louco. Você pode me dar um... abraço?

Nesse momento, acabei espiando por cima do ombro, na mais pura curiosidade, e vi Anthony rodear os braços nas costas do irmão e apoiar o queixo em seu ombro. Dante parecia meio sem jeito com aquele contato carinhoso, não sabia muito bem o que fazer com as mãos, então ficou numa confusão entre alisar as costas dele e dar nela alguns tapinhas, meio perdido.

É, seria pedir demais que um demônio soubesse confortar um humano aos prantos, realmente.

— Eu te amo, Dante. Me perdoe — Fernández repetiu choroso, dando uma soluçada que denunciava o início de um choro mais intenso.

Dante pareceu mais sem jeito ainda. Parou com a mão no meio do caminho, por alguns segundos, antes de decidir voltar a distribuir tapinhas nas costas de Anthony, daquele mesmo jeito desengonçado. Agora, eu podia ver que Donadelli havia criado uma séria oposição em dizer as três palavrinhas mágicas de carinho, e não era só para mim. Quer dizer, se Anthony não o matou e escondeu seu corpo por motivos que Dante concordou, a ponto de ficar preso por quase quarenta anos neste plano só para que pudesse impedir que o irmão fosse culpado por isso, significava que Dante o amava pra caralho. E se amava tanto o irmão assim, por que não dizia que o amava de volta? E se ele me amava tanto assim, a ponto de corromper a própria alma e ser condenado ao Inferno por minha causa, por que não correspondia às minhas declarações de amor também? Tinha algo de muito errado com esse novo Dante, além dos olhos que assustadoramente brilhavam vermelhos com alguma frequência.

— No f-fim das contas, você estava c-certo — Anthony soluçou. — Vou passar o resto da minha vida na cadeia — terminou com a voz abafada.

Desviei os olhos e franzi o cenho. Essa era mais uma peça do quebra-cabeça, eu podia sentir. Dante não disse isso em momento algum em que estivemos aqui. Pelo contrário, ele pareceu tentar dizer que não considerava Anthony culpado por nada. E eles, obviamente, não se viam desde antes de Dante morrer. Então, isso só podia significar que Dante havia lhe dito isso em alguma ocasião antes de sua morte. Mas por qual motivo? Por que um irmão diz ao outro que ele vai passar a vida na cadeia? Bem, a julgar pelo fato de Anthony conhecer pessoas que fabricam documentos falsos, além de traficar drogas no passado, isso parece se encaixar. Dante, muito certamente, vivia dizendo ao irmão que ele deveria parar de traficar. Era isso! Mas também era muito irônico, a julgar pelo fato de que, bem... Dante usava drogas... Tanto quando era humano, como agora que é um demônio.

Sinto que estou muito perto de descobrir a verdade. Queira Dante ou não.

12.
O NAMORADO-CADÁVER

Depois que Dante se encontrou com o contato corrupto de Anthony, as coisas começaram a caminhar do jeito certo. Quer dizer, com documentos para confirmar sua identidade de cara de 36 anos, com carinha de 25, Ishida Dante era um jovem como outro qualquer. Paguei pelo pacote de documentos completo, desde a habilitação de trabalho até o passaporte. Dante era verdadeiramente uma pessoa viva – e normal – para todo mundo agora.

Eu estava saindo do *set* de filmagens da emissora, após um longo dia de trabalho. Encostei-me à lataria do carro e cruzei um tornozelo no outro, as mãos dentro do bolso do casaco canguru enquanto esperava por Dante. Ele também trabalhava na emissora agora, mas sem formação acadêmica além do ensino médio completo, acabou virando atendente do *fast-food* de frango frito que tinha dentro do gigantesco prédio da rede de TV.

Fiquei mexendo no celular por cerca de dez minutos, até distinguir sua silhueta, vindo em minha direção, com um cigarro entre os dedos, de cara amarrada. Assim que chegou, bufou e jogou a mochila no capô, encostando-se à lataria, ao meu lado.

— Você tá um trapo — falei em tom preocupado, mas eu também estava destruído, talvez até pior. Meus olhos tinham olheiras tão fundas que nem toda a maquiagem do mundo dava jeito.

— Meus pés doem, tô com enxaqueca e meu cabelo fede a hambúrguer. — Ele fez cara de nojo. Não que ele não goste de hambúrguer, mas ficar com cheiro de carne de defunto frita no óleo não deve ser agradável mesmo.

— E agora fede a cigarro também. Não posso nem te dar um beijo — resmunguei repreensivo. Beleza aí pra vocês que gostam de inalar veneno mata-rato, mas eu tô de boa, obrigado.

— Alguns vícios não são passíveis de controle — retrucou com uma expressão séria. — E tô estressado. Esse trabalho é muito cansativo e paga uma mixaria.

— Você ainda pode comprar um diploma de ensino superior, até um de mestrado...

— É, Alex, só que eu *não sei fazer nada*! Tipo nada mesmo! — Com um grunhido, ele tirou da cabeça o boné amarelo que tinha uma galinha de pelúcia no topo, parte do uniforme.

— Você morreu com 25 anos... Com certeza, sabia fazer alguma coisa, não devia ser um completo inútil... No que você trabalhava?

Dante bufou, sacudiu a cabeça e riu sem humor.

— Eu era um mauricinho, lembra? Não precisava fazer nada. Nunca tive um emprego.

Pisquei um pouco atordoado. A gente nunca tinha conversado sobre isso. E ele não era exatamente falastrão, quando o assunto era sua vida antes da coisa de morrer e tudo o mais.

— Pô, mas 25 anos, cara! É impossível que você não tenha algum curso ou algo assim... Você até fala japonês!

— Sim, eu falo japonês, mas não sei as normas gramaticais nem nada. Já disse que foi minha mãe quem me ensinou. Meu pai odiava tudo sobre o Japão, fez até minha mãe adotar um nome cristão, porque tinha vergonha de não conseguir pronunciar o nome dela direito na frente dos sócios! Ela tinha que me ensinar às escondidas! Quando pedi para fazer um curso de idiomas para aprender melhor, ele me proibiu.

Eu mordi a bochecha, sentindo ódio de alguém que nunca sequer conheci.

— É, eu vi na lápide dela... Sakamoto Sakura.

O olhar dele pareceu se perder e um projeto de sorriso delineou o cantinho de seus lábios, de um jeito quase imperceptível.

— Sakura... — ele sussurrou. — Significa flor de cerejeira. No Japão, a cerejeira é símbolo de alegria e esperança. Combinava muito mais com ela do que Maria... — Dante suspirou de um jeito tristonho, antes de sacudir a cabeça e se empertigar. — De qualquer modo, eu não tinha muita escolha a não ser fazer o que meu pai mandava.

— Gente rica geralmente obriga os filhos a fazerem um bocado de cursos. Eu mesmo fiz um montão quando era mais novo. Aposto que você deve ter feito vários também, algum deles vai servir pra alguma coisa.

— Fiz, sim, é óbvio. — Ele me encarou como se eu fosse idiota. — Mas nada que dê para se aproveitar hoje em dia, como, por exemplo, meu curso de *datilografia*.

— Date... quê?

Com um risinho de lado e um leve revirar de olhos debochado, ele esclareceu em tom jocoso:

— Digitação, baby.

— Ah, isso pode ser usado hoje em dia! Ainda se contratam pessoas pra digitação e...

— Digitação em máquina de escrever.

Pisquei atordoado outra vez. Puxa, esse cara é mais velho do que eu me lembro, às vezes.

— Bom... Escrever à máquina é quase a mesma coisa.

— Não é nada. As teclas são duras pra caralho, tem que fazer força pra digitar, já as de computador são frágeis.

— Ah, já entendi porque o *A* e o *O* do meu *notebook* estão quebrados. — Apertei os olhos, porque agora estava bem óbvio quem as tinha quebrado, com sua forcinha exagerada.

Ele não respondeu, apenas deu de ombros e me lançou um olhar de "Esse *não é um problema meu, se vira*".

— Vamos pensar em alguma coisa. Tipo, sei lá, administração? — continuei. — Não deve ser difícil. Você deve ter aprendido alguma coisa com o seu pai, né?

— Pode acreditar que não. Se eu não tivesse morrido, teria assumido a empresa e a deixado falir, como o Anthony deixou. — Ele estalou a língua nos dentes e encarou o céu noturno. — Meu pai brigou tantas vezes pra que eu voltasse pra faculdade... Mas eu não queria saber de nada além de festas, drogas, bebidas, curtição e sexo. Agora, tenho que fritar hambúrgueres oito horas do meu dia... — Seu tom de desprezo era imenso.

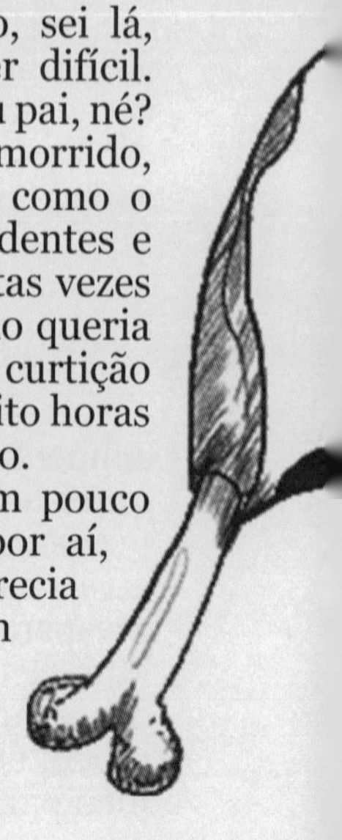

Deslizei a língua dentro da bochecha, um pouco incomodado em pensar nele muito doidão por aí, pegando um monte de gente, mas ele parecia arrependido. E desde que se tornou um demônio, Dante nunca mostrava esses tipos de sentimentos, como culpa e remorso. Todavia, a despeito do seu aparente arrependimento genuíno, o tom e a expressão que ele usava para falar do seu emprego me deixaram incomodado também.

— Olha, fritar hambúrgueres não é vergonha nenhuma, Dante — repreendi de modo brando. — É um emprego muito decente e...

— Foda-se a decência. Não é divertido passar oito horas em pé, montando hambúrguer pra gente faminta, atender aos pedidos, contabilizar o caixa e ainda lidar com gente estressadinha porque a porra da comida dela tá demorando.

Ficando irritado em tempo recorde, até mesmo mais rápido que seu eu fantasma, ele jogou a guimba do cigarro no chão e a pisoteou com o tênis amarelo do uniforme e, logo depois, acendeu outro, parecendo querer parti-lo entre os dedos, ao que tragava a primeira fumaça.

— Tem um cliente lá que é particularmente irritante — continuou, prendendo o ar tóxico em seus pulmões novinhos em folha. — Todo santo dia, ele manda o pedido de volta pra cozinha, dizendo que tem algo errado. Manda retirar os picles, pede sem mostarda, sem maionese, só falta pedir sem a porra do pão também! Se ele recebe refrigerante comum, manda trocar pelo *light*; se pede suco de uva, depois manda trocar pelo de laranja... Ah, porra, ele só faz pra irritar, aquele fodido! E ainda diz que sou incompetente igual ao estagiário dele, que eu não faço a mínima ideia de quem seja, mas já sinto até pena do pobre coitado! — disse tudo tão rápido e agitado que precisou retomar o fôlego ao final, soltando a fumaça branca de uma vez só.

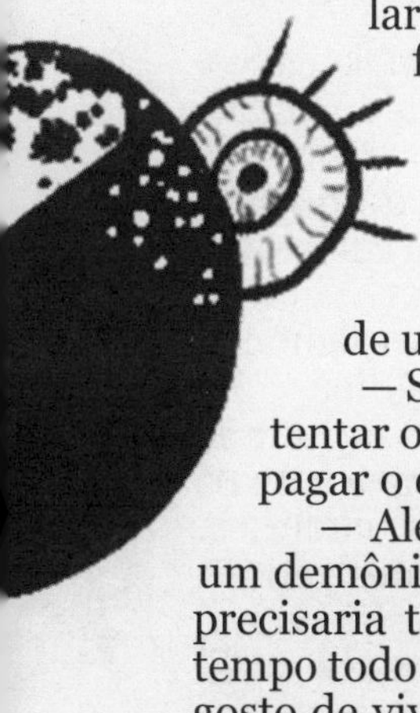

— Sabe, nunca é tarde pra recomeçar. Você pode tentar o vestibular agora, e aí um financiamento pra pagar o curso e...

— Alex, fala sério! — rebateu exasperado. — Sou um demônio! Morri por trinta e seis anos e voltei. Nem precisaria trabalhar se não fosse por você reclamar o tempo todo que eu acabo com a comida — rosnou. — Eu gosto de viver com conforto e, até onde sei, você não é nenhum *sugar daddy*. E, também porque, se vou ficar aqui pelos próximos anos, preciso manter as aparências.

— Tá legal, não fica irritadinho — devolvi com um grunhido fino, jogando as mãos para o alto, em gesto de rendição enquanto dava a volta no carro, para entrar e me sentar no banco do motorista. Estava exausto demais para encarar uma discussão agora.

— *Oooh, o franguinho é amigo do outro franguinho!* — uma voz declarou em tom zombeteiro, vindo da direção traseira do meu carro. — *Eu deveria ter desconfiado!*

Lentamente me virei para ver quem era, mas não era como se precisasse, porque já havia reconhecido a voz daquele insuportável: Abraham, meu chefe cuzão e homofóbico que, por acaso, também é um *animus videntium*. Fiquei parado na porta do motorista, segurando a maçaneta com força para tentar descontar meu ranço, ao passo que respirava fundo para não mandá-lo ir à puta que o havia parido.

— Abraham... — cumprimentei azedo.

— Eu deveria imaginar que as galinhas da granja se conheciam. Os dois são franguinhos imprestáveis. — Não satisfeito, o crápula adicionou: — Chegue mais cedo amanhã e busque meu almoço no trabalho do seu amigo aí — disse para mim e apontou para Dante, que o fitava com um olhar mortal. Então se direcionando a Dante, alertou: — E não se esqueça de que, se errar meu pedido, Alex terá que ficar indo e voltando do estúdio pro *fast-food*, até você acertar, *Chicken Little*[1].

É, definitivamente Abraham era o cliente problemático, e eu o estagiário incompetente de quem Dante estava falando, facilmente me dei conta.

Vi o rosto do Donadelli ficar vermelho de raiva, e sua boca se abrir para proferir o que eu tinha certeza de que seriam xingamentos do mais baixo calão.

Oh-oh, Abraham não deveria mexer com um demônio.

Contudo, Dante se interrompeu de amaldiçoar até a quinta geração de Abraham quando me viu sacudir as mãos discretamente, ao passo que eu implorava com os olhos para que ele ficasse quieto, porque meu cu ficaria na reta e não era segredo. Então, ele bufou e destrancou a porta do carro, entrando pela parte traseira, como fazia sempre. Isso porque ele trocava de roupa bem ali, e depois pulava para o banco da frente.

— Sim, senhor. Pode deixar — respondi sem emoção, entrando no carro também, e saí dali o mais rápido

1 Personagem de animação de mesmo nome, criada por Mark Dindal e Mark Kennedy (2005).

possível, antes que aquele verme resolvesse perturbar mais nossa curta paciência.

O apartamento no qual morávamos era na cobertura e ficava no terceiro bloco de prédios de um gigantesco conjunto residencial de classe alta. Até mesmo alguns famosos moravam por ali, e a gente já tinha esbarrado com um ou outro. Então, você deve imaginar que seria estranho um garoto com uniforme de atendente de *fast-food* morando lá. Os condôminos e até o próprio porteiro pensavam que ele era um entregador e, muitas vezes, barravam a entrada de Dante, até que alguém lá em casa atendesse ao interfone e o deixasse passar. Era muito escroto, mas todo mundo assumia que um cara que trabalhava em *fast-food* certamente não teria poder aquisitivo para morar num condomínio de luxo. E era uma suposição realista, infelizmente.

Devido a isso, sabia o quanto estava sendo difícil para Dante. Ele foi filhinho de papai a vida toda. Tinha o que queria, na hora que queria. Aos 25 anos, já tinha três carros na garagem. E, então, ele morreu. Passou trinta e seis anos vagando pela Terra, como um errante. Sendo um fantasma, ele não precisava trabalhar para se sustentar nem nada assim, mas agora, como um ser vivo de carne e osso, ele precisava se preocupar com coisas mundanas, como o montão de boletos que chegavam lá em casa toda semana. É claro, Thomas pagava a maior parte das contas, e como ele era rico, bem, eu não me opunha tanto assim. Mas não era como se me aproveitasse dele, de qualquer forma, eu ainda pagava coisa à beça! Especialmente a comida do meu íncubo de estimação.

Dante pulou para o banco da frente, vestindo uma camisa de listras e um macacão jeans. Os cabelos, agora loirinhos, estavam com o franjão tampando o rosto, e o biquinho formado em seus lábios perfeitamente beijáveis deixava-o com uma carinha de criança tão fofa que era difícil pensar que ele era, na verdade, um demônio que se alimentava de sexo para viver. Bem, não só de sexo. De muita comida. De toda ela.

O encarei de lado, vendo-o tirar uma caixinha de batatas fritas e hambúrguer de frango, de dentro da mochila, para devorá-los, faminto. Sequer me atrevi a pedir um pedaço, já que ele vivia com fome por causa da coisa de ser um íncubo e tudo mais. Ele precisava comer e transar para repor energias. Embora em sua forma humana, ele não necessariamente sugasse minha energia vital a cada foda, até a morte, não era como se a gente pudesse transar todo santo dia também. Isso porque eu ficava extremamente cansado durante a semana e saía de casa mais cedo que ele, para ir à faculdade. Naquele semestre, as coisas estavam puxadas, então Dante precisava compensar a falta de sexo com comida, é claro.

— Esse é seu chefe paranormal, então? — perguntou de boca cheia, recebendo uma confirmação bufada.

Depois do sanduíche, ele ligou o rádio do carro com músicas de *sleaze rock* e, Deus sabe como, dormiu com a cabeça encostada no vidro da janela, mesmo com aquela barulheira e gritinhos agudos do Dave Lepard, da banda Crashdïet, estourando na caixa de som. Tive que o cutucar quando estacionei na garagem do prédio, para acordá-lo.

Eu caminhava derrotado, e Dante parecia um zumbi, se arrastando com os olhos semiabertos, até entrar no elevador. Dois andares antes do nosso, as portas duplas se abriram, revelando uma mulher na casa dos trinta e poucos anos, magérrima, bem maquiada, vestida num tubinho preto minúsculo e apertado, pisando em saltos altos, elegantíssima. As unhas e o batom vermelho contrastavam bem com a roupa, o cabelo escuro e a pele clara. Os olhos pareciam pequenos por causa do delineado preto escandaloso.

Assim que ela entrou, grudou os olhos em Dante. E, estranhamente, ele ficou olhando para ela. Eu poderia até ficar enciumado, mas tinha alguma coisa estranha naquele olhar que eles trocavam. Não era um olhar de flerte. Quando o elevador chegou à cobertura, virei para dar uma última olhada na mulher, e vi que ela continuava a olhar diretamente para o Donadelli, que já estava fora do elevador, sustentando um risinho ladino. E, quando as portas estavam prestes a se fechar, algo que eu realmente não previ aconteceu: os olhos dela brilharam vermelhos.

Abri a boca em total pânico e me voltei para o íncubo:

— Que porra foi essa?

Ele deu uma risadinha sarcástica.

— O que você acha? — E saiu andando na frente.

— Ela é um demônio? — Estava chocado.

— Sim. Um súcubo.

— Ah... A versão feminina de um íncubo, né? Então, vocês estavam... se reconhecendo?

Não podia negar que uma boa parte do *cagonista* dentro de mim estava um bocado assustado.

Ele se virou para mim, com um sorriso mais debochado que nunca.

— Sim. E aquele corpo não é dela. Ela roubou de alguém. O súcubo naquele corpo é bem grotesco, na verdade.

Eu o segui em direção ao nosso quarto, pensando no que havia falado. Se aquele corpo não era dela, então provavelmente era algum tipo de possessão, certo? Não era como Dante, que tinha seu corpo original restaurado.

Joguei a mochila em cima da cama e tirei a roupa, doido para ir tomar banho. E aí senti as mãos do ex-fantasma em minha cintura e a ponta do nariz deslizando em minha nuca.

— Tô morrendo de fome... — sussurrou de um jeito insinuativo.

— Tem comida na geladeira — respondi cansado e fui até o armário pegar roupas limpas.

— Você sabe que tô com fome de outra coisa... — Ele voltou a se esfregar em mim.

— Mas eu tô cansado. Tipo muito cansado mesmo.

— Alex, qual é? — rebateu irritado. — Nós não transamos há uma semana e meia! Eu tô com olheiras, meus fios de cabelo estão caindo e espinhas estão brotando no meu rosto! EU PRECISO DE VOCÊ! Estou ficando sem energia!

— Por que você não pode esperar o final de semana? Sabe que mal ando dormindo, tendo que fazer a monografia no meu tempo livre.

— Se eu não tiver energia, vou morrer!

— Já falei que hoje não! — Estava começando a ficar irritado com aquele surtinho dele, então entrei no banheiro, batendo a porta.

Antes, era eu quem insistia para gente transar. Agora, era ele quem parecia exigir aquilo de mim. E, sim, eu entendia que ele precisava. Ele estava destruído e cansado, mas uma boa foda o recuperaria rapidinho. Já eu, ficaria três vezes mais destruído do que já estava. Não só porque ele sugaria algo de mim, mas porque sexo por si só já é cansativo demais. Precisava ter pique. E, amanhã, eu tinha aula cedo pra caralho.

Acabei preso em meus pensamentos, dentro da água quente, por uma hora inteira, deitado na banheira. Tinha me esquecido do mundo. Quando saí do banheiro, Dante não estava no quarto, então fui procurá-lo, mas não o encontrei em lugar algum, o que começou a me deixar preocupado. Liguei para o celular dele um bocado de vezes, mas Dante não atendeu. Também não o ouvi tocar em lugar nenhum, o que significava que o demônio não estava em casa, de verdade.

Joguei-me no sofá e liguei a TV, roendo as unhas. Não ia começar a ficar todo surtado como aqueles maridos obsessivos, certo? Ele deve ter ido comprar alguma comida na rua, supus. Então, tomei um pouco de café e esperei, até que caí no sono. Quando acordei já eram 2h da madrugada, e nada do Donadelli. Voltei a ligar e aí o telefone dele estava fora de área. Enviei mensagens raivosas, exigindo que ele, ao menos, desse uma resposta.

Eu não tinha um sentimento bom sobre aquilo. Da última vez que Dante sumiu assim, sua alma foi enviada ao Inferno. E eu estava com aquela mesma sensação ruim na boca do estômago outra vez.

Não consegui voltar a dormir a noite toda. Quando o despertador tocou no meu horário habitual de acordar, eu já estava de pé, trocando de roupa com a maior cara de mula morta. Seria um dia fodido.

Um pouco depois das 6h, saí de casa me arrastando, com zero forças. Peguei o elevador vazio na cobertura, mas dois andares para baixo entraram um senhor de meia-idade e duas garotinhas de 4 ou 5 anos.

— Papai, deixe a gente brincar um pouquinho... — uma delas pediu, sacudindo a barra do terno do sujeito.

Ele deu um suspiro e as encarou num misto de tédio e cansaço.

— Só até sua madrasta descer, tá? Vou esperar na garagem... — respondeu, saindo do elevador.

Elas bateram palmas, comemorando.

Desci do elevador também e fui buscar meu carro. O cara caminhou até o dele e ficou lá dentro, mexendo no celular. Já eu saí dali com certa pressa.

Uma coisa engraçada é que, na saída da garagem daquele prédio, havia justamente um dos seis parquinhos do condomínio. Observei curiosamente o escorrega, os balanços, a piscina de bolinhas, as gangorras e uma casinha. Foi aí que notei as duas garotinhas do elevador paradas ali, observando alguma coisa dentro da tal casinha de madeira. Havia um par de pés aparecendo pela portinha, como se alguém estivesse deitado lá dentro, mas a casa fosse pequena demais para acomodar o corpo todo. Intrigado, desci do carro, disposto a bisbilhotar, então ouvi as garotinhas cochichando:

— Mas e se ele morreu, Sun? — uma delas, que usava franjinha cobrindo a testa, perguntou à outra.

— Não, não. Ele tá vivinho demais. Olha ali a aura dele, vermelho com roxo. Gente morta fica apagada. Não se lembra do vovô?

Quando elas sentiram minha presença, as duas deram um pulinho e então se encararam, assustadas.

— Ei, tá tudo bem. Calma, não vou machucar vocês — disse a elas.

— A gente não matou ele! — disse a de franja, com um gritinho.

— Fica quieta, JangMi — a outra retrucou. — Tio, tem um moço desmaiado aí dentro.

— Vou cuidar disso e ajudá-lo, ok? — Eu me aproximei da casinha e do sujeito deitado lá dentro. E bem, é claro que eu sabia quem era: Dante Donadelli, O Maldito. — Acorda, seu bosta. — Cutuquei-o com o pé.

Como ele permanecia imóvel, acabei arrastando-o para fora pelos tornozelos. Só aí Dante pareceu despertar, confuso. Imediatamente, levou uma das mãos à cabeça, arrumou os fios de cabelo descoloridos desgrenhados e fez uma careta ao sentar-se.

— Fiquei a madrugada toda acordado por sua causa, idiota! — reclamei, bem puto. — E você aqui, dormindo no meio da rua, como se não tivesse casa.

Ele deu um sorrisinho sarcástico, seguido de mais uma careta de dor.

— Mas eu dormi dentro de uma casa, baby. — Sua voz era rouca.

Dei um grunhido involuntário. Não estava aqui para ouvir deboche a essa hora da manhã, colega.

— Você acha legal traumatizar duas crianças, hein? Elas pensaram que você era um cadáver!

Só aí ele se deu conta das duas garotinhas paradas um pouco atrás de mim, assistindo a tudo com genuíno interesse e curiosidade.

— Ei... Eu conheço vocês — falou para elas.

— Sabia que era tu! — a de franjinha disse. — É o tio do hospital, Sun. — Apontou um dedinho para ele. — Aquele que deu confetes de chocolate e amendoim pra gente.

Hein? Desde quando esse demônio dos infernos anda por aí distribuindo chocolates para crianças?

— Aaah, o que tinha cabelo preto?

— Tio, você mudou o cabelo? — a de franja perguntou ao Donadelli.

— Sim, aquele visual já estava muito ultrapassado, dizem por aí... — Ele tentou dar um sorriso malandro, mas logo fez uma nova careta de dor.

Estendi a mão para ajudá-lo a levantar. Dante cambaleou totalmente fraco. Dei uma espiada dentro da casinha e vi um bocado de latinhas de cerveja amassadas lá dentro, espalhadas.

— Passou a madrugada bebendo aqui? — Meu tom foi repreensivo.

— Não, não. Fiquei tomando chazinho...

— A aura dele tá apagando, Sun — a de franja tentou dizer num cochicho que não deu muito certo.

— Shiu! Linguaruda! — a outra repreendeu.

— Lambisgoia!

— JangMi! SunHee! — Uma voz feminina soou por perto. — Onde estão essas pestes? — A mulher que resmungou apareceu por trás dos arbustos.

As garotinhas arregalaram os olhos e correram em direção à dita cuja. E aí pude notar que a sujeita, chamando-as, era a mesma do elevador. O súcubo. Diferente de ontem à noite, ela estava sem maquiagem, usando um vestido comportado, como se fosse uma puritana ou algo assim. Fiquei estático, encarando-a enquanto as menininhas corriam em sua direção.

— Por que vocês só dão trabalho? Que inferno! — Ela, então, olhou na nossa direção, e pareceu reconhecer Dante, então deu um sorriso, mas não era um sorriso bacana ou amistoso. Era um sorriso maldoso, debochado, exatamente como os que Dante dava sempre, depois que se transformou na porra de um demônio.

Mudando a expressão para uma irritada novamente, a súcubo pegou as garotinhas pelas mãos e as levou de volta para garagem, saindo do nosso campo de visão.

Balancei a cabeça e voltei para meu demônio, que só conseguia ficar de pé, por estar apoiado em mim.

— Consegue andar? — perguntei a ele.

— Claro. Não preciso de mais nada de você — rosnou, tentando caminhar na frente, mas não deu dois passos e já estava se escorando aos brinquedos.

Rolei os olhos, impaciente.

"Óbvio que você precisa de mim, seu orgulhoso do caralho", eu quis dizer, então fui até ele e o peguei no colo, estilo noiva.

— Ei! Me põe no chão. — Ficou irritadinho, encarando-me de um jeito indignado, e era muito engraçado junto aos cabelos loiros bagunçados.

— Quando quiser beber até apagar, pelo menos, beba em casa! — falei entredentes enquanto o carregava para o elevador. — Olha só como você está! Porra, morri de preocupação, seu otário!

— Não tô assim por causa da bebida! É por causa de você! Tô desfalecendo, seu pivete! Eu como o tempo todo porque é a única forma de tentar saciar meu corpo quando não tenho sexo. A culpa é sua!

Resolvi apenas o levar para casa em silêncio, porque eu já me via saturado com aquele assunto.

Quando entramos no apartamento, levei-o direto ao banheiro da nossa suíte e me sentei na quina da banheira. É claro que eu me sentia culpado. Ele estava todo moribundo por minha causa.

— Então... Estava falando sério ontem à noite?

— É lógico.

— Mas eu não entendo, Dante. Você disse que se te trouxesse de volta, você não ia mais sugar minha energia quando a gente transasse.

— Não é exatamente assim. Não faria o menor sentido, e você sabe. Eu quis dizer que o que eu sugaria de sua energia era coisa pouca, irrelevante. Nada suficiente pra te levar à morte, nem mesmo em cinquenta anos. Você é jovem e forte, além de poderoso. Extremamente poderoso. Sua classe de *videntium* é uma das mais fortes, sabe disso. É diferente de um humano comum que, ao passar alguns anos tendo sexo com um íncubo, pode não só vir a falecer como, em algumas ocasiões, perder a alma pro próprio Tinhoso. Mas, sem isso, meu corpo desfalece. Se a gente transasse no plano dos sonhos, aí sim eu sugaria uma quantidade absurda de energia sua a cada transa, até sua morte, porque seria equivalente a sugar parte da sua alma.

Tudo bem, eu pensei. Podia aceitar isso. Afinal, suspeitei desde o princípio.

— E por que mentiu, então? Sabe que faço qualquer coisa por você, seu idiota do inferno!

— Eu não queria arriscar. Você é medroso! — Dante revirou os olhos.

— Mas e aí? Aqui, neste plano, o que acontece exatamente? Seja sincero! — Displicentemente ignorei a ofensa, porque era bem verdadeira.

— Já disse. Transando, aqui neste plano, comigo dentro do meu corpo original de carne e osso, sugo energia do seu corpo, não da alma. A energia que você me doa é que faz meu corpo morto continuar de pé. E, por ser um *animus videntium*, seu corpo é mais resistente. Muito mais. Então, você se recupera depois de dormir e comer. — Deu de ombros enquanto eu puxava a barra de sua camisa, para ajudá-lo a tomar banho.

— E se você transasse com um humano normal, agora? Alguém que não fosse *animus videntium*?

— Eventualmente, ele morreria. Depende da quantidade e frequência das relações sexuais. Normalmente, demora anos, mas demônio algum aguenta ficar tanto tempo assim com um humano só.

— Então, isso quer dizer que, se você me trair, além de me magoar um bocado, também vai matar uma pessoa? — Arqueei uma sobrancelha, encarando-o seriamente.

— Sim. Mas como disse, não é apenas uma única transa com um íncubo que vai matar a pessoa. Muitas transas são necessárias. No plano terreno, quero dizer. As regras no plano dos sonhos são diferentes, já que lá padecemos de corpo, temos somente a alma, que fica totalmente vulnerável, mas quanto mais transas, mais perto da morte a pessoa fica. E quanto mais perto da morte ela fica, mais gostoso é também. Por isso, alguns de nós realmente sugamos suas vítimas até o fim.

— Como assim?

— Hum... Digamos que... Sabe quando você termina um *sundae*, e a maior parte da cobertura fica no fundo do pote? É como isso. — Ele entrou na banheira.

— Está dizendo que... quanto mais perto de morrer o humano estiver, mais gostoso fica *o sabor* dele?

— Uhum.

— E como você sabe disso? — Fiz um bico meio trêmulo.

— Porque sempre sei de tudo. — Ele piscou para mim, matreiro.

Continuei o encarando com cara de cu.

Ele revirou os olhos.

— Não, Alex. Não transei com ninguém depois que me tornei um íncubo. Já te falei isso. Além do mais, diria que sou bem próximo do senhor do Inferno, então acabei descobrindo algumas coisinhas.

— Por quê? Não faz sentido. Se você estava faminto...

— Já disse que só você me parece apetitoso! — Bateu as mãos na água, molhando tudo ao redor.

— Não fala assim... Não sou um prato de comida!

— Então me diga que porcaria você fez pra que meu corpo e minha alma sintam total falta de interesse em se alimentar de qualquer outra pessoa! — Dante grunhiu. — Você fez o feitiço errado, eu aposto! Olha, se você fez um feitiço de amarração... —Ele apertou os olhos e apontou aquele dedo indicador roliço na minha cara.

"É porque você me ama", eu quis dizer. Mas não era eu quem tinha de dizer aquilo. Era ele. Eu ficava bem cabisbaixo ao não o ouvir dizer que me amava de volta, mas sabia que tinha algo a ver com seu estado demoníaco. Nem para o próprio irmão – por quem permaneceu trinta e seis anos vagando neste plano – ele foi capaz de devolver as palavras. Era como se ele não entendesse o sentimento. Mas tudo bem, eu precisava cuidar de Dante naquele momento. Faltar a uma aula não iria me matar. E meu demônio-ex-fantasma era mais importante, mesmo que ele aparentemente não merecesse tanta consideração de minha parte, atualmente.

— Me desculpa... — falei com carinha de cachorro caído do caminhão de mudanças. — Não sabia que era exatamente assim. Você vive cheio de segredos, nunca explica as coisas com clareza e muitas vezes é exagerado. Como ia saber que você poderia literalmente morrer se ficasse muitos dias sem sexo?

— Porque isso é uma coisa óbvia — resmungou, enquanto levava a escova de dente à boca, escovando preguiçosamente.

Culpando-me internamente, peguei a mangueirinha e comecei a molhar seus cabelos, delicadamente. E, então, ele deu um gritinho dolorido.

— O que foi, o que foi? — perguntei alarmado, apalpando todo o seu corpo, procurando pelo lugar onde doía.

Eu o vi mexer a boca, com uma careta, e cuspir na própria mão. A espuma da pasta estava vermelha, como se tivesse misturada a um pouco de sangue. E o que vi na palma aberta, quando a espuma escorreu, me deixou horrorizado.

— Você cuspiu um *dente*? — grunhi alarmado. — Um dente *inteiro*?

Ele suspirou e abandonou o dente e a escova na borda da banheira, onde ficavam os *shampoos*, para aí me olhar sombriamente.

— Já que é preciso que te expliquem as coisas detalhadamente pra você entender, vamos lá: quando digo que meu corpo está desfalecendo por falta de sexo, significa que estou perdendo peso, minhas unhas estão rachando, meus dentes estão caindo, assim como meus cabelos. — Ele puxou um tufo de cabelos descoloridos do topo da cabeça; os vi soltarem com a facilidade de meros fiapos, para meu maior choque. — Quando a coisa se agravar, vou começar a perder a memória, meus órgãos vão entrar em falência, um por um, e aí vou morrer. Meu corpo vai voltar a ser um cadáver e, logo após, não será nada mais que um esqueleto, como quando você me encontrou atrás da parede. Fui claro agora, baby?

Tensamente me levantei, piscando tão rápido que parecia ter um cisco no olho. Agora, sim, eu entendia que Dante, literalmente, dependia de mim para viver. Em todos os aspectos. E se a única pessoa apetitosa para ele era eu, bom... Então, isso significava que ele nem mesmo se alimentaria de outras pessoas se precisasse. Ele simplesmente ia definhar e morrer, caso eu o recusasse.

Assimilando a gravidade daquilo, imediatamente chutei meus tênis para fora dos pés e tirei a roupa toda, sob o olhar afiado do íncubo. Meio sem jeito por ter causado aquilo, entrei devagar na banheira, colocando uma perna de cada lado do corpo dele e sentei-me em seu colo.

— Desculpe. Vou consertar isso. Não vou te deixar morrer outra vez. — Juntei nossas testas enquanto alisava carinhosamente sua nuca.

Eu queria dizer: "*Não posso mais viver sem você, Dante Donadelli. Eu te amo pra caralho*", mas pensei que já estava mais do que broxante não receber declarações de amor de volta, então vinha tentando me abster de dizer coisas sentimentais demais a ele, desde que percebi que suas reações indiferentes ao sentimentalismo não eram exclusivas a mim. Então, ao invés disso, eu disse:

— Te trazer de volta à vida foi um milagre. Bem, não um milagre, exatamente falando, porque você é um demônio, sabe.

Ele deu um risinho divertido por conta da minha confusão, ao que alisava minhas costas úmidas.

— Vamos consertar agora, baby... — retrucou com a voz rouca, e deslizou o rosto para o vão entre meu pescoço e ombro, onde mordiscou a pele.

Suspirei, sentindo a eletrizante sensação de sua tez na minha e seus toques que imediatamente me deixaram ardendo. Eu queria puxar seus cabelos, mas sabia que devido ao seu atual estado, acabaria deixando-o careca. Não o queria desmontando bem na minha frente, como *A Noiva Cadáver*[2], que o olho pulava da própria cavidade, e então um vermezinho verde aparecia dentro do buraco. Eca! Será que Dante teria um verme de estimação também? Ele também o chamaria de Voz da Consciência? Acabei não conseguindo ficar duro, pensando naquela bobajada, então comecei a rir. Ele parou de me beijar para olhar confuso.

— O que foi?

— Nada. — Tentei esconder o riso. Ele continuou encarando-me, perdido. — Só estava pensando se você, por acaso, teria uma minhoca de estimação dentro da cabeça igual à Noiva Cadáver... — Fiquei envergonhado por ter um pensamento tão bobinho. Tipo, qual é? Eu tinha 22 anos, cara.

— É sério que não me associou a, sei lá, um zumbi?

— Mas a Noiva Cadáver é uma espécie de zumbi!

Nós nos encaramos por um tempo, antes de cairmos na risada, nos encarando com doçura. Era quase como se fosse meu Dante fantasma ali novamente, sem toda a coisa demoníaca; sem que eu o tivesse estragado. Ele riu tanto que as bochechas ficaram vermelhas – e uma crise de tosse o acometeu. Era como se seus pulmões estivessem falhando também, o que provavelmente era verdade. Então me lembrei de algo que já havia me questionado um bocado de vezes, mas nunca me lembrava de perguntar:

2 Personagem de animação de mesmo título; Tim Burton (2005).

— Sabe, mesmo quando você ainda era um fantasma, me lembro de que toda vez que a gente se beijava, eu podia jurar que sentia seu hálito contra a minha pele, seu sangue correndo por baixo das veias.

Ele me encarou fixamente enquanto eu o fitava de volta, tentando ler suas expressões.

— Não era um reflexo, era? Não era impressão minha.

— Sempre estranhei você não notar isso antes — foi pragmático.

— Eu notava, só nunca me lembrava de comentar sobre. Acho que me convencia de que não tinha nada estranho acontecendo. Quero dizer, nada *mais* estranho do que estar transando com um fantasma, é claro.

— Então... O que você acha que era?

— Aquilo era eu... Eu corrompendo sua alma a cada toque. Não era? — assumi.

— Sim — confirmou, sem emoção. — Não era apenas a penetração que seria capaz de me corromper. Isso sequer faria sentido se fôssemos duas garotas.

— Então, quando a gente finalmente transou, foi como... O golpe final? — indaguei incerto.

— Eu parecia mais real a cada toque entre nós, porque, na verdade, você era quem estava me intoxicando. O envolvimento de um fantasma com um humano corrompe a pureza da alma com a profanação humana da matéria física. Ela é suja e pegajosa, enquanto a alma é pura e transcendental. Isso quase nunca acontece, porque humanos comuns não podem tocar fantasmas. Já *animus vindentium*...

— Então, aquele tempo todo, você sabia o que estava acontecendo? — Meus olhos dobraram de tamanho.

— Era assim que era, Alex. Não tinha o que fazer.

— Você sabia! O tempo todo me deixou te destruir e...

Ele tapou meus lábios com o dedo indicador, travando-os.

— Sim. Por isso, a última coisa que te disse antes da gente finalmente transar foi *me desculpe*. Eu escolhi me sacrificar. No início, não sabia que cada beijo ou carícia que a gente trocava maculava um pouco de mim, mas... — Ele encarava meu rosto com atenção, como se analisasse cada centímetro de pele, cada detalhe de minha face confusa. — Quando descobri, entrei num dilema. — Deu um curto suspiro cansado. — Se a gente ficasse daquele jeito pra sempre, como fantasma e médium, em algum momento, eu estaria tão fraco que você mal seria capaz de me tocar. Para lidar com o oculto e obscuro, Alex, é preciso que sua alma esteja vibrando com um pouco da mesma frequência maligna. Por isso, humanos paranormais tem uma parte de pureza e uma parte de malícia, como o *yin-yang*. Era como se, ao nos tocarmos intimamente, a minha alma sugasse o seu *yang*. Eu suguei parte da sua frequência maligna, desbalanceei seu equilíbrio e, com isso, desequilibrei também o meu, que ficou mais maligno que puro. Por isso, fui parar lá, no Inferno.

— Você ia ficando maligno aos poucos?

Ele meneou a cabeça em afirmativo.

— Por isso, eu só tinha a opção de dar o que você queria logo: sexo. E isso me faria sumir de uma vez. Não sabia que me tornaria um íncubo, mas não precisa ser um gênio pra ter uma ideia. Não queria te prender a mim. Minha consciência me impedia de ser egoísta assim, afinal, passei trinta e seis anos me martirizando por tudo de ruim que fiz em vida. Eu só queria que você fosse feliz... — Ele portava uma expressão de estranheza, como se dissesse algo incompreensível aos próprios ouvidos, como se contando os pensamentos de um passado muito distante.

Encarei-o, perplexo. Dante realmente não era capaz de entender os sentimentos humanos. Não mais. Era nítido. Contudo, eu supunha que ele ainda tinha a lembrança de como era senti-los. Por isso, enquanto falava sobre as motivações do seu antigo eu, seu rosto parecia confuso, tentando entender a si mesmo. Imagino que isso deva ser como quando você faz uma coisa bêbado, da qual se esquece na manhã seguinte, e então se esforça para lembrar se fez aquilo mesmo, porque lhe parece surreal demais.

— E como diabos você acha que eu poderia ser feliz sem você, Donadelli?!

Ok, isso era uma lágrima? Meus olhos estavam vazando. Acho que é porque esse cara não expressa muitos sentimentos românticos desde que voltou do Inferno. Vê-lo falar sinceramente sobre eles me deixava meio emocionado.

— A gente não tinha futuro. Você precisava me esquecer. — Ele deslizou a mão pequena em meu rosto, parecendo fascinado com as minhas lágrimas, as fitava e tocava com curiosidade. — Mas sabia que você só me esqueceria se eu partisse.

Além de não entender ou demonstrar sentimentos, ele agora não entendia choro também? Ah, vá!

Olhando fundo em seus olhos, só vi o cinza-tempestade de seu verde desbotado. Nada de reflexo vermelho. Nada demoníaco. Só ele. Só Dante Donadelli. Então o beijei. Nossas línguas se chocaram imediatamente, um suspiro engasgando em minha garganta, sem ar enquanto me perdia nos lábios dele.

Sua pele estava fria mesmo na água quente... Como se estivesse morto. Afastei-me e o encarei de novo. Finalmente, um pouco de cor começou a surgir em suas duas maçãs cheias, o rosto corando aos poucos, mas ainda muito fraco. Embaixo de mim, ele portava uma ereção a ponto de bala, cutucando minha bunda. Por isso, a capturei na palma e direcionei para dentro de mim, devagarzinho e com paciência, assistindo bem de perto ao Donadelli separar os lábios e soltar um suspiro por entre eles, o cenho franzido, numa expressão de mais profundo prazer.

— Ah... Senti tanta falta de você... — murmurei contido, não querendo me render demais, mas quase me derretendo que nem sorvete em dia quente.

Ele segurou minha cintura com as mãos firmes por baixo d'água enquanto eu começava a subir e descer sobre ele, alargando-me. Senti sua língua serpentear pela pele do meu pescoço, seguindo caminho pelo meu ombro nu, até pousar sobre meu mamilo esquerdo, chupando-o e lambendo-o com a língua deliciosamente macia que, aos poucos, ia esquentando.

— Eu não consigo ficar sem você — foi Dante quem sussurrou contra minha pele, encarando-me de baixo. — Por que tem tanto poder sobre mim? — Ele parecia realmente intrigado em meio às palavras sussurradas.

— Não sei... Mas você é *meu*. Não é?

— Eu sou — sussurrou. — Sou completamente seu.

Isso só me deu mais tesão e me instigou a lhe dar tudo. Comecei a rebolar com seu pau enfiado em mim. Voltamos a nos beijar, dessa vez com uma urgência apelativa, como beber água após um dia inteiro de sede. Suguei sua boca com avidez, mexendo-me ainda mais inquieto em seu colo, sentindo o membro duro pressionando repetidamente meu ponto de prazer.

— Você me deixa tão quente, baby... — Ele se afastou minimamente e disse com um resmungo.

Sim, Dante. Eu te deixo quente... Literalmente.

Comecei a quicar acelerado no pênis duro, querendo desesperadamente chegar lá com ele.

— Me toca — pedi manhoso.

Ele grunhiu, deixando-me sentir sua palma macia me envolver quase todo. Depois, deixou uma longa lambida no meu peitoral, subindo por meu pomo de adão até encontrar meu queixo com uma mordida. Segurou-me daquela forma enquanto um dos braços me apertava com firmeza em seu colo.

Eu me apoiei na quina da banheira, ganhando mais velocidade, soltando suspiros a cada centímetro de pele dele que deslizava pela minha. Não havia lugar melhor do que estar nos braços desse homem e tê-lo nos meus, estava mais que certo disso. Fosse como fantasma, demônio e até mesmo como o humano mimado que sei que foi, Dante Donadelli era uma pessoa só. Todas as suas personalidades problemáticas, em conjunto, formavam um só cara. Embora a minha *persona* favorita fosse a do garoto fantasma, não havia nenhuma delas que eu não amasse. Nem mesmo a de capiroto dos infernos.

Só comecei a deixar as coisas fluírem. Sem pensar muito, deslizei a palma direita pelo seu pescoço, segurando-o entre meus dedos. Por algum motivo, tê-lo sob meu poder daquele jeito, submisso a mim, por baixo, tendo o controle de sua respiração, fazia-me sentir poderoso. No entanto, não o apertei com força, apenas o envolvi entre meus dedos enquanto continuava a quicar em cima dele, cada vez mais confortável, sentindo mais prazer.

Dante me fitou admirado, no fundo dos olhos acinzentados, os lábios abertos, deixando escapulir suspiros, o cenho franzido e o rosto estampado em tesão. Aos poucos, o cinza-tempestade foi esquentando, um tom alaranjado foi surgindo, até que o vermelho carmesim parecia fogo.

Ele chocou o peitoral no meu, envolvendo meu corpo num abraço apertado enquanto estocava para cima. Precisei pôr uma das mãos em seus ombros para me equilibrar e com a outra apertar a borda da banheira enquanto sua face ia se transmutando numa expressão muito mais erótica e, talvez, até um pouco raivosa, como se o tesão o estivesse deixando furioso e descontrolado.

As luzes do banheiro piscaram, como quando ele era um fantasma nervosinho e sua raiva era capaz de fazer tudo voar ao nosso redor.

Pasmo, o encarei, buscando alguma resposta em seu olhar, mas ele parecia ter uma necessidade ainda mais urgente de se derramar em mim. Suas mãos deslizaram por minha lombar e seguraram minhas nádegas. Ele as apertou exatamente na curva e afastou os dois lados, deixando-me mais aberto para engolir seu membro latejante.

Sentir as palmas me apertando e abrindo para ele foi como lançar estimulante puro em minhas veias. Eu gemi e circulei os dois braços ao redor de seu pescoço; o senti me apertar ainda mais forte em cima de si, nós dois nos movendo em sincronia, sua cabeça escondida em meu pescoço. Um pouco depois disso, ele me empurrou de costas na água e ficou por cima, estocando mais forte entre minhas pernas abertas, enquanto nossos corpos ficavam mais agarrados que ímãs. Apoiei a planta dos pés na borda de cerâmica da banheira, ficando ainda mais aberto para ele, que permanecia separando as bandas de minha bunda com as mãos. A água balançava e chicoteava contra os azulejos da parede, transbordando e se espalhando pelo chão do banheiro todo, uma grande bagunça, com que nenhum dos dois se importava naquele momento.

— Alex... — ele murmurou com uma voz distorcida e, quando me encarou nos olhos, suas íris estavam mais vermelhas que nunca.

Dessa vez, não me assustei. Lidar com coisas obscuras vinha me deixando cada vez mais acostumado a elas, de fato.

— Vem pra mim... — sussurrei.

Dante fechou os olhos e, com mais três estocadas fundas, seu corpo pausou, derramando a porra quente dentro de mim. Por meio minuto, ele ficou ali, com o corpo colado ao meu, a respiração quente contra meu pescoço. Depois, cuidadosamente se afastou e, quando me fitou, seus olhos estavam acinzentados outra vez.

— Me fode... — Dante pediu baixinho, os lábios roçando os meus.

Meu rosto todo se contorceu com um sorriso quando o girei na banheira e o deixei de quatro, apoiando os cotovelos na borda enquanto me posicionava atrás dele, já segurando meu pau teso pela base, doido para me enfiar nele logo. Deslizei a cabecinha melada de pré-gozo em sua entrada aberta, piscando para mim.

— Fode logo — resmungou meio irritadiço e claramente afobado.

Eu gargalhei, porque era muito engraçadinho quando ele se rendia a mim daquele jeito. Demônio ou fantasma, um fato era que Dante adorava trocar de posições comigo, não só na parte da penetração, mas na questão de domínio da coisa. Eu nunca enjoaria da nossa foda, isso era claro. Talvez, dali a quarenta anos a gente ainda estivesse por aqui, fodendo como dois novinhos, nem que para isso fossem necessárias muitas pílulas para ereção.

Após provocá-lo um pouco, ameaçando penetrá-lo apenas para afastar meu pau de novo, acabei não resistindo mais. Deslizei devagar e de uma vez só, pondo-me para dentro dele com facilidade em meio à água com sabão. Dante não pediu tempo para se acostumar, pelo contrário: logo começou a jogar o quadril para trás, num pedido mudo para que eu metesse forte. Então, segurei os dois lados de seu quadril escorregadio, com a visão dele assim, de quatro, o corpo parecendo um violão, todo curvilíneo, gostoso pra caralho.

Que Deus tivesse piedade da minha alma, porque, se dependesse de Dante, eu iria para o Inferno com um sorriso na cara – e não estava nem brincando.

Eu tentava fodê-lo só com metade do pau, mas o íncubo sedento continuava se jogando para trás e pedindo mais. Foi aí que comecei a meter mais fundo, deixando-o me engolir até a base, me estrangulando com aquele rabo apertado, quentinho e macio. Fechei os olhos e me concentrei no prazer fodido que era comer aquele homem.

Tem gente que não nasce com sorte, mas, veja bem: ter um Dante Donadelli é melhor do que ganhar na loteria. Então, deveria me considerar um sortudo, sim. Dante era o homem dos meus sonhos, e eu não podia negar. Tudo bem que eu sonhava com alguém vivo, humano e menos nervosinho e debochado, mas ninguém era perfeito, certo? Não só amava a peste que ele era como também amava cada tracinho de seu corpo e sua aparência. Ele me acendia como uma tocha olímpica.

Dante se empinou todo na banheira, jogando a cabeça para trás, e minha destra serpenteou por sua coluna até meus dedos encontrarem seus fios de cabelo descoloridos, apertando-os. Dessa vez, os fios não soltaram da cabeça com facilidade – o que era a prova de que bastava uma boa foda para manter meu demônio saudável *e vivo*. O efeito era tão rápido quanto remédio na veia. Com o aperto moderado nos fios, ele se arqueou mais, todo atiçado. O barulho de minhas bolas batendo contra suas nádegas e o sacolejar da água eram os únicos sons ecoando no banheiro quente, além de nossas respirações erráticas e pesadas.

Não durei muito. Quando dei por mim, já movia o quadril como se ligasse a porra de uma moto velha, estocando desesperado dentro dele, nós dois quase perdendo o equilíbrio e deslizando para baixo d'água.Foi aí que aquele prazer delicioso e esperado me acertou, o baixo abdômen formigando quando estoquei uma última vez e me deixei derramar dentro dele, segurando seu quadril e seu ombro com firmeza. Meu corpo vibrou, e todas as minhas terminações nervosas se acenderam. Senti-me tremer dos pés à cabeça enquanto aquele rebuliço chegava à sua máxima potência, e em poucos segundos, infelizmente, ia se esvaindo, levando-me de volta à estaca zero. Precisei de mais de um minuto para me recompor, antes de deslizar para fora dele, sem fôlego.

Ainda em meus joelhos, vi Dante se virar de frente para mim e, com um pequeno impulso, sentar-se na borda da banheira, ficando apenas com as pernas para dentro d'água. Seu pênis estava duro de novo, apontando para o teto, como uma construção imponente. Ele começou a se tocar, olhando-me com uma cara de safado absolutamente irresistível. Usei o chuveirinho para limpar o sabão dele, e devolvi um sorriso de lado. Me aproximei, substituindo sua mão pela minha e, logo em seguida, pela minha boca. Chupei a glande ainda com resquícios de seu último gozo, antes de deslizar a língua por cada veia saltada sob a pele fina, para depois engoli-lo todo. Se havia uma coisa que eu gostava, essa coisa era chupar o pau desse cara. Palavra!

Sua pele pálida molhada era bonita de ver. Os fios de cabelo claros jogados para trás lhe davam uma aparência tão pornográfica, que era como se tivesse saído direto dos meus sonhos eróticos da puberdade. O homem perfeito. Como se tivesse sido projetado para mim.

Suguei-o com vontade, sentindo o caralho grosso pulsar em meus lábios, chupando até a base, quando senti seus pelos aparados encostarem no meu rosto, porque sabia que Dante gostava de ir fundo. Sua mão direita puxou meus cabelos, causando uma ardência no couro cabeludo, que eu muito apreciava.

Não quis mais fechar os olhos, pois não queria perder um segundo que fosse das suas expressões de prazer ridiculamente excitantes.

Vi-o jogar a cabeça para trás e gemer agudo quando massageei seu períneo com um dedo enquanto a outra mão massageava delicadamente suas bolas inchadas, e a boca o engolia até o talo. O gozo quente deslizou direto por minha garganta, sequer me dando oportunidade de sentir gosto de porra na língua.

Quando seu aperto em meus fios afrouxou, abandonei o membro, agora um pouco flácido, e o puxei para dentro d'água de volta, posicionando-o de costas para mim e o encaixei entre minhas pernas abertas, os dois sentados. Ele deitou a cabeça em meu ombro, sorrindo satisfeito. Sua pele agora tinha um brilho saudável, as bochechas estavam coradas, o cabelo – embora molhado – estava definitivamente firme na raiz, e a respiração parecia correta enquanto ele aproveitava do carinho que eu fazia em seus ombros.

— Viu? É fácil alimentar seu demônio de estimação. — Riu da piada, uma que usei em algumas raras ocasiões, para irritá-lo.

— Sim, é molezinha. A gente goza rápido mesmo.

Dante gargalhou e se levantou, saindo todo molhado de dentro da banheira.

— Obrigado — disse, se enxugando com uma toalha. — Me sinto renovado. — E aí ele apenas saiu do banheiro.

Se isso me incomodou? Lógico! Fiquei imediatamente pistola *feat* cabreiro. Quer dizer, não sou nenhum carente, mas cadê o romance? Sério, ele só disse "*obrigado*" e me deixou ali? Eu compreendo que agora ele não consiga entender os sentimentos humanos, mas... era frustrante de toda a forma.

Subitamente cabisbaixo, saí do banheiro com uma toalha enrolada na cintura e os cabelos pingando. Encontrei Dante ainda nu no quarto enquanto terminava de espalhar creme hidratante no corpo – uma mania que pegou de mim, desde que voltou num corpo humano. Qual é, eu já disse que sou limpinho e cheiroso, né?

— Dante? — chamei com cuidado, coçando a nuca.

— Hm?

Ele não deu muita atenção e vestiu uma cueca preta, que era minha, por sinal, ainda que eu tenha comprado um montão para ele e aquela bunda grande. Ele acaba deixando todas as minhas largas.

— Sei que você é um demônio e tudo o mais, e que demônios meio que... não têm sentimentos humanos. — Ao dizer isso, tive sua atenção de imediato. — Mas é que eu queria saber se...

— Se? — instigou, diante de meu silêncio súbito.

— Dante, você ainda me ama?

Ele só me encarou fixamente, e eu o encarei de volta.

Ninguém disse nada.

Segundos infinitos se passaram, sem que ele me respondesse, e eu sequer respirava.

Então, o barulho ensurdecedor da campainha soou, desconectando-nos daquela guerra de olhares indecifráveis.

— É o Thomas, ele perdeu a chave — Dante informou.

E isso foi só. Ele não voltou mais ao quarto depois de vestir um *short* e sair para abrir a porta, mas pude ouvir suas risadas com Thomas na cozinha, falando sobre o último episódio da série que os dois assistiram juntos.

Retiro o que disse sobre ser um sortudo por ter Dante Donadelli. Isso é azar, e dos grandes! Amar alguém que sequer pertence ao mesmo plano de existência que você deve ser considerado a mais grave infração pelas forças cósmicas. Nem as *fadinhas intergalácticas protetoras das gays* parecem querer me ajudar agora.

Então, a verdade me atingiu.

Dante não me amava. Não mais.

Tyler e Kenzo estavam certos, afinal. Um demônio jamais retribuiria meu amor de volta. Eu estava destinado a amar sem ser amado... Restava me acostumar com isso... Ou não.

13.
GASPARZINHO

— Não acredito que vocês tão cortando minha onda por isso... — Doyun disse com um suspiro, sentado no balanço ao lado do meu.

Eu bufei e virei a cara para o outro lado, fingindo ver algo muito interessante na grande caixa de areia, no canto de um dos parquinhos do condomínio de luxo. Mas, bem, uma criança comendo terra enquanto a babá está distraída mexendo no celular não é exatamente interessante.

— Eu não o vejo há meses — retruquei. — E agora ele vem aqui, na minha casa, e ainda joga minhas frutas pela sacada!

— Não é a primeira vez que vocês brigam por uma banana — Doyun estava claramente entediado. — Raphael é medroso e paranoico. Você sabe disso, é primo dele.

— E o que tem a ver? Só porque o assustei, não quer dizer que isso dê a ele o direito de atirar minhas bananas pela janela!

— Dá, sim, se você tenta pregar uma peça no cara justamente quando ele tá paranoico depois de fumar três baseados, seu burro! — Doyun rebateu exasperado. Seus cabelos recém-tingidos de verde atingiam uma cor bonita debaixo da luz do Sol.

Fiz bico e comecei a me balançar.

— Mas Dante disse que seria engraçado...

— Isso é porque ele é malvado, e você é tão sem noção quanto ele. Particularmente depois que começou a namorar esse Dante, você tem ficado mais pentelho. Acho que esse cara é má influência, tipo o diabinho no seu ombro.

Soltei uma risada sarcástica, porque, bem... Ele não fazia ideia do quão *diabinho* esse cara era.

— Dante só deu a ideia e eu quis fazer, ué. — Dei de ombros, cheio de falsa tranquilidade. — Pensei que Raphael fosse se tocar que era pegadinha, não que fosse se cagar todo de medo, surtar e atirar todas as minhas bananas pela sacada. — Cruzei os braços, chateado.

Frutas eram caras por aqui, caramba! Este não era um país de clima tropical.

— Você o fez pensar que tinha uma lagartixa nas costas dele. — Doyun tinha a voz cansada, como se não aguentasse mais aquela mesma ladainha. — Esse é o limite do Raphael, sabe disso. Bichos e insetos estão fora de cogitação.

— Que seja. Ainda considero desproporcional o ataque às minhas bananas.

Doyun suspirou e levantou do balanço, batendo as mãos na calça jeans surrada.

— Tá legal. Eu vou subir, porque você sabe que eles vão comer a pizza toda se a gente não voltar logo. — E deu as costas, indo em direção ao elevador.

— Isso aí! Me abandona aqui, triste, chateado e com fome! — dramatizei tudo.

Doyun só me encarou por cima dos ombros, revirou os olhos outra vez e sumiu.

Claro, não sou muito maduro, você sabe – embora muitas vezes eu diga que sou por puro desencargo de consciência. Por isso, estava um bocado relutante. Quer dizer, Raphael deveria se desculpar por atirar minhas bananas pela janela. Não era educado uma visita se comportar assim, mas eu também deveria me desculpar por tentar pregar uma peça nele, sabia o quanto meu primo era cagão, num nível mais cagão que eu. Resignado, sabendo que precisava agir como um adulto e não como um crianção, levantei-me do balanço, decidindo finalmente voltar à cobertura, mas aí me dei conta de que aquelas bananas atiradas no chão da área comum do condomínio certamente nos renderiam uma multa cara. Então, dei meia-volta e procurei pelas benditas bananas, para recolher tudo e jogar no lixo, antes que o síndico visse.

Não surpreendentemente, elas estavam completamente esmagadas no concreto. A queda da cobertura até ali havia sido fatal. Todas as minhas seis bananas, que descansem em paz. Comecei a catar uma por uma no chão, melando a mão toda. Era meio nojento pegar aquela coisa gosmenta massacrada. E foi aí que notei, pela primeira vez, um garotinho sentado à beira da piscina, mais à frente.

Imediatamente, parei de catar as bananas e reparei que ele não era bem um garotinho... *Não um garotinho vivo.*

O fantasma infantil emanava uma energia muito específica, exatamente como todos os fantasmas que eu conhecia. Embora perto da área da piscina, nunca havia sentido um cheiro tão forte de protetor solar como sentia agora. E aí soube que era o cheiro dele. Devia ter por volta de uns 5 anos ou 6 anos, aparentemente.

Curioso, deixei pra lá a limpeza do massacre das bananas e fui em direção ao garoto, limpando as mãos na calça jeans, mas, ao chegar mais perto, sem as pilastras escondendo a visão, vi que havia mais crianças ali, brincando na piscina. Crianças vivas, dessa vez. Tinha babás ao redor, todas facilmente detectáveis pelos uniformes completamente brancos, que os chefes ricos obrigavam-nas a usar para cuidar de seus filhos melequentos.

Como quem não queria nada, dobrei a barra da calça, tirei meus chinelos e sentei à beira da piscina, com os pés para dentro d'água, estrategicamente ao lado do garotinho fantasma, que fitava as outras crianças brincando do outro lado, de modo apático.

— Oi — disse para ele.

O garoto me ignorou, sequer deu atenção. É claro, não deveria estar acostumado a pessoas falando com ele.

— Ei, você — repeti e cutuquei disfarçadamente a costela magricela dele, chamando sua atenção.

Ele arregalou um bocado os olhos pequenos, fitando-me como se o fantasma fosse eu.

— Sim, posso ver fantasmas — fui logo dizendo. — Quero ajudar você. Qual o seu nome? O meu é Alex.

— V-você pode... me t-tocar? — perguntou, ainda abismado, em sua fofa vozinha infantil.

— Uhum.

— Por que SunHee e YangMi não conseguem? — Franziu o cenho.

— Quem?

— São as sinestetas do apartamento 20-A.

Aí, eu fiquei confuso.

— Que diabos é isso?

— São como médiuns. Elas enxergam tudo que vibra em frequências diferentes — respondeu.

Sinestetas? Nunca ouvi essa palavra em 22 anos de indústria vital.

— Você já conheceu outros paranormais?

Isso envolvia outros *animus*, médiuns, demônios, bruxos e a porra toda que deveria existir por aí.

— Sim. Dois. Mas nenhum podia me tocar. Não que eles tenham tentado. Ninguém me cutuca há nove anos. E, ah, me chamo Kang Chulmoo.

— Uau, nove anos é bastante tempo pra ficar vagando por aí, Chulmoo. Deve ser entediante pra uma criança. O que está te prendendo aqui?

— Não sou mais uma criança, não se engane. — Ele sacudiu os pés na água, que se moveu discretamente com seus movimentos. — Morri com 7 anos. Outros como você já tentaram me ajudar. Mas não vou conseguir ir embora daqui enquanto minha mãe não for feliz.

Com um olhar pesado, ele me fitou. Aí, pude entender que não havia uma criança ali mesmo, apenas a aparência de uma. Chulmoo morreu há nove anos, aos 7 anos de idade, então seu espírito já tinha 16. Seu corpo não podia mais crescer – já que ele não tinha mais um –, mas sua mente sim. Este era, na verdade, um adolescente eternamente preso num corpo astral infantil.

— Então... Por que acha que ela não é feliz? A sua mãe, quero dizer.

— Porque morri, é óbvio. Quando mamãe se distraiu, atendendo ao celular, eu me afoguei. Bem aqui. — Então, ele apontou com o dedinho minúsculo para a piscina.

Fiquei estático e pesaroso. Um calafrio subiu pela minha espinha. As coisas não seguiam o curso natural quando uma mãe enterrava o filho. Não era suposto ser desse jeito.

— Acha que ela se sente culpada? — indaguei.

— É natural que sim. Ela se separou do meu pai e nunca mais se relacionou com ninguém. Mamãe chora todas as noites. Vive entrando em estado depressivo, desde então. Já tentou se matar algumas vezes. Na última, consegui impedi-la.

— Como?

— Toquei a campainha. — Deu de ombros. — No começo, eu não conseguia tocar e nem mover muitas coisas, mas com o tempo fui melhorando, sabe?

— Entendo. Parece que é assim que funciona mesmo. Quanto mais tempo preso a este plano, mais forte os poderes *fantasmagóricos* ficam. É perigoso estar aqui. Você sabe que precisa partir em algum momento, certo?

Existe um plano pra cada um no Além. Pelo menos, foi o que me contaram.

— Sei. Eu só... não consigo — ele suspirou cabisbaixo. — Então, quer conhecer minhas amigas sinestetas? — mudou o assunto tão drasticamente que fiquei um pouco zonzo.

— Ah, sim. As *tetas* — decidi encurtar a palavra, sem condições de dizê-la toda sem me enrolar. — Você me leva até essas *tetas*?

Chulmoo balançou a cabeça em afirmativo e tirou os pés da piscina, levantando-se de pronto, animado, como alguém que não interagia com gente nova há muito tempo. Eu o segui, verificando se alguém parecia ciente de que eu, aparentemente, estava falando sozinho na beira da piscina, mas felizmente ninguém tinha me dado atenção.

Na frente do elevador, calçando meus chinelos, vi as portas se abrirem e, sem que ninguém tocasse nos botões ao entrarmos, o do vigésimo andar brilhou.

— Também posso usar meus poderes pra andar de elevador — ele disse humorado. — Mas não é como se eu precisasse, posso só... aparecer onde quiser.

Chulmoo correu para fora do elevador, assim que paramos dois andares abaixo da cobertura. Ele simplesmente se jogou na porta de um dos apartamentos. Surpreso, vi seu corpo atravessar a madeira, como a Lince Negra, dos X-Men, mas após um breve momento, o pequeno fantasma tornou a aparecer, atravessando novamente a porta sólida.

— Err... Me desculpe, Alex. Esqueci que alguém precisa abrir a porta pra você entrar. Toque a campainha e chame pelas meninas.

Eu o fiz e, um minuto depois, a porta abriu. Fiquei embasbacado, encarando a pessoa na porta. Um bocado cagado também, vale dizer.

O demônio súcubo escorou no portal e cruzou os braços na frente do peito, com cara de tédio. Então, aquele era o apartamento dela. Seus olhos piscaram vermelhos, no minuto em que fixou os orbes malignos nos meus.

— Além de testar meu juízo, resolveu jogar um *videntium* na minha porta, *banshee*? — ela se dirigiu ao fantasma. — Por Lúcifer, como odeio crianças!

A súcubo me encarou de cima a baixo e inesperadamente lançou uma expressão aprovadora, fitando minhas coxas com inegável volúpia. Até me senti um pouco desconcertado. Quer dizer, Dante era o único que me fitava desse jeito totalmente faminto. Isso devia ser algo exclusivo de demônios sexuais, eu acho.

— Quero apresentar este médium às meninas, Asherah — Chulmoo respondeu de um jeito meio educado, apesar de tudo.

— Isso não me interessa. — Ela revirou os olhos. — Não posso te deixar entrar, paranormal — disse para mim. — Se meu marido chegar, pode confundir as coisas. E estou muito perto de cumprir meus objetivos, pra vacilar agora. Talvez, numa próxima. — Me deu uma piscadinha sexy. — Esperem aqui, vou chamá-las. — Então, nos deu as costas.

A mulher tinha uma aura absurdamente intensa e inegavelmente sedutora, ainda que estivesse usando somente uma camiseta branca e calça jeans, além de nenhuma maquiagem ou cabelos feitos. Era como se passasse uma espécie de energia. Não como a energia sobrenatural de um fantasma, mas uma energia diferente, algo que soava de outro mundo, mas mais desconfortável e sombrio, e ainda assim, envolto em algo quente... Exatamente como Dante, após voltar do Inferno. Ela parecia simplesmente irresistível... para qualquer um que gostasse de mulher, o que não era meu caso. Sou muito *viado, boiola, biba, bicha, bichérrima*. Muito *poc* mesmo.

— Qual é o objetivo dela? — fiz um cochicho curioso ao garoto fantasma.

Chulmoo suspirou e encolheu os ombros.

— O objetivo é sugar a energia vital do marido, até ele desfalecer.

Abri a boca em formato de O, surpreso e um tanto alarmado. Claro que seu objetivo não poderia ser diferente. Era isso que *íncubos* e *súcubos* faziam, afinal. E, como Dante já havia explicado, relações sexuais frequentes com um demônio sexual sugavam a energia vital de qualquer pessoa humana comum, sendo parte da alma quando no plano astral e energia do corpo quando no plano físico.

— Então, ela vai transar com o cara até a exaustão — conclui. Isso era macabro demais até para mim, se você quer saber.

Duas garotinhas já conhecidas apareceram na porta: as enteadas do súcubo. As mesmas garotinhas que encontraram Dante desmaiado na casinha do parquinho do prédio. As mesmas para quem ele, aparentemente, havia comprado doces no hospital.

Oh-Oh. Pensando melhor, não era bom relacionar crianças com *tetas*. Soava pervertido, que nojo. Teria de usar a palavra toda, então. Sinestetas.

Subitamente me dei conta de que se o plano do súcubo desse certo, as garotinhas se tornariam órfãs de pai. Senti um frio na barriga ao pensar nisso.

As duas me olharam com curiosidade.

— JangMi e SunHee, este é o Alex. Ele é um médium também! E consegue até mesmo me tocar!

A de franjinha cobrindo a testa – que eu lembrava ser mais espevitada – sorriu para mim e disse à irmã:

— Eu disse que ele era como nós.

— Como assim? — murmurei confuso.

— Ela está falando da sua aura. É azul — a de cabelos partidos, esclareceu.

— *Aura*?

— Você não as vê? Então, você não é como a gente.

— Ele é sim! — a de franjinha rebateu. — Só quem tem aura azul são pessoas estranhas, como nós!

— Mas ele já disse que não vê nada, JangMi.

Tentei gravar que essa era JangMi e que a mais baixinha de cabelos partidos ao meio era SunHee.

— Não vê auras, mas vê fantasmas! — JangMi retrucou.

Trabalhando lento como o sistema do Windows 98, percebi, de olhos saltados e boca aberta:

— *Whooooa!* Sinestetas... Vem de *Sinestesia*, a capacidade de enxergar o campo magnético ao redor das pessoas! — Voltando ao Chulmoo, perguntei: — Você vê essas coisas também? Essas... auras?

— Não. Sou apenas um fantasma. Não posso ver a aura de ninguém, só o espírito. O *animus*.

— Bem... Acho que precisamos conversar bastante, então — concluí.

Eles poderiam me ajudar com Jonas. O que ele via ao redor de Dante era aparentemente uma aura, mas, até então, meu irmão não via as auras de qualquer pessoa, apenas a do íncubo.

— Querem ir lá pra casa lanchar? — convidei, animado.

— Sim! — os três responderam em uníssono.

Só aí Chulmoo se deu conta e riu, coçando a bochecha.

— Ah... Eu não como, mas posso acompanhar, né?

As meninas avisaram a madrasta e fecharam a porta, ao que apertei o botão do elevador, esperando-o descer. Estava parado na cobertura, mas, quando as portas se abriram na minha frente, acabaram por revelar um Dante Donadelli de olhos avermelhados – não as íris vermelhas demoníacas, mas aquele leve avermelhar na esclera, indicando o uso de certa plantinha alucinógena recente – junto a uma expressão perdida, deslizando o dedo no espelho – o que não tinha nexo algum, mas maconheiro não faz nada com sentido, de qualquer modo.

— Oh! Aí está você, *baby bunny* — ele declarou sorrindo, todo abestalhado, ao que se virava para mim e minha trupe de pirralhos aparentemente não melequentos.

Não pude evitar perceber que, pela primeira vez, depois que voltou do Inferno, Dante me chamou de *Coelhinho*. Tudo bem que foi em inglês e acompanhado de um maldito *baby*, mas ainda assim chamou. No entanto, precisei me forçar a lembrar que isso não queria dizer nada, pois uma certeza que eu tinha, agora, era que esse Dante demoníaco não tinha sentimentos. Ele não me amava. E aquilo vinha me incomodando pra cacete nos últimos tempos.

— Uh. Essas duas eu conheço. — Apontou para as meninas. — Mas quem é esse garotinho? — Ele fitou o novato.

Sacudindo a cabeça, segurei a porta do elevador para impedir que a caixa metálica se fechasse, dando passagem às irmãs e ao fantasma mirim.

— Estes são Chulmoo, JangMi e SunHee. Nossos vizinhos do 20-A — eu os apresentei.

Dante apertou os olhos para o garotinho, alisou o rosto, arrumou os cabelos descoloridos, coçou as pálpebras e partiu os lábios de uma maneira engraçada, todo surpreso, ao apontar um dos dedos gorduchos na direção de Chulmoo:

— Você está morto! É um Gasparzinho — declarou, antes de cair na risada sozinho.

De vez em quando, Dante surgia com muito mais que um baseado, sei lá de onde e, depois de fumar, ficava assim, idiota.

— Não chama ele de *gaguinho*! Ele fala direitinho, poxa — JangMi resmungou, penteando a franja com seus dedinhos miúdos.

Soltei uma gargalhada, achando a garota sinesteta tão fofinha que precisei resistir ao ímpeto de apertar suas bochechinhas rosadas.

— Ele chamou de Gasparzinho, não gaguinho — expliquei. — Gasparzinho é um personagem de um filme antigo. Ele era um garotinho fantasma, como o Chulmoo.

— Oh! — as duas irmãs ressoaram ao mesmo tempo.

— Por que não subiu esse tempo todo? — Dante inquiriu. — Estava indo lá embaixo te buscar. Comemos toda a pizza e seus amigos fumaram minha erva toda!

"Deplorável", pensei. Isso era tudo o que importava para ele atualmente, além de sexo e comida. Preciso confessar que não sei o que fazer quanto a isso. Deixá-lo sem sexo até desfalecer não é uma opção; enviá-lo de volta ao Inferno, tampouco; encerrar nossa relação é o mesmo que a primeira opção, então continuamos na estaca zero, mas permanecer num relacionamento em que apenas eu amo também não parece viável. Eu posso entender, mas aceitar vem sendo difícil demais.

Constatei que nunca me vi tão perdido assim nesta vida. Estou mais perdido agora do que quando Dante desapareceu. E ainda mais do que quando soube que ele estava no Inferno.

— Hm... Dante — pigarreei. — Depois conversamos disso, hm? — Desviei teatralmente os olhos em direção às crianças, para que ele entendesse que não era um bom momento para falar sobre aquilo.

Saímos do elevador direto à cobertura. Assim que entramos em casa, nos deparamos com uma trupe de semicadáveres na minha sala: Thomas, Raphael, Doyun, Rosalia, Liza e Anya, todos dormindo, jogados entre os sofás e tapete enquanto a TV ligada falava sozinha. Depois de fumar tanta maconha e encher o rabo de pizza, era lógico que eles dariam *game over*. Não fazia ideia de como Dante continuava de pé, para falar a verdade. Demônios talvez fossem mais resistentes, eu supunha. Eu era o único lúcido.

Fiz sinal para que as crianças e o Donadelli me seguissem até a cozinha, depois de ter certeza que não havia mais nenhum tipo de fumo na casa, porque é claro que eu não exporia três crianças a esse tipo de coisa.

Nós nos sentamos ao redor da mesa redonda e peguei quatro caixas de leite achocolatado e um pote de *cream cracker* com manteiga para nosso lanche.

— Que fomeee! — Dante resmungou enquanto arrancava tudo da minha mão e já começava a comer como um desesperado. Como sempre.

— Então... — Preferi ignorá-lo e conversar com as garotas. — Vocês têm sinestesia, certo? Podem ver os campos magnéticos ao redor das pessoas. E eles aparecem em cores?

JangMi me fitou com estranheza. Parecia haver fumaça saindo da cabecinha miúda de cabelos pretos.

— O que é campo magnético, tio Alex?

— São as auras — interveio Chulmoo.

— Então, por que ele chamou de coisa difícil? — A garotinha era um pingo de gente, mas eu nunca tinha visto alguém tão malandro naquela idade. Palavra! A outra era mais séria, mas também parecia ser bem sagaz.

— Porque é assim que adultos falam — murmurei, sem jeito. Qual é, eu disse *campos magnéticos* para garotinhas de, eu sei lá, 5 anos? Óbvio que elas não faziam ideia do que era isso, não fariam nem se fossem filhas de um professor de Física. Acho que eu era um *nerd* burro.

— As pessoas são coloridas — declarou SunHee, a mais quieta, que até então estava distraída, lendo (ou tentando ler) a parte detrás da sua caixinha de achocolatado. — Essa é a aura. Fica em volta da pessoa, todo o tempo. A Mi tem a aura azul, eu e você também.

— A gente só conhecia uma pessoa com aura azul... — JangMi disse com a boca cheia de biscoito e as mãos sujas de manteiga.

— E quem era? — Dante amassou sua caixinha já vazia.

— Vovô — responderam juntas.

— O que aconteceu com ele? — Não fui nada sutil.

— Foi pro céu — SunHee revelou, simplória.

— Ah... Por isso, vocês estavam no hospital naquele dia? — Dante fez uma nova pergunta, furando uma nova caixinha de achocolatado.

— Sim — SunHee respondeu. — Ele foi pro céu naquele dia que a gente se conheceu no hospital.

— Eu sinto muito. — Tentei confortá-las. — Hm... E sua mãe?

— Mamãe anda muito triste depois que vovô foi pro céu. Então, a gente tem ficado aqui na casa do papai com a mulher dele — disse JangMi.

— Entendo... E vocês se dão bem com a madrasta?

— Antes ela era legal — Sunhee contou. — Ela tinha a aura cor-de-rosa, bem brilhante. Só que um dia ela ficou muito, muito dodói, então foi pro hospital, mas quando voltou, a aura estava completamente vermelha.

— Humn... E o que tem essa aura vermelha? Ela é um problema? — foi Dante quem perguntou, interessado.

— Só pessoas más têm aura assim — Sunhee disse sombriamente.

— A aura deste tio é vermelha. — JangMi apontou para Donadelli. — Mas tem uns pontinhos roxos. Só que ele não parece mau... — Ela o estudou com os olhinhos engraçados. — Ele até comprou coquinha e confetes pra gente lá no hospital!

— Conhecem outras pessoas com aura roxa e vermelha? — indaguei.

— Não — Jangmi respondeu. — Apenas de uma cor só. Totalmente roxa, totalmente azul ou totalmente vermelha... — Foi enumerando nos dedos miúdos. — Nunca assim, de duas cores.

Ok, não fazia sentido. Se elas conseguiam ver duas cores na tal aura de Dante – majoritariamente vermelha, mas com pontos roxos –, por que meu irmão apenas via a cor vermelha na aura dele? Seria ele um sinesteta quebrado? Ou aquilo era resquício da mediunidade da família?

— Ah, isso é porque sou especial. — Dante fez charme e deu uma piscadinha para nós. — Talvez eu não seja tão mau assim...

— O que significa cada cor de aura? Vocês sabem? — indaguei.

— Mais ou menos. Acho que não entendemos algumas coisas ainda, porque somos pequenas. Quando a gente for grande, vai saber tudo! — Aquilo deixava SunHee nitidamente animada. — Mas, na maioria das vezes, as pessoas com aura da mesma cor têm um jeitinho parecido.

— Todo mundo com a aura azul enxerga coisas — JangMi se adiantou. — Vovô via uma porção delas.

— A aura é vermelha quando a pessoa é muito má. O chefe do papai também tem a aura assim, toda vermelhona, de doer o olho — falou a outra. — E, às vezes, os olhos dele ficam vermelhos também, como os daqueles vampiros do filme que passa na TV.

Uau. Uma esposa e um chefe malvados? Possivelmente demônios? Que cara azarado esse pai delas. Talvez até mais azarado do que eu.

— E a roxa? O que significa? — Dante interrompeu.

— Os que tem aura roxa sempre são pessoas boazinhas — SunHee deu um sorriso banguelo.

— Mas que ficam nervosas, rápido! — YangMi completou e apontou o indicador para cima.

A irmã concordou com um menear de cabeça.

A descrição se assemelhava muito à de Dante, o antigo Dante quando era fantasma.

Bom, ao menos esse quebra-cabeças estava fácil. Se a aura vermelha significava maldade, e a do súcubo era assim, então era bem lógico que a aura de Dante também fosse vermelha. Porém, por ser um antigo humano, talvez ele não fosse completamente mau. Dante poderia ser apenas meio demônio, certo? Por isso, sua aura poderia ter duas cores: a humana e a demoníaca. Bem, ele disse agorinha mesmo que não era tão ruim assim. Então, era uma teoria decente. E Dante já disse que aquele corpo não pertencia realmente a súcubo, mas sim que era um corpo possuído. Somando isso ao que as irmãs disseram sobre a aura da madrasta ter mudado drasticamente após uma doença, tudo que eu podia concluir era que a madrasta verdadeira havia falecido e sua casca vazia foi, provavelmente, um prato cheio para a tal demônia Asherah. Ou, talvez, a pessoa nem precisasse morrer pra ter o corpo possuído por um demônio. Mas isso ainda não respondia à coisa de Jonas ver apenas a parte vermelha na aura de Dante, e apenas a dele e a de ninguém mais.

— Posso usar o banheiro? — JangMi perguntou.

— Também quero ir! — A outra se juntou.

— Claro. É a primeira porta branca do corredor — falei para elas. — Não façam bagunça!

As garotinhas se levantaram e foram de mãos dadas. Chulmoo as esperou sair, para dizer:

— Sabe... A madrasta delas é um demônio do tipo súcubo. Como seu amigo. — Apontou para Dante. — O nome dela é Asherah.

— Asherah? Como você sabe que é Asherah? — Dante perguntou de novo, mas dessa vez não portava uma expressão de mera curiosidade, e, sim, de pura tensão.

— Porque ela disse, ué. Ela disse que o nome dela era esse. — O fantasminha deu de ombros.

Olhei para o rosto de meu namorado meio-demônio – ou seja lá o que ele era meu agora –, com uma expressão indagativa, que ele logo entendeu.

— Asherah é uma das maiores líderes das legiões de demônios sexuais — Dante esclareceu, então. — Eu vi o espírito dela naquele dia, no elevador. É bem feio, mas não a reconheci porque por todo o tempo em que estive no Inferno, ela esteve aqui na Terra. Asherah é um súcubo de patente alta. Está quase no topo da hierarquia infernal.

— Se ela é tão importante assim, por que perderia tempo aqui? — Eu estava intrigado. — Ela está se alimentando do pai das meninas, quer matá-lo.

— Ela, com certeza, fará isso. — Dante deu de ombros. — É por isso que Asherah está tão alta na hierarquia infernal. Ela brinca com os humanos, como marionetes. Consegue sugá-los até o último suspiro de vida. Se esse cara mora aqui, deve ser alguém com muita grana, provavelmente CEO de alguma empresa influente ou trabalha com política. Demônios como Asherah não perdem tempo com humanos insignificantes. A ideia é se aproveitar de toda a influência, dinheiro e contatos que a vítima possa oferecer neste plano.

Senti-me incomodado com aquilo, afinal, Dante estava me usando também. Ele não me amava, mas seu apetite sexual todo era direcionado a mim, e sem se envolver comigo, ele morreria de fome. Foi por isso que, mais uma vez, concluí que esse tempo todo fui apenas uma marionete nas mãos de um demônio, como disseram que eu seria. Não era nada mais do que uma geladeira ambulante para ele. Um frango assado correndo por aí, como nos desenhos animados. Era assim que a Bella se sentia quando estava perto da família Cullen?

— Sabe o que acontece com a alma de alguém sugado por um súcubo? — Dante interrompeu meus pensamentos amargos.

Balancei a cabeça lentamente, em negativa.

— A alma vai pro Inferno. E, acredite, essas almas sugadas por *súcubos* não fumam charutos com o Fidel ou assistem a stripteases de diabretes.

— Isso não me parece justo — retruquei.

— E quem te disse que o Inferno é justo? — Ele aparentou certo desprezo ao dizer isso.

— É comum que íncubos e súcubos venha para este plano, se alimentar? Achei que era tudo feito no plano dos sonhos e você fosse mera excessão...

— Demônios de patente alta sempre vem a este plano para agir diretamente por aqui, através de possessões. Só demônios de baixa patente ficam no plano de sonhos, porque eles nem mesmo tem força o suficiente pra atravessar as camadas entre as dimensões sem que sejam evocados por algum magista poderoso. Os de pantente alta conseguem vir sempre que querem.

— E você, qual era sua patente?

Ele ficou de nariz em pé e me encarou com soberba.

— Patente alta. Mas eu precisava de um corpo pra possuir e não queria nenhum além do meu.

— Por quê?

Ele me olhou fundo nos olhos e vi, mais uma vez, aquele vermelho reluzir.

— Porque eu jamais aceitaria que você tocasse outro corpo que não fosse o meu.

É sério que mesmo não me amando esse cara ainda sentia ciúmes? Ah, pelo amor de Deus!

— E como você se tornou um demônio tão importante? Você conquistou isso, sendo malvado o suficiente por lá? Você só ficou no Inferno por alguns meses...

Ele curvou a coluna para dar uma risada escandalosa de escárnio.

— Nem mesmo precisei. Digamos que eu venha de uma boa linhagem...

As garotinhas voltaram do banheiro, secando as mãos nas roupas, ainda que houvesse toalhas de mão para isso. Então, paramos de falar daquele assunto. Elas eram muito pequenas para lidar com tudo aquilo. Ver fantasmas, enxergar auras e aprender o significado da cor de cada uma delas eram muitas informações; saber que sua madrasta foi possuída por um demônio sexual que planejava matar seu pai, pior ainda. E eu sequer sabia se tinha alguma capacidade de derrotar a demônia e impedir as garotinhas de ficarem órfãs. Quer dizer, esse não era o meu campo. Eu lidava com fantasmas. O único demônio com quem me metia era Dante. E, ainda assim, ficava todo cagado. JangMi e SunHee eram novas demais para conseguir lidar com aquelas coisas agora. E, bom... Talvez elas fossem tão cagonas quanto eu. Por isso, era bem melhor poupá-las.

Um tempo depois, Jonas chegou a casa, fazendo um bocado de barulho. Então, meus amigos desmaiados lá na sala começaram a acordar, um a um, mas ainda queriam continuar por lá, fumando, é claro. O pequeno fantasma Chulmoo e as irmãs sinestetas foram embora logo depois, não chegando a cruzar com Jonas ou meus amigos. Então, Thomas fez uma ligação para o seu contato – um fornecedor de drogas – e o cara foi lá em casa levar mais maconha para eles.

O traficante era todo bonitão, acredite quando digo. Estava de terno e tudo. Eu sinceramente não sabia que para vender drogas precisava de traje esporte fino, mas devia ser o seu método de disfarce, para não levantar suspeitas por aí. Quando o cara foi embora e todos, inclusive eu, se sentaram no chão da sala para começar a fumar a erva – agora através de um narguilé de quatro mangueiras –, Dante se levantou para ir ao banheiro, o que foi puro fingimento. Eu vi que ele só deu a volta pela cozinha e saiu pela porta da área de serviço.

Encucado e com a intuição gritando, tentei disfarçar e ir atrás dele – o que foi um pouco difícil, já que Raphael começou a pedir mil e uma desculpas pelo caso das bananas, atrasando meu flagra no Donadelli. Quando ele finalmente parou de me alugar, depois de eu quase o socar no rosto, grunhindo *"já perdoei, porra, agora sai da frente!"*, fui todo apressado pela porta dos fundos. Não encontrei ninguém ali. Então, dei a volta pelo terraço, chegando à lateral do elevador. Foi aí que eu os vi: estavam trocando telefones, Dante e o traficante gostosão de terno.

E não só isso.

Dante conversava com ele, todo flertador e cheio de charme. Eles trocaram alguns toques amigáveis, antes de o cara entrar no elevador e partir.

Comecei a me arrepender amargamente de ter dado meu celular antigo a ele. Mal podia acreditar que ele usaria meu próprio telefone para me apunhalar pelas costas daquele jeito!

Sou uma pessoa explosiva, mas nunca achei que precisaria sentir ciúmes de Dante. Quer dizer, ele era um fantasma antes. Não havia muitas outras almas com as quais ele pudesse me deixar enciumado – a despeito de quando o conheci e pensei que ele pudesse ter algum casinho com minha falecida avó ou do episódio das colegiais que o perseguiram no shopping.

Mas agora era diferente.

Ele poderia ficar com quem quisesse, não por necessidade, pois aparentemente o único sexo que alimentava sua fome sobrenatural era o meu, mas ele ainda poderia ficar com outras pessoas por prazer. E foi só aí que me dei conta de que nada o impedia de transar com quem quisesse, só para curtir um pouquinho.

Também não era nenhuma novidade que não confiava nadinha nele. Eu o amava, claro, mas Dante era um demônio, afinal de contas, e eu já estava bem ciente do que ser um íncubo implicava. Ser demônio significava ser mau. E Dante pode até não ser do tipo que pisa em patas de cachorrinhos ou puxa o cabelo de criancinhas, mas, ainda assim, não parece ter mais o caráter moralista e inquestionável de antes. Nem mesmo quando era um fantasma, Dante tinha minha confiança propriamente dita. Ele viveu e morreu cheio de segredos. E agora que eu tinha a mais completa certeza de que ele não me amava, senti a dor de ter meu coração partido cruelmente e não havia nada que nenhum de nós dois pudesse fazer para impedir.

Foi aí que finalmente tomei uma maldita decisão. Eu não tinha nenhuma prova de que ele estava, de fato, me traindo, mas vê-lo flertar com a porra de um traficante foi o suficiente para me decepcionar e perder por completo o pouco da confiança que tínhamos. Antes que ele pudesse me ver ali, bisbilhotando, corri de volta para dentro do apartamento, fingindo que sequer havia saído de lá. Não iria confrontá-lo com questionamentos. Ele nunca me daria as respostas verdadeiras, e eu estava dolorosamente ciente disso.

No momento, não via alternativas ao meu alcance. Não podia abandoná-lo. Não podia deixar de transar com ele e dá-lo energia através disso, mas eu não era obrigado a me prender somente a ele. A verdade é que eu não aguentava mais sentir meu coração quebrar mais um pouco pelo nosso relacionamento fracassado, todos os dias.

Segurando as lágrimas que desejavam cair, só tive mais certeza da decisão que finalmente havia tomado: nossa relação seria apenas um acordo. Iríamos nos envolver sexualmente apenas quando necessário para que ele não morresse. Eu seria de Dante... mas não apenas dele. Nossa relação romântica estava acabada, e agora eu só precisaria deixá-lo ciente disso.

14.
INFINITA LISTA DE ERROS

Quando eu disse que não teria mais uma relação romântica com Dante e que não ficaria mais exclusivamente com ele, não fazia ideia de como as coisas aconteceriam rápido.

Mas, bem, deixe-me contar aos poucos.

Tudo começou quando decidi que o primeiro passo seria nos afastar fisicamente. Tendo em vista que Dante precisava apenas de uma ou duas transas por semana para que não começasse a definhar, decidi que o encontraria nos momentos oportunos, fosse em meus dias de folga, fosse matando aula. E, para que nós, de fato, pudéssemos nos separar afetivamente – ou para que *eu* pudesse me afastar afetivamente dele, já que Dante sequer possuía sentimentoalgum, nós não poderíamos morar na mesma casa, era claro. Por isso, primeiro, mudei de quarto. Deixei que Dante permanecesse naquele que nós dividíamos e comecei a dormir com Thomas quase todas as noites. Em uma dessas noites, a gente dividia um baseado antes de dormir quando minha língua solta acabou revelando o real motivo de eu não dormir mais no quarto com aquele que todos pensavam ser meu namorado.

— Não funciona mais... A gente não se ama — contei a ele. — Morar junto muda as coisas, é o que todo mundo sempre fala. — Apelei para uma desculpa bastante humana, corriqueira e plausível.

— É o que dizem — Thomas era todo ouvidos. — Como ele reagiu quando você deu um pé na bunda dele? Ele chorou? Dante não parece o tipo de cara que chora.

Pisquei os olhos, atordoado.

Terminar...

No fim das contas, nunca terminei nada realmente. Nunca disse a Dante que nós não estávamos mais juntos. Talvez por falta de coragem, talvez porque inconscientemente posterguei as coisas, como método de escapismo, mas a coisa real é que, em momento algum, consegui unir forças para dizer a ele: "*Ei, eu sinto muito, mas precisamos terminar*".

E esse foi meu milionésimo erro, na grande lista de burradas que Alex Kister vem fazendo desde que conheceu Dante Donadelli, a começar pelo interesse sexual e romântico que senti por uma maldita alma penada, desde o primeiro momento. Seria eu alguma espécie de doente? Talvez fosse o momento de começar a ir ao psiquiatra por um motivo diferente agora.

— Bom... Ainda não terminei realmente com ele. Mas vou fazer! — Engoli em seco. — Com o Dante, as coisas precisam ser ditas aos poucos. E, também, porque preciso me acostumar com isso. Ele é meio temperamental e estamos juntos há um bocado de tempo... Não acho que ele vá se importar realmente, desde que eu continue trepando com ele.

— Mas assim você não vai conseguir superar o fim desse relacionamento, vai? Por que quer terminar, se vai continuar transando com ele? — Thomas tinha os olhos caídos e parecia lento, mas sua mente estava evidentemente desperta. — Sabe, Alex... Já te conheço há um ano. Pode não parecer muita coisa, mas sei quando está mentindo.

Alarmado, o encarei, soltando toda a fumaça da boca, engasgando.

— Ninguém nunca sabe! Sou um ótimo mentiroso!

— Não pra mim. — Ele riu, com um sorriso aberto muito característico dele.

— Vou deixar você se iludir... — comentei divertido.

— É sério. Sei quando mente. Sua boca pode não dizer a verdade, mas seus olhos são sinceros demais. — Ele me fitou com seriedade e não consegui desviar. — Você ainda o ama. Está escrito em cada pedacinho seu.

— Isso não é suficiente.

Fitei o teto cheio de estrelinhas *neon* no quarto do garoto. Por mais maduro que ele pudesse ser em momentos importantes, no fundo, ainda era um adolescente, mesmo que já tivesse atingido a maioridade há alguns meses.

— Tem certeza de que não? Sei que sou muito novo, mas olha... Se há amor, ainda vale a pena lutar.

"Esse é o problema: não há. Ao menos não dos dois lados", eu quis grunhir.

— Ele não me ama — finalmente soltei as palavras em voz alta. Dizê-las não tornava menos doloroso, ao contrário: tornava mais real. No entanto, até mesmo a dor tinha seu alívio quando se podia desabafar com alguém de confiança, que podia ouvir sem tecer julgamentos.

— Ele te disse isso?

— É mais sobre o que ele *não* disse. Acredite, não é coisa da minha cabeça, não é paranoia. Dante não sente nada por mim. Não mais. Não acredito que ele seja capaz de sentir alguma coisa, por ninguém, além dele mesmo. Ele se transformou num sociopata. Não era assim no começo.

— Sinto muito... — Ele pareceu pesaroso e compreensivo, com seus olhos vermelhos. Era engraçado que Thomas conseguisse falar sobre aquele tipo de assunto com tanta seriedade, estando chapado.

— Eu também sinto muito. — Permiti-me sentir um pouco de pena de mim mesmo.

— E o que vocês vão fazer? Vai continuar alugando seu quarto pra ele?

— Eu não sei... Quer dizer, Dante não tem pra onde ir. A casa é sua, não sei bem o que fazer.

— A casa não é minha, mas se quiser usar essa desculpa pra expulsar ele, faço isso por você. Ele é meu amigo, mas você é meu irmão, é do seu lado que vou ficar.

— Como é? — Voltei-me para ele, atordoado. — De quem é a casa?

Thomas piscou um punhado de vezes e aí se levantou, sentou-se de pernas cruzadas e me encarou como se eu fosse algum tipo de experimento científico malsucedido.

— O apartamento é seu, ué. Foi esse o nosso combinado, não foi? Eu ia comprar um apartamento maneiro e te dar de presente, mas a condição era que me deixasse morar com você, porque... não tenho outra família — disse essa última parte em tom sussurrado, desviando os olhos para o tapete. — Você e Jonas são a única coisa que tenho.

— Isso não é verdade. Você também tem meus pais.

— Ah, claro. — Ele arregalou os olhos, avoado. — Não estava excluindo eles! Mas eu também quero liberdade,

Alex. Não gosto de sentir que estou morando de favor, mesmo que seus pais façam de tudo pra me deixar confortável, ali ainda é a casa deles... Eu não poderia fumar um baseado lá se quisesse, por exemplo. Então quero ser independente, mas sem ficar só. Entende?

— E aí, boiolas? — Uma voz conhecida chegou, com seu dono abrindo a porta e se jogando para dentro do quarto.

Embora não fosse Dante, ainda assim, não era uma coisa muito boa para mim, já que quando Doyun aparecia por aqui, eu era enxotado do quarto de Thomas, para que os dois pudessem... Bom, Thomas agora é maior de idade e sua insistência aparentemente levou Doyun a ceder. Você sabe como. Eles são tipo namorados, agora. Ou estão prestes a ser, porque Doyun passa mais tempo aqui do que na casa dele.

Aparentemente eles começaram a surfar juntos, então a aparência de Doyun mudou de um vampiro pálido de cabelos quase brancos, para alguém que com certeza teve insolação. Sua pele vivia vermelha como um camarão e o cabelo, antes verde, agora tinha um tom feio e desbotado, com pontas sempre ressacadas, mas Thomas ainda olhava para ele como se fosse a 8ª maravilha do mundo. Isso era amor e ninguém poderia negar.

— Quem abriu a porta pra você? — Thomas indagou de cenho franzido, já estendendo os braços para que Doyun se jogasse entre eles. — Não estou tão chapado pra não ter ouvido a campainha.

— Foi o Dante. Aliás... — Doyun se virou para mim. — Por que vocês não estão transando, jantando juntos, ou qualquer coisa assim?

— Eu e o Thomas? — grunhi, com os olhos quase saltando, antes de receber um tapa dele na nuca. — Ai!

— Você e Thomas *não*, você e Dante, *seu namorado*. Lembra, tapado? — Doyun retrucou. — No seu lugar, eu não trocaria meu namorado pra fumar um baseado. Tá viciado assim, é? É por causa de gente como você que as drogas são proibidas.

— Ah, cala essa boca — devolvi.

— Alex está terminando com o Dante — Thomas fez a fofoca.

Eu me senti na central de polícia.

— Linguarudo! — Fiquei indignado.

— O sujo falando do mal-lavado. — Thomas deu de ombros, com uma expressão um tanto *blasé*.

— Você já foi mais respeitoso. — Fiz cara feia.

— Deve ser a convivência comigo. — Doyun deu um sorrisinho debochado para, logo depois, permitir que Thomas lhe desse um beijo cinematográfico.

Por isso, desviei o rosto e não consegui me impedir de revirar sutilmente os olhos, mas era claro que, sagaz como ele, Doyun perceberia.

— O que tá rolando, Alex? — Ele parou de beijá-lo para me olhar com atenção.

E eu, o conhecendo bem, soube que Doyun não largaria o osso até descobrir a verdade.

— Sabe como é, todo cisne pode se tornar um pombo. — Tentei ser evasivo.

— Thomas, você deu cogumelo pra ele? Não acredito que sendo o cara mais novo é você quem está induzindo esse tapado aos entorpecentes... — Doyun fez uma careta.

— Acho que Alex está querendo dizer que tudo que é bonito pode se tornar feio, eventualmente. Ele está se referindo metaforicamente à relação com Dante. Eles estão terminando. Acho que você não entendeu, porque não está chapado, mozão. — Thomas deu um estalinho nos lábios dele.

Mozão. Porra, eu mal podia acreditar que aquela coisa entre eles estava mesmo ficando romântica. Thomas penou por um ano para conseguir uma chance, era um guerreiro nato. Eu não fazia mais nenhum tipo de objeção a isso, porque sabia que Doyun nutria sentimentos genuínos por ele, ainda que evitasse demonstrar demais. Além disso, era um fato que Doyun era o mais bobo naquela relação, então isso me deixava mais tranquilo. Eles pareciam equilibrados agora. Thomas tinha mudado um bocado ao longo daquele ano. Era um homem feito.

— Como é? Vocês terminaram? Dante não está com cara de quem tomou um fora. Pelo contrário, está lá na sala, tomando vinho e comendo *yakisoba*. — Doyun pareceu horrorizado pela combinação gastronômica.

— Bom, estava explicando isso a Thomas, agora. — Cocei a nuca, um tanto desconfortável por precisar repetir aquelas coisas, já que eram difíceis de dizer em voz alta. — Ainda não rompi com ele, mas pretendo. E não é porque não o amo mais, só que... — Mordi o lábio, sentindo uma lagriminha abusada escapulir pelo cantinho do meu olhinho arriado.

— Ele não te ama mais? — Doyun sugeriu com a voz suave, um tom que raramente usava, já que ele não fazia muita questão de ser delicado.

Sacudi a cabeça , confirmando.

— Mas ele te disse isso, com todas as letra e continuou morando na sua casa, desfilando aquela bunda grande e aquela barriga tanquinho por aqui? — Ele fez cara de choque. — Que audácia!

— Ele não disse isso. — Thomas se meteu outra vez. — Mas Alex falou que tem certeza de não estar mais em uma relação recíproca.

Observei Doyun assimilar, de cenho franzido por um momento, e logo depois revirar os olhos. Bufando, ele me pegou pelo braço, fazendo com que eu me levantasse totalmente confuso, arrastou-me até a porta e aí me atirou no corredor, colocando um daqueles dedos pálidos na minha cara, de um jeito acusador:

— Você vai lá agora conversar com teu macho — ordenou, a voz levemente irritada.

— Mas...

— Alex Kister, estou falando sério! Vá resolver isso logo! Ficar chorando as pitangas por causa das paranoias da sua cabeça é masoquismo emocional. Não te criei pra isso. Agora vaza daqui! — E, depois disso, fechou a porta.

Fiquei totalmente sem reação. Primeiro, porque estava chapado; segundo, porque não sabia como falar com o Dante, justamente porque, se conseguisse colocá-lo contra a parede outra vez, poderia ser que ele acabasse me dando em alto e bom som a requerida resposta. E não queria escutá-la. Não queria ouvir a pessoa que amo dizer que não me amava mais, porque eu já sabia disso. Não precisava de confirmação verbal. Escutar só me machucaria ainda mais.

Sem ter para onde fugir, entrei no banheiro do corredor. Frente à pia, joguei água gelada no rosto e dei alguns tapinhas na bochecha, com o intuito de resgatar alguma sobriedade para o que estava prestes a fazer, mas, na verdade, era até bom que estivesse chapado, pois assim o baque psicológico seria menor.

Fui a passos vagarosos até à sala. Ainda fiquei um bom tempo no cantinho espiando Dante comendo iogurte no sofá, enquanto as embalagens de vinho e *yakisoba* vazias repousavam em cima da mesinha de centro.

Ótimo, ele provavelmente estava bêbado.

— Dante? — chamei com a voz fraca, aproximando-me dele cuidadosamente.

— Ah, Alexieeee... — ele cantarolou e deu uma risadinha linda, fazendo meu coração apertar um tanto.

— Precisamos conversar algo sério, mas, se você estiver muito alterado por causa do vinho, conversamos amanhã — sugeri.

Ele rolou os olhos para a garrafa de vinho e depois para mim.

— Não acha realmente que *uma garrafa só* pode me deixar alterado, né?

Acho, sim.

— Então, senta aí — pedi, empoleirando-me na outra ponta do sofá.

Dante me encarou tranquilo, com aquele seu par de olhos em tom cinza-tempestade que lhe davam a aparência tão selvagem.

Inspirei e expirei profundamente, tomando toda a coragem do mundo, antes de finalmente dizer, com perfeita seriedade e cuidado:

— O que aconteceu com a gente, Dante?

Ele me encarou, fazendo a expressão mais confusa e inocente do mundo, como se minha pergunta não fizesse o menor sentido.

— Não sei o que você quer dizer. — Piscou de um jeito fofo, que me deixou com muito mais saudade do seu fantasma do que nunca.

Mas já sem paciência, decidi que a melhor forma de arrancar *band-aid* do machucado era tirando-o de uma vez. Por isso, devolvi:

— Você não me ama mais. — Não foi uma pergunta.

Dante separou os lábios e puxou o ar, como se procurasse por uma resposta à altura.

— Ainda não entendo aonde quer chegar com isso.

Mais uma vez, ele desviou.

Por ser um demônio incapaz de amar, ele não deveria se reprimir de me dizer a verdade nua e crua, todavia não queria me iludir que, com isso, ele estivesse apenas evitando me machucar. Assim, a sobriedade foi dando as caras, cortando minha onda quase que por completo quando me levantei e, cruzando os braços, informei:

— Não quero continuar com isso, Dante. Você pode ter morrido e voltado algumas vezes a esta vida, mas eu não. — Respirei fundo, o coração martelando no peito e a boca secando. Eu estava certo de que deveria encerrar aquilo, mesmo que meu coração não quisesse. — Então, é assim que vamos fazer: vou te dar um tempo pra se organizar e procurar um trabalho mais agradável. Nesse meio tempo, quero que procure uma casa ou apartamento, nos limites do valor que vendi a casa da minha avó.

— Nós vamos nos mudar? Por quê? Este prédio é ótimo!

Inevitavelmente fui ficando cada vez mais frustrado com a situação.

— *Nós* não. *Você* vai se mudar. — Encarei-o seriamente, atento às suas reações. — Aquele casarão nunca foi de Laura ou meu, de verdade. Ele sempre foi seu. Por isso, nada mais justo do que te entregar o dinheiro da venda, mas, sabendo do seu histórico irresponsável e inconsequente, é claro que não vou dar o dinheiro na sua mão. Então, você vai escolher um apartamento e pagarei por ele com o dinheiro que recebi na venda do mausoléu.

— Por quê? Por que tenho que sair? Isso vai atrapalhar minha alimentação! Já tá difícil pra gente transar direito, mesmo morando juntos, imagine morando em casas separadas! — Seu tom saiu indignado, e depois ele cruzou os braços também.

Engoli em seco e pisquei repetidamente, porque era o único movimento que segurava a vontade de chorar.

— Nós vamos continuar transando, não se preocupe — fui seco. — Fui o responsável por te mandar ao Inferno, assim como fui eu quem te trouxe de volta, então você é minha responsabilidade. Não vou te deixar definhar de fome, mas não posso ficar preso a você. Não mais.

— O que está dizendo? Por que está sendo tão impreciso?

— Estou terminando com você, dá pra entender ou quer que desenhe? — Estourei, finalmente, causando uma expressão diferente da confusa que ele portava desde que cheguei à sala.

— Como é que é? — sua voz foi nada além de um sussurro, e seus ombros rapidamente caíram, enquanto ele me fitava com uma expressão de incredulidade.

— Nós vamos nos separar. Você precisa sair da minha casa. Não podemos permanecer como um casal, porque não é isso que somos. Gostaria de dizer que *o problema não é você, sou eu*, mas o problema é, sim, você. Você não me ama. E não posso ficar preso para o resto da minha vida em uma relação em que amo inteiramente sozinho. — Eu sequer consegui parar para respirar, as palavras saíram como uma enxurrada descontrolada, o próprio vômito na manhã de ressaca.

— Você achava tudo bem passar o resto da vida com um fantasma, mas não aceita passar o resto da vida com alguém de carne e osso, só porque eu não digo essas... *palavras*? — Ele fez uma expressão perplexa.

— É isso aí. Fantasmas ok. Falta de amor nada ok.

— Mas eu *preciso* de você!

— E você terá — esclareci. — Já disse que você é minha responsabilidade, minha obrigação. Não vou te deixar sem se alimentar... Não vou deixar de transar com você. — Fui mais incisivo. — Não vai ser um sacrifício transar com você, eu tenho tesão pra caralho em você e tá tudo bem. Mas você não precisa do meu coração. Precisa só do meu corpo e do que ele te oferece.

— Por que não podemos deixar as coisas como estão? — Dante fez um biquinho, os olhos começando a tomar um tom marrom-camurça que era o primeiro estágio antes de se avermelharem, eu sabia.

— Porque não é justo que eu fique preso a você por amor quando seus sentimentos por mim não são os mesmos. Eu te amo e estou com você por isso, mas você não me ama. É um demônio e sei que sua raça é incapaz de amar, então não vai mudar muita coisa. A diferença é que agora vou me permitir me envolver com outras pessoas e seguir minha vida. Quero ser feliz, Dante. Quero ser amado como todo mundo. Como todo *humano vivo*.

Ele abriu a boca para tentar retrucar, mas o impedi, estendendo a palma aberta entre nós.

— Como tentei dizer no começo da conversa, você já foi e voltou a este mundo um par de vezes, mas esta é minha primeira experiência terrena — falei. — Eu preciso viver. E você foi o primeiro a dizer isso quando era um fantasma. Você mesmo disse que nós não podíamos ficar juntos porque, como um fantasma, você não tinha absolutamente nada a me oferecer, e juntos estaria me privando de viver coisas comuns e rotineiras.

— Mas você aceitou! — ele contrariou, aproximando-se. Seu olhar parecia um tanto desesperado. Se não soubesse de sua atual condição sociopata, acreditaria que ele estava desesperado por me perder. Então ele não conseguiu abalar minha decisão, nem por um segundo. — Foi você quem sempre disse que não se importava em abdicar de ter uma vida comum pra ficar comigo!

— Isso era porque valia a pena! Eu me abdicaria de tudo, Dante, *tudo*, pra ficar com você, pelo seu amor — falei, sem conseguir mais segurar, deixando a primeira lágrima escapar e usando todas as minhas reservas de força para não falhar a voz. Não queria parecer fraco. — Eu abdicaria de tudo se pudesse ter você... — terminei em um sussurro dolorido.

— Mas você me tem... — Dante voltou à expressão confusa. — Dei um jeito de me comunicar com você do Inferno! Fui até Lúcifer em pessoa, pra que ele me dissesse como voltar pra você! E você nem mesmo imagina com que aparência ele surgiu pra mim...

— Dante... — Eu baguncei meus cabelos já um tanto crescidos e esfreguei o rosto, nervoso. — Não importa o que fez pra chegar aqui. O que importa são suas motivações e sentimentos. Você não me ama, e não posso ficar preso a isso. Não deixaremos de transar, apenas não seremos mais... um casal. Entende? — Encarei-o com atenção. — Você vai poder transar com quem quiser, além de mim, e vou poder me envolver física e emocionalmente com quem quiser também. Teremos um acordo prático, só isso. Assim não me prejudico e nem prejudico você.

— Por que quer tanto ficar com outras pessoas? — Ele portava uma expressão de estranhamento que, aos poucos, pareceu ficar raivosa, junto à vermelhidão em seu rosto que começava a corar brutalmente. — Não sou mais suficiente pra você? Não te dou mais prazer? Não te fodo direito?

— Dante, não é isso... — Respirei fundo em busca de paciência e girei os olhos para o teto.

— Você não gosta de estar dentro de mim? Não gosta que troquemos as posições?

— Não tem nada de errado com o jeito que a gente fode, porra, você é a melhor foda da minha vida! — Eu me exaltei em uma dolorosa e desconcertante confissão.

Ele voltou a se sentar no sofá, dessa vez, mais perto de mim, o tronco virado em minha direção, a face banhada em confusão novamente.

— Então, por que não quer mais ficar só comigo? Por que me quer longe? Eu não te divirto? É chato estar ao meu lado? Enjoou de mim? — Engatou uma pergunta na outra, afobado.

— Dante... Eu só não posso mais, simplesmente não posso. — Levantei-me do estofado. — Vou te dar duas semanas pra procurar por um lugar pra ficar. Procure algo com um valor um pouco menor do que vendi a casa porque, com que sobrar, vamos comprar os seus móveis, talvez até um carro. Até lá, vou dormir no quarto de um dos garotos ou até mesmo aqui na sala. Você pode ficar no meu quarto e...

— NÃO QUERO! — ele bradou indignado e raivoso.

Pisquei os olhos algumas vezes, atordoado com sua reação súbita. O confuso era eu, agora.

— Não! Não quero e nem vou dormir na sala, nem você. Vamos dormir juntos, na cama, como sempre fizemos — falou firme.

— Não vamos, não. Eu já disse. Nós não estamos mais juntos e não quero mais essa proximidade com você. Nossa relação será puramente sobre... negócios. Como deveria ter sido desde que minha avó morreu.

— Não acredito que você disse isso! Não vai ser assim coisa nenhuma! — Dante fez um bico do tamanho do mundo, levantando-se também, e empinou o nariz, cheio de marra. — Não aceito terminar com você, e *zefini*!

Encarei-o por quase um minuto inteiro, tentando digerir o que ele estava dizendo. *Zefini* era gíria de velho para *ponto final*, *fim de papo*. Quando consegui montar as peças, explodi em uma gargalhada desacreditada e nervosa, que me fez curvar o corpo para frente e segurar a barriga, mas não era como se estivesse achando tudo humorado de verdade: minha risada era fruto de uma histeria súbita incontrolável.

— Você não precisa aceitar nada, Dante. — Precisei secar os cantinhos dos olhos, tão histérica era minha reação. — Não sei como era no seu tempo de vivo, mas hoje em dia não é assim. Isso aqui não é um divórcio, em que as duas partes precisam assinar o acordo de separação. Eu não quero mais ser seu namorado e fim da história. Não estou *pedindo* pra terminar, estou *avisando* que não estamos mais juntos.

— MAS EU NÃO QUERO!

— Problema seu, mimadinho egoísta do caralho! — Eu finalmente perdi as estribeiras, já completamente sóbrio. — Você não é mais o playboyzinho rico de antes, para que todas as suas vontades sejam atendidas. Não vou mais ficar preso a você e pronto! Tá decidido, tá legal? Agilize sua vida e comece a empacotar suas coisas. Com licença! — Dei-lhe as costas ao ir em direção ao quarto buscar meu pijama.

— Não! Volta aqui! — Ele veio atrás e puxou meu braço, mas o puxei de volta, tentando ignorá-lo e continuei o caminho. — Alex! — Dante se pôs na minha frente, travando a passagem.

— Dante, sai pra lá — pedi com uma paciência forçada. Tentei desviar e sair pela esquerda, mas ele me bloqueou com o corpo. Desviei para a direita, e ele me bloqueou outra vez. — Sai da minha frente! — grunhi revoltado.

— Não! Você não pode me deixar, Alex!

— Entendo que o egoísmo seja uma coisa inerente a esse seu estado demoníaco, já entendi tudo sobre isso, de coração mesmo, eu não te culpo, mas não força, tá legal? — Bufei e tentei novamente o driblar, infelizmente sem sucesso.

— Por que dizer uma coisa tão falsa quanto essas palavras mundanas é tão importante pra você? São só palavras vazias, garoto. Quantos caras já disseram que te amavam e, no fim, era tudo mentira?

— Eu deveria te parabenizar por ser sincero, então? — Meu sarcasmo estava transbordando. — Se toca. Ainda estou sendo bonzinho de não me recusar mais a te alimentar, sua peste infernal! Se você continuar, literalmente, me infernizando, nem as transas vou te dar, tá legal? — Joguei sujo. — Vou te deixar desfalecer até morrer — ameacei.

— Você não teria coragem. Não é do seu feitio. Você não vai me deixar morrer, eu sei.

— Então, me testa! — Quase grudei meu nariz no dele, afrontando-o.

Ele bateu de frente, sem se mover ou dar para trás nem um milímetro, o que já era natural dele como pessoa, mesmo antes de se tornar uma criatura das trevas. Com o sangue fervendo o empurrei pelos ombros, afastando-o de mim para finalmente seguir o caminho, mas Dante me empurrou de volta, fazendo força contra, como dois irmãos brigando para entrar no banheiro primeiro.

— DÁ PRA PARAR? — gritei a plenos pulmões, empurrando-o mais forte dessa vez, sem tempo de medir muito bem minha força.

E o resultado disso foi Dante bater as costas na parede e me encarar com fúria. Seus olhos tomaram um tom carmesim e, pela primeira vez, outra coisa mudou em seu rosto: veias escuras e muito aparentes surgiram como raízes abaixo dos olhos, exatamente como aquela galera dentuça de *The Vampire Diaries*[1].

Preciso dizer que fiquei todo cagado? Estava prestes a ajoelhar no chão e rezar o Pai-Nosso em, pelo menos, oito línguas diferentes!

A coisa toda piorou quando as luzes da sala e do corredor começaram a piscar e um minivendaval sacudiu as coisas, as janelas bateram e os quadros balançaram em seus pregos.

— Que porra é essa? Você nem é mais um fantasma! — Apontei o indicador na cara dele, acusador.

O rádio da sala ligou sozinho, sem parar em nenhuma estação, apenas reproduzindo aqueles chiados e pedaços de programações, como quando a gente troca de canal muito rápido.

Sentindo-me preso no filme *Poltergeist*[2], fui cambaleando para trás, a passos erráticos, até conseguir correr para a cozinha. E a primeira coisa que avistei foi uma maldita frigideira que empunhei como uma arma.

Clássico.

Assim que virei para trás, deparei-me com Dante bem atrás de mim, como uma assombração, uma nova face assustadora de olhos vermelhos emoldurados por veias escuras assustadoras e macabras.

— Cara, para com essa porra! Tô falando sério, Dante, vou dar uma panelada na tua cabeça e te fazer cair desacordado igual ao desenho animado, valeu?

Diante de minha ameaça, ele reagiu de forma oposta, fazendo as portas dos armários se abrirem, o micro-ondas apitar de modo ensurdecedor e os pratos começarem a voar e espatifar no chão.

---

1 Série estadunidense de vampiros do canal CW (2009), baseada na saga literária de L.J Smith.

2 Clássico filme de terror estadunidense, criado por Steven Spielberg (1982).

— DANTE, FILHO DA PUTA, PARA COM ISSO! — bradei a plenos pulmões, mas ele não quis recuar.

Foi aí que Thomas e Doyun surgiram na cozinha, num pulo, encarando a situação caótica, semelhante ao apocalipse e, por isso, Dante imediatamente interrompeu a demonstração de efeitos especiais antes que eles vissem.

— Ei, ei, ei! Vocês precisam conversar como dois adultos, que porra é essa? — Doyun nos repreendeu, completamente indignado com a situação. Seus cabelos estavam amassados, certamente por estar deitado na cama de Thomas, fazendo-se sabe-se lá o quê.

— Mas já conversei, inferno! Dante não quer me deixar terminar com ele!

— Por que você tá ameaçando agredir ele com uma panela? — Thomas estava com a expressão fechada.

— Isso aqui é legítima defesa, tá legal? — Abaixei a frigideira.

— Por que caralhos vocês tão fazendo tanto barulho? — Jonas surgiu de cara emburrada no portal da cozinha, arregalando os olhos ao ver as louças quebradas no chão. — Mas que diabos...?

Subitamente, soou o ruído da porta batendo, o que fez nós quatro nos voltarmos a ela, para apenas aí nos darmos conta de que Dante havia dado no pé. Exausto, larguei a frigideira em cima da mesa e apoiei a testa nas palmas.

— Podem voltar a dormir. Vou arrumar tudo isso — declarei com a voz cansada.

— Alex... Ele tentou te agredir? — Thomas perguntou.

Eu vi os três me encarando desconfiados e preocupados. Acabei por arregalar os olhos e abrir a boca, ao me dar conta, surpreso, do que eles estavam interpretando daquela situação.

— Isso não é um relacionamento abusivo, se é o que estão pensando... — comecei a dizer alarmado. — Dante só está... muito temperamental. — Não podia dizer pra eles que o cara era literalmente o capeta e estava se transformando em alguma coisa muito pior, bem na minha frente.

— É o mesmo que dizem de namorados agressivos. — Doyun me encarou de olhos apertados. — Não é porque vocês são dois homens e têm quase a mesma força, que são livres pra saírem no soco um com o outro.

Jonas, ao canto, me fitava sério, como se estivesse me analisando.

Não pude deixar que eles pensassem que eu e Dante tínhamos uma relação agressiva e abusiva um com o outro, porque definitivamente não era essa a nossa realidade, não era esse o problema por aqui.

Dante era um demônio. Era um ser sobrenatural e maligno que, aparentemente, era incapaz de controlar seus poderes, do mesmo jeito que não conseguia quando era apenas um espírito errante. Eu nem mesmo sabia que ele ainda era capaz de mover as coisas no ar daquele jeito agora que era um demônio íncubo e não uma alma penada. Por isso, dei a melhor desculpa que podia naquele momento:

— Olha, caras... Não se preocupem com isso. Posso resolver. Deixem que eu lide com Dante.

— Você sabe que, se precisar de ajuda, estaremos aqui, como seus fiéis escudeiros, certo? — Thomas quem disse.

Dei um aceno positivo fraco e um suspiro. E, com isso, o casal deixou a cozinha e retornou ao quarto. Já Jonas permaneceu ali me encarando com uma expressão muito séria na face bonita. De um jeito tão sério que era completamente estranho a ele, que raramente ficava tão tenso daquele jeito.

— Abestado, já disse que não é o que parece, tá legal? Não é um relacionamento abusivo ou...

— Eu sei que não — ele me cortou. — É algo muito pior do que isso, Alex, e acho melhor você explicar direitinho. Esse cara, esse Dante... Ele não é quem você diz que é — acusou.

— E o que você acha que ele é?

— Uma coisa *maligna*.

— Ele não é um fantasma, se é isso que está pensando.

— Ele é *alguma coisa* — insistiu. — Eu não caí nesse papo de que esse cara é filho do falecido Dante Donadelli. Andei olhando algumas fotos do falecido na internet e não existe a menor possibilidade desse garoto ser filho dele. Não existe nenhum Ishida Dante. Esse cara é o próprio Dante Donadelli. Um desrespeito você achar que sou tão burro a ponto de não perceber. Sou a única pessoa pra quem você quase nunca consegue mentir, esqueceu? Eu sempre descubro. Sou seu irmão mais velho. — Ele cruzou os braços, desafiador.

Engoli em seco, mais uma vez sem ter para onde fugir. Não sabia como explicar a ele sobre todos os caminhos que me levaram até ali. Diante de meu silêncio e cara de tacho, ele continuou:

— Por que não me esclarece logo as coisas, Alex? Por que continua me deixando no escuro?

— Porque isso não é um problema seu! Esse não é seu trabalho, você não pode se meter nisso. Estou tentando te proteger. Certamente, existe um motivo pelo qual apenas eu recebi o dom de ajudar os seres sobrenaturais e você não.

— Isso não é bem verdade. Essa... aura que vejo ao redor dele não é algo deste mundo, assim como ele também não é. E, antes disso, eu jamais tinha visto essa coisa em alguém.

— O dom é hereditário, então isso, que você vê, deve ser algum resquício de paranormalidade que está nos nossos genes ou algo assim.

— Você não tem como saber!

— Olha, conheço duas garotinhas, do apartamento 20-A, que têm o dom de enxergar essas auras, além de verem fantasmas. Elas são sinestetas, podem ver o campo magnético ao redor das pessoas. Só que elas veem a cor relacionada à personalidade de cada indivíduo. E, no Dante, elas enxergam uma aura vermelha com roxa. Você já viu alguma coisa roxa na aura dele?

— Não. É totalmente vermelha, tenho certeza. — Sacudiu a cabeça.

— Então, pronto. Você não vê a aura dele por completo, só vê essa parte maligna. Isso só prova que você não tem dom algum, é apenas um resquício da paranormalidade hereditária.

Ele suspirou e colocou as mãos no bolso do pijama, revirando os olhos, impaciente.

— Alex, ele foi o primeiro, mas o único. Eu vi outra pessoa com essa aura, depois dele. Uma mulher jovem, bonita, bem apessoada, assim como Dante. Ela mora em algum dos blocos do condomínio. Cheguei a perguntar ao porteiro sobre ela, mas tudo que ele me disse foi que era casada com um magnata rico e que eu não deveria ficar atrás dela. Ele também não quis me dar mais informações nem o número do apartamento.

— Isso continua não esclarecendo nada. Conheço essa mulher. É a madrasta das garotinhas sinestetas. Ela e o Dante são a mesma... hm... *coisa*.

— Então, você sabe o que Dante é — disparou, pondo-me contra a parede.

Permaneci em silêncio.

— Como um cara morto há quase quarenta anos voltou à vida, Alex? — Pressionou. — E até onde você está envolvido nisso? Você disse que via fantasmas, mas Dante e essa mulher claramente não são espíritos!

Eu não podia contar a ele sobre a verdadeira origem dos dois. Não podia revelar que se tratavam de demônios. Especialmente demônios sexuais que vinham à Terra ou te visitavam em sonhos para sugar sua energia vital por meio de sexo. Isso o poderia assustar demais, além de fazer com que criasse minhocas na cabeça, e ele pensaria ser o salvador da pátria e tentaria se meter com demônios. Eu não sabia o que um demônio podia fazer com um humano que ameaçasse expor sua natureza, por isso precisava proteger meu irmão disso.

— Me desculpe, mas definitivamente não vou te meter nisso. Por favor, fique longe deles e me deixe resolver essas coisas, ok? É o meu trabalho — alertei. — Fui escolhido pra isso, tenho um dom, uma obrigação cósmica, mas não posso fazer meu trabalho se estiver preocupado com a sua segurança. Por favor, deixa comigo. Não se mete, eu tô implorando.

Ele suspirou uma vez mais e se deu por vencido, mas não sem antes declarar em tom de aviso:

— Se eu descobrir que Dante representa perigo... Eu mesmo vou dar um jeito de me livrar dele, Alex. Você está apaixonado por essa... *entidade* ou sei lá que coisa ele é, mas essa paixão não está te deixando enxergar as coisas com clareza. Quando ele era só um fantasminha camarada, que ninguém mais conseguia ver além de você, era diferente. E não era como se a gente pudesse te afastar dele, já que ninguém podia ver, mas agora ele está aqui, entre nós, bem visível e aparente. *E isso não é natural.* Se for necessário, vou me meter e dar um jeito nisso. Então, resolva logo de uma vez por todas, *chefe paranormal.* — Ele me deu as costas, deixando no ar um clima estranho entre nós dois e a ameaça velada de que, se descobrisse o que eu tentava esconder, ele mesmo interferiria.

Jonas não pensaria duas vezes antes de destruir Dante Donadelli.

15.
NÓS DO MULTIVERSO
— LADO A —

Duas semanas.

Duas semanas foi o prazo que dei a Dante para que procurasse um apartamento bacana e caísse fora da minha casa.

Entretanto, já fazia cinco semanas que o lazarento ficava me enrolando e dizia não gostar de apartamento nenhum que a gente visitava.

Nem de casa.

Nem de *loft*.

Nem mesmo se eu oferecer uma ilha particular, o desgraçado sai daqui.

Essa coisa de morar com o ex-namorado e ex-fantasma-e-agora-demônio-íncubo-do-inferno não é pra mim. Principalmente, levando em consideração o fato de que o amo mais intensamente a cada dia e tenho meu coração partido diariamente por não ser correspondido. Amar um fantasma é o mesmo que ganhar na loteria do azar. E transformá-lo em demônio íncubo após uma noite de amor físico e macular sua sagrada alma é como ganhar duas vezes nessa loteria do azar.

Depois de presenciar a cena bizarra da cozinha destruída e um Alex muito pistola ameaçando agredir o namorado com uma frigideira, os garotos ficaram com o pé atrás com relação ao Donadelli. Jonas, então, que o diga. Ele ainda não sabe como diabos o defunto voltou à vida, mas Jonas está por aí, fuxicando. E, no momento, um dos meus maiores temores é que ele descubra sobre a verdadeira natureza de Dante, porque agora meu irmão o vê como uma ameaça a ser neutralizada, e isso obviamente não pode dar em nada bom. Sendo assim, a amizade entre os três desapareceu como num passe de mágica.

Isso fez com que Dante evitasse passar muito tempo em casa, no intuito de evitar esbarrões desnecessários com eles dois.

Ainda assim, isso não parece ser motivação suficiente para que o ex-fantasma vá embora. Ele continua forçando sua estada, e eu sinceramente já não sei mais qual o intuito dele, afinal. Já disse que não o deixaria definhar até morrer.

E por incrível que pareça, nessas últimas cinco semanas, Dante esteve muito empenhado em me fazer delirar de prazer, como se quisesse provar para mim que ficar sem ele seria insuportável. Por isso, nossas transas, por esses dias, tornaram-se ainda mais intensas e quentes que antes. Ele tentava transar olhando no olho, para me enfeitiçar, mas eu sempre inventava uma posição onde não precisasse olhar naqueles olhos e ser sugado para a tormenta que havia dentro deles.

Me atormenta saber que não somos mais um do outro, ainda que nossos corpos continuem juntos. Dante agora é livre para dormir com quem quiser, e eu também. Mas ao contrário do que planejei, ainda não tive coragem de seguir em frente.

Depois de baixar um aplicativo de namoro e ter conversado com montes e montes de caras legais – proporcionais à quantidade de sujeitos insuportáveis e sem noção –, eu recebia, semanalmente, cerca de dois ou três convites para sair.

O negócio é que não consegui aceitar nenhum. Não por falta de interesse, mas porque essa coisa de continuar transando com Dante torna muito difícil apagá-lo do meu coração como pretendia. E, somado à insistência e à teimosia dele em permanecer morando em minha casa, bem... Você já deve ter assimilado.

Para piorar a situação, Dante pediu demissão do trabalho e exigiu uma parte da grana da venda da casa – que lhe entreguei sem reclamar porque, querendo ou não, esse dinheiro pertence a ele, não a mim – e daí, sem compromissos e com dinheiro no bolso, ele agora vive exatamente como sempre viveu:

um vagabundo, festeiro e alcoólatra. Como já era de se esperar.

Quando durmo no quarto, ele chega, pela manhã, totalmente embriagado, acorda-me, abraça e atiça até que eu lhe dê o que precisa: sexo. E, se eu durmo na sala, bem... Ele faz a mesma coisa, mas às vezes é mais fácil fugir dele estando ali, no cômodo comum do apartamento, do que entre as quatro paredes e portas fechadas da suíte.

Foi por esse motivo que dormi na sala na última noite. E acordei com dor, meu braço dolorido por ter dormindo no sofá, no exato momento em que alguém tentava abrir a porta lá fora, mas não parecia acertar o buraco da fechadura de jeito nenhum. Eu sabia que era Dante e sabia que ele estava bêbado, mas não iria me levantar para ajudar. Ele que se virasse. Além do mais, fingir-me de morto era a melhor solução, porque vê-lo se destruindo não era algo agradável.

O meu eu apaixonado insistia em me iludir que, talvez, só talvez, ele estivesse se entregando aos vícios por estar sofrendo com nosso término, mas o meu eu racional jogava a realidade nua e crua na minha cara: Dante era incapaz de sofrer por amor, uma vez que ele não era mais capaz de amar, e esse era o justo motivo pelo qual eu precisava me manter firme na decisão de não me prender a ele. Não havia diferença nenhuma no comportamento dele para o de um sociopata, agora, não tinha mesmo.

Escutei a porta ser finalmente aberta, e os seus passos erráticos e barulhentos soarem abafados no tapete, em seus sapatos sociais que se tornaram seu novo item favorito de moda. Ele nunca mais usou tênis, depois que recebeu um corpo de carne e osso, talvez porque os trinta e cinco anos usando o mesmo *All Star* astral tenham feito tomar certo ranço, eu acho. Ele deu um gritinho seguido de um baque que imediatamente me deixou alarmado, então me virei para espiar por cima do ombro e me deparei com Dante caído de bunda no tapete, rindo como um idiota enquanto tentava se levantar.

Bufei silenciosamente e virei para frente outra vez, o corpo voltado para o encosto do sofá, de costas para o Donadelli. Por um momento, ele ficou em silêncio e tensionei à espera de seus próximos movimentos. Nem tão surpreendentemente assim, senti o sofá afundar atrás de mim e seu corpo se colar ao meu, passando o braço por minha cintura. Ele sabia que eu estava acordado e arrastou o nariz em minha nuca antes de começar a distribuir selares que rapidamente se transformaram em beijos molhados e estalados, fazendo meu corpo inteiro se arrepiar e começar a esquentar.

— *Baby*... — sussurrou com a voz rouquinha. — Seu fantasminha está aqui. — Deu uma risadinha divertida.

Bufei mais uma vez e tentei me desatrelar de seu aperto, mas era basicamente impossível, devido ao espaço minúsculo do sofá.

— Dante, me deixa dormir... — resmunguei, embora meu corpo inteiro clamasse para que ele continuasse ali, unindo nossos corpos mais do que a física era capaz de explicar.

— Quero você...

Ele me causou arrepios por toda a coluna, dos pés aos fios de cabelo, porque eu me mantinha sedento por ele muito mais do que eu deveria ficar.

— Você tá bêbado. Não vou te encostar assim. Vá tomar um banho. — E é claro que não pretendia esperá-lo voltar do banheiro, mas aproveitar para me vestir e dar o fora daquele apartamento, caso contrário, perderia a aula e ficaria transando até a hora de ir trabalhar. E já faltei a aulas demais para transar com Dante nas últimas semanas.

Só que, diferentemente de minhas expectativas, ele me abraçou forte até pressionar seu quadril no meu, para mostrar o quanto me queria. Estava duro feito pedra. Sem forças ou real vontade de afastá-lo, fui sentindo meu pênis endurecer dentro da cueca, aos poucos, então joguei meu quadril para trás, indo de encontro ao dele, aumentando o atrito entre sua pélvis e minha bunda, incapaz de recusá-lo, porque ele me deixava fraco. Nesses momentos eu desejava que ele tivesse nascido menos bonito, só ai eu teria uma chance real de escolher afastá-lo.

. Vendo minha reação positiva, como sempre, sua mão esquerda deslizou por dentro da minha camisa larga, arranhando meu abdômen enquanto ele mordiscava minha orelha e voltava a dar chupões deliciosos em meu pescoço.

— Dante... — Meu tom saiu completamente manhoso e necessitado. Acabei soltando um suspiro lânguido, como o bom fracote que era, quando senti um de seus dedos brincar com meu mamilo esquerdo, fazendo-me automaticamente empurrar mais a bunda contra seu pau duro atrás de mim.

O tesão começou a ficar tão forte que arranhei o sofá com uma das mãos, e a outra levei para trás, conseguindo apertar a bunda dele e trazer seu corpo para mais perto do meu.

— Eu te quero tanto... — ele confessou ao pé do meu ouvido, fazendo meu coração acelerar iludido, mas o hálito de álcool que senti era um lembrete de que ele sequer estava sóbrio para que tais palavras pudessem ser levadas em consideração.

Rapidamente, ele desceu a mão esquerda e segurou meu pau já completamente duro por dentro do pijama, o pôs para fora, alisando-o com cuidado, fazendo-me morder o lábio para conter um gemido. Seu dedão deslizou pela fenda da glande, espalhando o pré-sêmen, ao mesmo tempo que ele simulava uma estocada em minha traseira, o que me fez murmurar um palavrão e enfiar a cara no estofado, contorcendo-me.

Senti-o sorrir contra a pele de meu pescoço, ao mesmo tempo que sua mão soltava meu pênis e agarrava o elástico da cueca e a barra da calça de moletom, abaixando-as juntas. Com a bunda nua, o espiei por cima do ombro e o vi tirar o próprio falo duro para fora da calça para deslizá-lo entre minhas bandas, provocando-me; com isso, automaticamente soltei um grunhido de excitação. Ele chupou dois dedos, fitando-me provocador, e então os levou até minha entrada, molhando-a enquanto os deslizava nas pregas, pronto para enfiá-los em mim. E quando estava prestes a entrar...

— Não quero nem ver o que vocês estão fazendo, então vou esperar que se recomponham — uma voz rouca e sonolenta disse em tom meio brincalhão, ligeiramente afastada de nós.

Imediatamente, puxei minhas calças para cima e dei um pulo, sentando-me no sofá; empurrei Dante no chão, que reclamou pela queda.

Raphael estava de pé e descabelado, coçando os olhos. Vestia um pijama de Jonas e pantufas coloridas. Tinha ficado tão absorto em Dante e suas tentativas bem-sucedidas de sedução que tinha até me esquecido de que meu primo estava dormindo aqui em casa.

— Eu não queria atrapalhar a reconciliação — disse risonho. — Mas é que todo mundo já acordou e acho que não vai ser muito agradável serem pegos fazendo *vuco-vuco* no meio da sala para um monte de marmanjos.

Dante continuou resmungando e fazendo charme por ter batido com o cotovelo no chão, mas prontamente o ignorei, levantando-me, todo desengonçado, com as bochechas vermelhas.

— Não tem reconciliação nenhuma aqui não, você ainda tá muito sonolento — resmunguei, já capturando o edredom e o travesseiro do sofá, também para esconder, com eles, a barraca armada dentro das minhas calças.

— Ué, então por que você marcou o pescoço do garoto todo, igual a um cachorro marcando território? — Raphael indagou, com a expressão confusa.

Imediatamente, parei de respirar, sentindo uma sensação de puro pavor apertar meu peito e, muito devagar, virei-me para espiar o Donadelli, que acabava de se levantar do chão e parecia ainda mais apreensivo que eu, ao me encarar nos olhos e desengonçadamente tampar a lateral do pescoço com uma das mãos, contudo o outro lado continuava exposto, deixando claro o que ele andou fazendo na noite passada.

E era lógico que eu não tinha o menor direito de reclamar disso. Nenhum mesmo. Fui eu quem abriu essa relação, afinal. Mas foi impossível evitar minha mágoa ao ver as manchas que começavam a escurecer na pele alva de seu pescoço delicado, e que sabia não ter sido eu o responsável por elas. Senti o jantar da noite passada querer voltar pela minha garganta, mas fiz um esforço descomunal para impedi-lo de sair ou o meu rosto de entregar qualquer coisa – o que se mostrava absurdamente difícil quando se tinha um olho esquerdo tremendo num tique nervoso ridículo.

O silêncio que preencheu a sala em seguida era ensurdecedor, e logo Raphael pescou as coisas no ar, dando-se conta do significado da troca de olhares entre mim e Donadelli.

— Oh... Me desculpe. Eu não queria criar um clima estranho entre vocês. — Pareceu genuinamente sem jeito.

Queria poder responder qualquer coisa para confortá-lo, já que a culpa não era dele. Nem de Dante, aliás. A culpa era totalmente minha, como sempre. Comecei toda essa chuva de frustrações em minha própria vida e ainda arrastei Dante Donadelli comigo.Mas o bolo em minha garganta estava me engasgando tanto que tudo que eu fiz foi caminhar a passos rápidos em direção à suíte, tentando fugir da situação.

Quando estava no corredor, porém, Dante me alcançou e me abraçou por trás com força, impedindo que eu continuasse o caminho. Seu rosto estava colado em minha nuca, e sabia que ele estava agoniado, ainda que não pudesse ver seu rosto, apenas porque o conhecia como a palma da minha mão.

— Por favor, volta pra mim... Vou ficar louco sem você — ele sussurrou em meu ouvido, apertando-me forte entre seus braços moderadamente fortes. — Eu vi... Vi seu celular quando você estava no banheiro! Vi que você vem conversando com um monte de caras, mas não quero mais que faça isso! Quero que fique só comigo, porque não tô me aguentando de raiva! Não quero dividir você.

Senti-me completamente tentado a jogar tudo para o alto; desesperado para tê-lo apenas para mim, sendo só meu como sempre foi. Mas eu não podia. Não quando tinha uma vida toda pela frente, e ficar com Dante agora significava abdicar de ter amor romântico para sempre. Então, de que adiantaria estar com ele quando a principal coisa que eu queria e ansiava era tudo que ele não poderia me dar? Isso podia soar piegas, mas era desse modo que me sentia. Sempre quis Dante desesperadamente e não me contentei em ter apenas seu amor, que era a única coisa que ele podia dar. E, agora, era isso que eu tinha: uma casca vazia. Tinha Dante Donadelli, mas não tinha seu amor.

Com essa lembrança dolorosa em mente, suspirei e delicadamente tirei seus braços ao redor de meu corpo, puxando seus pulsos.

— Estou atrasado pra aula — foi tudo que respondi, antes de entrar no quarto e ir direto ao banheiro, sem olhar para trás.

16.
NÓS DO MULTIVERSO
– LADO B –

DANTE

Eu me sentei no sofá, com um baque, jogando meu corpo contra o estofado, como um saco pesado de estrume, porque era assim que me sentia: um grande pedaço de bosta.

Essa era a maior *bad trip* de todos os tempos.

Alex terminou comigo.

Alex me expulsou de casa.

Alex já não me ama mais.

Ele fez cara de bravo quando viu os chupões roxos em meu pescoço, mas não disse nada.

É. Nada.

Não reclamou, não me xingou, não me perguntou que diabos era isso, não me acusou de traidor, ainda que nós dois estivéssemos solteiros... Ele simplesmente fez cara de paisagem e disparou para o quarto para se arrumar e ir à aula. E isso só podia significar uma coisa: ele não se importava mais.

Depois que Alex se trancou no banheiro, esperei pacientemente por sua saída, mas, ignorando minhas investidas, ele apenas se vestiu e saiu do apartamento sem sequer tomar café – o que era bastante impressionante para alguém que sentia quase tanta fome quanto eu.

Depois dele, Jonas, Thomas e Raphael também saíram – sendo este último o único a me cumprimentar na porta, já que desde minha briga com Alex, na noite em que terminou comigo, os pratos e a cozinha inteira que destruí com meus poderes sobrenaturais não deixaram uma boa impressão minha aos caras. Não que eu me importasse. Era a porra de um demônio, estava pouco me fodendo em agradar os irmãos do cara que eu... Bem... Não sei explicar o que é minha relação com Alex agora. Ele é meu... Alimentador? Minha âncora na Terra? A fonte dos meus poderes? Um ex-amor humano que agora é minha obsessão eterna?

As coisas estavam estranhas e incômodas. Eu sentia falta do Alex e cada vez mais necessidade de estar com ele, mas o pivete me evitava explicitamente, sequer aceitando permanecer num mesmo cômodo da casa que eu por muito tempo.

Então, eu fazia a única coisa capaz de fazer com que ficasse comigo: o seduzia. Sexo era a única coisa que ele parecia se importar em me dar, então me agarrava a isso com todas as forças.

Quando fodíamos, ele era inteiramente meu. Seu corpo, sua mente e coração estavam ali comigo. Ele evitava me olhar, mas, vez ou outra, eu o encarava firme, o fazendo me devolver o olhar na mesma intensidade, enquanto se enfiava em mim, e eu podia jurar que sentia meu sangue entrar em ebulição. Algo dentro de mim ficava esquisito e não me refiro a dor de ter meu cu arrombado por um pênis grande demais para a média nacional, sinceramente falando, *bicho*. Falo de uma sensação esquisita, que era tão deliciosa que eu me encontrava viciado nela. *E, como todos os meus vícios, sabia que não iria conseguir parar até que aquilo me destruísse.*

Era de lascar o cano.

Olhei para o papel de parede no celular velho que Alex me deu assim que voltei dos mortos e ele me ensinou a usar. Já tinha uma dezena de telefones de garotas e caras boas-pintas que conheci por aí, mas não tinha a menor vontade de puxar assunto com algum deles... porque a única pessoa que eu queria era Alexander Kister.

Minha cabeça doía um tantão pela quantidade de álcool que havia ingerido madrugada passada, mas nada doía mais que a frieza constante de Alex. Literalmente falando. Eu sentia dor quando ele me rejeitava, como se mil agulhas perfurassem meu crânio de uma só vez. E isso vinha entrando na minha cabeça de um jeito que me tornava incapaz de curtir as oportunidades, mesmo quando estava com dezenas de pessoas se jogando ao meu redor.

Eu já havia tomado tantos copos que via tudo dobrado e era difícil diferenciar as pessoas. Ainda mais numa boate gay, onde havia muitos homens e todos eles eram muito parecidos na escuridão de luzes piscantes.

Na minha época, quase não existia esse tipo de lugar, então é claro que eu quis explorar as novidades do mundo. Ali havia caras que gostavam de caras e de caras e garotas; havia garotas que costumavam ser caras, e caras que costumavam ser garotas.

E foi ali que me senti, finalmente, em casa.

Ainda assim, me sentia sozinho. Sozinho porque não tinha Alex comigo.

Foi por isso – ou por causa da quantidade absurda de vodca que bebi – que notei um mauricinho alto, de cabelos castanhos e cabelo de cogumelo, parado na bancada do bar enquanto olhava para mim, bebericando alguma coisa colorida e de chacrinha com outro boa-pinta. Desviei dos corpos em meio à pista de dança para tentar alcançá-lo. Minha mente embriagada me dizia que era Alex, mas, se estivesse um pouco sóbrio, saberia que não era ele, principalmente porque Alex vinha deixando o cabelinho crescer há certo tempo e atualmente estava quase na altura do queixo e não com a franja reta de sempre – o que o deixava muito parecido com o Willy Wonka[1] *na versão do Johnny Depp.*

Mesmo assim, caminhei até o que julgava ser ele em meio aos corpos suados. E, ao me aproximar o suficiente, dei-me conta de que não era o Kister, mas, ao mesmo tempo, percebi ser um rapaz quase tão bonito quanto ele e que flertava como ninguém. Era um pão!

Quando dei por mim, tarde demais, estava no banheiro da boate, sendo prensado contra a parede pelo sósia do Alex. Ele tinha uma pegada mais bruta e urgente e, em vez de aproveitar, tudo que consegui fazer foi pensar no maldito Alex Kister e no quanto queria estar deitado na cama com ele, sentindo a dureza de seu peito estufado e deliciosamente musculoso servindo de apoio para minha cabeça.

Enquanto o pitelzinho fazia o trabalho de sugador de ralo no meu pescoço, ponderei chamar "Buffy, a caça-vampiros" para dar um jeito nele, porque do modo que o cara chupava meu pescoço, estava quase certo de que ele queria mesmo era cravar os dentes na minha

---

1 Protagonista do filme estadunidense *A Fantástica Fábrica de Chocolates* (2005).

pele e beber meu sangue. Ele sorrateiramente pôs a mão dentro da minha cueca... E aí, inesperadamente, fiquei grilado, de bode... Porque assimilei que não queria estar ali. Não queria estar com ele. Queria Alex e apenas ele. Não o queria apenas pelo toque, pelo cheiro ou pelo sexo. Queria Alex todo para mim, porque eu era todinho dele.

Não sei por que diabos ele precisava tanto que eu dissesse aquelas palavras que não conseguia dizer, mas minha certeza era de que o queria agora e sempre.

Então, dispensei o rapaz e sequer anotei seu telefone em meu celular, pois sabia que não iria procurá-lo mais. Depois daí parti de volta para casa, atrás de quem realmente ansiava.

Tentei fazer o que ele queria: sair com outras pessoas, enquanto ele passava o dia de chacrinha no telefone com outros caras. Juro que tentei! Mas isso não ia dar certo. Ele precisava ser só meu, assim como eu era só dele. As coisas não iam funcionar assim. Era inaceitável dividi-lo. Quando era um mero fantasma, um corpo astral, lhe dava meu coração, mas Alex queria além: queria sexo; agora que podia lhe dar todas as fodas do mundo, ele queria meu coração outra vez. Por que ele sempre queria além do que eu podia oferecer? Humano confuso! Só queria o que não podia ter. Eu não entendia o lado dele, tampouco aceitava. Para entender alguma coisa, eu teria que ter empatia, a capacidade de me pôr no lugar do outro, e esse era um tipo de sentimento humano com que, felizmente, nós demônios não somos amaldiçoados, do contrário não seríamos capazes de realizar nossas funções infernais, é claro.

Eu não aceitava que Alex não me considerasse mais suficiente. Que não aceitasse o que dava para ele quando estava dando absolutamente tudo que podia. E aí um pensamento amargo me invadiu: nunca fui suficiente para ele, nem quando era um fantasma, nem agora que era de carne e osso, porque o problema era eu.

Cara, lá vou eu ficar de *bode* outra vez...

Eu me lembrava de amar Alex. Lembrava-me da sensação calorosa no peito ao estar com ele. Lembrava-me de sentir meu coração bater rápido só com sua risada, ainda que eu não tivesse um coração de verdade. Lembrava-me de sentir como se minhas mãos suassem em sua presença, ainda que um corpo astral não fizesse isso. As sensações estavam todas lá, como a memória de meu corpo em vida. E, a cada toque dele, a cada beijo, a cada suspiro, meu corpo se infectava um pouco mais. Sua energia se misturava à minha e, ao mesmo tempo, minha alma apodrecia.

Além da consequência lógica, foi por esse mesmo motivo que a maldita parede onde meu corpo estava escondido começou a apodrecer também... Aqueles fungos da suposta infiltração não eram naturais. Marceneiro, pedreiro, ou encanador algum poderiam consertar aquela maldita parede, pois a causa daquilo era sobrenatural. Meu corpo estava ligado à minha alma. Ela não apodreceu quando meu corpo se decompôs, mas a corrupção do meu espírito gerava reflexos no plano terrestre, pois era algo atípico, não era natural, não deveria acontecer.

Quando o próprio Diabo deu a solução dos meus problemas, dizendo-me como voltar à Terra para estar com Alex, eu sabia das condições. Sabia de tudo isso, mas mesmo assim eu vim, porque nada parecia mais desesperador do que não o ter mais comigo. Meu corpo tinha uma necessidade urgente de ser saciado, e não era qualquer um que poderia saná-lo; fosse humano, demônio ou qualquer outra coisa, minha transformação em íncubo havia ligado minha essência à de Alex, de tal forma, que somente ele era capaz de me satisfazer, em todos os aspectos.

Só que agora era tudo muito pior, porque não conseguia pôr em palavras o quanto tê-lo para mim apenas quando nossos corpos se envolviam se tornava vazio, quando sabia que não dividíamos mais a conexão de um relacionamento exclusivo.

Eu entrei pelo cano.

Fechei os olhos e joguei a cabeça no encosto do sofá, tentando reorganizar meus pensamentos, já que a onda da bebida havia passado, mas a ressaca continuava presente. Sei que não havia mais remédios nem repositores de isotônicos na casa para curar minha ressaca, pois já tinha usado todo o estoque de medicamentos para dores possíveis nos últimos dias, então fui obrigado a me levantar e ir até a farmácia, em busca de alívio.

Encaixei os óculos escuros no rosto e desci de escada. No vigésimo andar, escutei o barulho da porta do apartamento 20-A abrindo, mas, antes que me virasse para espiar quem saía de lá, uma voz feminina zombeteira cortou o ar:

— Eu adoro quando posso dizer que avisei.

Imediatamente, voltei para trás, com uma sobrancelha arqueada. Ela estava falando comigo?

— Estava me perguntando quando você viria até mim.

Asherah é um súcubo lendário no plano infernal, justamente por ser um dos mais importantes líderes das legiões demoníacas. Não posso dizer que dei sorte em tornar-me seu vizinho, acidentalmente.

— Cansado de ser o bichinho de estimação de um *animus*? — Ela cruzou os braços para me fitar em desafio.

— Eu quem te pergunto — retruquei, empurrando-a para o lado e entrando em seu apartamento, sem sequer ser convidado. — O que um súcubo de alta hierarquia, como você, está fazendo se ocupando de uma vítima tão insignificante como o pai de duas garotinhas?

Ela sorriu convencida e jogou os cabelos pretos brilhantes para trás, foi até a geladeira e capturou uma garrafa de vinho.

— Jung Hansol não é um humano insignificante — justificou, despejando vinho branco em duas taças transparentes. — Ele é um homem muito influente, cheio de contatos políticos e famosos. Baobet queria este humano, por isso deu a tarefa de seduzi-lo pra mim.

— Baobet... Um dos líderes *íncubos*. Eu me lembro dele, vagamente.

— Baobet passa mais tempo na Terra do que lá embaixo, você sabe. — Ela deu a volta no balcão da cozinha e me entregou uma das taças.

— Você não precisa matá-lo, então. Se ele é tão valioso assim, vale mais vivo que morto, não acha? — Sentei-me em uma poltrona, de frente para ela.

Asherah revirou os olhos e soltou uma risada fria.

— *Você é fraco*. Deixa esses resquícios de sentimentos humanos mancharem sua essência... — acusou, deixando-me inevitavelmente indignado.

— Não faz ideia do que está falando. Não tenho sentimentos. Pelo menos não os positivos, você sabe.

— Todas as camadas do Inferno sabem que Lúcifer te deixou voltar à Terra por amor — ela falava com um desprezo tão aparente que era quase palpável.

— Isso ainda não é da sua conta, súcubo.

Ele sorriu friamente e bebeu metade do líquido em sua taça, num só gole.

— Isso que Lúcifer te ensinou a fazer... — Riu de lado, debochando. — É uma piada. Existe um motivo pelo qual os *íncubos* e os *súcubos* não o fazem, Dante Donadelli. É um feitiço extremamente frágil.

— Não precisa me dizer. Eu já sei. Cuida da sua vida. — Fui curto e grosso.

— Se o *animus* deixar de amá-lo, seu corpo perde o elo com este plano.

— Já disse que não precisa repetir — rosnei, apertando a taça com mais força que o necessário, até que o fino vidro se partiu, derrubando todo o líquido alcoólico,junto ao sangue rubro escorrendo pelos cortes profundos em minha palma, feito pelos cacos.

Ainda com um sorriso maldoso e provocador na bela face, Asherah observou meu sangue misturar-se ao vinho enquanto escorria por meu antebraço e respingava em seu tapete caro.

— Espero que esse seu sangue meio-humano não manche meu tapete. — Ela bebeu o resto do vinho em sua taça. — Demônios não são supostos a amar, Donadelli. Sabe disso. O único amaldiçoado com a capacidade de sentir amor, por toda a eternidade, é o Diabo. Nós, demônios, temos outras fragilidades.

— E lá vai você, outra vez, ensinar o padre a rezar missa. — Revirei teatralmente os olhos, enquanto retirava friamente os cacos de vidro partidos, presos à minha pele.

— Pensa que eu não gostaria de poder usar meu corpo original no plano terrestre? Pensa que *íncubos* e *súcubos* gostam de possuir um frágil e nojento corpo humano, pra que possam se manter aqui em cima, hm?

— Eu, particularmente, pouco me fodo para o que você gosta ou deixa de gostar. — Dei um sorriso aberto e petulante.

Vi seu rosto avermelhar-se de raiva.

— Seu corpo vai definhar se o *animus* inútil deixar de te amar. E, acredite, isso vai acontecer. Demônios não só são insensíveis à compaixão e ao amor, mas também não podem recebê-lo.

— Alex me ama — rebati, trincando o maxilar.

— Por enquanto. — Ela deu outro sorriso frio. — Quando perceber que você não é capaz de dar-lhe o afeto que ele precisa, como um maldito humano mortal, o elo entre vocês será quebrado. E sua alma vai retornar ao Inferno. Então, como todos nós, você precisará possuir um corpo humano qualquer, para voltar à Terra.

— E quem é você? A secretária dele ou coisa assim?

— Você não deveria se apegar a essas garotinhas nem à duplicata de Lúcifer na Terra — disse com uma expressão sombria.

Asherah reconhecia a semelhança absoluta entre a aparência humana de Lúcifer e a aparência do *animus* com quem eu mantinha uma relação. Nunca contei isso ao Alex... Sobre Lúcifer ser sua cópia fiel no Outro Plano. Ou melhor, sobre Alex ser a cópia fiel de Lúcifer, tanto faz. Acredito que isso o deixaria assustado e criando mil e uma teorias sobre ser internamente algo maligno ou qualquer idiotice do gênero, já que a mente dele é bastante fértil. Imagine só se, além disso, eu contasse a ele que não só Lúcifer é sua duplicata, como eu sou a duplicata do ser pelo qual o Diabo é desesperadamente apaixonado e governa o Inferno lado a lado com ele...

— Quando tudo isso acabar, você sabe que vai voltar pro Inferno — Asherah tornou a atazanar. — E nem Alex, SunHee, ou JangMi irão com você. O destino de vocês é separado, assim como o de todas as duplicatas, em todos os milênios de existência da humanidade.

— Você não sabe de nada — teimei. — Se Lúcifer me deixou voltar, ele tem seus motivos.

— Não há nada de grandioso por trás da decisão do Rei do Inferno — Asherah disse entre os dentes, irritada. — A única motivação de Lúcifer pra isso foi... empatia — disse as palavras com nojo. — Lúcifer tem sentimentos humanos. Essa é a punição dele. Odiou tanto essa raça que foi amaldiçoado a ser, internamente, como eles, ainda que fosse um anjo. Ele mal pode conhecer os *Dantes* e *Alexes* de outras dimensões, que imediatamente mexe os pauzinhos para vê-los juntos... Ele é tão fraco quanto você.

Abandonei os restos da taça de vidro na mesinha de centro, levantei-me e me aproximei de Asherah, abaixando um pouco o rosto, para quase unir nossos narizes e parecer o mais ameaçador possível.

— Reclame com Ele. Ah, sim, me esqueci. — Levantei os olhos, teatralmente. — Você não pode confrontar o Diabo. Ele é seu chefe. — Soltei uma piscadinha debochada, antes de sair do apartamento e deixar o súcubo irritado para trás.

— Cuidado... — Ela parecia como uma cobra peçonhenta quando alcancei a porta. — Eu tenho um acordo com os caçadores dessa cidade: não toco nas sinestetas e, em troca, eles não me caçam. Se eu fosse você, teria cuidado. Não pense que ter Lúcifer como fada madrinha impede que os caçadores te achem. O perigo pode estar mais próximo do que você imagina — finalizou, com um sorriso vencedor no rosto bonito.

Eu a ignorei e preferi pensar que essa era apenas uma ameaça vazia, na tentativa de me impor medo. O súcubo não entregaria um dos seus a um grupo de caçadores, entregaria?

Irritado e me questionando por que diabos estava preocupado com o que Asherah pretendia fazer ou deixar de fazer com as sinestetas, segui para a farmácia, como já pretendia fazer. Quando voltei para dentro de casa, com a mão enfaixada e já medicado, apanhei um par de bananas para comer e, assim, me acalmar um pouco. Acabei dormindo no sofá, exausto da bebedeira e privação de sono na noite anterior.

Sinceramente, ser um fantasma era bem mais fácil. Eu não podia beber ou comer, mas em compensação também não sentia fome, dor, sono ou cansaço, não precisava dormir para repor energia.

Quando acordei, sentindo uma terrível dor nas costas por ter dormido de mau jeito, vi pelas portas de vidro da sala que o céu já estava escuro lá fora. Aparentemente, dormi por muitas e muitas horas. A casa estava silenciosa, mas vi o par de botas de Alex abandonado ao pé da porta, o que indicava que ele já havia chegado do estágio. Ansioso para vê-lo, fui em direção à suíte que dividíamos – onde ele praticamente não dormia mais há semanas – e, ao abrir a porta, finalmente o encontrei. Ele usava uma calça jeans apertada, tênis estilosos, anéis e pulseiras em vários dedos; estava perfumado, colocando a camisa pela cabeça, o que o impedia de me ver parado na porta como um idiota, babando, porque *Alex parecia um pãozinho na chapa com manteiga, eu queria devorá-lo todo.*

— Dante! — Ele se assustou quando me viu ali, ao terminar de vestir a camisa larga que o deixava com a aparência muito bonitinha. — Não ouvi você entrar. — Pôs a mão no peito. — Está aí há muito tempo?

— Aonde você vai? — perguntei, ao invés.

— Sair.

— Sair pra onde?

— Não te devo satisfações, Donadelli — retrucou, daquele seu jeitinho malcriado e tentou passar por mim para sair do quarto, mas o segurei pelo braço, puxando seu corpo para mim, fazendo nossos narizes se encostarem. Ele não parecia assustado com minha expressão brava, mas sabia que estava escondendo algo grande. Podia sentir. Conhecia Alex desde que ele havia nascido, ele não podia me enganar tão facilmente, ainda que fosse um exímio mentiroso. — Até quando pretende continuar com isso? — perguntei agoniado. — Não percebe que seu destino é ao meu lado?

Ele mordeu o lábio e engoliu em seco, fitando-me.

— Meu destino não pode ser viver sem amor pro resto da vida, Dante. Eu não aceito.

— Foi você quem insistiu nisso! — devolvi, apertando-o um pouco mais. — Foi você quem me tornou isso!

As palavras do demônio súcubo voltaram a rondar minha cabeça: *"Quando ele perceber que você não é capaz de dar-lhe o afeto de que ele precisa, como um maldito humano mortal, o elo entre vocês será quebrado. E sua alma vai retornar ao Inferno"*.

Não que eu já não soubesse, Lúcifer me avisou sobre isso, mas me recusava a acreditar que esse fosse o nosso destino. Não que me incomodasse em voltar ao Inferno. Mas me incomodava desesperada e dolorosamente ficar sem Alex Kister. Isso não poderia acontecer. De jeito nenhum. Se Alex deixar de amar, não só o feitiço que permite que minha alma ocupe meu corpo original neste plano irá quebrar, como a parte demoníaca mais profunda de meu ser virá à tona. E sinceramente não sei o que meu eu inteiramente demoníaco seria capaz de fazer. Lúcifer não me disse coisa alguma sobre isso, mas sabe como é, o Diabo é o pai da mentira, não é como se qualquer um pudesse esperar sinceridade e clareza vindas do cara. Talvez, todas as duplicatas de Alex, nos diversos multiversos existentes, sejam bem mentirosas.

— Vai pro inferno! — ele gritou, afastando-se imediatamente de mim. — Estou atrasado. Tenha uma boa-noite, Donadelli. — Então, pegou as chaves do carro e disparou porta afora.

Assim que escutei a porta da frente bater, olhei ao redor do cômodo, desolado, e foi aí que vi o celular dele em cima da escrivaninha, a tela brilhando com novas mensagens. Ao desbloquear a tela, vi que as mensagens vinham daquele mesmo aplicativo de conversas onde ele paquerava e *xavecava* vários homens. Um aplicativo de encontros. Minhas mãos suaram e o nervoso começou a tomar conta do meu peito quando vi que Alex tinha marcado um encontro no shopping com um tal de Minzy. O cara era um *pão*, parecia cheio de *borogodó* e mandava fotos demais de si mesmo.

Meu sangue ferveu de ódio. O ciúme me corroeu como ácido nas veias. Meu coração começou a martelar dentro do peito, um medo abrasador tomou conta de mim. Eu não tinha sentimentos humanos bons... Mas os ruins, como inveja, cobiça e ciúmes, eram tão fortes quanto minha existência.

E se ele gostasse desse Minzy? E se Alex se apaixonasse por ele? O que seria de mim se Alex não me quisesse mais?

Meu desespero era tanto que nem mesmo escutei a porta da sala abrir outra vez, e passos apressados soarem cada vez mais perto. Só me dei conta quando os dedos magros de Alex arrancaram o celular da minha mão e ele me olhou daquele jeito fulo da vida costumeiro. Ele estava maquiado e impecável, pude reparar bem, como se realmente quisesse impressionar o tal Minzy, o que apenas me deixou mais *grilado*.

— Qual a parte do *nós não somos mais namorados*, você ainda não entendeu, Dante Donadelli? Você não pode mais mexer no meu telefone! Não pode se meter na minha privacidade, tá legal? Eu deixava antes porque a gente tava junto e eu não me importava. Agora estamos separados. S-E-P-A-R-A-D-O-S — soletrou, como se eu fosse um imbecil. — Minha autorização para que você mexa em meu telefone está revogada, entendeu? R-E-V-O-G-A-D-A.

Não respondi nada, apenas permaneci encarando-o com uma expressão mortal.

Vendo que não teria nenhuma resposta minha, ele saiu do apartamento de novo, batendo os pés com força.

Malcriado!

Não esperei sequer cinco minutos e saí atrás dele, dando a volta pela frente do prédio, para não ser visto. Enfiei-me no primeiro táxi que vi e ordenei que o motorista me deixasse no shopping, onde sabia que Alex tinha marcado o encontro com o tal cara.

Ele ainda chegou depois de mim. Fiquei sentado na praça de alimentação, de frente para a entrada do cinema, mas longe o suficiente para que Alex não me visse. Ele e o mala do Minzy ficaram conversando por um bom tempo. Os dois estavam extremamente amigáveis, cheios de sorrisos. Por acaso isso era uma consulta ao dentista? Meu maldito Lúcifer! Para que mostrar tanto os dentes assim? Não gostei nada do que vi!

Eles pediram pipoca e, enquanto esperavam por ela, bebericando seus refrigerantes, o tal Minzy não perdia uma oportunidade de encostar-se ao meu Alex, os dois de *chacrinha*. Ele apertou seus braços, e aposto que estava dizendo algo como: *"Oh, minha nossa, Alex, como você é forte. Faz academia?"*. E, só de pensar nisso, eu queria me bater de frustração, ou melhor, queria ir até lá e socar o nariz daquele mala sem alça.

Isso é o maior *bode*!

Eles compraram o bilhete para a sessão de um filme de romance meloso e os esperei sair dali para comprar o mesmo ingresso. Entrei na sala de cinema logo depois, segurando meus dois baldes de pipoca e um refrigerante, porque, se eu ia entrar pelo cano, ao menos precisava me distrair.

As luzes se apagaram. A sessão estava vazia, então era fácil conseguir um lugar bem atrás do casalzinho, sem que eles sequer notassem, tão entretidos estavam na presença um do outro, para o meu maior azar. Quando o filme começou, eles ficaram de conversinha, aos cochichos, então não consegui escutar.

Antes da metade do filme, vi o safado do Alex usar o movimento mais clichê do universo: fingiu bocejar, esticando os braços para cima, então aproveitou e colocou um deles atrás da cadeira do chato de galocha ao lado dele.

Eu não estava gostando nada!

Lúcifer, olha o que esse garoto tá fazendo! Pega ele!

Mas minhas maldições foram ignoradas pelo senhor do Inferno, que certamente tinha coisa melhor para fazer – como transar com seu homem, por exemplo, ou castigar as almas pecadoras com fogo e açoites. Eu estava sozinho nessa.

Minha pipoca já estava quase acabando quando vi Alex virar o rosto lentamente em direção ao outro cara, e ser correspondido. Eles ficaram se encarando de pertinho, e então o mala avançou para beijá-lo.

Foi aí que meu cérebro parou de funcionar, como um *game-boy* depois de cair na água.

Sem ter a menor capacidade de me controlar, eu me levantei com meu saco de pipoca e, cheio de ódio, derrubei todas elas na cabeça do *casalzinho*. Imediatamente, eles interromperam o beijo e olharam para cima, horrorizados com o monte de pipoca, milho, sal e manteiga, melando seus cabelos e roupas.

— Mas que porra...? — o metido Minzy exclamou, chamando a atenção.

Enquanto isso, Alex me fuzilava com os olhos, não parecendo nada surpreso em me ver ali.

— Oh, me desculpe. Tropecei sem querer. Poxa, perdi toda a minha pipoca — fingi.

— Dante Donadelli, vou matar você tão morto que... — Kister começou a rosnar.

— Espera aí... Você o conhece? — o mauricinho perguntou, com uma expressão desacreditada, alternando o olhar de mim para Alex, que ficou completamente sem jeito.

— Ah, sim. Você me conhece, Alex? — provoquei. — Diga a ele. — Dei um sorriso, falsamente inocente, na semiescuridão da sala de cinema.

— É que... Eu e ele, a gente... Err... — Alex tentou desconfortavelmente explicar ao Minzy.

— Eu sou o namorado dele, *brotinho* — o interrompi, já que Alex tinha virado uma máquina gaguejante.

— Você não é nada! — Alex olhou para o tal Minzy, um tanto desesperado. — Ele é doido! A gente terminou há semanas! Eu juro!

— Mesmo? Mas você estava gostando muito da minha mão alisando seu pau hoje de manhã, baby — eu disse, sorrindo de um jeito meio macabro.

Alex ficou indignado; encarou-me com fúria, mas não me abalei. O que ele poderia fazer? Me expulsar de casa? Isso ele já tinha feito.

— Então, que horas você vai parar com o teatrinho e ir pra casa foder comigo? — provoquei.

— Olha, sinceramente... — Minzy resmungou. — Tô caindo fora!

— Não, Minzy, espera aí... — Alex tentou impedi-lo.

— Sabia que não deveria ter baixado aquele aplicativo! É cada louco que me aparece... — O mala sem alças saiu praguejando enquanto eu portava um sorriso vitorioso.

As poucas pessoas na sala de cinema nos encaravam em silêncio. Até porque aquela cena estava bem mais interessante do que o filme, de boa mesmo.

— Dante, por que você fez isso? — Sem me dar tempo de retrucar, Alex saiu da sala, morrendo de vergonha.

Eu fui atrás.

Ele não queria olhar na minha cara, por isso ia andando rápido pelos corredores em direção ao estacionamento, batendo os pés no chão como uma criança birrenta. Ele pagou o ticket na maquininha na saída e entrou no carro, onde me aproveitei para pular para o banco do carona e ir embora junto.

— SAIA DO MEU CARRO, DONADELLI!

— Eu não, sai você!

— Como é? — Alex me olhou como se eu fosse burro. — O carro é meu! Não vou sair do meu próprio carro!

— Então, chegamos a um acordo conveniente. Nem eu saio, nem você. — Dei um sorriso galante.

— Minhas santas fadinhas intergalácticas protetoras das gays! — Ele parecia estupefato. — Só posso ter jogado chiclete na cruz!

— Hein?

— Eu cuspi na mesa da Santa Ceia!

— Ahn?

— Pelo amor de Deus, Dante Donadelli, o que você quer de mim? — grunhiu, em tom indignado e olhos arregalados. As veias em sua testa estavam a um passo de estourar.

Hm, fofo.

— Primeiro, quero que pare de dizer meu nome todo. Sei que ele é bonito, mas assim você parece o meu pai...

— É sério, Dante, mas que porra você tá tentando fazer, hein? Me diz, o quê?

— Eu preciso de você! — reclamei, a voz afinando.

— Você já tem! Eu te dou tudo o que precisa!

— Mas não é o suficiente! — rebati.

Ele piscou um par de vezes, claramente atordoado.

— O que mais você quer de mim? Quer me ver infeliz pro resto da vida? É isso que vai ser suficiente, então? — exasperou-se, atropelando as palavras, quase sem fôlego.

— Eu quero você todo, Alex Kister! — Dei um tapa em minha própria coxa. — Não sei o que você fez de errado naquele ritual, mas preciso de você! Cada segundo que passa longe de mim é como uma tortura! Por que quer me torturar?

— Você só pode tá brincando, né, meu filho? Você é um demônio! Demônios não amam! Eu andei lendo um bocado de livros da Espírito Mágico, e confirmei que você não é capaz me amar!

— É por isso que tô dizendo que você me quebrou, me deu um corpo com defeito! Eu não deveria sentir essa coisa estranha! Não deveria sentir vontade de fazer carinho no seu cabelo, nem ficar todo arrepiado quando você dá uma fungada no meu cangote. Meu coração não devia acelerar quando você sorri e minhas pernas não deveriam ficar bambas quando te beijo! Não sei o que você fez comigo, Kister.

Ele partiu os lábios finos num O perfeito e piscou os olhinhos grandes para mim, um tanto de vezes, com cara de bobo.

— Eu... Eu... Argh! — Escondi o rosto entre as palmas, começando a me sentir envergonhado.

Alex ficou em silêncio por alguns momentos enquanto eu continuava a esconder o rosto, desconcertado. De repente, senti suas mãos frias segurarem delicadamente meus pulsos e afastá-los, deixando minha face livre, contudo meus olhos estavam fechados e o cenho franzido.

— Olha pra mim, Dante — pediu com um sussurro.

Entretanto, resisti.

— Por favor, Dantezinho... Olha pra mim.

Então, eu olhei. Ele me encarou com o rostinho triste e tudo que eu queria era enrolá-lo numa manta e chamá-lo de bebê.

Minha Santa Lilith da desgraça, eu estava morrendo de novo, só podia ser! A única vez que me senti tão sem ar assim foi quando morri.

— Você não precisa de mim. Pode ficar com quem quiser, Dante. Então, por que continua obcecado com isso?

— Eu não consigo ficar com mais ninguém — murmurei em resposta.

Nossos rostos estavam bem pertinho, e eu doido para tascar um beijão na boquinha linda dele.

— Corta essa, Donadelli. — Ele fechou a cara, fazendo um bico grandão. — Não fui eu quem deu esses chupões no seu pescoço. Você esteve com outra pessoa ontem! — Estava claramente magoado, o que fez meu coração fisgar sabe-se lá o porquê.

— Eu não cheguei nem aos beijos! Não consegui! Não deixei o cara me beijar, só sugar o meu pescoço igual à porra de um vampiro. Mesmo caindo de bêbado, a única coisa que conseguia pensar era em você. Tô com dezenas de números de telefone salvos no celular, mas não consigo chamar nenhum deles para sair, porque o único que quero é você! Dá pra entender? Eu fiz o que você pediu, fui viver minha vida e tentei mesmo ver se funcionava ficar com alguém, mas é impossível! Eu simplesmente não consigo, só quero você! Para me torturar, Alex!

Ele me fitou com uma expressãozinha de cachorro caído do caminhão de mudanças. E eu não consegui mais resistir. Devagarzinho, rocei meu nariz no dele. Alex não recuou e ainda fechou os olhos – o que era um bom sinal. Mordisquei seu lábio inferior uma vez, e ele suspirou, derretido. Então, mordi de novo e, dessa vez, chupei o beicinho manhoso que ele fazia. Alex abriu os olhos e me puxou pela nuca. Nossas bocas se encontraram saudosas, mas nosso beijo era lento. Deixei que ele comandasse e gostei da sensação. Ele foi quem mordiscou minha boca dessa vez, fazendo todos os meus pelos se arrepiarem com a carícia gostosa. Senti o cheiro de sua loção pós-barba e a maciez de sua pele recém-depilada. Sua língua macia, que já conhecia bem, parecia novidade agora, depois de tanto tempo. Era como se o beijasse pela primeira vez. Meu peito parecia prestes a explodir.

— Por que você tem que ser tão egoísta? — ele subitamente indagou, afastando-se de mim.

— O quê? — Vi-me até um pouco tonto, com a mudança abrupta de clima.

— Por que não pode me deixar seguir em frente, Dante? Por que você não pode me deixar ir? — Ele me encarou agoniado. — Sabe que não consigo ficar longe de você. Sabe que nunca vou conseguir amar alguém enquanto você dominar meu coração. Então, se não é capaz de me amar de volta, por que continua querendo que eu seja só seu?

— Demônios são egoístas. Da última vez que fui altruísta, veja só onde parei. — Referi-me à decisão que tomei lá no começo, quando sacrifiquei a pureza da minha alma em troca de dar a ele a noite de amor que tanto queria.

Alex desviou o olhar do meu, parecendo envergonhado, e começou a arrancar as pelinhas ao redor das unhas. Delicadamente, segurei suas mãos e puxei seu rosto pelo queixo, obrigando-o a olhar para mim. Então, encostei nossas testas e o encarei atentamente. Ele suspirou e segurou meu rosto entre suas duas palmas para, então, voltar a me beijar, cheio de carinho. Afastei-me minimamente, apenas para dizer:

— Volta pra mim, baby... Por favor, eu quero só você.

Bom, eu mesmo fiquei assustado com as palavras que saíram da minha boca. Um demônio nunca pedia *por favor*. Não podíamos nos rebaixar a tanto, mas a agonia em meu peito não me deixou fazer o contrário disso. Por isso, ele sorriu, deslizando a pontinha de seu nariz grande no meu e me beijou mais uma vez, sorrindo.

Gostaria de dizer que me mantive duro, mas não estava em posição de negar o sorriso rasgando meu rosto, enquanto a gente se agarrava naquele carro. Nem quando ele dirigiu com dificuldade para casa, já que, durante todo o caminho, fiz questão de me ocupar em chupar o pau dele todinho. Alex foi forte, coitado; aguentou até chegar em casa. Ou pelo menos, até chegar ao prédio. Porque assim que o automóvel entrou na garagem, ele me empurrou para fora do carro e me agarrou no elevador, por todos os vinte andares. E, ao chegarmos ao apartamento, nem mesmo os gritos apavorados de Jonas e Thomas, assistindo à TV na sala, foram capazes de nos parar, enquanto tirávamos as roupas pelo caminho. Quando nos deitamos na cama, ele foi meu e eu fui dele, como sempre devia ser.

De madrugada, acordei suando. Outra vez, revivi meu pior pesadelo: o dia da minha morte.

Alex estava dormindo serenamente ao meu lado, com uma expressão tranquila no rosto. Parecia feliz. Para não acordá-lo, levantei-me devagar do colchão e coloquei um travesseiro embaixo de seu braço estendido, para que ele não desse minha falta.

Caminhei na ponta dos pés até o terraço, desesperado em busca de ar puro. Aquela sensação sufocante, como se meu coração fosse parar a qualquer momento, não era novidade. Ela acontecia com certa frequência, toda vez que eu me sentia pleno após estar com Alex. Era como um lembrete terrível de que minha presença física na Terra tinha um preço.

Lúcifer me avisou sobre esse preço, também. Havia prós e contras sobre minha estadia neste plano, usando meu corpo humano original restaurado.

Eu conhecia a sensação: meu corpo suando, meus músculos enrijecendo e paralisando, os batimentos cardíacos acelerados, os calafrios, a falta de ar... Meu corpo precisava de uma coisa que Alex não poderia me dar. E eu não podia mais lutar contra isso.

17.
AME SEUS CHIFRES

ALEX

Chifres. Posso senti-los claramente deslizando para fora da minha pele, crescendo bem nas laterais da minha testa. E não, não estou falando daqueles chifrinhos de demônio; o único filhote de satã por aqui não sou eu.

Ele está me traindo. Estou sendo chifrado.

Depois de infernizar o caralho do meu juízo para que eu voltasse com ele, aquele demônio filho da puta está me traindo. Típico. Gostar de homem é uma maldição, que raça ruim da porra – eu incluso, não nego. E vale lembrar que esse é o segundo relacionamento seguido, em que ganho uma bela corneada. Já falei do meu ex-namorado e a esposinha dele, nunca vou esquecer.

— Esse filho da puta maldito, filho de uma chocadeira, demônio dos infernos! — Soltei um grunhido de pura fúria e estapeei o volante duramente.

Thomas, que estava sentado ao meu lado no banco do carona, suspirou um tanto impaciente.

— Você não sabe o que ele está fazendo lá dentro, Alex. Não tire conclusões precipitadas.

— Ele tá na casa de um macho! Um macho que, por acaso, é nosso vendedor de maconha, com quem eu já vi perfeitamente aquele filho de Lúcifer flertando, bem debaixo do meu teto! — eu disse entredentes, o maxilar trincado. — E ele mentiu sobre aonde estava indo! Você quer mais o quê, hein?

— Ele deve tá comprando maconha, só isso.

— Já faz meia hora! Ninguém demora isso tudo para comprar uma plantinha — retruquei, na mais pura revolta.

Meu coração batia acelerado, minhas mãos tremiam e eu queria chorar de ódio. Enquanto chorava de ódio, queria enfiar meu pé no traseiro de Dante, aquele capeta amaldiçoado, ingrato e mentiroso do caralho! Sabia que, como um demônio, ele não tinha mais um pingo de moral naquela cabeça oca. Mas, porra, traição, sério? Depois de tudo o que fiz por ele? Pior ainda, depois de ter se recusado a aceitar o nosso término, por semanas a fio, e chegar até mesmo a protagonizar uma ceninha de ciúmes no cinema, jogando pipoca na cabeça do cara que eu estava pegando, e ainda fazer uma declaraçãozinha de amor muito mais ou menos dentro do carro... E tudo isso há menos de um mês! E digo mais, correndo o risco de eu nunca mais deixá-lo me tocar, quando ele obviamente precisa de mim para se alimentar e continuar vivo? Ah, minha nossa... Que demônio burro!

— Então, por que continuamos parados aqui na rua? Por que a gente só não toca a campainha, entra lá e descobre logo? — Thomas indagou exasperado.

— Você tá doido, meu filho? É um traficante. Não é porque gosto de fumar maconha de vez em quando, que tenho coragem de me envolver com essa gente. Gente drogada, ok. Mas gente que vende droga? *Na-na-ni-na-não*! Gente que vende droga é gente perigosa. Sou muito novo e muito bonito pra tomar um tiro.

— É só você controlar esse seu gênio e fazer cara de paisagem. A gente fala que veio comprar maconha. Jay vai ficar de boa. — E com *Jay*, ele quis dizer o nome falso do traficante, aquele mesmo que ia lá em casa entregar o *bagulho* pra gente, vestindo terno.

— Nunca fizemos desse jeito. Ele sempre foi lá em casa levar a maconha, vestido como se fosse convidado do Oscar... — eu disse as últimas palavras com desdém.

— Não importa, desde que compre alguma coisa, ele vai ficar numa boa, e o que quer que seu namorado esteja fazendo com ele lá dentro, vamos interromper.

— Já disse que não, Thomas — resmunguei estridente, teimoso como uma mula.

— Quer saber? Fica aí, então! — E aí ele saiu do carro, batendo a porta, veloz.

De boca aberta, o vi caminhar pelo pequeno caminho de pedras que ladeava a entrada do belo casarão do traficante. Arregalando os olhos, apavorado com o que quer que Thomas fosse fazer, tirei a chave da ignição e saí correndo do carro também, indo atrás dele, afinal, se algo ruim lhe acontecesse – algo tipo confronto entre facções ou invasão da polícia –, seria totalmente culpa minha. Era por minha causa e do meu dedo podre que nós estávamos ali, afinal, não era?

Queria que tivesse dado tempo de alcançar Thomas, mas quando estendi a mão e estava quase conseguindo agarrar sua camisa cara da Giorgio Armani, ele tocou a campainha.

Era agora ou nunca.

Mais cagado que eu, só dois de mim.

Ele me deu um olhar severo que dizia *"Fica na linha e segue a minha deixa!"*, que não me atrevi a contestar. Logo a porta foi aberta, revelando Jay, o traficante engomadinho. E para o meu maior desespero, ele usava nada além de uma sunga azul-marinho e um robe florido curtinho, aberto na frente, expondo a barriga trincada de gominhos – visual exótico para um traficante de drogas, na minha humilde opinião. Mas talvez nem tanto, talvez, para um traficante gay. Ou bissexual. Ou gênero fluido. Ou... Eu sei lá que diabos esse cara era. Não precisava rotular, tampouco.

Engoli em seco, assimilando o tamanho do par de chifres que estava tomando naquele exato momento. Era preciso muita força de vontade para não empurrar o sujeito da minha frente, invadir sua casa e ir atrás daquele demônio fodido, traidor de merda, e acertar as contas com ele.

— Thomas? — Jay parecia confuso, segurando um copo de bebida na mão. — O que houve?

— Eeer... Eu vim comprar... Sabe... — Tentou disfarçar.

— Sim, imaginei. Mas por que não me ligou pra ir à sua casa? Ah, sim... Seus pais estão lá, né?

Eu não fazia ideia de que buraco o cara havia tirado aquela informação – provavelmente das vozes na cabeça dele –, mas Thomas foi rápido em confirmar:

— É isso aí. Eu e meu irmão aqui — apontou para mim — vamos sair, então precisamos de erva, com certa urgência. A gente já fumou tudinho.

— É uma festa? — O cara nos ofereceu um sorriso cúmplice.

— Ah, não... É só uma reuniãozinha com alguns amigos — Thomas mentiu perfeitamente bem.

— Ok. Entra aí. — Ele nos deu as costas.

Nós prontamente o seguimos, passando por um corredor largo, cheio de quadros renascentistas figurando orgias – o que era outro gosto exótico do cara. Esse Jay era todo diferentão. Talvez, por isso, Dante tenha se sentido atraído por ele. Eu também me sentiria se não estivesse morrendo de raiva e se não fosse comprometido com um sujeitinho bosta, para quem prometi fidelidade, sabe? Não que ele entenda o significado dessas palavras, aquele escroto.

Depois que passamos pela sala de estar, a de jantar e então por portas duplas de vidro que davam numa área de lazer com uma piscina enorme, nos deparamos com um bocado de gente festejando, cerca de vinte, eu diria. Havia música tocando não muito alta, copos espalhados por todos os cantos, gente rindo e se jogando na piscina; outras se beijando nas espreguiçadeiras. Em cima de algumas mesinhas, havia um bocado de garrafas de bebidas caríssimas, assim como duas pistolas pretas e um saco de algum pó branco levemente amarelado, que desconfiava ser cocaína – o que me fez respirar fundo e tremer mais que cachorro *pinscher*. Quero dizer, fantasmas, ok, aprendi a lidar com isso. Demônios do inferno, também. Mas traficantes? Deus me livre e guarde! Vai que começa um tiroteio aqui, do nada? E se a polícia invadir essa casa? Caralho, meus pais são juízes, não posso me meter numa encrenca dessas! Por que não pensei nisso direito, antes de me meter nessa furada? Ah, é claro... *Eu nunca penso direito*. Se o fizesse, não teria tido noventa por cento dos problemas na minha vida. E Dante estava incluso neles.

— Vou lá dentro buscar a *parada* pra você — Jay disse a Thomas, antes de nos deixar ali sozinhos.

— Já encontrou ele? — Thomas me fitou com o semblante preocupado e colcoou as mãos nos bolsos da calça larga.

— Não. — Bufei, passando os olhos atentamente pelos rostos do monte de *noiados* que estavam ali curtindo. Havia fumaça pra caralho, de cigarro, maconha e outras coisas que eu não fazia ideia do que poderiam ser. — Provavelmente, o Zé Porrinha tá lá dentro, na cama do cara, e ele subiu pra avisar que nós dois estamos aqui e assim dar tempo daquele demônio maldito fugir. — Cruzei os braços, fulo.

Porra, meus olhos estavam ardendo um bocado e aquela fumaça em excesso não ajudava em nada. Meu coração só faltava rasgar o peito, batendo descontrolado de nervoso. Já estava até me preparando para uma crise de urticária mais tarde.

— Parece que o Dante resolveu trocar de *sugar daddy* — Thomas zombou.

Não achei graça, então permaneci com a cara de bunda que Deus me deu. Com isso, o Thomas deu uma murchada e parou de rir.

— Desculpe, muito cedo, né? — disse, sem jeito.

— Muito.

— Vem, vamos procurá-lo. — Foi logo me puxando pela manga da camisa.

Nós começamos a buscar pelo jardim, área da churrasqueira, garagem, tudo. Nada de Dante. Quando voltamos para a parte da piscina, Jay estava atravessando a porta e voltando para lá.

— Aqui está. — Ele entregou ao Thomas o pacotinho transparente com *cannabis*. — A propósito, tem como vocês levarem seu amigo? Ele tá lá em cima, terceira porta à esquerda. Vou dropar um *quadrado* agora e não quero que ele corte minha onda, caso passe mal. Quer dizer, não o conheço direito, só deixei ele se drogar aqui porque ele disse que os pais de vocês estavam em casa... — Jay deu dois tapinhas no meu braço e se afastou.

Ah, então ali estava a voz que havia dado a ele aquela informação.

Eu e Thomas nos entreolhamos por um segundo, antes de dispararmos na direção que o dono da casa havia indicado.

Ansioso, subi os degraus de dois em dois, rapidamente alcançando o segundo andar da casa espaçosa. Nem mesmo contei as portas para saber qual era a certa, só fui abrindo todas que via pela frente, interrompendo um sexo a três, numa delas. Em outra ocasião, eu teria arregalado os olhos e rido, ficado sem jeito, mas nessa pouco me importei, apenas fechei a porta outra vez e continuei a procurar pelo Donadelli.

— Alex, aqui! — Thomas apontou para uma pequena porta no canto.

Entrei correndo, respirando rápido, somente para encontrar Dante deitado numa cama, todo esparramado, como se tivesse na casa dele, o abusado. Ao menos ele estava de roupas. Seus cabelos loiro perolados com a raiz preta crescida, esparramavam sobre o colchão, já que ele não tinha a cabeça apoiada no travesseiro; deitou-se em uma posição torta.

— Dante! — chamei, sacudindo-o.

Ele não respondeu. Estranhamente, seu rosto portava uma expressão deleitosa, com um meio sorriso nos lábios e os olhos revirando nas órbitas. Não estava sóbrio, isso era certo. Era bem parecido quando a gente transava e ele absorvia sua dose de energia.

— Dante! — Eu o sacudi com mais força, um pouco bruto.

Ao mesmo tempo que estava aliviado de não estar sendo chifrado – e isso se confirmava pelo fato de ele estar completamente vestido –, eu também estava muito puto. Afinal, que porra era essa de simplesmente se enfiar na casa de um traficante – que, cá entre nós, podia matar ele ali se quisesse e ninguém saberia –, só para ficar doidão? Ele poderia ficar doidão em casa! Na *nossa* casa. Meus pais não estavam lá coisa nenhuma! Então, isso queria dizer que ele queria se esconder *de mim*.

Olhando ao redor, aquele não parecia ser o quarto de alguém; não havia pertences, fotos, roupas ou quaisquer tipos de objetos pessoais. Tinha cara de quarto de hóspedes. E quando rolei meus olhos para a mesinha de cabeceira...

— Alex... — Thomas chamou, com um sussurro fraco e a expressão tensa, apontando para a bagunça na mesinha.

Em cima do pequeno móvel, havia um isqueiro, colher, seringa com agulha, um pedaço de algodão e algo que parecia um elástico grosso, desses que um enfermeiro põe no seu braço quando precisa tirar sangue. Depois, vi o principal: um saquinho de pó branco. Não era amarelado como o que estava na mesa lá embaixo, esse era completamente branco mesmo.

Prendi a respiração. Pela primeira vez, meu cérebro fez um trabalho rápido de associação, como quando eu fazia cálculos matemáticos de cabeça. E a constatação veio como uma enxurrada de pensamentos me atingindo de uma só vez, como um trem desgovernado: cocaína era levemente amarelada. Pó perfeitamente branco era...

— *Heroína* — murmurei. — Ele se injetou com heroína.

Flashbacks dos últimos meses começaram a surgir em minha memória, perfeitos como cenas de um filme:

Bom, eu só conheço quatro modos de morrer: assassinato, suicídio, morte natural e acidente e/ou tragédia. Mas Dante já disse que ninguém o matou. E nem se suicidou. E a autópsia determinaria uma causa mortis natural.

— Você não pode, ao menos, me dar um voto de confiança e reconhecer tudo que fiz por você, me contando o porquê de permanecer preso aqui por tantos anos? — perguntei.

— Fiquei por aqui para protegê-lo. Se as pessoas descobrissem minha morte e a causa dela, seria um escândalo, Anthony perderia tudo com isso... — Ele desviou os olhos para o irmão que o encarava cheio de culpa. — Não queria ferrar a vida dele por imprudência minha. Foi minha culpa ter morrido, e eu ia morrer de qualquer forma. Não que isso me importe agora.

Anthony soltou um sorriso sem humor e eu me vi um pouco confuso, sem entender o que exatamente Dante queria dizer com "morrer de qualquer forma".

— A culpa jamais seria sua — Anthony disse a ele. — Eu fazia o que fazia porque era um idiota amargurado.

— E o que você fazia? — perguntei tão desesperado por uma resposta que meu coração martelava no peito.

Anthony olhou para Dante e depois para mim.

— Eu vendia drogas. Heroína, majoritariamente. — Ele se voltou para Dante, de olhos marejados. — Dante, me perdoa. Não tive escolha, você sabe!

Um flash ainda mais antigo surgiu logo em seguida:

— A juventude da sua época é muito libertina! — Dante exclamou com um falso tom de indignação.

— Falou o cara que viveu todas as décadas em que tudo era sobre sexo, drogas e rock n' roll.

— E você, como era? Era um cara mais do sexo, mais das drogas ou do rock n' roll? Ou você era um pouco de tudo?

— É, digamos que eu era um pouco de tudo (...) Eu curtia uma boa música, ia a muitos shows de rock, transava nos banheiros de forma irresponsável, apostava em rachas com os mauricinhos da elite e usava drogas que me deixavam a um passo da morte (...) Era viciado em fazer coisas irresponsáveis e viver

perigosamente, porque queria castigar o meu pai. Bom, no fim, quem acabou castigado fui eu.

Como lâmpadas se acendendo em explosões mais altas que bombas, as memórias voltaram com força, brilhantes como fogos de artifício na virada do ano:

— Bom, Dante Donadelli, talvez isso não fosse da minha conta antes, mas é da minha conta agora. Caso não tenha notado, tudo que tem a ver com este lugar é da minha conta, sim!

— E você iria saber, eventualmente... Só não esperava que Anthony aparecesse tão cedo.

— Ah, é, você queria jogar a bomba no último minuto, então? E agora? Vai continuar sem me dizer como morreu? Ou vai me contar logo essa merda?

Dante cruzou os braços, teimoso, e continuou me fitando desafiadoramente, de cara feia, deixando bem claro que não abriria o bico.

— Ótimo! — declarei, ácido. — Eu descubro sozinho.

— Eu te proíbo — grunhiu, com a expressão sombria. — Te proíbo de desenterrar as coisas sobre minha vida!

E então, o jornal. O jornal noticiando a descoberta dos ossos de Dante Donadelli trinta e cinco anos depois:

— Os legistas continuam em busca da causa da morte de Dante Donadelli, mas, apenas por ossos, a análise torna-se mais difícil, pois, segundo os médicos, não existem indícios que denunciem agressão anterior, levando-os a especular que a causa mortis possa ter algo a ver com overdose de medicamentos ou um acidente envolvendo outras substâncias, que só poderiam ser descobertas por meio de análises de restos corporais além dos ossos.

Mais uma vez, retornei à memória do encontro entre Dante e Anthony:

— Você mesmo acabou de dizer que estava protegendo seu irmão, Dante! — exclamei. — Como diabos poderia protegê-lo de ser preso por tráfico? Isso não era uma coisa ao alcance do seu controle.

A conversa dos irmãos na cadeia era esclarecedora. E eu, como o idiota de sempre, não havia reparado em todas as dicas que havia nela:

— Quem o matou, afinal? O que vocês dois tanto tentam esconder? Foi Soraya, sua mãe? Ela matou Dante, e você escondeu o corpo pra que ela não fosse presa? — Despejei todas as dúvidas, como numa enxurrada.

— Abra essa boca e não vai me ver nunca mais até morrer! — Dante rosnou em aviso para Anthony, num tom tão firme, que precisei encará-lo duas vezes para ter certeza de que aquela voz havia saído dele mesmo.

— Dante, eu preciso saber! — grunhi estarrecido.

— Você não precisa saber de nada, Alex. Você me trouxe de volta. Por que o modo como morri ou o responsável por isso são importantes? Não vai fazer diferença. E não é da sua conta! Por que é tão difícil respeitar o fato de que não quero contar?

Overdose de drogas.

Ele tinha morrido de overdose de drogas.

Esse era seu grande segredo.

Dante era viciado em heroína.

Seu irmão era um traficante.

Sendo assim, na casa deles, certamente, teria muita droga armazenada para venda.

Dante provavelmente afanou parte do estoque do irmão para uso próprio antes, e, eventualmente, seu corpo não aguentou.

Quando os paramédicos chegassem para recolher o corpo, a overdose de substâncias ilegais os obrigaria a comunicar à polícia, que faria uma varredura na casa e encontraria as drogas de Anthony. Ele seria preso.

Como não pensei nisso antes? Estava tudo tão óbvio o tempo todo...

— O que a gente faz agora? — Thomas indagou, esperando por um comando.

— Vamos levá-lo para casa — respondi, ainda em transe.

Eu não sabia o que pensar. Havia acabado de assimilar algo muito grande. Heroína não era o tipo de droga que você usava só para relaxar. A heroína era muito pesada e muito perigosa. Seu uso corriqueiro era letal, por ser viciante em níveis altíssimos, como o *crack*. As pessoas se destruíam usando esse tipo de coisa. Não queria ser hipócrita aqui, mas existiam drogas que estavam totalmente fora dos limites. E o limite era quando ela te tornava tão dependente que te fazia consumir mais e mais, até seu corpo não aguentar e você simplesmente morrer. Esse era, quase sempre, o fim da linha para quem usava heroína. Como foi para Dante. Só que aparentemente ele havia perdido o medo de morrer de novo.

— Ele não está passando mal, certo? Senão, não estaria sorrindo como um idiota... — Thomas murmurou.

— Ele deve tá no meio da onda.

Thomas digitou alguma coisa no próprio celular e, após meio minuto de leitura concentrada, deu um pigarro e declarou:

— O efeito da heroína tem entre duas e quatro horas de duração. A gente pode ficar esperando passar ou o levamos pra casa assim. O que for mais seguro.

— Vamos levá-lo — decidi. Não queria ficar ali nem mais um minuto.

Enfiei um braço por baixo do tronco de Dante, e o outro, por trás de suas coxas, fazendo força para pegá-lo no colo. Assim que o suspendi, ele gemeu e tentou me fitar, mas seus olhos estavam absolutamente desfocados.

— *Hm... Baby...* — inesperadamente murmurou, todo abestalhado. Seus lábios estavam secos e rachados, pálidos. Ele encostou a cabeça no meu peito, acomodando-se, como se tudo estivesse bem no universo, enquanto eu caminhava cuidadosamente, segurando seu corpo ridiculamente frágil, escada abaixo.

Thomas foi na frente, ditando o caminho. Quando finalmente estávamos do lado de fora, ele abriu a porta detrás do carro, para que eu pudesse colocar Dante deitado no banco, mas, preocupado em deixá-lo ali sozinho, também me sentei no banco de trás, colocando sua cabeça em meu colo. Thomas capturou minhas chaves e tomou o assento do motorista, dando partida para nos levar embora.

No caminho inteiro, eu só conseguia focar em monitorar o rosto de Dante, atento a qualquer mudança que pudesse ser indicativo de que algo não corria bem, mas ele só suspirava e sorria, às vezes soltava um gemido ou outro e tentava murmurar palavras, que saíam inaudíveis. Não estava totalmente acordado, tampouco inconsciente. Era um meio-termo, como se sonhasse de olhos abertos.

Nunca tinha visto alguém dopado de heroína na minha frente.

Além do mais, se eu estiver certo quanto ao motivo da morte de Dante por overdose, era ainda mais preocupante que ele tivesse voltado aos velhos hábitos, porque isso nos traria problemas, como já estava trazendo agora. Não fiz o que fiz para trazê-lo de volta do submundo e deixá-lo morrer outra vez.

Eu estava preocupado. Por que ele tinha omitido tanto a razão de sua morte? Por que simplesmente se recusava a revelar o motivo? Acabei descobrindo de um jeito ou de outro, quando nem estava procurando. Não tinha mais nada para descobrir porque, agora, já sabia de tudo. Dante estava completamente exposto. Não sabia como ele iria reagir quando se desse conta disso... De que nada sobre sua morte já não era mais segredo pra mim.

Thomas me ajudou a pegar Dante no colo outra vez, na hora de sair do carro, já no estacionamento do condomínio. Entramos no elevador grande, enquanto torcia para que ninguém entrasse junto.

— Você sabia que ele usava isso? — Thomas inquiriu, assim que chegamos em casa, sem sequer nos dar tempo de tirar os sapatos.

— Não, mas deveria ter desconfiado. — Eu sacudi a cabeça.

Deixei Dante sobre a cama e me joguei na poltrona do cantinho, fitando-o naquele seu estado letárgico, meio inconsciente, meio desperto.

— Desconfiado por quê?

Bem, isso eu não podia dizer, não sem revelar que Dante já tinha morrido uma vez e que a causa era muitíssimo provável ter sido pelo uso exagerado de heroína.

— Não sei. Ele foi atrás do Jay, depois que o cara saiu daqui de casa aquela vez. Eles trocaram telefones lá fora. De início, pensei que fosse pra eles transarem, mas eu deveria ter desconfiado que tinha a ver com drogas. Era lógico. — Senti-me decepcionado comigo mesmo. Tinha achado mais fácil acreditar que Dante queria ficar de cachorrada por aí, do que usar meus dois únicos neurônios funcionais.

— Não deveríamos deixá-lo usar algo assim. Não é como maconha, ninguém morre fumando maconha, não existe overdose de tanto fumar, a gente só perde uns neurônios e fica meio tapado com o tempo, mas a heroína... — Lançou-me um olhar preocupado. — Heroína não é coisa boa. É uma coisa muito mais grave. Pode matar!

— Eu sei — suspirei, passando a mão no rosto, pensativo. — Ele não vai mais usar isso. Nem que eu tenha que colocá-lo na reabilitação.

— Ei, calma aí. A gente não sabe se ele é viciado mesmo ou se só usou uma vez.

Bem, Thomas não sabia do contexto. Já eu, sim.

— Não vou esperar pra descobrir quando ele estiver vomitado e desmaiado no chão, sem pulsação.

— Vou deixar você descansar, mas fique de olho nele. Se Dante começar a espumar pela boca ou a convulsionar, já sabe.

Assenti roboticamente e vi Thomas deixar o cômodo.

Pelas seis horas seguintes, quase morri de agonia. E depois que a onda da droga passou, Dante dormiu, mas fiquei ali, sentado na poltrona, com os cotovelos apoiados nas coxas e o rosto nas mãos, o maxilar tenso, observando-o dormir.

Thomas voltou várias vezes para ver se o Dante já tinha acordado e garantir que a gente não estivesse brigando nem nada. Ele me ofereceu um baseado, duas vezes, para relaxar, mas sinceramente eu precisava ficar bem lúcido para encarar a conversa que teria com Donadelli, assim que ele abrisse os olhos. Até porque seria uma hipocrisia do caralho dar um sermão no cara por estar drogado se eu também estivesse, ainda que houvesse uma diferença abismal entre as duas drogas.

— *Dante, Dante... Por que tanto mistério, Dante Donadelli?* — sussurrei com o queixo apoiado no punho, os olhos fixos no corpo do íncubo deitado sobre a cama. — *Agora já sei de tudo. Eu preferia que você tivesse me falado. Por que quis me esconder isso?*

Algumas horas depois, ouvi Jonas abrir a porta da frente e seus passos ecoarem pelo corredor, o que me deixou imediatamente em alerta, mas ouvi também Thomas que, após uma corridinha, sussurrou alguma coisa para ele. Os dois debateram rapidamente, a tons contidos, antes de ambos se afastarem, os passos soando para longe. Sequer notei o tempo que passei encarando a porta, prestando toda a minha atenção ao que acontecia do lado de fora. Foi quando o som do estalo da cama me puxou de volta, desviando meu olhar para lá, de imediato.

— Dante.

Ele permaneceu calado, agora sentado sobre o colchão, fitando o chão fixamente, a franja loira despenteada cobrindo o rosto abaixado.

— Você está bem? — indaguei preocupado.

Mas ele não respondeu outra vez.

Começando rapidamente a ficar impaciente, grunhi:

— Me responde!

Ao invés de me responder, ele estalou o pescoço, girando-o para um lado e para o outro, de um jeito estranhamente assustador. Comecei a temer seriamente que ele virasse o pescoço cento e oitenta graus como a menina de *O Exorcista*. Eu ia sair correndo dali mais rápido que você pudesse repassar a cena do vômito na sua memória.

— Olha aqui, ô seu cuzão, projeto de zumbi, sua coisa desencarnada do capiroto! — Dei um pulo da poltrona para me pôr de pé. — Você deu uma de espertinho justo pra cima de mim, Donadelli? Que porra estava pensando? — Bati o pé no chão, mas logo percebi que aquilo parecia sinal de birra, de modo que tratei de não repetir. Precisava que o cara me levasse a sério agora. Então me empertiguei e continuei o sermão: — Pensei que você estava me chifrando com aquele traficante, Dante. Eu vi você pegando o contato dele lá na frente do elevador no outro dia, eu vi!

Ele, então, começou a estalar todos os outros membros do corpo, devagar, um por um.

Caralho, era assustador pra porra.

Olha só, eu já estava ficando todo cagado!

Respirando fundo, forcei-me a continuar. Acreditava que ele não me faria mal já que, até agora, Dante se pôs bastantes limites – o que era absolutamente inesperado de um demônio, era sempre bom lembrar.

Ele jogou o rosto para cima, a princípio de olhos fechados, mas depois os abriu para encarar o teto, ignorando-me de um jeito novo. E, é claro, aquilo despertou mais ainda o brigão descontrolado que havia dentro de mim.

Sabe aquela bailarina que sempre dava piruetas no meu estômago? Às vezes, ela ficava meio pistola e saía por aí girando igual a uma *beyblade*[1].

---

1 Brinquedo giratório dos anos 2000, semelhante a um pião.

— Sabe o que me deixa mais confuso? É como você não se deu conta de que se eu te pegasse drogado, associaria as coisas e saberia o motivo da sua morte — continuei.

Foi aí que consegui captar sua atenção, mas naquele momento não sabia que me arrependeria amargamente disso. O rosto dele desceu lentamente, até que seus orbes se uniram aos meus. Percebi que aquele maldito brilho vermelho fluorescente não era só mais um brilho: seus olhos tinham assumido um tom vermelho-escarlate profundo, por completo, o que me arrepiou dos pés à cabeça de um jeito nada bom.

Dante se levantou da cama de forma robótica, com a coluna ereta e o rosto sem se alterar, andando de um jeito esquisito, como aquelas assombrações de filme de terror; piscou algumas vezes os olhos escarlates enquanto vinha em minha direção, mas as íris não voltaram ao verde-acinzentado natural como costumava acontecer logo depois: continuaram vermelhas, assustadoras e incisivas. Eu, definitivamente, precisava fazê-lo parar de chegar tão perto assim.

— *Overdose*! — falei, quase sem fôlego. — Você era viciado em drogas. Chantageava seu irmão por heroína, em troca de não expor o negocinho sujo dele pra família, não é?! — Eu tinha pensado naquela teoria durante todo o tempo em que estive ali, esperando.

Finalmente, ele parou de caminhar.

— Anthony precisou esconder seu corpo, porque o exame da autópsia acusaria a overdose, o que por si só já era um crime que acabaria com o nome da Construtora Donadelli, seria um escândalo! E isso poderia fazer a polícia investigar sua família toda e as propriedades, atrás do seu fornecedor. Seria questão de tempo até que descobrissem sobre o Anthony e o prendessem! Por isso, você permaneceu neste plano. Por culpa. Porque se não tivesse tido a overdose, seu irmão não teria escondido seu corpo e não correria o risco de ser preso, fosse pela ocultação de cadáver, fosse por descobrirem o envolvimento dele com as drogas.

Sua expressão era completamente diferente de qualquer uma que eu já tinha visto em seu rosto delicado. Pela primeira vez desde que passei a ter o dom de ver fantasmas, senti medo de verdade. Medo real, de arrepiar os cabelos. Não podia ver sua aura, mas estava sendo capaz de senti-la com força ao meu redor, como uma espécie de fumaça de gelo seco, vermelha, rondando-me.

A luz do abajur começou a piscar. Estiquei o braço e acendi a luz do teto, mas, assim que o fiz, ela começou a piscar também.

Um vento inacreditavelmente forte começou a castigar a janela, o vidro tremendo, como se a qualquer minuto pudesse explodir.

Como quando Dante ainda era um fantasma, os papéis começaram a voar e minha cama a sacudir, como se houvesse alguma entidade dentro daquele quarto.

E havia.

Era isso que Dante tinha se tornado, afinal, não era? Uma entidade.

Nunca conheci o Dante verdadeiro, o Dante humano. Só pude conhecer pedaços dele, de quem ele era, nunca sua real *persona*. Nunca o Dante Donadelli por completo. E foi assim que me vi desprevenido, quando ele avançou outra vez contra mim.

Antes mesmo que eu pudesse reagir, suas duas mãos fecharam-se em volta de meu pescoço, num aperto forte e dolorido. Quando senti minhas costas irem de encontro à parede gélida, foi que ele falou pela primeira vez:

— Vocês, *paranormais*, sempre se acham superiores aos demais seres sobrenaturais, tsc, tsc, tsc...

Ele me puxou para frente, apenas para me empurrar de novo e bater minha cabeça contra a parede, fazendo-me ficar tonto, de imediato, como se algo no universo tivesse virado de cabeça para baixo e ele tivesse se tornado muito mais forte que eu.

Não era ele, não podia ser.

Bom, era e não era. Estava claro que Dante estava tomado pelas trevas, completamente. Não era mais meu namorado ali. Meu Dante jamais me machucaria e eu tinha a completa certeza disso.

Os tremores dentro do quarto pareceram mais intensos, os móveis saíram do lugar, enquanto uma chuva repentina e torrencial começava a bater na janela, fazendo um som grotesco de filme de terror. Tudo ali parecia uma cena de horror.

— D-Dant-te... — chamei engasgado, perdendo quase todo o ar. Comecei a estapear seus braços, mas eles continuaram firmes como rocha, segurando-me com uma força descomunal, enquanto o rosto do demônio íncubo parecia ferver em um ódio até então desconhecido.

Foi quando finalmente percebi uma coisa através de seus olhos vermelhos: ele não ia me soltar. Eu só poderia repeli-lo por meio de um simples comando como "*pare!*" quando suas investidas tivessem cunho sexual. Em outras palavras, se ele tentasse me forçar sexualmente. Do contrário, se sua agressão fosse do tipo tentar me matar, isso não travaria seu ataque.

Ah, grandioso. Um verdadeiro piquenique, sabe.

Eu já estava ficando completamente sem ar, minha pressão caindo e as coisas começando a girar.

— Fantasmas que vagam na Terra por muitos anos começam a perder o controle... — disse com uma voz fria e distorcida. Era possível sentir o mal puro em seu tom, mudando até mesmo os ares do cômodo. — A alma começa a manchar e apenas umas dezenas de anos são necessárias para que o espírito se transmute em algo essencialmente maligno. Sempre estive destinado a isso que sou agora, *baby* — disse a última palavra em tom de escárnio.

Como se salvo pelo gongo, a porta do quarto se escancarou, mostrando um Jonas de olhos arregalados e um Thomas esbaforido.

— Solta meu irmão agora, demônio! — Jonas gritou, segurando um crucifixo.

Como ele tinha concluído isso, pelo amor de Deus?

Dante imediatamente os fitou e estendeu a mão direita para lançar algum tipo de magia maligna sobre eles, mantendo a esquerda firme em meu pescoço.

O vidro da janela estourou ao mesmo tempo que Jonas e Thomas foram atirados contra a parede por uma força invisível, fazendo o crucifixo rolar para debaixo da cama. Esse foi o momento perfeito para o contra-ataque: levantei meu joelho com toda força e acertei Dante bem *lá*, onde os filhos não nascidos dele ficavam guardados. Ele soltou um grito de dor e caiu de joelhos no chão, e só aí pude respirar, finalmente.

O vento cessou, os móveis pararam de se arrastar, as luzes pararam de piscar, ambas ficaram acesas e estáticas.

Afastei-me afobado daquele projeto de filho do mal, acariciando minha jugular dolorida enquanto tossia e me apoiava com a outra mão no joelho.

— Humano inútil! — Dante bradou, caído no chão, e sua voz agora soava completamente gutural, como um lobo, um monstro, uma coisa... inumana. Ele ainda segurava as próprias partes com as mãos e seu rosto fervia em mais puro ódio. Estava irreconhecível até seu último fio de cabelo.

Só então, notei as transformações nele com nitidez: as pontas dos dedos estavam escurecidas, chamuscadas, como se queimadas quase a ponto de se esfarelarem em cinzas. Garras enormes de mesma cor alongavam seus dedos. Um pouco acima dos olhos vermelhos brilhantes e assustadores, as pontinhas de dois pares de chifres pontudos rasgavam sua testa, um de cada lado, completamente pretos, enquanto pequenas gotas de sangue carmesim escorriam pelas fendas da pele aberta.

O cheiro inconfundível de enxofre tomou lentamente o ar. Todos os alertas em minha mente estavam piscando: PERIGO! Por isso, corri até os outros dois, ainda caídos no chão, e os ajudei a se levantarem com um puxão.

— Eu falei! Falei que esse filhote de cruz-credo não era coisa boa, Alex! Ninguém tem essa coisa sombria em volta do corpo! — Jonas gritou, num misto de bronca e cagaço, alterando um olhar esbugalhado entre mim e o ser infernal.

— Vou levar todos vocês *lá pra baixo* comigo — a voz gutural de Dante soou assustadoramente alta e sombria no quarto.

Um minivendaval começou a girar no cômodo e pássaros de pelagem preta e brilhante entraram pela janela quebrada, aos montes, girando em círculos no teto, todos juntos. A cada segundo, aquela porra ficava mais bizarra e assustadora, e eu já não conseguia pensar em nada com clareza. Sabia que não poderia vencê-lo sem um plano, então precisava fugir, para ganhar tempo.

— Quando eu disser *três*, preciso que corram e saiam pela porta de vidro da varanda — avisei Jonas e Thomas.

— Tá doido? Nem fodendo vamos te deixar aqui! — Thomas retrucou.

— Eu vou correr também, então faz o que tô falando! Um... — O minitornado parou. — Dois... — Os pássaros, que notei serem corvos pelo som que emitiam, pararam de voar em círculos. — Três!

Mas foi aí que todos eles voaram para cima de nós.

Corri porta afora, no encalço de Thomas e Jonas. A porta de correr, que separava a sala do terraço, estava aberta, por sorte. As aves continuaram voando diretamente atrás de nós, mas com certa lerdeza por terem que tomar cuidado com o teto baixo e os lustres.

Quando meus irmãos já estavam do lado de fora, escorreguei no tapete, deslizando até cair de bunda no chão. E esse foi o segundo decisivo para que os corvos me alcançassem e seus bicos começassem a perfurar a pele de meus braços estendidos acima da cabeça, para me proteger. As bicadas doíam, e o sangue quente começava a brotar pelos furos na minha carne. Mais um pouco e seria comido vivo. No entanto, senti um par de mãos me segurarem e temi que fosse Dante, mas, diferentemente do que imaginei, era Thomas quem me apertava, puxando-me para fora do apartamento, enquanto afastava os corvos. Segundos depois, ouvi o estrondo da porta de correr sendo fechada por Jonas.

— VAI, VAI, VAI! — ele gritou.

Thomas correu na frente, e apertou o botão do elevador desesperadamente ao chegar ao outro lado. Havia um pequeno portão de ferro, inviabilizando a passagem da escada que nos levava ao andar de baixo.

O estrondo das portas de vidro se quebrando foi ensurdecedor, fazendo com que nós três nos encolhêssemos no eixo, tapando os ouvidos com as palmas. A figura sombria de Dante surgiu pela porta quebrada. E, para o nosso maior choque, agora ele tinha o visual horripilante completo: além das garras e olhos vermelhos, os chifres haviam crescido até o fim, não muito longos, as veias de sua pele estavam absolutamente aparentes e escuras por debaixo da tez inacreditavelmente pálida; os cabelos, antes em tom perolado, assumiram um tom completamente branco, desprovido de qualquer cor. Ele começou a caminhar a passos firmes em nossa direção, junto aos corvos voando em volta dele.

Foi aí que o *click* das portas do elevador se abrindo soou. Nós três apenas tivemos tempo de olhar um para o outro, antes de nos empurrarmos para dentro da caixa metálica, afobados.

Dante deu um grito assustador e as aves pararam de voar em volta dele, para dispararem em nossa direção novamente. Por isso, apertei mais de trinta vezes por segundo a porra do botão que nos levaria à garagem. Quando os corvos estavam quase chegando até nós, as portas se fecharam com um baque.

Soltei o ar com força e um falso alívio me invadiu, permitindo-me cair sentado de bunda no chão, respirando acelerado, ao mesmo tempo que sentia os furos em minha pele queimarem.

— O que foi aquilo, Alex? — Thomas indagou em tom absolutamente horrorizado. — Aquilo não pode ser efeito da heroína, aliás, de droga nenhuma! Que porra é aquela acontecendo com o seu namorado?

— *É um demônio!* — Jonas foi quem respondeu afobado. — Era por isso que eu queria falar com ele! Se você não tivesse me impedido, talvez não estivéssemos tendo que fugir dessa coisa! — ele berrava e as veias de seu pescoço pareciam quase explodir sob a pele.

— Eu não sabia! — Thomas gritou de volta, defendendo-se. — O cara sempre pareceu normal pra mim! Nem sabia que essa coisa de demônio era real, tô apavorado, tá legal?

Os dois olharam para mim, esperando explicações, mas me livrei quando as portas se abriram na garagem, por sorte, não parando em andar algum antes disso, já que eu não poderia explicar o motivo de estar todo ensanguentado a ninguém. Levantei-me às pressas e saí dali de dentro em disparada, sendo seguido pelos outros dois. Corremos por toda a garagem até encontrar o meu carro, ao mesmo tempo que eu tateava os bolsos da calça jeans, à procura das chaves, notando, cheio de pavor, que elas não estavam comigo.

— Merda, merda, merda! — Puxei meus cabelos entre os dedos. — Não peguei as chaves do carro! — falei, quase chorando.

Thomas arregalou os olhos por um par de segundos, antes de começar a tatear os próprios bolsos, afinal, ele fora o último a dirigir o meu carro, então rapidamente a encontrou e atirou para mim. Destravei as portas e me sentei no banco do motorista, mais rápido que uma batida de trem, tendo Jonas no banco do carona e Thomas no banco de trás. Sem perder tempo, disparamos para fora do condomínio.

O som dos corvos continuou soando não muito longe, em uma clara mensagem de que eles estavam à espreita. Minhas mãos começaram a tremer, e um tique fazia meu olho esquerdo piscar sem parar, todo cagado. *Eu sou medroso, pô, respeita!*

— Merda, merda, merda! — Xingar era tudo que eu conseguia.

— Pra onde vamos? — Thomas tinha o tom inevitavelmente assustado.

— Eu não sei! — choraminguei, forçando-me a manter os olhos atentos à pista enquanto acelerava.

— Vamos pra casa dos seus pais! Vamos nos esconder lá dentro!

— Quer colocar meus pais nessa confusão? — berrou Jonas. — Tá louco? Não me faça ouvir besteiras!

— Então, o que porra você sugere, caralho? — ralhei já impaciente, o medo se alastrando como ácido nas veias.

— Só continua dirigindo! — ele retrucou. — Ir pra casa de nossos pais é o mesmo que colocá-los na reta, seu idiota! Se você, que é um paranormal, não consegue vencer aquela coisa, imagine nós!

— Então, o que vamos fazer? — Thomas questionou na mesma hora em que uma curva fechada fez nossos corpos caírem para o lado, num solavanco.

— Põe o cinto em mim, alguém põe o cinto em mim! — eu disse em tom urgente.

Thomas rodeou os braços pelo meu corpo, tateando meu peitoral para transpassar o cinto de segurança na frente do tronco. Precisei soltar a mão esquerda do volante por meio segundo, para enfiar o braço entre as faixas do cinto, o que fez o veículo dar um pequeno zigue-zague na pista, e gritos em coro soarem dentro do carro. Jonas tentava prender o próprio cinto, ao meu lado, tão nervoso que tremia mais que cachorro *pinscher*. Sem ter onde se segurar, já que meu carro não tinha cinto no banco traseiro, Thomas se segurou no banco do carona, abraçando meu irmão junto, por trás.

O crocitar do bando de corvos voltou a soar extremamente alto, como se estivessem bem perto de nós, para nosso desespero, principalmente de Jonas que começou a gritar mais alto que cantor de ópera.

— Segurem firme! — disparei, um par de segundos antes de pisar com tudo no acelerador, fazendo o carro voar sobre a pista.

Estava certo de que se Dante e seus corvos infernais não nos pegassem, morreríamos capotando de carro ou dando de cara num muro. A força pelas curvas bruscas era tanta que eu mal conseguia voltar a ficar com o tronco ereto e logo ele já era jogado para o lado novamente, às vezes, contra a parte interna da porta do motorista; às vezes, em cima de Jonas, sentado no passageiro.

Não seria irônico se Dante me fizesse morrer num acidente de carro, sendo esse o mesmo motivo pelo qual ele perdeu a mãe? Era possível esperar qualquer coisa dele agora, incluindo um assassinato misterioso.

— Entra por ali, pega aquela saída, pega ela! — Jonas gritou estridente.

Não o contrariei, sequer estava em posição para tal. A saída nos tirava da rodovia e nos jogava direto numa estrada de terra batida, ladeada de árvores altas, onde pude ver claramente a placa que dizia: "*Você está deixando Astaroth. Volte em breve!*".

— Ali, ali, pega aquele caminho depois do córrego! — Jonas berrou como um trompete, o rosto avermelhado.

— Por que a gente tá saindo da cidade? Alguém me explica, ainda não conheço muita coisa por aqui! — Thomas reclamou no banco de trás, ainda agarrando Jonas, como um coala.

— Vamos pegar a rodovia de saída de Astaroth, pra depois voltar pela ponte que liga ela a Paimon — Jonas explicou para nós dois, já que eu mesmo não sabia que esse era o plano.

— Isso não vai despistá-lo! — rebati temeroso.

— Por que você foi se meter com um demônio? Por quê? Você fundiu a porra do seu cérebro? — Jonas estava puto, e com razão, mas ele ainda não sabia disso.

— E COMO VOCÊ SABE O QUE ELE É OU DEIXA DE SER, HEIN?

— PORQUE SOU A PORRA DE UM CAÇADOR! — ele gritou de volta.

O quê?

Imediatamente meu pé pisou fundo no freio, fazendo nossos corpos quase colidirem com o parabrisa – exceto Thomas que, de fato, acertou a testa no ferro do encosto do banco de Jonas, gemendo de dor ao ganhar um corte leve na testa.

Ótimo. A confusão mal havia começado e já tínhamos dois feridos. O placar não parecia bom.

Os dois começaram uma discussão – comigo –, mas não fui capaz de responder, sequer estava ouvindo. Apenas desci do automóvel e corri para me escorar na árvore mais próxima, caindo em meus joelhos imediatamente, enquanto parecia ter um monstro querendo sair pela minha garganta – mas era só vômito com as batatinhas fritas que eu e Thomas havíamos comido mais cedo dentro do carro, enquanto espionávamos Dante.

Enquanto colocava tudo para fora, ajoelhado no chão de terra, senti Jonas pôr as mãos em meus ombros, enquanto alisava minhas costas, tentando me passar algum conforto e mostrar que ainda estava ali – a despeito de há dois segundos ter berrado comigo, a plenos pulmões. Aquilo era comum entre a gente, quando um de nós dois ficava de ressaca ou depois de exagerar no rodízio de *pizzas*.

Era coisa de irmãos.

— Xander... Eu sinto muito — usou uma voz suave que raramente usava, tentando me confortar. — Desculpe pelo que falei antes. Sei que você deve estar se sentindo péssimo por ter se deixado enganar por um demônio, mas é isso que eles fazem... Não se culpe por isso.

Dei uma risada histérica, sem um pingo de humor e balancei a cabeça em negativa, exasperado, antes de secar a boca com as costas da mão.

— Exceto que a culpa é, sim, minha. — Eu me virei para encará-lo. — Um *animus videntium* existe para que possa ajudar as almas desencarnadas a seguirem seu caminho para o além, não para transar com elas — confessei, sentindo-me um lixo.

— Ele te enganou, Alex — Jonas suavizou mais a voz. — Qualquer um podia ter caído nessa, até eu! Qual é? O cara te assombra desde criança, ele só estava esperando o momento certo pra...

Franzi o cenho imediatamente, confuso.

— Espere aí, Dante não é um demônio desde sempre.

— Claro que é! Depois que as pessoas morrem e ficam vagando por aqui, elas...

— Cala essa boca! — Fiquei revoltado e levantei-me imediatamente do chão, ainda zonzo. — Você não sabe de nada, tá falando besteira!

— Sei, sim! — retrucou, levantando-se também e nos deixando cara a cara.

— Até meses atrás, você nem acreditava no sobrenatural! — devolvi, fulo da vida. Dante não era um monstro desde sempre e, mesmo que fosse, eu não gostava que falassem mal do meu monstrinho.

— Mas desde que descobri sobre você, tive medo de acabar vendo essas coisas também! E aí você apareceu com esse Dante que era a cara do garoto assassinado e ele tinha essa aura estranha!

— Não tá me contando novidade nenhuma, tá querendo bancar o especialista porque se descobriu um paranormal há, o quê, algumas semanas? — Cruzei os braços.

— *Eu sou a porra de um caçador de demônios!* — repetiu. E como nos filmes, seu grito ensurdecedor foi seguido de um silêncio bizarro, enfeitado pelo som de asas batendo e voando para longe. Ele literalmente assustou os passarinhos. Ou eu esperava que fossem passarinhos e não aqueles corvos infernais.

— E daí, caralho?! Você tá entendendo tudo errado! Dante era um garoto problemático, que morreu de overdose! A porra do irmão dele era traficante, a alma dele ficou presa neste plano porque Anthony escondeu o corpo dele atrás da parede!

— Como é? — Jonas fez uma careta engraçada.

— Viu como você não sabe de nada? — Eu estava enfezado. — Para que a autópsia não apontasse a overdose e o Anthony fosse descoberto, ele escondeu o corpo de Dante atrás da parede. Não só a morte por overdose seria um escândalo capaz de destruir a Construtora Donadelli, como Anthony imediatamente seria preso por tráfico de drogas. A alma de Dante ficou presa aqui pra que pudesse proteger o irmão! Nada que eu não faria por você, seu idiota!

Jonas murchou como um balão, o queixo quase caindo no chão. Ele piscou um punhado de vezes, antes de conseguir achar a voz outra vez:

— Eu não entendo... Ele é... um demônio. Disseram que fantasmas, que permanecem tempo demais presos neste plano, acabam gerando muita angústia e então se tornam demônios...

Lembrei-me do que o próprio Dante havia dito para mim dentro do quarto, minutos atrás, enquanto quase me matava:

— Fantasmas que vagam na Terra por muitos anos começam a perder o controle... A alma começa a manchar, e apenas umas dezenas de anos são necessárias para que o espírito se transmute em algo essencialmente maligno. Sempre estive destinado a isso que sou agora, baby...

Bem, ao menos sobre essa parte, meu irmão estava certo. Isso significava que, independentemente de minha relação com o fantasma, de tê-lo maculado, de tê-lo trazido de volta do Inferno como um demônio, isso iria acontecer. Ele iria se transformar naquela coisa maligna, de um jeito ou de outro. Talvez fosse demorar mais algumas décadas ainda, talvez mais de um século, mas aquele era o destino dele. Era o destino de qualquer fantasma que ficasse vagando muito tempo por aí... E era para isso que os paranormais estavam por aqui. Para impedir que as pobres almas tivessem esse tipo de destino — eu me dei conta, embasbacado. E logo depois, dei-me conta de outra coisa:

— Como descobriu tudo isso? Sobre o que você é? Não pode ter sido sozinho.

— E não foi. Tyler Ross me ajudou.

— Como é? — Arregalei os olhos.

— Ah... — Thomas exclamou, fazendo cara de idiota. — É por isso que vocês dois têm andado tão juntos ultimamente? Por isso, vivem no telefone aos cochichos? E eu aqui achando que estavam ficando... Que você estava se descobrindo, experimentando... Poxa, tava até *shippando* o casal... — ele disse isso com uma expressão decepcionada, coitadinho.

— Garoto, eu gosto de mulher! — Jonas exclamou, fazendo uma cara assustada. — Já disse que não quero ouvir besteiras!

— E como isso aconteceu? — interrompi o que seria uma discussão completamente inútil. Precisávamos de foco.

— Fui a uma lojinha esotérica comprar uns livros, certa vez, e Tyler estava lá. Não deu pra fugir dele, quando fui pagar os livros no caixa, ele viu os títulos... — esclareceu, dando de ombros.

É claro que Tyler associaria. Quer dizer, ele sabia que se Jonas era irmão de um *animus videntium*, provavelmente alguma paranormalidade ele tinha também. Filho da puta esperto. Eu deveria tê-lo ouvido desde o começo. Ele e Kenzo. Imediatamente, pesquei meu celular no bolso da calça, dando graças por não o ter esquecido em casa. Após alguns poucos toques, a voz conhecida atendeu:

— *Gatinho, a que devo a honra?*

— Sonso! — Já fui logo dizendo. — Você é um sonso, Tyler Ross!

— *E o que fiz pra receber esse título?* — Foi notável seu sarcasmo.

— Vamos nos encontrar. Você sabe o motivo. Preciso da sua ajuda outra vez.

18.
CLÃ DE CAÇADORES

— Deixe-me ver se entendi direito — um sorridente Tyler disse, enquanto tomava seu chazinho com a tranquilidade de quem não tinha sequer uma conta para pagar.

Seus cabelos estavam cortados num *mullet* cheio de mechinhas coloridas, que pareciam um rabinho de fênix, uma coisa meio cantor-galã-brega de *pop* dos anos 80. E era muito suspeito para quem achava coisas oitentistas bregas demais. O que só me levou a concluir que, sim, ele tinha feito aquilo para me chamar atenção, de algum modo. Fiquei com um pouco de pena, porque ele poderia ter quem quisesse, sabe? Não precisava mudar para conquistar alguém, muito menos a mim.

— Você sabia que não deveria se envolver com espíritos, te avisei que trazer um demônio do Inferno não dava coisa boa, te avisei que demônios não amam e, ainda assim, você insistiu. Agora, precisa da minha ajuda? — Ele bebericou de sua xícara, com o dedo mindinho para cima.

— Resumidamente, é isso mesmo — confirmei, sem o menor pingo de vergonha na cara.

O pobre coitado – se é que podemos chamá-lo assim – quase cuspiu a bebida da boca, arregalou os olhos e começou a tossir.

— Olha, se você não quiser me ajudar, tá de boa. Só preciso falar com o Kenzo e...

— Meu primo não está no país — declarou, após se recuperar. — Kenzo foi para Malta.

— A Ilha de Malta? Na Europa? E quando ele volta? — indaguei ansioso, sem prestar atenção na assepsia que Jonas executava em meus machucados, feitos pelos corvos infernais de Dante e seus bicos afiados. Alguém imaginaria que um dia eu teria que lidar com passarinhos tentando me comer vivo, quando comecei a contar minha simples história de enxergar e tocar em fantasmas? Não? Nem eu!

— Nem tão cedo. Ele tá dando aulas na Casa do Oculto — respondeu.

Hein?

— Não entendi — devolvi confuso.

Ele revirou os olhos teatralmente, antes de enfiar uma bolachinha na boca.

— A escola de paranormalidade. Foi fundada por Samuel e Akasha Langdon, um casal paranormal. Eles ensinam os limites dos poderes de cada paranormalidade, dão aulas de combate corpo a corpo contra seres sobrenaturais e um bocado de coisas.

— Espere... Eles são tipo Ed e Lorraine Loren[1]? Aqueles da boneca Annabelle? — indagou Thomas, de boca aberta.

— Essas são ótimas informações, mas não me ajudam em nada — fui irônico, sem dar atenção ao Thomas.

— Vê? É aí que mora seu problema, Kister — Tyler rebateu, secando a boca com um guardanapo. — Você nunca se empenha em estudar, em absorver conhecimento a respeito do sobrenatural. Tudo que te importa é Dante, Dante e Dante. Quando você vai entender que há coisas muito mais importantes que ele? Você tem um dom, Alex!

— E você tem ciúmes. — Joguei na cara, com uma boa expressão de tédio.

Ele se empertigou na cadeira, descruzando as pernas e cruzando-as outra vez, parecendo ridiculamente sem jeito.

— Não é ciúme. Você fala como se eu tivesse apaixonado por você ou coisa assim.

— Apaixonado você não tá, mas é doido pra alisar meu popô, sim, que eu sei. E também sei bem quando um macho quer meu corpinho nu.Olha, essa coisa do cabelo, cara... — Apontei, com uma careta. — Não é assim que funciona. Se uma pessoa não gosta de você como você é, então não precisa mudar por ela, especialmente na aparência. Quem tiver que te amar, vai te amar do jeito que você é, tá legal? Você precisa se amar, cara.

Thomas e Jonas – que observaram tudo, calados no cantinho – tiveram reações distintas. Thomas cuspiu farelos de torrada na própria mão, enquanto Jonas

1 Famoso casal de investigadores de casos paranormais.

pressionou, com um pouco mais de força, o algodão com antibactericida em minha pele machucada.

— Minha gente, não que seja desinteressante todo esse triângulo amoroso, porém... Não sei se repararam, mas há coisas mais importantes em jogo por aqui. A gente literalmente fugiu de um cara com chifres na cabeça, olhos vermelhos e garras. E, no momento, não fazemos a menor ideia de onde esse satanás está ou se vai voltar atrás da gente, o que provavelmente vai. Então, é pedir muito que vocês cortem o papo de boiolagem? — Jonas terminou estupefato.

Todos olharam para ele, exatamente como seus alunos: com cara de tacho.

— Ok, você está certo — eu disse, então. E me virando para o anfitrião, novamente, perguntei: — E sobre essa coisa de meu irmão ser um caçador ou sei lá? No que isso implica?

— Basicamente, ele vai ver uma aura vermelha e sombria em volta de demônios de qualquer espécie. Esse vai ser o indicativo de que o trabalho dele precisa ser feito. — Deu de ombros. — E, a propósito, já tô em outra, Alex. Você se acha muito. Desça do seu pedestal. — Ele fez uma careta de superioridade fingida.

Preferi acreditar nele, então. Não era como se isso fosse mudar alguma coisa.

— E aí o quê? Eu mato o capeta? — Jonas indagou.

— Você não vai matar ninguém não, ô novato! — resmunguei, mal-humorado. — Não ponha a carroça na frente dos bois.

— Alex, o que você espera que ele faça? Cafuné nos chifrinhos do seu namorado? — Tyler se meteu.

— Não, né? Mas é que tem que haver um jeito! Matar Dante não pode ser nossa única alternativa.

— Se for isso que tiver que ser feito, eu farei, não me faça ouvir besteiras — Jonas devolveu, naquele seu tom estridente.

— E você, por acaso, sabe como matar um... Como é mesmo o nome que vocês disseram? Um íncubo? — foi Thomas quem se pronunciou dessa vez.

Todos silenciaram e fitaram Jonas, à espera de uma resposta que, é claro, ele não tinha. Ele, por sua vez, ficou ali, girando os olhos arregalados entre nós três.

— E você ainda me pergunta qual a serventia de uma escola pra paranormais... — Tyler murmurou, sacudindo a cabeça em reprovação, afinal, estava mais do que claro que nem eu, nem Jonas sabíamos bem o que fazer naquela situação, a despeito de nossos dons para lidar com o sobrenatural e suas criaturas.

— Então, o que você sugere? — questionei já estupefato. — Me dê uma luz, Tyler! Algo que não envolva simplesmente deixar o Dante morrer! Olha só, ele não merece isso, tá legal? Dante é um cara de bom coração. Não vou dizer que ele foi um humano incrivelmente bondoso e exemplar, porque ele era um drogadinho mimado de merda, mas e daí? Ele nunca matou ninguém, pelo contrário: prendeu a própria alma neste plano, por mais de três décadas, só pra cuidar do irmão e não deixá-lo ir pra cadeia. Se ele não pode mais estar vivo, então o lugar dele é no Céu, não no Inferno!

— O irmão dele também não é boa coisa — Jonas comentou, venenoso, o que me fez revirar os olhos e jogar as costas no encosto da cadeira, quase rendido.

— Já disse pra você parar de implicar com meu monstrinho! — grunhi exasperado, com um dedo acusador na direção dele.

— O negócio é o seguinte, amados — Tyler interveio. — Estou de viagem marcada pra Malta também, então... Se vocês quiserem ajuda com isso, vão ter que vir comigo.

Eu surtei, abrindo bem os olhos.

— Mas você precisa me ajudar, meu filho! Não acredito que realmente esteja pensando em dar o fora daqui e me deixar sozinho com um problemão desses! Isso não é contra o código de conduta dos *videntium* ou eu sei lá?

— E por acaso você leu algum código de conduta, Kister? *Eu não estou lendo nem o Pai-Nosso, que dirá código de conduta.*

— Não é essa a questão — foi o que respondi, fazendo um bico contrariado.

— Sou de uma das classes menos poderosas de *videntiuns*. Como você já sabe, não posso tocar em fantasmas, apenas os ver. Também não sou um caçador, então não tenho como ajudar Jonas com a missão dele. E, como eu e Kenzo lhe avisamos na noite em que trouxemos Dante Donadelli de volta, nós não nos metemos com caçadores, então tudo que posso fazer é te aconselhar. E meu conselho é que você vá até Malta.

— É, Alex, ele tá certo, pensa bem — Thomas interveio, com uma expressão pensativa. — Esse tal instituto vai estar cheio de paranormais, como vocês. Se, por acaso, Dante ou o que quer que esteja possuindo o corpo dele agora for atrás de vocês, estarão mais bem protegidos por lá. Vai ter um monte de gente poderosa pra lidar com isso, não é?

De fato, esse era o racional a se fazer, Thomas estava certo. Eu sequer podia pensar em dormir na minha própria casa tranquilamente, já que Dante morava lá também, afinal. E ele basicamente quebrou tudo quando se transformou naquela coisa bizarra e quase me matou. Então, voltar para lá e fingir que nada estava acontecendo estava fora de cogitação. Desse modo, se eu quisesse realmente salvá-lo, ainda que isso significasse mandá-lo embora deste plano, eu faria. Teria que fazer. Faria qualquer coisa por Dante, mas faria mais ainda pela segurança das pessoas ao meu redor.

— Então... Quando vamos? — foi minha resposta.

Caminhei por entre os corredores da emissora, sentindo o coração pular do peito. Fazia mais de vinte e quatro horas que não dormia, desde que fiquei de tocaia na poltrona, esperando Dante acordar vivo do efeito da heroína. Precisava resolver um punhado de coisas antes de entrar naquele avião em direção a Malta. Infelizmente, a vida adulta nos enchia de responsabilidades, e sem o cumprimento delas, a gente morria de fome e virava morador de rua. Isso significava que me ausentar para um país do outro lado do mundo era o mesmo que ter várias faltas seguidas ao estágio e, com isso, vinha a obrigatoriedade de avisar ao meu chefe, caso não quisesse ser desligado.

Quando meus colegas avisaram que Abraham não estava por lá, foi como um balde de água fria. Infelizmente, como meu chefe direto, ele era o único que poderia autorizar o afastamento temporário. Então, lá estava eu, quase dormindo acordado enquanto dirigia até à casa do meu odioso superior – e espertamente levando um supercombo de sanduíche de frango empanado, com refrigerante, batatas fritas e sobremesa, como tentativa de amansar a fera.

Quando os portões da mansão de Abraham se abriram, eu quase caí para trás. O filho da puta nadava no dinheiro e isso só me deixava sentir como uma baratinha francesa perto dele.

Quando passei pelo caminho ladeado de arbustos, notei, em choque, que havia uma escultura no centro do pátio, como um chafariz. E o que havia de estranho nisso? Bem, a escultura era a imagem do próprio Abraham, barrigudo e nu, comendo uma maçã, como se fosse uma espécie de Deusa Afrodite do Inferno.

Estacionei e desci do carro segurando a sacola de lanche, amedrontado. Se esse cara se recusasse a me liberar para viagem, teria que encerrar meu contrato de estágio, de qualquer forma. E isso atrasaria toda a minha graduação.

Ouvindo barulhos na piscina, dei a volta para a parte dos fundos da mansão e o encontrei na espreguiçadeira, bebendo cerveja de canudinho. Fala sério! Quem bebe cerveja de canudinho? Fresco do caralho!

Havia três garotas de biquínis, nadando pra lá e pra cá, cheias de risadinhas falsas que pareciam apenas uma boa atuação de diversão para os olhos do velho rico.

— Franguinho gay! Aí está você! — cumprimentou com o sorriso debochado de sempre.

— Boa tarde! — respondi educado quando, na verdade, queria mais era dar um peteleco na testa dele.

— Sente-se, sente-se. — Ele gesticulou enquanto colocava seus óculos de sol cafona. — O que você trouxe aí? É de comer?

— Sim. — Coloquei cuidadosamente a sacola de papel sobre a mesa. — Trouxe pra você. Bom apetite.

— Ah, isso é ótimo, estava mesmo morrendo de fome! — Abraham abandonou a cerveja de canudinho e desembrulhou afoitamente o lanche.

— Abraham, preciso falar algo importante com você.

— Ah, sim, claro. Tô escutando. Cadê seu amigo franguinho? — Deu uma gargalhada ridícula, referindo-se, é claro, a Dante, que ele conhecia como o atendente do *fast-food* de dentro da emissora, o qual adorava atazanar o juízo. O que só me fez ter vontade de enfiar um garfo naquela mãozona inchada dele.

— Hm... — Franzi o cenho. — Não sei, exatamente. Vim aqui porque preciso te pedir alguns dias de folga.

Ele imediatamente parou de mastigar e levantou a cabeça, para indagar totalmente sério:

— Você quer faltar ao estágio?

Cocei a nuca, nervoso. As meninas na piscina sentaram-se à borda; uma delas veio até nossa mesa e sentou-se no colo de Abraham, como quem não queria nada. Ela tinha longos cabelos vermelhos, enquanto as outras duas, uma era loira de cabelos na altura do queixo, e a última negra de cabelos cacheados e armados. Pareciam as *Três Espiãs Demais!*[2], para ser sincero. E talvez elas fossem prostitutas. Quer dizer, Abraham era velho e barrigudo demais para três garotas bonitas estarem com ele. Não era incomum que caras ricos e solitários contratassem profissionais não só pra sexo, mas também para companhia.

— Bem, é que... Eu preciso viajar e...

— Você é rico? É algum empresário? É um tipo de diretor-executivo que precisa fazer viagens de negócios? — perguntou Abraham.

A menina no colo dele ficou me olhando como se eu fosse idiota, enquanto Abraham aguardava minha resposta.

— É que esse é um caso de vida ou morte, realmente preciso ir.

— Você sabe que se abandonar o estágio agora, vai perder todas as horas já feitas neste semestre, certo?

— S-sim — balbuciei. — Por isso, vim conversar com você e...

— Você deveria deixá-lo ir — a garota ruiva em seu colo abriu a boca, pela primeira vez, chamando minha atenção.

— É, deixe ele ir... — a voz da menina negra soou inesperadamente ao meu lado, fazendo-me imediatamente virar e deparar-me com ela sentada na cadeira ao lado, sem que eu sequer a tivesse notado chegando até ali, sorrateira.

E só aí, finalmente, a terceira garota, a loira, levantou-se e sentou-se em uma das cadeiras entre mim e Abraham. Ela torceu os cabelos molhados e secou o rosto em uma toalha, antes de encarar-me firme, fazendo-me notar que seu olho direito tinha a íris roxa e uma tatuagem tribal subia por suas costas até o ombro.

A partir daquele momento, meu sexto sentido começou a me dizer que elas não eram prostitutas coisa nenhuma. Dando uma rápida olhadela nas três, percebi

2 Série de desenho animado (2001).

que todas tinham tatuagens pelo corpo, mas em locais diferentes. E as tatuagens eram todas muito parecidas, como se tivessem sido feitas pelo mesmo tatuador. Todas em estilo tribal, com o mesmo tipo de traço. Parecia uma coisa de gangue.

— Você precisa deixar o *videntium* viajar, Abraham, querido — a que tinha um olho violeta subitamente declarou, fazendo-me arregalar os olhos imediatamente e segurar os braços da cadeira de ferro, com força. — Assim, talvez, ele nos leve diretamente até o novo caçador da nossa tribo. — Ela deu um sorriso tão maldoso que arrepiou todos os meus pelinhos do corpo.

É, definitivamente elas não estavam aqui para alimentar os fetiches de Abraham. Caçadoras. As mulheres de biquíni eram caçadoras. E elas queriam meu irmão.

— O que houve? O gato comeu sua língua? — a que estava sentada ao meu lado zombou, sacudindo levemente a cabeça e fazendo as gotículas de água, presas em seu cabelo pingarem em mim.

— Não seria melhor dizer que o íncubo comeu a língua dele? — A ruiva sentada no colo de Abraham debochou.

Só aí, eu me dei conta de que havia caído numa emboscada que sequer pude prever.

— Você me enganou! — acusei Abraham, indignado.

— O que eu podia fazer? — Ele deu de ombros. — Você está envolvido com um demônio. É doentio, não é natural. Fora o fato de que, bem... Homem com homem também não é uma coisa aceitável, sabe disso.

— Você é só um preconceituoso de merda! — devolvi, levantando-me da cadeira.

— Pode ser que sim, também — retrucou, mastigando um bom pedaço de sanduíche para, então, falar de boca cheia: — Mas, olha, não é nada pessoal, franguinho. Demônios precisam ser enviados de volta ao Inferno. E caçadores têm a missão de fazer isso. Eu não posso me meter na tarefa deles se não quiser que eles interfiram na minha.

— E qual é a sua porra de missão, hein, seu velho fajuto?! — gritei injuriado, jogando para o ar todo o meu respeito forçado ao longo de todos esses meses trabalhando para ele, porque se de uma coisa eu tinha certeza, era de que nunca mais trabalharia com esse escroto.

— Me respeita, ô palhaço! — ele retrucou.

A demônia, digo, caçadora loira, suspirou alto e teatralmente entediada, antes de pôr os pés sobre a mesa, cruzando um tornozelo no outro.

— Nos entregue seu irmão. Ele precisa se juntar aos outros caçadores e fazer o juramento.

— Não sou obrigado! — rebati exasperado. — Se meu irmão quiser, ele mesmo vai procurar vocês. Jonas não é obrigado a fazer parte do seu grupinho do mal.

— Na verdade, ele é, sim. — Ela piscou os olhos bicolores para mim, de um jeito falsamente inocente. — O clã de caçadores precisa ter suas peças completas, pra que seja mais forte. Nós trabalhamos em conjunto. Somos como abelhas-operárias na colmeia.

— E você é a abelha-rainha, pelo visto — respondi ácido. — Não vou dizer que é um prazer conhecê-la.

Ela deu de ombros, pouco se importando, enquanto piscava lentamente aquele par de olhos desiguais e tão assustadores quantos os orbes vermelhos do Dante.

— Isso não faz diferença, mas veja bem, *videntium*: se você não facilitar a união de seu irmão ao grupo para o qual ele foi destinado, então nós definitivamente iremos atrás do seu íncubo de estimação. Aposto que não é isso que quer, é?

Respirei fundo enquanto meu coração batia acelerado. Arregalei os olhos com tanta força que eles pareceram querer pular para fora da órbita.

— Você não pode estar falando sério, né? Não acha realmente que eu vá escolher entre meu irmão e o cara que amo.

— Se eu fosse você, escolheria seu irmão pra entregar — intrometeu-se a ruiva, no colo de Abraham, jogando os cabelos molhados para o lado e exibindo uma fileira de tatuagens tribais no pescoço fino. — Não vamos fazer mal a ele, pelo contrário, ele faz parte do nosso grupo. Jonas precisa de nós. Já o fantasma que você transformou em demônio íncubo, bem... — suspirou, deixando no ar.

— Não vou entregar ninguém — eu disse entre os dentes, sentindo, por algum motivo, que entregar o Jonas a elas não seria um pote de doce, como estavam dizendo.

Enfezado, tomei de volta o saquinho de batatas fritas das mãos de Abraham, que me encarou abismado.

— Você é quem sabe, querido — a líder declarou. — Se nos entregar nosso caçador, prometemos treiná-lo e deixar seu íncubo livre. Esse é um tipo de acordo. Pode ser nosso segredinho.

— Nós cumprimos com a nossa palavra, sabe? — a de cabelos cacheados falou. — O súcubo que mora no seu prédio é um exemplo disso. Ela não toca nas duas garotinhas sinestetas, e nós não a despachamos de volta pro Inferno. Até agora estamos muito bem com isso.

— Nem fodendo. Não confio em vocês — respondi, arrancando também o copo de refrigerante de Abraham, que fez cara de criança ao ter seu doce roubado. — Deveriam destruir aquele súcubo! Ela está prestes a deixar duas garotinhas órfãs de pai e, por isso, deveriam exorcizá-la, não fazer acordos com ela! Nunca te contaram que não se faz um acordo com o Diabo? Cuidem disso. E não se metam no meu caminho. É sério. Não vou pensar duas vezes antes de destruir vocês — avisei, com toda a seriedade que pude, a voz ameaçadora.

— Tome cuidado com os inimigos que você cultiva, franguinho — Abraham declarou, quando eu já me virava de costas.

Imaginei que essa também fosse uma ameaça, mas, àquela altura do campeonato, porra nenhuma importava além de salvar Dante e impedir que meu irmão se misturasse àquela gentalha porque, honestamente, eles não pareciam nada do bem. Meu sexto sentido gritava para que todos nós permanecêssemos longe deles.

19.
ACADEMIA DO OCULTO

— Precisava trazer uma mala desse tamanho? É Malta, outro país, não outro planeta — Tyler reclamou.

— Macho, fica na sua — devolvi.

Estávamos na fila de *check-in* do aeroporto internacional, junto a Thomas e Jonas, porém meu irmão não parecia muito interessado no que acontecia no nosso grupinho. Ele ficava encarando as pessoas ao redor, com uma expressão estranha. Eu me perguntava se ele estaria vendo mais demônios, mais pessoas com aura vermelha. Ou talvez aquelas malditas caçadoras estivessem por ali o chamando, como sereias ao atraírem pescadores para afogá-los no mar. E, na pior das hipóteses, ele estaria vendo, bem... Dante.

— Thomas — chamei, virando-me para ele. — Se qualquer coisa estranha acontecer, qualquer coisinha mesmo, você liga imediatamente pra mim, ok? Preciso saber que você e meus pais estão a salvo de criaturas sobrenaturais, enquanto estivermos em Malta.

— Pode deixar, cara — respondeu. — Já peguei um montão de dicas pra defender a casa dos seus pais: sal nas portas, velas acesas no alto dos armários, oferendas no telhado, sinais angelicais cravados na madeira das portas... Tá tudo certo. A casa dos Kister tá blindada. Só saio de lá quando vocês voltarem.

— Ótimo! Por favor, tenha muito cuidado. — Aproximei-me para sussurrar em seu ouvido: — Preste bem atenção se tiver algum humano estranho te seguindo. As caçadoras querem pegar Jonas e iniciá-lo naquele culto esquisito do caralho. Se uma garota com um olho de cada cor e uma tatuagem gigante nas costas aparecer, é alerta vermelho! Ela é a líder dos caçadores de Astaroth, até onde fiquei sabendo.

— Vem, estão chamando nosso voo! — Tyler fez sinal para que o seguíssemos.

Nós nos despedimos de Thomas e troquei um último olhar pedinte com ele, antes de entrar na sala de espera para o embarque.

Uma hora e meia depois, lá estávamos nós, a caminho do país que era somente uma ilha.

A viagem foi realmente cansativa, mas não por causa de alguma turbulência ocasional e, sim, porque eu estava ansioso demais. Meu rosto denunciava o cansaço e a inquietação, com aquelas olheiras enormes, cenho franzido e a perna sacudindo. Além disso, foram necessárias duas conexões entre voos e, no fim de tudo, a viagem toda levou um dia e uma noite inteira, somando o tempo de espera entre as escalas. Mas dormir não era uma opção, considerando que Dante tinha a habilidade de entrar em sonhos e eu não sabia bem o que ele poderia fazer comigo no plano astral.

Quando finalmente pousamos no Aeroporto de Luqa – o único aeroporto de Malta –, já estávamos exaustos. Arrastei e puxei a mala pela calçada enquanto Tyler se ocupou de conseguir um táxi para nós na saída.

Já dentro do carro, observei as casas e paredes amarelas de pedra calcária contrastando com o chão cinza. Tudo lá possuía a mesma paleta de cores: o amarelo das construções, o cinza do chão e o azul do céu e do mar. Era popularmente conhecido como *O país amarelo*, diziam os folhetos de turistas que eu havia apanhado na saída do aeroporto.

Pedi ao motorista, com meu inglês de cursinho, que desligasse o ar-condicionado, antes que eu congelasse de frio. Ele o fez de bom grado, mas avisou que Malta era assim: calor de derreter a cara durante o dia, e frio de bater os dentes à noite.

Em poucos minutos, o carro subiu um morro, de onde se podia ver toda a cidade de Valletta lá embaixo. E, desde a subida, já se enxergavam as luzes da enorme construção antiga em pedra calcária, com uma placa brilhosa e bonita onde se lia *Bem-vindo à Academia do Oculto*, em maltês, inglês, italiano e espanhol. Não que eu soubesse ler em qualquer língua dessas, que não o inglês e italiano, de um jeito precário, mas assumi que fosse isso, pois era o que fazia sentido.

Quando o carro parou em frente ao casarão, uma mulher negra, de cabelos cor de cobre e olhos incrivelmente dourados, esperava-nos ao pé da pequena escadinha da varanda. Ao lado dela estava Kenzo, com seu cabelo assimétrico e as tatuagens espalhadas pelos braços despidos pela falta de mangas na camiseta.

— Finalmente! Por um momento, pensei que o tal íncubo havia pegado vocês no caminho! — ela disse em um inglês perfeito.

— Desculpe-nos — falou Tyler. — Fizemos muitas conexões e alguns voos atrasaram. Você é a Senhorita Langdon?

— Sim, mas, por favor, não me chame de *senhorita* na frente de Sam; vai irritá-lo, porque parecerá que nosso casamento está sendo ignorado. Mulheres casadas são chamadas de *senhoras*. — Revirou suavemente os olhos claros. — Só Akasha já está bom. Então... Com qual de vocês falei ao telefone? — Ela nos olhou com expectativa.

— Você falou ao telefone com aquele ali, com cara de perdido. — Kenzo apontou para mim, com um risinho debochado. — Aquele é Alex Kister, o *animus videntium* que conseguiu transformar um fantasma em demônio, porque não soube controlar o próprio pinto... — Subitamente ele se interrompeu e arregalou os olhos, fitando Akasha, que o encarou de volta com olhos apertados e as mãos nos quadris.

— Eu também me *apaixonei* por alguém proibido, e hoje estamos casados, felizes e contentes, muito obrigada! — ralhou. — Não é uma burrice tão grande assim, humano. — Ela revirou os olhos dourados outra vez, antes de se voltar para mim e Jonas. — Vamos acomodá-los! Chegaram na hora certa, a comida tá na mesa! — Akasha nos deu as costas, com certa animação, e foi liderando o caminho.

Eu prestava atenção a tudo que ela dizia enquanto andava, mas minha cabeça não parava de pensar no que ela queria dizer com *humano*. Isso significava que ela não era humana, também? O que diabos ela era, então? Aqueles olhos eram mais dourados do que o normal! Nós precisávamos de cinco minutos, sozinhos, para eu poder descobrir aquele negócio! Quer dizer, conversamos pelo telefone, antes de eu vir para cá; expliquei a ela minha situação e a de Dante; contei basicamente tudo que aconteceu, desde o dia em que fui visitar minha avó pela última vez, até a transformação do Donadelli em um capiroto completo lá no apartamento, dias atrás. Em momento algum ela havia dado indícios de ser uma entidade sobrenatural que não uma *animus videntium*, como eu.

Depois de deixarmos nossas malas no quarto de Kenzo, todos desceram para a grande cozinha – que acabava em uma porta dupla de vidro, com vista para um jardim artificial iluminado –, onde algumas pessoas estavam sentadas à mesa. Imediatamente, todos nos fitaram. Um homem alto e caucasiano, de pele bronzeada e cabelos castanhos na altura dos ombros, veio até nós. Ele parecia um baterista de banda de rock dos anos 80. Ou um neandertal muito bonito.

— Boa noite! Sejam bem-vindos! — disse-nos, com um sorriso aberto e simpático, que contrastava surrealmente com a aparência bruta. — Eu sou Samuel Langdon.

— É, Sam, eles viram na placa lá fora, sabe — Akasha retrucou ao marido.

Por um momento, pensei que o tal Sam se irritaria com ela, mas os dois trocaram um olharzinho brincalhão, que fazia qualquer um ao redor se sentir um castiçal. Aquela era uma grande vela para segurar, eu percebia.

Kenzo me cutucou com o cotovelo e, ao ter minha atenção, sussurrou em meu ouvido:

— Ela era um anjo. *Caiu* porque se apaixonou por um caçador de demônios... pelo Sam.

Imediatamente arregalei os olhos. Senti uma esperança começar a cutucar o meu peito, misturada a uma curiosidade fodida. Sabia que demônios existiam, claro, Dante era a prova disso, mas nunca tinha parado para pensar que se o Inferno era real, o Céu e seus anjos também. Além do mais, se Akasha era um anjo caído, e caiu por que se apaixonou por um humano caçador, então isso significava que...

— Ela é um demônio agora? — sussurrei de volta, perplexo. Aquela era a lógica, afinal. Os primeiros demônios eram, na verdade, anjos caídos. Todo mundo sabia disso. Estava na Bíblia. Além disso, Kenzo e Tyler haviam deixado claro que não se metiam com caçadores, menos ainda com demônios. Então, o que diabos estávamos fazendo ali? Akasha e Samuel eram diferentes, de algum modo? Não representavam perigo?

— Onde estão os estudantes? — Jonas indagou de um jeito engraçado, já que inglês não era muito seu forte. Ele também fugia das aulas de italiano forçadas às quais vovó nos submetia para que não perdêssemos nossos vínculos de antepassados.

— Todos já foram para os dormitórios, lá atrás — respondeu Sam, descontraído. Ele era todo forte e musculoso, e só quando pôs uma mecha de cabelo atrás da orelha, foi que reparei que seu pescoço grosso era desenhado com tatuagens tribais descendo pela gola da camisa. — Pela manhã, os estudantes têm aulas comuns; à tarde, aulas especiais a respeito do sobrenatural, de acordo com seus dons.

— Mas o mais importante — intrometeu-se Akasha —, são as aulas de combate físico, antes do almoço!

Dessa vez, foi Sam quem sutilmente revirou os olhos, mas sem comentários sobre isso, declarou:

— Vamos comer. Tenho que começar meu plantão em uma hora.

— Plantão? — balbuciei sonolento, afinal, dois dias sem dormir era muita coisa.

— Sam vigia alguns pontos em Malta, que funcionam como portais para o Inferno. Não podemos deixar que nada passe de lá para cá. Especialmente, para *me* caçar — respondeu Akasha, casualmente, apontando-nos lugares vagos à mesa.

Eu queria muito perguntar, na lata, como Akasha permanecia por aqui, se escolher relacionar-se com um caçador a havia feito *cair* de imediato e se tornar um demônio, e se Sam vigiava os portais infernais da ilha para impedir que outros demônios viessem buscá-la – afinal me parecia bem lógico que demônios adorariam torturar um anjo caído lá embaixo. Só que alguma educação dentro de mim me impediu de questionar algo delicado assim na frente de todo mundo. Até porque imaginava o quanto o assunto poderia ser delicado para eles.

Os anfitriões nos explicaram que, na parte de trás da casa, havia uma espécie de alojamento separado entre masculino e feminino, enquanto os professores ficavam no casarão principal. E que, mais nos fundos, havia as salas de estudo, biblioteca e o salão de treinamento físico, do qual Akasha sempre parecia animada demais em falar sobre. Ela definitivamente parecia o tipo de mulher que gostava de socar coisas. Nada muito parecido com o conceito de anjos que nós, meros mortais, tínhamos no senso comum.

Por lógica, somente *animus videntium,* com o poder de tocar em fantasmas, participavam daquelas aulas. Aqueles como Tyler e Kenzo, que só viam sem poder tocar ou que sentiam presenças sem vê-las, faziam treinamentos de defesa mágica com o próprio Kenzo.

Eu ainda queria muito conversar com Akasha a sós. Se ela era um anjo caído e consequentemente um demônio, a história dela podia ser ligeiramente como a de Dante. E por mais que minha cabeça gritasse para que eu não me deixasse encher de esperanças por causa disso, meu coraçãozinho maltratado só faltava pular pela boca. Quero dizer, se Akasha é um demônio agora, ela não parece ser repleta de maldade, pelo contrário, é bastante espirituosa com aquele seu jeito divertido de falar. Seus olhos nem mesmo são vermelhos, e sim daquele tom de dourado inacreditável, que contrastam ainda mais fortes na pele escura. Se Akasha, aparentemente, pode ser uma pessoa normal e amar como um humano comum, por que Dante não pode também?

Eu estava certo de que Akasha havia tido a alma corrompida do mesmo jeito que Dante: transando com o cara que ela amava. Então, por mais que ela e Dante fossem seres distintos antes da corrupção, ainda assim, os dois haviam chegado ao mesmo resultado. Eu só precisava saber o que ela ou ela e Samuel haviam feito para livrá-la do estado demoníaco.

Entretanto, a viagem e os dias sem dormir, logo após o ataque de Dante, cobraram seu preço. Desse modo, assim que terminamos de comer, fui o primeiro a me retirar e cair de cara no travesseiro, em que apaguei imediatamente após trocar os curativos das bicadas que havia levado no braço pelos corvos endiabrados, mas não permaneci inconsciente por muito tempo.

Eu já deveria imaginar...

De repente, estava na ponte que ligava Astaroth a Paimon, de novo. Sabia não estar realmente ali. Eu estava em Malta, na Europa. E mesmo que estivesse, havia uma diferença de nove horas no fuso horário entre os dois países, o que significava que, se em Malta era tarde da noite, lá em casa já era quase dia, mas, ao contrário disso, o céu estava escuro no sonho.

Observei a água escura por baixo da ponte e como sua superfície parecia lisa, como se vento algum passasse por ali – o que era só mais uma prova de que aquela não era a realidade. Aquela era a dimensão dos sonhos.

— Onde você está, humano? — uma voz sussurrou em meu ouvido. Não uma voz qualquer. Era aquela que eu já conhecia.

Tremendo dos pés à cabeça, provando que era cagão até em sonhos, girei lentamente a cabeça, até me deparar com os olhos completamente brilhantes e vermelhos de Dante. Seus cabelos continuavam brancos, as pontas dos dedos chamuscadas e um pequeno par de chifres escuros enfeitava sua testa, como no dia do ataque, mas agora não havia mais sangue algum, como se a pele de onde brotaram os chifres estivesse cicatrizada.

Engoli em seco e dei alguns passos para trás, tenso. Teria me afastado mais se não fosse o crocitar dos corvos, chamando-me a atenção para o fato de que havia um monte deles pairando no céu azul-marinho sobre nós, assim como havia alguns corvos empoleirados nos fios coloridos que suspendiam a ponte, como vigias macabros. Eu não podia fugir dali, afinal. De nada adiantava me afastar. Era claro que Dante me encontraria. Esse, certamente, era um dos motivos que não me deixava dormir durante os voos.

Respirei fundo e, finalmente, encarei o íncubo de frente, empinando o nariz, com uma expressão séria. Não podia demonstrar meu medo. Ele me venceria fácil se eu o fizesse.

— E você? Onde você está? — retruquei, cruzando os braços.

— Não brinque comigo, Alex. — Sua voz era ameaçadora e distorcida. — Preciso encontrá-lo.

— Pra quê? Pra mandar esses teus passarinhos cheios de pulga me bicarem até a morte ou me infectarem com alguma doença de pombo? — disparei. Deus perdoa, Alex Kister não.

— Isso tudo é culpa sua, humano idiota! — grunhiu e deu dois passos ameaçadores em minha direção.

Eu queria e precisava me manter firme, mas meus sentimentos de autopreservação eram muito fortes e acabaram fazendo-me recuar alguns passos para trás, outra vez. Não era porque estávamos no plano dos sonhos que Dante não poderia me fazer mal, afinal. Lembrava-me bem de como quase havia desmaiado, sem fôlego, da última vez que nos vimos no plano astral, graças a um mísero beijo.

— O que mais é culpa minha, Dante? — Meus olhos queimavam de ódio. — É culpa minha você ter injetado heroína e eu ter te pegado no flagra? É culpa minha você ter morrido de overdose? — Minha voz ia aumentando à cada palavra. — É culpa minha toda essa porra?

— É culpa sua que as caçadoras estejam ameaçando me mandar de volta pro Inferno! — devolveu, irado. — Enquanto elas não tiverem o Jonas, não vão me deixar em paz. Mesmo que Lúcifer em pessoa tenha me deixado subir, ele não pode lutar contra caçadores, estando lá embaixo! — Sua voz era dura. — Você sabe quantos anos de Inferno um demônio precisa ter para que possa conquistar o direito de vir à Terra e possuir um humano?

— Tô nem aí, não é problema meu! — Dei de ombros, fazendo pouco caso.

Isso o deixou extremamente irritado e frustrado, a ponto de fazer as luzes da ponte piscarem instáveis.

— Não faço questão de estar na Terra, Alex, mas preciso de você! Foi por isso que vim até aqui. Foi assim que pude voltar pro meu corpo original de carne e osso, sem precisar possuir o corpo de um humano qualquer.

— Eu já tô ciente de todo esse blá, blá, blá. Foi pra isso que você atrapalhou meu sono, ô Belzebu?

— Eu não posso permanecer no plano terreno sem um corpo!

— E você perdeu o seu por acaso, coração?

— Ainda não. Mas você está me rejeitando.

Sua resposta me fez congelar no lugar, prestando muita atenção.

— E o que te rejeitar tem a ver? Eu disse que ia continuar te alimentando!

— Não é só de sexo e comida que meu corpo precisa pra se manter aqui. Eu preciso... que você seja meu.

Franzi o cenho, tentando entender aquela coisa toda.

— Está dizendo que se a gente ficar separado e cada um seguir a própria vida, mesmo que eu continue transando com você, seu corpo vai...

Então, acordei.

Levantei o tronco do colchão, com a respiração descompassada. Estava de volta ao quarto de Kenzo, na Academia do Oculto, com ele e Tyler agarrados de um lado e Jonas e eu do outro. A janela aberta trazia consigo uma fraca luz solar da manhã que se iniciava em Valletta. As aulas dos estudantes não estavam tão perto de começar, mas era óbvio que não conseguiria mais voltar a dormir.

Em silêncio, troquei de roupa e lavei o rosto no banheiro do corredor, antes de descer as escadas e sair do casarão para explorar as coisas lá fora e esfriar a cabeça. As pessoas provavelmente começariam a acordar em uma ou duas horas.

Caminhei um pouco pelo terreno, cheio de curiosidade. Todas as construções estavam fechadas, tanto a parte das salas de aula, quanto os dormitórios. Ali em cima, o chão era todo de grama artificial, diferentemente do resto da cidade, que era toda de areia e pedra amarela.

Sentei-me na espreguiçadeira à beira de uma piscina olímpica, nos fundos, antes de me dar conta da pessoa encostada na churrasqueira mais ao canto.

— Oi — Samuel cumprimentou, parecendo envergonhado à medida que saía das sombras. E após uma rápida conferida no bombadão, foi que notei o motivo: o cigarro entre os dois dedos da mão esquerda, junto à aliança reluzente em seu dedo anelar.

— Er... Oi — murmurei. — Pensei que os caçadores não fumavam cigarros. Quer dizer, causa impotência, e vocês meio que precisam se reproduzir, né?

Era impressionante o meu talento para apontar coisas irrelevantes. Além do mais, eu deveria sentir medo dele, afinal o cara parecia uma muralha de tão forte e eu era só um franguinho ao lado dele, Abraham estava certo nesse ponto.

— Como um caçador, já fiz muitas coisas que não deveria. Fazer um anjo cair não foi sequer a pior delas — suspirou, dando um último trago no cigarro, antes de apagá-lo na parede e atirar a guimba na lixeira. — É só... um pouco difícil.

— O que é um pouco difícil? Ser um caçador? Os plantões? O casamento? — perguntei realmente curioso.

— Também. — Ele sacudiu a cabeça e deu um sorriso fechado. — Venho de uma família de caçadores puros-sangues. É tradição de nosso clã, que casemos com outros caçadores, para reproduzirmos mais de nossa espécie. Assim, induzimos o nascimento de novos caçadores, com mais frequência. Do contrário, nossa espécie fica à própria sorte, dependendo que, vez ou outra, um caçador não puro surja em uma família com descendentes paranormais de outras classes, como as de médiuns. É o caso do seu irmão, por exemplo.

Empertiguei-me de imediato, eufórico com o rumo que a conversa começava a tomar. O sujeito tinha cara de quem se abria igual a uma flor, a despeito da aparência agressiva. Talvez, eu conseguisse fazê-lo contar como a coisa toda da queda da Akasha havia acontecido.

— É, ouvi falar que você foi a causa de Akasha... sabe... *perder a graça.*

— Ouviu falar? — Samuel arqueou a sobrancelha, fazendo uma expressão divertida. — Aposto que ouviu muito mais que isso. Akasha, com certeza, deve ter contado nossa história toda pra você.

— Não tive muito tempo para conversar com ela depois que cheguei. A viagem foi muito longa e eu já não dormia bem há dois dias, então acabei dormindo logo depois do jantar, assim que você saiu pro plantão ou como quer que chame aquilo, na verdade.

— Você, com certeza, deve estar curioso sobre isso. Aposto que está se perguntando como Akasha é tão bondosa e não se parece nada com um anjo caído.

— Se quiser me esclarecer, sabe... Sou todo ouvidos.

Sam assentiu e tornou a falar:

— Seres sobrenaturais não costumam se misturar, você já deve saber. Caçadores não se envolvem com médiuns, anjos e demônios vivem em pé de guerra, mas, bem... as coisas ficam ainda piores quando um anjo cai e se torna aquilo que mais odeia.

— Um demônio — conclui.

Ele acenou positivamente com a cabeça, pesaroso.

— Imagine só o escândalo, em uma família de caçadores, ter um de nós se associando ao que deveríamos matar...

— Não é bem assim. Ela caiu por sua causa! É injusto compará-la a um demônio comum. Akasha era um anjo! Os olhos dela nem mesmo são vermelhos!

— De certa forma, ela continua sendo um anjo. — Sorriu triste. — A única diferença é que agora há uma natureza sombria dentro dela, e ela também não tem mais permissão para entrar no Céu e se esconder daqueles que a perseguem.

— Imagino que ex-anjo de olhos dourados atraia demônios pra caramba. Eles ganham alguma coisa com isso?

Samuel sacudiu os cabelos compridos.

— Demônios que matam anjos caídos conseguem absorver os resquícios de seus poderes angelicais. Ficam mais próximos de Lúcifer e são promovidos... *lá embaixo*. — Apontou para o chão, com o indicador.

Arqueei uma sobrancelha e imediatamente entendi tudo o que aquilo implicava para Akasha, não conseguindo deixar de me sentir apreensivo ao imaginar não só os perigos que ela corria, mas o quão perigoso deveria ser um demônio que absorveu poderes angelicais.

— Qual o seu tipo de mediunidade? — Samuel subitamente perguntou. — Você nasceu com ela ou...?

— Herdei os dons da minha avó quando ela morreu, mas já enxergava alguns vultos antes disso.

— É por isso que eu e Akasha abrimos esta instituição: pra ajudar todos aqueles que têm dons sobrenaturais a entenderem e trabalharem o dom da forma certa, cumprindo sua missão neste plano. Caçadores não vêm para cá com frequência, é claro. Não querem estar perto de um anjo caído, menos ainda de médiuns, mas Akasha... A parte angelical dela permanece forte demais. As sombras do mal não conseguem tomá-la, como acontece com todos os demônios, eventualmente. Desconfiamos que seja por causa de mim. Sou um caçador, deveria representar perigo para ela, mas, de algum modo, minha presença consegue inibir as sombras de dentro dela.

Eu estiquei a coluna, de imediato, ao ouvir aquilo.

— Então, é isso que faz com que Akasha não aja como uma vadia do Inferno? Desculpe o palavreado — fui rápido em corrigir.

Ele riu fraco.

— Sim, Alex. Se, quando eu morrer, Akasha não tiver mais alguém que consiga inibir seu lado demoníaco, ela pode se transformar em um demônio puramente mau. É o que acontece quando um demônio vai perdendo os resquícios de sua humanidade. Ele se torna um ser completamente maligno. No caso de Akasha, não existe parte humana, pois ela nunca foi uma, então ela pode perder todo o resto de sua essência angelical. Ela irá se tornar a mesma coisa que seu namorado se tornou: um ser *completamente* maligno. Os olhos dela tem aquele tom dourado pois sua essencia angelical ainda é dominante. No seu caso, não há bem outra coisa a fazer do que exorcizar seu namorado para os confins do Inferno, em definitivo. Ele alcançou um estágio em que dificilmente as trevas de sua alma podem ser removidas — ao dizer isso, encarou-me com pesar.

Foi aí que murchei como um balão velho no parquinho. Todas as minhas esperanças de salvar Dante foram por água abaixo, porque Dante não era um anjo caído. Ele era um humano, antes de tudo. E se perder sua parte humana é natural para qualquer demônio, bem... então, Dante estava perdido. Era o fim do homem que eu conhecia e amava. Estava acabado. Ele precisava voltar para o Inferno, porque ele já não era mais ele.

— O mais seguro, pra você e seu irmão, é permanecer na Academia. Você percebe isso, não percebe? Dante não deixará vocês dois em paz. A natureza do Jonas irá forçá-lo, até o fim, a destruir o Dante. Não queria ter que te dizer isso, Kister, mas não acho que haja algum modo de restaurar seu namorado. A alma dele já está condenada.

— Espere um momento. Caçadores se sentem impelidos a matar demônios, certo? Então, por que você não se sente impelido a matar Akasha?

Ele grunhiu e fez uma expressão desconfortável.

— No começo, eu tentei. Acredite. — Sacudiu a cabeça em negativa, aparentemente perdido em memórias ruins. — Caçadores precisam fazer o juramento a algum clã, para que sejam mais fortes, mas, ao mesmo tempo, estar vinculado a um clã faz com que todos os membros do grupo fiquem psiquicamente conectados, para que possam compartilhar o poder através deste vínculo. Começamos a sentir a mesma coisa que os outros membros sentem. Então, percebi que meu desejo de matá-la vinha do clã, por isso, me desvencilhei. Eu quebrei o juramento e tornei-me um renegado. Perdi parte dos meus poderes. Parte da minha raiva também. — Deu de ombros.

Aparentemente perder a raiva era uma coisa boa. Entretanto, por mais sincero e direto que Sam estivesse sendo, não gostei nada. As boas novas eram somente novas, mas nada boas. Por isso, lágrimas começaram a se formar em meus olhos. Não queria lidar com o fato de que minhas buscas pudessem ser em vão e que o certo a se fazer fosse entregar Dante aos caçadores ou até mesmo ao Jonas – fosse lá como ele faria aquilo. Ter Dante como um humano de novo, vivo e saudável, não era uma opção realista, era só meu coração esperançoso querendo um pouco mais de ilusão.

— Se ele fosse... — Minha garganta falhou, com o choro que me forcei a engolir. — Se Dante fosse um anjo antes de tudo... Acha que eu poderia salvá-lo?

Ele me deu um sorriso triste, através do qual pude sentir toda a sua empatia.

— Se você não desistisse dele, provavelmente sim. Eu nunca desisti da Akasha, mesmo quando a forma demoníaca dela agia de um jeito que me machucava... Quando era fria, distante, sarcástica. Acredite, anjos podem ser muito piores do que os demônios. São muito mais poderosos e racionais, além de agirem como se fossem superiores. E talvez eles sejam. Ainda assim, eu sabia que não era culpa dela e me mantive ao seu lado com ainda mais firmeza quando aquele brilho vermelho aparecia nos olhos dela, querendo tomá-la. Talvez, isso tenha ajudado. É o que nós acreditamos. Mas também pode ser apenas a força angelical dela que a mantém sã.

Mal pude ouvir Samuel terminar e me levantei de um pulo, andando mais rápido que minhas pernas bambas permitiam, porque eu *precisava* chorar quando constatei através de seus devaneios que, muito provavelmente, a forma demoníaca de Dante o tivesse tomado mais rápido do que deveria por culpa minha... Porque eu não aguentei seus momentos de frieza e aqueles onde seus olhos vermelhos reluziam... Ele iria se transformar de qualquer maneira, mas era claro que minhas ações tinham acelerado o processo, especialmente quando o rejeitei romanticamente e interrompi nosso relacionamento. Fazia todo o sentido.

Então, eu chorei até dormir.

— Boa tarde, combatentes do universo! — Akasha cumprimentou a classe de paranormais mirins, sentados sobre o chão acolchoado do tatame. A maioria eram pequenos *animus videntium*, mas havia um trio de garotinhos caçadores desdentados.

— BOA TARDE! — eles devolveram em coro, como os judocas gritam para o *sensei*.

Eu estava assistindo a uma das aulas de combate corporal de Akasha, no meu terceiro dia na Academia, sentado no fundo da sala. Descobri que, por ali, eles ensinavam até mesmo a leitura de búzios e tarô – aulas ministradas por Kenzo.

— Hoje vocês terão treinamento misto! Como o Professor Sam teve plantão ontem à noite, hoje todos treinarão comigo! — Akasha anunciou, animada. Aparentemente, naquela relação, ela era os músculos, e ele, o cérebro.

As crianças gritaram animadas.

— Mas ainda preciso de uma dupla pra lutar comigo — ela completou. — Então, trouxe um novo amigo. Alex, vem aqui pra frente!

Demorei um pouco a assimilar que o Alex, a quem ela se referia, era eu. Só me dei conta quando aqueles pares de olhos curiosos me fitaram por tempo suficiente para que eu me levantasse todo desengonçado e fosse arrastando meus pés, calçados em meias de dedinhos, até a frente da sala de combates. Ignorando meu olhar atordoado e desesperado, Akasha voltou a falar:

— Hoje, Alex e eu iremos mostrar a vocês o quanto uma mulher pode ser perigosa, caçadora, demônia ou fantasma.

— Aposto que ela vai chutar seu traseiro, como sempre faz com o Sam! — uma pré-adolescente banguela gritou para mim, sentada na fileira da frente, junto aos outros três garotinhos caçadores.

— Não a deixe assustá-lo, Alex — disse Akasha. — Essa malandrinha se alimenta de medo. — Arregalou os olhos comicamente. — Agora, vamos lá, me dê um soco! — Ela foi montando guarda.

— Como é? — Consequentemente, fiz cara de idiota.

— Um soco, garoto. Tenta me dar um soco, vamos. Finja que sou um fantasma maligno! — Ela jogou os cabelos acobreados por cima do ombro.

— Olha... Sei que isso aqui é só uma simulação, mas... Não vou bater numa garota — falei, convicto.

— Machista! Não sou uma garota. Sou um fantasma maligno. Agora, vamos! — Akasha se aprumou, com os punhos na frente do queixo.

Nunca pensei que me recusar a bater em uma garota fosse fazer de mim um machista, mas se ela dizia...

Permaneci olhando dela para a turma, da turma para ela. Os rostinhos infantis pareciam ansiosos por sangue, sinceramente. O *meu* sangue, dei-me conta.

Akasha Langdon iria me desfiar.

Então, nós dois começamos a nos rodear, como dois lutadores de MMA.

— *Au, au, au!* — grunhi enquanto mancava pelo chão de grama artificial, em direção ao casarão que servia de dormitório dos professores.

— Você é muito mole — Akasha retrucou, apoiando meu braço direito em seu ombro e rodeando minha cintura com a mão esquerda. Ela era forte demais para uma mulher tão magra. — Se fosse um fantasma de verdade, você estaria super morto agora, sabia? Acho que você deveria passar um tempo aqui no instituto, treinando. Meus alunos de 12 anos lutam melhor que você.

Dei outro grito quando ela puxou meu corpo para cima, para que eu pudesse dar impulso e subir o degrau para entrar na cozinha. Seria muito mais difícil se entrássemos pela porta da frente, porque, para isso, eu teria que subir todos os degraus da varanda com o tornozelo luxado.

Akasha era pequenininha se comparada a mim, mas conseguiu me dar uma boa surra, era preciso admitir. E olha que ela sequer tinha usado algum de seus poderes angelicais ou demoníacos! Foi um mano a mano de verdade. Só que além de estar enferrujado, eu não conseguia revidar na mesma proporção, porque, sendo anjo ou demônio, ela ainda era uma garota, e minha mãe tinha me ensinado a ser um homem de verdade.

— Senta aí. Vou pegar gelo. — Ela me apoiou cuidadosamente na cadeira em frente à mesa, antes de se afastar e abrir o congelador no cantinho. — Você é um homem saudável, em dois dias vai voltar a caminhar normalmente.

— Você é muito forte pra uma quarentona de um metro e sessenta — resmunguei, alisando meu ombro esquerdo, que podia jurar ter deslocado quando Akasha torceu meu braço para trás naquela luta.

— Pra sua informação, tenho um metro e setenta! Estou muito bem pra uma ex-anjo de 2.400 anos, criança! — retrucou, em tom divertido, sem realmente se demonstrar ofendida.

Mas quando ela usou *criança*, bem... Minha expressão murchou. Não porque eu tenha achado ofensivo, mas porque ser chamado assim fazia-me lembrar de Dante. Meu antigo Dante. O fantasma irritadinho que me seguia aonde quer que eu fosse.

— O que foi? Por que essa cara? — Ela entregou-me uma trouxinha feita de pano de prato com cubos de gelo dentro.

— *Criança*... Dante costumava me chamar assim quase todos os dias, quando eu implicava com ele. — Dei um sorriso triste e abaixei o olhar.

Ela suspirou e me olhou com empatia. Os olhos em dourado profundo demonstravam algo que, até então, eu não havia notado: sabedoria e bondade. Muita bondade. Podia sentir uma energia calma e tranquilizadora emanar daquele olhar, então tive certeza de que tinha algo a ver com seus poderes angelicais, ainda que Akasha fosse, agora, um demônio.

— Eu juro, Alex, se ele ainda fosse um fantasma, o traria de volta pra você — disse com muita convicção e deu um sorriso também tristonho.

— Você não poderia. Isso te faria cair outra vez. — Eu sorri triste.

— Não há como cair duas vezes, rapaz. — Lançou-me uma piscadinha matreira.

Nós ficamos em silêncio por algum tempo, enquanto eu colocava gelo no tornozelo.

— Você não veio até aqui à toa, Alex. Nós vamos te ajudar com isso. Entrei em contato com alguns demonologistas que estão bolando um plano com Samuel, Kenzo e o seu irmão. Vamos achar um jeito de enviar Dante para o Outro Lado, sem que ele volte para o Inferno como um demônio. Vamos dar um jeito de enviá-lo para o Céu.

— Como? — bufei amargo. — Se as religiões estão corretas, só Deus pode julgar se uma alma merece o Céu ou o Inferno. Não chegamos a esse nível... Não somos tão poderosos assim, acredito. Nem mesmo você. Sem ofensas. E, de qualquer modo, pelo que seu marido falou, a alma de Dante já está condenada. Não acho que ele possa entrar no Céu.

— O Céu é tudo isso que falam, sim, mas não existe apenas um Deus central, sabia? Em cada lugar do mundo, a história dos deuses e da criação do Universo foi contada de formas diferentes, mas eram todas versões de uma mesma história. Não posso entrar em detalhes agora, mas quando você morrer, vai entender tudo. Sam consegue bloquear parte da minha essência demoníaca. Nem todo caçador pode, mas Sam sim. Certamente, podemos remover a essência de um demônio antes de exorcizá-lo. Então, se conseguirmos purificar Dante, talvez consigamos enviá-lo para o Céu. Não sou mais um anjo, nem posso mais subir, mas conheço bem a misericórdia dos deuses para com aqueles que nasceram humanos. — Sorriu triste. — Eles permitirão que seu Dante adentre os portões dourados se estiver arrependido de coração.

— Isso não me parece muito fácil. Eu já... estou aceitando o fracasso — suspirei derrotado. — Aliás, se fosse só se arrepender, você já não deveria ter voltado pra lá? — inquiri curioso.

Ela sorriu de um jeito doce, os belos orbes dourados contrastando com a pele marrom e quente.

— Para isso, eu teria que me arrepender do meu pecado. Precisaria me arrepender de ter amado Sam, e isso nunca irá acontecer.

Aí, pude entender: Akasha não se arrependia de ter dormido com Sam e consumado seu amor de modo carnal. Ela jamais seria digna de sua Graça, outra vez. Então, ainda havia esperança para Dante, de algum modo. Ele, com certeza, arrependia-se completamente de ter dormido comigo. Isto é, se demônios pudessem ter tais sentimentos, como esse. Mas, diante de tanto fracasso, era quase impossível que ele não se arrependesse de coração.

— Bem, primeiro vamos ter que localizar seu demônio. Depois, vamos procurar um jeito de rastreá-lo.

Após isso, ela me deixou no quarto e retornou à ala onde eram ministradas as aulas, afinal, precisava trabalhar. Já eu, cada vez mais, sentia-me encurralado, sem alternativas, a não ser, me despedir, para sempre, de Dante. Eu amava o Dante fantasma que conhecia. Infelizmente, também amava sua versão demoníaca, ainda que ela me machucasse tanto. Eu certamente amaria o Dante humano problemático, imprudente e viciado, mesmo com todos os seus prováveis defeitos. Podia apostar que, em todas as formas e em todas as dimensões do universo, era total e completamente apaixonado por ele.

Tudo estava errado. Tudo sempre foi errado. Eu jamais deveria ter me permitido me aproximar de Dante desse modo. Jamais deveria ter sido irresponsável a ponto de me deixar cair de amores por um homem morto. Pensar naquilo tão profundamente, junto à desesperança que se infiltrou em mim, fez com que me debulhasse em lágrimas por minutos a fio, mais uma vez. Foi assim que me permiti dormir, graças aos olhos ardendo e, dessa vez, livre dos sonhos e pesadelos com o amor da minha vida, que, em desespero, me sentia prestes a perder para sempre.

Na tarde seguinte, eu estava no quarto, lendo uma revista, quando Jonas entrou pela porta, cheio de livros nas mãos.

— Ah, aí está você! — Ele abandonou os livros sobre a escrivaninha. — Por onde andou?

— Ah, sabe, só explorando o lugar. E você? Tem aprendido muita coisa com os outros caçadores? Não sei se os caçadores da ilha gostam muito de caçadores de fora. — Franzi o cenho.

— Bem, pelo que disseram, caçadores tendem a ser um tanto violentos. — Fez uma expressão um tanto desconfortável. — Por isso, os *videntium*, feiticeiros e todos os outros humanos que têm alguma paranormalidade evitam se meter com eles... *Conosco.*

— Mas os daqui estão se metendo com você — pontuei. — O Sam parece legal. Quer dizer, não tentou me bater nem nada. — Dei de ombros e atirei a revista para o lado.

— É, mas isso é porque ele desfez seu juramento perante ao clã. Agora, é um Renegado como eu.

— Eles te consideram inofensivo... Ainda — supus.

— Ainda — confirmou e encostou-se à parede, de braços cruzados. — Não que eu vá me tornar uma ameaça pra eles, eu acho. Meu problema é com demônios.

Sinceramente, sinto aversão física a eles. A presença me incomoda de verdade. — Seu olhar parecia meio perdido.

— Imagino. Mas, então, o que você tem aprendido? Quer me contar? Porque eu quero saber — fui logo dizendo.

Ele sorriu de leve e puxou a cadeira da escrivaninha para se sentar.

— Muitas coisas. É tanta informação que me sinto fazendo a graduação outra vez. — Sacudiu a cabeça. — E nem todas as informações condizem com a realidade, afinal, são muitos textos antigos, de gerações diferentes e, muitos deles, escritos por humanos. Sam disse que apenas ao longo do tempo vou descobrir, pela experiência, o que é o que não é.

— Desembucha alguma coisa aí, tô curioso e preciso saber também!

— Vamos ao básico — Jonas suspirou. — Você sabia que existem classes de demônios?

— Tipo... Divisões?

— Uhum. Tem três principais, e depois algumas subdivisões. Aí, as subdivisões das subdivisões. — Ele se empertigou, assumindo uma postura de professor. — Vou te falar as três principais. Primeiro, temos os demônios *originais*. Basicamente, são anjos caídos.

— Tipo Lúcifer e Akasha? — eu indaguei.

— Isso. E, acredite, anjos aparentemente caem toda hora. Eles acabam se rendendo aos prazeres humanos e aí perdem a Graça, como Akasha. — Jonas pausou, observando-me absorver as informações.

— Não acredito que você não vá fazer nenhuma piada com *anjos perdem a Graça*. — Apertei os olhos.

— *Ha-ha* — respondeu sem humor. — Continuando... Tem também os *nephilins*, que nascem metade humano, metade anjo ou metade humano e metade demônio, se você preferir, porque *anjos e demônios originais* são basicamente a mesma coisa, a diferença é que com graça, é anjo; sem graça, demônio.

— O Dante é tipo isso aí?

— Não. Como eu falei, os *nephilins* são uma subdivisão dos *originais*. Demônios do tipo Dante são chamados de *mestiços*. São humanos que se transformaram em demônios depois, por algum motivo, seja por ter vendido a alma ou por ela ter sido corrompida de alguma forma.

— Então, eles são tipo *nephilins* — repeti sem entender.

— Nah. — Ele sacudiu a cabeça. — Nephilins *nascem* assim; são descendentes diretos de demônios originais. São mestiços, sim, no sentido da palavra, mas não são chamados dessa forma. Os que são denominados de mestiços não nascem mestiços, eles *se transformam*. Geralmente, almas pecadoras que chegam ao Inferno passam algum tempo tentando se transformar em demônios *mestiços*. São tipo recrutas. Eles se oferecem pra servir ao Inferno como demônios, em troca de serem absolvidos do castigo eterno. Um íncubo, é claro, é um demônio *mestiço*. No caso do Donadelli, não porque ele pediu, mas porque a alma dele foi maculada antes mesmo de chegar lá embaixo.

Eu me encolhi um pouco no colchão, os ombros caindo. Ouvi-lo dizer isso me fazia sentir extremamente culpado. Quer dizer, odiava lembrar a todo instante que fui o responsável por macular a alma de Dante, mesmo que, na época, não soubesse o que estava fazendo.

— Bom... — Jonas bateu com as palmas nas próprias coxas, arrancando-me de meus devaneios de culpa. — Chegamos à última categoria: os demônios *puros*. Eles são, basicamente, como o próprio nome sugere, puramente demoníacos. São tipo o oposto dos mestiços. Eles têm zero por cento de humanidade. Não são nada parecidos com os demônios *originais*, porque, acredite se quiser, demônios que costumavam ser anjos são capazes de manter parte da essência angelical e, consequentemente, alguma bondade, alguma ética, alguma... empatia. Mas um demônio puro é quase como um psicopata, ele é só puramente...

— Mau — completei, assimilando.

Meu irmão acenou positivamente com a cabeça.

— Eles podem nascer demônio ou se transformarem nisso. Não existe um fator em específico que faz uma alma se tornar um demônio puro. Entretanto, esse tipo de demônio não costuma vir para este plano com frequência. Transitam mais entre o plano dos mortos e todas as outras camadas do Inferno. Eles meio que precisam de uma espécie de conexão com algo humano na Terra, algum tipo de *link*. Todos os demônios precisam, na verdade. Só que a maioria deles tem sua própria parte remanescente de humanidade pra isso.

Dante, por exemplo, sendo um *mestiço*, tinha sua própria essência ligando-o ao plano terreno.

— Mas e quanto à ligação que ele tinha comigo? — perguntei afoito. — Ele dizia que essa ligação era o que possibilitava a estadia dele aqui.

— Sim, mas, nesse caso, a conexão a qual ele se referia era a conexão física. O corpo dele só era capaz de estar aqui graças ao *link* com você. Sem esse *link*, ele só poderia continuar neste plano possuindo o corpo de outra pessoa, e não o corpo dele original restaurado. Ele só poderia estar aqui mediante possessão, não em corpo próprio.

— Eu nunca entendi isso muito bem. Uma vez, ele disse que aquele corpo não era bem o que ele tinha antes.

— Como eu disse, é um corpo restaurado. É o mesmo corpo com o qual ele nasceu, só que completamente novo. Tipo como se ele tivesse nascido de novo. Então, todos os males, como doenças ou ossos quebrados, que ele pudesse ter, foram restaurados juntos.

— Acho que entendi... — Foi aí que subitamente me ocorreu uma coisa. — Espere... E quanto ao vício? Eu acho que ele continuou com o vício justamente por causa da coisa do corpo.

— Ah, sim. Eu perguntei isso pros caras também. Depois de uma pesquisada e de conversar com um demonologista que é ex-caçador, ele explicou que a coisa do vício é psicológica. Então, mesmo que o corpo de Dante seja o corpo original em estado restaurado, o psicológico dele é inalterado.

— Então, por isso, ele precisou continuar a se drogar. A ânsia dele não foi física, foi psicológica!

— É basicamente isso aí. — Ele deu um bater de palmas, levantou-se e olhou para mim, com mais suavidade. — Vamos sair mais tarde. Vai ter uma festa lá na praia. Um luau. Todo mundo da Academia vai.

— Não viemos aqui pra festejar — falei, fechando a cara.

— Não é uma festa comum, é mais como uma isca. Um dos professores estava me contando que houve um terremoto perto daqui, há uns quatro anos. Então, todo ano eles fazem esse luau na praia, em homenagem aos falecidos da tragédia.

— Isso não é tipo dançar no túmulo dos mortos?

— Pelo que me disseram, a comemoração é mais na intenção de agradar os fantasmas dos falecidos e atraí-los pra lá, para que os *animus videntium* possam tentar ajudá-los a passar para o Outro Lado.

— Eu não sei não... Não vim aqui pra isso. Quero dizer, devo ter minha própria cota de fantasmas pra mediar lá em casa, mas preciso resolver essa coisa do Dante primeiro.

— Alex. — Ele encarou-me sério. — Você nasceu com a missão de ajudar almas, não de enfrentar demônios. Eu, sim. Por que não faz um pouco do seu trabalho hoje e confia que estou fazendo o possível pra obter sucesso no meu? Pode distrair a sua mente... Além do mais, teremos outros caçadores conosco. Estaremos seguros.

Foi assim que ele me convenceu a vestir uma roupa quente e descer até a praia, no cair da noite, junto a todos os professores e alguns alunos adolescentes da Academia.

O mar parecia calmo, trazendo uma brisa fria ao meu rosto. Meu tornozelo já não doía nada, então conseguia caminhar numa boa pela areia macia.

As pessoas estavam rodeando diferentes fogueiras; a areia enfeitada com diversos arranjos de flores, fotos dos falecidos na tragédia e velas brancas acesas. Algumas até deixavam cartinhas escritas à mão, em barquinhos que eram depositados no mar e desapareciam entre as ondas, como oferendas.

Percebi que podia ver algumas pessoas que não eram exatamente *pessoas*... eram fantasmas. Eles estavam em todo lugar da praia, observando aquela espécie de luau. Akasha também era capaz de vê-los, embora seu marido não. Seus resquícios angelicais lhe permitiam enxergar tudo, todos os seres, em qualquer plano. Ela sabia muito.

Sam disse para todos os médiuns se separarem e cada um escolher um fantasma para conversar. Akasha aconselhou a nos aproximarmos com cordialidade e doçura, mas esclareceu que, se algum fantasma parecesse arisco, deveríamos usar as táticas aprendidas nas aulas de combate.

Percebi que seria legal ficar um tempo ali, depois de tudo, e aprender um pouco mais. Especialmente porque depois de despacharmos Dante deste plano, eu tenho certeza de que não conseguirei voltar a minha vida normal, após perder o amor da minha vida *de novo*.

Caminhei com Jonas pela areia, em busca de alguma alma que pudesse ser meu possível alvo – de preferência uma que fosse bem pequena, para que eu corresse menos chances de apanhar. Quer dizer, já tinha apanhado de Akasha, que tinha cerca de dez centímetros a menos que eu, imagine só se fosse de alguém maior.

Como meu irmão não podia enxergar coisa alguma, saiu para comprar uma bebida e um cachorro-quente, dos que estavam sendo vendidos em algumas barraquinhas. Sozinho, caminhei devagar, observando todos ao redor. Vi alguns fantasmas, mas eles não pareciam muito inofensivos, então preferi continuar a busca.

Senti-me observado, com um arrepio estranho na nuca, e imaginei que isso fosse devido ao tanto de fantasmas presentes. Mas se podia ver todos eles, por que diabos não encontrava nenhum deles me fitando, quando olhava ao redor, para que servisse de explicação para aquela sensação assustadora?

A resposta surgiu mais rápido do que nunca quando, entre um pequeno grupo de pessoas, eu o vi: Dante estava ali. Estava em sua forma humana, sem nenhum indício dos chifres, asas e toda aquela aparência de demônio caricato da última vez que nos vimos. Até os cabelos loiros continuavam num tom de loiro claro, mas sem estarem brancos, como no momento de sua transformação no apartamento – com exceção dos olhos que continuavam cor de sangue.

Seus orbes vermelhos se conectaram aos meus, e imediatamente o arrepio na nuca se espalhou por toda a minha coluna, pondo-me em alerta.

Dei passos inconsistentes para trás e comecei a correr em busca de Jonas. Se Dante tentasse me machucar, ao menos meu irmão poderia nos proteger de alguma forma, eu esperava. Quer dizer, ele já devia ter aprendido alguma proteção ou coisa parecida, nos três dias que vinha estudando com Kenzo e Tyler. Não precisei olhar para trás para saber que o demônio estava me seguindo, como um leão cercando sua presa. E isso não ajudava em nada as palpitações que meu coração dava, morrendo de medo.

O que ele faria quando me alcançasse?

— Jonas! — Eu o puxei pela camisa, fazendo seu cachorro-quente cair na areia.

Ele montou uma carranca revoltada e estava prestes a reclamar quando percebeu meu olhar assustado.

— Ele está aqui. Dante está aqui. Ele me viu!

Imediatamente, o corpo de Jonas retesou, olhando ao redor. Sua face tornou-se ainda mais séria quando seus olhos encontraram os vermelhos do íncubo.

— Vem, vamos atraí-lo pra longe da praia.

— O quê? Tá doido? Você quer ficar sozinho com ele? Aqui é melhor, ele não vai nos atacar no meio dessa gente toda!

— Isso não o impediu de se transformar na nossa frente e nem na do Thomas! Você quer arriscar que ele machuque algum dos humanos aqui?

Então, eu entendi. Nós dois tínhamos obrigação de proteger aquelas pessoas. Não podíamos correr o risco de permitir-lhe machucá-las. Dante também devia saber disso, já que continuou nos cercando de longe, com aqueles olhos vermelhos reluzentes e um sorriso frio e maldoso nos lábios que eu tanto gostava de beijar, mas que agora só me causavam arrepios.

— Vem... — Jonas resgatou sua garrafa de cerveja, segurou minha mão e começou a se afastar, puxando-me para a lateral da praia, onde havia uma vasta vegetação que desembocava em uma pequena mata praiana, afastada de todos.

Como numa dança ensaiada, Dante nos seguiu.

Demoramos um pouco a alcançar o outro lado da praia e adentramos a pequena mata, onde tudo era escuro, apenas a luz da Lua iluminava alguma coisa – as fogueiras estavam longe demais para que emitissem claridade até ali. Começamos a nos embrenhar em meio à vegetação, num silêncio pavoroso. Sequer os sons de nossos passos eram ouvidos, já que a areia embaixo das folhas absorvia o som.

Não sabíamos o que nos aguardava, mas possuíamos a certeza de que não seria bom.

Fomos diminuindo os passos, aos poucos, até estarmos completamente parados. E não foi preciso olhar para trás, para saber que Dante estava bem ali.

— E agora? — questionei, com um sussurro frágil e apavorado. Meu coração martelava tanto que podia ouvi-lo em meio ao silêncio.

— Agora o deixamos agir.

Jonas fez o sinal da cruz e despejou toda a cerveja de sua garrafa no chão, empunhando o vidro vazio como uma arma. Ele apalpou os bolsos de sua jaqueta também, como se conferisse ter alguma coisa guardada ali, mas eu não tinha tempo de questionar o quê. Só de imaginar que dali a alguns momentos aquela garrafa poderia vir a machucar o Dante, já me sentia absolutamente aterrorizado, mas o íncubo precisava ser parado. Queria mandá-lo para o Céu, não para o Inferno, mas, sem Akasha e Sam ali, não fazia ideia do que fazer. Tentar exorcizá-lo o levaria diretamente ao colo do capeta.

A presença do demônio se tornou mais intensa, e as folhas das palmeiras balançaram com violência. O ar parecia estático e denso, sufocante.

— Como esperava fugir de mim, baby? — A voz de Dante soou em tom suave, mas debochado, como se cantarolasse uma canção macabra.

— Não estou fugindo. — Munido de uma falsa coragem, virei-me para ele. — Estou apenas achando um jeito de consertar as coisas. De consertar *você*.

— Eu não estou quebrado, garotinho. E você... Você me pertence — sibilou, em tom sombrio, com um olhar perigoso.

— Ele não pertence a ninguém. Humanos não são uma mercadoria para serem usados a bel-prazer de demônios asquerosos — meu irmão quem disse, com a voz dura. — Se você não nos deixar em paz e voltar pro Inferno de onde saiu, não irei poupá-lo, íncubo.

— Hm... — Dante ronronou, abrindo um sorriso maligno. — Vejo que alguém descobriu seus poderes... Estava me perguntando quanto tempo ainda demoraria a perceber. Você fala exatamente como um *caçadorzinho*.

— Então, você sabe — eu disse. — Sabe o que pode te acontecer se não nos deixar em paz, Dante. Não posso me meter no trabalho de um caçador.

— Não tenho medo dele — rebateu, com um sorriso. — Estou até mesmo ansioso pra devorar carne de caçador no jantar... — Dante passou a língua entre os lábios.

Subitamente, percebemos que não estávamos sozinhos ali. Alarmado, vi outras três pessoas saírem das sombras, até que a luz prateada da Lua nos permitiu ver seus rostos: as três caçadoras.

Todos ficamos em silêncio, tensos.

Cada uma delas assumiu uma posição entre nós. Estavam prontas para nos atacar, e ficou mais do que claro quando a líder de olhos heterocromos anunciou:

— Já que não nos entregou seu irmão, não temos um acordo, *videntium*. O demônio é nosso, agora.

— Mas a gente promete que se os dois nos ajudarem a capturá-lo, não atacaremos vocês — a que estava mais perto de mim falou. Era a mesma que estava sentada no colo de Abraham, na casa dele.

Em pânico, encarei Jonas, que me fitou de volta com o maxilar travado, e com o olhar me mostrou que não planejava se juntar a elas.

— Vocês não vão encostar nele — Jonas disse. — O íncubo é um problema meu e do Alex.

— Não é assim que funciona, novato — retrucou a líder. — Você obedece às minhas ordens, eu comando o grupo!

Eles dois estavam prestes a começar uma troca de ofensas, mas, aproveitando-se daquele segundo de distração, Dante avançou para nós.

Coloquei-me na frente de Jonas, pronto para receber o golpe, mas um vento sobrenaturalmente forte me lançou metros para trás, com a facilidade de uma sacola plástica no ar. Minhas costas bateram em uma palmeira alta, jogando-me no chão, o que me fez grunhir de dor.

— NÃO! — bradei em desespero quando vi o demônio agarrar meu irmão pelo pescoço e erguer seu corpo no ar. — Dante, solta ele! Por favor, solta ele, eu tô aqui!

Mesmo com a visão embaçada, pude enxergar perfeitamente Jonas sufocando, sacudindo as pernas no ar e tentando se soltar das garras de Dante – cujas unhas pretas afiadas nas pontas dos dedos chamuscadas apareceram outra vez.

A líder das caçadoras não fazia absolutamente nada, para meu maior choque. Ela trocava olhares com as outras duas, e não precisei de muito para perceber o plano delas: deixar que Dante se cansasse com Jonas, para que ficasse mais fraco no fim e elas conseguissem derrotá-lo mais facilmente.

Entretanto, num gesto desesperado e já com o rosto vermelho, Jonas quebrou a garrafa na cabeça do Donadelli, que imediatamente o soltou e encheu-se de raiva, exibindo um pequeno corte jorrando sangue na testa.

— Maldito caçador! — Ele estava furioso e sua voz distorcida, animalesca... demoníaca, como se tivesse alterada por alguma máquina. — É por isso que caçadores nojentos precisam andar em bando! Sozinhos são iscas fáceis em nossas mãos. — Ele partiu outra vez para cima de Jonas, que tossia desesperadamente, caído na areia, e tentava se arrastar para longe.

Levantei-me e corri na direção dos dois, em completo pavor, mas inesperadamente dei de cara com uma barreira invisível, como se um paredão de energia astral estivesse ao redor deles.

— NÃO! — gritei outra vez, sentindo lágrimas brotarem de meus olhos. — Por favor, Dante, deixa ele! Eu estou aqui! Eu vou com você, vou com você pra onde quiser, mas deixa meu irmão em paz!

Dante sequer me olhou. Podia ver, em suas expressões, seu modo de andar e mover-se, que ele não era mais o mesmo, nem mesmo o demônio íncubo que eu havia trazido a este plano. Era, de fato, um demônio completo, sem humanidade alguma dentro de si. Não parecia nem minimamente humano, de jeito algum... A maldade escorria de seus lábios, como um hálito sombrio.

Algo começou a arranhar o fundo da minha mente. Podia apostar que se as irmãs sinestetas estivessem aqui, veriam a aura do Donadelli completamente vermelha, como Jonas, e não mais com as manchinhas arroxeadas.

— Você deveria ter deixado seu irmão se juntar ao bando dele — Dante disse friamente, ainda sem direcionar o olhar a mim. — Todo mundo sabe que caçadores solitários se tornam presas nas mãos de sua caça.

Encarei as três caçadoras, alarmado.

— Vocês não vão fazer nada? — grunhi.

Elas me encararam de cenho franzido, com uma expressão estranha como se estivessem... desgostosas. Então, a líder declarou:

— Eu não consigo... A gente não consegue se mexer.

A que havia se sentado ao meu lado, na casa de Abraham, disse pela primeira vez naquela noite:

— Esse íncubo é muito forte. Ele não é um demônio inferior como os outros. Ele é...

— Um demônio *puro* — a líder de olhos bicolores completou, com uma expressão assustada. — A gente não tava preparada pra isso!

— O que você trouxe ao mundo, *videntium*? — a terceira grunhiu, encarando-me furiosa como se eu fizesse alguma ideia de que diabos ela estava falando.

Foi só aí que finalmente minha cabeça deu um estalo!

— Ah, não... Nem fodendo — murmurei desacreditado.

Como Jonas explicou mais cedo, Dante havia ido de demômio *mestiço* a demônio *puro*. Eu havia suposto que aquilo tinha acontecido por minha causa, depois da conversa com Samuel na piscina, mas subitamente me dei conta de que, provavelmente, reviver a própria morte, injetando aquela dose de heroína, com certeza havia mexido com alguma coisa dentro de Dante.

Talvez... Talvez fosse a isso que ele estivesse se referindo ao dizer que Lúcifer queria levá-lo de volta para o Inferno. Porque os demônios *puros* não possuíam a habilidade de permanecer no plano terreno sem alguma conexão humana. Certamente era por isso que Dante tinha uma aura vermelha com pontos roxos ao seu redor, anteriormente. Os roxos eram os resquícios de sua humanidade. Os caçadores só podiam ver a parte demoníaca de seu ser, pois, para eles, era indiferente a natureza do demônio. A não ser, é claro, pelo fato de que aparentemente quatro caçadores não fossem capazes de lidar com um demônio *puro*.

Com o coração acelerado, rolei meus olhos, delas para Dante, dele para elas. Enquanto as três não conseguiam se mover, paralisadas por uma força oculta, eu tinha os movimentos do corpo totalmente livres, mas ainda havia aquela maldita barreira invisível ao redor de Dante e Jonas – o que me impedia de entrar na briga, de qualquer modo.

Meus olhos arderam com as lágrimas. Um medo que nunca senti antes se apossou de todo o meu ser quando vi Dante avançar cada vez mais para cima do meu irmão. Porque eu sabia o que viria a seguir: *um dos dois iria morrer*.

No minuto seguinte, gritei com tanta força que foi como se meus pulmões explodissem.

Uma força quente se deslocou para fora de mim e uma luz roxa iluminou o ar.

Então, a barreira invisível caiu. Pude senti-la ceder, sabe-se lá como.

Corri para dentro do espaço e me joguei em cima de Dante, derrubando-o na areia. Jonas também partiu para cima dele e nós três nos embrenhamos no chão.

Um vento surrealmente agressivo pareceu nos cercar como um tornado, fazendo grãos de areia entrarem nos olhos e parcialmente nos cegar, mas não paramos. Era o demônio quem estava fazendo aquilo, tentando distrair-nos, eu sabia disso.

Sem acreditar no que estava fazendo, puxei os cabelos de Dante, sem nenhuma delicadeza, fazendo seu corpo arquear para trás, ao mesmo tempo que Jonas levava as mãos ao pescoço dele.

Dante bateu no rosto dele e, logo depois, fez o mesmo comigo: jogou as mãos para trás, às cegas, e as unhas afiadas de pontas chamuscadas de seus dedos abriram um corte por cima da minha pálpebra até o fim de minha bochecha, fazendo-me recuar.

Jonas tirou um canivete de dentro de sua jaqueta e no segundo seguinte, empurrou Dante no chão para montar em cima dele.

— Segure os braços dele! — gritou para mim, que obedeci de pronto.

Meus olhos se arregalaram. Não queria ver meu irmão degolar o meu namorado ou o que quer que Dante fosse agora, bem diante de mim, mas era o que precisava acontecer.

Jonas rasgou a camisa de Dante com as mãos e, com a lâmina, perfurou sua pele, para meu grande pavor.

Dante soltou um grito gutural de dor.

Mas Jonas não penetrou o canivete no peito dele, como achei que faria; ele cortou a pele exposta no peitoral do íncubo, fazendo um desenho estranho sobre a tez.

Sem ação, observei o desenho de uma estrela de cinco pontas, por baixo da poça de sangue, começando a enfeitar a pele pálida de Dante, como num entalhe. Ele gritava a cada corte, mas não conseguia se mover.

— Me dê sua mão! — Jonas gritou para mim.

Soltei um dos punhos de Dante e estendi a palma. O íncubo continuava sem conseguir se mover, e percebi que havia alguma magia o prendendo, talvez obra do desenho agora cravado em sua pele ensanguentada, ao passo que o que quer que ele estivesse fazendo para segurar as caçadoras no lugar se desfez, já que as três subitamente caíram de joelhos no chão de areia.

Dei um grito dolorido quando o canivete cortou minha pele, então Jonas segurou minha palma ensanguentada contra o ferimento do Donadelli, que gritava ainda mais alto que eu, como se meu toque o estivesse queimando. Mais uma vez, meu sangue se fez necessário para lidar com Dante, como no cemitério, quando eu o trouxe de volta à vida, sem saber.

Como no apartamento, o corpo dele começou a se transformar. As garras ficaram ainda mais aparentes, crescidas, os chifres rasgaram a pele da testa, achando seu caminho para fora, assim como seus olhos vermelhos brilharam arregalados. Veias escuras tomaram todo o seu corpo e, ao nosso redor, outra barreira de areia voltou a girar, como um redemoinho.

— O que está acontecendo? — perguntei, em vão.

Jonas parecia muito ocupado, sibilando palavras em uma língua desconhecida, parecida com o latim ou qualquer coisa assim. Ele tirou do bolso um crucifixo e o pressionou sobre a testa de Dante, entre seus chifres, e o íncubo gritou ainda mais alto de dor, com aquela voz assustadoramente distorcida, enquanto sua pele literalmente queimava, soltando fumaça vermelha, e puro cheiro de enxofre tomava o ar. Parecia cena de um exorcismo católico *hollywoodiano*. Muito assustadora, como um pesadelo.

Completamente apavorado, eu mal conseguia respirar, apenas permanecia com minha palma ensanguentada, pressionando o desenho de estrela cortado sobre a pele do Donadelli.

Foi aí que Jonas selou seus lábios, para o meu maior choque; Dante gritou forte, muito forte, tão forte que o som ecoou pela mata, e poderia apostar que até mesmo as pessoas no luau foram capazes de ouvir.

Um segundo depois, ele silenciou. Seu corpo parou de se mover por completo, como se estivesse sem vida. As veias escuras desapareceram devagar, os chifres retornaram lentamente para dentro da carne, milímetro a milímetro, e desapareceram completamente sob os buracos abertos. Por último, seus olhos apagaram-se, voltando ao tom natural de cinza-tempestade, antes das pálpebras se fecharem sobre eles.

— Dante, Dante! — gritei nervoso, lágrimas banhando minha face e fazendo arder o arranhão que ia da minha pálpebra esquerda até o fim da bochecha. Pus meu ouvido sobre seu peito, tentando escutar o coração, que continuava a bater, porém de modo fraco. — O que você fez? — perguntei a Jonas, com a voz fragilizada.

Ele se levantou da areia, sério, ainda encarando o corpo moribundo e ensanguentado do demônio *puro* na areia, parecendo tão ou até mais em choque do que eu. Seu olhar vagou para as três caçadoras ainda ajoelhadas no chão para, então, voltar-se para mim, com uma expressão muito séria.

— *Eu purifiquei o demônio.*

20.
EU SEI QUEM ME MATOU

— Alex, você precisa dormir um pouco — Akasha me disse com suavidade, a mão direita apertando suavemente meu ombro.

— Eu não posso — respondi, com um suspiro.

No quarto escuro do casarão principal da Academia do Oculto, eu observava o corpo machucado de Dante, deitado sobre o colchão, pálido e imóvel, a não ser pelos fracos movimentos de seu peito subindo e descendo pela respiração frágil.

— E se ele não acordar? — Minha voz era nada mais que um sussurro. — Pior... E se ele voltar como um demônio outra vez?

— Ele não vai — Akasha devolveu, com suavidade. — O ritual de purificação que ensinei ao Jonas deu certo. Se tivesse dado errado, o corpo dele teria entrado em combustão, até se transformar em cinzas, como um...

— Vampiro. Eu sei. Jonas me disse isso umas cinco ou seis vezes.

Continuei a encarar o corpo de Dante, sentindo um gosto amargo na garganta. Quando o enfrentamos na praia, eu não fazia ideia do que Jonas planejava, sequer se ele sabia como enfrentar um demônio. Também não contava com a aparição do clã de caçadoras nem o *insight* que a presença delas me traria: que a transformação de Dante em um demônio *puro* poderia ter acelerado graças a uma provável nova overdose, onde Dante tinha revivido a própria morte. Eu esperava que um de nós saísse morto daquele embate. E, com alguma sorte, esse alguém seria Dante e não Jonas ou eu, mas ninguém morreu. Todos saímos ilesos. Eu mesmo carreguei o corpo desacordado do Donadelli até a beira da praia, onde o enfiamos em um dos carros da Academia e o trouxemos para cá.

Agora, quase dois dias depois, Dante permanecia desacordado. Eu não conseguia sair da poltrona ao seu lado, nem por dez minutos inteiros. Apavorava-me a ideia de que ele pudesse voltar como um demônio maligno, ainda mais feroz do que antes, querendo vingança. E apavorava-me ainda mais pensar que talvez ele ficasse assim, desacordado, para sempre, até que estivesse morto. Porque era impossível saber se sua alma continuava naquela carcaça, se havia achado o caminho do Céu ou retornado diretamente ao Inferno. Era como alguém em coma. Ele estava ali, mas não estava.

Bem, com a última opção, ao menos eu não precisaria lidar com as caçadoras outra vez, estas que estavam hospedadas na Academia desde então, à espera do resultado da purificação de Dante ter dado certo ou não. Porque, se desse errado, elas seriam obrigadas a intervir, e eu nada poderia fazer quanto a isso. A regra número um entre os paranormais, como eu, Sam, Tyler e Kenzo, era nunca nos metermos no trabalho um do outro.

Sam e Akasha explicaram como tiveram aquela ideia e como haviam passado cada detalhe lógico a Jonas, antes de irmos à praia – somente por precaução, não por saberem que Dante poderia, de fato, aparecer. Eles contaram que era uma espécie de ritual antigo, quase não utilizado nos dias de hoje.

A lógica era tentar purificar a alma do íncubo, até que ela voltasse à sua forma original, para que aí seu *animus* pudesse ser despachado para o plano dos mortos, onde, com a alma pura, ele seria encaminhado para o Céu, mas para que isso acontecesse o corpo humano deveria morrer. Só que, ao contrário das das expectativas, Dante permanecia vivo.

Era certo que a liberação de sua alma só aconteceria quando seu corpo desfalecesse... Então, era isso que precisávamos aguardar? Esperar que seu corpo definhasse até, enfim, deixar seu *animus* livre para partir para o Outro Lado? Eu ainda não estava certo sobre isso. Quero dizer, e se tivesse dado errado? E se ele simplesmente voltasse como um demônio, ainda que mestiço? E se ele nunca mais acordasse? E se ele mesmo se recusasse a atravessar o véu outra vez?

Eram muitos *e se*... E nem uma resposta. Estava sendo torturante apenas ficar parado ali enquanto o assistia, lentamente, morrer outra vez, sem que eu pudesse fazer qualquer coisa para salvá-lo, pois não havia mais salvação para isso.

— Você está certa — disse à Akasha, finalmente me rendendo. — Você me chama se alguma coisa diferente acontecer? Vou comer alguma coisa lá embaixo e já subo. Vou dormir depois, mas vou dormir bem aqui. Não saio do lado dele por nada neste mundo.

Ela me deu um sorriso condescendente, e então eu desci para a cozinha. Não tinha realmente algum apetite, embora meu estômago roncasse de fome.

Durante o par de dias daquela espécie de coma do Dante, tirei cochilos não tão bons, sentado sobre a poltrona ao lado da cama. Não porque não sentisse sono ou cansaço, todos os espíritos neste e no outro plano sabiam que o que eu mais ansiava – depois do despertar de Dante ou ao menos da confirmação de que sua alma estava no Céu – era poder ter uma boa-noite de sono. Eu estava um caco, física e psicologicamente. Mas não era como se eu tivesse escolhido. Quando caía na inconsciência, a coisa não durava muito, logo acordava com o coração pulando no peito. Essa ansiedade não me deixava dormir verdadeira e profundamente.

Remexendo a geladeira, peguei um pouco de leite e comi alguns biscoitos com manteiga. Foi tudo que consegui engolir, sentado à mesa. Estava cansado. Muito cansado. Então, decidi descansar um pouco a cabeça sobre o meu braço, espiando o céu ensolarado através da porta de vidro que exibia o belo gramado lá fora e, no segundo seguinte, inesperadamente já estava dormindo.

Outra vez me encontrava no plano dos sonhos, mas ele não parecia assustador. Havia um céu ensolarado, uma grama verde e árvores bonitas.

— Você não deveria estar aqui — escutei aquela voz conhecida sussurrar atrás de mim, entretanto ela não soava maldosa ou debochada daquela vez. Pelo contrário, soava triste e assustada.

Virando para trás, ansioso, finalmente o vi: Dante estava lindo como nunca. Seu cabelo loiro ganhava nuances douradas brilhantes sob o Sol, e as roupas brancas de tecido leve que vestia davam-lhe uma aparência celestial, como um anjo, muito oposto ao que ele havia se transformado naqueles últimos meses.

— D... Dante! — balbuciei emocionado e sem conseguir acreditar. Acabei inerte por um minuto inteiro e longo, enquanto minha mente tentava sair daquela inércia. — Meu amor... — murmurei outra vez e finalmente dei três grandes passos para alcançá-lo e o abracei, chocando meu peito contra o seu, circulando meus braços ao seu redor.

Por um breve momento, ele não retribuiu o aperto, como se estivesse sem reação. Mas não demorou para que seus braços me envolvessem e suas palmas quentes me apertaram contra si, causando arrepios de um prazer casto por todo o meu corpo. E eu sabia que aquela sensação chegava até a minha alma, afinal era ela que estava ali, sonhando.

— Você parece tão real... Não é justo... — ele sussurrou com o rosto escondido em meu pescoço.

Eu me afastei apenas o suficiente para encará-lo e puxei seu queixo com a ponta dos dedos, fazendo-o olhar para mim. Ele estava tão lindo e seu olhar tão doce que senti vontade de chorar... Chorar de amor. Amor puro e genuíno. Não havia maldade alguma emanando dele, tampouco aquele ar de deboche costumeiro desde que havia voltado do Inferno. Era exatamente como se ele fosse o meu Dante fantasma outra vez, só que sem o cabelinho preto com mechas laranja.

Sua expressão se iluminou enquanto seus olhinhos verdes avaliaram meu rosto, parecendo ver algo precioso demais para si. Aquele olhar apaixonado, amoroso e reconfortante que há muito tempo eu não via em seu rosto lindo. E esse era só mais um motivo para que lágrimas de felicidade quisessem rolar para fora de meus olhos, mas não o fiz. Chorar embaçaria minhas vistas, atrapalhando a visão clara da pessoa linda frente a mim.

— Eu sou real, Donadelli... Tão real quanto você. Isso aqui é de verdade? Nós estamos no mesmo sonho? Ou você é só fruto da minha imaginação? — falei, acariciando sua bochecha macia. — Imagino que esse seja o Céu... Quer dizer, não pode ser o Inferno. Lá é tudo vermelho e sei lá, feio — assumi, com base nos filmes de terror a que tinha assistido no último ano, para compensar toda uma vida com medo de filmes sobrenaturais. — Mas, espera... Eu não deveria estar

aqui, se esse fosse o Céu. Então é só um sonho, não é? Só não sei se esse sonho é meu ou seu... Você ainda consegue entrar nos sonhos das pessoas?

Inesperadamente, sua expressão fechou-se, e ele se afastou, encarando-me com estranheza.

— É você mesmo? — perguntou, encarando-me com estranheza.

Eu pisquei um bocado de vezes, atordoado e chateado pelo afastamento súbito.

— Sim. E você é você?

Subitamente acordei, respirando rápido. Minhas costas doíam e meu braço estava dormente. Havia farelo de biscoito colado em meu rosto e um pouco de baba molhando meu queixo.Olhando pela porta de vidro que dava ao *deck*, eu vi o céu lá fora. Percebi que dormi por um bom tempo. Já estava escuro.

Ah... O sonho. Foi tão inexplicavelmente maravilhoso abraçar o meu amor outra vez. Pareceu tão real!

Aliás, quem ele pensou que eu era, no final? O Diabo ou o quê?

Como se vários alarmes soassem em minha mente, passei a mão no rosto, limpando quaisquer resquícios de sujeira, e aí corri escada acima.

Encontrei Akasha no corredor, parada na porta do quarto em que Dante estava repousando. Então, acelerei o passo até ela, mas, ao tentar entrar no cômodo, ela me impediu, segurando-me pelos ombros.

— Você não pode entrar agora. Sam está lá com ele.

— Ele acordou? — questionei afobado.

Akasha apenas confirmou, balançando a cabeça para cima e para baixo.

— Então me deixe vê-lo! Ele não tem que estar com seu marido, tem que estar comigo!

— Alex... — ela suspirou, com a face pesarosa, o que me fez entrar em pânico.

— O que foi? O que houve?

— Dante não quer falar com você. Ele proibiu expressamente sua entrada no quarto.

O quê?

— Como é? — Me vi absolutamente desacreditado. A sensação era como tomar um soco no estômago... Ou vinte.

— Olha, deixe que ele converse um pouco com o Samuel. Quero dizer, eles dois devem se entender, Sam é um caçador e... pode entender algumas coisas.

— Por que Dante não quer me ver? — indaguei debilmente, com a voz fraca, quase chorosa. — Eu acabei de sonhar com ele!

Ela deu outro suspiro, encostou-se à parede e somente me encarou, esperando que eu pensasse mais um pouco.

— Era mesmo ele. Foi a primeira coisa que disse quando acordou. Perguntou se você estava morto, pois havia sonhado que estava no Céu com você. — Ela deu de ombros. — Mas o problema, agora, são os sentimentos humanos. O ritual de purificação traz à tona esses sentimentos, e junto com isso, sentimentos de culpa, por todas as coisas ruins que, enquanto demônio, ele possa ter feito. Incluindo todo o mal que fez a você. — Ela sacudiu a cabeça de um jeito pesaroso. — Voltar a ser humano faz com que a culpa corroa a alma de alguém que, até então, era um ser maligno e sem sentimentos bons.

Eu engoli em seco.

— O que aconteceu a ele... A coisa na qual ele se transformou e tudo que ele fez a você... Alex, isso irá atormentá-lo por muito tempo. Quando eu disse a Sam que essa era uma das nossas opções para trazê-lo de volta, a primeira coisa que ele perguntou era o porquê de esse tipo de ritual de purificação de alma ter se tornado um tabu entre anjos, demônios e caçadores — ela suspirou, mordendo o lábio rosado, apreensiva. — Normalmente, caçadores usavam esse método de purificação da alma como um castigo. A última vez que foi usado, foi na Idade Média, eu me lembro bem. Quando um demônio volta a ter a alma limpa, todo o mal que ele causou no passado vem à tona e ele mal consegue suportar. O problema é que, com isso, boa parte dos demônios restaurados tornavam-se tão amargurados que não conseguiam se perdoar, então se suicidavam por não aguentar conviver com a culpa. Mas o caminho do suicida, é claro, é o...

— Inferno — murmurei petrificado.

— Sim — assentiu muito séria. — Era um ciclo. Purificava-se a alma de um demônio para que ele sentisse culpa de seus pecados, mas a culpa era tão grande que o levava a cometer um outro pecado tão grande a ponto de condená-lo ao Inferno outra vez.

— Ele vai se matar? — falei tão baixo que minha boca nem pareceu ter emitido algum som.

— Não podemos ter certeza. As coisas são diferentes nesse caso. Dante tem você. Tem você e o amor que, com certeza, já voltou a sentir. Isso pode ser o bote salva-vidas dele. Além do mais, ele não passou tanto tempo assim como um demônio, pra ter feito tanta coisa pelo que se arrepender...

— Mas eu não vejo como isso pode ser melhor do que antes! — Minha voz foi aumentando gradativamente, à medida que me enfurecia.

— A diferença é que agora Dante tem uma chance. Antes, você só tinha uma opção: exorcizá-lo. E nós não saberíamos se ele chegaria ao Céu para ser perdoado ou se voltaria para o Inferno, com o coração tão pesado. Mas, agora ele pode *tentar*. Tentar se redimir, tentar lidar com as coisas ruins que fez, tentar ter o seu perdão. — Ela se aproximou, olhando-me com ternura nos olhos profundamente dourados e misteriosos, que transpareciam intensa sabedoria. — Não pense que fiz isso como uma forma distorcida de ajuda. Eu o fiz porque senti sua dor, mas também senti a força do seu amor por ele. Acredito que a pureza desse amor poderá uni-los novamente. Só você pode salvá-lo, Alex.

Eu engoli em seco, mas entendi o que ela queria dizer. Mesmo caída e possuindo uma parte sombria e demoníaca dentro de si, Akasha realmente parecia um anjo, afinal. Sam estava certo. Eu via a bondade em seu olhar.

— Dante ainda terá que voltar para Naberius com vocês, então ele não vai simplesmente fugir. Fica calmo, tá? Você só precisa esperar. Esperar e ficar ao lado dele. Dar-lhe espaço quando ele pedir, mas nunca desistir dele, como não desistiu até agora.

Então, cabisbaixo, eu assenti.

— Foi um prazer conhecê-los! — Jonas disse cheio de sotaque à Akasha, ao Sam e a alguns outros professores da Academia do Oculto quando nos despedimos, cinco dias depois do luau na praia.

Estávamos em frente ao casarão, colocando nossas malas em um dos carros. As três caçadoras insuportáveis tinham ido embora com suas tatuagens esquisitas, no dia anterior, ao constatarem que Dante não seria mais uma ameaça. Elas tentaram, a todo custo, convencer Jonas a se unir ao clã de caçadores e fazer o juramento, mas ele ameaçou raspar a sobrancelha de uma delas, e quando viram que ele falava a sério, desistiram de tentar convencê-lo. Já Tyler ficaria em Malta por mais algum tempo, por isso ele e Kenzo nos dariam uma carona até o aeroporto.

— E aí, tudo pronto? — Kenzo perguntou.

— Sim. Só falta o... Dante — respondi, falhando um pouco a voz ao dizer o nome dele.

Depois disso, o vi descer as escadas da varanda de entrada. Dante olhava para o chão, com uma postura completamente cabisbaixa, a pele pálida, o cabelo ainda loiro escondido pelo capuz do moletom verde-musgo.

O meu moletom.

Toda a roupa que vestia era minha, havia pegado em minha mala. Dante tinha ido até o hotel, onde estava hospedado antes, para buscar seus pertences junto a Kenzo, mas não largava aquele moletom de jeito nenhum, por dias inteiros. Aquilo me causou certo alívio, pois significava que Dante queria ter algo meu com ele, queria sentir meu cheiro. Ou talvez ele só gostasse mesmo do casaco e eu estivesse sendo emocionado demais.

Ele caminhou em silêncio até o carro, e eu sabia que estava me ignorando de propósito, principalmente quando seu olhar cruzou com o meu e ele rapidamente desviou, fazendo uma expressão particularmente triste ao me ver e volta a fitar o chão de piso, como se esta fosse a coisa mais interessante do mundo.

É claro, a cicatriz recente em meu rosto era uma lembrança cruel de suas ações, que sequer podia esconder. Ao menos, foi algo superficial, nada que fosse me deixar como um pirata, usando tapa-olho para o resto da vida. Em um mês, meu rosto estaria como novo, certeza.

— Alex... — Akasha me chamou no canto, fazendo-me forçosamente desviar o olhar da figura do Donadelli.

Sam também se juntou a nós, fitando-me com certa expectativa.

— Eu e Sam queríamos te dizer uma coisa.

Eu os encarei com atenção.

— A primeira é que, se qualquer coisa estranha acontecer, você pode nos ligar imediatamente e pedir ajuda — declarou Sam, o rosto simpático.

— A segunda é que, bem... Você já tem certa experiência com seres sobrenaturais além dos fantasmas. — Akasha deu um sorriso. — Então, eu e Sam gostaríamos de convidá-lo oficialmente a fazer parte do corpo docente da Academia. Depois de treinar mais um pouco, claro. Você bate como uma criancinha.

Arregalei os olhos um bocado e deixei que meus lábios se partissem, surpreso. Não pela parte da *criancinha*, porque isso aí eu meio que era mesmo.

— Eu falei com Dante também — disse o caçador. — Sabe, no caso dele não suportar continuar perto das pessoas que machucou enquanto demônio.

— Mas Dante não é um *videntium* — respondi bobamente, voltando meus olhos para o ex-demônio, que fixamente nos observava.

Ao ser pego, Dante abaixou os olhos outra vez, encostado no carro. Podia jurar que suas bochechas ficaram vermelhas por ser pego no flagra.

— Esse é só um detalhe, ele vai pra onde você for. — Akasha deu de ombros. — Mas, de qualquer forma, o convite é pros dois. Será bom ter alguém que conheça o Inferno, por aqui. Ele pode se tornar um demonologista e trazer informações bem mais concretas do como as coisas são por lá. Mesmo sendo um demônio, eu nunca fui até esse plano e nem pretendo ir! — Ela se sacudiu como se estivesse tendo um arrepio.

— Fico extremamente grato pelo convite — respondi, sorrindo cortês. — E, sim, pode ser que a gente aceite a proposta, em algum momento. Palavra! Só preciso terminar a faculdade. Muito obrigado pela hospitalidade e... Bem, nem sei como agradecer. Se não fosse por vocês, eu e Jonas jamais teríamos conseguido lidar com aquilo. — Fiz uma careta desconfortável.

— Mantenha contato, ok? — ela me disse.

Nós nos despedimos e apertei as mãos do casal, antes de me virar para o carro que me aguardava. Era hora de ir para casa.

Ao entrarmos no veículo, Dante permaneceu calado, não se atrevendo a sequer olhar em minha direção. Nem na de ninguém. Eu mal podia ver a cor verde-acinzentada de seus olhos miúdos, de que tanto gostava, quando ele evitava meu rosto com tanta vontade. Ele se sentou à janela; Jonas, na outra, e eu entre os dois. Continuava havendo certa tensão entre eles, o que não me ajudava nada na interação com o Donadelli.

Depois de acordar em sua forma humana, Dante não quis mais falar comigo. E continuou assim nos dias seguintes. Não o forcei, queria dar-lhe espaço, mas também queria deixar bem claro que estaria aqui esperando por ele, ansioso e cheio de amor. Então, entrelacei meus dedos nos seus, segurando sua palma quente com a minha, mas, pouco depois de um par de segundos, Dante a afastou, com certa delicadeza, sem dizer nada – para meu total desapontamento. Eu sabia o que estava acontecendo com ele, era claro. A culpa o estava corroendo. Ele estava lidando com seus problemas internos, mas eu não deixaria de demonstrar que continuava aqui, esperando por ele, de braços abertos e com todo o amor do mundo.

Também tentei dar-lhe um sorriso quando descemos do carro em frente ao aeroporto, mas tudo que aconteceu foram suas bochechas corarem brutalmente e seus olhos cinzas marejarem antes de se virar de costas, ignorando-me mais intensamente.

Aquele comportamento estava começando a me incomodar pra cacete. Queria desesperadamente tê-lo em meus braços. Esperar era doloroso demais, sentia-me quase sufocado, depois de muito tempo sem ar... Depois de muito tempo sem Dante.

No voo, eu e Jonas tomamos assentos um ao lado do outro, enquanto Donadelli tomou o assento do outro lado do corredor, destacado, continuando com aquele comportamento antissocial. Eu queria agarrá-lo pelos ombros e chacoalhá-lo enquanto dizia: *"Ei, mocinho, pode parar por aí! Ninguém te culpa pelo que você fez enquanto demônio. Você é um humano vivo agora, pelo amor de Deus! Quer, por favor, falar comigo e me deixar te dar carinho, porque eu sou um idiota que te ama e estou morrendo de saudades do meu amor?"*. Mas tinha a coisa do espaço. Eu precisava dar-lhe espaço. Mais um pouquinho e ele virava um astronauta.

A viagem de volta foi tão longa quanto a de ida, mas ocupei meu tempo fazendo mil e um planejamentos.

Quero dizer, agora Dante era um homem vivo. Vivo e humano. Nem fantasma, nem demônio. Parecia um final de conto de fadas. Quando eu poderia imaginar que me apaixonaria por um fantasma e que conseguiria trazê-lo de volta dos mortos?

A única coisa que faltava, para que pudesse me sentir plenamente feliz, era Dante se recuperar de qualquer coisa ruim que ainda estivesse rondando sua mente e se jogar em meus braços para que eu pudesse dizer-lhe que tudo ficaria bem. Que *nós* ficaríamos bem.

Pouco mais de um dia depois, após algumas conexões entre voos, aterrissamos em Naberius, exaustos. Meu corpo ainda doía de toda a luta corporal com o demônio na praia, e a cicatriz atravessando meu olho ardia um tanto, além dos montes de hematomas que o confronto havia deixado em meu corpo. Com Jonas, as coisas eram um pouco diferentes. Sua recuperação era rápida e, antes mesmo da manhã seguinte ao embate, seu pescoço estava claro e limpo, branco como a neve.

Chocante.

O caminho de volta à nossa casa foi todo em silêncio. Dante pareceu titubear em frente ao nosso luxuoso prédio, mas, quando o encarei, de cenho franzido, ele fitou a cicatriz em meu rosto, com aquela expressão amargurada – com a qual já havia me acostumado nos últimos dias –, balançou a cabeça e entrou na portaria, ainda sem dizer uma palavra.

Entramos no apartamento, ainda em silêncio, todos os três. Thomas não estava em casa, mas fiquei aliviado em perceber que ele havia limpado toda a bagunça que deixamos antes de sair, dias atrás. Não havia sequer uma pena de corvo para contar a história.

— Bem, eu... — Jonas começou, extremamente desconfortável. — Estarei no meu quarto, caso precisem de mim.

Eu assenti e olhei para Dante, que continuava sem me encarar, fitando o chão. Gentilmente, toquei sua mão, entrelaçando seus dedos nos meus, mais uma vez. Isso o fez girar os olhos imediatamente para mim, deixando-nos presos numa bolha. Dessa vez, ele olhou para os meus olhos e não para a maldita cicatriz.

Havia muito que eu queria dizer, e sabia que ele também, mas, acima de qualquer coisa que quiséssemos expressar em palavras, havia algo que não precisávamos falar, apenas fazer. Então, devagar, segurei seu rosto bonito com a minha mão livre e levei minha boca até a sua, suspirando profundamente ao sentir o contato de seus lábios macios nos meus.

Algo pareceu explodir dentro de mim, como quando a gente comia pirulitos depois de mergulhá-los num pacote cheio de pozinho doce, para senti-lo estalar como fogos de artifício na língua. Esse era o tamanho da euforia que se alastrava em mim ao sentir Dante tão perto outra vez. Amava-o tão intensamente que aquele mero contato me fazia sentir as pernas bambas, prestes a cederem.

Assim que tentei aprofundar o beijo, ele se afastou, com uma expressão tristonha e relutante.

— Me desculpe. Eu não posso fazer isso, Alex — murmurou, evitando meu olhar.

Suspirei, cansado, mas entendendo que ele ainda precisava de mais tempo.

— Tudo bem, meu amor. — E ao chamá-lo daquela forma, vi seu rosto se iluminar brevemente, antes de voltar a tornar-se sombrio. — Vamos dormir — sussurrei, então.

Ainda com nossos dedos entrelaçados e as palmas unidas, ele me seguiu até o quarto. O *nosso* quarto. Deixei as malas no chão e tirei meu casaco, abandonando-o na cama, antes de me voltar ao Donadelli, que tinha o olhar perdido em algum ponto do chão liso, viajando na maionese. Ele parecia não saber bem o que fazer ali.

— Ei... Vem tomar banho comigo. — Acariciei seu rosto, suavemente.

Ele negou lentamente com a cabeça.

— Vou depois de você — murmurou.

— Dante... Eu te amo muito. Por favor, não fica assim. Não te culpo por absolutamente nada. Nem sinto raiva por coisa alguma que tenha acontecido entre a sua volta dos mortos e Malta. Só quero que a gente finalmente fique bem. Depois de tudo que passamos... E depois de tudo que você passou... Nós merecemos ser felizes.

Ele me fitou, encarando meus olhos de modo firme. Havia olheiras em seu rosto pálido, e logo seu olhar se voltou para baixo, fitando o chão novamente. Parecia envergonhado. E vinha estando muito quieto, mesmo diante de todas as minhas insistentes tentativas de contato.

— Eu sinto muito — tornei a falar, preenchendo o silêncio. — Sinto muito que você tenha morrido. Sinto muito que tenha precisado esconder a *overdose* por todos esses anos. Sinto muito que você não tenha descansado em paz e tenha passado todo o seu pós-vida, até agora, garantindo que seu corpo jamais fosse encontrado, para que seu irmão não levasse a culpa. Mas você teve uma segunda chance e, agora, uma terceira. Quantas pessoas conseguem isso? A morte é o fim da linha para basicamente todo mundo.

Ele subitamente se afastou, e pensei que fosse sair correndo do quarto, fugindo para longe de mim, mas se sentou na poltrona do canto, apoiando os cotovelos nas coxas, e me fitou com tristeza e algo mais que não consegui identificar.

— Eu não morri de *overdose*, Alex — declarou, então, para o meu maior choque.

Dezenas de expressões cruzaram rapidamente o meu rosto. Confusão. Surpresa. Incredulidade. Mais confusão. Até que finalmente consegui balbuciar:

— Como não?

Tentei buscar em minha mente qualquer indício que não batesse com aquela *causa mortis*. Não havia outra explicação, havia? Tudo fazia sentido daquele jeito.

Dante jogou os cabelos descoloridos para trás e esfregou o rosto cansado com as mãos pequenas, sem muita delicadeza.

— Não queria que você soubesse. Tinha vergonha, mas acima de tudo, eu não tinha certeza.

— Você... Não tinha certeza de como morreu? — perguntei incerto.

— Não. Só cheguei a uma conclusão, após uma visita a Anthony, no *xilindró*. Você lembra que ele pediu pra que eu o visitasse mais vezes, não lembra?

Quase dei um sorriso ao ouvi-lo falar com suas gírias ultrapassadas de sempre, mas acabei sacudindo a cabeça em afirmativa e, ao invés, sentei-me na cama, atento à sua narrativa.

— Pois bem, foi o que fiz. Eu também achava que havia morrido de *overdose*, Alex. Eu perdi a consciência enquanto a droga começava a se espalhar pelas minhas veias e depois acordei fora do meu corpo, enquanto ele jazia sem vida no chão do meu quarto. Uma *overdose* de heroína me faria, com certeza, vomitar e engasgar com meu próprio vômito até a morte, assim como um envenenamento. Como os dois aconteceram comigo, não pude saber qual das duas coisas me matou. Pode ter sido a mistura delas.

— Espere aí... — Eu me movi em cima do colchão, desconfortável. — *Você foi envenenado?*

— Já te disse sobre todo o ódio que cultivava pelo meu pai, naquela época, não já? Fiz coisas para magoá-lo, para enfurecê-lo. Queria me vingar da traição dele à minha mãe, a nós, à nossa família.

Ele se pôs em silêncio, subitamente. E é claro que ele precisava de um incentivo e não que eu ficasse ali parado como um dois de paus.

— E o que aconteceu? — indaguei, com toda a suavidade que pude.

Ele estalou a língua no céu da boca. Estava muito claro que não queria falar sobre aquele assunto, mas sabia que, no fim, não poderia mais guardar aquilo.

— Meu pai era muito mais velho que Soraya. Ela costumava ser sua secretária na construtora, quando minha mãe ainda era viva. Foi assim que eles se conheceram e conseguiram manter a relação e o filho bastardo às escondidas, por tantos anos.

Aquilo não era bem uma surpresa, mas não pude deixar de abrir a boca bem arreganhada, surpreso. Não que eu não imaginasse aqueles detalhes, mas sim porque era a primeira vez que Dante contava abertamente sobre eles sem recuar, todo irritadinho.

— Quando minha mãe morreu e Soraya tomou seu lugar, eu ainda era um pré-adolescente. Mas quando meu pai começou a adoecer e o transplante de medula revelou a verdade sobre a paternidade de Anthony, eu já era adulto. Então, fiz muitas coisas das quais não me orgulho, mas essa especificamente foi a pior de todas — disse com a voz sombria.

— E o que foi? — sussurrei alarmado.

— *Eu dormi com minha madrasta.*

Meu queixo foi até o chão. Minha cabeça girou. Se eu não estivesse sentado, teria caído, estava certo disso.

Diante da minha expressão horrorizada, que não tive sucesso em esconder, o ex-fantasma-e-também-ex-demônio-do-inferno-e-agora-humano-vivo fez uma careta triste e envergonhada, desviando o olhar mais uma vez.

— Não foi apenas uma vez — murmurou, claramente contrariado e sem vontade. — Depois da primeira, ela continuou atrás, sempre buscando por mais. Então, eu dava. Dava a ela o que ela queria. Nós nos tornamos amantes por alguns anos.

Levei a mão aos lábios, ainda embasbacado e um tantinho enciumado – o que era uma completa besteira, mas não vou sequer comentar sobre isso, pois é ridículo demais para ser justificado.

Ele não estava brincando quando dizia que era um ser humano de merda. Nunca esteve tão claro quanto agora.

— Por quanto tempo? — perguntei com um sussurro.

— Três anos. Meu pai adoeceu, foi internado, Anthony doou a medula pra ele e então descobrimos sobre ele ser meu irmão de sangue e não só o filho da minha madrasta. Depois disso, me envolvi com a Soraya.

— Anthony... sabia disso?

Ele sacudiu a cabeça, em negativa, ainda sem voltar a me encarar. Dante estava com muita vergonha, eu supunha. Dava para ver em seu rosto, claramente, o quão desconfortável estava em falar sobre aquilo.

— Quando meu pai finalmente morreu, Soraya pensou que eu me casaria com ela ou que, ao menos, a deixaria continuar vivendo na mansão, como uma espécie de *primeira dama* ou algo do tipo. Ela pensava que eu a amava — disse com desdém, sacudindo a cabeça em reprovação. — Então, imagine seu ódio quando, imediatamente após a morte do meu pai, a expulsei da mansão; quando disse que queria ela e o filho dela fora da minha casa. E quando declarei que não lhes daria um centavo do dinheiro do meu pai e que, se ela quisesse qualquer tostão, teria de lutar na justiça. — Deu um sorriso amargo. — Eu não sabia a fera com a qual estava lidando.

— Ela te matou? — Dei um grunhido assustado.

— Nós discutimos — ele não respondeu objetivamente de imediato. — Soraya se recusou a partir. Disse que não tinha pra onde ir, não tinha dinheiro. Eu a deixei irada. Então... — Sacudiu a cabeça, negando algo a si mesmo, e se pôs em silêncio outra vez.

— E então? — instiguei, de forma paciente. Não queria fazer com que recuasse.

— Havia um pequeno minibar entre a cozinha e a sala. Meu pai sempre bebia o mesmo uísque, todos os dias. Ficava já pronto pra ele, em cima de uma bandeja de aço, junto a um copo. Ninguém podia tomar o uísque dele. Nem eu mesmo me atrevia, mas quando ele morreu, fiz questão de beber daquela maldita garrafa. Foi minha forma de mostrar à Soraya que tudo aquilo era meu; que eu era o Senhor Donadelli, soberano, a partir daquele momento, e que, por isso, ela não podia mais ser a Senhora Donadelli.

Ele sugou o ar e engoliu em seco, como se estivesse tomando coragem para continuar a narrativa. Então, prosseguiu, investido em uma coragem determinada:

— Ela armou pra mim. Soraya me conhecia bem demais. Uma grande lição na vida é que o pior inimigo é aquele que um dia foi seu amigo. Ele conhece tudo sobre você. Todas as suas fraquezas, sabe como te destruir. Claro, nós não éramos exatamente amigos, mas ser amante dela era ainda pior, pois Soraya me conhecia como a palma da própria mão. Ela sabia que, em algum momento, eu beberia daquela maldita garrafa. Ela me induziu a fazer isso.

— O uísque... O que tinha de errado com ele?

— *Acônito*. Soraya colocou extrato de acônito misturado à bebida. O gosto forte de álcool escondeu o sabor do veneno.

Eu me vi completamente sem palavras, paralisado. Sequer conseguia pensar em algum comentário.

— Você... Você... — balbuciei. — Você disse que ninguém tinha te matado!

— Eu já disse, não tinha certeza. Logo depois de beber, me tranquei em meu quarto e, claro, me droguei. Injetei a primeira dose de heroína daquele dia, mas, quando a onda começou a bater, me senti sem ar. Não conseguia respirar. Meu corpo paralisou por completo e não consegui nem mesmo mexer os dedos. Meu rosto formigava e eu senti náuseas muito fortes e incontroláveis. Era muito parecido com

a sensação de uma *overdose*. Comecei a convulsionar até meu coração parar de bater.

Sua declaração foi forte o suficiente para me deixar completamente estático.

Quanto mais daquela história saía de sua boca, mais impactado eu ficava. Era tudo muito, mas muito pior do que eu imaginava.

— Depois de alguns minutos, agonizando em silêncio, apaguei. Quando voltei à consciência, eu já não era mais uma pessoa. Era só... Um resquício de existência. Vi meu irmão e a mãe dele envolverem meu corpo morto em saco plástico e me esconderem atrás da parede. Eu literalmente assisti a tudo isso, do lado de fora do corpo, como um fantasma. Exatamente como nos filmes. — Sacudiu a cabeça outra vez. — Não fazia ideia de que ela tinha me envenenado, Alex... Achava que tinha morrido de *overdose*. Só tive certeza quando pude conversar com Anthony.

Eu pisquei, atordoado, um punhado de vezes, sem conseguir encontrar palavras para expressar o choque.

— Anthony também achava que eu tinha tido overdose. Por anos, ele se sentiu culpado. Foi por isso que deu tão pouca importância à construtora e deixou que ela falisse. Pouco tempo depois disso, ele quis se entregar às autoridades e dizer toda a verdade.

— E por que não o fez?

— Porque foi então que Soraya confessou sobre o veneno a ele. Eu poderia ter morrido de overdose, sem dúvidas, mas quem me matou foi Soraya Fernández.

— Dante... — Levantei-me na cama e depois me ajoelhei aos seus pés, entre suas pernas, segurando seu rosto entre minhas palmas. — Eu sinto muito — sussurrei agoniado.

— Não quero que sinta pena, Alex. — Ele se afastou, com a expressão fechada. — Eu mereci. E se não fosse o veneno, eu teria morrido de um jeito ou de outro. Quando tentei doar medula pro meu pai, algumas coisas apareceram em meu exame de sangue. Uma delas era que eu estava infectado com o vírus HIV.

Levei a mão aos lábios, tão chocado que era como se meus olhos fossem saltar da cavidade e saírem rolando pelo chão até chegarem ao México. Dante Donadelli tinha mais segredos envolvendo sua vida do que personagens de novelas mexicanas. Por isso, ele nunca contava nada. Não era falta de confiança em mim... *Era vergonha.*

— Naquela época, não havia nem um tratamento efetivo. Os próprios médicos pensavam que o vírus só fosse transmitido entre homossexuais. Eu ficava com muitos homens e muitas mulheres, com qualquer coisa com pernas, pra falar a verdade. Soraya morreu pelo mesmo motivo, anos depois. Se eu a infectei ou ela me infectou, nós nunca iremos saber realmente.

— Por isso você disse que ia morrer de qualquer jeito — balbuciei, como se aquela constatação já não fosse óbvia.

— É por isso que não quero que sinta pena, Alex. Eu era um homem ruim. Um ser humano desprezível. Estava fadado à morte, fosse pela doença, fosse por uma overdose ocasional. Eu provoquei tudo isso. Provoquei a doença, a overdose, a ira da minha madrasta. Entende agora por que eu me recusava tanto a dizer a verdade? Com ou sem Anthony na jogada, minha alma ficaria presa a este plano. Todos os pacientes terminais ficam.

— Eu... não sei o que dizer.

— Mal consigo olhar em seu rosto agora — ciciou.

— Não estou te julgando, Dante, não precisa ficar desse jeito.

— Não é só por isso. Eu sinto culpa. Todos os sentimentos que meu estado demoníaco bloqueava voltaram com toda a intensidade possível. As coisas que fiz com você... Com Jonas, Thomas... Eu os machuquei!

— Não, Dante! Nem vem! Entendo tudo que aconteceu, a forma como aconteceu, o porquê aconteceu. Não guardo mágoa alguma! Pelo amor de Deus, só vamos virar essa página e...

— Não — ele disse duro. — Eu não posso fazer isso. Não posso estar com você depois de tudo que aconteceu, depois de tudo que fiz — declarou amargurado.

— O que está dizendo? Entendo que você se sinta assim, mas, por favor, não me tire o direito de escolher outra vez. Você não pode...

— Nós não devemos ficar juntos, Alex. Não depois de eu ter feito tudo que fiz, Coelhinho... — Ele deixou a primeira lágrima cair de seus olhos marejados.

Se fosse em outra situação, eu definitivamente estaria me derretendo inteiro com esse *Coelhinho* de que tanto senti falta. Agora, aquilo era doloroso, porque soava demais como uma despedida.

— Você... — Eu me engasguei, exasperado. Minha respiração até ficou entrecortada. — Está terminando comigo? — perguntei em tom magoado e desacreditado, o lábio inferior tremendo.

Ele engoliu em seco e não respondeu, apenas desviou o olhar outra vez.

— Vai pro caralho, Donadelli! — bradei desacreditado, levantando-me. — Depois de tudo que a gente passou, depois de todo aquele inferno, literalmente! Você... Você não pode me deixar! — Corri de volta para ele, segurando-o pelos ombros, obrigando-o a me encarar. — Para de ser pau no cu! — Minha expressão era urgente, minhas mãos tremiam e meus olhos ardiam.

— É pro seu bem. Você não merece um ser humano tão nojento como eu, Alex.

— A escolha é minha, porra! E não aceito que você diga isso de si mesmo! — devolvi irado.

— Me desculpe, Alex... — Ele encarou-me com pesar enquanto delicadamente afastava minhas mãos de seus ombros. — Mas não posso fazer isso. — Sua expressão era terrivelmente dolorida. — Não posso estar com você, sabendo todo o sofrimento pelo qual te fiz passar, meu amor... Você merece alguém tão bondoso e cheio de luz quanto você.

Ele tentou se afastar, mas eu caí em meus joelhos, abraçando suas pernas. Sabia que não deveria me humilhar assim, mas nunca senti um desespero tão grande, em meus 22 anos de vida. Era como se meu coração saísse pela boca e algo sufocasse minha garganta.

— Não vai! Por favor, Dante, não faça isso. Se você não quer que eu sofra mais, por favor, não me deixe... — disse com a voz trêmula, irreconhecível. Lágrimas grossas escorriam livremente pelas minhas bochechas, e minha cabeça doía. Meu mundo estava indo ao chão, justo quando pensei que finalmente teria meu final feliz.

Ele delicadamente se abaixou, desenroscando meus braços flexionados duramente em volta de suas pernas, e deixou um beijo no topo de minha cabeça, ao secar minhas lágrimas. Os lumes pequenos e doces me encararam com muita ternura e... culpa. Uma culpa tão forte que era como se queimasse minha pele, quase palpável. Podia sentir sua dor em mim também.

— Eu te amo, Alex Kister. Te amo profundamente, como nunca amei alguém. Você é o meu mundo... e continuar com isso me mataria por dentro. Estar contigo, sendo quem sou, e todo o mal que fiz a você, meu Coelhinho... — Ele tentou enxugar as próprias lágrimas e sacudiu a cabeça em negativa. — Mas essa é a minha decisão. Eu não mereço você. Nunca mereci. Por favor, encontre alguém bom que possa te amar tanto quanto eu, mas que seja alguém de quem você possa se orgulhar.

Fiquei sacudindo a cabeça, de um lado para o outro, em uma negação muda, uma vez que sequer podia acreditar que aquilo estava acontecendo realmente. De todos os desfechos que poderíamos ter, aquele definitivamente não havia previsto. Palavra!

Ele esvaziou minha mala, apenas para substituir as roupas dentro dela pelas suas, enquanto eu infantilmente as atirava ao chão novamente, tentando atrasá-lo o suficiente para que mudasse de ideia.

Mas foi tudo em vão.

Pacientemente, Dante reuniu todas as suas coisas e as apertou dentro da mala grande. Na porta, ele me lançou um último olhar dolorido.

— Espero que você seja a pessoa mais feliz do mundo, Alex. Ninguém merece mais do que você. Vai doer agora, mas você vai entender e vai agradecer que eu tenha me afastado.

— Se sair por essa porta... — grunhi, chorando copiosamente, sentindo todo o meu corpo tremer em angústia. — Se sair por essa porta, Dante, jamais irei te perdoar. Você está me destruindo. Essa será mais uma culpa que você terá de carregar — ameacei, embora não devesse. Ele deveria ficar comigo porque queria, e não por uma maldita e malfeita ameaça.

— Não importa... O importante é que você seja feliz. E farei qualquer coisa pela sua felicidade. Mesmo que, pra isso, precise abrir mão da minha.

Maldito altruísmo do caralho! Isso é o que chamam de ironia do destino, não é? Porque se fosse o demônio íncubo aqui, ele certamente não estaria fazendo uma barbaridade dessas, porque o cara era totalmente egoísta, da cabeça aos pés. Já esse, possuía um raciocínio tão empático e moralista que apenas se sacrificava sem pestanejar, para poder atingir um bem maior.

— Minha felicidade é você, seu fodido! — gritei frustrado, já sem saber mais o que dizer, e atirei dois travesseiros nele, que sequer o fizeram se mexer.

Ele estava completamente decidido e parecia que nada do que eu dissesse mudaria isso.

— Me perdoe — Dante murmurou uma última vez, antes de ir embora da minha vida.

21
PARADOXO

Depressivo. É assim que me sinto desde que Dante foi embora da minha vida.

E, honestamente, isso dói infinitamente mais do que tudo que ele fez enquanto era um demônio. Antes, eu podia entender: Dante não era ele mesmo; não era impulsionado por amor e empatia, mas por puro egoísmo e moral questionável. Mas agora... tudo é ainda pior. Agora, sei o quão forte é o amor dele por mim e o quão sério é o seu caráter. Não o caráter que teve quando humano, mas o caráter que tem agora, depois de morrer, vagar por esta Terra por trinta e seis anos como um espírito errante, tornar-se um demônio e voltar a ser humano outra vez.

Ao mesmo tempo que sinto como se ele tivesse cravado uma estaca em meu peito, o amo com ainda mais intensidade que antes, se é que é possível algo assim. Sua bondade, empatia e remorso por todo o mal que me causou não permitem que ele consiga ficar ao meu lado. Dante quer que eu seja feliz, mas como diabos posso ter alguma felicidade se ele acaba de partir meu coração da forma mais brutal que poderia? Vejo-me diante do paradoxo mais infeliz de todos os tempos.

— Ele vai voltar, Alex... É impossível que não volte, se te ama tanto — disse Jonas, sentado à beira de minha cama enquanto acariciava meus cabelos sujos.

Fazia dias que eu não conseguia me levantar do colchão, ocupado demais em sentir pena de mim mesmo, além de morrer de preocupação com a possibilidade de que a culpa corroesse a alma de Donadelli, a ponto de fazê-lo tirar a própria vida. Mas como eu poderia impedi-lo de possivelmente cometer tal atrocidade se ele sequer me permitia ficar perto? Como eu poderia ajudá-lo e protegê-lo dos próprios pensamentos sombrios, sem nem mesmo saber onde ele estava?

— Não é assim que a culpa dele funciona, Jonas — murmurei choroso. — Dante pensa que não é bom o suficiente pra mim, que após tudo que aconteceu não é digno e não me merece. Pensa que a distância me fará esquecer e em pouco tempo serei capaz de me apaixonar por uma pessoa decente e ser feliz com ela. Ele agiu desse mesmo modo enquanto era um fantasma e nós pensávamos que nossa relação seria eternamente impossível.

— Então, vá atrás dele! Não o deixe pensar que será fácil, que você aceita isso. A decisão é sua também! Dante não tem o direito de decidir isso sozinho.

— Ele não quer estar comigo, o que diabos devo fazer? — falei com um grunhido alto e irritadiço. — Não posso trancá-lo em um porão e obrigá-lo a ficar comigo! Nem sequer sei onde ele está, se essa fosse uma opção.

Jonas piscou um punhado de vezes e me encarou como se eu fosse um abestado.

— Onde mais ele estaria, Alex?

— Eu sei lá! Num quarto de hotel? De volta à Academia? No mausoléu? Isso, com certeza não, a casa já foi vendida.

— Alex... Pensa bem. O cara foi um fantasma por quase quatro décadas. Quase todo mundo que ele conhecia morreu. Ele não tem mais família, com exceção de uma única pessoa, e essa pessoa está presa. Pra onde você acha que alguém nesse estado corre ao se ver tão triste e sozinho?

Eu demorei um pouco a assimilar, mas quando meu cérebro se acendeu, foi como a porra de uma lâmpada. Levantei-me da cama, tropeçando nos lençóis, e meu rosto quase foi ao chão se não fosse por meu irmão me amparar. Vesti-me em velocidade recorde, afobado, mas Jonas me lembrou de que, se eu estivesse indo resgatar meu homem de volta, deveria realmente estar bem preparado para uma possível reconciliação. Reconciliação do tipo sexual. Foi por isso que demorei meia hora a mais, quando tirei tudo e me joguei embaixo do chuveiro, tomando um banho bem caprichado, antes de me vestir de novo e arrumar os cabelos.

Quando saí de casa, todo limpinho e cheiroso, vi algo que não me permitiu continuar o caminho, embora todo o meu ser clamasse por aquilo, cheio de pressa. Já havia ignorado demais as minhas verdadeiras obrigações como *animus videntium*, por causa do Donadelli. Talvez o universo estivesse me castigando por todo o meu egoísmo em focar Dante com todas as minhas forças, quando deveria ajudar outras almas abandonadas. Foi por isso que cuidadosamente me aproximei da mulher sentada à beira da piscina, chorando copiosamente.

O céu estava nublado e o tempo frio, com algumas gotinhas de chuva ameaçando cair, por isso não havia ninguém na área da piscina do condomínio, além dela. Eu sabia que aquela era a mãe de Kang Chulmoo, o garotinho que morreu afogado na piscina do condomínio, nove anos atrás. Ele – ou melhor, seu espírito – estava ao lado dela, portando uma expressão infeliz enquanto a observava com pesar. Então, eu soube o que deveria fazer.

— Oi — disse, sentando-me ao seu lado, mas sem pôr os pés dentro da água, como ela.

A mulher girou os olhos para mim, depois de um sobressalto.

— Me desculpe — falei. — Não queria assustá-la.

— Ah... Não tem problema, está tudo bem. — Ela forçou um sorriso enquanto tentava secar as lágrimas. — O que faz aqui? Não está um clima bom pra nadar... Ainda mais bem-vestido, como está, meu jovem.

Olhei para minhas roupas: uma calça preta apertada, tênis estilosos e um *blazer* de corte elegante por cima de uma camiseta simples.

— Realmente... Não vim aqui nadar. Talvez tenha vindo fazer o mesmo que você — arrisquei dizer.

Ela deu um sorriso seco, antes de responder:

— Duvido muito disso.

Busquei o olhar de Chulmoo, pedindo sua permissão para fazer o meu trabalho. Não precisei dizer em voz alta, ele sabia, então me deu um aceno de cabeça, encorajando-me a prosseguir.

— Senhora Kang... — Ela me encarou, espantada, por eu saber seu sobrenome. — Vim aqui por sua causa. Tenho um recado de alguém que te ama muito.

Ela piscou os olhos, atordoada.

Não era a primeira vez que eu fazia aquilo, mas sempre sentia aquele nervoso. As pessoas podiam ser céticas demais, e eu odiava ser tratado como um maluco mentiroso ou como uma farsa.

— Sou amigo de Chulmoo. Seu filho.

Várias expressões cruzaram seu rosto maduro. Choque. Confusão. Tristeza. Mágoa. E, então, finalmente, a raiva. Ela se levantou num pulo, o rosto vermelho, fula da vida.

— Isso não se faz! É maldade! O que você ganha com isso? Como pode um ser humano ter tamanha maldade e sadismo dentro de si, a ponto de...

Busquei o olhar de Chulmoo, desesperado.

— *Moni*! — ele exclamou. — Fale a ela sobre esse apelido! Só alguém que nos tenha visto juntos saberia que eu a chamava assim.

Olhando para ela, levantando-me, então, eu disse:

— Chulmoo te chamava de *Moni*, não era? Eu não poderia saber disso, me mudei pra este prédio há apenas alguns meses. Não conheci Chulmoo quando estava vivo. Nós nos tornamos amigos depois disso.

A mulher arregalou os olhos e paralisou no lugar, como se visse um fantasma. Seria bom que ela pudesse enxergá-los, realmente. Assim eu não precisaria mediar o contato entre ela e o espírito do filho falecido.

— Eu sou um médium — apressei-me em explicar. — Chulmoo tem estado infeliz, por quase uma década, desde o acidente aqui nesta piscina. Ele ainda não consegue descansar em paz e ir para o Outro Lado. Sabe por quê? Porque seu filho sofre quando você sofre, Senhora Kang. Enquanto você chora, aqui, à beira da piscina, ele está ao seu lado, chorando também, sentindo sua dor.

A mulher resfolegou e lágrimas grossas voltaram a cair de seus olhos pequenos, enquanto ela cobria a boca com as mãos, em estado de choque.

— Lembra-se de quando tentou tirar a própria vida? — eu disse. — Lembra-se de quando a campainha tocou bem no momento em que você estava prestes a se machucar? Não havia alguém na porta, havia? Não alguém que você pudesse ver.

— O que... Como você sabe disso, menino? — A voz dela saiu entrecortada.

— Já disse. Chulmoo foi quem me contou. Como um auxiliar de almas perdidas, é minha obrigação lhe contar o que seu filho quer tanto dizer e não consegue. — Dei-lhe um sorriso compreensivo e caloroso. — Ele não te culpa pelo acidente, Senhora Kang. Nem um pouquinho. Mas é sua culpa que ele não consiga descansar em paz e ir para o Outro Lado, porque ele não aguenta mais te ver sofrer, vê-la viver como se estivesse morta por dentro. Chulmoo fica preso a este plano, como seu anjo da guarda. Quantas vezes a senhora já não tentou se machucar e autoflagelar pelo que aconteceu ao seu filho, e alguma coisa inexplicável aconteceu bem na hora?

Ela chorou ainda mais forte, o tronco sacudindo. Então, segurei seus ombros, tentando passar-lhe algum conforto através do toque humano.

— Senhora Kang, Chulmoo te ama mais que qualquer coisa no mundo. Ele não te culpa. Jamais culpou e jamais culpará. Quer apenas que você seja feliz, não quer ser o motivo do seu desespero. Então, por favor... Viva! Não desperdice sua vida se lamentando e carregando um peso que não deveria. Chulmoo quer passar para o próximo estágio de existência, mas ele só conseguirá quando tiver certeza de que você ficará bem.

Engasgando no próprio choro, a mulher olhou ao redor, como se estivesse procurando pelo filho.

— Ele está aqui?

— Sim. Fale com ele. Ele vai ouvir.

— Moo? Moo, meu amor, você está por aqui? Moni sente tanto a sua falta, meu anjinho! — Ela soluçou. — Eu sinto tanto... Deveria ter te protegido melhor, deveria ter cuidado de você... É tudo culpa minha!

— Diga de novo a ela que não quero que sinta culpa — Chulmoo murmurou baixinho. — Diga que quero que seja feliz e que a amo. Quero que venha ao meu encontro apenas quando estiver bem velhinha, como deve ser.

— Ele está dizendo a mesma coisa de antes, Senhora Kang. Chulmoo não quer que você sinta culpa, pois ele também não te culpa. Ele só quer que você seja feliz. E Chulmoo vai te esperar, do Outro Lado, quando seu tempo aqui na Terra acabar. Mas vocês não poderão ficar juntos se você tirar a própria vida. Suicidas não vão pro mesmo lugar que os que morrem de causa natural, eu ouvi dizer.

— Eu não vou! — Ela arfou, aos prantos. — Diga a ele que nunca mais vou tentar me machucar! — Olhando ao redor, disse: — Prometo, meu filhote! Prometo que não vou tentar mais nada de ruim. Vou esperar até a velhice, pra que nós possamos ficar juntos outra vez. Eu te amo, meu amor!

A luz branca apareceu rasgando o ar como um tecido, bem atrás de Chulmoo. O pequeno fantasma infantil sorriu entre suas próprias lágrimas, e então me fitou, com o rosto cheio de alívio.

— Obrigado, Alex! Muito, muito obrigado! Moni jamais acreditaria se fossem duas garotinhas como JangMi e SunHee a dizer isto a ela. Muito obrigado! Eu finalmente posso descansar... E ah, se despeça das meninas por mim, sim? Não deixe que a demônia Asherah leve o pai delas.

Então, o perfume suave de protetor solar, já tão característico de Chulmoo, impregnou o ar. Com isso, a Senhora Kang chorou ainda mais, aproveitando o ombro que lhe ofereci para apoiar.

E foi assim que Kang Chulmoo desapareceu dentro do feixe de luz, tendo finalmente a passagem liberada para o outro estágio de existência eterna.

Era um bocado complicado dirigir um carro, enquanto sua visão estava completamente embaçada pelo choro caótico. Fazer a passagem do fantasma de uma criança que faleceu por negligência materna era algo emocionalmente tão pesado que, mesmo quase uma hora depois, eu não conseguia parar de soluçar.

Nunca fui um cara sentimental demais, a despeito de todo o meu inegável romantismo, mas questões de vida e morte podiam tocar você muito profundamente na alma.

Entretanto, meu choro era um choro de alívio. Eu fiz a coisa certa, ao menos uma vez. Cumpri o meu trabalho, ajudando duas almas em sofrimento, a da mãe e a do filho. Isso trazia uma satisfação pessoal absurda e, com ela, uma coragem ainda maior para resolver meus próprios problemas.

Quando desci do carro, em frente ao presídio onde Anthony Fernández passava seus dias, era como se tivesse tomado um energético. Estava bastante confiante sobre o que faria em seguida.

Não foi difícil conseguir entrar como visitante, fingindo ser estagiário do advogado de Anthony, como da outra vez. Ele se sentou na minha frente, com os pulsos presos com algemas, vestindo seu macacão cinza:

— Aconteceu alguma coisa com meu irmão? — Foi a primeira frase que saiu de seus lábios enrugados, o rosto assustado.

— Não. Na verdade, estou aqui porque você sabe mais sobre o paradeiro dele do que eu, não é?

A expressão do senhor de idade se suavizou, quando entendeu o que fui fazer ali.

— Dante pode ser um pouco teimoso — sua voz era branda e ele portava um pequeno sorriso.

— Um pouco? — Arqueei uma sobrancelha.

Anthony riu um tanto, e sua risada era tranquila.

— Ele me contou tudo, sim. Isso é quase inacreditável. Um espírito vagando pela Terra... Depois, voltando à vida! As pessoas fariam de tudo por essa chance. — Então, encarando-me com mais seriedade, disparou: — Você o culpa? Culpa-o pelas coisas ruins que fez a você?

Balancei a cabeça em negativa, embebido da mais pura certeza e tranquilidade.

— Não. Só quero que ele mesmo seja capaz de se perdoar — disse, tendo o caso de Chulmoo e sua mãe como inspiração mais recente. — Eu o amo, de todo o meu coração. Quero que Dante fique comigo até o fim dos nossos dias.

Anthony abriu um sorriso grandioso e satisfeito para, então, anunciar:

— Então, anota aí. Vou lhe dar o endereço da minha casa.

Era exatamente como minha mãe havia me dito na noite anterior em que conheci oficialmente Dante Donadelli: "*Aposto que você vai sair na chuva, sem camisa, e correr até a porta de uma garota pra fazer uma declaração de amor. Que romântico!"*. Ela estava parcialmente certa, sabe. Não sobre a parte da garota, mas sobre eu ser um bobão apaixonado, que faz declarações de amor em público, como um mocinho de filme de romance clichê.

Veja bem, eu realmente sou um bobão. Um boiolão. Mas por caras. Não exatamente qualquer cara. Um cara. Dante Donadelli.

Corri com o corpo tenso até a pequena entrada da casa de Anthony, onde Dante estava escondido desde que voltou a ser um humano comum. Toquei a campainha e me afastei um pouco, pondo-me no meio da rua outra vez. A chuva que começava a cair castigava sem dó, e meu corpo começava a ficar ensopado por causa das gotas grossas.

Senti como se uma eternidade transcorresse, até ele aparecer.

Quando Dante abriu a porta, meu coração começou a palpitar um bocado forte dentro do peito. Duas sensações absolutamente conflituosas despertaram em mim: euforia e angústia. Euforia porque estava vendo o homem que amava bem na minha frente, depois de tanto tempo separados, sem sequer ter podido dar uma boa espiada no rostinho doce e angelical que ele tinha. Angústia, porque só de pensar que, talvez, esse meu ato desesperado para que ele me aceitasse de volta não o convencesse, fazia meu coração despedaçar completamente, porque já havia chegado a um estágio em que não sabia mais como viver sem Dante – é claro, figurativamente falando.

— Eu sei que você se sente culpado pra caralho, Dante — comecei, escrutinando seu rosto milimetricamente perfeito. — Mas, por favor, ouça o que tenho a dizer.

Ele usava apenas uma calça de moletom e uma camiseta do Led Zeppelin, como a que usava em seu corpo astral, exceto pela cor: dessa vez, era preta, com o símbolo da banda em dourado. Entretanto, seus cabelos não tinham mais o tom de loiro que ele escolheu usar quando era um demônio íncubo. Os fios estavam tingidos novamente de preto – sem as mechas laranjas que costumava usar quando era um fantasma –, e seu rosto parecia bem mais suave agora. Parecia ele mesmo, outra vez.

O ex-demônio moveu um pouco a franja para o lado, para me observar melhor, e acompanhei o ato maravilhado, como um devoto. Qualquer movimento daquele homem me pegava de forma arrebatadora.

— O que veio fazer aqui? — ele sussurrou, num tom surpreso, mas ainda assim cabisbaixo.

— Eu estava preparado para o pior, Dante. Realmente esperava o pior e, acredite, estava preparado pra tudo, quando decidi trazer você do Inferno. Só que foi muito mais fácil do que pensei — confessei. — Então, sabia que você, o meu Dante, ainda estava ali dentro, em algum lugar. Sabia que, sendo um demônio, você certamente teria problemas pra amar ou sentir coisas boas. Eu já esperava, meu amor.

Ele deu um suspiro longo, o peito subiu e desceu enquanto seus olhos cinza-tempestade me encararam sérios, os lábios crispados. Mas percebendo que Dante estava prestes a me interromper quando inflou o peito e abriu a boca, estendi minha mão para frente, com a palma aberta, pedindo-lhe que me deixasse terminar primeiro:

— E nada que você tenha feito me levou a te odiar ou qualquer coisa assim, porque, acredite, mesmo que tudo tivesse sido muito pior e sua personalidade demoníaca me magoasse de alguma forma irremediável, tenho cer-t-t-eza... — minha voz falhou e eu bufei impaciente. — Certeza de que te perdoaria do mesmo j-jeito. — Estava começando a ficar emocionado, como o grande boiolão que tenho sido desde que me apaixonei por esse homem.

— Alex...

— Não, me ouve! Eu te perdoaria de qualquer forma, não importa a bosta que você tivesse feito. Tenho alguns limites, claro, mas você consegue entender que eu provavelmente perdoria você em situações piores? Eu faria! E sabe por quê? Por três motivos. Um: porque sou um banana — enumerei. — Dois: porque você era um demônio e não era de se esperar que um demônio se comportasse benevolente e moralista como um favo de mel.

Eu o vi segurar um pequeno risinho de lado, encarando-me. E a forma que ele me olhava era tão, tão meiga que o fazia parecer ainda mais doce que o fantasma irritadinho que conheci um ano atrás.

— E três: porque eu te amo pra porra do caralho do inferno da puta que me pariu! — falei mais rápido que um *rapper*, arrancando um sorriso tímido dele, finalmente.

Ali, na chuva, não dava para ver as lágrimas rolando, mas seus olhos ficaram subitamente avermelhados – não como quando era um demônio, Deus me livre e guarde! –, deixando claro que ele também começou a chorar.

Por favor, me diga que são lágrimas de felicidade, Dante. Por favor!

— Eu sou assim, perdoo as pessoas que amo com facilidade. E as que me odeiam também — continuei. — Perdoei meus pais por terem duvidado da minha sanidade a minha vida toda. Perdoei de novo quando não aceitaram minha sexualidade. Perdoei meu irmão por tentar exorcizar meu namorado. E perdoo você por não ter sido a pessoa mais moralista possível, quando o trouxe de volta como um demônio. Mas você era um demônio, Dante. Era óbvio que seu comportamento era pressuposto a não ser dos melhores. Se você tivesse voltado como um semianjo e se comportasse mal daquele jeito, aí sim, nós teríamos problemas, sabe.

Ele tentou falar outra vez, os olhos ansiosos:

— Mas eu quase te matei, Alex — sussurrou, com aquela voz de criança reclamona e fazendo um bico tão fofo que, meu Deus! Eu quase infartei de amor.

— Não, espere aí, já estou terminando. Senão, você sabe que vou esquecer o que estava dizendo — declarei seriamente.

Ele riu, sacudindo a cabeça em uma negação brincalhona. Opa, opa, aquilo parecia ser auspicioso.

Dante Donadelli, me diz que isso é um sorriso de felicidade, meu filho!

— Doyun, uma vez, disse que sou um mosca-morta, por sempre deixar as pessoas vacilarem comigo e depois as perdoar facilmente. Na época, fiquei bravo, mas hoje sei que isso não é exatamente um defeito. Eu tenho limites, sabe? Eles só são mais extensos que o da maioria das pessoas. Eu não perdoei o meu ex por ter namorado comigo e outra pessoa ao mesmo tempo. Traição é imperdoável pra mim. Mas são poucas as coisas que acho imperdoáveis, pois sei que nós somos todos humanos. Viver é errar muitas vezes e aprender com a tentativa do método e acerto. É assim que sou. E gosto de ser assim. Então, se eu te perdoo, por que você não pode se perdoar também?

— Mas eu não era humano — ele retrucou baixinho e acanhado.

— Por isso mesmo! — respondi exasperado. — Se eu entendo os erros de um humano, por que diabos não entenderia os erros de um demônio, Dante, meu pai do céu?!

Ele tremeu o lábio e subitamente abaixou a cabeça, levando ambas as mãos aos olhos, cobrindo-os, ainda que, naquela chuva pesada, eu não pudesse distinguir as lágrimas das gotas caindo do céu em sua face molhada.

Afastei delicadamente suas mãos da face e levantei seu rosto pelo queixo marcado, não recebendo resistência. Quando tive seus orbes chorosos de pálpebras semicerradas unidos aos meus, falei baixinho, com meu rosto quase colado no dele:

— Eu te perdoo, Dante. Não significa que vou esquecer, mas tô numa boa com tudo que aconteceu e quero você de novo comigo. Eu quero aceitar o convite da Akasha pra trabalhar na escola de mediação, e aí nós vamos nos mudar pra Malta, eu e você. Lá, a gente vai poder se casar, porque em Malta é permitido o casamento entre dois caras. — Dei um sorriso, mas não consegui identificar as emoções dele através de seu rostinho. Então, continuei: — Eu te amo demais, Donadelli. Não quero viver sem você nunca mais nesta vida. Eu poderia, mas não quero, entende? E isso é ainda pior, porque não gosto nadinha de ouvir um *não*. Sou muito mimado nesse sentido. Se quero, não paro até conseguir. É perseverança o nome, eu acho.

Ele fechou os olhos, provavelmente derrubando mais lágrimas que eu não conseguia ver, e aí, encostou seu narizinho no meu, causando-me arrepios com o mero toque de carinho.

Estava dando certo! Puta que pariu, caralho, inferno, vai dar certo! As *fadinhas intergalácticas protetoras das gays estavam ouvindo minhas preces!*

— Por favor, Dante, você sempre foi meu fantasma preferido e agora é a minha pessoa favorita no mundo todo. Não me obrigue a viver sem você.

Eu sabia convencer muito bem, obrigado. E não me julgue por jogar baixo. Dessa vez, era tudo ou nada. Situações desesperadas pedem medidas desesperadas.

— E o meu vício, Alex? E se eu continuar sentindo a ânsia de...

— A gente dá um jeito nisso! Eu te mando pra reabilitação, igual a essas celebridades viciadas...

E claro, como já era de esperar, comecei a fazer gracinha, cantarolando desengonçado, e minha cantoria foi acompanhada de uma dancinha muito similar a uma minhoca cavando buraco na lama, o que fez Dante segurar outra risada, contorcendo os lábios de canto. Eu literalmente estava fazendo um ex-demônio chorar e rir ao mesmo tempo.

— Para com isso! Isso é coisa séria. — Ele me deu um soquinho fraco no ombro, enquanto resmungava de um jeito fofinho. O filho da puta parecia um anjo, numa boa, e eu perdia a linha!

— Volta pra mim. Volta pra mim, Dante. Não aguento mais ficar longe de você! — Retomei a postura convincente e voltei a insistir, fitando-o com mais urgência, ao passo que apertava seus ombros estreitos entre os dedos, sacudindo-o. — Tá tudo bem a gente ficar junto! Por favor, dê uma chance a nós dois.

Foi aí que comecei a chorar igualzinho a um bezerro desmamado, Ave Maria.

— Eu te amo muito, seu nervosinho! Você é minha família, meu melhor amigo e meu amor, tudo dentro de uma pessoa só! Dante, pra mim, você é tipo o *megazord* dos *Power Rangers!*

— *Misericórdia...* — ele grunhiu. E riu com vontade, sacudindo-se tanto, que usou as mãos para se segurar em mim e não perder o equilíbrio. — Por que você é assim? Por que você é tão... *você*?

— E como é que eu sou?

— Você é a pessoa mais engraçada do mundo todinho, *broto*.

Poderia jurar ver seus olhos brilhando para mim. Não aquele brilho vermelho assustador de demônio, mas aquele brilho apaixonado que diziam por aí.

— Você consegue manter o humor mesmo nas piores situações — continuou. — Não importa o quanto errem com você, está sempre disposto a perdoar; vai até o Inferno por quem ama, quase literalmente falando; é fofo pra dedéu e ainda é absurdamente lindo e inteligente, além de *ultra, mega, power* descolado — disse em tom admirado.

Cara, se você nunca recebeu um olhar admirado de Dante Donadelli, que pena. Porque eu recebi. E caralho, era como se pudesse me incendiar inteiro! Era uma mistura de dopamina, serotonina e oxitocina diretamente na corrente sanguínea. Ah, isso, sim, era droga de qualidade. A onda era braba, moleque!

— Ah, eu sei que sou demais pra ser verdade — me gabei e dei de ombros, levando imediatamente um novo tapa de um Dante risonho, que me olhava cheio de ternura nos olhinhos acinzentados semiabertos.

— Para, assim não consigo te enxergar, meus olhos fecham, para de gracinha!

Ele me bateu de novo, fazendo-me continuar a rir, só que dessa vez em silêncio; passou um breve momento rindo daquele jeito descontraído, entretanto seu sorriso foi morrendo aos poucos.

— Eu tenho muito medo, Alex. — Ele aí fechou o semblante de vez. — Tenho medo de que você sempre me perdoe de tudo e acabe passando por cima de si mesmo, pra ficar comigo.

— Já disse que meus limites são muito...

— Amplos, eu sei, você já disse. Mas, *criança*, não sei como serei daqui pra frente agora que sou um humano de novo. Quando virei um fantasma, aquela foi minha *persona* mais boazinha e moralista; eu vivia me lamentando pelos cantos, esperando o tempo passar pra que meu irmão morresse e eu pudesse, finalmente, atravessar para o Outro Lado com ele. Ficava tão engasgado com isso, Coelhinho... Tanto! Não podia contar a ninguém, fantasma ou médium, sem correr o risco de ferrar com tudo. — Ele suspirou pesado e sacudiu a cabeça, se autorreprovando. — Como um demônio, você viu algo ruim sobre mim. Algo realmente ruim, mas não o pior. Só que minha personalidade, quando humano, também não era das melhores. Então... E se eu me tornar mais parecido com meu eu humano daqui pra frente? Não só com a coisa das drogas, mas com tudo?

Pensei naquela declaração por um minuto, tentando entender o que ele queria dizer.

— Você quer dizer mimado, nervosinho e viciado?

— S-sim. — Dante engoliu em seco. — Como humano, sou um problemático. Não quero te arrastar junto.

— Eu te amo, Gasparzinho — interrompi firme, segurando seu maxilar entre minhas duas palmas. — *Na alegria e na tristeza, na saúde e na doença* e todos esses *mimimi* aí...

— Mas a gente não é casado — retrucou, com um bico e um meio risinho acanhado.

— Mas nós vamos ser, não vamos? — Encarei seus olhos cinza-tempestade, com esperança transbordando. — Vamos começar uma vida nova, em Malta. Vamos viver livremente nosso amor, andar nas ruas de mãos dadas, talvez até nos beijar! Lá, isso não seria problema. Não vou precisar esconder minha mediunidade também na maior parte do tempo, e lá você vai poder fazer absolutamente qualquer coisa, desde estudar a aprender uma profissão nova, ajudar na Academia ou trabalhar em qualquer outra coisa, Dante! Nós vamos ser felizes!

— E sua família? Você vai abandoná-la assim... Por mim? — Ele pareceu incerto.

— Não vou abandonar ninguém. Vou apenas seguir a minha vida da forma que desejo, como um adulto. Nossa casa sempre estará aberta para me visitarem se sentirem saudades, desde que tratem bem o *meu marido* e respeitem nossa relação debaixo do nosso teto — declarei orgulhosamente.

— Alex...

— Volta comigo, Dante — pedi mais uma vez, ansioso como nunca. — Dá uma chance pra gente e para o nosso amor... Olha tudo que passamos pra ficarmos juntos. Contra todas as probabilidades, você voltou da morte, literalmente, quando a gente pensava que nossa relação tinha dois prazos de validade: um, você partir para o Outro Lado; dois, eu começar a envelhecer.

— Você envelhecer não seria um problema pra mim. — Ele fez uma caretinha engraçada de confusão e contrariedade.

— Ah, Dante, fala sério! Eu não ia transar com um ninfetinho de 25 anos como você, quando eu estivesse com 79, pelo amor de Deus, né? Uma metidinha e eu poderia descolar a bacia! Fora o câncer de próstata que poderia eventualmente surgir, os problemas de ereção e...

Fui calado imediatamente após ouvir sua risadinha, que permaneceu moldando seus lábios quando ele os uniu aos meus, os braços me puxando para si pelo pescoço, enquanto minhas mãos automaticamente desceram para apertar sua cintura.

Finalmente, pude beijá-lo como há muito ansiava. Meus dedos se perderam entre seus fios de cabelo escuros recém-tingidos, debaixo da chuva, e meu corpo vibrou quando senti o dele se prensar contra o meu, permitindo-me senti-lo fisicamente. Ele me abraçava apertado, e sua garganta deixava escapulir gemidos de satisfação, que enchiam meu ego mais que um balão de ar em festa infantil, enquanto a boca macia pressionava a minha. Sua língua quente e calorosa me levou ao céu, em poucos toques. Ele agora tinha cheiro de sândalo, proveniente de algum perfume. Então me senti em casa, finalmente, depois de tanto tempo.

— Você é uma *figura*, Alex Kister. — Ele se afastou levemente e ciciou com a boca ainda rente à minha: — Uma figura! — E ficou me encarando dali, bem de perto, nossas testas e narizes deslizando um no outro, as respirações embrenhadas, o hálito batendo na pele...

E aí, o beijei outra vez. Era completamente viciado na boca de Dante Donadelli, porque, qual é? Era Dante Donadelli! Quando as peles finas de nossos lábios uniram-se de novo, pude jurar ter visto estrelas. O choque familiar sempre percorria minhas veias, como eletricidade. E era sempre assim que os beijos dele me deixavam: em êxtase.

Tirei uma das mãos de sua cintura para segurar sua mandíbula, firme. Ele respondeu, apertando o tecido das mangas de meu *blaz*er entre seus dedos, puxando-me contra si, num contato quente, mesmo em meio à chuva torrencial. Sua língua deslizava na minha, fazendo uma chama acender por todo o meu corpo, arrepiando até o último fio de cabelo.

A gente se amava; nós absoluta e insanamente nos amávamos. Nem a morte poderia nos separar, literalmente falando.

Eu o senti sugar meus lábios uma última vez, antes de se afastar e dar um risinho torto.

— Não para não, Dante, continua. Beija. — Fiz biquinho e fechei os olhos, ouvindo sua risada gostosa uma vez mais. Honestamente, o som da risada dele era melhor que qualquer música do *Linkin Park*.

— Não, Coelhinho. Vamos pra *nossa* casa. Eu tô cheio de vontade de fazer amor bem gostosinho com você. Tô morrendo de saudade — declarou safado. — E agora, não tem absolutamente mais nem uma consequência sobrenatural se a gente unir nossos corpinhos, *bicho*. — Sorriu maldoso.

Eu acabei dando um sorrisão de volta e me separei dele, pronto para me virar em direção ao carro e levar a gente dali. Mas, então, um pensamento súbito surgiu. Por isso, girei nos calcanhares e o encarei com uma expressão assustada.

— Você é um íncubo de novo, não é? Fala a verdade!

Quem me dera eu ter uma frigideira em mãos para ameaçar aquele tinhoso agora!

— O quê? C-como... É o quê, Alex? — aumentou a voz, dando um gritinho indignado. — Por que acha isso? Você disse que tô perdoado, mas já tá jogando isso na minha cara? — Dante parecia exasperado.

— Eu não tô jogando nada na cara — justifiquei-me, sem jeito, acalmando-me. — Mas é que... O meu Dante já teria dito que me ama, minutos atrás.

Desse modo, ele abriu um sorriso doce e suspirou de modo lânguido, dando dois passos à frente, para me ter colado a ele outra vez.

— Mas eu quero e vou dizer, Coelhinho. Só que planejo fazer isso olhando nos seus olhos, enquanto estivermos fazendo amor, indo bem fundo dentro um do outro — declarou, com a voz insanamente rouca, o que somente serviu para fazer meu pau pulsar dentro da roupa molhada.

— Ai, papaiii... — Soltei um grunhido, tateando desengonçadamente meus bolsos para pegar a chave do carro e destrancar aquele troço. — Vem, vamos! — Apressei-me, puxando-o pela mão, assim que encontrei a chave elétrica, clicando para destravar as portas.

— Espera... — Ele me puxou de volta pela lapela do *blazer*. Um sorriso de canto dançava em seus lábios grossos. — Pensando bem, a gente não precisa ir pra outro lugar, agora. Podemos fazer isso aqui.

Eu olhei para a porta da casa de Anthony, um pouco cabreiro.

— Você tem ficado aqui sozinho? Não tem nem um familiar do seu irmão aí?

— Não. — Dante sacudiu a cabeça, puxando-me para dentro pela mão. — Anthony se divorciou da esposa uns anos atrás, e o filho não fala com ele desde que foi preso. — A declaração deixou sua expressão vacilar por um momento. — Mas não vamos falar sobre isso agora. Quero matar a saudade — ronronou como um gatinho.

Mal tive tempo de ver o interior da casa, já que Dante me puxou pelo pequeno corredor diretamente ao quarto, onde imediatamente colou o corpo no meu e beijou-me com fúria, ao que me empurrava em direção à cama de solteiro no meio do cômodo.

Tiramos nossos sapatos afoitamente e ele me empurrou na cama, pondo-se entre minhas pernas, sem parar de me beijar.

Em muito pouco tempo estávamos ofegantes, tendo o beijo atrapalhado pelos sorrisos rasgando o rosto, porque não conseguíamos parar de sorrir.

Dante me encarou todo felizinho, mas ainda assim com malícia antes de arrancar minha roupa molhada, atirar meu *blazer* e a camisa no chão, só para ficar observando meu corpo resfolegante deitado sobre a cama, com um olhar apaixonado.

— Já disse o quanto você é lindo? — sussurrou. — Mesmo quando eu não conseguia acessar meus sentimentos, por causa da condição de demônio, meu coração apertava ao te olhar. Não conseguia entender antes, mas agora sei que era amor o tempo todo, escondido por baixo do bloqueio demoníaco. Eu não podia sentir, mas ele estava lá, guardado no meu peito. Porque estado demoníaco algum seria capaz de apagar o meu amor por você, apenas esconder.

Pude ver aquela cor verde-acinzentada revelando seus sentimentos, suas emoções. Ele era como a calmaria, escondendo uma tempestade, uma chuva torrencial no meio do verão.

Mordi o lábio, querendo sorrir, ao mesmo tempo que minhas bochechas queimavam, mas não podia me deixar levar naquele momento e cortar o clima insanamente quente entre nós dois, afinal ansiava pela volta do verdadeiro Dante há tempos. Desejava, desesperadamente, fazer *amor* com o cara doce por quem eu era total e irremediavelmente apaixonado.

— Eu te amo... — disse-lhe. — Mais do que amo vitrola e vinil; *Guns n'Roses* e *Linkin Park*; mais que ovos estalados no café da manhã, e máquinas Polaroid.

— Então, você me ama um tantão mesmo! Awn! — brincou, dando um sorriso falsamente convencido. — Eu te amo ainda mais.

Sorrateiramente, ele desceu os lábios para meu peitoral, onde abocanhou um de meus mamilos eriçados, brincando com a língua quente e os dentes no biquinho, enquanto desabotoava a minha calça e, depois, a deslizava pelas minhas pernas.

Do Céu ao Inferno em dois segundos, com Dante Donadelli, ao vivaço.

Oh, porra, era tão gostoso! Eu só soube puxar o ar e apertar seus cabelos com força entre os dedos. Não conseguia pensar claramente quando ele me deixava assim com tanto tesão.

Precisando de alívio, rebolei meu quadril na cama e o impulsionei para cima, assim que Dante tirou a minha cueca, deixando-me totalmente nu, o que fez minha ereção dura friccionar na barriga dele, ainda coberta pela camiseta do Led Zeppelin molhada, à medida que ele se esfregava ainda mais contra mim, em resposta.

De repente, seus beijos foram descendo pelo meu abdômen, deixando marcas rosadas por toda a pele úmida. Eu não podia ver seu rosto, já que sua franja molhada, de fios recém-escurecidos, estava cobrindo a testa, mas, na verdade, isso me deixava ainda mais ansioso. Não por eu ter alguma ideia do que ele pretendia fazer a seguir, mas pela proximidade de sua boca ao meu pau necessitado.

E, como sempre, tudo que eu queria era me enfiar fundo nele e depois o sentir dentro de mim. Eu o queria de todas as malditas formas, antes de explodir em desespero. Alguém poderia morrer de desejo? Porque eu certamente morreria por isso, acho que literalmente falando, porque aquilo era quase impossível de suportar. O ar parecia prestes a me sufocar, e a temperatura do meu còrpo era tão quente que sentia meu rosto queimar e o suor deslizar por entre os poros.

Eu deveria estar com frio pela chuva que havia me encharcado lá fora, mas sentia-me mais quente do que embaixo do Sol, no verão.

Dante continuava descendo devagar, até seus lábios começarem a trabalhar beijos em meu cumprimento duro e pulsante, que erraticamente se moveu, caído por cima de meu abdômen. Ele se afastou, ficou de joelhos sobre o colchão e parou entre minhas pernas para alisar minhas coxas duras com as palmas abertas, para cima e para baixo, de forma carinhosa e intensa, enquanto as observava com devoção. Suas unhas arranharam minha pele, e dei um pequeno solavanco para cima com o quadril. Era tanto, tanto tesão que eu queria gritar!

— Dante... — chamei manhoso. — Por favor!

— Por favor, o quê? Diz pro seu *namorado...* — retrucou, ainda sem parar de alisar minhas coxas, mas me fitando com os orbes cinza-tempestade incisivos.

— Me toca — respondi, num fio de voz.

— Mas já estou te tocando...

— Donadelli! Não se faça de besta, me toque! Por favor, não tô aguentando mais, eu preciso sentir você. — Minhas mãos tentaram alcançá-lo, desengonçadamente puxando sua camisa molhada para cima.

Ele soltou um risinho matreiro, umedecendo os lábios grossos, antes de descer ambas as mãos por minha virilha e sua destra alisar delicadamente minhas bolas e toda a minha extensão necessitada. Ficou deslizando ali, enquanto sua mão esquerda descia para alisar meu períneo e, Santo Deus, muito obrigado por criar o sexo! Obrigado, Adão e Eva, por pecarem.

Soltei o tecido de sua roupa e agarrei o lençol da cama entre os dedos, mordendo meus lábios de forma quase dolorosa. Minha boca já estava ficando seca de tanto sugar o ar para dentro constantemente. As mãos de Dante eram a porra do maldito paraíso. Ele massageava meu pau tão bem que eu não conseguia manter os olhos abertos enquanto ele as movia; e, quando os fechava, era como se pudesse ver estrelas. Dante sabia absolutamente todos os pontos possíveis para me enlouquecer, já que sua mão me apertava enquanto o dedão girava na glande, ao passo que deslizava a outra palma entre meu períneo, testículos e ânus, tudo ao mesmo tempo. Era um provocadorzinho talentoso, esse Donadelli!

— Dante, assim eu vou... Hm... — Não consegui terminar a sentença, porque, assim que comecei a dizer, ele intensificou a masturbação, encarando-me com aqueles olhos safados, como se me desafiasse a não gozar com seus movimentos.

Fora de mim, flexionei os joelhos e estoquei em sua mão, empurrando meu quadril para cima, totalmente desesperado. Soltei o ar em lufadas. Meus orbes já não obedeciam aos meus comandos para se abrirem, e a única coisa a que eu me atentava era à corrente elétrica que tomava meu corpo em frenesi. Meu pau fisgava cada vez mais nas mãos habilidosas e macias de Dante Donadelli, e simultaneamente meu baixo abdômen parecia querer se rasgar. Eu sabia que iria gozar em mais algumas bombadas.

Então, tudo parou quando estava quase lá. Suas mãos me abandonaram subitamente e uma decepção arrasadora tomou conta de mim, enquanto ele se afastava para tirar a roupa molhada que ainda vestia, quando eu já estava completamente pelado.

—Dante?—Fiquei indignado, com a voz aumentando uma oitava, de forma que soava ridiculamente zangada; e eu estava mesmo absurdamente bravo naquele momento, porque, merda, eu estava tão fodidamente perto de vir!

— Vira de costas — foi tudo que ele respondeu.

Até pensei em rebater e questionar, mas algo me dizia que era melhor fazer como ele mandava; afinal, talvez ele quisesse me fazer gozar com aquele pauzão grosso dentro de mim – o que seria ainda mais delicioso do que gozar em meio àquela punhetinha absurdamente gostosa. Por isso, prontamente me virei, ainda meio descoordenado, já que minhas pernas tremiam, assim como todo o meu corpo, por conta do quase orgasmo.Senti as mãos pequenas massagearem a parte de trás de minhas coxas e segurarem as carnes de minha bunda com força e possessão, levando-me a esfregar-me contra o colchão. Ele subiu as palmas, alisando minhas costas, e uniu seu peitoral duro a ela, deitando-se sobre mim. Automaticamente, o pau teso encaixou-se entre minhas bandas, onde começou a rebolar e a se esfregar, mas sem me penetrar; ele soltava suspiros ao pé de meu ouvido, o que servia como combustível para minha excitação cada vez mais insuportável. Sentir sua extensão deslizando em minha entrada era uma tortura. Queria senti-lo me rasgando de uma vez.

— Tem lubrificante no bolso do meu *blazer* — avisei, quase sem fôlego.

— Não vamos precisar disso agora — respondeu.

Por isso, abri os olhos, surpreso e incomodado.

— Mas, Dante... Assim vai doer — argumentei um pouco chateado.

Ele sequer havia parado de se mover.

— Eu não vou te machucar — disse com a voz rouca. — Vou te lubrificar com outra coisa — terminou em tom sugestivo e provocante.

Deixando uma mordida no lóbulo de minha orelha, Donadelli desceu o rosto por meu ombro esquerdo, distribuindo beijos dali até o final de minha coluna. Quanto mais perto ele chegava, mais arrepiado eu ficava. E só quando senti seu hálito contra minha cavidade e suas mãos separando minhas nádegas, entendi o que ele iria fazer.

— Ahhhh... — o gemido saiu do fundo da garganta. — Caralho, caralho, caralho! — praguejei, com o rosto amassado contra o travesseiro.

Senti sua risadinha reverberar em minha pele, enquanto sua língua se ocupava de chupar e lamber meu meio, de forma enlouquecedora. A carne aveludada e molhada era a coisa mais bizarramente gostosa de sentir nessa vida; era definitivamente a minha coisa favorita.

Ele circulou meu ânus piscando de desejo, lentamente, com a pontinha da língua quente, antes de deslizá-la por toda a minha abertura, intercalando os movimentos e velocidades. Era como ir ao nirvana e me perder por lá mesmo. Não queria que ele parasse nunca mais.

Instintivamente, comecei a rebolar em seu rosto, gemendo grosso. Dante tentava segurar meu quadril para me manter parado, mas era impossível, já que suas mãos precisavam me manter aberto para ele.

Levei a destra para trás e apertei seus fios de cabelo molhados entre meus dedos. O atrito entre meu sexo inchado e o colchão era demais para aguentar, somado às linguadas deliciosas naquele local tão sensível. Entrei em estado de aflição aterrador, até sentir meus pelos voltarem a se eriçar e meu baixo-abdômen formigar, anunciando outra vez um orgasmo. E dessa vez, sabia que Dante não iria interromper.

Com um gemido lânguido, senti minha porra encharcar o colchão, ao passo que os jatos de líquido quente melavam minha barriga e causavam uma conhecida sensação levemente desconfortável misturada ao alívio. Mesmo quando a última gota saiu de mim, minha boca continuou aberta num eterno *O* e minha mão largou seus fios para descansar sobre a cama, de qualquer jeito, sentindo a língua macia ainda deslizar pela minha pele sensível, prolongando meu prazer.

Resfoleguei. Queria implorar para que me fodesse. Meu rabo estava definitivamente sensível após o orgasmo, e se ele continuasse a me lamber daquele jeito, acabaria gozando de novo em poucos minutos, o que me deixaria cansado antes mesmo de começarmos. Só que Dante merecia que eu o comesse e desse para ele muito bem naquela noite. Por isso, não precisei dizer mais nada, porque ele entendeu e afastou-se, deixando uma mordida em minha nádega direita, seguida de um tapa estalado. O corpo dele se sobrepôs ao meu, de modo a nos encaixar perfeitamente, e quando olhei para trás, o vi massagear o próprio pau, espalhando a pré-porra pela glande, a fim de facilitar a penetração.

Dante aplicou lubrificante em si mesmo, antes de encaixar a cabecinha em mim, voltando a colar seu peito em minhas costas, com a boca próxima ao meu ouvido.

— Eu amo você... Eu amo *muito* você — declarou.

Então, fechei meus olhos, sorrindo bobamente, como se aquela fosse a maior e melhor notícia deste mundo... Porque era.

Comecei a sentir sua extensão me invadir, alargando-me dolorosamente, centímetro por centímetro, até que sua carne dura estivesse toda dentro de mim. Senti sua pélvis encostar em meu quadril, indicando o quão fundo ele estava. Minhas paredes internas pulsaram, minha entrada ardeu e, de início, quis fugir dali, por causa da dor irritante. Por isso, encostei a testa no colchão, respirando pesado, e senti sua mão, que não estava em minha cintura, alisar meu ombro carinhosamente, enquanto distribuía beijinhos e mordidas indolores em minha nuca – o que automaticamente me fez empinar, mas ele não se moveu, respeitando meu tempo. Um pouco depois, murmurei com uma voz tão rouca e animalesca que quase não reconheci como minha:

— Fode, Dante... Me fode gostoso.

Ele não precisou de mais insistência.

Donadelli estocou devagar, tomando um ritmo lento e profundo, fazendo com que sentíssemos com precisão cada um de seus movimentos. E era maravilhoso senti-lo assim... Lento, calmo e, acima de tudo, cheio de desejo e paixão, da mesma forma que eu amava senti-lo com força.

— Que saudade de te foder assim... Você é tão delicioso, Coelhinho. — Ele mordeu a pontinha da minha orelha. — Eu poderia ficar pra sempre dentro de você... Ou com você dentro de mim.

— Então, fode mais... Mas fode logo, pra eu poder foder você também...

Ele passou a se movimentar com mais intensidade, mas suas estocadas ainda não eram brutas... Dante era do tipo que metia rebolando, daquele jeito sexy que era uma delícia. Era o jeitinho dele de foder que eu mais adorava, entretanto, quase não acontecia enquanto ele era um íncubo. Isto é, porque, como demônio, Dante sempre parecia ter mais pressa, mais fome, enquanto, como fantasma, fazia tudo devagarzinho, mas ainda assim intensamente. Os dois modos eram muito bons, mas eu sabia que a gente não estava apenas fodendo agora. Estávamos fazendo amor. E aquela era nossa primeira vez como, sabe... um casal de humanos. Nada de humano e fantasma ou humano e demônio. Só dois caras vivos, que respiravam, tinham sangue correndo nas veias e um coração batendo no peito, mas que batiam juntos um pelo outro.

Ele ronronava como um gatinho manhoso em meu ouvido a cada estocada, fazendo meu tesão ir a mil, deixando-me duro de novo em pouquíssimo tempo. E a resposta de meu corpo era empinar o quadril para trás, querendo mais dele, de modo desesperado.

Subitamente, ele saiu de mim, apenas para se pôr de joelhos e puxar meu quadril para cima, deixando-me de quatro sobre o colchão, antes de me penetrar de novo, segurando minha cintura fina com força entre seus dedos firmes. Sorrindo safado, o espiei por cima do ombro e abaixei o tronco, ficando mais empinado ainda para ele, que deu um sorriso preguiçoso e aprovador.

— Ahhh... Isso é maldade, seu *pivete*! — falou com um baixo rosnado. — Sabe que fico louco com você de quatro pra mim, assim não vou aguentar muito tempo.

Eu não respondi. Ao invés disso, passei a jogar o quadril para trás, fazendo com que estalos fortes da minha bunda contra sua pélvis ecoassem. Vi-o morder o lábio e fitar o encontro de nossos corpos, quase como se estivesse angustiado, o cenho franzido e uma expressão sofrida no rosto. Soube que ele ia gozar quando seus lábios se abriram, os olhos fecharam e os dedos em minha cintura pressionaram minha pele com mais força que nunca. Senti-o despejar tudo dentro, dando uma última estocada bem funda, antes de quase desabar sobre mim.

— Alex... Minha nossa... Meu Deus do Céu... — ele disse ao cair de costas no colchão, sem fôlego, de um jeito que chegava a ser cômico.

Acabei sorrindo, mas o tesão falava mais alto. Meu pau estava duro de novo, e eu doido para gozar outra vez, de preferência dentro dele.

— Minha vez, seu gostoso do caralho... — quase rosnei, puxando-o pelos calcanhares mais para a ponta da cama, arreganhando suas pernas antes de enfiar meu rosto na abertura inferior entre elas e cair de boca, do mesmo jeito que ele fez comigo; a única diferença era que, na minha vez, fiquei deitado de bruços, enquanto ele, agora, estava deitado de frente, todo aberto para mim.

Dante agarrou meus cabelos, enquanto rebolava contra meu rosto e eu chupava o espaço entre suas bandas como se não houvesse amanhã. Suas pernas bonitas de jogador de futebol não paravam de se mover. Ele esticava os pés, como um bailarino, arrastando-os sobre o colchão; dobrava as pernas, esticava outra vez... O pobre coitado parecia desfalecer sob o toque de minha língua em sua área sensível, e remexia todo o corpo, sem parar, inquieto, o que era absolutamente maravilhoso. Dar prazer a Dante era sinônimo de satisfação pura. Eu poderia morrer lambendo cada partezinha do seu corpo, e morreria feliz.

Não aguentando mais, com a cabecinha do meu pau sensível e pulsando de desejo, tirei minha boca de sua entrada e pedi que ele fosse mais para cima na cama de solteiro pouco espaçosa. Virei seu corpo magro mas musculoso de ladinho, encaixando-me atrás dele, como num abraço, enquanto o tinha todo molinho em meus braços. Beijando seu pescoço, passei um bocado de lubrificante em sua entrada e em mim, para depois adentrá-lo lentamente, enquanto ele mantinha uma das pernas elevadas no ar, para facilitar. A cada centímetro, meu membro era engolido e deliciosamente esmagado, apertado e estimulado.

E, assim, comecei a fodê-lo bem gostosinho, como sabia que ele adorava. Segurava sua perna erguida, enquanto entrava e saía dele, sentindo um prazer quase insuportável, que era quase como se pudesse atear fogo em tudo ao nosso redor. Era tão gostoso comê-lo que mal podia encontrar palavras que chegassem perto de descrever a sensação! Ele se entregava a mim do mesmo modo que eu me entregava a ele, e era como se nossos corpos e nossas almas fossem uma coisa só.

Gostaria de dizer que gozei rápido, mas seria uma mentira. Eu não queria mais sair de dentro dele. Tanto que, toda vez que me sentia perto de vir, apertava a base do meu pau duro, retardando o orgasmo. Meu apetite sexual estava a mil, era quase como se eu tivesse me transformado em um demônio íncubo também. Queria colocá-lo em um bocado de posições diferentes e nem um pouco castas.

No fim, o comi de bruços, de frente, de quatro, de lado outra vez, até finalmente o ter sentado em meu colo, enquanto nos abraçávamos como se quiséssemos nos fundir em uma pessoa só.

Sentindo a comichão no baixo-abdômen, enquanto meu corpo ficava ainda mais quente e minha visão nublada, perdi os sentidos para que pudesse sentir aquele orgasmo mais intensamente. E foi com Dante em meu colo que senti o gozo melado dele derramando entre nossas barrigas, ao que um tesão incontrolável me possuía, fazendo-me gozar dentro dele. Nós atingimos o clímax, juntos, ofegantes, nos encaramos de pertinho.

Meu corpo suado recebia de bom grado o vento frio pós-chuva que entrava pela janela semiaberta do pequeno quarto da casa de Anthony, e era reconfortante sentir o suor e o corpo quente do Donadelli sobre o meu.

— Isso foi... — ele tentou dizer, sem fôlego.

— É... Isso foi. — Sorri, lembrando-me de que aquela frase já havia sido dita uma vez, após um de nossos amassos.

— Por que é sempre assim? — Ele sorriu fofo, o que somente o deixava ainda mais charmoso, porque contrastava com a aparência de rebelde.

— Assim como?

— Assim... Inexplicável. Toda vez que a gente transa, fico sem palavras. É sempre tão intenso, tão forte, tão...

— Apaixonado? — Dei um sorriso de lado.

— Sim. — Dante sorriu de volta, fechando os olhos, e então segurou meu rosto cansado entre suas palmas, roçando nossos narizes.

— Isso é porque o melhor tipo de sexo é aquele em que há amor. Sexo apaixonado é o melhor de todos — afirmei com toda certeza. Sabe como é, tenho vivência.

— Eu não saberia dizer — devolveu. — Não acho que já tenha feito amor com alguém além de você. Todo sexo que tive na vida foi absolutamente carnal. Mas com você... — Ele me encarou com os olhos brilhando. — Com você posso, finalmente, entender sobre o que as letras de rock falam.

Senti minhas bochechas queimarem, então escondi meu rosto em seu pescoço suado, abafando minha risada grave. Ele também sorriu, sacudindo o tronco.

— Minha nossa, isso é tão brega! — Desatei a rir, com a voz abafada em seu pescoço.

O corpo dele sacudiu junto, rindo um bocado também.

— Ei, criança! Eu sou de outro tempo, morô? Cê precisa entender o estilo de romance de outrora!

Afastei meu rosto do vão entre seu ombro e pescoço, para encará-lo com um olhar apaixonado, e tão feliz como nunca estive.

— Eu te amo muito, meu Dante. Você é o amor da minha... alma. Amor da minha vida não seria muito apropriado, já que a gente sabe que vida e morte são apenas estados transitórios de existência.

Ele puxou meu rosto para me encarar com falsa seriedade no rosto bonito de olhos acinzentados:

— Ei... Fumou maconha antes de vir me encontrar? Porque você tá muito filosófico.

Nós rimos outra vez, ainda mais forte que antes. Era pura felicidade. Plenitude. Era um momento feliz e inesperado. Se você procurar por uma palavra que descreva esse estado de tranquilidade e euforia, serendipidade traduziria bem a coisa toda muito bem.

Nós passamos um tempo relaxando, deitados sobre a cama, abraçados. Depois, pegamos a maior quantidade possível de comida na cozinha, entre risadas, para, então, nos deitarmos abraçadinhos na cama outra vez, ouvindo o barulho da chuva que ia e voltava, ao passo que assistíamos a uma série nova.

Horas depois, Dante dormiu em meus braços, e rodeei seu corpo como se nunca mais fosse deixá-lo fugir de mim. Esse era, definitivamente, o começo do nosso felizes para sempre.

22. SOBRE ALERGIAS, VIAGENS E FINAIS FELIZES

Três anos depois.
"A estrada até agora."
Música do AC/DC no fundo.
Pam... pararã... Tananan, tananam, pan parãn...
I'm on a highway to hell...
Highway to hell...
"Matar demônios, caçar coisas... Esse é o negócio da família."
Eu e Jonas entramos em nosso Impala preto 67 e...

Não, espere aí. Essa é a abertura de toda estreia de temporada de *Supernatural*. Eu tô dizendo essas coisas na minha cabeça. Eu e meu irmão não nos tornamos os caçadores Winchester[1].

— Ei, de que é esse salgadinho aqui? É tão gostoso... — Dante disse com a boca cheia, mastigando o petisco, com todo cuidado do mundo, para não sujar seu terninho, *awn*!

Eu olhei para a plaquinha que indicava o sabor de cada salgadinho em cima da mesa.

— Camarão. Oh, eu adoro camarão! — Peguei dois e os enfiei ao mesmo tempo na boca.

Imediatamente, o Donadelli arregalou os olhos e me encarou como se eu tivesse enfiado uma faquinha de serra no bucho dele.

— Que foi? — perguntei com a boca cheia.

— Você me deixou comer *camarão*? — indagou cheio de indignação. — Eu tenho alergia a camarão, Alex!

1 Protagonistas de série Supernatural (2005).

Eu me apavorei um pouco e olhei para todos os lados, buscando por, sei lá, uma maca para atirá-lo nela como um moribundo.

— E como é que eu ia saber? — rebati tão indignado quanto. — Você nunca me contou, e eu não sou a sua mãe! E agora, o que a gente faz?

— Antialérgico. Preciso de um antialérgico, o mais rápido possível.

Dito isso, entrelacei minha mão na dele e o puxei por todo jardim da casa dos Kister, como uma criança perdida. Precisava encontrar minha mãe. Só ela saberia ajudar com aquele tipo de coisa. Talvez eu realmente ainda não fosse tão adulto e preparado para viver sozinho neste mundo afinal, embora já vivesse por conta própria há alguns anos.

Entre os convidados chiques, que conversavam um monte de blá-blá-blás egocêntricos e usavam sapatos mais caros que um aluguel no centro da cidade, encontrei minha mãe conversando com algumas de suas colegas de trabalho do tribunal.

Yoona Kister usava um vestido branco delicado e elegante, e seus cabelos escuros, um tanto crescidos, estavam presos num coque delicado. Era sua festa de comemoração aos trinta anos de casamento com meu pai, afinal, por isso, ela se parecia exatamente com uma noiva madura – leia uma noiva da terceira idade. Assim que me viu aproximar-me, puxando o Donadelli pela mão, enquanto ele segurava o próprio pescoço e botava a língua para fora dramaticamente, minha mãe arregalou sutilmente os olhos e inventou alguma desculpa para suas amigas, antes de conseguir se afastar de fininho e vir até nós.

— O que eu disse sobre demonstrações de afeto na frente dos convidados? — sussurrou entre os dentes, dando um sorriso falso para as pessoas ao redor. — Eu aceitei o relacionamento de vocês, mas desde que isso não exploda com minha carreira e a do seu pai, Alex... Sabe que isso não vai pegar bem para nós... A gente pode engolir nosso preconceito, mas essas pessoas não.

— Ai, mãe, o Dante tá morrendo!

— De novo? — Ela arregalou mais os olhos, em pânico.

Depois de tudo, nós finalmente tivemos que sentar com meus pais e explicar toda a verdade a eles. Não tinha mais como fugir e, àquela altura do campeonato, eles já não eram mais tão céticos sobre o mundo sobrenatural, como antigamente. Ainda tinham um pouco de medo de Dante. Quer dizer, o cara já tinha batido as botas, quando minha mãe ainda tinha pôsteres da Cindy Lauper[2] pelo quarto. E agora, ele simplesmente era um cara bem vivo, com mais idade que os filhos dela e ela mesma – internamente, pois exteriormente Dante não aparentava sequer estar perto dos trinta. Palavra!

Já não bastasse engolir aquela coisa assustadora que era ter um ex-defunto e ex-fantasma na família, os Kister ficaram sem escolha, a não ser aceitar nossa relação. Eu trouxe um cara de volta do Inferno. Isso demonstrava perfeitamente a seriedade do nosso amor, veja bem. Então, que escolha eles tinham? Um filho homem, que ama outro homem, não é exatamente tão absurdo assim, se comparado à coisa sobrenatural de morte, inferno, demônio, exorcismo, fantasma, mediação, bruxaria, ressurreição, multiversos e todo o resto.

— Venham, eu tenho antialérgicos na gaveta do meu banheiro — Yoona declarou, encarando Dante com genuína preocupação nos olhos delicadamente maquiados.

Nós a seguimos escada acima, até o quarto dos meus pais, onde sentei Dante em cima do vaso fechado do banheiro da suíte, esperando minha mãe encontrar o remédio na gaveta embaixo da pia. Ela lhe entregou o comprimido, e eu o meu copo de refrigerante; Dante engoliu sem demora.

— A festa de bodas está linda, mãe. E você também, como sempre. O botox ficou bem natural... — fiz graça.

Ela deu um beliscão em minha barriga.

— Ai!

— Você deveria entrar na faca pra esticar as rugas ao redor dos seus olhos — alfinetou, fazendo minha risada cessar no mesmo minuto. — Sente-se melhor? — perguntou a Dante, preocupada, e ainda um pouco receosa, porque, claro, ela tinha medinho dele, embora o admirasse pela aparência absurdamente perfeita.

Eu já havia concluído que, como uma adolescente, mamãe havia criado uma paixonite platônica pelo meu namorado, o que era mais engraçado do que esquisito, porque esse era o efeito natural de Dante sobre as pessoas, desde sempre: ele as enfeitiçava, porque era muito charmoso e educado.

---

2 Cantora estadunidense popular dos anos 80.

— Não acho que tenha dado tempo de fazer efeito, Senhora Kister. — Ele lhe entregou um sorriso bonito e cortês.

— Ah, já lhe disse pra me chamar apenas de Yoona, você é mais velho que eu, pelo amor de Deus, assim me sinto tão velha — resmungou, com as bochechas vermelhas.

E era assim que ele sempre conseguia fazê-la ficar numa boa. Eu disse que tinha uma coisa platônica ali.

— Você está *supimpa*, Yoona. Mal parece já ter passado dos 40, por favor, não seja boba — o Donadelli respondeu-lhe, todo galante, fazendo as bochechas de minha mãe corarem ainda mais.

— Ah, Dante. — Ela sorriu, sem jeito. — São seus olhos... — Deu um menear de mão, como se aquilo não fosse nada. E uma fração de segundos depois, retomou a postura. — Bem, esse tipo de remédio costuma dar sono, então, se quiser, pode cochilar no quarto antigo do Alex, ok?

Nós acenamos em confirmação, e ela foi em direção à saída do banheiro, mas antes se virou no portal e nos fitou de cenho franzido.

— E o Jonas? Onde ele está? Por favor, Alex, não me diga que ele vai perder as nossas bodas de pérola, por estar cuidando daqueles... daqueles...

— Demônios — completei. — É um demônio só, mãe, relaxa. Jonas sabe lidar com eles. Vai exorcizar um súcubo que morava lá no prédio, é rapidinho. Já, já ele chega aqui.

É claro, quando eu disse que tivemos que contar tudo aos meus pais, a verdade sobre Dante e também a paranormalidade de Jonas estavam inclusas.

Yoona se sacudiu como se houvesse um fantasma em seu cangote lhe dando calafrios.

— Eu não gosto disso. — Franziu o nariz. — Não gosto nada disso. Seu pai vai ficar muito bravo. — Então, saiu do banheiro, resmungando, escada abaixo, sobre aquilo ser culpa dos *genes de doida* da vovó.

— Mozão, eu não tô com rugas nos olhos, tô? — perguntei alarmado.

— Só quando você sorri. É fofo, é seu charme, não se preocupe. Você ainda não fez nem 25 anos! — Ele sorriu. — Yoona é realmente engraçada. É estranho que ela esteja prestes a se tornar minha sogra... Quer dizer, eu a vi crescer.

Imediatamente, encarei a aliança de noivado prateada em meu dedo anelar esquerdo, que era idêntica à que Dante usava. Era estranho que nós finalmente estivéssemos prestes a concretizar a coisa do casamento, e estivéssemos num noivado há dois anos. A cerimônia seria no fim do ano, e Akasha fez questão de organizar toda a festa nos jardins da Academia do Oculto. Com o tempo, descobrimos que a ex-anjo tinha uma leve obsessão por cerimônias de casamento gay. Ela se autodenominava *fujoshi*, embora eu não fizesse ideia do que esse termo realmente quisesse dizer, mas penso que tenha algo a ver com gostar de ver macho com macho, se é que você entende. Quer dizer, ela não podia ver eu e Dante juntos que ficava nos espiando com uma expressão idiota e, às vezes, até dava gritinhos animados em qualquer interação nossa. Vai entender...

— Ok, vamos pro meu quarto, campeão. Acho que esse antialérgico já tá te deixando meio grogue — falei, puxando-o novamente pela mão.

Deixamos o quarto de meus pais e fomos em direção ao meu antigo quarto, na casa onde cresci. Mas ao abrir a porta, meus olhos quase saltaram das órbitas.

— O que vocês estão fazendo? — grunhi, batendo o pé. — Ao menos, a porta se tranca, tá legal?! E se fosse algum convidado? — Eu fiquei indignado.

Thomas alisou sua calça social, enquanto colocava um travesseiro em cima de sua ereção a ponto de bala, marcada pelo tecido, enquanto Doyun, cem por cento nem aí por ter sido flagrado, montado em meu irmão adotivo como se montava num touro bravo, vestiu sua camisa de botões, tranquilamente.

— O que um convidado ia querer no seu antigo quarto, Alex? — Doyun indagou, com cara de tédio.

— Bom, eles poderiam confundir com o banheiro — foi Dante quem respondeu.

— Desculpe — lamentou-se Thomas, com as bochechas coradas. — É que... A gente bebeu um pouco e...

— Eu sei. Beber dá fogo no cu. Tô ciente — cortei, revirando os olhos. — E você não tava namorado um outro cara, ô estrupício?

Thomas fez um bico e encarou Doyun, que, por sua vez, sorriu, os olhos brilhando de um jeito bonito.

— É, tava. Mas acabei de avisar que terminamos, por mensagem, porque, sabe como é, quando eu e Doyun nos encontramos...

Eu revirei os olhos, porque aqueles dois não tinham mesmo solução. Era um vai e volta que dava preguiça de ver.

— Mas agora vocês precisam ir lá pra baixo e se comportar, ok? — pedi.

Eu podia entender perfeitamente o porquê daqueles dois estarem se agarrando por ali. Não era só a bebida. Há pouco mais de um ano, eles tiveram uma crise e romperam o relacionamento, após quase três anos juntos. O problema era que, toda vez que se viam, reatavam. Thomas simplesmente não conseguia deixar Doyun em paz, porque era completamente doido por ele. Haja paciência...

— Por que não podemos ficar aqui? — Doyun foi quem fez biquinho dessa vez. — Os amigos dos seus pais são velhos e muito chatos. Eles só sabem falar *juridiquês*, eu não entendo esse linguajar de advogado.

— Dante teve que tomar um antialérgico, por causa do camarão que comeu. Agora, vai ficar com sono e precisa cochilar um pouco — expliquei.

— Ah... — responderam em coro, preparando-se para deixar o quarto, cabisbaixos por não poderem mais utilizar o cômodo como motel.

— E Jonas? Ele já resolveu aquela... situação? — Thomas inquiriu preocupado.

— Vou ligar pra ele agora em busca de notícias. Qualquer coisa, eu e Dante vamos correndo atrás dele, não se preocupe. Fique aqui, de olho nos meus pais. E nada de fazer boiolice lá embaixo, por favor! Os amigos deles estão aí, prestem atenção — murmurei uma advertência.

O casal saiu do quarto, trancando a porta, e sobramos apenas Dante e eu. Meu noivo tratou de tirar os sapatos e se jogar na cama, todo confortável, e eu logo o segui, me deitando ao seu lado. Pesquei meu telefone no bolso interno do paletó preto e disquei o número de Jonas, mas, como das outras vezes mais cedo, ele não atendeu.

— Tô preocupado com meu irmão. Já liguei três vezes, e ninguém atende... E se ele não conseguiu exorcizar Asherah? E se ela o tiver machucado? — indaguei aflito, mordendo a pelinha do lábio.

— Não se preocupe, Coelhinho. Jonas sabe o que faz. Ele passou anos se aperfeiçoando nisso, até mesmo tomou a liderança do clã de caçadores da cidade. Você deveria lhe dar mais crédito.

— Mesmo assim... Não é que eu não confie no trabalho dele, mas esse súcubo é muito poderoso! Nós não conseguimos derrotá-lo em todos esses anos.

— E é por isso mesmo que Jonas não vai tentar purificá-lo, nem nada mais perigoso. Vai apenas exorcizá-lo e trancar o corpo da mulher com símbolos celestiais, impedindo-o de ser alvo de novas possessões, seja de Asherah, seja de qualquer outro demônio. E você sabe que ele não está sozinho. O clã de Jonas é extremamente poderoso.

— Quando você fala assim parece simples. Mas e se a madrasta das meninas estiver morta? Exorcizar a alma maligna do súcubo vai fazer o corpo da madrasta apodrecer sem vida, na pior das hipóteses. E se a culpa cair em cima do meu irmão?

— Broto, relaxa, ok? Sem neuras. Pense na melhor das hipóteses, não na pior. Jonas vai chegar aqui, já, já, praticamente segurando a cabeça de Asherah em uma bandeja.

Deixei para lá, afinal, não deveria me preocupar tanto, pois Jonas sabia o que fazia.

Eu me lembrei, então, da época em que Dante foi um demônio íncubo. Até hoje, quando escutava a palavra *baby* – e eu a escutava com muita frequência, morando em Malta, que era um local turístico e basicamente metade do pessoal se comunicava em inglês –, lembrava-me daquele Dante endiabrado, chamando-me desse jeito. Nada de *Coelhinho, criança, pivet*e ou *meu amor*. Só *baby*. Não pude evitar tomar um ódio colossal dessa palavra, depois de tudo, até mesmo em músicas.

— Dante... — Virei para ele. — Você nunca me contou o porquê de seu eu capeta me chamar de *baby*. — Encarei-o com curiosidade.

Ele suspirou, com uma carinha inicialmente melancólica, mas depois, um sorrisinho de quem gostava de aprontar dançou em seus lábios carnudos.

— Depois daquela noite do meu aniversário, quando transamos pela primeira vez, você dormiu nos meus braços e eu fiquei rebobinando nossos momentos juntos, mentalmente. Sabia que alguma coisa ruim iria acontecer, então me concentrei em relembrar, pela última vez, todos os nossos momentos felizes. Então me lembrei de quando a gente dançou *I've Had The Time of My Life* no seu quarto. — Ele sorriu. — Fiquei pensando que, embora eu estivesse fazendo a parte da coreografia da garota, a *Baby*, você era bem mais parecido com ela do que eu... Por causa desse nariz grande. E, quando minha alma foi sugada pro Inferno, essa imagem ficou na minha cabeça. Eu ficava repetindo: "*Alex é a Baby! Preciso voltar pra Baby!*" — Dante pôs a mão na frente da boca, rindo, todo engraçadinho.

— Cacete! Você acredita que, enquanto a gente dançava, fiquei pensando exatamente nisso? No nariz da *Baby* ser como o meu.

Quatro batidas foram dadas à porta, de forma urgente, fazendo-nos sobressaltarmos de susto, cortando o assunto.

— Vocês estão decentes? — A voz de Jonas veio lá de fora, e um alívio descomunal tomou meu corpo; quase derreti na cama, de tanto alívio.

— Entra! — gritei para ele.

Logo, a porta foi aberta, e duas pivetinhas correram em nossa direção, subindo no colchão.

— Oi, Alê! — JangMi se jogou em meu colo, sorrindo grande, enquanto SunHee dava um abraço em Dante.

Em seguida, nós trocamos.

— E aí? Como foi? — perguntei eufórico ao meu irmão, que se sentou no banquinho em frente à janela, depois que todo mundo terminou os cumprimentos.

— Foi bem mais fácil do que eu esperava. A madrasta delas estava doente, antes de ter o corpo possuído pelo súcubo, anos atrás, então ela começou a passar mal após o exorcismo. O pai das meninas a levou pro hospital e eu fiquei encarregado de cuidar delas. Disse que, se for preciso que passe a noite no hospital com a esposa, as meninas podem dormir lá em casa, sem problemas.

— Como ele reagiu à coisa demoníaca? Ele acreditou ou... — Dante perguntou.

— Ah... — Jonas bufou, aparentando extremo cansaço. — Essa parte foi difícil... Muito difícil, na verdade. Ele só acreditou quando prendi Asherah em cima de um desenho de Armadilha do Diabo, desenhado embaixo do tapete da sala. Quando comecei o exorcismo, ela enlouqueceu, convocou todas as legiões de demônios para ajudá-la... Aquele garoto novo no clã quase foi parar no hospital. Ela deu uma boa surra nele. — Fez careta.

— Minha nossa! E aí? — pedi que continuasse.

— Nada aconteceu — foi Dante quem respondeu. — Demônios não cruzam todas as camadas infernais até a Terra, para ajudar um súcubo sendo exorcizado, tenha dó. — Ele deu de ombros.

— Exatamente — Jonas confirmou. — Mas já está tudo resolvido. A madrasta das meninas logo voltará ao normal, e o pai delas não corre mais perigo de morte, embora, bem... A saúde dele tenha ficado bastante debilitada. Ele passou cinco anos sendo alimento quase diário de Asherah. Eu, honestamente, não sei como ainda está vivo. Suponho que ele seja bem forte por dentro, porque por fora parece um cadáver, só falta enterrar — finalizou, sem o menor tato.

— Ele vai melhorar, não vai? — Sunhee indagou, com uma expressão esperançosa e preocupada.

— Claro que vai, garotinha — Dante respondeu, fazendo carinho nos cabelos lisos. — A súcubo não conseguiu ir até o fim. Ela estava perto, mas perdeu. Seu pai só precisa de um bom tempo de repouso, até se recuperar totalmente. Alguns meses pegando leve no trabalho, eu diria.

— Gente... — JangMi chamou nós três, com um rostinho pidão. — Agora que nosso pai já está a salvo, podemos comer, hein? Tem tantos petiscos lá embaixo.

Não seguramos o riso. Elas eram fofinhas demais e agora, que estavam um pouco mais velhas, eram mocinhas bonitas. Um ano atrás, conversamos com o pai delas sobre a questão da paranormalidade das filhas e como a Academia do Oculto seria o lugar perfeito para elas. Eu e Dante ficamos como os responsáveis legais das meninas no país estrangeiro, e assim que acabassem as férias de verão, elas voltariam para Malta conosco, onde eu e Dante trabalhávamos como professores no instituto de Sam e Akasha.

— Ah, sinto tanta falta de comida caseira! — JangMi resmungou, enquanto descíamos as escadas.

— Mamãe disse que vai ensinar a cozinheira da escola a fazer aquele pudim, quando for nos visitar em Malta — declarou SunHee, já ao pé da escada.

— Vão lá... Comam o que quiserem — eu disse, enxotando-as.

— Acho que... — Dante pausou sua fala no meio, para dar um bocejo gigante. — *Argh*, realmente estou ficando com sono. — Ele secou a umidade dos olhos com as pontas dos dedos.

— Jonas! — Eu o segurei pela manga do paletó, já que ele ia desesperado em direção à mesa de comidas. — É melhor você ir ao banheiro primeiro... Seus olhos estão... Você sabe...

Ele levou a mão ao rosto e fez careta.

— Estou com um olho de cada cor?

— Uhum — eu e Dante respondemos em uníssono.

— Eu me esqueci de colocar a lente. Vou até o carro buscar. — Ele saiu em disparada pelos jardins, cobrindo um dos olhos, enquanto fingia coçar a testa.

Quando Jonas tomou a liderança do clã de caçadores da cidade, aquela coisa de olhos heterocromos surgiu no rosto dele. Aparentemente, ter um olho de cor natural e outro de cor violeta era a marca registrada de um líder de caçadores. A antiga líder perdeu essa característica, voltando a ter dois olhos castanhos, enquanto Jonas portava o olho direito violeta, o qual constantemente precisava esconder com o auxílio de lentes de contato. Além disso, tatuagens brotaram em sua pele, e à medida que capturava mais demônios, as tatuagens iam aumentando e se espalhando em seu corpo. Era bem legal, na verdade.

— Quer ir embora, amorzinho? — perguntei a Dante, alisando seus cabelos macios de fios escuros.

— Claro que não. — Deu outro bocejo. — Eu aguento. Vou buscar um pouco de café na cozinha.

Fui para o jardim, ficar de olho nas meninas, enquanto Dante ia atrás de alguma gota de café e Jonas resolvia a questão das lentes. No meio do caminho, trombei com uma bolinha de pelos, latindo estridente.

— Tomtom! Quanto tempo, garoto! — exclamei.

Abaixei-me para pegar o cachorro de Thomas no colo. Meus pais haviam realmente roubado o cãozinho dele, desde que Thomas se mudou comigo para o apartamento, anos atrás. Era para eles cuidarem do bichinho somente enquanto a gente organizava a casa nova, na época, mas meu pai se apaixonou tanto pelo cãozinho que nunca mais o devolveu. Pobre Thomas.

Saí da casa carregando o peludinho agitado nos braços, e o soltei na grama, por onde ele imediatamente correu animado, balançando o rabinho curto, com a língua para fora, roubando a atenção e suspiros de todos os convidados bebendo no jardim.

Thomas arrastou meus pais para o meio da pista de dança quadriculada embaixo do toldo de plástico, e eu e as meninas acompanhamos, enquanto zombávamos da cara de tédio de Doyun, sentado à mesa, mais no canto. O *DJ* tocava músicas antigas, que deixava os velhotes animados, mas Thomas e eu éramos praticamente os reis da pista.

— Aquelas ali são suas amigas lésbicas? — Yoona perguntou, rodopiando perto de mim, junto ao meu pai, enquanto olhava aflita na direção do portão de entrada, por onde Liza, Rosalia e Anya entravam. — Pelo amor de Deus, Alex, sem homossexualidade na frente dos convidados — disse sussurrado, e meu pai deu uma levantada de sobrancelhas, incisivo, antes de rodopiar com a esposa para longe dali.

Não me incomodava com aquelas represálias. Sabia muito bem que aquele tanto de homossexuais na festa faria os amigos de trabalho de meus pais terem-nos em má estima. E estava tudo bem, para mim, não era como se eu pudesse forçar todo mundo a abandonar seus preconceitos. Depois da morte, as pessoas passavam pelos próprios ajustes de contas cósmicos. Era natural.

Fui até as meninas, que deixaram o presente com o recepcionista na porta.

— Olha só você! Todo bonitão! — Liza exclamou ao me ver, dando-me um abraço apertado.

— E aí, Alex! Você está forte! — elogiou Rosalia, dando-me um abraço apertado também.

— E veja só, todo bronzeado... — Anya estava toda risonha, e cutucou minha barriga, de um jeitinho brincalhão.

— Malta me faz muito bem! Eu como coisas bem gostosas diariamente, incluindo meu namorado, sabe.

Elas soltaram gargalhadas frenéticas, devido ao meu comentário espertinho, distribuindo alguns tapinhas em meus ombros.

— Oh, o que é aquilo? — indagou Liza, que ao longo dos anos mudou o visual de franjinha loira para um cabelo castanho-claro, reto e comprido, que lhe dava uma aparência mais velha e menos jovial. — É Dante detonando na pista de dança? Nem esperou por mim! — ela grunhiu, antes de correr na direção do Donadelli, que junto a Thomas ditava os passos para a festa inteira.

— E isso é porque ele estava bocejando cinco minutos atrás — murmurei para as outras duas, enquanto seguíamos até eles, e Jonas surgia ao nosso lado.

Meia hora depois, eu estava suado e cansado, mas quando prestes a sair da pista de dança para descansar, Nathaniel e Raphael chegaram à festa, extremamente atrasados, e tomaram a pista para si.

Liza, Raphael, Thomas e Dante lideraram as danças enquanto eu, Jonas e Nathaniel fazíamos palhaçadas.

O restante das pessoas dançava normalmente, é claro, mas não deixavam de sorrir.

A *setlist* deu lugar a uma de músicas oitentistas, que meus pais receberam animadamente, recordando a juventude e seus tempos de namoro. Dante se aproximou de mim na pista, ao som das notas iniciais de *Every Breath You Take,* do The Police. Para qualquer um que nos visse dançando juntos, parecíamos apenas amigos, o que era perfeitamente normal. Entretanto, qualquer um que olhasse mais de perto poderia ver claramente, em nossos olhares trocados, que havia muito mais que uma íntima amizade ali. Eu gostava de olhar para ele daquele jeito. Constantemente, tinha o medo bobo de que Dante fosse desaparecer a qualquer momento. Quer dizer, as coisas pareciam boas demais para ser verdade. Eu havia trazido um homem dos mortos. Era um tanto assustador parar para pensar no que eu era capaz de fazer. Aquele poder, muitas vezes, me deixava temeroso com o tipo de coisa que poderia atrair. Mas não só o meu poder, os poderes de Dante também me deixavam abismado.

Inicialmente, Tyler, Kenzo e eu pensamos que Dante havia sido trazido de volta a este mundo naquele ritual satânico, graças às forças de nós três combinadas ou, pelo menos, que eu era algum tipo de necromante não revelado, mas após voltar de Malta, anos atrás, descobrimos o que *realmente* havia ressuscitado Dante Donadelli.

Não, eu não era um necromante. *Dante era.*

Mais poderoso e mais forte que eu, aparentemente a linhagem de Dante tinha um bocado de paranormais, todos do seu lado materno. Em vida, ele nunca descobriu seus poderes. Depois, por ser apenas um espírito errante, Dante não era capaz de usar o dom sobrenatural familiar, mas ir ao Inferno desbloqueou alguma parte dele que continha o poder de restaurar os mortos. Naquele tipo de ritual era preciso o sangue de um paranormal poderoso, mas como Dante não podia usar o seu próprio, por isso optou por usar o de um *animus videntium*, que era quase tão poderoso quanto o de um necromante: o meu. Então podíamos dizer que não só ele ressucitou sozinho, sendo um necromante, como meu sangue foi essencial para isso, e, também, o motivo que o vinculou como demônio a mim.

Agora, havendo perdido sua essência demoníaca e restando apenas sua essência humana, ele estava livre para explorar o próprio dom. Não havia um mísero pássaro que despencasse sem vida do céu, que ele não acolhesse entre suas mãos de dedos roliços e soprasse sobre elas, até que o bater de asas fosse novamente ouvido. Não era como se Dante saísse por aí brincando de Deus e ressuscitando gente, mas ele não suportava ver animais sofrerem. Era impossível impedi-lo de curar cada um deles, ainda que isso o fizesse ficar com a energia fragilizada por dias a fio.

Todavia, aquele era Dante Donadelli. O homem por quem eu me apaixonei perdidamente. Um cara tão bondoso que se doava no lugar dos outros. Eu sempre enxerguei aquela bondade nele, e pouco me importava o tipo de pessoa que ele havia sido em vida. Para mim, ele sempre seria aquela pessoa bonita por dentro. Dante havia expirado todos os seus pecados e talvez por isso, agora, a vida sorrisse para ele, como nunca havia sorrido antes. E um fato é que quando você sorri para vida, ela sorri de volta para você.

Ele me fitou com os olhinhos brilhando. Eu era um sortudo do caralho. Aquele homem me amava mais do que eu podia imaginar. Passava-me segurança e conforto e de modo algum fazia sentir-me inseguro com relação a nós dois. Não mais.

Resistindo ao desejo de encostar meu rosto no dele, enquanto segurávamos as mãos, aproximei os lábios de seu ouvido, para perguntar sobre uma coisa que há muito me assombrava:

— Lembra quando você me contou que eu era a duplicata de Lúcifer na Terra?

Ele travou um pouco o corpo e deu um risinho.

— Você disse que não queria ouvir nada sobre isso, porque estava cagado de medo de ser uma espécie de demônio também.

— É, mas, nos últimos tempos, não consigo parar de pensar nisso. No que isso implica, Dante? O que eu sou?

Meu lábio inferior tremeu e senti meus olhos arderem. Ele suspirou paciente e colocou o dedo no meu queixo, para me fitar diretamente nos olhos.

— É raro alguém como você, sabia?

— Como assim? Tem vários *animus videntium* de casta alta por aí. E já chegamos à conclusão de que não sou um necromante, como você.

Ele passou a língua nos lábios e olhou ao redor, checando se todo mundo estava longe o suficiente para nos ouvir.

— A nossa linhagem é muito mais poderosa do que você imagina, Alex.

— Eu não sei nada sobre meus antepassados. Como você sabe?

— No inferno, ouvimos muitas coisas. — Deu de ombros. — Você não acha que ser a duplicata de Lúcifer na Terra seja algo poderoso?

— Eu não gosto desse negócio. De saber que o Diabo tem a minha cara. É estranho. Ele é *o mal encarnado* — comentei, com um calafrio, sacudindo os ombros.

Dante sorriu bonitinho.

— Não é bem assim. O Diabo, muitas vezes, tem mais compaixão que os próprios anjos. Acredite, ele era um. Aliás... Lúcifer era o mais belo de todos os seres celestiais. Tá na Bíblia. Você deveria se sentir lisonjeado.

Eu bufei entediado. Toda vez que falávamos sobre o assunto *duplicata do mal*, ele saía em defesa do Capiroto, parecia que tinha virado um satanista ou coisa assim. Vai ver tinha se apaixonado por ele também, vai saber. Meu rostinho era muito lindo, em todas as dimensões.

Dante conferiu se havia alguém ao nosso redor, outra vez, e para minha surpresa, disse sério:

— Sua linhagem deriva dele. De Lúcifer. Você já leu *"O Livro de Enoque"*?

Surpreso, bati os cílios tantas vezes que fiquei tonto.

— Aquele livro que o Vaticano proibiu de entrar na Bíblia, porque fala sobre os anjos caídos e como eles procriaram com os humanos, resultando na existência dos nephilins e... — Meus olhos dobraram de tamanho. — *Ai. Meu. Deus.* Ai meu Deus, Ai meu Deus, Ai meu Deus! Meus antepassados são da linhagem do Diabo? Lúcifer procriou?

Dante olhou para os lados de novo e sorriu.

— É, ele andou provando um pouco de humanidade enquanto esteve aqui, sim. Pelo que entendi, você não é a única duplicata dele. Houveram muitas, ao longo dos séculos.

— E por quê? — foi tudo o que consegui conceber, enquanto meus olhos se enchiam d'água, de tão arregalados.

Ele deu de ombros.

— Isso, eu não sei. Não acho que tenha algum motivo em específico ou que seja alguma coisa proposital. Deve ser só genética.

— Acha que meus poderes vêm dele?

— Com certeza, sim. Todos os paranormais são descendentes ou de seres celestiais antigos, ou de seres infernais. Seu irmão, sua mãe, sua avó, seu bisavô... Todos eles são descendentes de Lúcifer, como você, mas, a cada século, uma cópia genética fiel de Lúcifer nasce, e dessa vez, foi você.

— Se você é um paranormal também, então... Você descende de quem, Dante? É a duplicata de algum anjo, também? — O encarei com medo.

Ele abaixou a cabeça e mordeu o lábio, como se estivesse envergonhado, antes de murmurar:

— Eu não sei.

Meu rosto devia parecer apavorado, porque Dante sorriu amarelo e me abraçou com força, claramente tentando me relaxar.

— Ei, não se preocupe muito com isso. Você não é "do mal" como pensa, ninguém da sua família é e nem eu. Não acredito que exista um propósito por trás disso, foi só uma coisa que aconteceu, tá bem? Fica tranquilo.

Nós ficamos quietos por um momento, um fitando o outro, durante os últimos segundos da música:

Every breath you take, every move you make

Cada vez que você respirar, todo movimento que você fizer

Every bond you break, every step you take, I'll be watching you

Todo obstáculo que você quebrar, todo passo que você der, eu estarei observando você

Every single day, every word you say, every game you play, every night you stay, I'll be watching you

Todo dia, tudo que você disser, todo jogo que você jogar, toda noite que você ficar, eu estarei te observando

— Sabe... — ele sussurrou, olhando-me doce, o hálito quente e suave, de pessoa completamente viva, realmente bateu contra meu rosto, fazendo-me suspirar como um bobo e me fazendo esquecer completamente do assunto. — Sempre pensei nessa música como a nossa música.

— Mesmo? — Eu franzi o cenho, divertido. — Por quê?

— Ah, você sabe, broto. Eu era invisível pra você, mas sempre estava perto. Nunca te deixava sozinho. É bem romântico.

Eu segurei uma gargalhada.

— Você sabe que não é isso que essa letra significa, né?

Ele uniu as sobrancelhas, devolvendo-me o olhar com um biquinho contrariado.

— Essa letra fala sobre um cara que ama muito uma pessoa e está sempre a observando! — retrucou.

— Não. Ela te faz pensar que é isso, por causa da melodia romântica e tudo o mais, só que... É sobre um *stalker*, um perseguidor. É um cara completamente obcecado por uma garota, que pensa que ela é propriedade dele. Por isso, ele a observa em todos os momentos. É bem assustador.

Ele piscou os olhinhos cinza-tempestade, emoldurados por poucos cílios, um punhado de vezes, pego totalmente de surpresa, eu sabia.

— Quem disse isso?

— O próprio cara que escreveu a letra. — Dei de ombros, rodopiando com ele pela pista, enquanto *"Don't you (forget about me)"* do Simple Minds começava a tocar.

— Putz grila! Que careta!

No fim da festa, todos trocamos despedidas saudosas. Meus pais choraram, eu chorei, meus amigos também... Foi bolha de meleca para todos os lados. Eu queria ficar no país por mais um tempo, mas o voo de volta seria em menos de vinte e quatro horas, e eu e Dante ainda precisávamos descansar antes disso.

Ao entrarmos no meu apartamento – onde Jonas e Thomas ainda moravam, mas agora tendo Nathaniel como colega de apê –, eu e Dante nos deitamos sobre o tapete felpudo no chão da sala, encarando o teto.

— Será que nossa festa de casamento vai ser tão divertida quanto as bodas dos seus pais? — Dante indagou, entrelaçando seus dedos nos meus.

— Provavelmente, será mais. Quero dizer, na nossa festa, a gente vai poder ser muito viado, bastante viado, sem ninguém pra reclamar.

Dante gargalhou e me deu um tapa dolorido no peito, jogando-se para todos os lados. Eu o abracei e enfiei o nariz na curva de seu pescoço cheiroso, aspirando o perfume de sândalo que ele voltou a usar, depois de ressuscitar e voltar a ser um humano.

— Alex... — Ele fez carinho em minhas costas. — Eu prometo que vou te fazer muito feliz. Nós vamos comemorar trinta anos de casados também, algum dia...

E depois quarenta e cinquenta e sessenta... Até que a morte nos separe.

— Você não vai se livrar de mim tão fácil, tá doido? — grunhi, com a voz abafada em seu pescoço, antes de me esticar para voltar a espiar seu rosto. — Dante, vê se trata de ir para o mesmo lugar que eu depois de morrer, viu? Não me dê trabalho de novo, por favor! Você sabe que se eu chegar ao Outro Lado e não te encontrar, vou fazer um auê.

— Eu sei. — Ele gargalhou outra vez. — Vou pra onde você for, meu Coelhinho lindo, amorzão, Axl do meu Slash, Mônica do meu Chandler...

— Acho bom — fingi alguma seriedade depois daquela enxurrada —, ou eu vou atrás de você com uma frigideira e...

— Até no Inferno? — zombou.

— Pois eu bato com a frigideira na cara do próprio Capeta, quer apostar?

— Não duvido de nada.

Seus lábios se aproximaram dos meus e trocamos um beijo romântico, cheio de sorrisos e selinhos estalados, antes de dormirmos abraçados ali mesmo, e sem sequer tirar a roupa toda.

Se você quer saber, eu não aconselho médium ou paranormal algum a se apaixonar por um fantasma. É sério. Vai por mim. Se você perceber ter dons para se comunicar com seres do plano sobrenatural, atenha-se a ajudá-los, e somente isso, independentemente do quão lindo e fofo seu fantasma venha a ser. Quer dizer, eu tive muita sorte e perseverança, mas as coisas podiam ter dado muito errado para nós dois.

E acima de tudo: Não transe com fantasmas. Nem em sonhos. Você pode não ser tão sortudo quanto eu, sabe... Nem todo mundo é a cópia do capeta na Terra.

Bem, dessa vez, o universo realmente foi generoso comigo. Eu estava tendo minha recompensa, sendo feliz como nunca. Fantasma nenhum me metia medo agora, eu sabia lidar perfeitamente com qualquer um deles. Exceto com aqueles que sentam no meu colchão para fazer carinho nos meus cabelos.

Crê em Deus pai, olha eu aqui, ficando todo cagado outra vez!

23.
EPÍLOGO
JUNTOS

DANTE

A morte não é tão fácil como se pensa. Não vou dizer que a vida é mais simples, tampouco, porque eu mesmo nunca tive muitas dificuldades quando vivo. Pelo menos, não aquele tipo de dificuldade extremamente preocupante, como passar fome, não poder estudar ou não ter dinheiro para pagar a conta de luz de casa.

Para falar a verdade, sinto-me bastante culpado por agir da forma mimada que agia quando vivo: eu era um mauricinho. Todas as noites, acabava com uma garota ou um cara diferente na minha cama. Muitas vezes, os dois. Às vezes, nem mesmo lembrava se tinha chegado a transar com eles ou o nome do ser humano deitado ao meu lado, simplesmente porque estava costumeiramente doidão demais para isso.

Todavia, ainda que minha família sempre tivesse me oferecido tudo do bom e do melhor, não eram só desses tipos de problemas que a vida girava em torno. Havia também uma questão de crenças, gostos, sentimentos e interpretações.

Quando soube que meu pai traía minha mãe com outra mulher, e que depois de sua morte, aquela mesma amante dividia nosso teto, fiquei com o coração partido. Descobrir que Anthony era realmente meu irmão foi como perfurar meu peito com ferro em brasa.

E nunca é bom cutucar a ferida.

Eu amava Anthony de todo o meu coração e o considerava exatamente como um irmão, mas descobrir nossa relação consanguínea real me fez odiá-lo por um breve momento. Sabia que ele não tinha culpa, mas eu alimentava ódio sobre tudo relacionado a isso. E se minha mãe estivesse lá do Céu, vendo que a mulher com quem meu pai a traía estava dormindo na cama dela, todas as noites?

A questão é que Soraya nunca foi exatamente uma madrasta ruim. Também não me tratava como filho, mas me tratava com a ciência de que todos nós tínhamos um espaço naquela casa e na vida de meu pai. Portanto que eu não a incomodasse, ela também não me incomodava, mas fui tolo em não deixar as coisas assim.

No ínicio, eu sentia certa pena de Soraya. A via como uma mulher apaixonada por um homem que, no casamento anterior, teve a coragem de brincar com os sentimentos da esposa. Por isso, eu pensava que meu pai era o vilão da história toda. Mas, depois, notei que se ela sabia perfeitamente sobre o Senhor Donadelli ter uma família, desde o começo, isso significava que ela aceitava ser uma traidora junto a ele.

Eu me voltei não apenas contra minha madrasta, mas contra minha família inteira. Meu pai foi ficando cada vez mais distante, afogado no trabalho – leia-se: enfiado entre as pernas de uma nova secretária e amante – enquanto eu fazia todo tipo de coisa irresponsável possível. Desde drogas a sexo desprotegido, dirigir embriagado e andar com pessoas com quem não deveria, chegando ao cúmulo de tornar-me amante da esposa de meu pai, querendo fazê-lo provar de seu próprio veneno.

Irônico, não? Quem teve veneno nos lábios fui eu, no fim das contas.

Mas o que quero dizer é que a morte nem sempre nos cai bem. Eu pensava que, se um dia morresse, tudo seria melhor e mais tranquilo. Jurava que entraria em um estado de inexistência, assim como era antes de ter nascido. Presumia que seria como dormir, um grande belo e nada. Nunca fui religioso, então nunca liguei muito para o papo de pós-vida... Até o dia em que despertei invisível, incapaz de ser notado ou de tocar qualquer coisa. Ainda por cima, fui forçado a assistir o meu próprio irmão envolver meu corpo sem vida em um saco plástico e enfiar meu antigo eu dentro daquela parede, depois de ser manipulado pela mãe que, no fim das contas, estava mesmo certa em convencê-lo disso. Afinal, ela também não queria vê-lo preso, e mesmo que uma possível autópsia apontasse minha morte por envenenamento, causado por Soraya, isso não livraria Anthony de ser preso por tráfico.

Fiquei ali, gritando e berrando, sem que Anthony ou sua mãe realmente ouvissem, assistindo a pedaço por pedaço da parede ser fixado com gesso, velando meu lugar de descanso eterno.

Nunca mais fui o mesmo. Mas penso que isso serviu para moldar uma versão melhor de mim.

Então, voltamos ao ponto em que eu dizia que a vida era difícil, e a morte mais ainda. Porque, quando vivo, eu não cansava de repetir sobre o quanto desejava estar morto, porque era infeliz e vazio por dentro, mas quando, de fato, morri, vi que talvez reclamasse à toa. E, quando digo *à toa*, não significa *sem motivo* – porque eu tinha motivos de sobra.

Pensava ser um pobre coitado, o qual as pessoas à volta podiam interferir no destino ou influenciar os sentimentos quando, na verdade, o motorista deste carro era eu e apenas eu. Ao invés de ficar remoendo meu sofrimento pela ruína de minha família e um pai sem caráter, eu podia simplesmente ter saído de perto dele. Poderia ter ido morar com meus tios, meus amigos, até sozinho; deveria ter arranjado um emprego – mesmo sendo um desses em que você é mais que explorado pelo capitalismo intenso –, e me bancado sozinho, podendo finalmente me livrar do meu pai e toda a situação tóxica que ele trazia para dentro de casa.

Contudo, errei profundamente; errei em preferir me manter naquele ambiente venenoso que era a casa da família Donadelli, apenas por causa do conforto. Preferi aquele inferno a ficar na *pindaíba*. Não quis abandonar tudo e ir viver minha vida em paz e longe daquelas pessoas, porque queria a minha herança. Queria todo o dinheiro, imóveis, automóveis, ações e sociedades. Queria ser o novo Senhor Donadelli, da Construtora Donadelli. Afinal, não era por conta daquela merda de empresa, que meu pai havia conhecido Soraya Fernández e destruído nossa família? Internamente, eu sempre soube que não era apenas de Pietro Donadelli que queria me vingar, mas, também, de Soraya. E deixá-la sem um tostão era o que a destruiria.

O que senti com a morte, entretanto, não foi alívio. Foi ainda mais mágoa. Mágoa por saber que Anthony, meu irmão e meu amigo, a pessoa que eu mais amava na vida, havia sido cúmplice em minha morte. Não tinham sido suas mãos a me envenenarem, mas haviam sido suas mãos a se livrarem de meu corpo morto. E no fim das contas, ele aceitou todo o dinheiro sujo dos Donadelli. Não o julgo, hoje em dia. Anthony era um Donadelli também. E assim como todos nós, Donadellis, nos importávamos com dinheiro acima de tudo. Anthony não agiu tão diferente assim do que era esperado. Decerto, eu era quem havia errado em esperar algo diferente dele. Ser um Donadelli estava no sangue, afinal.

Depois de morto, eu não tinha para onde ir. Queria voltar para casa, mas nunca havia tido uma casa no sentido de lar. A casa dos Donadelli era apenas um teto debaixo do qual eu descansava. Então, ironicamente, outra vez, acabei assombrando a casa em que vivi toda a minha vida, por anos após minha morte.

Vi Anthony chorar noites seguidas, arrependido por ter compactuado com tudo aquilo. Assisti meu amado irmão se destruir, virando um alcoólatra à beira da loucura, muitas vezes, durante aquele primeiro ano. Ele sabia que continuar vivendo entre aquelas paredes, em que meu corpo em decomposição se encontrava, era ainda pior para sua culpa e para sua saúde mental. No entanto, vender aquela casa ou deixá-la abandonada não era uma opção. Se alguém descobrisse meu corpo, Anthony e sua mãe seriam presos para o resto de suas vidas, e foi justamente por esse medo que meu irmão jamais se entregou à polícia.

Depois que a casa havia sido leiloada após a falência da empresa, meu irmão pedia que Laura, a nova proprietária, lhe cedesse os jardins, para que um memorial em minha homenagem fosse feito. Eu tinha ciência de que ele fazia aquilo por culpa e arrependimento, embora seu papel em minha morte não tenha sido maior que o de sua mãe.

Soraya continuava a aparecer em todos os memoriais, na intenção de checar se a parede, cuja prova de seu crime escondia, permanecia intacta – e sua inocência perante a justiça também.

Mas vendo todo o sofrimento de Anthony, que tipo de pessoa eu seria se quisesse vingança por minha morte, mesmo sabendo o quão sofrida e amarga era aquela lembrança para o meu irmão? Eu seria definitivamente pior que ele se não o perdoasse por ter ocultado o meu cadáver e permanecido em silêncio sobre sua mãe ser uma assassina. Afinal, pude presenciar o sofrimento e arrependimento dele e, principalmente, eu estava lá todas as vezes que ele rezava de joelhos no chão, olhando para o céu, enquanto dizia o quanto sentia minha falta.

Mas minha mágoa era grande e, como consequência disso, meus poderes também. No meu oitavo ano de morte, eu já era capaz de encostar em alguns objetos. Aos poucos, fui capaz de botar vinis para tocarem suas melodias, ligar o botão da TV, enfiar uma fita no videocassete e passar as páginas de um livro ou revista. Então, a morte já não era de todo ruim. Era quase a mesma coisa que eu fazia em vida: coisas inúteis.

Embora Dona Laura fosse a única capaz de me ver, depois de tantos anos em completa solidão, aquela mulher era definitivamente a luz no fim do túnel para mim. Dona Laura tratava de mim como minha mãe; por isso, ela sempre seria como a mãe que perdi em vida. Mais importante até, já que Laura cuidou de mim por mais anos que minha mãe viveu comigo. Portanto, o mínimo que eu poderia fazer para retribuí-la era ajudá-la com sua filha Yoona.

A garota não podia me ver e tampouco me ouvir, mas eu sempre estava por perto para livrá-la de encrencas. Com a quantidade de vezes que Yoona viu objetos se moverem sozinhos, além de seus namorados sempre saírem daquela casa correndo, apavorados, era absurdo que Yoona continuasse não acreditando no sobrenatural, mas cada um acredita no que quer, certo?

Então, finalmente chegamos ao Alex.

Alex, Alex, Alex.

Até o nome do miserável soa como música em meus ouvidos. Bendita criança medrosa.

Quando Yoona precisava trabalhar e deixava seus filhos, Alex e Jonas, na casa da mãe, eu ia me apegando cada vez mais àqueles dois pirralhos e àquela família. Com eles, eu me sentia feliz, algo que jamais pensei ser possível depois de morto... E nem quando vivo.

Jonas era um garoto engraçado, mandão e escandaloso. Ele se tornou um eterno criançăo. Sempre fazia o melhor amigo e o próprio irmão menor, de gato e sapato. Era um chato de galocha. Só que conforme Alex ia crescendo, ia se tornando tão mala quanto ele. Viviam se batendo e se provocando, e eu realmente tinha medo de que um deles acabasse quebrando um osso durante esses embates.

Alex era uma criança fofa, educada e não muito arteira, no começo. Ele obedecia aos mais velhos sem pestanejar – o que contribuía para que o irmão abusasse de vez em quando.

Desde bebê, Alex me via. Toda vez que estava sozinho comigo, tentava conversar, em seu dialeto de criança, embora não pudesse me tocar. Era a coisa mais fofinha do mundo. Quando Laura ou qualquer outra pessoa aparecia, ele fingia que não me via. Era estranho, porque, mesmo criança, o bebê Alex parecia ciente de que aquilo não seria bem interpretado pelos mais velhos.

É claro que eu havia comentado com Dona Laura sobre ele falar comigo enquanto estávamos a sós. Perguntando por aí, descobrimos que existiam tipos diferentes de médiuns, alguns que já nasciam com o dom, então suspeitamos que Alex fosse um deles. Mas aos quase 6 anos de idade, Alex deixou de falar comigo, até mesmo quando estávamos sozinhos. Era como se ele não me visse mais – e não via mesmo.

Por ser medroso, Alex atraía a atenção de muitos desencarnados à volta de Laura. A partir daí, ficar como um guarda do menino Alex era como uma obrigação. Eu sabia que ele tinha medo, mas geralmente os vultos que ele via eram de outros fantasmas, tentando lhe fazer mal. E, francamente, se não fosse por mim, Alex teria crescido bem mais assombrado.

Quando em mais uma de suas crises de medo, Alex chorou tanto que precisou ser medicado para que pudesse, enfim, cair no sono, foi que resolvi me afastar do garoto pela primeira vez, de forma consciente. Afinal, ele precisava viver em paz, sem sentir os calafrios que meu eu fantasma lhe proporcionava ou os vultos no espelho, vez ou outra. Principalmente, ele não precisava de – e nem eu queria ser – um *voyeur* ou um espírito obsessor que andava grudado a outro vivo, para que pudesse assistir às experiências dele em primeira mão.

Assim, deixei que Alex se virasse sozinho, por alguns anos. Eu quase não o via, ele evitava ao máximo passar muito tempo na casa de Laura, então esse foi um período da vida dele que deixei de acompanhar, mas, um dia, fiquei curioso e quis vê-lo.

Acabei presenciando o primeiro beijo dele em um cara boa-pinta, embaixo da arquibancada da escola, já com seus 16 anos, então deixei de vigiá-lo outra vez. Quis dar-lhe privacidade total, mas no fundo, sei que foi porque senti algo ruim ao vê-lo beijando um pão.

Foi pior ainda quando Alex, meses depois, já aos 17, passou as férias na casa de Laura, e levou seu suposto amigo – que, na verdade, era seu namorado – para passar as férias com ele. Cada carinho e cada beijo que os via trocando quando estavam supostamente a sós, me faziam sentir cada vez mais incômodo.

Pouco antes de Laura falecer, voltei a assombrar o Alex, quando ele já tinha lá seus 19 anos. Queria conhecê-lo melhor, já que não costumava ficar atrás dele nos últimos tempos e sabia que por causa da idade, Laura poderia partir a qualquer momento, mas foi aí que me deparei com um problema inesperado: *comecei a sentir atração pelo pivete.*

Aos 20 anos de idade ele já era um grande sem-vergonha, porque de dois em dois meses estava metido com uma pessoa diferente, embora não levasse nenhum relacionamento adiante, exceto por um, no qual o cara partiu o coração dele e depois disso, nunca mais Alex se deixou envolver.

Então, quando Laura morreu, concentrei-me em conquistar a amizade dele. Só que, é claro, quanto mais próximo ficávamos, mais a atração crescia, até chegar ao ponto onde me vi, inevitavelmente, apaixonado por ele. Pelo homem, Alex Kister, que já não era mais apenas um menino assustado há muito tempo.

Uma semana com Alex podendo me enxergar e interagir comigo normalmente, toda a sua atenção se voltava para mim. Quando ele me tocava; quando ria de algo que eu falava; quando conversava comigo sobre música ou qualquer outra coisa – principalmente suas curiosidades sobre as bandas de *hair metal* dos anos 80. Seus olhares nada discretos também tinham grande influência sobre mim, porque não passavam despercebidos, eu não era idiota. Alex passava claramente a impressão de retribuir meus sentimentos, mas eu achava que isso era loucura. Estava, sim, apaixonado por ele já há algum tempo, mas não queria aceitar esse sentimento de maneira alguma. Eu era moralista demais, pro meu próprio bem.

Tentei me afastar dele outra vez, depois que Alex me pediu que não ficasse por perto, assombrando seus amigos. Dona Laura foi atrás de mim, convencendo-me de que se Alex realmente estivesse retribuindo, era uma escolha dele se relacionar com um fantasma. Sua avó me convenceu de que não era certo que eu fizesse aquela escolha por ele. Então, voltei para casa. Mas, daí, você já sabe... Nossa relação acabou evoluindo.

Vê-lo nu na minha frente havia sido demais para o meu autocontrole. Porque é claro que eu reparava em seu corpo com uma frequência dolorosa. E nunca, nunca mesmo, havia me aproveitado de meu estado fantasmagórico para dar uma espiadinha. Minha impressão foi que, do dia para a noite, num passe de mágica, Alex havia se tornado um homem adulto. Por isso, eu achava absurdo sequer pensar nele daquela forma, mas, naquele dia, no quarto, acabei jogando tudo para os ares e beijando-o como nunca havia beijado alguém em vida – ou em morte.

Ver Alex corresponder daquela forma me deixou absolutamente louco, porque ele correspondia a cada um dos meus toques, a cada um dos meus arfares, a cada um dos meus suspiros. Eu estava total e irremediavelmente apaixonado por ele, não restavam dúvidas.

Mas Alex ainda era uma pessoa com uma vida inteira pela frente, a qual ele deveria aproveitar cada segundo e vivê-la da maneira correta, diferentemente de mim. Eu jamais poderia dar-lhe uma felicidade completa. Para ele, seria o mesmo que namorar um amigo imaginário.

Quando comecei a desconfiar de que ter sexo com um espírito poderia trazer graves consequências ao corpo de Alex, busquei desesperadamente por respostas. Já não bastava não lhe poder dar um futuro, eu também não poderia lhe dar sexo? Não o poderia amar de forma mais carnal e intensa, como ele merecia?

Eu até poderia conviver com aquilo de não poder transar com ele, para impedir que sua energia vital fosse sugada, mas sabia que, para Alex, aquilo não seria aceitável. Ele era jovem e vivo, afinal. Um homem de carne e osso, diferentemente de mim. Ele tinha suas necessidades. Portanto, decidi que me sacrificaria. Eu faria aquilo por nós dois. Alex não deveria se prender a mim de qualquer modo. Sabia que se não me afastasse, as coisas ficariam intensas demais, de um jeito irreversível. Tudo estava caminhando para isso. E aí, ele estaria fadado a amar uma pessoa morta pelo resto de seus dias, o que não parecia justo. E a parte em que Alex teria que escolher entre sua energia vital e ter sexo com o homem que amava era mais inaceitável ainda.

Sabendo que ele sofreria desesperadamente com minha partida, entretanto, mais ainda caso eu continuasse presente em sua vida, decidi que o amaria com todo o meu corpo, ao menos uma vez. Porém as consequências de nosso amor foram catastróficas. Mais para mim do que para ele. Quando decidi transar com ele, pensei que seria condenado, de algum jeito, mas não que me tornaria um demônio.

Quando penso que continuei usando o corpo de Alex; manipulando seu emocional e me aproveitando de seu amor puro por mim, para fazer algo tão vil, enquanto demônio, tive repulsa de mim mesmo. Principalmente, porque todo o amor que existia em mim parecia ter evaporado ao tornar-me um íncubo. Eu não o sentia mais. Era incapaz de sentir qualquer coisa além de luxúria e posse sobre Alex. Eu, literalmente, tinha fome daquilo — ou da força vital que acompanhava cada foda com um ser humano vivo.

Quando tomei ciência do quanto o havia magoado enquanto demônio, quis morrer outra vez. Morrer de verdade, deixar de existir, sem ficar vagando por aí, como espírito errante. Porque a verdade é que ser um demônio apenas me impedia de sentir o amor que eu tinha por ele; o estado demoníaco, todavia, não era capaz de apagar o amor em meu peito. Era como quebrar um osso: depois de engessado e após a ingestão de alguns analgésicos, você não sente mais a dor, mas não quer dizer que o osso esteja cicatrizado. Você só não é mais capaz de senti-lo. Meu amor por ele era basicamente o osso quebrado. Estava lá, mas eu não podia sentir. Era meu amor por ele que permitia que parte de minha humanidade continuasse presente e sobrepondo-se ao estado demoníaco de completa maldade e egoísmo em minha alma. Do contrário, não sentir o amor de Alex – ainda que o amor estivesse lá – teria como consequência o desprendimento do resto de minha humanidade.

Felizmente, Alex voltou para mim antes que minha parte demoníaca se sobrepusesse à humana, mas o que eu não contava era que a ânsia pelo uso de heroína fosse me levar à perda do restinho de humanidade que me sobrava. Reviver as sensações de minha morte fez com que minha essência humana me abandonasse. E o resultado disso você já sabe.

Quando Alex e Jonas purificaram minha alma imortal foi doloroso, mas eu merecia e não podia culpá-los. Só não esperava que, depois disso, Alex estivesse apto a continuar lutando por mim. Aquela foi a maior prova de todas as outras milhares de vezes que Alex Kister revelou o tamanho de seu amor.

Depois disso, ele deixou para trás toda a sua patota, para ficar ao meu lado, em um lugar onde eu não precisaria ter medo de ser reconhecido, e nem nós dois precisaríamos esconder nosso amor, por medo de represálias preconceituosas: a ilha de Malta. Era como se meu espírito tivesse voltado ao lugar certo. E, da forma mais impressionante possível, apaixonei-me duas vezes por Alex Kister; apaixonei-me porque, ainda que eu estivesse realmente morto, ele me ensinou a viver outra vez. Ele sempre foi e certamente sempre seria meu único grande amor. Ele me salvou de todas as maneiras que uma pessoa poderia ser salva, e o amarei eternamente por isso, mesmo em outras vidas ou em outras dimensões.

"Eu amo você mais que qualquer coisa no mundo. Obrigado por me salvar, Coelhinho. Estarei sempre aqui para você. Nunca duvide disso", declarei a ele, emocionado, quando nos casamos no jardim da Academia do Oculto.

Tudo acabou chuchu beleza, numa nice. Quem diria?

Se nós ficaremos para sempre juntos? Acho que é exatamente isso que vai acontecer. Digo, quando ele morrer – pela primeira vez – e eu morrer – pela segunda –, nós certamente continuaremos juntos do Outro Lado. Só espero que ele não vá para lá e eu acabe ficando por aqui, outra vez. Ou que eu parta e ele permaneça neste plano. Bicho, eu, com certeza, vou ficar muito puto se alguma dessas opções acontecer, mas pode ser que a gente fique com medo de se desencontrar após a morte e acabemos ficando ambos presos por aqui, neste plano.

O importante é ficarmos juntos. Só isso interessa.

FIM...

Ou não.

Home

BIOGRAFIA:

N. BELIKOV é de peixes, com ascendente em capricórnio, e muito metida à engraçadinha *feat.* nervosinha, como o mapa astral já indica. Mestre em dar conselhos que ninguém pediu, é possível dizer que como criadora do Alex Kister, faz sentido que os dois sejam um bocado parecidos: são dois "sem-noção" de carteirinha.

O pseudônimo N. Belikov vem de seu mocinho de romances preferido: Dimitri Belikov, da saga *Vampire Academy* (de Richelle Mead), mas se pudesse escolher um personagem literário para considerar seu irmão gêmeo de personalidade, seria o seu malvado favorito, Lestat de Lioncourt, o ícone criado por Anne Rice em *As Crônicas Vampirescas*, que arrebata corações e desbanca qualquer mocinho metido à moralista. É possível dizer que cada casal que escreve em suas histórias tem um pouquinho de Dimitri e de Lestat.

Belikov é autora e fundadora da Editora Euphoria, graduada em Direito e pós-graduada em Produção Editorial, pansexual e amante de romances proibidos. Assombrado/Endiabrado foi uma das primeiras histórias que Belikov escreveu e concluiu. Nesta edição, Assombrado e sua continuação, Endiabrado, trazem uma escrita mais madura, com ajustes de enredo e acontecimentos, para uma leitura mais clara e divertida.

Você pode segui-la nas redes sociais:

@NBELIKOV94

out us
Support
Contact
Search

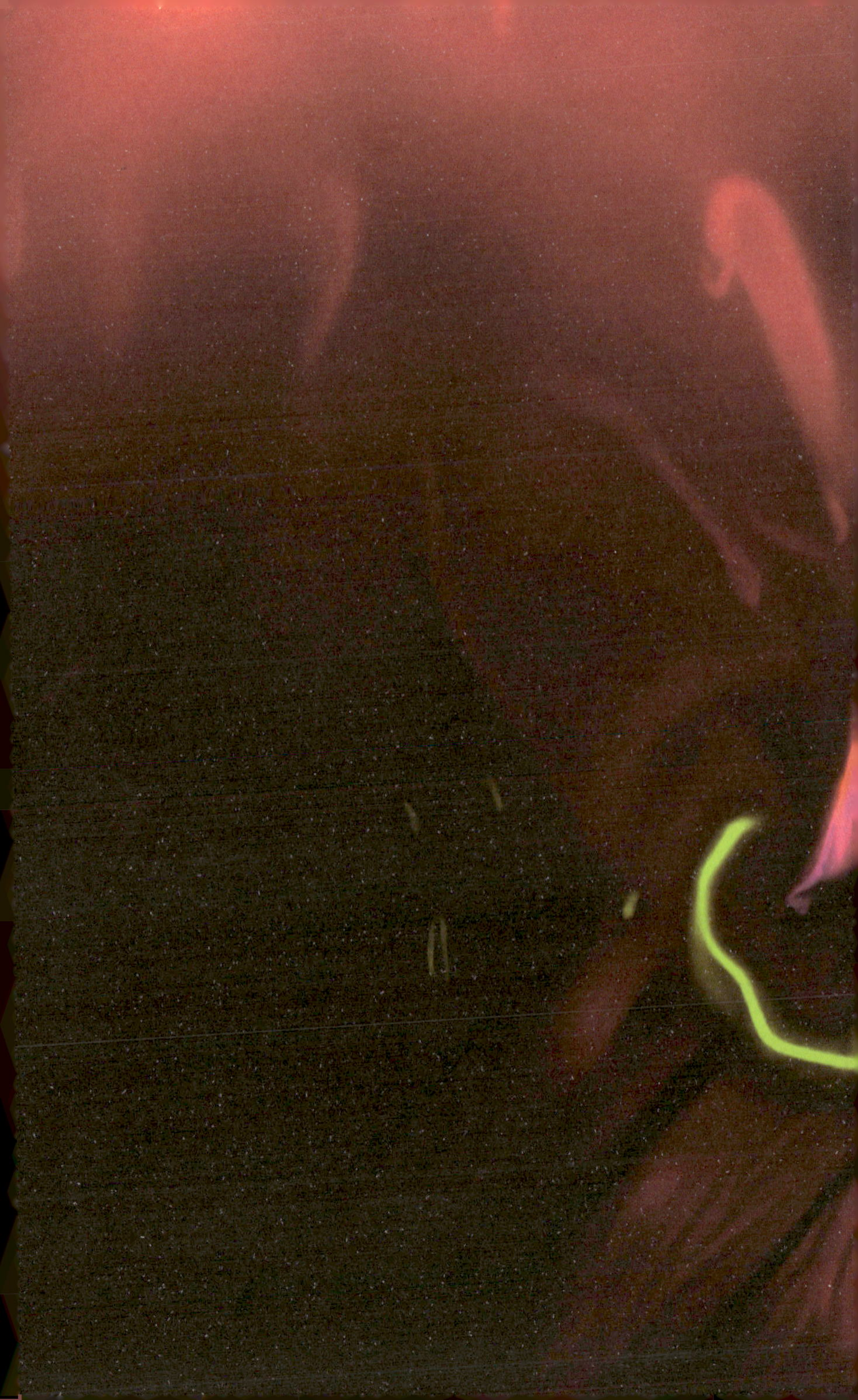